大梦 guitar ——原著

九锡少女 ——改编

妙手红妆

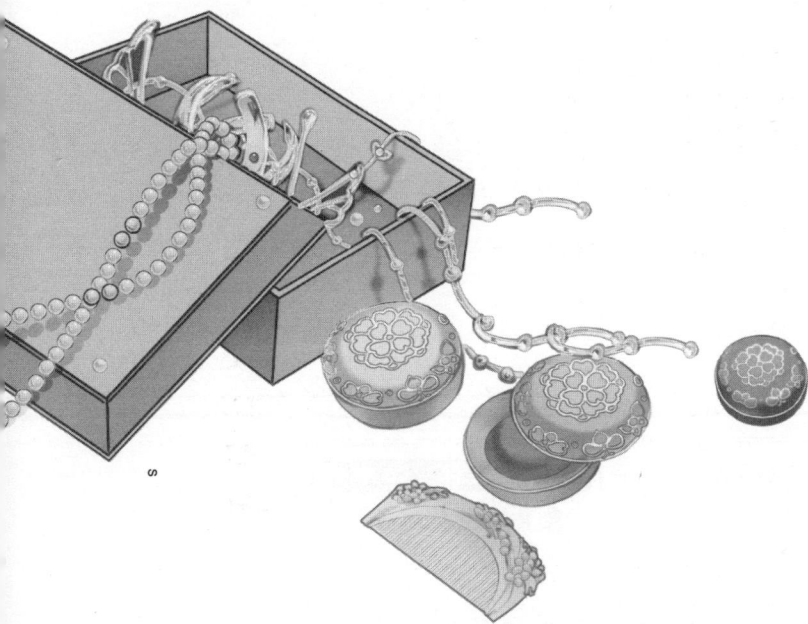

长江出版社

章节	标题	页码
第五章	巧手红妆	150
第六章	今生前世	194
第七章	暗涌流波	222
第八章	风雨欲来	246
第九章	皇命难抗	264

目录

序章　夜来风雨 …… 001

第一章　重获新生 …… 005

第二章　龙潜于渊 …… 035

第三章　初露锋芒 …… 078

第四章　心生宏愿 …… 109

愿每个女子都能华光璀璨地过完自己的一生。

序章 夜来风雨

近来,白筱宁极喜欢坐在院里那方葡萄架下乘凉。

盛夏的天儿,藤上还没结出果儿,只有沁绿的叶子挨挨挤挤,将毒辣的日头挡得只余星点。光影洒到白筱宁脸上,她的五官本来精致端正,可惜被一道伤疤破坏了美感。那伤痕从眼角蔓延至嘴边,皮肉翻卷,依稀透骨,动一动似乎还能渗出脓血,十分可怖。

伤痕其实已经形成一段日子了。熬过了最痛之时,如今白筱宁倒也不常想起。

把手搁到隆起的肚子上头,里头那个不安分的小家伙好像醒转过来,踢了她一脚。白筱宁睁开眼,眸中流露出期许与憧憬,一种将为人母自然散发的柔美令脸上那条疤痕仿佛也温和几分。

"小姐怎么又出来了?日头这么毒,仔细别中了暑气!"丫鬟白蕊从厨房回来,手里端着汤药,见她坐在这里,忙几步赶了过来。

见她跑得急,白筱宁朝她笑了笑:"无碍,今日难得精神,想出来透透气。"

"您腿脚不便又怀着身孕哪里经得起折腾?怎么也不叫我帮忙,我又不是那些个白眼狼,您叫我我一定马上出现的。"

"好好好,是我不对。"白筱宁见她又要开始絮叨,连忙打住话头,"别生气啦,仔细把药洒咯……"

"哎!小姐您就是太好说话,才平白被人给欺负了!"小丫头脾气来得快去得也快,这会儿看到她隆起的肚子,又满含期待地笑起来,"不过只要等小少爷出生了,侯爷肯定会重新对您好的。"

白筱宁扶着椅子的手颤了一下。这把榆木交椅是她刚搬到偏院养胎时白蕊托外头木匠给她做的，材料低廉，做工粗糙，时不时就会划到手，那突然间的刺痛肯定也是因此吧……默默地看了掌心一眼，她想，时间久了，再尖锐的木刺亦会磨平。

　　"我只希望我的孩子出生后平安健康，喜乐无忧。"白筱宁轻声道。

　　白蕊看着自家小姐故作淡然的模样，一时百感交集。她是白筱宁的陪嫁丫鬟，白府是高门大户，小姐在家吃的用的哪样不是最好的。威远侯八抬大轿将小姐娶进门，开始那几年也不曾亏待，大家还都道侯爷是个痴情人儿，不计较小姐毁容，可惜后来……白蕊想到这里忍不住咬牙切齿，这一切都怨那白眼狼！小姐为了她，容颜尽毁，连腿脚也不再便利，她却如此报答！可恨这天下男人都一样，喜新厌旧，这么容易就被狐狸精迷惑！可她再气也没办法惩罚那对狗男女，只能陪着小姐，给她一些安慰。

　　平地突然刮起一阵大风，夏日的天气总是说变就变，不过说话光景，日头已阴了下去。

　　"哎呀，恐怕是要变天了。"白蕊这才想起手里的药，连忙道，"小姐快些将药喝了，这可是王妈今天特地熬的，说是给老夫人熬补品余下的好东西。"她说着忍不住哼了一声，"算她有良心还记得小姐对她的恩情！"

　　"嗯。你看大家对我也挺好的不是……"白筱宁笑着喝下药，甘腥的药味呛得她难受，但她还是一滴不剩地全喝下了——孩子，已是她活着的唯一念想。

　　天幕愈发阴沉，厚重的云团像是汲满墨水的棉花，沉闷地压下来，一场暴雨眼看着就要来临。

　　白蕊忙扶着白筱宁回房，白筱宁还要叫她莫急，肚子却突然一阵绞痛，整个人一下站不住跪到了地上。

　　"小姐，你怎么了！"

　　白筱宁这会儿已是满头大汗，"蕊儿，我……怕是要生了，去，去叫稳婆。"

　　白蕊应了一声，慌慌张张地跑了出去。

　　院外几个路过的丫鬟匆忙走过，有个听见响动停下往偏院张望了一眼，很快就被旁边的丫鬟拉走了。她们不愿管闲事，怕得罪了府里正得势的那位。

　　白筱宁几乎是爬回了床上。她不需要她们帮忙，她能把孩子生下来，一定要把孩子生下来！

　　屋外不知何时起了狂风，呼啸声重重撞到门窗上，像无数只大手争先恐后地在拍打叫嚣，几丝风透过缝隙卷进来，吹得燃烧的烛火惊惶摇动。

她躺在床上等待着，衣裙被汗水浸透，羊水破了，掺着鲜血从身体里流出来，很快就染红了半张床。恍惚中，她听到有人进来，她突然生出些力气，道："白蕊，白蕊……是你回来了吗？"

烛光明灭一阵，然后白筱宁看到常帮她熬药的王妈，她真是疼得快熬不住了，使了几回力气才勉强拉住王妈的衣角，低弱地呼喊着："王妈……稳婆呢……"

"小姐，稳婆不来了。"

白筱宁听见这哽咽的声音，转了视线，却是白蕊孤身一人站在一旁满脸是泪。她眼里闪过绝望，恳求地看向王妈，"帮帮我吧，求你了，我只能靠你了……"

背着光，她看不清王妈的神色，只知道她凑近了，她听到她粗哑的声音——"夫人先喝了这碗药吧。过一会儿就不疼了。"

她被王妈用力拖起半边身体，冰凉的碗抵到唇边，她忽然有几分警醒，哆嗦着问："这，这是什么……"

"保命的药。"

天边有耀目的银龙乍然一闪，利剑般的白光刺透窗户一下照亮王妈的脸。伴随着一声开天辟地似的惊雷，她看清那双混浊的泛着阴毒的眼。

白筱宁意识到什么，还未发问，白蕊却蓦地跪下，"小姐，对不起……是我害了你！下午给你的那碗药是堕胎药！可是，可是我真的不知道……小姐你打我吧，我受人蒙骗，我害了你……"

"你在说什么？"白筱宁惊得整个人止不住颤抖起来，"怎，怎么会，我的孩子怀得好好的……你们不帮我便罢了，何苦骗我……"她推开了药碗，咬牙道："我自己生！我能自己生！"

"夫人，您这是何苦。表小姐和侯爷的婚期已经定下了，她怎么能容您生下一个嫡子来与她争？"王妈说着把那碗药又往她嘴边凑来，边灌边劝道，"您这孩子也是不懂事，怀得牢，先前那些有慢性毒药的汤水都没能把他滑下来，我们不得已才下了狠手。表小姐终归是念着旧情，安排我来给您保命。喝了这药你就没力气了，也不会痛的，明天就好了。药来得不容易，您别浪费了……"

白筱宁的心坠到谷底。其实不用王妈把话说开，她也能明白的。是她太傻，她总想着她曾经如珠如玉宠着的表妹瑶光，无论如何也不会这般对她……可是，她知道王妈说的都是真的……否则，她一个粗使婆子又怎么会那么好心，在侯府这样势利的地方不求

序章

夜来风雨

回报地帮衬她?

绝望、凄楚、愤恨……复杂的情绪在白筱宁身体里顺着疼痛攀爬,她猛地记起瑶光在得知她怀孕时,那一瞬怨恨的眼神,原来那时候起,她已经决定除掉她了……白筱宁全身都痉挛起来,一旁的白蕊哭着劝她喝药,指望她能舍弃孩子保住自己性命,她才意识到自己死死咬着唇不肯放松——她只有这个孩子了!只有他了啊!

王妈过来捏她的嘴巴,白筱宁拼命挣扎,不知从哪里生出一股蛮力,竟一把抓住王妈的手狠狠咬住了。王妈惊叫一声,猛地将她推开了去,那药一下全倒在了她身上,像是干涸的血迹。

"哈——"白筱宁嘲讽又得意地笑起来,可是腹中蓦地又传来一阵剧痛,她的声音一时变了调,红着眼,流着泪,不,脸上黏糊糊的感觉更像是血,她狰狞着不管不顾地又是惨叫又是笑。

瓷器破碎的声音清脆地响起,是王妈被她疯狂的神色吓得失手打碎了药碗。

"轰隆"一声,惊雷乍破,酝酿许久的大雨终于在这刻噼里啪啦地下了起来。

临盆之时却喝了堕胎药,会如何?她不知道。她只是拼了命地去生产,她只想用自己的性命保住她的孩子!

凄厉的惨叫被雨声淹没,彻夜未绝。白筱宁不知道怎么熬的那一夜。当天光泛白的时候,她早已气若游丝了,连眨眼也变得困难,可是凑近去听的话,好像还能听到她不甘心地叫唤。

床上床下到处淌着她的血,透迤的形状透着令人寒战的诡谲。她全身泛着灰白的死气,意识也越来越模糊。

恍惚有人推门跌撞着跑到她床前。有人在流泪,她说着什么,她已听不太清,只模糊听到她反复说——"对不起。"

哦,对不起。可,又有什么用?

透过被打开的门,她隐约看到了院里那方蒲桃架。一夜风雨,它已散了架,支离破碎。她忽而觉得自己像极了它。妄想安然,却被风雨任意践踏,碾落成泥。

失去意识之前,她却越发地不甘心起来。有人用手企图来将她不甘愿的双眼合上,她盯着那人,动用全身力气,却终究没能再问出一句——

为什么?瑶光,这一切,到底是为什么!

第一章 重获新生

清晨的阳光柔暖地洒到地板上，窗明几净，寂宁如海。

天花板上垂下来的水晶灯莹莹透亮，门口点缀的紫藤花轻轻摇曳着，房内排列着几张颜色漂亮的小床，从造型上不难看出是美容院专用的美容床。

从床上撑起身，白筱宁闭眼沐浴在阳光之中。虽然她已感受不到温度，却仍觉得心中生出一丝暖意。

来到这个世界已经有四五年光景了。这里很奇怪，和她以前生活的地方大相径庭。白筱宁不知道自己为何会出现在此，但她很羡慕生活在这里的人——在这里，人人平等，没有皇帝没有贵族，甚至领导人都不再是代代相传，而是能者居之。在这里婚姻成了一夫一妻制，再没什么七出之条，纳妾之说。女子可以和男子一样外出赚钱，打拼事业，享受独立自主的生活，对一切不乐意的事说不。

这个世界像梦一般美好，可这里不属于她。而属于她的地方，她也回不去了……在白筱宁恍惚的光景，美容院的店员已经陆续到了，早上来做护理的顾客不多，店员们总爱凑在一起聊天，今天不知她们聊到了什么，场面异常热闹，有几个人还不时发出惊呼声，隐约听到她们在说什么镜子。

白筱宁像往常一样走过去。她在这个世界待了四五年，却走不出这家美容院。每天也只能观察她们的生活来消磨时间。

刚刚走近，便见到打扮亮丽的店长拿着一面巴掌大小的铜镜，笑道："那道士说这镜子是个古物，叫什么'三生镜'，说是可以照出人的前世今生，我听着怪神秘的，又见它造型挺好看的，就买下来了。"她说着，又把脸往镜子前凑了凑，照了两下，撇了撇嘴，"谁知道它连照人都照不清晰，白花我那么多钱。"

有员工打趣："王姐，你不是不信鬼神之说吗？那道士拦住你让你买镜子，你不仅不恼，还真掏钱买了，照我说那道士一定得是个帅哥！"

"去去去，什么帅哥……"店长嗔了那店员一眼，脸上却泛起一丝可疑的红，"那道士说这镜子还可以辟邪招财，我可是个生意人，当然希望平安又发财了。"

"哎王姐，这镜子上头花纹这么讲究，样子也很古朴，可别是个真物件儿吧！"另一个员工说着不住地打量起那铜镜来，店长见她想研究一番的样子，就大方地把镜子递过来了，好笑道："哪儿那么容易就能买到真古董了……"

"这运气可说不准的，新闻上不隔三岔五就有人中五百万吗？"员工笑嘻嘻地说着，接了铜镜举起来看。

白筱宁刚好站在她身后，一下就把那铜镜看了个真切——那是一面八瓣菱形镜，镜子边缘镂刻着四株花叶枝枝蔓蔓，栩栩如生的喜鹊在上头展翅欲飞。

白筱宁的心霎时狂跳起来，这镜子，这镜子是她的！

尘封已久的往事在刹那间纷至沓来，她仿佛看见自己侥幸从大虫嘴下逃出来，刚毁掉容貌的时候。她私底下哭过很多回，她还记得眼泪进到伤口里那种令人发狂的痛楚。后来，为了避免伤心，瑶光就把她所有的镜子都扔掉了，这面她最喜欢的雀绕花枝铜镜便也不知去向。

想起瑶光，白筱宁心中止不住刺痛。她不知道这镜子怎么会出现在这里，更不知道它为什么改了名字叫"三生镜"，古物么？那她岂不是到了未来？一时间白筱宁千头万绪。突然的，她发现镜子映出了她的身影。

白筱宁已经很久没见过自己的脸了，这世界的镜子都照不出她的身影，但现在铜镜里却出现了她的面容，清晰无比，显得那长长的疤痕愈发狰狞。她颤抖着想去摸一摸自己的脸，可那铜镜里的面容却突然变化了起来——一张她从来没见过的脸出现在铜镜里。杏眼檀口，眉似新月，鼻形挺立但鼻头圆润可爱，显出几分少女特有的娇俏。

白筱宁疑惑地皱起眉，不待她细看，那铜镜又猛然发出一阵炫目的光。

"啊——"她尖叫一声，蓦地倒退一步，只觉得自己的头一下子痛得厉害。

"白筱宁，白筱宁……"是谁，是谁在叫她？周遭的一切都好像已经远去，只有那声音在她脑海里盘旋响起，一声又一声的呼唤，让她觉得自己的头痛得快要炸开了。

模模糊糊地,眼前似闪过一阵血光,白筱宁仿佛看到一道熟悉的身影。

"你终于嫁给我了。"男子穿着喜服,嘴角上翘,双眸微眯,"以后我就是你的夫君了,筱宁。"那是威远侯尤墨,是就算她毁了容貌,也仍一意娶她的夫君……

她颤抖着呼出一口气,又突然听见一个稚嫩的声音——"你就是瑶光的表姐吗?"她猛地抬起头,便见到一个粉雕玉琢的小女孩,仰脸看着她,她的眼神天真无邪,眼中却泛着泪光,她的声音略微哽咽:"表姐,瑶光没了爹,娘带瑶光来找你们,希望表姐不要讨厌瑶光,瑶光一定会很乖的!"

"啊——"白筱宁恨不得将头敲碎,剧痛令她意识愈发恍惚起来。于是,她又见到了那个小女孩,这次是在一片森林,周围传来一阵阵属于野兽的低吼。

"什……什么声音,表姐!"小女孩的声音颤抖着。忽然,草丛里跃出一只猛虎,獠牙锋利,兽眼猩红。"是大虫!"小女孩失声惊叫。

白筱宁已经痛得浑身战栗了,可是脑子里那些声音完全不听使唤,场景又一次转变了,她看见房中坐着一名粉裳女子,她娓娓说道:"姐,我娘说你有了身子,容易乏,我来侯府陪你住一段时间。姐,我会好好照顾你的,等着你给我生一个小胖侄儿,我要做好多多多衣裳给我小侄儿穿。"

倏地,女子又出现在柴房里,她带着哭腔说:"侯,侯爷,你等一下,你看——"

那个熟悉的男子回头,怔了一下,随后慌乱道:"筱宁!你,你怎么会来这个院子!"

我不是故意的,若是早知道,我绝不会过来!白筱宁在心里呐喊起来,可惜那两人听不到,她只能看见那女子慢慢整理好衣衫,说道:"姐姐,你别动气,当心着肚子里我那小侄儿。与其让那些不知根知底的人服侍姐夫,倒不如让妹妹来助姐姐一臂之力。"

"这下,我跟姐姐可真的一辈子都在一起了。""啊!——"白筱宁的眼前彻底陷入了黑暗,一瞬间她仿佛又回到了生产那夜,全身痉挛,而她挣扎着尖叫着。

"不如归去……不如归去……"意识溃散之前,白筱宁听到有人在如是念道。

归去吗?不,她不甘!为什么会这样?为什么她会落到如此悲凉的地步?!

她恨啊,她恨自己心有善意,自己引狼入室!

"唉……痴儿,你怨气不散,徘徊千年,念在你本性向善,这便回去了结尘缘罢。"

"悖天之事终不可为,有人命数已尽,你便代她再活一遭罢。"

混沌中,白筱宁听到有人这么说。只是,她的意识再支撑不住,慢慢沉坠而去了。

入画端着从厨房讨来的白粥,轻手轻脚地进了房。自家小姐仍呆坐在铜镜前。这三

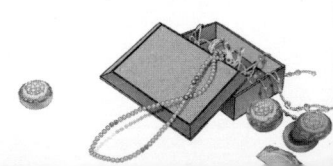

月的天儿正是乍暖还寒的时候，她却还穿着刚醒过来时的那身亵衣，单薄的白色令那瘦弱的肩膀看起来跟纸片儿似的，约莫起阵风就能把她吹走。

入画心头有些担忧，把粥放到桌上，朝那背影柔声道："小姐，入画把粥端回来了，你趁热用些吧？"

半响，那背影才"嗯"了一声，算是应了，可左等右等，仍是不动。入画心里又是急又是纳闷，给屋里伺候的抱琴打了个眼色，两人一同出了门，躲到角落里，她忙跟抱琴咬起了耳朵，"这都坐了多久了？"抱琴叹了口气："得有半个时辰了。"

"这么说，我去拿粥后，就一直没挪动？"入画拧起眉，又看了一眼门口，压着声音道，"你说，咱家小姐会不会是因为一直没得府医救治，所以……给烧坏了？"她指指自己的头。

抱琴瞪了她一眼，"别瞎说。小姐高烧三日能自己醒转，自是福大命大的。"她顿了顿，又道："小姐先前醒转时，我观她神思清明，不然怎么会说饿？你也不会巴巴地跑去厨房拿吃食了。"入画想了想，点点头："说得也是。若不是咱家小姐命大，指不定就趁了那帮小人的愿了。抱琴，你不知道，我去厨房要碗粥，那婆子竟然说反正咱家小姐是要寻死的，让我不要浪费粮食！你说可气不可气！"

入画是个直脾气，气头上来哪还管嗓门大小，抱琴赶紧压了她的手，蹙眉道："可小声儿些吧！叫小姐听见不是又添堵吗？"

入画本来腮帮子气得一鼓一鼓的，听了这话，脸色一变，支棱起耳朵听了片刻，见屋里没声，才略放心下来，又想起什么似的，绞着帕子，愁眉苦脸起来，"咱家小姐本是个良善的，就是年纪小还没省事，这回、这回……唉，你说小姐从醒转起来就这么坐着，该不会真的还要闹吧？"

抱琴眼底泛起几丝忧虑："少不得咱俩要多警醒些了……"两人说话这当口，屋里，白筱宁也刚从震惊中恢复过来。先头她从阵阵透骨的寒意中清醒，痛得昏昏沉沉的脑袋里不知怎的突然就跳出一段身世——易平平，大宏朝大理寺少卿易之瑞庶出三女，其母黄氏为府中贵妾，难产已逝，有一同母哥哥易谨，现在永州白鹿书院读书。另有嫡长姐易青青，为正室所生。

待白筱宁努力睁开眼，便发现自己身处一间闺房，不及细看，两个丫鬟已又惊又喜地围了上来。她不知两人底细，压住心内震悚只说饿了，那穿粉衣的就急忙去寻吃食了。

白筱宁不动声色地打量四周，待看到屋内梳妆台上有铜镜，忙让留下来的那个蓝衣丫鬟搀扶着过去了。想是这具身体的原主颇爱容貌,所以白筱宁一醒来就要照镜子的举动,并没有让丫鬟生疑。

屋内光线算不得好,但足以让白筱宁看清镜中之人——镜中的女子约莫十五岁,杏眼檀口,眉似新月,鼻形挺立但鼻头圆润可爱,显出几分少女特有的娇俏。只是,不知因为什么毛病已在床上躺了好几日,脸色苍白,整个人显得没什么精神气儿。

白筱宁抬手摸了摸自己的脸,手下细腻的触感,令她不由有些颤抖。这张脸不是她那已毁去容貌的脸,而是"三生镜"里一闪而过的容颜!白筱宁呆坐了很久,才终于确信自己重生到了一个叫易平平的庶女身上,这期间过程之曲折离奇,若非她自己亲历是怎么也不会相信的。

她心中正思绪万千,那粉衣丫鬟便回来了,自称入画。入画和那蓝衣丫鬟出去说话,她是知道的,两个丫鬟并没走远,加上白筱宁自己留心倒也隐约听了些,也知道了那个蓝衣丫鬟叫抱琴。只是,之前她还以为易平平是得了什么病,高烧不退又没得医治,所以没了,可是听着听着却觉得不大对劲,入画抱琴话里的意思,倒像是易平平自己寻了短见……

白筱宁一下联想起刚醒来时那种全身冰寒的感受,莫不是……她心中猜疑,屋外忽然响起一阵嘈杂,似有几个人进了院子,那尖利的嗓门拿腔作调的,就怕她听不见似的闹起来。

"夫人听说三小姐醒了,这会儿正在屋里候着,说要见见三小姐呢。"

入画赔笑道:"是,劳烦吴妈妈跑这一趟。小姐也念叨着要去给夫人请安呢,就是小姐刚醒,身子骨儿弱……能否等小姐缓一缓再去?"

那吴妈妈"哟"了一声,"你一个丫头倒是替主子做起了主意!难不成你家小姐还指着夫人来探不成?"抱琴忙解围道:"吴妈妈误会了,入画是怕小姐的身子受不住,白白又让夫人担心一回才这么说的。"抱琴话音刚落,只听"啪"的一声脆响,入画叫了一声抱琴,怒气冲冲嚷起来:"吴妈妈,你怎么打人!"

吴妈妈冷笑一声,"这话明面上倒是说得漂亮,可这话里话外的意思可瞒不过老身。你这是在暗示夫人不怜惜小姐身子骨儿,挑拨夫人和三小姐的感情,老身是为你着想,这才出手教训的你。"

"你……"入画想说什么,被抱琴按下来,被打的人反而比没被打的冷静,"是抱琴思虑不周,谢吴妈妈教导。"

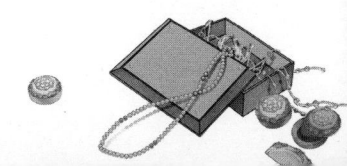

那吴妈妈得尽了便宜，留下一句要先回夫人那里复命，这才带人走了。

这一番闹腾，白筱宁算是真正看清了这易三小姐在府中的地位，抱琴入画是她身边的两个大丫鬟，可嫡母身边的一个亲信婆子随便寻个错处说打就打，分明一点不给三小姐面子。再看看这屋内摆设，乍一看富丽堂皇，但白筱宁好歹也做过侯爷夫人，未出嫁前也是京中贵女，只细看几眼便知这些摆件不过是仗着颜色鲜亮，实则不过是些不甚值钱的货色罢了。思索过目前处境后，白筱宁打算先用了那碗白粥，恢复些力气，等会儿她恐怕有场硬仗要同那位嫡母打！

两个丫鬟在外面收拾了一阵，待进屋时，见白筱宁已在喝粥，一时都有些怔愣，少顷，入画且惊且喜地喊了声，"小姐……"言罢，凑到她身边小心翼翼地看了看她的脸色，这才惊魂未定地柔声说："小姐可是已经想明白了？以后切莫再做些投湖自尽的傻事了……"

果不其然，真是投湖自尽……白筱宁抿唇"嗯"了声，算是回应。她之前就有猜疑，如今得了证实，倒也不惊讶。只是，如此不留后路，也不知是为的何事抑或何人？心念一转，她想到这易平平正是豆蔻年华，这事兴许和什么男来女往有些牵连？如此一来，三小姐的名声怕是有所影响了。

正想着，抱琴已走了过来，"小姐，抱琴服侍你梳洗吧。"

白筱宁抬眸看她，见她颊上发红，巴掌印清晰可见，也不知那吴妈妈使了多大力气，这才过了片刻，已有发肿的趋势。她先前没有出去，便是打算要多听些信息，且多少也存有要看看这两个丫鬟有多少能耐又是否忠诚的心思，万没想到那吴妈妈说打就打，此刻见了抱琴，她不由生出愧疚，叹了口气道："刚才……我都听见了。"

抱琴顿了一下，道："小姐听见倒也罢了，可是明白如今处境了？"

白筱宁点点头，庶女的日子有多难熬她是有耳闻的，更何况现今家中还有个嫡姐，不消说她也明白，这易三小姐教得太好对嫡姐是威胁，教坏了也会影响嫡姐清誉，最好的办法就是"捧杀"，表面宠爱，实际将她纵容成一个什么都不会的草包！而这次，易三小姐自尽，连带着也让嫡姐声誉受损，主母指不定要怎么拿捏她呢！所以先前抱琴挨了那一耳光，也算是替她受过……

抱琴见她点头，也不再多言，沉默地为她净面更衣，白筱宁本想表达一下歉意，但又不知如何开口，只能任由两个丫鬟伺候她坐到梳妆台前。入画打开妆奁，笑道："小姐，闭眼吧，我帮你上粉。"

白筱宁心头一动，伸手将妆奁旁的那个装着粉的花鸟白瓷盒取过来，仔细一闻，便蹙了眉，这粉里头都是些蛋清、米粉、铅粉、茉莉粉等廉价原料。在现代的那几年，白筱宁便对化妆护肤都有了非同一般的了解。这古代的水粉为了让脸面白净，惯常往粉中掺杂些许铅粉，以达到朱颜粉面的目的，却不知这铅粉用久了，不只是对皮肤，甚至是身体，都会造成不可逆转的损坏。这些胭脂水粉怕是都不能用了，白筱宁心中叹了口气，等得闲了自己亲手做一些吧。这般想着，她便将瓷盒放了回去。

入画见她如此，迟疑道："小姐可是不想上妆？"

白筱宁用手在鼻下摆动几回，淡淡道："约莫是身子刚好，我闻着这些香腻腻的脂粉，有些不舒服……"入画脸上显出几许歉意，"也是，小姐才刚醒，脸上糊上这些东西也怪不爽利的。那便让入画给小姐梳个精神点的发髻，也不算失了礼数。"

白筱宁点点头，入画便手脚麻利地打理起她的头发，不多时，笑道："小姐抬头看看，这头梳得可还行？"

白筱宁抬起头，镜中的少女一身嫩粉，梳了一个双平髻，格外的精神讨喜。她心中暗赞，这样甚好，越是孩童气些，越能将三小姐的名声挽回点。年稚淘气，总比痴云腻雨来得好听。她满意地笑了笑："入画的手艺越来越精湛了，那我们就去向夫人请安吧。"说着便打算起身，抱琴眼尖，已忙过来搀她。

白筱宁站起身，甫走了几步，便有些恍惚起来。方才，她急于探索自己的处境，倒没留意，如今脚一落地，右脚传来的那种脚踏实地的感觉便让她不禁颤抖——上辈子，她为救瑶光，落下残疾，毁去容貌。而这辈子，她终于是个健全的人了！她终于可以再次自由行走，可以奔跑，可以做上辈子想做而不能做的事了！若不是抱琴入画还在身旁，白筱宁当真要喜极而泣了，这一刻，她发自内心地感谢上天给她再世为人的机会，她悄悄对自己说——

谢谢你，易平平，谢谢你让我有了再活一次的机会。虽不知你因何离去，但我会连带你的份，让我们这一世，平安喜乐。

抱琴入画见她站在原地，半晌没有动静，不由有些担忧，"小姐，你怎么了？"

她抬眸望着她们，这两个丫鬟一个谨慎沉着，一个胆大心细，若非她们忠心对待，这易三小姐还不知要多受多少苦楚。她心中忽而泛起一阵克制不住的感动，似是这具身体被激发出来的残余情感，这一刻，她仿佛明白已离去的易平平的心，她握紧两个丫鬟的手，声音止不住有些哽咽："抱琴、入画，我易平平不会就这么让你们平白被欺负的，

总有一天，我会让那些人加倍奉还！"

易平平，从今以后，我便是你！你放心，你想要守护的那些，我定会加倍爱惜！

入画搀着自家小姐候在正房院外，等着内门婆子进去传话。

方才小姐说的那些话，似仍在她耳边萦荡，她伺候小姐那么多年，这一次她是真真儿觉得小姐不一样了。因着抱琴脸上有红印，所以没有跟来，入画琢磨着要让小姐少吃些亏，便低声道："小姐等会儿可唤夫人母亲，左不过一个称呼，何必硬撑着，让老爷心生芥蒂呢？"

易平平听言，心中一动，顿时了然，怕是这三小姐不喜唤一个陌生夫人为母亲，所以才称之为夫人罢。她拍了拍入画的手，示意自己知道她的一片好心，"这话还是日后再论吧。"正说着，内门的婆子便出来了，"夫人请三小姐进去。"

外门的小丫鬟忙打了帘子，易平平这便带着入画走了进去。

屋里烧着炭，暖烘烘的，却闻不见一丝烟气儿，反而透着清爽的果香。她不动声色地打量四周，采光通透，屋内摆件儿以玉器为主，门边两口青瓷插着几束冷梅，袅袅娜娜，却颇有风骨，细一看，连这花也摆得极有学问，倒是个"花开相迎"的寓意，显得房内既不单调失色，又高雅宁静。

这一番看下来，易平平心中便有了些计较。府里的东院正房，是老爷和主母住的地方，易夫人将正房如此布置，显见易少卿的喜好，再想想自己屋里那看似富贵却处处透着俗气的陈设……易平平暗叹一口气，易夫人好厉害的心思，易少卿喜好清雅之流，三小姐房中却是俗不可耐，想必易少卿便是偶尔去女儿院中坐坐，怕也被满眼的大红大金晃花了眼，一刻也不愿多待了。

"老爷，夫人，三小姐到了。"那内门婆子福身禀道。

老爷？易平平微不可察地挑了下眉，旋即撩起眼皮快速扫过，右边正座是一位三十左右的女子，眉目宛转，颇有几分风情。她梳着牡丹头，绾着金累丝嵌珍珠牡丹步摇，身着如意缎绣湘色对襟，通身一股华丽做派。视线微移，果然见到左边正座上，坐着一个男子。想来这便是易之瑞了！他着一身上好的松柏绿缭绫，金色镶边使他儒雅中多份清贵。大约因在家中，所以他并未用发冠，半披半束，更显几分风度与傲气。观他年纪约莫已至不惑，但也算得上风度翩翩，确是个大叔级美男。

大叔级……易平平不由心中一乐，居然连现代词汇都使出来了，看来在现代那几年，确实对她影响良多啊。收起心思，她正打算向两位请安，那易之瑞却先开口喝道："孽障，做下这等没脸皮的事，让我们也跟着丢人现眼。自古媒妁之言，父母之命，你竟，竟——"他指着易平平，已是怒不可遏，"小小年纪便无法无天，竟学会了一哭二闹三上吊？好，好，寻死是吧，要我说，死也别死在府里，脏了府里的湖！"

易平平先前并没想过易之瑞会在这里，脑子一下就被他吼蒙了，冷不防腰后被人掐了一下，旋即她听见入画小声道："快哭！"

被入画这么一提醒，易平平立刻回过神来。本来跪别人的生父、嫡母，她还有点膈应，但想到以后自己就是三小姐了……唉，罢了，就当是还她的情了。想到这里，易平平猛地跪到地上，原本只想挤出几滴眼泪而已，但她心中一下想起前世惨死，顿觉无比凄凉，这眼泪也就愈发的情真意切，"父亲，女儿知错了，往后都改了。请父亲息怒，莫为女儿气坏了身子，那女儿真的是天大的罪过了。"

易之瑞见她哭得凄惨，一时没再训斥，只哼了一声，脸色愈发阴晴不定。

眼见易平平不过是哭了一回，易之瑞便已有心软之势，易夫人美眸一眯，做出一副体贴模样，道："老爷，是我素日教导无方，才骄纵出三丫头这性子……你要训便训我吧，三丫头才醒，身子还弱，不能动气。"

易平平虽说哭得厉害，但仍分神留意着这边，见易夫人如此说道，不由蹙眉，这话明面上是劝说，暗地里可是一个劲地提醒易之瑞三小姐刚做下了自尽傻事啊！果然易之瑞听了这话，脸色蓦地就沉了，"什么不能动气！这个孽障辱没门风，我还不能教导几句？这般打不得，骂不得，动不动寻死觅活，这是我易之瑞的女儿，还是我易家的祖宗？"

易平平心中一叹，抬起一张苍白的脸，脸上那泪水是止也止不住地掉："父亲，女儿这次是真的知错了。平日纵着夫人疼我，做什么事都没人指责。想着即便是投湖，被救上来后，夫人也不会责骂我，父亲还会疼惜我几分，这才……"

易之瑞本是四品大理寺少卿，这官场之人的耳朵最是灵便，哪会听不懂平平言语中无人管教之事，可平平还小又素无心眼，是以他默了片刻，淡淡扫了易夫人一眼，沉声道："你母亲惯来面慈心软，对你多有疼爱，你却这般不堪。"

听他此言怒气稍减，易平平心下略安。那厢，易夫人突然站起身来，一脸疼惜地亲自过来搀她，道："老爷，三丫头寒气入体，身子还弱，你让她起来吧！"

哈！又来提醒易之瑞她自尽的荒唐事！易平平心中气恼，脑中却忽然白光一闪，就势抓住易夫人要搀她的手，又哭起来，"夫人，原是女儿年少不更事，又常没人在身边

教导，才做了这等糊涂的傻事，叫夫人担心了不说，还累得父亲动气……"她越说越伤心，又重新扑跪到地上，"父亲有所不知，这次女儿都走到了阎王殿前……却梦见了娘在阎王老爷前堵着，不让我过去。还哭着训了我好久，说我让父亲操心，是最不省事的。还说早知如此，当初就不该生下我，偏生生了我后，她又撒手走了，留着我祸害了父亲。我娘说她悔啊，她走得早，不曾教导我分毫，却连累父亲夫人受累……"

易平平说着，心中到底有些忐忑。她这番话其实是想赌一赌，省得又几句话就被易夫人拉回了局面。按着刚醒时脑中出现的那段身世，三小姐的母亲是生她时难产死了。而易之瑞应该是对母亲有几分真情的，否则又怎会将她抬为贵妾？想到这儿，易平平悄悄看了易之瑞一眼，见他脸色确有几分变化，不禁暗自松了一口气。

等了半响，才听到易之瑞微叹一声，似喜似悲，但声音到底柔了几分，"你这般骄纵任性，你娘若是在，也会被你气没了。"

易平平忙止住抽泣，深深一拜，"父亲饶了女儿这回吧，女儿真的知错了。万不会有下回了。"

易之瑞不轻不重地哼了一声，"还敢有下回，我便揭了你的皮，把你送到庄子上，再不许回来。"

这便是揭过这一遭了！易平平一喜，忙点头应了，一旁的易夫人这时又过来扶她，口中道："我的儿啊，你可都改了吧。"当着易之瑞的面儿，易平平倒不好再挣脱，只能迎合着戚戚唤了声，"夫人……"易夫人的手劲儿也真是不小，易平平被她按坐到椅子上，才听她啜泣道："我原是想着，你自小娇养大，性子又不耐静，嫁去傅家，锦衣玉食，夫君又是个痴的，由你拿捏……你这后半辈子的日子是不用操心，过得极好的。早知你如此不喜欢这门亲事，我便是死了都不应了！"

听着这番话，易平平心中登时警铃大作。果然，易夫人顿了顿，一咬牙，掩面艰难道："罢了罢了，便让你长姐替你嫁去傅家吧！"

"胡闹！"易之瑞蓦地拍桌而起，"我易家嫡女怎可下嫁于商户，还是一痴傻的！"说着，他瞪向易平平，刚刚消下去的火气重燃不说，眼神中还多了几分不喜和失望，"你莫要再闹了，这门亲事你应也得应，不应也得应！"

易夫人真是个棘手的对手啊……竟将易之瑞的脾气揣摩得如此透彻！怪不得易平平会投湖自尽，嫡母为她安排的这叫什么亲事？虽是庶女，但好歹也是官宦之家，嫁给商户本已是低嫁，又遑论那夫君好像还是个傻子？易平平心中起了思量，那边易夫人可不给她反击的机会,拿着手帕抹起了泪,哭得情真意切,"老爷,三丫头虽不是我亲生的,却也是我嘴里含着、手里捧着娇养大的。这次她投湖自尽,吓得我也去了一魂三魄,三丫头若是有个什么三长两短,我也活不成了……"

闻言,易平平不由脸色一白,还不待她开口,易之瑞已眼中冒火地指着她训道:"你听听!你母亲怜你自幼没了亲娘,对你百般照拂,为了你,连自己亲生女儿都愿意舍了!可你呢?你却一直唤她为夫人,连声母亲都吝于唤之,可见你有多凉薄!"

易平平真是觉得有些头疼了,她不由想到在院中时入画就曾提醒她不如唤夫人为母亲。还真是有预见性啊,看来她这两个丫鬟都是聪明可靠之人呢……不过现在不是想这些的时候,眼下这情形,少不得要叫她再念一次母亲了!想着,她再次扑跪在地,放声哭道:"父亲,不是女儿凉薄,女儿只是觉得娘亲为了女儿,豁出去了自己的命,所以一直愧对娘亲,故而一直做不到喊夫人为母亲。女儿心中是一直视夫人为母亲的,夫人对我的好和宠爱,女儿没齿难忘!"易平平哭了片刻,偷眼瞧见易之瑞虽然怒意稍减,但仍是瞪她。她心里咯噔一声,顿时有些明白过来,这一次她出错了棋——庶女喊嫡母为母亲这是规矩,就算三小姐是为了纪念生母,那也是破了这个规矩,虽体现了孝,却也加深了娇纵任性的一面。而易夫人为了三小姐竟可以舍弃自己亲生女儿,两相对比,她自是落了下乘!闭了眼,易平平偷偷将手攥紧,罢了罢了,她重生一遭是为报仇,她要变得强大,要让瑶光尝一尝绝望惨死的滋味!嫁人与否又有什么妨碍?再说,三小姐还小,左不过是先定亲罢了!思及此,她蓦然抬起头来,"父亲,女儿愿意嫁与傅家二郎!"

此话一出,二人皆是一惊。易之瑞静了片刻,神情有些复杂起来。

易夫人眼神闪了闪,忙道:"三丫头啊,你莫要委屈了自己,你若不开心,母亲心中也是顶顶难受的……"

既已做了这样的决定,那就应该将它最大利益化,当务之急是借此机会多拉近一些与易之瑞的父女之情。易平平俯身叩首,"父亲,夫人,实是女儿已想明白。"她抬起头来,脸上毫无血色又泪痕斑驳,好不凄楚,"这次死里逃生,在梦中遇见了阴司里的娘亲,娘教导我要孝悌忠信,万再不可这般任性骄纵。"

易之瑞听了这话,脸上显出些哀色,又见她哭成如此模样,心中到底怜爱几分。半晌,他缓声开了口:"你若真听了你娘的话,孝悌忠信,你娘便也安心了……"说完这句,他脸上竟显出些动容之色,甚至起身,亲自将易平平扶了起来。"以后再不可妄为了!"

易平平自无不应。易夫人见此情形张嘴还欲说些什么，易之瑞却先她开口让平平回房休养，又让婆子吩咐府医多加照料。

易平平直到此时才终于放松下来，忙请退离开，生怕易夫人又挑拨些什么，那样，她的膝盖可又要遭罪了！

回房的路上，易平平一直在思索自身处境，这易夫人确实是个厉害的对手！这次同她正面交锋，她自觉是使出了浑身解数才暂且争得上风，这也是她重生过一遭才能看得通透，前世她本性良善，从不曾将人往坏处想过，这才……

想到前世横死，以及自己那未出世的孩儿，一颗心如同被人狠狠揪住，连呼吸都困难起来。好在她现在本身面色苍白，又刚走了那么一遭，有些虚弱倒也正常。

入画见易平平闭口不言，以为她累了，便也没有多话，只细心地搀着她往回走。刚进了院子，便见着抱琴守在房门口，此刻见了二人，忙迎了上来，担心道："夫人可曾责备小姐？"

闻言，易平平想到刚才易夫人的种种表现，不由嘴角扬起一丝嘲讽，"你几时见过夫人在众人面前斥责过我？"

话音落下，入画和抱琴都怔了怔，直到易平平迈步进了屋，抱琴才跟了过来，浅笑道："小姐这一醒来，看人倒是透彻了不少。"

相比之下，入画就激动得多，连声道："阿弥陀佛，小姐总算是明白过来了！素日里，小姐总说夫人是菩萨心肠，便是抱琴规劝小姐有些防备，却总被小姐回些子没良心、冷了心肠的话。"说到这里，她瘪了下嘴，"真如小姐说的那般好，就不会这般表里不一了。就像今日，明着是她传见小姐，却巴巴地将老爷也叫了过来！"

"老爷也在？"抱琴皱了眉，"可曾责罚小姐？"

见她一脸担心，入画忙将今日的事拣重要的讲了，笑嘻嘻道："这次夫人可算是搬起石头砸了自己的脚！小姐回来时，老爷还亲自吩咐要好生休养呢！我看小姐这次醒来，是真的看明白了……"

抱琴脸上也显出些喜色，但望过来的眼神却多了份若有所思。

易平平被她这目光一望，不由心中一紧。想了想，她叹了口气，声音透出些悲凉缥缈："都是死过一遭的人了，还有什么是看不清的呢……"

抱琴听她此言，眼神不禁柔了几分："小姐受苦了……"

易平平笑了笑，没再说话。这时，入画突然"哎呀"一声，急匆匆去了外间。一会子工夫,便提着一个小篮子进来了,眉目间有些愁绪,"这段时间小姐昏迷,我和抱琴守着小姐……活儿倒是落了不少,这可如何是好。"

易平平从她进来就注意到她手里的篮子,打眼一望,隐约见里面有几块方帕子,绣着些应季的花啊鸟的,十分鲜亮。她起了猜测,但终是不能确定,便试探道:"不过是少了一些,没什么大碍的。"

入画叹了口气,"这几天小姐生病,光是外面的小丫鬟买药进来就使了不少银子。再加上要给那些小丫鬟的打赏,劳烦厨房婆子熬粥备着,也使了不少银子。"她翻着篮子里的帕子,有些为难起来,"这活儿还不如往日一半的多,这个月小姐要受委屈了。"

易平平蹙了眉,这三小姐处境艰难她是知道的,倒没想过会艰难到如此地步,听入画这意思,这三小姐手头十分拮据,倒像是连例银也被克扣了。似是为了印证她的猜想,抱琴上前几步,也翻了翻篮子,却淡淡道:"也不算什么大事,左不过这两个月我们的月银不要罢了,也能供上让小姐紧着点花了,下个月多绣些便是了。"

这语气模样,倒像是习以为常似的!即便早有预料,易平平还是着实吃了一惊,这三小姐的例银果然是被克扣了,日常用度竟要靠自己的两个大丫鬟做绣活儿卖了,才能换些银子花!

易平平心中起了些愧疚,但同时又有一股暖意升起。虽知这份护主之心,是为了三小姐,而并非她,但她着实被打动了。若是换作以前的白筱宁,不过是会夸赞几句,觉得她们尽到了丫鬟的本分。可在现代待了几年后,她习惯了人人平等,对所谓的主仆之分早就看淡了。从醒来到现在,易平平已清楚了从前的三小姐和抱琴入画的关系也定是不错的,不然不会在抱琴挨打后,她这具身体生出止不住的悲愤情绪。

想到这儿,她心中微微叹气,从三小姐房中不值钱的摆设,再到需要两个大丫鬟做些绣活填补嚼用……在家中无亲母照料,又不得生父宠爱,嫡母还是个惯会做表面文章的,府里的丫鬟婆子哪个不是惯常踩低捧高?这一点她早有体会,也无怪乎三小姐地位这般凄凉了。

看来,当务之急要多赚些银钱才是!毕竟有钱能使鬼推磨,没有银钱,她连在这易府都寸步难行,更遑论想要报仇!易平平脑中不断盘算着到底要如何改变现状,眸光下意识地在房中来来回回,蓦地瞥到梳妆台上的妆奁,忽而眼前一亮。

在现代美容院待的那几年,她早学了一身红妆本事,正愁无用武之地呢,如今可不正是个好机会吗?要知道古代的胭脂水粉不仅不服贴肌肤,且大部分都粗制滥造,若她

做出那些融合了现代技术的好东西，还用愁没有生计来源吗？易平平越想越觉得可行，斟酌一番，便向两个仍在发愁的丫鬟道："抱琴，入画，这绣活以后还是别做了。"

此言一出，入画惊疑的"啊？"了一声，抱琴也蹙了眉，两人十分不解地看了过来。

易平平不忍道："你们白日要伺候我，晚上还熬夜绣花，莫白白熬坏了眼睛就不值当了。"

"可是……"

入画还欲说什么，被易平平截住话头，她嘴角一扬，露出个神秘的笑容，"你们呀，听我的，我自有法子赚银子。"说罢，便招手让两人过来，故意卖了个关子，只吩咐两人去寻些需要的材料。

抱琴和入画听罢，脸上都有些犹豫之色，但见易平平一脸笃定，莫名地就对她有了些信心，便也没再多言，匆匆忙忙寻材料去了。

约莫过了一个多时辰，抱琴和入画先后脚地回来了。

易平平看着桌上摆放整齐的原料，忍不住有些兴奋起来，玫瑰茄、柑橘皮、蜂巢以及一些新鲜的青橄榄、蜂蜜、葡萄和小罐子、粱米等，再并上粉钵、研盆、石磨这些，差不多齐全了。

易平平依次看了看，把粱米单独拿出来，吩咐入画将它洗净了，用水泡起来密封。等那粱米窨发些时日，她就可以制作上好的散粉了。至于现在，她要做一些现代的膏状固体口红。

大宏朝现在用的都是口脂，口脂和胭脂是通用的，装在小罐里，用手指直接蘸取、点涂。不仅可选择的颜色很少，而且也远远达不到让双唇水润通透的视觉效果。易平平想着，女人的爱美之心，无论在古代，还是现代，都是最好利用的，更何况，这固体口红最易制作，她在美容院曾待了好几年，这些手工作物，她早就看那些店员们捣鼓过成千上万次了。

其实口红和唇膏的制作差别不大，70%的植物油加30%的蜜蜡加1克维生素E加10滴精油便成，口红只不过是再调些颜色罢了。青橄榄和葡萄用来提取植物油，柑橘皮蒸馏后可以得到少许粗制精油，而玫瑰茄其实就是洛神花，颜色最易提取。蜂巢放进水中溶解便能得到一层蜂蜡，多过滤几遍就能提纯，这蜂蜡便是蜜蜡的一种。至于维生素E，这里没有，就只能用蜂蜜代替了。

说起来简单，但光是提炼这些东西就把易平平折腾得浑身是汗，少不得让入画抱琴帮忙，一会儿碾碎葡萄籽，一会儿帮着看火蒸馏，三人忙活了一个下午才终于把口红做了出来。

待把那些预备的小罐子一个个装满，冷却凝固后，易平平小心翼翼地拿起一罐，虽然外形还是古代的口脂盒，和现代管状口红大相径庭，但……易平平用手指沾染了点口红，轻轻往嘴上抹去——果不其然，那触感，那色泽，是大宏朝的口脂完全无法比肩的！甚至，这颜色还挺像现代正流行的那什么"斩男色"。

易平平按捺住心头激动，抬头一看，入画正眼含期冀，旁边的抱琴也目不转睛地看着她，眼中有疑惑也有惊异。易平平自然知道她们是对口红好奇，便将手中的盒子递了过去，笑道："你俩用手腹轻轻沾点，往唇上抹匀试试。"

两人抿了抿嘴，接过瓷盒，对视一眼，继而小心翼翼地沾了点往唇上抹去。入画一抹完，便忍不住立刻凑到镜子前，对镜自览片刻，诧异道："小姐，你鼓捣出来的新玩意，可是口脂？"易平平笑着点了点头，眼睛眯成月牙儿。

入画惊叹起来，"我的菩萨，咱们家小姐现如今真是了不得，居然能做出这样的新玩意！"那头抱琴也正走到镜子前，看了半晌，又抿了抿唇。易平平知道她是个稳妥的，对她的意见自然看重，便忍不住问道："抱琴，你感觉如何？"

抱琴想了想，道："小姐这口脂，倒不似平常之物，这颜色通透，上嘴也润泽，毫不干涩，外形、触感、色泽都是上上等，连香味也是极好的。"

入画忙不迭点头附和，"极是极是，还透着浓郁的果香，像是能吃一般。"

眼见连抱琴也给出这么高的评价，易平平算是彻底放心了，"那……你们觉得，倘若我将这东西拿去卖，可否能换得些银子？"

抱琴和入画闻言皆是一愣，旋即入画眼睛一亮，大乐起来，"左不得要让小姐赚得个盆满钵满，走不动道了！"易平平掩唇一笑，正有些暗自得意，却听抱琴有些迟疑道："小姐想将这新口脂拿去哪里卖呢？"

抱琴这话问得易平平一时无言。她先前只想着要做出来，还真没想过销路。抱琴见她沉默，微叹一声，忍不住提醒道："这城里有头有脸的脂粉铺是有固定货源的，小姐贸贸然找上去，定会自讨没趣。可那些破落小店，又定是买不起这些子口脂的。"

这一番话，让易平平一下从刚做出口红的喜悦中冷静下来。抱琴说得对，即便她手里有好货，这销路却仍是个难题。好在，这些口脂保质期长，倒也不急着立即卖出去，想到这里，易平平心中稍安，沉思片刻，下了决定，"明日我先出府看看。"

入画雀跃地点了点头，抱琴嘴角动了动，像是想说什么，却终究没再出声。

翌日一早，易平平便带着口脂出了府。她穿着碧青色的上襦下裙，另配一件绀色坎肩，头发也由入画帮着梳成了双螺髻。只见杏眼含露，青眉如黛，莹白的小脸经过昨夜的休整泛出点点粉色，活脱脱就是个俏丽丫鬟。

受电视剧影响，易平平本来还盘算着要让抱琴入画找套男装来穿，但抱琴却先捧了套丫鬟服饰来，经抱琴一提醒，她方回味过来——这院里头只有易老爷和她那个在外地读书没见过面的哥哥，借不到男装不说，扮成男子也太扎眼了些，总不能让入画抱琴去帮她找个小厮借衣服吧？若一个不慎传了出去，那还了得？少不得要扣一个私相授受的罪名！也怪她前世便是个乖乖女，未曾有过私自出府的经历，到底经验不足，若没有心思通透的抱琴定要坏事。

再次念及前世，易平平的心又开始灼痛，犹豫了半晌，她终于还是朝威远候府的方向迈出了脚步。

她其实明白的，如今的她根本不具备报仇的能力，也不该回那个伤心地去自讨没趣。只是，前世已成了她心中不时便会流血的疤，疼痛叫她无法克制回忆，她只要一想到那段痛苦的过往，就忍不住记起她那未出世的孩儿，那是她当时生活中唯一的光。那座森森宅院里承载了她所有的痛楚，却也赋予过她最温暖的时光。去看一眼吧，一眼就好……易平平不住对自己说，身体却止不住战栗，连步子也踉跄起来。

候府门前是一条地带开阔的官道。记忆里，原先总有些胆子大的贫民来此支摊卖食，前世她怜悯那些贫民生活不易，所以不许仆从驱赶，久而久之这里便愈发热闹。如今，当易平平循着回忆一路走来时，却没再见到当初景象，这里重新变成了她未嫁入侯府前的模样，清冷静默，却处处衬着那高门华宅的冷傲与矜贵。

一切好似回到了最初，就像，从未有过她这个人一般。

她停了步，站在角落边不敢再上前。直到旁边巷子里传来一阵吆喝，一个年约六旬的老伯牵着辆驴车走了出来。易平平被惊动，这才发觉自己早已泪流满面，忙背过身胡乱抹了。那老伯倒是个热心肠，见她躲在角落哭以为她有甚难处，便开了口："小姑娘受什么委屈了？可需要老汉帮忙？"

"没，我没事……"易平平吸了吸鼻子，转过脸来，便觉得这老伯有些眼熟，待看到他驴车上剩下的一筐菜后，她一下想起这老伯是常年给侯府送菜的。前世她撞破瑶光和侯爷的奸情后，一度境遇凄凉，怀着身孕被撵到偏院。最开始还能使银钱让那些仆从拿些吃用来，后来钱用完了，那些人在她身上得不到好处，就愈发的作践她。她为了腹中胎儿，须吃些新鲜食物，听别人说侯府每天辰时有专人送菜到偏门，就去碰运气。老伯不知道她身份，只见她可怜，时常给她留一些卖相不好的蔬果，令她十分感激。

老伯自然不知她心思，看她一身丫鬟打扮，独自垂泪又说不出个所以然，便有些了然，"小姑娘你也别瞒老汉了，是不是你主子让你来买梅花糕，结果摊子不见了，你怕受罚才哭的？"老伯笑了笑，"你啊也别哭了，那梅花糕生意还在做的，只是搬到东街去了，你赶紧过去吧！"

他说的梅花糕，易平平也有耳闻，是这一带最出名的小吃摊，想来，老伯不止一次遇到她这种情况的，所以才理所当然。易平平心中一动，忍不住问："老人家，你可知道那些摊子为什么搬走？又是几时搬走的？"

"搬走倒已是两三个月前的事了，这为什么搬……"老伯说到这里，脸上起了犹豫之色。"老伯，你就告诉我吧……"易平平做出一副可怜神色，"我回去也好给主子交代才是。""倒不是不愿给你这丫头讲，是我老头子不爱搬弄是非罢了……"老伯叹了口气，看了眼侯府，才道："三个月前府里头就出人把周围这些摊子全撵走了，有那不听话的人，就直接被砸了摊，还被打得头破血流。后来听那管事的说是侯府要结亲了，不许贫民们在这里摆摊，省得冲撞了贵人的喜事。可怜见的，当时原先那位主母离世才不到一个月，唉，人心凉薄啊……"

原来，现在已是她死后三个月了吗？易平平说不清心中是什么感受，半天才喃喃问道："那，那白家不管吗？"话一出口，便见老伯疑惑地看着她，她强扯了笑，解释道，"我是听说侯爷夫人原先似乎是姓白，好像也是高门大户，侯府这么快重新娶妻，白家不会觉得心寒吗？"

"哦，你是说先夫人的娘家啊？"老伯点点头，又无奈地摇摇头，"他们有什么好管的？侯府娶的好像是先夫人的表妹，虽说不是姓白的，但据说从小和先夫人一起长大，有这层关系，那白府和侯府不是仍算作亲家吗？"

胸口传来一阵生生的剧痛，好似心脏被铁锤狠狠砸了一记，原来没有人为她的死伤心，她和她腹中的胎儿都被无情遗忘，甚至被极力抹去。易平平张开嘴，却迟迟说不出话来。所有的言语都化作满腔凄厉的恨意。

过了很久，她才从仇恨中清醒过来，先前的老伯早已不知去向。她魔怔般走到侯府门前，最后盯了一眼那威严禁闭的大门，这才转身离去。

日上中天，易平平再次从一家脂粉铺里出来，望着人来人往的街道，她无奈地揉了揉眉心。奔波了一上午，这京里的脂粉铺她也去了大半，却仍是毫无进展。

　　正如抱琴所说，那些小点的店铺买不起她的口红，而客流如日中天的大店，要么是不接受来路不明之物，要么便是狠压价格……看来，先前确实是她把贩卖口红的事想得过于简单了些……

　　眼瞅着时间就这么被浪费了，易平平心中是又急又愁，正在一筹莫展之时，她忽然闻到一股略显浓郁的脂粉香，抬头一看，是两个穿红戴绿的女子挽着手，说笑着从她身边路过。两名女子一个化着浓妆，一个体态妖娆，谈笑动作间肆无忌惮。那浓妆女子忽而眼睛一亮，指着路旁卖珠花的小哥，媚笑道："哟，这谁家小哥啊，生得尤为俊俏呢……"

　　妖娆女子眼儿一斜，娇嗔道："可不是吗，叫奴家的小心脏啊，扑通扑通乱跳。"

　　那小哥正是少艾之年，确实生得眉目清秀，此刻听到她们对话，也不敢搭腔，只红着脸低着头，眼神却往两人身上不住瞟去。那浓妆女子见状，便上前几步，拿丝巾在他手背似拂未拂，"小哥啊，我们是飘香院的莺花，小哥你……"她说到这里停住了，暧昧一笑，妖娆女子便接过话茬，娇声道："小哥，去飘香院，记得点如烟和青鸾啊……"

　　说完这话，两个女子眼角带着媚丝儿，斜斜的瞥过小哥一眼便走了，留下那小哥引颈遥望，怅然若失。

　　易平平正准备离开，那两名女子旁若无人的交谈声却顺风传到了她耳边。

　　"要不是今日去城东买那特制的胭脂，我们也不耐烦起这么一大早了，怪折腾人的。"那浓妆女子有些抱怨道。

　　"罢了，你看这路上可不是让我们遇见了这么个俊哥儿？"

　　浓妆女子闻言，声音起了笑意："你这娼妇，又起了什么见不得人的心思。"

　　妖娆女子笑骂起来："你这泼辣蹄子，看我不撕了你的嘴。"

　　易平平望着两人边打闹边走远的背影，不禁有些发怔，有个想法在她心中慢慢成形——若要问这世间哪里的女子最舍得为妆容一掷千金，哪里的女子最争芳斗艳，无非便是那些秦楼楚馆了。在那里，她们不会管她的口红是不是来路不明，更甚至不会在意价格，只要能让她们变美，她们会不惜一切代价！

　　只是，那地方……易平平略有些动摇，但她好歹在现代待过那么几年，思想已不同从前，转念一想，又不由失笑，那秦楼楚馆横竖也不过是个迎来送往、卖笑卖身的地儿，一个生意场所罢了，有什么好在意？下了决定，她在街旁又站了半个时辰，想好了去秦楼楚馆如何交涉，这才动身前行。

　　轻纱低垂，暗香萦绕。室内光影暧昧，视野却意外的开阔。厅中红杉为梁，青砖为地，四处描金绘彩，好不富丽。重重叠叠的纱幔下缀着小巧的铃铛，风过时发出轻灵的响动，像是女子柔媚低笑，轻轻的，如小猫爪子在心尖儿上挠动，一时半边身子都又酥又麻。

　　易平平上一世从未来过这种地方，并不知道要去哪家，只在外面看到这"珑翠阁"门面很是气派，便提步进来了。本以为青楼会是乌烟瘴气、俗气不堪，但现在看来，却是雅俗共赏、颇具风情。能将高雅与俗媚融合得浑然天成，这"珑翠阁"的东家定然眼光一流。正想着，楼上突然响起一个女音，声音似笑非笑，自有一股风流韵味，"哪里来的小妹妹？我这里可不接女客……"

　　易平平抬头一看，但见一名妆容精致的女子一边摇着团扇，一边自阶上走下。她身着水色勾金线对襟上襦，牙色绣芍药的抹胸系得略低，露出大片凝脂雪肤，石榴红的留仙裙随她走动而荡起，像是一朵怒放的鲜花随风摇曳。

　　人未至，已先有浅香浮动而来。易平平从未和这类女子打过交道，一时有些紧张起来，"我，我自然知道这里不接女客……"说完，她假咳了一声，故作镇定地向女子福身见礼，道："劳烦姑娘请出珑翠阁的东家来，我是有一桩买卖想与她谈。"

　　"买卖？"那女子似是听到什么好笑的事，咯咯笑出声来，一双清凌凌的美目从半遮的团扇探出，不住地打量起她，"女子到我们'珑翠阁'来做买卖？莫不是小姑娘你要将自己卖给我？"

　　易平平到底面嫩，听她这般调笑，不由有些羞赧，但却留意到她话中玄机，忙道："我？这么说，姑娘便是珑翠阁的东家？"

　　女子"咦"了一声，道："你倒细致。"她斜眼一挑，不经意间已透出万般风情，"不错，来这里的公子爷都喜唤我一声温姐，我便是珑翠阁的东家——温碧弋。"

　　易平平听她承认，不由心中一喜，但还不待她开口，那边温碧弋又凉凉道："小姐还是莫要好奇了，这地方不是你该来的地儿，顾念你年少，不过是贪玩，还是速速离去为好……"

　　她称的是小姐而非姑娘，易平平惊得一下抬起头来，"你，你怎么看出我不是丫鬟的？"说完这句，易平平便恨不得打自己一巴掌，她这不是一下证实了温姐的揣测吗？

　　果然，温碧弋闻言，面上便显出些轻蔑，"你这样的闺秀小姐，举手投足都讲究个

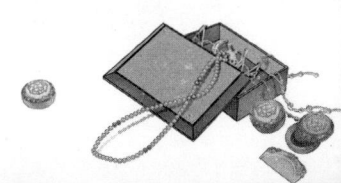

仪态,我见得多了。"她说完似想起什么,摇着扇冷笑起来,"你们啊……总是自以为天真烂漫,有那么些呢,就喜欢乔装打扮,高高在上的来我们珑翠阁查探一番……回去便摇头叹气,只说好好的姑娘,怎的就自甘堕落。你们便是那水中的莲花,我们则是那池底的污泥,愈发衬托你们出污泥而不染。"

易平平被她这番话说得瞠目结舌,连忙辩解道:"我,我没有,我知你们也是身不由己!"温碧弋听她此言,不由凝眸看来,在见到她不躲不避后,方微微扬唇,"你倒是第一个说出这样话的姑娘家。"

易平平见她对自己敌意稍减,不禁松了口气,"温姐,我真的有桩生意要说与你听,你必定喜欢的。"许是见她神态诚恳,温碧弋倒也没再拿乔,只是摇了摇团扇,道:"好,我带你去我房间商议。但……"她说着,睨了易平平一眼,眼波流转,"若是生意不成,你要付与我十两银子。"

"为何!"虽说易平平已是胸有成竹,但仍然被吓了一跳,毕竟这十两银子可不是小数目,在大宏朝够一个三口之家的一年嚼用了!

温碧弋眉峰微挑,笑起来:"因为我的时间值钱,不能白白浪费。"

她说得这般理直气壮,倒叫易平平一时无言以对,愣了愣,才讪讪道:"温姐真是真性情。""什么真性情,我就是爱财如命罢了。随我走吧。"温碧弋不以为意地嗤笑一声,这才摇扇往楼上走去。

因是白天的缘故,楼里清清静静的,没了喧嚣,浓艳的色彩下倒透出一丝莫名的寂寥。易平平一路随温碧弋进了房,温碧弋自顾着在贵妃榻上坐下,这才将目光向她投来,问道:"说吧,有什么好买卖,也值当你一个姑娘家巴巴地跑来这勾栏院。"

易平平见她并没有要给自己看座的意思,不由觉得有些好笑。这个温姐,性子委实直爽,不招她喜欢的人,她真是连半分客套都懒得给予呀。看来自己得多花些心思了!易平平这般想着,已从袖中取出口红,递了过去,"温姐,你试试,这是我自己做的口脂。""我道是什么稀罕物,不过是口脂罢了……"温碧弋嗤笑一声,漫不经心地打开盒盖,沾了点往唇上抹去,抹了两下,却忽而顿住手,"咦,这上唇倒十分润泽,气味也怪好闻的。""正是,温姐再去照照镜子,便知这口脂的妙处了。"

温碧弋闻言,取来手镜一照,顿时眼中一亮,语气也好了几分,"果然好物件,涂上只显得唇又红又嫩,精神得紧。"

这现代口红和古代口脂的区别有多大,易平平是最清楚不过的,便顺势讲起口红的其他优势来，"对极，且这口脂常用，还能使双唇更加润滑，即便不涂这口脂，也是好看的。"果然，温碧弋听了这话，更喜了几分，"我的乖乖，还有这等妙处？"

易平平抿唇一笑，在现代美容院那几年，推销手段她见得多了，知道此时是该卖人情的时候了，便道："这一盒口脂即便天天涂抹，也能用上三五月了，便送与温姐了。温姐只需用上个半旬，便知其中滋味了。"

温碧弋倒没推辞，大大方方放到了妆奁旁，只是再向她看来时，那目光便柔和了几分，"那便多谢小妹了，不知如何称呼？"

直到此时，温碧弋才对她没了抵触心理，易平平心中清楚，忙诚恳回道："我闺名平平，温姐唤我平平即可。"

温碧弋点点头，一面向她做了个请坐的手势，一面重新坐下来，"平妹子，温姐也是个爽快人，不和你说那些虚的。你是想将这口脂售卖给珑翠阁的姑娘们吗？"

易平平摇了摇头，"非也，小妹愿再做上三五盒，送给珑翠阁的佼佼者。"

温碧弋闻言，皱了下眉，不过她在这秦楼楚馆摸爬滚打多年，自然很快想明其中关节。这口脂的确是个好东西，但凡用上便会爱不释手，"听你的意思，你是想将这款口脂在我们珑翠阁推出去？"

"温姐果然冰雪聪明，小妹正是此意。"

温碧弋望了眼妆奁旁的口红，"那么，不知售价几何？"

闻言，易平平露出一个神秘的笑，却没说话，只伸出五根手指。

温碧弋了然地点了点头，"五两银子虽不算便宜，倒也过得去。"

"非也非也……"易平平说着，笑得愈发灿烂，水灵灵的杏眼一时聚满光彩，"是五十两银子一盒！"

"什么？"话音一落，温碧弋一下蹙起眉来，又惊又恼地站起身，"你可是在说笑？"

"温姐，你先莫急，且听我说……"易平平早料到她会如此惊讶，忙拉住她，安抚着让她重新坐下，这才笑道，"小妹并不是无的放矢，而是绝对相信'珑翠阁'头牌莺花们的影响力……"

"哦？"温碧弋听她如此一说，倒也冷静了几分，只是脸色仍不太好，将易平平来回打量了几眼，才道，"那你倒说说，你这口脂凭什么能卖五十两？"

其实，早在决定要来这花楼时，易平平心中就已经拟定了一套营销方案，这个方案用现代词汇来讲，就是明星效应加炒作。易平平微微一笑，将自己的详细计划娓娓道来，

"我做出来的这种新式口脂,唤作'美人唇'。这'美人唇'一开始并不打算对外销售,只是送几盒给阁中的头牌莺花们。头牌的一举一动,最是赢得其他姑娘关注,更何况这'美人唇'只要涂了上去,立马就能看出和其他口脂的不同之处。旁的姑娘便会四处打听,也会央求恩客在外打听这'美人唇'的线索。等势头炒到最热时,温姐就说这'美人唇'是一名世外高人的杰作,所用的技艺乃是前朝宠妃的养颜秘术,绝不外传。所以,这'美人唇'只能限量发售,每月月中售出二十盒,每盒五十两,先到先得……"说到这儿,易平平停了一下,望向若有所思的温碧弋,"至于售出途径,这就要拜托温姐了。届时我和温姐二八分。"

温碧弋的眼神多了几分赞许,"如此古灵精怪的招儿也被你想出来了。"她眼波微转,又垂眸沉思了片刻,才道:"我也不要和你二八分,我倒不是那么唯利是图、毫无原则的人。这样吧,你且先回去,再做几盒,过几天送来珑翠阁……我让阁里名气最大的几个姑娘用了,看看她们的评价,再决定要不要和你合作。"

易平平一直在留意着温碧弋的神色,知道她其实已默认了自己的营销方案,只是,她提出不需要二八分倒有些出乎意料。不过,易平平心中清楚,眼下还不是详谈此事的时机,便诚恳道:"多谢温姐了!"

温碧弋抿唇一笑,站起身来,拉过易平平的手,已没了初见时那般像自我保护似的张扬媚态,倒是多了一份亲切,"走吧,你一个姑娘家,还是莫在这地方待太久。"

易平平点点头,刚随着温碧弋出了房门,便听到楼下传来一阵吵闹声,旋即一个小丫头急匆匆跑了上来,"温姐,楼下唐无珏和前来卖女的人吵起来了!"

卖女?易平平心头一惊,倒是不曾预料第一次来花楼就会看到这样的闹剧。她将目光移向温碧弋,只见她一副习以为常的神色,但眉宇间却捎了点冷意,"随我下去一同看看吧,这世间总有些人比我们这些青楼妓子还不知廉耻……"她说着不以为意地笑了笑,转身下楼。

易平平盯着她一步一荡的裙摆,张了张嘴,却最终没有开口,只沉默地跟着下了楼。

厅里已聚了些人,有阁中莺花还有丫头小厮,想来都是被吵闹声引来的。人群中央,一个小厮打扮却品貌非凡的男子正双手抱胸和一个妇人说着什么,脸上神情冷郁。

"唐无珏,你昨天才来我这儿,今日就有胆子挑事了?"温碧弋走近人群,旁人早看到她来,便自发让出了一条道。易平平跟在后面,倒也得了便宜。

那小厮原来唤作唐无珏,倒不知两人之间有些什么仇怨,此刻他一见温碧弋便满脸怒容，愤愤一指，道："温碧弋，这般小姑娘，你也要让她羊入虎口吗？"

易平平顺着唐无珝指的方向一看，这才见到那妇人身后缩着一个蓝衣小姑娘，那姑娘如今五官还未长开，却已有绝色形貌。只是，看她衣服材质上好，并不似穷人，倒不知为何卖身青楼？

约莫是众人的窃窃私语和唐无珝的高声责问让那小姑娘很是惶恐，她攥紧妇人衣角，泫然欲泣，"舅母，求你不要将我卖到这地方。我会学着做饭、绣花、伺候舅母，只求舅母发发善心，莫将我发落到这地儿……"

原来这妇人是小姑娘的舅母。易平平听到这话，便有些明白了，视线一转，见那妇人大约三旬年纪，眼角高高吊起，一看就是个不好相与的。果然，她扯了扯嘴角，皮笑肉不笑地开了口："姑娘自小娇生惯养，如何能劳烦姑娘伺候我们这等人？舅母也不是那些个狠心的人，早就打听过了，这珑翠阁啊是城里数一数二的好地方。姑娘以后待在这，又可以过上以前吃香喝辣，锦衣玉食的好日子了！"妇人说着，眼光不住在小姑娘的衣裳和头饰上流连，脸上露出垂涎之色，"瞧姑娘穿的锦衣，戴的金银，可都是好东西啊！"

小姑娘见到她的神色，手便不自觉地往后缩了缩，缩到一半，似想起自身处境便又停下来，咬着唇抓紧自己衣襟，"地契、银子、首饰衣裳都已给了舅母……唯独身上这一套衣裳是娘亲在世时，亲手给我做的，这套头面，也是娘亲亲自画的样式……所以我才舍不得交给舅母。"她说到这里，一直在眼中打转儿的泪水终于克制不住，一连串儿地滚落下来，"舅母，我父母遭遇山贼走得突然，我就只有舅舅和您可以依靠了。我已把家中所有财物地契都交给舅母了，只求舅母能留我这套衣裳和头面，给我一个栖身之地……"

"哟，姑娘这话说得就太诛心了！"妇人见她哭得凄惨，又说出这些事来，不由面色一沉就要发作，但到底顾忌周围人多，这才忙端出一张迫不得已的嘴脸叫苦道："你那府里的地契你也是知道的，都换了银子……加上你府里的银子，统共才不到五千两，打发了那些积压的货，便所剩无几了。我劳心劳肺奔波一场，还没落个好。你本是大富之家出身，我这小门小户如何养得起？这才挖空心思给你找了个好出路，你还不领情！"

听她这般说道，小姑娘更是抽噎难止。妇人见她哭个没完，脸上便显出不耐，她左右张望了一下，见温碧弋站得最近，又穿戴精细、容颜殊丽，便眼珠一转，堆起一脸笑容凑了过来，"这位姑娘，可否请你们珑翠阁的东家出来？"

温碧弋睨了她一眼，脸上没什么表情，淡淡道："我便是东家，有什么事便说。"

妇人眼睛顿时一亮，泛起几缕精光，"这么年轻漂亮的东家，当真少见。"她搓了搓手，脸上更挤出些许谄媚和讨好，"你看我这外甥女，虽然年岁尚小，模样却是一等一的好……不知珑翠阁愿意出几个银子买了我这外甥女？"

她话音一落，旁边一直黑着脸的唐无珏一下就跟被点燃的爆竹似的，炸开了，怒喝道："温碧弋，你当真要做这等丧尽天良的事？！"

易平平闻言，不由皱眉地看了唐无珏一眼。这人当真是是非不分，口口声声说温姐丧尽天良，但那小姑娘恶毒的舅母明明才是始作俑者，只是……易平平想起前世自己也对花楼避之不及，不禁有些哀叹，是了，在这大宏朝便是如此。饿死事小失节事大，是以，大家顶多是鄙夷舅母的做法，却对温碧弋憎恨不已。易平平的目光不由向温碧弋转去，她似早习惯了这样的唾骂，对唐无珏连一个眼色也吝啬给予，只缓步走到小姑娘身前，蹲下身，一言不发地卷起小姑娘的衣袖……

赛雪的肌肤上错落着道道青紫，十分醒目，让人看了不忍。

小姑娘还想要躲闪，却被温碧弋拽住，她怯怯地看了温碧弋一眼，抽噎道："姐姐，求你不要买我，我不想污了我清白。"

温碧弋没有回应她的话，只是放柔了声音，"告诉姐姐，你身上的伤是怎么弄的？"

小姑娘嗫嚅着没有回话，那妇人见状，以为温碧弋是嫌弃小姑娘身上有疤，凑过来笑道："哎哟，小孩子不懂事，又不讲道理，有时候就只能打打才能长记性……这么小的孩子，也不能接客，养些日子，这些伤就好了，不碍事的。"

温碧弋理也不理那妇人，仍看着那小姑娘，又道："你不愿进我这珑翠阁，你舅母愿意收留你吗？"妇人根本不给小姑娘回答的机会，忙不迭就诉起了苦，"姑娘，我已经养了这孩子大半年了，花销甚大，我家底子都快被她耗尽了。我自己的姑娘后年要出嫁了，我要开始攒嫁妆，实在没钱也没力气养这个小祖宗了。"

小姑娘听着妇人这话，脸上凄楚之色愈甚，神情恍惚竟有些站不稳。

温碧弋轻声一叹，声音透出几分温柔，"我可以不买你，但你要知道……青楼买人的价格是最高的，比一般府里买丫鬟要高了五六成。你舅母……想从你身上掏多些银子，再者你也是娇惯长大的，并不懂伺候小姐少爷。所以你舅母决心不将你卖成奴婢，只心心念念卖到青楼来，好数银子。"她凝视着小姑娘，目光似要望进她心里去，"你父母早逝，你不能再如以前懵懂无知，须得多做打算。你想清楚，你若不想来珑翠阁，我便不买你。只是珑翠阁是城中素来有名的清倌儿最多的青楼，你若去了旁的青楼，你的选择余地怕是更少。"

妇人见她说了一大通，但就是不说买下，语气便急切起来，"姑娘，我这外甥女不仅模样好，琴棋书画也通。你若不要，当真是错过了一个好苗子！"

温碧弋笑了笑，看向妇人，笑意却并不达眼底，只道："不急，让孩子自己想想。"

妇人催说无用，便恶狠狠地瞪了小姑娘一眼。事到如今，那小姑娘也知道她不会放过自己，只胡乱地擦着泪，不知是想起了什么，小手紧攥着。过了一盏茶工夫，她才抬起头来，望向温碧弋，低低道："我可以只做清倌儿吗？"

温碧弋露出一个略欣慰的笑，却轻轻摇头，"那要看你本事了，你若能以才侍人，便可只做清倌儿。"

小姑娘脸色一白，神情变幻，等了片刻，她才一脸决绝，低声却坚定道："好，姐姐你买了我吧。"

此言一出，那妇人立刻喜笑颜开，拍手道："可不是，这地方比神仙住的地儿都漂亮！姑娘往后是在这享福，好事哩！"

小姑娘咬着唇，别过脸去，没再理会她，却浑身都在颤抖。

温碧弋也不再多话，只问了价格，便唤人取来一百两纹银，交给了妇人。

这妇人接了银子，往嘴里咬了一口，这才眉开眼笑地走了，一句话也没留给自己的外甥女。"都散了吧。"温碧弋挥手让众人离去，这才唤了个丫头先将这小姑娘带下去擦擦脸。易平平望着那小姑娘瘦弱的背影，心中到底有些唏嘘。温碧弋见她伫立不语，正欲开口，唐无珏却先冲了过来，疾言厉色："你这毒妇，连这么小的孩童也下得去手！"

温碧弋并不动怒，只睨了他一眼，嘴角噙起半分笑："我做了什么天怒人怨的事，成了毒妇？"唐无珏恨恨道："这孩子，才这般大小，你也狠心将她买入青楼？！"

温碧弋淡声道："我不买她，她舅母自会将她卖与其他青楼。"

唐无珏闻言，怒气一滞，旋即却更加横眉瞪目，"你这是助纣为虐，若你们都不买，那妇人便徒劳了！""我们都不买？"温碧弋嘴角依然扬着，语气却有些发冷，"那你们男人还去青楼做甚？只有徐娘半老的老人，没有娇艳含羞的新人，到时候你们男人又该说我们糊弄你们了。"

唐无珏一时语塞，一张俊脸黑如锅底，切齿道："你巧言令色，我说不过你！你这种黑了心肠的妇人，以后是要下地狱的，你记着！"

"记着?"温碧弋嗤笑了一声,眉峰一挑,睨视着他,"好啊,我温碧弋别的不行,记性倒是好得很。若我没记错,唐公子前日来阁中喝过花酒却身无分文,现在被扣押做工以抵酒钱,按道理来说,你现在可是我的伙计……既然你说我这东家是个黑心的,那我便扣了你的工钱,令你多在阁中务工几月,这才不枉担了这名头!"

"你,你!"唐无珏这下被气得几乎说不出话来,半晌,才怒目挤出一句,"唯女子与小人难养也!"说完,他便义愤填膺地冲出去了,那神情好似再多看温碧弋一眼,都是对他自己的侮辱一般。

这一时半刻又是闹又是吵的,温碧弋脸上也透出几分疲累,"你也回去吧……"她看了易平平一眼,淡淡道:"省得被这些腌臜事污了眼……"

眼前的女子姿容绝丽,淡然的神情好似看透世间所有。一个娇娇弱女在男尊女卑的朝代要经历多少风浪,方能成长至此?总有磨难需要自己坚强,没有人可以一直做温室里的娇花,就像那个被卖掉的小姑娘,也像易平平自己,而温碧弋……她的故事或许更加曲折。易平平忽而有些心疼,如果说先前来花楼贩卖口红多少是个无奈之举,那么现在,她是真心诚意想和温碧弋合作,不为其他,只为温碧弋这一份至情至性。思及此,易平平叹了口气,"温姐,你并没有做错什么。"

温碧弋闻言,不禁浑身一震,失神了片刻,才道:"我将这幼女推入了火窟,你却说没做错?"她自失一笑,"本是良民,如今却成了风尘中人,是我害了她……"

若是前世,易平平觉得自己也会如温姐所说那般思想,更会毫不犹豫地买下小姑娘,救她脱离苦海。可现在,她不会再盲目善良,不是她变了,而是明白不能愚善。试问,就算她买下小姑娘以后又能怎样安排她呢?若是带着身边,以小姑娘的美貌,逃不过做妾的命运,而若是放出去,她一个弱质女流只怕处境会更艰难。授人以鱼不如授人以渔,真正的善良更需要手腕和眼光,从前的她没有,重活一世她才有些明了,但温碧弋年纪轻轻便已有这样的觉悟,又是这样的真性情,这令她如何不钦佩?思及此,易平平抬起头,定定地望向温碧弋,轻声道:"牡丹真国色,又岂非平常人家能护得住?"

温碧弋讶异地看了她一眼,不禁动容,"你,你竟是看明白了……"

易平平点点头,"这小孩身量未足,五官也还未长开,却已可窥见柳腰莲脸,日后定是个万家公子求的翘楚。若父母未亡,家中还有得殷实家产,倒还好说。偏生无父无母,还摊上那么个舅母,想必……等大了,谁肯护她,那狠心的舅母不火上浇油便已是万幸。且看今日那丫头身上伤痕交错,便能想到她寄人篱下的日子是如何触目惊心了。"

温碧弋脸上的神情真切了几分,"这个丫头,长大后定是祸国殃民的绝色,错不了。若指望她家中舅母,这丫头的一生定是全无自己决定的余地了。倒不如我将她买进阁中,以后跟着谁,就看她自己的本事了。"说到这里,她眼角带出几丝柔和,"倒不想你这个小丫头居然看懂了我的心思。"

视线相对,两人不由相视一笑,一时心中皆生出一种相见恨晚之感。

因着温碧弋还要处理小姑娘的事,而易平平也着实出来太久,两人约过下次再谈后,易平平便拜别离去。

今日之事,令易平平高兴之余又有些无奈。高兴的是,这"美人唇"十之八九能在珑翠阁出售,以后有了银钱,她要改变自己处境,也顺遂得多;无奈的是,见到那个被卖的小姑娘,她又一次深刻意识到女子的地位有多低微,再想想曾在现代看到的男女平等,不禁愈发艳羡,心中甚至有一股莫名的情绪在涌动……

正想着,却感觉前方蓦然带来一阵风,她一时不察,便撞上一个硬如钢铁之物,鼻尖一下灌满浓郁的男子气息,其中夹杂着些冷冽的松柏味。易平平心中一惊,连忙退开数步,抬头便见到一名男子站在她身前。

那男子身形高大,更生得十分颜色。一双桃花眼多情又妩媚,过薄的嘴唇却使得此人多了几分无情冷漠,偏他又着了一身戎装,浑身寒铁,那桃花眼便也被衬出凉意,未出声便觉一股威压扑面而来。

易平平福身道了一句抱歉,见这人毫无让路的念头,便自行往左走去。哪知,她刚一错步,这人又移了过来,生生挡住了她的去路。

易平平本欲皱眉,但想到自己刚撞了对方,便只道:"公子还有何指教?"

男子闻言,兀的眸子暗了些许,又近了一步,"易三姑娘这次又要玩什么把戏?"他声音低沉又有磁性,听到耳中便震得耳膜嗡嗡细响,整个耳朵都觉得酥麻起来。

不过此时易平平倒没空管他的声音,更没空理会两人过近的距离,只觉他说的那句话如惊雷一般,让她乍然一惊,几欲跳起——糟糕,这人竟是认识易平平的!易平平的手握紧又松开,停了片刻,才努力冷静下来,做出一副歉意的模样,道:"还请公子见谅,我自前几日大病一场后……有些人和事便记不太清了,影影绰绰的,十分不明朗。"

眼前的男子听了这话,忽而笑出声来。这一笑,却似冰消雪融,满山桃花开一般迷人眼。他将她打量一番,眸色沉沉,"哦?不知易三姑娘可忘记了自己的父亲母亲?"

易平平猜不透他的想法,只好摇头,道:"父母养育之恩岂敢忘,自不曾忘记。"

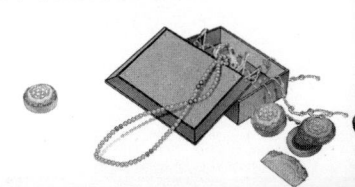

男子凝视着她，嘴角噙起一丝冷笑，"可曾忘记傅家二郎？"

易平平下意识地摇摇头，这下她真是不知道如何回答了。

男子脸色稍沉，又逼近几分，几乎要贴上来，一股松柏香便急急侵入肺腑之间。他声音阴沉，带着嘲讽，又有一种说不清道不明的情绪，"原来谁都没忘，只忘了我？"

易平平心中一紧，忙退了一步，含糊道："想必是和公子相交甚浅，故而才记不真切。""易平平，这又是你想出来的新法子？"男子收起笑意，忽而抬手将她颊边鬓发捻起一缕，轻佻地在鼻间嗅了下，"欲擒故纵？你倒是比以前聪慧了些。"话音落下，他冷冷看了她一眼，狠狠地扔下手中发丝，转身离去。

易平平这才松了一口气，看着他的背影，方觉自己早已冷汗透背。

这人，不知因何，似乎对她，或者说，对三姑娘有着很深的敌意。可惜，不知他姓名，就算想打听也无从打听起，看来只能以后多加防备了！易平平这么想着，摇摇头，只能叹口气，继续往易府的方向走了。

她并不知道，在她转身后，刚刚离去的男子却忽而顿住了脚步，回身凝望。直到她的背影完全消失在人群中，男子嘴角才扬起一丝阴寒，眼中墨色愈发深邃起来。

日头已经偏西，在大宏朝若不是逢初一、十五及节日，是不会有夜市的，所以此刻街上的人流已经渐渐稀少。易平平走在回府的路上，心里一直有些不安稳，总有如芒刺在背之感，可她回头望了几次，也没发现异状。

大概是刚才那男子的气场太强了吧……易平平哂笑一下，余光瞥见街旁有个卖铜镜的小摊，她心中一动，还是走了过去。

卖铜镜的小贩正要收摊，见她过来，忙堆起笑热情地向她介绍，企图揽住今日最后一笔生意。易平平听他的介绍拿了一只手镜，装作观看，却不动声色地往周围照了照。她左右晃了几下，正暗笑自己确实多疑，却在欲放下镜子的一瞬，突然照到一双露着凶光的眼。易平平手一僵，故作镇定地又重新拿起镜子，调整了方向，赫然见到有个男人正隔着街面盯梢着她。易平平的心一下提到了嗓子眼，真的有人在跟踪她！

一时间，易平平脑中飞快闪过无数念头。卖铜镜的小贩见她一副走神样，有些恼怒起来，"我说你到底买不买？"易平平被他一问，尚有些回不过神，"啊？"

这下那小贩看出来她并不是要买铜镜，态度恶劣地夺回镜子，不耐烦地驱赶她："去去去，不买就别耽误我收摊！""谁说我不买的？"易平平皱了眉，若是换到平时，小贩这种态度,她早就扭头走了,可现在形势逼人,她只能板着脸问了价格买下来。

小贩收了钱,喜笑颜开地道了慢走。易平平装作无事地往前走,却借着欣赏镜子一直默默观察。她确实没看错,那个男人就是在跟踪她,而更令人恐惧的是,除了那人,周围还有几人在鬼鬼祟祟!

可恨现在行人不多,连制造混乱的机会都没有,但也因为行人不多这个缘故,那几个人怕被发现,所以吊在离她较远的地方,偶尔才会跟近一些。易平平快速打量着四周,看来只有出其不意地藏起来才是自救之法。一路不急不缓地走到巷子口,她紧张得心都要跳出来了,然而没时间了,趁着那些歹人还在后面,易平平忽然发足狂奔!

就在她身影钻进巷子里的那一刻,她听到背后有人大叫一声——"她跑了!快追!"

易平平上辈子加这辈子从来没跑这么急过,仗着对地形熟悉,她随手把镜子扔到岔口边,做出惊慌出逃的假象,然后迅速躲进旁边废弃的小屋中。

才刚刚躲好,便听外面传来一阵急促的脚步声,许是发现了她摔坏的镜子,有个人喊道:"大哥,那丫头往那边跑了!"

易平平缩在墙角紧紧抓着自己衣角,大气都不敢喘一口,整张脸憋得通红。只听到另一个声音吩咐道:"两个人去这边,你去那边,你跟我进去看看!"

听到这话,易平平如同被一盆冷水兜头浇下,定定地看着那扇破败的门,耳听得已有脚步声在靠近,她只觉自己全身血液都被凝住一般。这一刻,她无比痛恨自己的自作聪明!她怎么就没考虑到歹徒有好几个人,对付她一个弱质女流完全可以分头行事!

易平平慢慢扶着墙站起来,就在她无比忐忑,以为自己必死无疑时,忽然听到"哗"的一声巨响,与此同时,窗子被人用力撞开,她只觉眼前一花,尘土飞扬,一下忍不住就呛咳起来,恍惚中她的手被一只有力的大手拉住,还没等她反应过来,又是"啪"的一声门被急促踹开了,有人大声叫道:"那丫头在这儿!"

易平平眼睛被灰尘迷住了,她来不及多想,甚至没法看一眼,只听到耳边有个清如山泉的男音说了一句,"走!"

她不知为何,对这个声音竟一点排斥也生不出,不知是不是被吓傻了,她鬼使神差被那人拉着护到了怀中。那人带着她几个躲闪,竟然就避过了门口两个歹人,冲了出来!

易平平一路被拉着狂奔,那人似乎特别熟悉地形,带着她左躲右蹿,先头还能听到后面那些人气急败坏的追赶声,后来就渐渐听不到了。又跑了一阵,易平平实在是体力耗尽,而那人竟好像知道她跑不动了一般,慢慢地就停了下来。

第一章 重获新生

易平平喘得差点背过气去，一双腿像灌入了沸腾的水银似的快要炸开了，她满面酡红，淋漓的大汗滴到眼睛里，酸辣辣地疼。她胡乱抹了下眼，这才抬起头……

带她脱离困境的，是个身着蓝衣的少年郎。大概是她确实缺乏运动的关系，所以此刻她难过得要死，而那少年却只是脸色微红，额上挂了两滴汗珠而已。那少年见她抬头，便对她展颜一笑。

易平平一下愣住了，这少年拥有一双格外漂亮的眼，如同白水银衬着两丸黑水银。更难得的是眸子中清澈无比，无分毫杂质，这一笑起来便仿佛无垠夜空之中繁星闪动。只是……这少年不知为何给人一种很奇怪的感觉。明明眉梢多情，眼波流动，应是带着几分风流才子的佻达，却偏生瞳仁灵动纯净，恍若初生的婴儿一般洁净。易平平心有疑惑，但她终究不是失礼之人，缓了片刻，便开口道："多谢公子相救。"

少年又是一笑，笑容灿烂得几乎晃花了易平平的眼，"奇怪姐姐不用谢我，要谢风儿姐姐！""奇怪姐姐？风儿姐姐？"易平平差点脱口就问那是谁，可下午遇到那个戎装男子后到底令她多了一份警醒，少年对她态度颇为熟稔，她怕他与易三小姐原是相识的，便生生住了口。"是啊！"少年点点头，认真道："是风儿姐姐告诉我，刚才那几个人从珑翠阁门口就开始跟踪你，意图抢劫。"

易平平听得心中一跳，这少年说的风儿姐姐到底是谁？这易三小姐难道还认识武林高手？可既然从她被跟踪时那风儿姐姐就知道了，又为何不自己来救她？一时之间，易平平心中有无数个问题，正暗自琢磨到底要怎样才能向少年套话，那少年却忽然一拍手"哎呀"叫了一声。

只见他蹙起眉，满脸焦急，"东生还在等我，我要走了！"说完这话，那少年转身便跑，一副十分匆忙的样子，甚至连道别都忘记了。"欸……"易平平张了张嘴，却半天再说不出一句话，只能眼睁睁看着少年几息之间就跑得不见了踪影。

这一天过得还真是心惊胆战，扑朔离奇啊……易平平无奈地叹息一声，抬起酸软的腿往前走，没走几步，复又停住，扭头望向刚才逃窜过来的方向……

果然，从"珑翠阁"出来就跟着她了吗？似乎，不是意外啊……

易平平意味深长地最后看了一眼，便再度迈步离去了。

将包袱放到那张降香黄檀圆桌上，易平平微笑着打开，将里面十几盒口脂码放整齐后，这才向温碧弋开口道："温姐，这些便是小妹昨日所得了。"

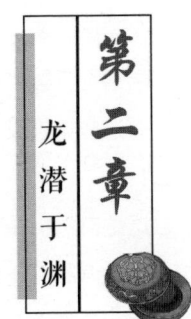

第二章 龙潜于渊

前日被跟踪一事其实让易平平有些后怕。当时若非那个蓝衣少年相救,恐怕她真的要落入歹人手中了。后来回府的路上她也想通了,从种种迹象来看,像是有人在刻意与易三小姐作对。易平平生性倔强,现在既已知道有人见不得她好,便更激起了她要活得璀璨耀目的心思,所以她昨日一回府,便让抱琴入画帮助着一起做了新口红,而这一次做的口红,她早有了新想法……

温碧弋看着那一堆口脂,却是略皱了下眉,面对兴奋的易平平,她迟疑片刻才开了口,"平妹子,我昨日是说让阁中的头牌姑娘试试你的口脂,可你也用不了做这么多呀……"

易平平知道,温姐其实还有些担心,万一那些头牌姑娘看不上她的口红,怕她白忙活一场,不过……易平平神秘一笑,也不说话,只拿了几盒口红依次打开,摆到温姐面前,这才道:"还请温姐仔细看看?"

温碧弋不解地看了她一眼,见她嘴角微翘,眉目间透出一股自信,不由低头看去,只见那几盒被打开的口脂色泽晶莹。温碧弋挑了下眉,"这有甚特别……"话未说完,她突然住了口,略为惊讶睁大了眼,"居然……还有这么些不同颜色?"

温碧弋在青楼也有些年头了,见过的口脂多不甚数,却还是第一次见到口脂有这样多的颜色,依次看去桌上口脂赫然是正红、茜色、海棠红、粉红、胭脂……还有又橘又粉的颜色,她甚至定义不出来是什么,单是正红、胭脂也算平常,可这粉红、茜色、海棠红,却着实没有见过,更遑论那不知名的颜色了!

易平平见温姐神情惊讶,便笑起来:"自然需要多些颜色,配合不同的妆容和衣裙。"

说着，她拿起那盒由西府海棠混美人蕉调色而成的西柚色，"温姐，你看，这颜色俏皮又不失温婉，最适合搭配色彩清雅的衣裙了。"

温碧弋听罢，愈发欢喜，"我原只是觉得这口脂颜色透亮，上嘴还润泽，没想到居然还有这些见都没见过的新颜色！"以她在风月场上的经验，自然知道这些新色意味着什么！

这是自然！在现代那几年可不是白待的！易平平心中略有得意，没错，她昨日的新想法就是调制新色！现代那些明星，哪一个不是一套妆容就换一个口红颜色？口红颜色对一个女人来说有多少魅力，单看现代那些女人买得有多疯狂就知道了！眼见温姐眉梢眼角里都忍不住的满意之色，易平平朗声笑道："要卖到五十两银子一盒，自然是有几分独特之处的。"

温碧弋嗔了她一眼，笑道："你这小妮子，先莫高兴得太早，我还得让我珑翠阁的四位头牌试了再说其他的。"说罢，她起身对外间吩咐道，"春花，将四位大姑娘请来。"

不一会儿，四位头牌姑娘便先后到了房中。四位姑娘俱是一等一的美人，又生得各有千秋，一时之间只觉乱花迷眼，满室生辉。

"这是芙蓉、月季、水仙、蔷薇……"温碧弋逐一介绍一番，那粉脸桃腮的芙蓉便先开了口，笑道："温姐叫我们来可是有什么好事？"

"就属你鬼机灵。"温碧弋点了下她额头，这才指着桌上，道，"今儿个是让你们来看看这些口脂的。"

闻言，四位美人便凑了过去。少顷，只听气质华贵的月季"咦"了一声，随即拿起一盒口脂，赞道："这大红的颜色好生端正，我一眼就爱上了！"

芙蓉倒是相中了那盒西柚色，"原先的口脂并没有这般娇嫩的颜色，果然极好。"

"这些口脂倒也用心，还能入眼。"水仙眉目孤傲，声音却泻出几分娇艳。

蔷薇将所有的口脂都看过一遍，这才将目光投向温姐，"难为温姐为我们寻来这一等一的好物件。"她说着轻轻一笑，言笑中不经意便流露出几分媚态。

见四位美人都喜欢，温碧弋莞尔一笑，"你们素来眼界儿高，能入得了你们的眼，想必确是好东西了……"她说着看了易平平一眼。易平平知道她是在询问自己，忙点了下头，温碧弋便道："这里足足有十六盒口脂，我便借花献佛做了主，赠你们每人四盒。"

此言一出，四位美人都露出讶然之色，纷纷望向温碧弋。温碧弋美目流转，这才又笑吟吟道："只是我们平妹子的东西也不是那么白拿的。你们须得如此一番，这东西也不算白赠了。"说完,她便将昨日说的那些计划细细给四位美人说了。

四位美人听完,都没有思虑太久,一一应承下来。本就只是举手之劳,她们也乐得给温姐卖个好。

待到一切都商议完毕,四位美人就陆续告辞了,对她们来说,白日是一点都不容许浪费的休息时间。

所谓万事开头难,开好了头万事好说。易平平心中忍不住高兴起来,郑重地向温碧弋作揖,道:"多谢温姐相助,感激涕零。"

温碧弋挥了挥手,拽她坐下,嗔笑道:"我又不是白出力,可是要和你分成的。"

易平平含笑点头,"二八分,你八我二,横竖这口脂成本低,即便是二成,我也是赚的。"

温碧弋听言,先是一顿,而后眼中笑意越发真诚了几分,"你这小丫头倒实诚,我也不能太占你便宜。还是五五分吧,你出力,我出人,帮你将这'美人唇'的名声扬出去。"

论钱谁也不会嫌多,可易平平心中是早有思量的,想了想,她还是实话实说道:"这可不行,五五分,届时温姐嫌少了,不肯尽心尽力帮我便不好了。"

此话一出,温碧弋便瞪了她一眼,佯装生气道:"你这小妮子,我又岂是那种过河拆桥的小人?就如此吧,五五分成,等会儿我们拟个文书,各自留个底儿便可。"说着,她站起身来,纤纤玉指在易平平鼻子轻轻一刮,"也省得你呀,怕温姐我不尽心!"

"好好好,我的好温姐,是我错了。"易平平作求饶状,心中对她倒是更多了几分赞叹,由衷笑道,"温姐果然女中豪杰,行事仗义,佩服佩服!"

温碧弋斜睨她一眼,啐道:"好好一个小女娃,做什么老气横秋说话。"

易平平笑了笑,正想开口回些什么,房门却突然被人用力打开,一个浑身泛着寒意的身影闯了进来。易平平定睛一看,却是唐无珏,一脸铁青,瞪着眼,神情极其恼怒。他既不打招呼也不行礼,一来就硬邦邦地开口道:"我听春花说,你还给那小丫头赐名了。"

温碧弋在他进来的那一刹,神情就淡了,她挑了眉,嘴角无意识泛起一抹笑,"对,牡丹,这名儿可好听?"

易平平先头还有些蒙,这下猛地明白过来,唐无珏原来说的是昨日那个小姑娘。唯有牡丹真国色……温姐原来真的给那小姑娘取了这个花名。只是……易平平皱起眉,昨

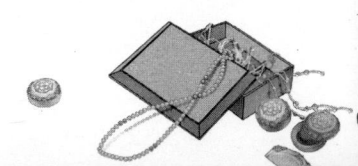

日这唐无珏已经就温碧弋买下小姑娘的事，和她争执过一通了，怎么今日又来？

唐无珏听了温碧弋的话，双唇抿得更紧，"听说你今日就已经找人开始调教她了？"

温碧弋抚弄着手指鲜红的蔻丹，语调平缓，"我买她来是做莺花的，难道不该让人调教她吗？"

唐无珏眼中似燃起了烈烈熊火，脸色也气得通红，"你的良心是让狗吃了吗？！"

眼见此间气氛实在令人难堪，易平平本想开口调节下，为温碧弋解释几句，却被她抬手按住。温碧弋给了她一个柔柔的笑脸，这才走近唐无珏，眼角嘴角甚至含着笑，"唐无珏，你觉得我良心被狗吃了，为何？"

唐无珏冷笑起来，"如此幼童，你竟教她些淫靡之术，害她清誉不保，此为其一。本是女子，却还开了这卖笑的珑翠阁，不知误了多少女子，此为其二。"他说到这里，顿了顿，切齿道："想必你这种女子，是不知何为'三从四德'的。自己不知廉耻，还误了其他女子，真是令人作呕！"

温碧弋脸上的笑意纹丝未动，恍然大悟道："如此说来，千错万错都是我温碧弋一人之错了……"她说着迎上唐无珏充满鄙夷的眼神，眉眼之间风情盛然至极，"唐无珏，你是哪家高门府邸的公子爷？还是乖乖回了府，要了银子，还我珑翠阁吧。"

"你，你怎么知道……"唐无珏双目登时睁大了几分。

温碧弋听了这话，脸上的笑意终于渐渐冷下来。不知怎的，她这般不笑的模样才让易平平心安，先前那番眉语目笑反而让她看了心惊。

温碧弋脸上无怒无喜无悲，"我干的便是迎来送往、揣测人心的活儿，若连你的大致身份都看不出，我这几年也算是白干了。"她嘴角勾起，虽是笑着，却看着神情愈发冰冷，"你们这些高门大户的公子爷，小姐姑娘啊……个个都是菩萨心肠，最是操心人间疾苦，总觉得这世上除了黑就是白。且不说旁的，只看看你们自家父亲、兄弟的后宅中，有多少肮脏。这些肮脏，多数都是起于女人，源头呢，却实打实的是你们男人做的好事。"温碧弋的双眼看向唐无珏，那目光似一把利剑，冷冷将他钉在当场，无法逃避，"你说那些子后院，莺莺燕燕的，都是一个个鲜活无比、灿如春花的好女子，偏生都围在一个男子身边。她们轻易不能出府，也不能有自己操心的活计，思来想去，还能做些什么？所有的心思都只能放在那个男人身上，本是清澈的心思也变得渐渐浑浊，这又该怪谁呢？"

"你扯这些子没用的做什么？"唐无珏急急叫嚣起来，也不知是被温碧弋的目光看得心慌，抑或是她的话，让他到底有些疑惑，他紧紧皱起眉来。

"这些怎么是没用的呢？"温碧弋眸色暗了几分，"人说祸起萧墙不知戡，可不就是如此？这后宅之争，这秦楼楚馆，这些明的暗的脂粉纠缠，始作俑者可不就是你们男子？"她说到这里移开了目光，看向窗栏的雕花，倒不知是否想起了什么，声音忽而有些飘忽，似比风还轻了几分，"男子薄情寡义，左拥右抱，世道如此，我有什么办法？与其苛责我这珑翠阁，又为何不管好你们自己的风流成性？"

这一番话下来，唐无珏的神色有些怔愣起来，而温碧弋却是顾不上他的想法，终于忍不住要一吐胸臆，"昨日那小丫头，身上的伤痕你也见了，虽是舅母，下手也极重。我不买了她，还会有第二个、第三个珑翠阁买了她。放在我这，我还能多加照拂一二。别跟我说什么年龄幼小不宜调教的话，在这青楼若她自己没有些好手段，又怎能做得了声名在外的清倌？你们这些贵门公子小姐自然是不懂其中门道的，你们只知我们是污浊不堪的，愈发衬得你们品行高洁。"她说到这里，深深地看了唐无珏一眼，眉宇之间已满是疲累之色，"我劝公子什么身份过什么日子，你的好心未必能成好事，甚者，会误事也是不得知的。"说完这话，她便起身走了出去，易平平眼尖地看到了她攥成拳头却仍不住轻颤的双手。

眼见温碧弋离开，唐无珏下意识就抬步跟了出去，走到门口却又犹豫地停了步。

易平平见此情形，不由叹了口气。这主人家已经离开，她这个客人倒也不好再留，她起了身正要出门，唐无珏却忽然张口："喂，你……你也觉得她说的是对的吗？"

易平平回头看他，见他棱角分明的脸上怒意早褪了几分，更多的俱是疑惑之色，望着她的眼神期待中却又透出几分不真切的退缩。沉吟片刻，她并没有直接回答他的问题，而是斟酌道："唐公子怕是私自离家的吧。"

唐无珏听出她话中肯定之意，又是一惊，神情一下变得冷锐起来，"你又如何知道？"

易平平见他反应便知被自己说中了，微微一叹道："公子打抱不平是好事，只是这世事没有那般简单。纵然是眼见耳听也未必为实，公子还是切莫和家中长辈怄气，快快回府吧。"

唐无珏神色变幻一番，不依不饶地问："你是怎么知道我是私自离府的。"

见他如此纠结此事，易平平无奈地摇了摇头，"公子身无分文，却敢进富丽堂皇的珑翠阁，亦不露怯，想必素日界儿是个高的。身上没酒钱，却宁愿在珑翠阁做小厮，想必是不愿问家中开口。心性善良，却不太通世事，想来衣食无忧，在家中颇受宠爱。

如此三点，莫说温姐能看出蹊跷，便是我，也能窥视一二的。"说到这里，她已不想再与唐无珏谈下去，不等他再开口，便道，"公子请自便，我先告辞了。"言罢，她福身一下算作告辞，随后便掩上房门，绕过唐无珏出了屋子。走不过三四步，却隐约听见身后的唐无珏闷声唤了句"三叔"。易平平下意识地回头看了一眼，却见身后空荡荡的，已没了人影。莫不是这昨晚做口脂太劳累了？易平平自失一笑，摇头离去。

今日回去得早，易平平又刻意走那人流量大的官道，倒也没再出什么意外。待偷偷从偏门回了院子，抱琴便眼尖地迎了上来，"小姐回来了。"

易平平含笑点点头，二人一同走进屋内。抱琴忙为她倒上一杯热茶，有些心疼道："小姐，往后这往外送口脂的事，还是让我来做吧。"

入画正绞了热巾子过来，听了这话，连连点头，"我来做也可以的！"

这两个丫头要知道她是去了珑翠阁，还不得吓着？易平平望着二人期冀的眼神，心中止不住泛起一股暖流，她并不想直言拒绝她们一片心意，只好笑了笑，指向角落里用来泡梁米的瓷盆，转移话题，"抱琴，那是我准备用来做玉簪粉的米浆，你时不时帮我注意一些。等过了大概半旬，你提醒我一番。"

抱琴心思通透，又岂会不知她心意，只好顺着她回道："是，小姐。"

入画也不是那愚笨之人，见易平平不再提及送口脂之事，便服侍着她擦了脸，才笑问："小姐可饿了？我去厨房给姑娘要些点心垫垫肚子。"

易平平展颜一笑，正要说话，门忽然"吱呀"一声开了。旋即，一个满脸怒容的黄衣男子疾走进来，一见她面，更是气得瞋目切齿，"易平平，你到底要生多少事才甘心！"

易平平一下愣住了，倒是抱琴入画反应迅速，屈膝福身道："请二少爷安。"

二少爷？两人这一称呼，易平平猛地想起易三小姐有个一母同胞的哥哥易谨。嫡母生有嫡长姐，易平平是第三女，这易谨可就是二少爷么⋯⋯只是，他不是远在百里之外的白鹿书院习书识文么？怎么突然回来了？还一来便发这么大的火气？易平平心中这般想着，人已经起身迎了上去，想着易三小姐只有这么一个哥哥，便多少有些亲切，"哥哥，你归家了。"

易谨见她过来，反而拂袖后退一步，毫不留情脱口而出："哥哥？我倒情愿没有你这个丢人现眼的妹妹！"

这话说得便有点伤人了！易平平眉心一蹙，念着他是易三小姐的亲哥哥，她也没发作，只朝抱琴入画打了个眼色。待她们先行退下后，易平平才柔声问道："今日并非节假，哥哥怎的不在白鹿书院，反而归家了？"

易谨冷笑起来，他本是十六七岁的青春少年，五官袭了易之瑞四分，眉眼却更精致，皮肤也更白皙些，当真称得上是面如冠玉，饶是此刻他处于盛怒之态，也仍不失为一个漂亮少年，只是说出的话却似利剑伤人，毫不留情，"被我的好妹妹连累了名声——我又没有妹妹这般厚脸皮，只得回家暂避风声了。"

连累名声？易平平仔细一想，他指的应该是易三小姐跳水自尽之事，便点点头道："倒是妹妹连累哥哥了。"她嘴里这么说着，脑海中却忽然似有一缕怪异闪过，但略过得太快，她没来得及抓住，只好暂时压下那抹怪异。眼见易谨因听了她的话，脸色略缓，易平平便稳了下心神，向易谨道："哥哥回来匆忙，还是先进屋喝杯热茶去去尘气吧。"

听她这么一说，易谨不由看了她一眼，半晌，语气稍缓道："果然如长姐所言，妹妹这次落水之后，变得懂事了些。"他这么说着，倒终究没再推拒，迈步进了屋，自顾坐下了。

长姐？易平平一下皱起眉来，她到今日还未曾见过那嫡长姐，她却如此清楚她的情况，看来是易夫人向她说起过了，至于易谨如何得知……易平平想到易谨提到长姐时的神情，不仅柔和了许多，语气也多了份尊重和亲密。不难猜测，他回府的第一件事竟不是来看易三小姐这个亲生妹子，反而是拜访了那位长姐！这倒奇了，一母同胞的兄妹俩不亲，反倒是和家中嫡女似亲生姐弟一般！这易三姑娘自己的行为举止固然有问题，只是其中怕也少不了易夫人和易大小姐的挑拨吧……

易平平沉思一阵，那厢易谨见她连杯茶也不帮他倒，却又哪里是真的懂事了？不禁又现怒容，"易平平，你若能学到长姐的一分，娘地下有知，也会开心的。如今却又做下这等败坏门风之事，害得我在书院被旁人指指点点，看我笑话！"

果然是跳水自尽之事啊！易平平想到这里，却突然怔了下，先前那缕怪异一下叫她抓住了尾巴。慢条斯理地坐下来，给两人分别倒上热茶，易平平吃了一口，舒适地眯了眯眼，这才微微一笑："白鹿书院和京城怕是相隔甚远吧？"

易谨见她笑容，愈发摸不准她的态度，但念在她到底还是想着他的，便硬邦邦地回了一句，"光是回的路，快马加鞭，也费了我两日工夫。"

易平平笑意更甚，"我这落水的消息倒传得快，不过几日都传到千里之外的白鹿书院了？"她慢慢放下手中瓷杯，有些意味深长，"真真是好事不出门，坏事传千里啊……"

易谨皱起眉来,"你阴阳怪气地想说什么。"

"哥哥不觉得其中很有蹊跷吗?我落水不过几日工夫,便连白鹿书院都知晓此事了。"易平平抬起眼,直直望向易谨。本以为他能解其中深意,哪知这易谨听了这话勃然大怒,腾地一下站了起来,"长姐还道你都改了,我看你还是顽劣不堪!不反省自己的错误,反而花了心思去想那些子门门道道?!"他说着已是怒极,指着易平平喝道,"你这般不知羞耻,以后快莫要说是我易谨的妹妹了!"

易平平一下冷了心肠,沉声道:"哥哥何出此言?"

易谨瞪着她,迟迟却再说不出一句话来,半响,他才抿着唇,扔下一句,"我看你真的是无药可救了!"说罢,便拂袖而去。

易平平也未再出言挽留,只是冷冷望着易谨离去的方向。

三小姐落水不过三四日,按理说在自家府里落水,消息应当是能捂得住。若是易夫人有心将这消息传了出去,纵然能快速在京城中掀起碎言碎语……但那白鹿书院和京城相隔甚远,减去易谨回府的两天工夫。再加上京城的风言风语,想传到白鹿书院,最起码也要两天工夫,这当中就很有些门道了……

这相当于易三小姐一落水,白鹿书院就几乎同时知道了这个消息!

易平平越想越是心惊,这又不是一千年后的世界,没有网络手机,如何能这般及时?莫非……这易三小姐的落水并非意外,而是早有预谋!

思及此,易平平身上不由升起一股寒意,她使劲地搓了搓手臂,才定下心神。看来,当日之事,必然得打听一番才是了!打定主意,易平平便先后唤了抱琴入画进来。

易三小姐落水后就处于昏迷之中,自然是不知道这些情形的,所以向两个丫鬟打听这些事,倒也没什么错处。那抱琴是个稳重睿智的,所说之事皆是重点,很是利于易平平分析。而入画是个专管九国贩骆驼的,消息十分灵通,打听的东西虽不深入,却十分全面。

听过两人的叙述,易平平心中更明朗了一些。按照两个丫鬟所言,那日投湖自尽,实在蹊跷。原来,三小姐和傅家二郎的婚事,是自尽的上一月月底便定下来的,三小姐自己也知道。也并未大吵大闹,抑或情绪不对。该吃吃该喝喝,毫无不妥之处。且这期间对易夫人、易大小姐都是笑脸模样,不掺杂什么怨恨之意,至少面上是看不出的。

只是,易三小姐却在半月过后的某一日午后,突然就在府中最偏僻的水云湖中被婆子发现了。说来也是够巧的,那湖素日是没什么人来往。那婆子想偷偷去摸鱼,烧了改善伙食，未曾想鱼没捞到，却发现了自家的三小姐。

按照入画而言，也是小姐福大命大，不然早就魂归西天了。

想到这里，易平平心头略略染上了一些悲凉，入画又怎么会想到，她家三小姐真的就香消玉殒了……而现在，在三小姐躯壳里的早就是另一个人的灵魂了。

易平平叹息一声，闭上眼。她真是愈发看不透了，这场落水自尽的局中到底有谁掺和进来？

初醒来那晚，她曾翻阅过易三小姐留下的手稿，从那手稿中，便可探得这姑娘的才情其实是不俗的。只是，她自己撰写的诗句中，字里行间都有一种对富贵奢华生活的向往。但这也并不应该怪她，一个庶女，在主母刻意的放纵和引导下，又哪里端庄得起来？

这样一个有些才华，又向往富贵的姑娘，易平平实在不信她有这个勇气寻死觅活。再者那傅家二郎，虽传言中是个痴傻无用的，家中却是皇商，除了身份低点，金山银山都是有的！这易三小姐嫁过去，便能做个富贵闲人，岂不自在？不正合了这姑娘的心意？

易平平实在百思不得其解，她揉了揉眉心，悠悠叹出口气，罢了，眼下着实再查不出什么蛛丝马迹，以后的日子，更要多加防备和小心！

这般想着，易平平便睁开了双眼，正巧入画笑吟吟走了进来，道："小姐，平津伯夫人和护卫将军来咱们府里了。"

易平平满心满眼都是那落水之事，便只随意点了下头，"嗯，我知晓了，你去玩你的吧，我这不用伺候。"

入画欲言又止，顿了顿才道："小姐，夫人请小姐去正厅见人呢……"

易夫人唤她过去？易平平心下一惊，面上却是不显，只缓缓起身随手理了下发髻，淡淡道："这平津伯夫人似乎不太来府里走动，今日怎么来了？"

这平津伯府易平平自然是知道的，前世她嫁入威远侯府后，也和平津伯府沾亲带故，有一些往来。那府中的当家夫人极是厉害，府里儿子辈的男丁唯有嫡子，其他均是庶女。这平津伯府的嫡子，她倒是没见过，因他少时去了边防历练作战，据说勇猛无敌。后来在北门关一战中立下大功，皇上龙心大悦，封为正四品护卫将军。照理说这等人家，和易府是不屑交往的，易府不过是个四品太常寺少卿，没有太大的实权。难不成这易府和平津伯府有什么远亲关系？

入画见她整理头发，忙上来帮忙，嘴巴也没闲着，回应道："姑娘记岔了，这平津伯夫人可是第一次登易府的门哩。"

易平平暗骂自己又自作聪明了，只好摇头一笑，"自从上次落水后，我这记性是越发的不好了。对了，那平津伯夫人来易府是为什么事？"

入画摇了摇头，"这倒不知了，小姐咱们赶紧更衣吧，莫叫人等着，那可是贵客哩。"

易平平点点头，没再说话，由着她伺候着换了豆青底蝶纹上袄，及一条浅鸭黄八宝流苏马面裙，最后戴上一条玉镶银的莲花璎珞。待要准备出房时，她倏然意识到什么，停了步，回头问道："你可知夫人都唤了哪些人？"

入画一愣，摇了摇头。

易平平有些无奈，这丫头是个急性子，哪里耐得住性子往深里打听。正暗自思量，却从窗户看见抱琴正往房里走来，脚步比平日里急了一些。一见她面，便道："小姐，我刚从夫人院中的小丫鬟那打听到了……夫人将府里两位姑娘都请了去。"

怨不得只见入画回来通报，却不见抱琴，原来她是打听消息去了！只是……两位姑娘？易平平脱口问道："可否请人唤二哥过去？"

抱琴见她这样问，眼里快速闪过一丝赞赏，"并无，只叫了两位小姐。"

易平平脸色微沉，她心中有些不安。那平津伯夫人带着儿子来访，易夫人又专程唤了家中两个女儿前去，除了是相亲，还能有什么其他意外之事呢？罢了，横竖易三小姐已经定亲，左不过是去做个陪衬吧！易平平一面想着，提步往正厅去了。

待到了正厅，易夫人已和平津伯夫人已谈笑过一阵了。易夫人旁边坐着位穿茶色银边勾云纹上袄、灰蓝色如意纹马面裙、戴八珍璎珞的女子，约莫十六岁的年纪，生得面凝鹅脂、唇若点樱，浓淡相宜的柳烟眉，一双清灵有神的圆眼，十足的端严秀雅。

这位想必便是大小姐易青青了。即便易平平知道她没表面看上去那么良善，也仍忍不住在心中赞她一句好气度。怪不得易谨对她敬重。看来易夫人没少在她这个女儿身上花心思。

易平平这般想着，面上到底不敢落了规矩，盈盈走到易夫人跟前，轻轻一福，"我来晚了，请夫人恕罪。"

易夫人早注意到她进来，面上显出一副疼爱之色，"你身子弱，动作慢些也是自然的，母亲怎会怪你。"说罢，便指着一旁的圈椅，道，"快些儿坐下吧，若累着了你，母亲是要心疼的。"

易平平嘴角抑制不住地抽搐了下，这易夫人也是心机够深，第一句话就强调她身子弱，不宜生养。这样的女子，娶回家自是不讨婆母喜爱。只是，易夫人莫不是关心则乱？

这易三小姐可已经定亲了，又能碍着嫡姐什么事儿？

易平平默默腹诽着，正谢了易夫人，打算去旁边坐着，眼前却忽然一暗，旋即一丝熟悉的松柏香不容躲避地沁入鼻尖。易平平心中一紧，骤然抬头。

"三小姐，我可算是等着你了。"

面前的男子一身寒铁戎装，威严高大，一张脸皮白净如玉，实想不通他明明常年在外，却为何脸上没一点晒黑的痕迹。若在平常易平平真想赞他一句天生丽质，不过眼下她只顾着张口结舌，一点不敢有这念头。

这，这男子，分明是她昨日在"珑翠阁"门前遇见之人！他竟是平津伯嫡子？那位护卫将军？！可恨刚刚她进来时，只顾着打起精神对付易夫人，压根没往平津伯夫人那边看一眼，也并未发现他，现在倒让他一句话弄得措手不及。

不管易平平做何感想，男子刚刚那句话大家可都听得真切，一时气氛十分诡异。等了片刻，才听伯候夫人关切之中透着一丝不愉，道："陶儿，你和易三小姐早已相识？"

易平平手握成拳，稳了下心神，从伯候夫人的话中便能判定这男子便是护卫将军无疑。不用看也知道，众人看她的眼神绝对是无比怪异的，毕竟若三小姐当真与护卫将军相识，那可就是三小姐私会外男了！这罪名足以让一个闺阁小姐名誉尽毁！易平平强打精神，向伯候夫人微微一福，莞尔道："回夫人话，平平昨日上午在街上初遇公子，谈不上相识。"

话音一落，易平平清楚地听见旁边那人低笑了一声。易平平眯了眯眼，她隐约从他身上感受到昨日那种敌意，却不知这敌意到底从何而来。以三小姐的身份与他相识的概率实在微乎其微，毕竟一个闺中待嫁，一个远走边关，易平平实在想不通这其中门路，或许真是她的错觉？

那厢伯候夫人听了她的回话，神态松了几分，多看了她两眼，"三小姐好相貌，我一看便有几分喜欢。"

一直没开口的易青青听过这话，便侧目看了易平平一眼。易平平察觉到她的目光，便抬眸也看向她，二人目光相交一瞬，易青青向她微微一笑，神态大方，可易平平总觉得她的表情略有几分不自然。

"是啊，这孩子也是我素来最疼爱的……"易夫人笑起来，回应着伯候夫人，目光投向易平平，脸上多了几分心疼，"她姨娘走得早，自小她的性子便骄纵些，前些日子又落了水，身子越发弱了起来。"说罢，还嫌不够慈爱似的，起身拉过易平平的手，向

伯候夫人笑道:"我可不得偏疼她几分。"

易平平抿嘴微笑,并未多言。易夫人明褒暗贬的话术,她都习惯了。

那位护卫将军原先站在易平平身边的,此刻她被易夫人拉过来些,他便又凑近一步,"身子弱就该好生养着,却又跑去那珑翠阁作甚?那地方鱼龙混杂,脂粉交杂的,对修身养性很是不好。"

"珑翠阁!"此言一出,易青青一下掩唇惊呼起来,而易夫人与伯候夫人脸上也俱是震惊。三人惊疑不定又带着几分鄙夷向易平平望来。

真是语不惊人死不休啊!易平平这下确定了,这护卫将军不是似乎对她有敌意,而是千真万确、百分之百地对她有敌意!怪不得刚才他不反驳,原来在这儿等着她呢!这一句话一个坑的,不过短短数息,已叫她身上中了好几箭了!这可不就是未来那个时代,常说的一句——躺着也中枪吗!易平平努力维持住笑意,斜睨了旁边那人一眼,"护卫将军如何知道我去过珑翠阁,莫非……"

她话中深意在座之人岂会不知,只是到底是在军中历练过的,那人真是十足的厚脸皮,迅速便接过了话头,"我一个爷们,去那种场所再正常不过了。"听他说了这话,易夫人母女脸上都略沉了沉,连伯候夫人脸上也有些尴尬,唯有他不以为意,只顾盯着易平平,桃花眼中冷意骤起,"却不知易三小姐一个女儿家,去那儿做什么,难道是有姐妹在珑翠阁,去探望一番?"

"请将军慎言。"易平平抬头,直视着那双充满探究与冰寒的眼。

护卫将军眸光一沉,"怎么?许你暗示旁人说我去那些烟花之地,就不许我实话实说?"

啧,他倒是聪明,只是也太胡搅蛮缠了些,这男子去青楼和女子去青楼能是一个概念?趁着方才拖了些时间,易平平心中也有了些成算。微微眯眼,她脸上忽而显出愁容,点头道:"将军看到的,的确没错。"

护卫将军明显怔了一下,旋即脸色骤然发黑,看她的眼神是一种果然如此的鄙夷又莫名有些暴怒。在场的几位女眷也是面面相觑,易青青疾步过来,一把握住她的手,"三妹,这其中莫不是有什么误会?"她神色略急,眉宇间皆是关切之色,只是易平平还是从她眼中捕捉到一抹极力掩盖的幸灾乐祸。

呵,还真当她听不出来吗?这一句明着是关心,实则还不是在逼问"珑翠阁"之事?罢了,既然她这么着急凑过来,那就物尽其用吧!也省得她易平平一个人可怜兮兮地演苦肉计。想到这里,她反手握住易青青,做出一副姐妹情深的模样,委屈道:"长姐品行高洁,素日又是最了解我的,将军所说之事的确是有误会,只是这事太巧,且我一个女儿家终究是去过了那样地方,便真是去见义勇为,也是无凭无据说不清,白白叫旁人不信……"

易青青当下便抓住了易平平话中的重点,"见义勇为?这事事关名誉,三妹还是莫要隐瞒吧?"她说着已眼中微微含泪,将一个明辨是非,又爱护幼妹的长姐形象演绎得淋漓尽致,"便是旁人不信你,长姐也是信你的!"

"长姐!"易平平感动地点了点头,这才似有了底气般,解释起来,"这事是这样的,昨儿我本想去趟书局,途经珑翠阁时,看到有一妇人将自家外甥女卖入珑翠阁。那小丫头长得粉雕玉琢的,十分招人喜欢,我觉得不忍,想花些银子将她买入府中,也好过她羊入虎口,所以才去了那珑翠阁。可是,那妇人要价太高,足足要了一百两,我全身银子加起来都不及她的百分之一。"她说着露出既后悔又自责的神情,倒是真心叹了口气,"我也想过要回府问夫人借些银子,但珑翠阁的手脚忒快,一手付钱一手要人。只是可怜了那小姑娘,被自家舅母这般对待,该有多心寒多委屈……"

待她这话说完,众人皆是静默起来。这事就如易平平先前所说确实太巧了些,可经过刚才她那一番表演,便又显出十分真实,一时倒有些琢磨不透。

易青青柔婉一笑,开了口:"三妹也不必自责,你有这份心已是极好的了。"言罢,她嗔了易平平一眼,"你呀,还以为你要说出个什么离奇事儿呢,倒叫我跟着担惊受怕。这事儿怎么就没得证据了?只消派人去那珑翠阁一问,就足以证实三妹清白了。"

易平平心中暗笑,易青青果然和易夫人学得精髓,一番话明里是亲热信任,暗地里却极力与她划清界限,还提醒大家如何查证。她装作没听懂易青青的言外之意,反而笑起来,"长姐说的是!是平平忘记了,只需派人去问一问可不就证实了么?害我白白忧心一场。"

闻言,那护卫将军若有所思地看了一眼易青青,而后才睨向易平平,"你……"

见他迟迟不再出言,易平平扬脸抿唇道:"将军可是还有疑惑?"

意外见到她柔婉的笑脸,他皱了下眉,顿了顿,才道:"你堂堂太常寺少卿三小姐,出门身上才一两银子?"

易平平一怔,她那句"身上银两不及要价百分之一"的话,是说给伯候夫人听的,万没有想到,他竟也留意到了这个问题。不过这样也好,便再给伯候夫人提个醒吧,易

平平想着，便道："夫人不许我浪费，故而我手上可支配的银子不多。"

易夫人母女听闻此言脸色微变。易青青忙摇了摇头，柔声道："三妹，你以后还是莫要成天往街上跑了，这抛头露面的，着实不太像话。万一再遇到……"

"她不会再遇到类似的事了……"易青青的话还未说完，便被那护卫将军打断，他的目光将易夫人母女打量一番，而后停在易平平脸上，那目光如剑如冰，竟似能直穿到她心脏去，"你们也不必再去查证那卖女之事，其实昨日我也正巧看见了。"

这话一出，不仅另外三人愣住，连易平平也愕然起来，这下是真不清楚他葫芦里卖的什么药了。刚才她应和了易青青提出的查证，不过是因为看得比易青青更透彻——现在伯候夫人在这里，她笃定易夫人母女绝不敢去查证，反而会封锁消息。毕竟，她确实是进了青楼，若被有心人刻意渲染，很容易就能污了她的名誉。而如今知道此事的就他们几人，若此事当真泄露，伯候夫人首先就会怀疑易夫人母女，这样一来，便是两家真想结亲，那也只能是妄谈了！可是眼下，这个护卫将军却跳出来帮她证实？喂，他到底有没有搞清楚？挑事的是他，现在抹平的也是他？这……莫非，他是怕易夫人母女当真污了她的名声？

易平平觉得有些可笑又匪夷所思。正在这时，便瞧见那位护卫将军忽而上前一步，对着易夫人抱拳作揖，朗声道："易伯母，素闻易府园子风光在京中是难得的雅静……不知可否请三小姐带着在下，好好观赏观赏？"

易夫人从惊讶中回过神来，笑意不禁一滞，"这个自然，只是三丫头不爱在府中走动，对园子不……"

"无碍，正好我和三小姐同行……"易夫人话未说完，便被护卫将军生生打断，他侧眸，盯着易平平，又恢复了那副冷冰冰的模样，"也好让她知道自己身在福中不知福，错过了这等大好的韶华春光。"

伯候夫人见儿子执意，便多打量了易平平几眼，"既如此，易夫人便请三小姐受累一番罢。"

话都说到这份上了，易夫人不得不笑着点头，连连叮嘱易平平好生招待护卫将军。

易平平此刻真是……不知该说什么好，在座的列位可没一个考虑过她的感受。她刚想说她已经定亲了，又被易夫人按了下去，叫她快带人去游园。易平平权衡一番，觉得此刻若是让易夫人落了面子，叫伯候夫人觉得易府家教不好，易夫人一定会揭了她的皮。思及此，她只能深吸一口气，硬着头皮认命地应承下来，这便带着那护卫将军出去了。

瞎子也看得出来,这位护卫将军要欣赏园林不过是个借口,易平平也真是懒得应付他了,一带他出了正厅后,便直接将他带到一个雅静的凉亭处。

两人一前一后进了凉亭,那护卫将军就开口了,语气带着质问,更有不容忽视的威严,"带我来这里作何?"

易平平心底更多了几丝不耐,闭了闭眼,她下定决心般地转过身来。"将军到底有何赐教?请说吧。"

他挑了挑眉没说话,易平平看着他那张俊脸,便想起在厅中他挖的那些坑,郁闷之余更觉得添堵,张口道:"平平不过是个闺阁女子,也不知道何时何地得罪了将军?"

"你这是兴师问罪来了?"听了这话,那护卫将军倒是回应了,只是嘴角又浮起那种带着不屑的冷笑,看着十分刺目。

易平平福身一下,看似客气却透出十成的冷意,"不敢,只是还请将军开门见山,绕圈子只是浪费时间而已。"

那护卫将军眸子兀地黑了几分,带着些探究的意味,将她来来回回打量了个遍,才道:"你何时变得如此爽快了?"

易平平听过这话,不由倒吸了一口凉气,几欲跳起!听这熟稔的口气,他莫不是真和易三小姐有渊源?

不,绝不可能!这个念头刚一出现,便被易平平给打压下去了,她略略皱眉,强自镇定下来,按照中午回屋后,她从抱琴入画那旁敲侧击所得来的消息——三小姐年岁不大,又在男女之情上颇为迟钝,还未到情窦初开的时期,并未有特别在意的男子。这也是她觉得三小姐不可能投湖自尽的重要原因之一,毕竟三小姐没有心上人,嫁谁不是嫁呢?

易平平尚在沉思,那护卫将军见她不言语,便向前逼近了几步,语气有些不阴不阳,似带着鄙夷,"你倒福大命大,投湖自尽倒还捡回了一条命。"

易平平蓦然抬起头来,"你怎么知道我落水了?还道是投湖自尽?"不知为何,她望不透他那双眼,明明是威严有神,如电如剑,她却往往在他的目光中看到一种说不出道不明的仇视。

似是觉得她的话十分可笑,他倒也真的笑了起来,只不过是嗤笑,"易三姑娘在府中落水一事,京中早就传得沸沸扬扬了。"他说着,看住她,似要将她心中所想全都看

透,"据说是不忿嫁给傅家二郎,以死明志,宁为玉碎不为瓦全。"

易平平听他所言,心底不由起了几分苦涩,这三小姐活得也真是艰难。虽不知是府中的主母姑娘有意将消息放出,还是幕后另有黑手,左右都是对其有害无利的。

眼见易平平并没有被气得暴跳如雷,甚至没有一点激愤之意,护卫将军反而有几分看不透了,只盯着她,眯起眼,道:"怎么不说话了?"

易平平抬眸看他一眼,眸光冷淡,"说什么?"这人再三激她,真当她易平平是好欺负的?她嘴角上扬,不由带出一丝嘲讽,反击道:"我和将军素未相识,倒不知何时竟成了君子之交……也值当将军不顾男女之防,巴巴地将我从正厅支了出来。看来将军是视我为知己了?既有一肚子话要对我说,我洗耳恭听便是,却又为何要说话?"

护卫将军脸上的神情几番变幻,却终究被她说得一时语塞,只冷冷地盯着她,眸中起了些怒意。易平平可不管他是何想法,这一番莫名其妙的较量下来,她真的觉得心累,反正此处又无旁人,她也懒得再假惺惺地跟他客套下去,"将军想赏美景,我去叫个小丫鬟给将军指路。"说罢,她撇了撇嘴,撂下句,"这园子,我实在不熟。"便起身离开。

刚走了几步,背后那人忽然语气凝重地开口了——"我有办法让你不嫁给傅家二郎。"

易平平的双眼蓦地睁大一瞬,几乎是下意识地回身,脱口而出,"什么办法?"说完这话,她不由在心中无奈一笑,原来,哪怕她竭力隐藏,其实也还是排斥嫁人的啊……

护卫将军眸中闪过一丝寒光,声音骤然凉了几分,"你果然是不愿嫁给傅家二郎的。"

易平平被他那冰冷的声音一激,有些回过味来。她真是糊涂了,这个人明明是对她敌视的,又怎会真心帮她?自失一笑,她淡淡道:"是将军说有办法,我不过出于礼貌回问一句罢了。"说完这话,她连看都没看他一眼,径直转身。

"站住!"易平平还没来得及踏出一步,便听一声怒喝,旋即一只似钢铁打铸的大手紧紧抓住了她的手腕。易平平疼得"嘶"了一声,手腕像要断了似的,而抓她那人全不顾及,只沉声道,"你就不听听我有什么办法?"

易平平吸了一口气,回过头看着被他抓住的那只手,勉强忍住自己的怒意,冷声道:"请松手,男女有别,还请将军自重。"

护卫将军听了这话,微微一怔,而后似听到了天底下最好笑的笑话,仰头大笑起来,"哈哈哈哈,你说什么?你叫我自重?"

易平平这下是真的被他激怒了,使力挣扎了几下,奈何他的手如同铁铜一般,将她的手腕锢得死死的。她额头青筋跳动两下,咬着牙才能维持表面的客套,"请将军松手!"

许是因为眼下正在易府，他到底还有几分顾忌。眸光一冷，他猛地将易平平的手甩开，语气充满了嫌弃："你以为我愿意碰你？我还嫌脏了我的手。"

易平平本已气极，见他这般反而冷静下来。缓了片刻，她才眯眼看向他，目光已变得平静淡漠，"如此便好，我不喜将军，将军亦厌我。既是两看生厌，何苦折磨自己？平平有自知之明，便先行告退了。"说罢，她略略一福。

可这护卫将军今天是偏生要跟她过不去了，她刚起身，又听他不冷不热地开了口，"你现在离开这个亭子，我便去易夫人面前回话。说你不愿意尽地主之谊，不肯带我好好观赏园子。"许是因为他今日见识过她在易府中的处境，所以他这话说得当真是有恃无恐。

若是在前世，易平平一定转身就走。可现如今，她的自身力量还不够强大，这个护卫将军算是踩住了她的痛脚，试问，易夫人若知道她苛待贵客，指不定要如何折腾她呢！届时若无法出府，那就得不偿失了！小不忍则乱大谋，小不忍则乱大谋，易平平在心中念了几遍，才生硬地开了口："护卫将军，还请高抬贵手。"

"苗子陶。"他倒没有接话，只冷冰冰忽然抛出这么一句。

易平平怔了下，旋即想起在正厅中平津伯夫人的那句"陶儿"，便点了点头，称呼道："苗将军。"

苗子陶听了她这话，脸上忽而又露出让人十分不舒服的鄙夷冷笑："你嘴里口口声声说不喜我，却知道苗子陶是我的名字，可不是口是心非？"

易平平顿时有种无力感，这人是不是太自恋了点？想到这儿，她觉得又好气又好笑，忍了片刻，才解释道："苗将军多虑了，实是刚在正厅，平津伯夫人……唤了您一句'陶儿'，我才反应过来您的这句'苗子陶'是在自我介绍。"

"你……"苗子陶倒是知道自己闹了笑话，不过他也只怔了下，旋即便恢复了情绪，重新道，"你不想知道如何可以不嫁给傅家二郎吗？"

易平平这次学乖了，扬唇反问道："我为何不肯嫁给傅家二郎？"

苗子陶听她这么一说，登时脸色微沉，"看来你自落水之后，学聪明了许多。这欲擒故纵的姿态，摆得是越发好了。"他冷哼一声，半眯起的眸中有危险的气息在蔓延，"只是，我且提醒你一句，切莫弄巧成拙，让我失了耐心。"

易平平真是觉得好生无奈，她着实不知他失没失去耐心，只觉得和他鸡同鸭讲，她倒是真的失去耐心了……只是，这人不让她走她也无法，想了想，索性侧身坐到了石凳

上，望向亭外的郁郁葱葱，懒得出声。

许是她毫不在意的态度激怒了苗子陶，待了半刻不见她回答，他便迈步走了过来，声音透出一股令人发颤的寒意，"易平平，本将军的耐心已经告罄，你莫后悔！"

易平平这两日委实是听多了他这样的语气，倒像是免疫了一般，也没那么惧怕了，便仍望着亭外，不咸不淡回了他，"将军有何指教，但讲无妨？"

她态度之嚣张，看得苗子陶怒火中烧，一时额头青筋暴突，低沉的声音，从齿缝间挤出来——"你嫁我为妾。"易平平倏地站起身来，"你说什么？""你嫁我为妾。"苗子陶重复了一遍，这一次他已经冷静下来，声音似古井不波，冷淡至极。

易平平紧紧盯着他，确认他不是在说笑后，心中忽然起了一股荒诞之感，她不怒反笑："我放着堂堂正正的正房娘子不做……去做那上不得台面的妾室？将军快莫说这些让人笑掉大牙的话了。"

苗子陶睃了她一眼，恨恨道："你这样的女人，莫说妾室，便是做通房，都是抬举你了。"这人，当真……不是有病吧？易平平笑意略收，点点头附和道："如此，将军还是和我这般的女人多保持些距离。俗话说，近墨者黑，将军还是勿要与我臭味相投，同流合污了。"

"你不要不识抬举，敬酒不吃吃罚酒！"苗子陶怕是见不得她态度淡然，这一下声音又隐含了些怒意和不耐。果然，吵架这事儿啊，不是东风压倒西风，便是西风压死东风。易平平这么想着心情居然好了起来，嘴角扬起一个弧度，连声音也透出几分促狭——"多谢将军美意，平平素来不饮酒！"

说完，她本已准备迎接苗子陶新一波的怒火，却万没想到，这一次，他居然并未动怒，只是眸色深深地盯了她一眼，然后转身便走。

易平平终于松了口气，只觉自己每面对这菩萨一次，就跟打了场仗似的……

说起来，在前世时，易平平其实是对这苗子陶有所耳闻的。当时只听说他是个冷面寡情的，最喜战场厮杀。一身武功非比寻常，又擅排兵布阵，十场战役倒有九场凯旋，是个常胜将军。又因生得唇红齿白，便得了个"玉面战神"的称号。

可如今，她是真的不明白，这位少年将军，怎么生得这样的德行？又缘何对易三小姐有这样深的敌意。不对，说是敌意，又不尽然，这敌意并不纯粹，似乎掺杂了许许多多旁的情绪，譬如不甘，譬如赌气……

易平平想了半天也未曾想出个所以然，反而搅得脑仁阵阵发痛，只好叹了一声，暂时放过此事。她安安静静地在凉亭中坐了快有半个时辰。直到易夫人身边的大丫鬟来唤，她才欣欣然起身，随着回了正厅。

刚一进门，易平平便察觉气氛有些不对。那平津伯夫人和苗子陶眼下已经走了，但这正厅不仅坐着易夫人母女，连易之瑞也赫然在列。

按理说，贵客已经离去，现下又未到散值之时，易之瑞是不该坐在这里的。易平平压下心中不安，上前见礼，"女儿见过父亲。"

易之瑞喜怒不辨地看了她一眼，也不叫起，半晌，才忽而问道："三丫头，你和苗将军早已相识？"

易平平心里一下升起一股不好的预感，忙回道："并非，女儿今日也是第一次见他。"说到这里，她停了一下，谨慎地补充道："但……女儿昨日曾在街道遇见过他一次，那时并不知他是苗将军。"

易青青闻言，露出一个无比灿烂的笑，轻轻道："我们三妹天生丽质，有哪个男子见了不喜的。"

易平平早防着那母女二人添油加醋，立马抬头接过话头，"请长姐莫开这等轻浮的玩笑。"她说着神情显出几分委屈，却一副极力忍住的模样，"平平虽然往日顽劣，但却是真心悔过，也知道什么该说，什么不该说。"

易之瑞叹了口气，开口道："三丫头，苗将军向你母亲提亲了，欲纳你为妾，你意如何？"

易平平听了此言，登时只觉一阵晴天霹雳，差点背过气去。妾！这个杀千刀的苗子陶！她就说他怎的那般爽快便离开了，原来在这里等着她呢！易平平双手紧紧握拳，却突然察觉手腕传来一阵剧痛，她一下想起，那是苗子陶下的狠手，心中顿时对他无比厌恶。扑通一声，她跪到了地上，语气十分坚决，"父亲，女儿宁为贫家妻，不做贵门妾！女儿不求以后的夫君俊俏多金，抑或权势滔天，只求能够做一个名正言顺的正房夫人，还请父亲成全！"她说完，叩首一拜。

也不知易平平这番话触动了易之瑞的哪根神经，他脸上倏尔露出几分哀恸之色，迟迟没有说话。

易夫人眼中精光一闪，带有几分愁意地开了口，"可这苗将军自己开了口，这该如何是好啊？"

易青青见她这般坚决，脸上倒有了一分喜色，却仍要装作为她好似的，劝道："是

啊，三妹。这苗将军年少有为，可比那傅家二郎要可心得多啊。"

易青青的神态变化到底不如易夫人老练，这几番转换叫易平平看在眼里，倒有些明白了她的心思，不由蹙了下眉。

"三丫头，"易之瑞这时回了神，许是因为易平平刚才那番话，此时他看过来的眼光便多了几分关切，他招了招手，"你过来。"

易平平起了身，顺着他的手势，坐到了他身旁的圆凳上。易之瑞侧眸扫了易夫人一眼，"夫人，你先带着大丫头各自回院吧。"

易夫人似有些不甘心，柔柔地唤了声："老爷……"

易之瑞却没再看她，只挥了挥手，"去吧，我有话要和三丫头说。"

易夫人抿抿嘴，拧紧了帕子，似不经意地扫了易平平一眼，这才垂眼道："是，老爷。"言毕，便带着大姑娘转身出去了。

易平平心中忽而起了些莫名的情绪，那情绪陌生得紧，似不属于她。她说不出是什么滋味，那大概是三小姐残留的那些心思感情吧……踌躇了片刻，易之瑞才抬眸向易平平看来，"平平，你是否心里很怨恨为父？"

易平平迟疑了片刻，才遵循着心底那陌生的情绪，点了头，"父亲，女儿心中是有一些怨意的。"

易之瑞倒似预料到她这话，并未动怒，只阖眼叹了口气，"是为父有负你娘亲的临终遗言。"许是当真觉得愧对易平平，他说了这话后，久久没再开口。

易平平有些不满，毕竟他这么一句不轻不重的带点愧疚的话，又怎能抹过三小姐这么多年在嫡母手下受的苦楚？不过，转念一想，她又有些了然，在大宏朝讲究的都是男子为天，易之瑞既是男子又是父亲，叫他如何拉得下脸来和易平平忏悔？能表现出几分愧疚也就不错了……

正想着，那边易之瑞也不知何时睁开了眼，转了话题道："今日申时，你哥哥来了府衙找我。告诉我，苗子陶来易府，向你母亲提亲，欲纳你为姜。"

唯一的庶长子，在府中自然该有自己的亲信，易平平心下了然，脑中却想起中午时，易谨那鄙夷的嘴脸，便追问道："二哥找父亲说了什么？"

易之瑞叹了口气，"你二哥来找我时，头发都未干。想必是刚沐浴完，头发还未来得及熏干，便得知苗子陶提亲的消息，于是急急来找了我。"他说到这里，面上忽而露出几分悲怆之情，语气也变得有些艰难，"他当时问我，是否还记得你娘亲临终时说的那句话……"

易平平下意识地反问道："什么话？"话一出口，她便暗叫不好，一定是今日被那苗子陶气得伤了脑，否则她怎会犯这样愚笨的错误！易平平屏息凝神地向易之瑞望了一眼，幸好，他尚沉浸在悲伤之中，可能是并未分辨易平平这话问得有多怪异，又或者这易三小姐本身就是不知道这话的，总之，易之瑞神态未变，只用力抿了抿嘴，长吁了口气，说道："你娘亲撒手西去前，用尽了全身的力气，说了一句——"

他说到这里竟似说不下去，缓了片刻，才低声道："你娘说，做了一辈子的妾，真的累了，一定不要让她的女儿步她后尘。"

说完这话，他便用力咬紧牙关，似在极力忍耐心中悲痛，眼眸也迅速染上了一层雾气，过了许久，他似感慨又似缅怀道："平平，我这辈子，最对不起的人便是你娘……你娘，是这个世界上最善良，最贤惠，也是对我最好的女人。"

易平平心中有些发涩，却并未十分感动。她恍惚记起在那未来世界曾看过的，一位看得十分通透的女子的言论。她说，男子心中永远有两朵玫瑰，一朵红，一朵白。求到了白玫瑰，久而久之，它便成了衣角上黏糊的米粒渣，而红玫瑰，却越发娇艳欲滴，成了心口的一颗朱砂痣；倘若求得了红玫瑰，那它终会沦为墙上一抹刺眼的蚊子血，错过的白玫瑰则愈发清新脱俗起来，变成了那高高在上的，如梦似幻的白月光。

易平平心中微叹，罢了，如此也好，易之瑞对黄氏的歉意和思念越深，她的处境便也能好上几分了。思及黄氏，易平平不由再次想起易谨，她想了想，方小声问道："所以二哥是想求父亲，莫让我嫁给苗子陶为妾？"

易之瑞没有睁眼，也没有开口，只是轻轻点头。

得到肯定回复，易平平心中忍不住升起一丝暖意。她不会看错，易谨虽不喜三小姐，但血浓于水，他对三小姐仍是有关切之情的，只要好好弥补，这份兄妹情恢复如初也不是不可，至少，也要让易谨对易夫人母女有警惕之心。易平平尚思量着，忽听易之瑞轻叹一声，道："平平，你若是不愿嫁给苗子陶为妾，为父替你做主。"

易平平抬眸看他，正对上他一双隐有坚决的双眼，"我也不愿将我的女儿给了别人做妾室。"易平平压下心头那抹翻涌的陌生的情绪，点头道："女儿不做妾！"

易之瑞颔首。约莫是因为刚缅怀过黄氏，此刻又见她态度坚定，这平时不甚关心的女儿，便忽然多出几分乖巧顺眼，愈发令他愧对不忍起来。易之瑞翕了翕唇，半晌，终究唔叹出声："那傅家二郎……你若不愿嫁，便也罢了吧。"

易平平一怔，又听他接着道："这门亲事本是你娘亲在世之时，亲自为你定的。那傅家二郎小时候长得剔透玲珑，十分招人喜爱。傅家二郎两岁时，你娘亲又有了你。傅家夫人本就和你娘亲走得近，便说，若这胎是女儿，便结为亲家，若是儿子，便结拜成兄弟……原也只是一桩娃娃亲，那傅家老爷也不是不通人情的，已写信给我，说若是易家女不愿嫁傅家，也在情理之间……"

易平平实在没想到会有这样的意外之喜，但她只高兴了一瞬，旋即却突然意识到什么，整个人一下有些僵住了，连易之瑞何时停了话，何时又陷入对黄氏的回忆，甚至他一言不发，十分疲累地离去，她都再没心思留意。

一直坐了好久，直到暮霭沉沉，易平平才恍惚地回了院子。用了晚膳，抱琴和入画见她心情不佳，都懂事的没有打扰，待到了安寝时分，才轻手轻脚地伺候她梳洗了。

等躺到床上，入画吹熄灯烛，易平平才在一片黑暗中，颤抖却用力地握住了仍旧发疼的手腕，而后狠狠咬住唇，再克制不住地留下一行泪来。

其实，她已经很久没哭过了。在未来世界那几年时，初初一年，她对前世无法割舍，每每想起，便是撕心裂肺，没报仇不说，反把自己折磨了个够。后来那几年，她渐渐习惯了似旁观者一样的生活，美容店的店员、顾客以及网络上那些形形色色的人间百态，她见得多了，看清了很多事，人也通透了许多，便是再记起前世，她虽仍会生恨，但也能保持清醒冷静，不被仇恨蒙蔽双眼。今日，或许是因为她意识到易之瑞曾有过的打算，一下让三小姐残余的情感肆虐汹涌，她终是抑制不住了，情绪也跟着悲愤起来……

本来易之瑞对黄氏的怀念，还曾让易平平有几分心酸，可听了他后来那番娃娃亲的话后，她却忽而想通了那些细枝末节，一下感受到易之瑞这个父亲心中的凉薄……

他是怎么说的？原也只是一桩娃娃亲，那傅家老爷也不是不通人情的，已写信给我，说若是易家女不愿嫁傅家，也在情理之间。

是了，原来傅家已愿意取消亲事，怪不得易夫人不顾她有"婚约"在身，也要让她单独会见苗子陶这样的外客！那根本不是抹不开脸拒绝，而是早有预谋！试问哪家闺中小姐会在有婚约的情况下，被主母打发去与外男单独相处？那平津伯夫人既带儿子前来，意图已是再明显不过了，而但凡这样的拜访，定是先前就递了拜帖，易夫人肯定早就知道，易之瑞也一定知晓！

易平平的指甲几乎掐进肉里。她想起易之瑞让易夫人下去时，易夫人的不甘心，想起她离去时装作不经意地一瞥。易平平完全可以相信，易氏夫妇早已有过决定——若是嫡女青青无法成为正室，那庶女平平嫁为妾室也不失为一桩好事！毕竟，苗子陶年纪轻轻便身为四品护卫将军，背后又是平津伯府这样的势力，似易之瑞这样的四品散官又怎会不尽力巴结？呵，看来，在这事上，苗子陶倒是看得比她透彻多了，他本料到易之瑞不会拒绝的……事实也确实如此，若非易谨护妹心切，向易之瑞提醒了黄氏的临终遗言，令他愧疚不已，只怕就算她拒绝得再如何坚定，易之瑞也不会向着她，只会一心要让苗子陶如愿！

易平平咬牙冷笑，易氏夫妇的做派和她前世的父母何其相似——因瑶光取代了她，她便成了被遗弃的记忆。是白筱宁时，她身为嫡女尚且如此，更何况易平平一个微不足道的庶女？真是悲哀，女人难道就只能任人摆布么？

不！她不愿再被旁人左右命运！她现在不单单只是白筱宁，她更是易三小姐，托了易三小姐的福，她才能再活一世，她绝不能对易三小姐的不甘、委屈坐视不理，她要为她，也为自己，夺得一个锦绣人生，从此——我命由我，不由天！

这一夜，易平平躺在床上，久久无法入眠。因做了那样的决定，她心中便一刻不停地思考着那些纷纷杂杂的问题，直到后半夜，她才迷迷糊糊睡了一会儿，不过恍惚里她又想起自己的艰难处境，以及可能面临的谲诡前路。手里现在连个闲钱都少得可怜，若想报复威远侯府和掌控自己的命运，这钱财的力量实在是重中之重！

一想到这里，易平平登时清醒过来。天已微微泛亮，她揉揉额角，强打精神下了床。怕惊醒了外间守夜的入画，她放轻了手脚，端起桌上冷掉的茶，抿了几口，待那发涩又透着苦意的味觉在口中漫开，才把她心中的烦恼压下去几分。

易平平坐到圆凳上，努力调整着心绪，直到卯时，入画抱琴进屋，瞧见她自个儿端正地坐着倒吓了一跳。易平平已决定要去珑翠阁关心一下口脂的进度，虽才过了一个晚上，但头牌莺花的推广作用可不能小觑，且如今她暂时就指望这个，自然要多上心一些，所以此刻见入画抱琴进来，忙吩咐了她们伺候着洗漱穿衣。麻利地做完一切，她便趁着天色微亮，熟门熟路地出府了。

快走到珑翠阁门口时，易平平才想起，珑翠阁乃是青楼，她前几次去时已是午时上下，店内都仍是一派清风雅静，如今这个时辰恐怕并未开门才是。还真是关心则乱，她摇头失笑，正考虑着要先去哪里打发一下时间，远远地却瞧见春花守在门口四处张望，待目光扫到她时，便扬起笑脸一个劲地向她招手。

易平平走近了些，春花忙迎了过来，笑道："温姐说平姑娘今日会来得早，可不是

说准了。"易平平一怔，旋即了然，温姐毕竟是风月场中的老手，能料到她对口脂进度看重的心情并不奇怪，便真诚谢道："辛苦春花姐姐在此等我了。"

"平姑娘别客气。"春花笑眯眯地往身后指了指，"这里不是说话的地方，咱们先上楼去，温姐还睡着呢，吩咐说你到了就叫醒她。"

易平平点点头，跟着她左拐右转地从后门进了，春花先去了温碧弋的卧房，过了一会儿便出来回她，说可以进去了。

易平平向春花道了谢，这才进得房去。温碧弋睡眼惺忪地坐在床边，白色亵衣剪裁得略贴身，衬出她的款款柳腰。这一瞧见易平平，她倒似有了些起床气，美眸含嗔地瞪了过来，"瞧瞧你这一大早的，真真是不让人好眠了……"

易平平知她不过是嘴上抱怨，忙凑近了，脸上挂起最灿烂的笑容，"我那是因为想念温姐得紧，巴不得一睁眼就能瞧见你！"

温碧弋啐她一口，"你哪是紧念着我，是关心昨日那'美人唇'的情况吧！"

易平平和她几次相处下来，自然知道她是个真性情之人，当下也不隐瞒，笑道："这可是挠心挠肺地关心着呢。"

"你呀……"温碧弋点了下她鼻头，倒没再打趣她，略打起些精神，"还真不出你所料，我们阁里的四位大姑娘一举一动都十分引人注目，不过是昨儿一晚的工夫，那嘴上的新口脂便被阁里其他姑娘注意到了。"说着，她看向易平平，眼中露出一丝欣赏，"我想着，再过上几日，便该有外面的人打听这口脂了……"

易平平听得眼睛一亮，接道："也就是说，我们就要财源滚滚了！"

"但愿可以赚个盆满钵满吧……"温碧弋扬了唇，眼里俱是藏不住的笑意。

又闲聊了一会儿，温碧弋才收拾着起了床，又同易平平开始细细规划起"美人唇"的买卖计划。这一细聊，易平平才是真的对温碧弋起了几分敬佩之情。温碧弋的一些经营想法，甚至隐约有了些千年以后称之为"市场营销"的雏形。无怪乎她能以一己之力，将这珑翠阁经营得风生水起，乃京中首屈一指的地儿。

两人聊得投机，一时倒没注意时间，直到易平平的肚子"咕噜"一声，这才发现竟已过了午时。早上出来得匆忙，她便未用膳，如今才后知后觉地发现自己已饿得厉害。

温碧弋扑哧一笑，刚笑完，她自己的肚子也发出"咕噜"声响，两人均是一愣，旋即相视大笑起来。待好容易止住笑，温碧弋便道："咱俩都别叫唤了，我让春花准备点酒菜。你呀，就在我这将就着吃吧。"

易平平连连点头，正说要去叫春花呢，门忽而被推开了，唐无珏黑着脸进来，"下面有人闹事。"易平平倒没留意他的话，只惊讶地望向他，"你还没走啊？"

唐无珏的脸立时又黑了几分，硬邦邦地回了句："酒钱没还完，走什么走。"

倒是温碧弋似已习以为常，只收了笑意，挑了下眉："这才刚开门，就有人来闹事了？"唐无珏听到温碧弋说话，不知为何脸色略缓，但语气仍是冷淡，简洁道："一大群人，点了好些酒和姑娘，却没人给银子。"

温碧弋点点头，回眸过来，"咱俩这顿饭恐怕暂时吃不了……"她说完，似想起什么，掩唇一笑，"你呀，也不知这是什么运气，怎生每次来珑翠阁都能遇上事儿……"

易平平这时已回味过来，唐无珏黑着脸大约是因为楼下那些人叫他想起了自己没给酒钱的遭遇，至于他为何没走，这事儿可与她无关。眼见温碧弋打趣她，易平平也不以为忤，上前挽了她的胳膊，笑道："饭随时都可以吃，这热闹可不是每天都有得看。温姐，咱们下去看看吧。"

温碧弋瞋她一眼，带着她下楼。唐无珏也面无表情地跟在后面一起下去了。

楼下已是僵持之势，几个打手把那桌客人团团围住，不知先前争执了些什么，一个素衣书生忽然晃悠悠地站起来，许是因为有了几分酒意，便胆子大了些，梗着脖子吼道："谁，谁说我们不付银子了！"

温碧弋正带着易平平向这边走来，听了这话，"哟"了一声，"这位公子好大的脾性……"她说着，人已经走近了，朝书生伸出只素白的纤手，挑眉笑道："既然公子已说了这话，那便给银子吧。"

书生乍一看见温碧弋，不由愣了一瞬，眼中闪过惊艳之色，待醒过神来，酒意是散了些，可脸上反比之前更红了些，他忙向身旁的人使了眼色，催促道："东生，你倒是快让那傻子给银子啊！"

被唤做东生的是个青年男子，亦作书生打扮，但穿得比那素衣的还简陋些，实在不像个有钱的模样，此刻听了素衣书生的话，犹豫了一下，才扭过头期期艾艾道："显，显荣，你还有没有多点的银子……"

"东生，银子都在桌子上呢。"一个略耳熟的声音笑着回答了，易平平这才注意到角落里还坐着个人，因他一直安静地垂着头，所以并不引人注目。此时他抬起头来，倒叫易平平赫然一惊——唇红齿白，眉眼灵秀，眸中清澈纯净似盛着浅浅涟漪，令人一见便生出几分亲近之感。这人，这人不是前几天救过她的蓝衣少年吗？原来他叫显荣，却

059

第二章

龙潜于渊

不知道因何会在此喝花酒，还付不出钱？易平平说不上来是为何，就是觉得他不像个会喝花酒的人，大约……是因为他救过她，所以她存了几分好感吧？易平平正暗自思量，要不要帮他们说说情，那东生听了显荣的话，眉头又皱紧了些，道："我知道，我的意思是，你要不要回家再取一些来。"显荣用力点头，"好，那我回家问爹要银子去。"他说着已站起身来，一副急匆匆的模样。

那素衣书生连忙一把拉住他衣角，叫道："傻子，你等等，你知道回去怎么说吗？"

显荣目露茫然，歪头看他，把那素衣书生急得跺脚，向东生恨恨道："这傻子一回去，我们喝花酒的事，大家便都知道了！"

东生听了这话，一时也面色涨红起来，"我，我们不过是慕名而来，和这些清倌儿吟诗作对的。几时成了喝花酒的？"

易平平从意识到他们叫的傻子就是显荣后，便有些生气，可显荣不知为何并未反驳，她也就疑惑起来。此时听了东生的话，易平平更觉得好笑，要附庸风雅，也不必非要选青楼，既爱惜名声，又缘何要来这地方？不过是口是心非罢了。随意扫了桌上一眼，只见席上净是些难得的肥醲甘脆，好不阔绰，再一扫周围，站在几人身边的清倌儿，都是一等一的好颜色，怕也都是珑翠阁数得上号的。这么一桌下来，怕是价钱高得惊人啊。再看看那几人的着装，除了显荣穿着一袭水蓝色锦缎绣如意纹的圆领衣袍，其他人均是些衣不重彩，显然家中并不富余，他们到底是哪来的底气跑到这珑翠阁花天酒地？难不成都指着显荣给？

东生迟疑了稍许，转而向显荣问道："显荣，你回家要银子，怎么和你爹交代？"

显荣一脸纯真无邪，"我说我们来吃饭，银子不够了呀！"

东生先是点点头，后又不放心地又看了他几眼，叮嘱道："你记得不要说出珑翠阁的名字。"说完这话，他望了眼桌上的菜肴，赶紧又补充了一句，"这里还差一百多两银子，你切莫要少了。"

显荣点点头，"我记住东生说的啦！"说完，他便带着一脸灿烂的笑容快步往外走去。

这一行人还真打的是显荣的主意，可显荣不仅没拒绝，还任由他们这样做！易平平实在有点看不下去了，张张嘴刚想说些什么，一旁的温碧弋却已先她开口，叫道："傅二公子请留步！"傅……二公子？！易平平心中猛地一震，一下瞪大了双眼看着门口那个停步回头的少年。

他的双眼透彻无比，他的目光比阳光更闪耀，却又不似阳光那般强烈灼人，而是如月华一般柔柔地沁入心脾。所有的一切都对得上号了……他是那个先天智力有些不足的傅家二郎，因那双眼没有沾染半分人心丑恶，所以才那般特别。

易平平心中有种说不清道不明的复杂情绪，涩涩的堵在心口。他本生得如此钟灵毓秀，本该是个风流倜傥的少年才俊，可……

许是因为易平平的眼神太奇怪，傅显荣回头便注意到她，歪着头看了看她，忽然笑起来，"是你，奇怪姐姐！"

易平平一怔，未及开口，已听到有人先急道："显荣，你莫唐突了人家姑娘！"东生几下小跑过来，瞪了傅显荣一眼，才面上恳切地向易平平作揖道，"这位姑娘，显荣和常人有些不同，有些发痴，请你莫和他计较，我在这儿为他赔个不是。"

易平平的目光在东生身上转了下，这人面上斯文老实，眼中闪烁的光芒却似装了许多负面的东西，譬如嫉妒，譬如不甘。再对比傅显荣的那双眸子，高低立见。易平平礼节性地朝他颔首一点，又看向傅显荣，"你……为何叫我奇怪姐姐？我怎么奇怪了？"

那日他救了她，也是这般唤她的。易平平当时没敢追问，是怕万一他是易三小姐认识之人，而如今，既知道了他是傅二郎，易平平便没了这顾忌。她早从抱琴入画口中知道，易三小姐与未婚夫婿并不相识。这么一来，傅显荣一见她就叫奇怪姐姐这事，就十分怪异了。

傅显荣听了她的话，又是一笑："因为姐姐长得奇怪啊……"

这话一出，四周皆是一静，气氛一度尴尬起来，不等别人圆场，傅显荣又眨眨眼，接着道："姐姐明明是水仙花，怎么长在了迎春花的枝叶上？"

易平平心跳猛地一滞，他，他这话是何意？水仙花却长在了迎春花的枝叶上……她又惊又疑，这傅显荣莫不是在暗喻她白筱宁的灵魂占了易平平的身躯？莫非他并非痴傻，而是深藏不露的高人？易平平一时又想到他救她那日，好似从天而降，而且他还知道那些歹徒从青楼门前就开始跟踪她！

易平平尚来不及细想，那傅显荣又露出了灿烂无比的笑容，"姐姐，虽然你很奇怪，但是你真好看，你和荷花姐姐一样漂亮。"他说完，挠了下头，似怕她听不懂，又着急添了句，"荷花姐姐是我府里最漂亮的姐姐。"

水仙花、迎春花、荷花？易平平猛然抬头望向傅显荣，便迎上一双盛满真挚的眸子，不知为何，她望着那双眸子便觉得心中渐渐安宁，那双眼睛告诉她，眼前这个人不会说谎，不会作假。虽不太明白傅显荣话中含义，易平平还是微微一笑："谢谢你的称赞，

我很开心。"约莫是感受到她的真诚，傅显荣脸上的笑意更浓了些，"府里的月季姐姐、牡丹姐姐都没有荷花姐姐好看……"他正说得高兴，一旁的东生却拉了拉他的衣角，张口将他打断，解释道："这位姑娘莫见怪，显荣平日里最爱摆弄花花草草。兴许便喜欢以花比人。"

易平平对这个东生莫名地没有好感，只觉得这人有些虚伪，明面上在维护显荣，实则却一直拿他当个傻子对待，一言一行让人十分不适。

"好了，莫说这么多了。吃了这么些好东西，又叫了这么多清倌儿——"温碧弋想必也是看出东生的表里不一，有些不耐烦起来，"现在给银子吧。"她说着，眼光在众人面上轻轻一扫，话中带出一丝鄙夷，"你们可别说光让傅二公子一个人使银子。你们也说得出口，亏你们还是读书人，成天满嘴仁义道德，做的事还真真是上不得台面。"

"有人给银子就行，这银子还分香的臭的不成？"先前一直没说话的一个黑衣书生被说得羞恼，又见温碧弋不过是女子，便拍桌而起。

许是女人天生的母性本能，易平平着实见不惯他们这样欺负一个智力不足之人，更何况这人还救过她。她心中愤懑，皱眉道："你们仗着傅二公子不谙世事，怕是骗了他不少银子花天酒地了。竟有这等恬不知耻的读书人，孔圣人若是知道，定会气翘了胡子！"

谁知那黑衣书生也当真是个厚颜之人，听了易平平的话先是恼怒，但见易平平是个豆蔻年华的少女，又生得明眸皓齿，便起了旁的心思。"啧啧，小娘子莫不是看上了傅傻子的皮囊吧？小娘子，我可告诉你，这傅傻子啊，中看不中用。"他的目光在易平平身上滴溜溜转了几圈，方不怀好意地笑道，"小娘子若是愿意花前月下，一诉衷情，倒不如找在下，定不叫小娘子失望。"说着，竟还想逼近几步。

易平平赶紧后退一步，温碧弋已冲过来将她挡在身后，眉目冷厉地呵斥起来："你给我放尊重些，这位姑娘是珑翠阁的贵客，并非这里的莺花。你若有胆子，便再放肆几分试试！"说着，她向身后几个打手使了个眼色，那几人便虎视眈眈地围了过来。那黑衣书生一下住口了，又悻悻地坐了回去，另几人脸上也有了几分惧意。

温碧弋这才侧眸看向傅显荣，柔声道："傅二公子便先走吧，也不用回家去要银子了。就当温姐交了傅二公子这个朋友，这顿饭钱便免了。"

傅显荣确实有些痴傻，听了这话也不多问，就对着温碧弋展颜一笑，然后走了出去。那几个书生见没人拦住傅显荣，先是面面相觑，随后脸上都显出喜色，推推嚷嚷地也准备离去。"慢着……"温碧弋眸中掠过一丝冷芒，"我说的是傅二公子可以走了，可没说你们。"话音一毕,她便招手让打手把人堵了起来,做完这一切,她才回头,安抚似的拍了拍易平平的手,略有些无奈道:"平妹子,看来这顿饭也留不成你了。"

先前温碧弋把她护在身后的举动已让易平平动容,如今见温碧弋预备收拾这些人,却也紧着她的身份,怕污了她的眼,她知道温碧弋这是真拿她当好姐妹了,不由心中泛起暖意,对她感激一笑。温碧弋回应地朝她眨眨眼。

易平平见自己在这里着实也帮不上忙,便领了温碧弋的好意,告辞了。

从珑翠阁出来,易平平远远地便看见一袭蓝衣,只是那姿势实在不甚雅观。珑翠阁门前是一条人流量很大的主道,而珑翠阁的门面亦是阔绰大气,可此时,傅显荣却毫无顾忌地蹲在珑翠阁的石阶上,低着头,一动不动。

易平平原本对他很是感激,但今日知道他便是傅显荣后,这份感激更多地化作了惋惜与怜悯。她站在那儿看了他半晌,许是感受到她的目光,傅显荣忽而抬起头来,一看见她便大声嚷道:"奇怪姐姐!"

易平平向他莞尔一笑,大方地走过去,想了想,也在他身边蹲下来,"你在这儿做什么?"傅显荣见她凑近,以为她也有兴趣,便兴致勃勃地指着地上,"奇怪姐姐,你看,蚂蚁他们在搬馒头回去吃。"

他这么一说,易平平方注意到,石阶上正有一群毫不起眼的蚂蚁在奔波忙碌着,小小的身子聚在一起,汇成一条均匀的黑色细线,搬着比它们身躯大几倍的食物,有一种滚滚向前的动感,让人觉得它们拥有磅礴的力量。

易平平看了几眼便觉得无趣,傅显荣却仍看得专注,那一脸的纯真无邪,怎么看都不似作伪。犹豫了片刻,她还是开口问了出来,"你……刚才为什么说我是水仙花,却长在迎春花的枝叶上?"傅显荣抬起头看了看她,一副理所当然的模样,"因为你就是水仙花,却长在迎春花的枝叶上啊。"

易平平竟被这话堵得无言以对——这回答和没回答,到底有什么区别?她只觉得自己脑仁有些抽疼,而那厢傅显荣回了话后,又低头看蚂蚁去了。易平平叹了口气,觉得自己恐怕是问不出什么一二了,待目光触及傅显荣那俊秀却又带一丝童真的侧脸时,又有些不忍就这样留下他一个人,想了想,她又轻声道:"你对小动物很感兴趣吗?"

傅显荣扬起脸,一双好看的眼睛,含着些稚气的笑意:"它们是我的朋友!"

他的语气那样欢欣,甚至隐隐透出一丝自豪,似一个小朋友在跟其他小朋友炫耀似

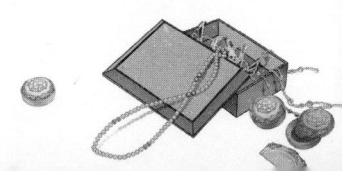

的。易平平心中愈发不是滋味，她尽力让自己的表情自然些，"你是说，蚂蚁是你的朋友？"傅显荣笑得格外明亮，眼睛几乎眯成了一条缝，"对啊，它们是我的朋友——"他说着掰着手指数起来，"还有小鸟儿、小鱼儿、小花，还有好多好多，它们都是我的朋友。"他每说一个，笑容便更深一分，是那种真正纯粹的、幸福的笑，脸上每个部位都在笑，连酒窝都透着笑意。

易平平不知怎的，许是被他的笑容感染，那一瞬，她竟觉得大街上的阳光都更灿烂了几分，照在身上格外温暖。她望向他，问道："傅显荣，你……认识我吗？"

傅显荣略疑惑地看她一眼，而后不停点头："当然认识，你是奇怪姐姐。"

"我叫易平平，你可知道这个名字？"

傅显荣收了收笑意，很认真地又点点头，"原来奇怪姐姐叫易平平。"

"你……"易平平犹豫一下，"对易平平这个名字没有印象吗？"

傅显荣听了这话，眉梢眼角忽而又浮上一丝笑意，大声回道："当然有印象啦！"

易平平见他这样，心下倒是松了口气，看来，这傅家也是向傅显荣提过易平平的，这人虽然痴傻，倒也还是能记事的。正想着，却又听那边傅显荣高兴地补充道——"易平平就是奇怪姐姐的名字嘛，我当然有印象啦！"

易平平顿时一怔，心中升起一丝无力，又掺杂着一点好笑又好气的挫败感。她正预备再说点什么，却见傅显荣又垂下头去，神情也一下变得十分专心，白嫩莹润的耳朵微微一动，似正在仔细听人说话一般，可……

易平平顺着他的目光望去，他面对的，分明还是那群蚂蚁。

那双浓黑的眉毛棱角分明，长而密的睫毛微微颤动，丰润的嘴巴略抿着，专注的神情令他此刻脸上居然没了一丝天真和稚气，反透出一股英气，奕奕逼人。

这样的他，全不似一个心智不足之人。易平平看了他半晌，直到微风拂动她额边细发，她才回过神来，这才发现自己竟看着傅显荣一时发了痴，她不禁摇头失笑。这时，傅显荣忽然直起身来，认真道："奇怪姐姐，你明日之后的七日都不要出门了。"

易平平下意识反问："为何？"傅显荣指着地上的蚂蚁，皱了眉："小黑他们说要连续下七日暴雨呢。""啊？"易平平一下愣住了，少顷才回过神来，"小黑他们？你是说蚂蚁？"傅显荣点点头，言之凿凿："奇怪姐姐记得不要出门，会淋雨的。"

易平平这下是真的觉得这事儿哪儿哪儿都透着蹊跷了，虽说民间是有些俗语，说有些动物的行为能预示天气或天灾。譬如"蜻蜓千百绕，不日雨来到"诸如此类的，只是……

傅显荣一个心智不足之人又如何知道这些？且还一出口就说出具体会下几日雨？易平平越想越是不解，便问道："你知蚂蚁往高处搬家，就预示着天气要变，会下雨吗？"

傅显荣歪了下头，眼中显出疑惑，"奇怪姐姐在说什么？我听不懂。"

易平平有些无力，想了想，换了一种说法，"我的意思是——你怎么知道要下雨了？"

傅显荣眨着那双晶亮的眼睛，更是不解了，"奇怪姐姐好笨啊，我刚刚不是说了小黑他们告诉我的吗？"易平平脑仁一阵阵地跳动起来，忍了忍，她又换了一种说法："我的意思是，你怎么知道小黑说要下雨了？"这话一出，傅显荣便露出一种很奇怪的神情，用一副你竟然真的这么笨的目光看着她，"因为小黑他们说给我听了，我就知道了呀！"

易平平吸了口气，正决定结束这个鸡同鸭讲的话题，那边傅显荣忽然咽了口口水，捂住肚子，道："奇怪姐姐，我先回家了，我肚子饿了。"易平平诧异，"你刚不是还在珑翠阁吃了宴，这么快便饿了？"

傅显荣摇头指着珑翠阁，道："那里的香味呛得我鼻子疼，我吃不下。"他说完便抬脚准备走了，刚跨出一步，他又扬起脸来对易平平绽出一个灿烂的笑容，"奇怪姐姐，你记得来傅府找我玩，我把荷花姐姐她们介绍给你认识！"易平平还没来得及回话，他就转过头，和上次一般急匆匆地跑了。看着他的背影，易平平一时五味杂陈，也不知该说什么好。又站了半晌，她才叹出一口气，摇摇头，回易府去了。如同傅显荣所说，第二日真的开始下雨，且这一下就是七天七夜，几乎不曾停息。

待到了第八日，易平平一早被檐下占风铁锋轻灵的叮铃声吵醒，便连忙掀了被子探到窗外看。屋外已经是风停雨住，花草上的露水反射着刚刚升起的晨光，几只鸟儿在树梢上啼啭着，似也在庆祝终于雨过天晴。

易平平心中惊异的同时，更对傅显荣生出好奇——他到底是如何从那群蚂蚁中得知，会有一场七天七夜连续不停的雨呢？还有，他救她那日，又是从哪里得来的消息？总不成是他一直跟在后面吧？

易平平越想越觉得匪夷所思，难道正是因为他先天痴傻，所以老天才让他变得天赋异禀，所以可以……感知万物？想到这儿，易平平不禁"扑哧"一声笑出来，她知道在道家中，有人与天地万物相感应一说，那些修道真人无论是否真有能耐，个个都是一派看破尘世高深莫测的模样，她委实不能把又傻又可爱的傅显荣和那些人重合起来。

罢了，傅显荣到底是个什么情况，可不是她现在该关心的，她还有更重要的事要做呢！

第二章 龙潜于渊

摇摇头，易平平转过身，唤了抱琴入画进来。稍作洗漱后，便收好这几日赋闲在家做出的几十盒"美人唇"，往珑翠阁赶去了。

　　这七日待在家里，她也着实闲不住了，想到马上就能见到温姐并知道口脂的近况，易平平连步子都忍不住急切起来。

　　原想着要从后门溜进去，给温碧弋一个惊喜，结果还没走近，便瞧见温碧弋正站在石阶上，揽着一簇儿瓜子，边磕着，边懒懒地左右张望。易平平一喜，忙要过去，余光却又瞥见珑翠阁的门槛儿边还有一个身影——穿着玄色护院服的唐无珏正抱着一柄剑，本是颇有大侠风范的，但他却无精打采地蹲坐着，形象一下被毁得干净。

　　"瞧瞧这是谁来了？"不待易平平开口，温碧弋倒是先发现她的身影，一时瓜子也不嗑了，下了石阶便过来挽她，笑道，"连下七天暴雨，我想着今儿定有贵客临门，早早地便候在了门口，可不是把你这财神爷等来了！"

　　易平平听了这话，眼睛一亮，"莫不成，这几日'美人唇'又出名了几分？"

　　温碧弋耳下一对宝珠欢欣摇动起来，"就你神机妙算，一说一个准，这几日暴雨，却还有人上珑翠阁求这'美人唇'。"两人一时走到珑翠阁门前，温碧弋本是眉眼带笑，但视线一接触到唐无珏，脸上的笑意便略顿了下。易平平心中正高兴着，没注意她的表情，见唐无珏蹲在那儿不言不语，倒起了管闲事的心思："唐公子为何蹲在门口？"

　　不待唐无珏开口，手却先被温碧弋紧了一下，易平平只听她道："甭理这个怪人，走，去我房中说吧。"言语间，她已是一副就要上楼去的架势。

　　易平平还没说话，身侧却突然带起了一阵风，眼前一花，一个人影猛地冲了出来，一下将她带得好一个趔趄，待好容易站稳了，便听得有个男声急切响起，"碧弋，是你！你，你怎么会在京城？"

　　这一番话几乎是吼出来的，显是十分震惊。易平平先是有些发蒙，反应过来后，就见自己被一个华服男子挤到了一旁，而他正抓着温碧弋的肩头，直瞪瞪地盯着她。

　　温碧弋约莫是被吓住了，怔怔地望着男子，一时隐忍、愤怒、委屈、挣扎、不屑、痛苦……诸般情绪在她的脸上交替闪过，神情复杂难言。没等温碧弋开口，唐无珏已猛地跳了起来，黑着脸一把掀开男子的手，将剑横在身前，喝道："你是谁？"

　　温碧弋这才回过神来，再抬眼时，她已神色淡淡，"这位公子，你认错人了。"

　　男子被唐无珏搅了事，本已怒意难遏，此刻听闻此言，登时没空理会唐无珏了，一脸的既惊且怒，几乎失态，瞪着温碧弋不可置信，"我是陆平，碧弋，我是陆郎啊！"

温碧弋眉头皱起，声音更冷了几分："这位公子，你再这般纠缠，我就报官了。"

那陆平面色蓦然一沉，锋芒内敛的三角眼霍然透出摄人的狠厉，"温碧弋，你莫要不识抬举！"

"识抬举如何？不识抬举又如何？"温碧弋面色骤然一寒，旋即嘴角浮出嘲讽，"合不了公子的意，公子又指望出什么阴私手段不成？"

陆平听了这话，脸上勃发的怒意一下似被压制住了，也不知想到了什么，一时竟不能开口，只盯住温碧弋神色不断变幻。便是这时，忽听不远处传来一个笑吟吟的女声——"夫君，你好端端的在这青楼停留作甚？"

易平平循声一望，就见一个打扮华贵的女子提裙走来，身后正跟着几名仆从，手上抱着布匹茶药之类的物什，想是刚从街对面的铺子里出来。那女子的目光本是凝在陆平身上，此刻走近了，目光便随意一扫，待看到温碧弋时，她瞬间变了脸色，"温碧弋，是你！"话音一落，还不待任何人做出反应，那女子已柳眉倒竖，猛地一巴掌扇到了温碧弋脸上，力道之大，直让温碧弋差点站不稳，还是唐无珏下意识扶了她一把。

"温碧弋，你居然还有脸追到京城来！你倒是消息灵通，我们才来京城几日，你便随了过来。"女子满面怒意，一张口便是盛气凌人的呵斥。

事情发生得实在突然，眼见温碧弋脸上被打出个触目惊心的巴掌印，唐无珏一双眼几欲喷出火来，但对方是个女子，他只能克制着怒气，"你又是谁？"

"哟，你原来是干了这卖笑的勾当。"女子眼角一睐，看了看门前"珑翠阁"醒目的匾额，这才像是刚看见唐无珏般，目光往他身上一睐，嘴角便噙了轻蔑，"你这么护着这贱人，莫非是她的姘头？"

"姑娘请慎言！"易平平上前一步，将温碧弋往身后挡了，不管这女子到底是何人，她只知道她打了她易平平的好友，且还要侮辱于她！唐无珏身为男子要对女人留手是品行，但她易平平可不是那么好惹的！正欲再说，却忽然感到肩头被略按了一下，易平平蓦然侧眸，目光与温碧弋相接一瞬，她眼里有感动，却略摇了摇头。将易平平与唐无珏两人轻轻推开，温碧弋神色漠然地走出来，"这里不招待女客。"说完，她的目光平静地掠过陆平，"也不招待携带家眷的男客，请两位移步。"

这话一出，易平平便诧异地看了温碧弋一眼，依她素日的性子，只怕这时早该撕扯起来了，怎的今日……由不得易平平多想，那女子看见温碧弋就咬牙切齿，怒不可遏，此刻，听出她竟还有些服软的意思，立刻嚣张起来，骂道："贱人就是不知廉耻！"说

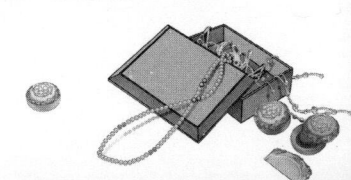

着，她扬起手，径直又要往温碧弋脸上掴去！

易平平身形一动，唐无珏却比她更快，举剑一挡，反将那女子推了一个踉跄。

陆平忙伸手将女子扶住，女子发指眦裂，指着唐无珏喝道："你！……"

唐无珏攥成拳头的手张开又攥住，看得出来是在极力忍耐，眼见女子一副快撒泼的模样，也不知想起了什么，突然轻佻地笑出声来，"小娘子火气这般旺盛，莫不是嫌温姐给的银子太少了？"他嬉皮笑脸地打量起那女子，"你也莫要气恼，我们温姐向来是个守财的。看你模样，虽算不上花魁，近百两银子也是值得。"

易平平听他这么一说，哪能不明白他的意思，当下对唐无珏高看了一眼，也顾不得为什么他前些日子还在骂温碧弋，如今却愿意站出来维护她这事，连忙接了话，望向温碧弋，嗔道："温姐，你是不是只给人家十两银子，把人气着了？"

不待温碧弋开口，那女子便皱眉呵斥起来："你们在胡说八道些什么，我一个字都没听懂。"

"咦？"易平平做出一副惊讶模样，"不过是压了你的卖身价，便将你气傻了不成？"唐无珏闷声一笑："原来小娘子长得虽然差强人意，脑袋却有点不灵光啊，难怪温姐不肯出高价啊，可惜啊，可惜！"

珑翠阁门前向来不缺行人。两人一唱一和，便将那女子的吵闹定性为前来卖身，却被压价，又因两人都刻意将声音放大了，所以早聚过来不少人，一时议论纷纷。

"放肆，我可是朝中命官的夫人！"女子唰地一下白了脸，怒气冲冲几欲跳起，还要再说些什么，却忽然被一旁的陆平抓住了，吼道："够了！"

女子的瞳眸瞪大一瞬，似不敢相信陆平竟会这样对她说话。陆平沉着脸将她拉到身边，也不知说了些什么，那女子脸色才缓和了些，扫了眼周围越聚越多的人群，她才一跺脚，冷哼一声，被陆平拉着快步走了。

"小娘子，我给你加十两，你来我们'珑翠阁'吧！"唐无珏见此，赶紧上前一步，也不知是不是在珑翠阁待了些时日，见惯了那些跑堂的小厮，此刻他踮着脚尖，扯开嗓门，倒学出了几分味道，"哎，别走啊。我给你加二十两成不成！"

一场闹剧到了此时方算是过去了。温碧弋见那两人走了，脸上才略略有了些生气，不再似刚才那般木然得吓人。易平平亦是松了口气，上前安慰般地握住她的手，"咱们回去吧？"

温碧弋点点头，任易平平拉着往珑翠阁走。唐无珏见两人进去了，也一言不发地跟了过来。直到将温碧弋送回卧房，唐无珏的脸色都仍有些发黑，目光在温碧弋身上停滞了很久，他才闷声开口："你的脸用热毛巾敷敷，活活血。"

温碧弋却没看他，"你先出去吧。"唐无珏的脸色登时更黑了几分，张了张嘴，却又终究没再说话，转身就走，行动之间带出一股疾风，想是生了恼意。

温碧弋并不理会他，只怔怔望着桌子，一言不发。易平平心中一叹，便在房中寻了起来，温碧弋的脸是刚被打的，可不能按唐无珏说的用热毛巾敷，活了血只会肿得更厉害，只能冷敷令血管毛孔收缩，才能控制红肿趋势。若是有冰就再好不过了，只可惜，在大宏朝冰是只有富贵人家才用得上的东西。寻了一圈，易平平见桌上茶壶里的水已经凉透，便用手帕包了里面的茶叶，就着茶水递到温碧弋面前，"敷敷吧。"

温碧弋默然接了帕子，轻轻敷在脸颊。易平平见她那副心不在焉的模样，便知她此时恐怕连帕子是冷是热都不知道，怕她后面真的听了唐无珏的去热敷，反延长红肿时日，便轻叹一声嘱咐道："温姐，你这印子是刚起的，两日过后才能热敷，你自己要上心些。"

温碧弋听了这话才似回过神来，她缓缓向易平平望来，神色晦涩，声音轻得几近破碎，"你不问问我他们是谁吗？"

易平平心内其实早有疑惑，只是，她知道回忆惨烈的过去是多么痛苦的一件事，所以温碧弋若不愿说，她也从没打算追问。垂下眼，她只将温碧弋冰凉的手拢在手心，轻声道："他们肯定给你带来很多不愉快的回忆。"

温碧弋忽而嗤笑出声，"若只是不愉快便好了……"她闭上眼，再睁开时，眼中已是一片波澜汹涌。她慢慢开了口，于是所有回忆，像是尘封已久的画卷，打开的瞬间，穿透无数岁月往事，如烟似水，带着漫长悠远的苍凉，一一展现在易平平眼前。

暮雪折枝，往事如沙。

温家有女初长成，养在深闺人未识。天生丽质难自弃，盐城谁人不知晓。温碧弋本是盐城首富——温家唯一的掌上明珠。这首诗，也不知是谁写了出来，之后被人传诵开来，连孩童都能朗朗上口，念上几句。后来，这诗又多了几句——春风桃李花开时，一女长成百家求。陆家小子多福缘，抱得美人入金池。温碧弋不再是温家女，而成为了陆家媳。一切的开始，是一盏从天而降的天灯。

那是温碧弋十六岁的那个上元节。那一夜，灯烛通明，人流如织，她同丫鬟一起去放天灯祈福，忽然刮起的东风将天上飞得最高的那盏天灯吹得摇晃下降，巧合的是，那灯于茫茫人群中翩然落到她身前。她自然接了那灯，却发现那灯下系着纸条，她心中好

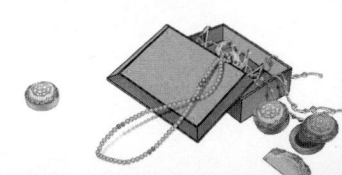

奇，便揭了开来，上面是一人的祈福之言——愿得一人心，白首不相离。

温碧弋为这美好的期许心生荡漾，而陆平便是这时出现的。他是来告罪的，因他所制天灯，忽然下降，不知是否伤到行人。于是，光影流离间，温碧弋第一次见到陆平，他身形颀长，明亮的双眼因这夜色，因这灯影，似泛着脉脉柔波，就像他祈福的诗句那般，带着满腔柔情、坚守与一点期盼，令人一见生情。

金风玉露，才子佳人，温碧弋同陆平顺理成章两情相悦。但陆平乃是盐城太守庶子，温家父母怕从小娇宠的女儿会受嫡母刁难，又怀疑陆平可能居心不良，所以并不同意二人之事，还软禁了温碧弋。被爱情冲昏头脑的温碧弋如何甘心？为了见陆平，她偷跑、自杀，直将温母气得重病在床，愧疚使她到底清醒了些，她终于决定为了温母舍弃这段感情。

一切似乎终于能回到正轨，但半个月后的一个夜晚，陆平突然偷偷来了温府见她，知道她因孝不能嫁他后，陆平失魂落魄，说他认定这一世之妻只有温碧弋，恳求她与自己喝一杯交杯酒，以全心中婚礼。温碧弋自然不忍拒绝。那时的她，万没想到，自己会酩酊大醉。待到第二日被吵醒，她才知道她与陆平因着醉意，已有了夫妻之实。

家中出了这样的丑事，父母只能忍痛将她嫁与陆平。温碧弋既喜且忧，喜的是终能如愿，陆平对她柔情似水，百依百顺；忧的是温母因此事，被气得身体每况愈下。她原以为能靠时间让母亲知道陆平对她极好，以后能安心养病，莫要白白坏了身子。可婚后没多久她就自顾不暇。陆平名下的铺面亏空得厉害，她不忍他满面愁容，只能不断挪用温家资产，甚至帮他做起了生意。这样的生活虽然辛苦，但终归还算甜蜜，直到那一日，她与陆平去城外拜佛回来，却在城门口撞了一名女子，那女子不依不饶，非要陆平向她赔礼，一言不合，竟还施展轻功带着陆平离去了。

温碧弋忧心忡忡派了无数仆从前去寻找，未料，陆平却只身回来了，只是，他却带来一个令温碧弋震怒的消息——那女子原来是镇北将军嫡女董艳，此番对陆平青睐有加，意欲下嫁为平妻。镇北将军不仅手握兵权，且官阶也比盐城太守大好几阶，陆家实在无力拒绝。陆平只能悉心安慰温碧弋，且再三保证，董艳不过是因利益才娶回家中。无论温碧弋愿意与否，这场婚事还是定下了。她眼睁睁看着自己的夫君，走入其他女子房间，她以为这世间的痛苦莫过于此，但老天爷却不曾饶她。没多久，她在料理布庄生意时，忽然被人袭晕，待醒来时，她衣衫不整，旁边竟躺着一个陌生男子！

温碧弋怒急交加，还不待她做出反应，房门便被踹了开来，陆平和董艳相继走进。

那瞬间，她一下明白过来董艳要栽赃她偷情，好霸占正妻之位，她原以为她的陆平会听她辩解，可他却只是满脸怒意将她休弃回家。

温碧弋觉得自己的天塌了，温家这些年为了陆平，资财早已耗尽，只余下老宅几间，而她的母亲听闻她被休弃的消息，当场口吐鲜血，撒手人寰。父亲义愤填膺地跑去找陆府理论，回来的路上，马车轱辘半路坏了，他从马车上摔了出去，当场就没了气。温碧弋万念俱灰，整日在家中哭泣，直到那日，董艳耀武扬威地上了门。

她是来炫耀的，她马上就要成为陆平的正妻了。温碧弋用最恶毒的话诅咒着董艳，她的心中还留有期盼，她真的以为她心中的陆哥哥总有一天会发现董艳的丑恶脸孔，总有一天还会迎她回家。可董艳听了她的诅咒只是笑，笑着以一种胜利者的姿态向她讲述了一切……

原来，所谓的一见钟情，所谓的情投意合，不过是一场蓄谋已久的阴谋！她以为她与陆平真心相爱，却不曾料到，在她之前，他已和董艳偶然邂逅，两人早就干柴烈火，爱得死去活来。只是，董艳是镇北平津伯府中唯一嫡女，身份尊贵。陆平不过是盐城太守的庶子，与董艳的身份相差甚远。于是，陆平就瞄准了盐城首富——温家之女，温碧弋。

她就这样，成了陆平的垫脚石。上元节的相遇，那一夜的交杯酒，都一一在他计划之中！温家父母毕竟是在商场上摸爬滚打那么多年的人了，早看出陆平并非良配，极力阻止，于是，陆平索性一不做二不休，与她生米煮成熟饭，顺利地娶回了她。接下来，便是各种装腔作势，将她骗得团团转，温家的钱也一日日流到他手中。等到大局已定，陆平在陆家的实力比肩嫡子，又制造了一场偶遇，终于顺利将董艳娶了回来。

这时的她，已毫无用处，于是两人又做下一局，将她毁得身败名裂！让盐城众人都知道温碧弋是个水性杨花的淫娃荡妇。和奸夫私通，被陆平捉奸在场。

哈，好个无情的陆平。好个奸诈的陆平！她温碧弋真是瞎了眼，错爱了这么一个狼心狗肺的家伙！如果，如果能用她的命换回爹娘的命，该有多好……温碧弋说完了，静静地坐在桌旁，似无悲无悔无恨，一双美眸黑沉沉的，如深不见底的古井，却于幽暗平静处，透着蚀骨入心的冰寒。易平平缓了半响，才终于能轻声开口："想哭，就哭出来吧。"

温碧弋的手渐渐有些颤抖，她猛地反手抓紧了易平平，眼眶终究止不住发红，继而控制不住地跌出泪水，"易平平……"

她没有再唤她妹子，连名带姓地哭着喊了出来，然，这一声，易平平却觉得比以往

第二章 龙潜于渊

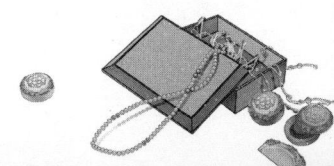

更情真意切，叫她听得难过。她直起身来，将温碧弋单薄的肩膀轻轻揽入怀中。"温姐，哭不是懦弱无能，你不要憋在心里，这样不好。"

"易……易平平……"温碧弋轻颤着唤她一声，再克制不住地放声大哭起来。

"在呢，我在呢。"易平平紧紧将她揽住，她的眼泪很快浸湿了她的肩膀。这一刻，褪去素日的坚忍，那保护色般的盛然风情，在风月场上游刃有余的温碧弋，亦不过是一个脆弱的女人。

"自从我爹娘死后，我再没哭过。"温碧弋抽噎得厉害，"我有什么资格哭，我凭什么哭？娘被我气死了，爹也被我害死了——连温家最后的祖宅，也被我卖了，温家什么都没了，只留下一个我。我是罪魁祸首……"她蓦地抬起头来，一双眼早已哭得通红，"你知道吗？如果不是我，我爹我娘，温家的宅子，生意都好好的。我不允许自己哭，我没有那个资格。哭是软弱是无能是求饶，我不能当个弱者！我要赚很多很多银子，我要让温家东山再起，我要让那对狗男女付出代价！"她狠狠吸了口气，极力想要镇定下来，可是全身都不听使唤似的颤栗得更厉害，一连串的泪水从她脸上不停地跌落，流到脖子，湿透衣襟，"平平，我好恨！我恨董艳，我恨陆平，可是我最恨的人，是温碧弋，是我自己！若不是我的一意孤行，若不是我的有眼无珠，若不是我愚昧无知，我温家怎会落得如此田地！若不是为了报仇，我又有何脸面苟活于世！"

她的话，让易平平一下沉入了自己的那段过往。这样的温碧弋和刚到现代时的她，多像啊……沉浸在仇恨中，看不清周围的一切，好像只有虐待自己，才能从当年识人不清的自责情绪里多走出来一分。可是，这样的自责除了让自己丧失快乐，还有什么用？所恨之人的生活，不会因她的自虐而有半分改变！

轻轻推开温碧弋，易平平慢慢开了口："温姐，善良不是罪。追求真爱亦不是罪。没人天生就能辨别善恶，天生就能够识破阴谋。正是因为有家中爹娘的百般疼爱，才使当初的你无忧无虑，不识人间丑恶。这不是你之过，温姐，别自责了。我知你心中一直觉得你爹娘是因你而死，这虽是事实，但你不该怪自己。这一切的始作俑者是陆平那个负心汉。心地纯善、涉世未深的你，如何识别他的一连环甜蜜陷阱。他的真面目根本就不是当初毫无心机阅历的你能够认清的！"说完这些，易平平才吐出一口气，她是说给温碧弋，亦是说给自己听，那些过去不会再成为她折磨自己的理由，亦不会是让她舍弃良善本性的借口！她是要报仇，但绝不会因报仇而错过这世间其他的美好！她看着温碧弋，眼神越来越坚定，"温姐，仇，我们要报。但也不要一味压抑自己，不要迷失本性。

我们可以长大，可以变得有城府有谋算，但是我们依旧可以是善良的。善良不是愚善，我们依旧可以真心对待旁人，前提是切莫真心错付，须得细细观察。温姐，你可懂我说的意思？"

温碧弋红通通的眼一错不错地看着她，一时连哭泣也忘了，她神情有些怔愣，显是没想到易平平竟说出这些似切身经历一般的话来，"易平平，你……"

易平平自然知道她心中所想，想对她报以一笑，但终究嘴角只泛出些苦涩，"我亦有过诛心之痛，自然也能对你的心情感同身受。"

温碧弋沉默地伸手过来，轻轻将她握住，虽然她的手冰凉，但易平平却觉得心中温暖。

"温姐，我也有仇人，也下了决心要报这个仇，但我的生活中，仇恨不是全部。我依旧有着美好的记忆，也会遇见美好的人。"易平平看着两人相握的手，这一刻，因类似的过去，她们好似一下彼此有了依靠。她知道的，她们从此会相互温暖，携手共济，扬起脸，她将一颗真心都显露到笑容里，"你看，我不就认识了你吗？"

温碧弋眼中浮起极浅的笑意，却比任何时候都来得真诚，"认识你，也是我温碧弋之幸。"易平平俏皮地向她眨眨眼，"你看，这便是我们二人共同的幸运和幸福了。"

温碧弋看着她，终于重新绽出笑颜。一番温情之后，温碧弋振作起来，抹去眼泪，道："好了，莫被我的这些腌臜事误了正事。这几日大雨，你定是躲在房中，做了不少'美人唇'吧？""知我者温姐也！"易平平笑起来，这才想起肩上还挎着个包袱，忙取下来，放到桌上，一打开正是二十盒"美人唇"！

温碧弋回她一个柔柔的笑脸，想了想，道："这段时日，'美人唇'也算是名声大噪。我想着，近日便开始正式对外售出吧。"易平平点点头："我也正有此意。"她顿了一下，又道："温姐切记，不可心急，不可贪多，每月仅售二十盒，绝对不多售。"

温碧弋嗔了她一眼，眼波流动，"放长线钓大鱼，你温姐自然是知晓这个理儿的。"

今日因着等易平平，温碧弋自然起了个大早，又到底是伤心动肺了一阵，易平平同她又聊了一会儿安排计划，便察觉她有些倦意，遂起身告辞。

温碧弋知道她的好意，起身还欲相送，却被易平平拦住，"别送了，给你的脸上点药，莫等它再红肿便不好了。"她心中是怕出门再遇见那什么陆平，又掀起什么是非便不好了。许是也想到了这一层，温碧弋的眼神闪了闪，没再坚持送她。

拜别了温碧弋，一出门，易平平便看见唐无珏靠在柱子上，低着头，也不知在想什么。易平平本是没打算理会他的，不过念及他先前帮过温碧弋，犹豫着是否应该跟他打

第二章 龙潜于渊

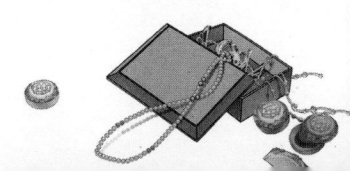

声招呼，正想着，他似听到响动，猛地抬起头，乍一见她，被惊了一下，"你，你怎么出来了。"易平平礼节性地颔首一点，"我准备走了，自然就出来了。"

唐无珏点点头，没再说话。易平平见了礼，便准备离去，谁知他又突然走近几步，将路堵住，"那，那什么，你跟我来一下？"说着，他又望了眼温碧弋的房门，转身便走。

易平平皱眉，跟着他下了楼。也不是她想跟过去，着实是他堵了后门，让她没法出去。待二人停步站定，易平平已是满心疑惑："你有何事？"

唐无珏沉默片刻，才似下定决心般，认真问道："你觉得我把那陆平和董艳怎么折腾，温碧弋会开心点？"

易平平一下沉了脸，"你站在门外偷听我和温姐的对话？"

唐无珏脸上一白，旋即反驳道："我光明正大听的，是……隔音不好。"他说到这里声音略低了些，又瞟了一眼易平平，才咳了一声，正色道，"你快告诉我，我怎么做，才能让温碧弋开心一点？"

易平平本来愤恨两人的对话被他听去，但听到他这句话，一下觉出不对劲来，猛地抬眸，目光几乎是逼视着他，"让温碧弋开心？你为何要让她开心？"唐无珏倒是不避不躲，反而毫不犹豫，一字一句道："我喜欢她。"

啊？易平平心中着实惊了一下，"你前些日子还在骂她蛇蝎心肠，不守妇德，今日……"她话未说完，就被唐无珏打断了——"对，那是我的不是，我和她道过歉了。"

易平平倏尔想起他今日种种怪异的表现。是了，原来早有端倪，是她没有发现罢了！可，他这如小孩过家家般的转变，实在让她觉得不靠谱。易平平挑眉道："你为何喜欢她？""罢了，看在温碧弋和你好的分上——"唐无珏本是有些不耐烦，但此刻提及温碧弋，他嘴角便不由向上翘起，眼睛也亮了，神色更是难得显出几分温柔，"她是我见过最与众不同的女子。遇见了她，我才知道一个女子可以活得这般精彩。可以凭一己之力支撑起这珑翠阁，可以不畏流言蜚语，活得风生水起。这样比较下来，我往常认识的那些女子，不过是一个个横平竖直的格子，循规蹈矩，毫无个性。"

易平平听着这话脸色却愈发淡漠起来。"说完了？"

唐无珏仍沉浸在自己的情绪里，只顺着她的话点头，"说完了。"

易平平知道自己本不应插手这事，可唐无珏是个只顺自己心意的脾气，她实在害怕他会伤害温碧弋。思及此，她深吸口气，盯住他，"那就请您千万别去打扰温姐！您和她不是一个世界的人。"唐无珏听她开口用了敬语，便知她已将身份和他拉开了去，当即阴了脸,"你这话什么意思?"

"什么意思?"易平平冷笑一声,"唐公子说的话真是好生风光霁月。觉得温姐独树一帜,旁的大家小姐都是枯燥无味的颜色了?我告诉你,唐无珏。这世上每个女人都有自己的喜怒哀乐——亦有自己的才能和喜好,并非你所说的横平竖直的格子……"她想起什么,冷厉的眼神中多几分嘲讽,"若要真论到'格子',这个以男为尊的社会才是'格子',是你们说的三从四德、女训、女则,束缚了天下的女子,你们才是那万恶的'格子'。倘若没有你们制定的那些不公平的条条框框,我们女子活得定当姹紫嫣红,各有颜色!"

唐无珏眸中透出怒意,忍了片刻,方挤出一句:"你在指责天下男子?这是你身为女子该说的话吗?"

易平平嗤笑出声,"你看,什么叫'身为女子该说的话'?"她心中升起一阵无力感,"便只许男子约束女子,女子只能默默忍受,苦也好,悲也罢,逆来顺受?"

唐无珏几乎失语,一时只能皱眉瞪着她。

易平平原也没想过他能给什么答案,叹了口气,道:"你根本不是喜欢温姐,你只是觉得好奇,觉得新鲜。你道温姐不畏流言蜚语,与众不同。你又可知,在这个社会,温姐若不是当真走投无路,万不会让自己走到如今这步。她虽开了珑翠阁,但在我心中她并非身败名裂,相反,她凭自己的能力养活自己和旁人,极厉害。"她本是想真心劝慰几句,奈何越说心中却越是悲愤,竟止不住多嘴,"照我看,能堂堂正正靠双手养活自己,这才是正理!男子能做的,女子亦然。什么科举,什么状元,你以为只有你们男子满腹经纶?我告诉你,巾帼不让须眉。女子的惊才绝艳,不过是被这不公平的世道掩盖了!"

"放肆!"她这一通"大逆不道"之言,令唐无珏火气猛地蹿了出来,"你是被温碧弋的事刺激到疯魔,开始胡言乱语了吗?""我没有胡言乱语。"易平平看他生气,反而有些平静下来,"唐无珏。你不要再说你身边的女子都平庸乏味。不过是因为你们男子要求女子做你们的附庸品,不过是你们制定的条条框框让她们不敢释放自我。"

这世道对女子何其不公?若是在那男女平等的未来世界,如唐无珏这般的公子哥喜欢上温碧弋,易平平自然是乐见其成,毕竟一旦不合,大不了一拍两散,互不牵扯,彼此只需享受曾经拥有过的爱情。可如今的世道,却早剥夺了女子拥有爱情的权利,似唐无珏这般从小衣食无忧的高门公子爷,不懂世间疾苦,也不懂后宅女子的可悲,他看

上去好像悲悯世人，实则不过是高高在上，抱着一个施舍的态度。他往日可以凭心中的不满同温碧弋争持吵闹，如今又因忽然想通，便大赞温碧弋，不过是因为看惯了身边的芍药，觉得小花格外不同罢了。他唐无珏不过是因为生为男子，就可以率性而为，便是娶了温碧弋这样名声在外的女人，旁人也不过道一句风流，而若是温碧弋当真嫁他，失了自主权，变得任他摆布，那这份与众不同，又能持续多久？不过最终沦为他口中另一个毫无个性的女子罢了。

他自以为想要给温碧弋全部的爱，可换来的，大概只能是又一出惨剧。

易平平霍然抬眸，紧紧看住唐无珏，那目光冷冽，似要将他心中所想一一看透，然后毫不留情地剖析在光天化日之下，"唐无珏，像你这样不知世事的贵公子，且不论你究竟有多少真心，就算你是真的喜欢温姐——你的喜欢也只会害了她，不会给她带来幸福。"

唐无珏瞳眸蓦地一缩，一下攥紧拳头，话几乎是从紧咬的牙关里挤出来的，"我的喜欢怎么会害了温碧弋？"

"唐无珏，你懂得去爱，去尊敬一个女子吗？"易平平见他神情明显不服气，只能轻声一叹，"我问你，你喜欢温姐，你会娶她为妻吗？"

唐无珏这一下惊得连愤怒都忘了，脱口而出："怎么可能，温碧弋的身份如何做我正妻！"话音一毕，他似猛地回味过来，一下怔住了。

是了，这便是大宏朝，即便是真心相待，也可能碍于门第，更何况唐无珏这样，是出于兴趣而爱？易平平心中泛起淡淡的悲凉，"所以你觉得，以温姐的身份，你纳她为妾——便已是你的恩典了？"

唐无珏黑亮的眸子有一瞬迷茫，旋即出现疑惑，不知所措，脸上的神情更是变幻反复。

他没再接话。聪明如他，应是明白她话中之意了，易平平心中有些欣慰，但那种无力苍凉的感受亦更加汹涌起来。她摇摇头，也不再多言，转身离去，走了几步，她又忽然想起唐无珏最初的那个问题，便停步回头。

唐无珏仍站在原处，愣愣地看着她。"对了……"她顿了下，沉声开口，"你不要随心所欲，按照自己的想法去对陆平做些什么。他们如此对温姐，温姐应当是想自己去报这个仇。你若想助温姐一臂之力，可去问问她，切莫自己一意孤行，好心做了坏事。"

说完这话，她便径直出了珑翠阁的后门。在跨出门的那一瞬间，天光照映而来，如同她在美容院时，起床就能看见的暖阳，这样的明丽，令易平平有一时恍惚，竟不知自己身在何处，仿佛回到了她曾待过的那个现代世界，坐听那些美容院员工们讲述自己恣意的生活，在那里无论男女，他们都拥有各自爱情的权利——

那里真好。

第二章 龙潜于渊

第三章 初露锋芒

上元佳节，入夜时分。

月影似流水，灯彩灿满空。点点灯火，随风扶摇直上，点缀在晦如墨色的苍穹之中，璀璨光影，叫人目不暇接。

城楼上，两名女子静静仰望着这漫天流光。她们一个着粉衣，容颜绝丽；另一个，一身霜白，风姿卓然。

"表姐，你说这些灯火美吗？"粉衣女子忽而轻轻开了口。白衣女子笑了笑："灯火流离明月下，高楼廊上看天灯，自是极美的。"

粉衣女子歪了头，自然地靠到白衣女子肩上，"那……是摇晃的灯火美，还是那白色的灯罩美？"

"灯火离不得灯罩，灯罩自然也离不得灯火，否则，如何飞入云霄？"白衣女子沉吟一下，笑道，"表妹这问题问得有些傻气，本就是互为一体，如何能分别比较美丑？""可是……"粉衣女子沉默片刻，声音忽而有些颤抖，语气带起一丝不正常的兴奋，"灯火总有烧尽的一日，灯罩终究会离开灯火的。"

因她话中的决绝之意，白衣女子愣住了，略思索了下，"可……只要灯罩未毁，装了新的灯火也无碍的。"

"不，表姐。我若是灯火，燃尽之前，定会将灯罩也烧得灰飞烟灭。"粉衣女子的目光紧紧跟随着天上那些灯火，状若痴迷，"它们本就是互相依靠，要一辈子在一起才好啊……"她的话令白衣女子有些困惑，少顷，她摇摇头，带着一丝宠溺，点下了粉衣女子的额头,"瑶光,你这傻丫头,尽说些透着傻气的话。"

瑶光闻言,顺势握住了白衣女子的手,笑起来,那笑容像是忽然冲入云霄的烟火,惊艳乍破,一时漫天灯火寡然失色。

瑶光……

睡意蒙眬中,易平平觉得好似有和梦中一般透着凉意的手,轻轻握住了她。她一下醒了过来,不是惊醒,只是突然就睁开了眼。

入眼所及,是一片黑暗。她躺了好一会儿才记起,自己已是易平平,而身旁也再没有瑶光。

许是白日听了温碧弋的往事,她竟梦见曾与瑶光一起看天灯的事情。

抬起手,易平平怔怔地看着它。眼睛慢慢适应黑夜,就着窗外透进的月色已能看清几分。这只手,好似还残留着被瑶光握住的感受。也曾是在这样的黑夜里,因听说怀孕的妇人容易半夜抽筋,所以瑶光常来帮她揉腿。

那时,她们感情多好啊……她时常握着她的手,陪她入眠。

易平平心中有说不出的情绪,似酸涩,但酸涩中又翻涌着恨意与一丝不解。时至今日,她仍不懂瑶光为何会与尤墨暗度陈仓,楚天云雨,亦不懂为何瑶光会对她痛下杀手。

她原以为她更恨尤墨那个狠心的负心汉,可后来她才渐渐发现,她对瑶光反而恨意更深。那是从心底抽发出来的恨意。那种恨,是伤敌一千,自损八百的恨。恨着瑶光的同时,她身上的骨头、体内的心也变得千疮百孔——那明明是她从小疼到大的妹妹,更胜亲生。可为什么,最终竟是她来抢她的夫婿,毒害她的孩儿,令她命丧黄泉?

难道正室之位,真的比自小一起长大的情谊还重要吗?

易平平心绪起伏,辗转一夜,好容易熬得天色泛白,她便立刻起了身,轻手轻脚地穿衣洗漱一番,和值夜刚起的入画打了声招呼,便匆匆出府。

没有去珑翠阁,却雇了辆马车。易平平独自出了城,来到一处山林。

这里树木繁盛。交错的树杈中,偶尔露出一抹湛蓝的天空。林中的空气很湿润,自鼻尖肺腑钻入,令她整个人都陡然精神了些。

许是因为这片林子位置偏僻,又需要绕过官道,所以眼前的一切都仿佛还似昨日。

易平平心中升起些物是人非的怅然,那些刻意埋葬的记忆蠢蠢欲动,叫嚣着,无法克制地复苏。她还记得,还是白筱宁的时候,她和瑶光在这里遇见了大虫。为了护住瑶光,她的脸,她的腿,都毁了……

那年她多大？约莫十岁吧？这么算来，她后来嫁人、丧命，再到在那未来世界待的几年，如今这段过往离她已经过去整整十年了！这十年里，她恨过、自责过，可从来没后悔过——她从来没有后悔，那时候让瑶光先跑。

即使是撞见瑶光和尤墨纠缠在一起的那刻，即使到她身亡气绝的那一刻——

她也没后悔过。那时的瑶光，是一个总黏着她，会用软糯的声音唤她姐姐的孩子。她的每一声姐姐，每一个笑脸，都让她的心无比柔软。

她救的，是那个时候的瑶光，倘若那时的瑶光，受了一点点伤，她都会难受自责很久。

只是那么善良可爱的瑶光，究竟什么时候变了……

易平平沉浸在自己的思绪中，不期然却听到一声怒吼，似男子的声音。她一下警醒起来，透过树之间的缝隙，她隐约看见一名男子侧卧在地，发髻凌乱。

兴许是在未来世界待了几年，易平平脑中男女大防的概念已淡化了很多，此刻见那人似受了伤，便毫不犹疑地迈步过去。可走了几步，她方想起，她现在已回到了大宏朝，这深山老林，又是孤男女的，她委实应该多注意些才是。正有些退缩之意，那边又传来一阵阵倒吸冷气声，易平平心中愈发不安，咬了牙，硬着头皮走了过去。

还未靠近，那男子已警惕抬头，待看到靠近之人是一个女子后，他眼中冷意稍顿，但仍微皱着眉，问道："你是谁？"

易平平先前只想着救人，倒没仔细打量过他，此刻才注意到男子生得朗目疏眉，身上衣着考究，一袭素白哪怕沾染泥泞，却仍让人觉得出世脱俗，如月如霜。视线一掠，易平平注意到他裸露在外的小腿肚，莹莹如玉的皮肤上一排带血的牙印十分扎眼，牙印周围撒了些淡黄色的药粉，看来已初步处理过。

男子的视线随着易平平的目光一扫，不禁面露薄怒，扯过外衫勉强遮住小腿，道："你这女子好生无礼，不知男女大防吗？"

易平平挑起眉，本欲反驳，旋即却又想到身在大宏，这男子不过是正常反应，倒是她自己才算离经叛道。她消了些气儿，但口中仍有几分不满，"看来在公子心中，自个儿的命，倒不如那些劳什子的男女授受不亲重要了？"

男子将易平平打量一番，见她确实没有恶意，这才面色稍霁，缓了语气，"多谢姑娘好心，只是恐怕姑娘也是有心无力了。"易平平不理会他话中不经意流露的对女子的轻蔑之意，只道："我刚才见你腿上牙印，莫不是被蛇咬了？可有挤出毒血？"

男子一顿，略有些诧异："姑娘竟能甄别咬伤，还知道要挤出毒血？难道是医者？"

"我不过是见周围并无搏斗痕迹,猜测你是被蛇咬伤。"易平平说着,正了神色,"不过,我虽不是医者,但也知道医者面前无男女,只有病患。如今我欲助你,虽谈不上是行医,但本质是一样的,若你不愿领情,那便罢了。"

男子先是有些失望,但听了易平平后面那番话,面色便是一凝,郑重道:"医者面前无男女,你说得极有理。"

救个人不仅要被轻视,还要如此拘泥,易平平又无奈又有些愤懑,"自然有道理,难不成救死扶伤,不按轻重缓急、专业程度分,反念着男女大防不成?"

男子一下抬起头来,一双眼黑压压的,脸上是无比庄重的神色,"是在下鲁莽了。"他略有些困难地朝易平平作揖一下,声音透出真诚,"劳烦姑娘了。"

见他也并非顽固不化,易平平心下也好受了些,这才蹲下,用手拨开挡住小腿伤口的外衫,细细端详起来。她看得仔细,更用手拨开了一点周围的药粉,倒没留意男子脸上浮起一丝不自在的红晕。少顷,那男子低咳一声,"我被一种从未见过的蛇咬了,倒是无法分辨有毒无毒。"

易平平凝视着伤口,脑中仔细回忆着在现代时曾看过野外自救视频,里面有一段就是专门讲的蛇咬伤。男子腿上这个牙痕细细长长,像是毒蛇牙印,她忙问道:"那蛇的花纹可是鲜艳斑斓,头型三角形?"

男子摇头道:"通体乌黑,头型似乎也不是三角形。"想了想,他补充道:"我在伤口敷了雄黄、细辛研磨的粉末。身体体征也无心跳加快、头晕目眩等症状,只是这条小腿却麻得厉害,无法挪动。"

花纹并非鲜艳,也不是三角头型,就算是毒蛇,怕是毒性也不大。易平平思索片刻,已有了对策,她一个女子是无法将男子拖出林子的,可若是放任不管,他这条腿还不知要麻多久,若是再遇上其他毒蛇猛兽可就麻烦了!思及此,她朝男子伸出手,果断道:"把你的腰带解下来给我。"

男子冷静的面色好像一下裂开了,不可置信:"你说什么?"

易平平看着他,忽而觉得有些好笑,若非她先前那番大道理,这人恐怕就算拼着这条腿不要,也要跳起来吼她了!她忍住笑,指了指他的腿,"我需要对你的伤口做一些处理。"男子皱起眉,看了易平平半晌,见她认真的神色里已露出几分不耐,这才迟疑着解了腰带,递过来。他解腰带的时候顺手将腰间水囊放到了一边,易平平便不客气地拿了过来。先用水将他伤口上已糊成一堆的药粉清洗干净,这才在伤口上端五厘米处将

081

第三章 初露锋芒

腰带狠狠系牢了——这是阻碍毒血扩散到全身。

男子见她洗去药粉时就张嘴想说些什么，可看她有条不紊的动作，又没再开口，只是一瞬不瞬地盯着她，由着她折腾已经麻木的小腿。

易平平做好这一切，又轻轻按着男子伤口周围的肌肤，问道："有没有尖锐的碎牙残存其内的感觉？""没有。"男子回道。"很好，没有残留物质。"易平平点点头，"你有没有随身带着打火石和小刀之类的利器。"男子许是被她勾起了好奇心，所以格外配合，从怀中取出打火石及一柄弯月形状的小刀。

易平平视线随意扫了一圈，几下拢好一堆干枝枯叶，用打火石点了火。火苗很快窜起，她拔出小刀仔仔细细地在火上炙烤了一遍，待将小刀高温消过毒，她才持着小刀再次蹲下，"可能有点疼，你忍耐一下。"男子面无表情地点点头。

易平平得了他的许可，便迅速用小刀在他伤口处划开一个十字形的口子，随后又用力地挤压了伤口周围的皮肤，果然，渗出的血液比暗红还要深了一些。这蛇果然是带了些毒性。正用力挤着毒血，冷不丁那男子突然开腔，声音更隐约泄露出一丝激动，"你真不是大夫？怎的知道这般奇特的处理蛇伤的法子？"

易平平头也不抬道："这是常识。"

"常识？"男子一愣，蹙起眉，"如今我们大宏朝的闺秀们居然如此博学多才？"

他的话一下叫易平平警醒过来，刚刚的她是脱口而出，这些对于未来世界的人们来说是常识，可……大宏朝的医疗大部分都还停留在内服外敷上，甚少有人能想到开刀放血。易平平赶紧岔开了话题，"你体内的毒素恐怕要尽快服药才行，你还是先想想如何回去吧！"

男子听了这话，果然关注力移回了自己的伤势，他看了片刻，抱拳作揖道："可否劳烦姑娘帮在下叫一辆马车过来？"他想了想，又补充道："在下杜若，过几日定当登门拜访，重金酬谢。"

"杜若？"易平平惊得一下抬头，"杜老太医的嫡长孙？"

杜若也有些诧异，"姑娘知我祖父，还知我？"

易平平心中一时百味陈杂，那杜老太医，其实在前生曾救过她一命。当年，她与瑶光在此遇害，若不是杜老太医的死骨更肉，只怕她早就成了一抔黄土。而这杜若，她从前虽未见过，却也是早有耳闻。杜老太医一生有三子，无一人有足够的天赋和兴趣继承他的衣钵。唯独长子得的嫡长孙，自小便展现出对医药的热情和天分，也是大宏朝有史以来最年轻的太医,当得上是前无古人。怔了片刻,易平平才朝他微微一笑:"杜老太医回春妙手、誉满杏林。至于杜公子,更是长江后浪推前浪,这般年轻,却早已是太医院鼎鼎有名的圣手了。"

杜若没似常人那般谦虚一番,只是点点头,略沉重道:"腿好像更麻了,你可能要帮我松绑一下。"

易平平吓了一跳,还以为她手脚太慢,所以导致他的蛇毒发作了,赶紧又帮他挤了下伤口,见渗出来的血色几乎已恢复到正常,才略松了一口气。正要开口回应,却又陡然发觉手下的皮肤很凉,她这才意识到,刚才杜若是让她帮忙松绑……易平平面上一窘,忙解了扎在上方的腰带,"是腰带扎得太久,导致血液不循环引起的暂时性麻痹。不过,为了避免扩散,在你服用有效的祛毒药之前,得一直扎,一盏茶时间松绑一次就行。"为了掩饰尴尬,易平平一面回忆那个视频里的内容,一面说着,待说完这些,她又猛地意识到——杜若自己就是个医学天才,既然他已提到松绑,恐怕早就想通这些内容了,她到底为什么要白痴一样地解释给他听?

唉,她一定是一夜未眠,所以脑子不灵光了!"这些都是你自学的?"

杜若略激动的声音响起,易平平抬眼一看,他一双眼已亮得吓人。

易平平心里咯噔一声,早听闻杜若是个眼中只有医药的医痴,此刻被他这样盯着,她哪能不知他是起了爱才的心思。暗骂自己一声,易平平忙转移话题,"杜公子还是先看看周围可有能去蛇毒的草药,先服上一些,也好压一压身上的毒素才是正事。"本以为能像之前那次一样把话题岔开,谁知这次杜若根本不上当。见她不肯说,杜若面色掠过失望,少顷,又忽然振作精神道:"姑娘既不愿说,在下也不强求,但请姑娘告知姓名,在下也好登门道谢。"

开什么玩笑!他跑到她家去登门致谢?这还不把她易平平的名声给全毁了?易平平赶紧道:"杜公子,杜老太医对我有恩,我却无从回报。今日凑巧能助杜公子一臂之力,权当是还杜老太医的医治之恩。只是……今日我做的事,若传了出去,我这辈子也就算是完了。所以,还请杜公子——"

"你是要我娶你,对你的名声负责?"她话还没说完,杜若神情一凝冷不丁这么接了句。易平平全然没料到他竟能想到这上头去,错愕得连连摇头,"杜公子多虑了,只求杜公子为今日之事保密。"她说完这句,还怕杜若不能明白,连忙又道,"今日之事,天知地知你知我知,再无旁人会知。"

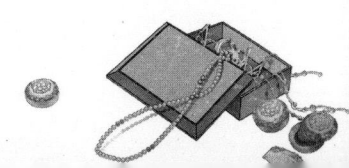

杜若听了这话，半晌没开口，只用那黑亮的眸子死死盯着易平平，似要看穿她一般。

易平平见他不回应，便蹙了眉，"还请杜公子答应我的请求。"

杜若沉思了片刻，却撂下一句，"我收你为徒吧。"

"啊？"易平平神色一僵，他这是什么毛病啊？怎么老是不按常理出牌？她不想再有交集的态度明明已经那么明显了！更何况，她如果乍然成了杜若的徒弟，那救他的这段也迟早被人挖出来，还不是一样毁名声？

杜若倒是没留心易平平的神情变化，一提起医术，他整个人可谓神采飞扬，神态之间也多了几分倨傲，"你救我一命，我无以回报，又觉得你在医术一道上，见解颇高，收你为徒，便当是答谢姑娘的救命之恩了。姑娘放心，我定会倾囊相授，绝不藏私。"

易平平一时有种啼笑皆非的无奈感。

而杜若没得她的回应，又一脸郑重道："我最引以为傲的，就是我的医术。我要把我最擅长的医术传授给你，这份报恩，我自认为十分公平，姑娘你并没有吃亏。再则，姑娘对医道见解深得我心，再看姑娘处理蛇毒的手段，在学医上定是事半功倍。所以——"

易平平越听越觉得……她刚刚不是救了个人，而是参加了一场面试，现在主考官杜若先生觉得她很是优异，非要拉她入伙学医。恐怕那救命报恩的说辞也是幌子，他就是觉得她是个学医的苗子，不肯错过罢……不过，易平平心里清楚自己的斤两，若不是比大宏朝的人多一份"常识"，她连医学的门槛都摸不到，委实不是个学医的材料，还是划清关系才是正事！不等杜若说完，她赶紧出言打断，"杜公子，你还是先答应我的请求吧——出了这林子，我相信我们的生活也不会再有什么交集。"易平平说着，抬手指了指他，又指指自己，"你我是素未谋面的陌生人。"

杜若脸色蓦然一变，"你有这么好的天赋，你却偏偏要浪费？救世济人，是多么神圣不可玷污的使命，你有得天独厚的条件，你却将它活生生的浪费作践……"

易平平弱弱叹了口气，看来传闻诚不欺她，这杜若绝对是个实打实的"医痴"，一说起这些事，连蛇毒他都不管了……欸，蛇毒！易平平猛地想起，杜若的腿松绑已经够久了，差点忘了给他重新扎上，连杜若自己也忘了！

可怜杜若还在搜肠刮肚地劝说易平平学医，易平平倒也懒得跟他辩驳了，索性用力一系，杜若冷不防受这一下立时闷哼一声，停了话。

耳根终于清净了。易平平重新帮他扎好，拍拍手站起来。这头，杜若又开始了——"你那处理蛇毒的法子简单有效，明明连药也未用，却让我到现在也没有任何明显的中毒体征。"

易平平赶紧截住他开始高涨的情绪，"杜公子，送我过来的马车在官道旁等我，杜公子便坐它回城吧。小女子家中还有事，就不多留了。"

眼见杜若坐在地上，一时难以起身，易平平也不等他回应，转身便走——她着实是没精力再应付他了。

因着将马车留给了杜若，她走了好一阵才重新拦到路过的马车。这一番折腾下来，直到酉时上下才溜回易府。

刚进了府，易平平便觉出些不对劲来。往日里，偶尔还能听到几句丫鬟仆人间的笑骂，今日却四处透着一派肃穆严谨。她四下看了几眼，却分不出更多的心思——自遇到瑶光后，她其实整个人都有些浑噩。等终于走到了自己的院子前，她还没来得及松口气，就被火急火燎冲出来的入画撞了个满怀。

易平平"哎哟"一声，还没直起身，那头入画已扑过来将她抓牢了，惊喜道："小姐，你可算是回来了！"易平平心中顿时咯噔了下，"怎么？莫不是老爷夫人传唤我了？""哎呀，我的好小姐，今儿可是老夫人归府的大日子！你怎么给忘了？"入画急得跺脚，不由分说地就将她往屋子里拉，"今儿一大清早我还没来得及拦住，你就出去了，眼下可紧着些吧，老爷已派人来催过一回了！"

被入画这么一撞，又听她说了这一大堆，易平平本有些脑仁疼，但此刻哪里还顾得上？只能打起精神，勉强从入画的话里找出重点——老夫人？那就是三小姐的祖母了？既是归府，那先前是去了哪里？

对话间，她被入画拉进了院子。那厢，抱琴早迎了过来，听到入画的话，不禁瞪了她一眼，"明明是你早上贪睡没拦着，这会子怎么倒怪起小姐来？"

入画脸上一臊，小心地瞄了易平平一眼，"都是我的错，我急昏了头才……"

"好了好了，我这不是回来了？"易平平安慰似的拍了拍她的手，又朝抱琴一笑："好端端的训她作甚，原是我自己的不是，忙忘了这一遭。"

抱琴本也只是想敲打下入画，作势嗔道："也就是小姐才肯护你！"

入画吐了下舌头，又笑起来，"咱家小姐菩萨心肠，对入画是最好的！"说完，她似想到什么，又突然一拍脑门，跳起来，"哎呀！瞧我这记性！小姐，我得赶紧去打热水来给你梳妆才是！"语罢，风风火火地跑出去了。

易平平被她这么一闹，焦急的心情倒是略松乏了些。左右时间都已经晚了，只要服

饰妆容上不再出岔子，顶多受顿训斥也就罢了。这么一想，她便平静下来，朝抱琴笑了笑："咱们进屋更衣吧。"

听出她语中轻松之意，抱琴不由抬眸看了她一眼，随后脸上生出些欣慰笑意，"小姐可是想通了，不惧老夫人了？"

易平平脚步略微一滞。惧？看来三小姐和祖母之间的关系并不融洽呀……她叹了口气，试探道："惧有何用？难道不见祖母了吗？"她脸上露出些担忧之色，"只盼祖母见着我，不要心烦才是。"

抱琴在前头闻言，不禁摇摇头，"小姐何苦这样说，老夫人不过是爱重你，才待你严格些的。"

这话倒是令易平平不曾预料，想了想，她道："我不过庶出，又是次孙，在祖母心中哪及得上长姐嫡长孙女的身份金贵？"

抱琴还没开口，屋内的帘子已被人掀起，却是打水的入画探身进来。她显是听到了两人的对话，不赞同道："话可不能这么说，就不论祖孙这层关系，小姐也是老夫人的亲甥外孙女。这亲上加亲，老夫人应该待小姐格外不同才对，但就是不知道为什么……"话未说完，入画又被抱琴瞪了一眼，似也意识到自己无意间挑拨了老夫人和小姐的关系，她赶忙住了口。

"小姐别听入画胡说。"抱琴微微一笑，"我看小姐这回醒来后，行为举止颇为妥帖，想必老夫人见了也会心生欢喜的。"

易平平回以一笑，心中却是暗自一震——怪不得说是爱重！原来三小姐那身为贵妾的母亲，是老夫人的外甥女！这样的关系，老夫人确实应该待三小姐不同些，只是，为何两个丫鬟的字里行间皆有些老夫人不喜欢三小姐的意思？

许是一夜未眠，她脑子到底有些不够用，便只能先按下此事，任由两个丫鬟为她梳妆一番。待一切打点妥帖，正院刚巧又派人来催，易平平便随着那人火急火燎地到了正厅。等通报之后，便提裾走进。

这会子已到了晚宴时间，厅内众人早已一一就座，易平平一眼便看到正座上那位老太太。她约莫六旬年纪，脸上虽留下不少岁月痕迹，但当年美貌仍依稀可辨。她带着鸦青织金镶翠玉抹额，耳下一对祖母绿泛着冷意，愈发显得庄重威严，叫人忍不住心生畏惧。

易平平忽而有些忐忑起来，倒不为其他，三小姐这位祖母一看便不是等闲之辈，莫要被她看出她的蹊跷才好。紧着心神，她正要请罪，坐在末席的易青青却早注意到她，抢先招呼："三妹，总算把你盼来了！"说话间，她已走了过来，亲亲热热地挽了她的胳膊，看上去是一派姐妹情深，但身为当事人，易平平却是有苦说不出——易青青这力气怕是尽得了易夫人的真传，竟叫她一时挣脱不了。

这边她动作一滞，便落了口实，只听一人凉凉道："原先还道你都改了，怎的还是如此不知礼数？让老祖宗等你，易平平你倒是好大的架子。"

易平平循声一望，见易谨正看着她，神色不满。自上次以后，易谨就回书院读书了。她并不知道他何时回来的，不过从他这通做派里倒是不难看出，他又拜会过易青青了。到底什么时候，才能将这同父同母的亲哥拉回自己的阵线啊……易平平一阵脑仁疼，欲要开口，偏偏易夫人母女今晚上还就不打算让她好过了，这一遭又被易夫人抢了先。笑道："好了好了，也别生三丫头的气了，她大病初愈，身子弱，动作慢一些也是无可厚非的。"

这话里话外都似维护，但易平平却是心下一凛。果然，易老夫人闻言，面色沉了几分，淡淡扫了过来，"三丫头，你可知错？"这声音不急不缓，却透着十分威厉。易平平忙跪到地上，磕头道："老祖宗明鉴，孙女知错。"

见她如此乖觉，老夫人的语气却反而更重了些，"当真是大难不死，便变了个人似的。"这话一出，便听易青青轻声一笑："可不是嘛，老祖宗。三妹这次醒来啊，变得恭谨有礼，聪慧过人。"她装作玩笑似的，说道，"可不就是变了个人。"

垂着头，易平平不由蹙了下眉，难怪易夫人又点出她"投湖"之事，原来重点在这儿啊？易平平可以肯定，老夫人虽人在府外，但府中绝无她不知之事。既然当时易之瑞对三小姐自尽这事已处理过，如今老夫人也不会再出来驳儿子脸面，但这"变了个人"，那可就是另一码事了！

还真是怕什么来什么！易平平吸了一口气，抬起头，神色郑重，"老祖宗，若有人见不得孙女长大懂事，那便算了。孙女愿意和从前一般，活得懵懵懂懂，只是，这'变了个人'的说法切莫传了出去。流言蜚语最是可怕，污了我的名声倒也罢了，莫要于易府名誉不益。"

"我离府半载——"老夫人眼中闪过一丝精光，神色凝重，"你居然能懂得维护易府名誉了。"易平平摸不准老夫人这话是偏帮还是怀疑，只能尽力维持面上平静。就在她忐忑之时，易青青又是一笑，上前来扶她，口中嗔道："我不过是夸三妹几句，也值当三妹如此郑重，老祖宗，您瞧瞧，三妹现在可真是懂事了。"

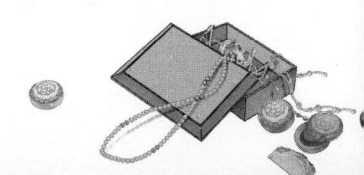

一直端坐的易之瑞听了这话，皱眉看了易青青一眼。

易夫人察言观色的功夫早练到极致，察觉事态不对，便朝老夫人笑起来，"想必是娘在云台山潜心礼佛，才叫菩萨保佑，让咱们三丫头开了窍了，这可是一顶一的好事！"这话一出，易之瑞的脸色又好看了些，开口道："娘，三丫头真的变了很多，我看在眼中，十分欣慰。"

易平平万想不到，易之瑞会站在她这一边。不过，转念一想，她又有些明白了——易青青太过心急了。在她提出保全易府名义之时，易青青却还揪着不放，这才惹了易之瑞不喜，易夫人暂且妥协。只是，不知老夫人是什么态度？易平平一瞬不瞬地望着老夫人，指望从她脸上看出些端倪，可老夫人神色不动，摩挲着手中佛珠，似乎一切都未入她眼。等了片刻，她才漫不经心地开口："关于你寻死觅活之事，你还有什么想说的？"

易平平几乎一下断定，老夫人是在试探她。她如今的做派和以前的三小姐的确有不同，便是没有易氏母女上眼药，老夫人也未尝没有疑虑。她手心一下出了冷汗，面上却极力镇定。重新跪在地上，她重重叩首，"老祖宗，孙女无话可说。"她抬起头来，眼神充满真挚，"孙女年少无知，做了让易家蒙羞之事，心里实在羞愧万分，寝食难安。兴许是在生死关头走了一遭，对很多事都看清了，也想通彻了。请老祖宗原谅孙女的不孝，看在孙女没有亲娘教导，浑浑噩噩——权当是稚子无知，还请老祖宗再给孙女一次机会。能让孙女膝前承欢。"

从易平平说话起，老夫人就一直用审视的目光锁住她，此番见她情真意切又不避不让，到底有些许动容。

易夫人一见这情形，不由莞尔道："咱们三丫头，当真是长大了，也知道哄老祖宗开心了，我看了也觉得极熨帖。"

她将她的一片赤诚，有意说成是好言相哄，易平平能听懂易夫人的言外之意，旁人又怎会不清楚？易平平张口欲言，但她脑中却突然灵光一闪，于是她只看了易夫人一眼，随后咬了咬唇，没再说话——以前的三小姐并非口齿伶俐之辈，有事只会往自个儿心里藏，就她不肯叫嫡母母亲这事便能看出。再则，嫡母说话，她又怎么能在老夫人面前去驳回？易平平不说话，可那不代表老夫人看不出她委屈。老夫人摩挲佛珠的手稍微一滞，撩起眼皮扫了易夫人一眼，这才转回目光，"你如今这般，倒还算像些样子了。"她叹了口气，吩咐道，"起来吧。"

易平平暗中松了口气，叩谢，起身。明眼人都看得出这事就算是揭过了，易氏母女也没再自讨没趣儿。易青青状若亲密地拉易平平入了席。老夫人在座,自然是要食不言寝不语的,易平平前世家里比易府规矩更重,是以倒不觉得难挨。

待用过晚膳,上过漱口的茶水后,老夫人才环视一圈,重新开了口:"下月初三,是太后寿辰。往年都是老二家媳妇和我入宫,这次我想带上大丫头和三丫头。"

这消息来得突然,令在座众人均是一震。易平平下意识朝易青青看了一眼,不意外的在她眼中见到不满闪过。而这片刻间,易夫人已面露喜色地起了身,朝老夫人一福,"谢母亲对她们的抬举。"

易夫人这一谢,便将此事敲定了下来。易平平知道她表面大度,断不会驳老夫人脸面,况且庶女身份虽低,但入宫赴宴的也不是没有,是以,易夫人此举算是意外之外又情理之中,令易平平真正不解的是——易之瑞只是个刚刚够格赴宴的四品小官,老夫人是要用什么身份入宫赴宴?莫不是……

易平平抬起头望向老夫人,仔细搜寻着脑中的记忆。前世她身为白府嫡女,后又嫁威远侯为妻,也算得上是身份尊贵。宫宴她参与的次数不少,见过的诰命夫人也有泰半,这易老夫人究竟是哪一位?之前没往这个方向想倒没察觉,此刻,易平平越看越觉得易老夫人面熟。

正在易平平心念百转之时,忽听易老夫人叹了口气,道:"老二,你先带着你媳妇、大丫头、四丫头回房吧。"

几人神色各异,却都没说什么,跟着易之瑞行礼离开了正厅。

易平平心中明白老夫人有话要同她说,又或者还要再试探一番。她提裾又跪到地上,乖顺唤道:"老祖宗。"

老夫人面无表情扫了她一眼,等了片刻,才启口沉声道:"易平平,你是真醒悟了还是做戏?"不待易平平回答,她又道,"我一直不明白,为何你那般亲近易氏,却不肯喊她一声母亲。"这两句问话,看似毫无关联,但易平平作为一个局外人,一下就觉出了其中重点——老夫人竟是在规劝她,不管醒悟还是做戏,要做就做足全套,不要授人把柄。易平平心中松了口气的同时也升起一股暖流,她抬起头认真道:"也许是鬼迷了心窍,被虚情假意迷了眼。"

老夫人脸上浮出一丝冷笑,"小小年纪,说话老气横秋,你且说说,什么虚情假意?"

"夫人、长姐虚情假意,父亲左右漂浮不定。我二哥待我真心,却更亲近敬重长姐。"易平平一错不错地望着老夫人,诚恳道,"在易府,只有一个人对我是毫无杂质的真情

实意。"老夫人睃了她一眼，"何人？"

易平平叩首一拜，再抬头时，眼中充满感激、真诚，"唯有老祖宗真心护我怜我。"

老夫人情绪不辨，目光却到底柔和了些，"我记得你说过，我是家中最偏心、最不通情理之人。我刚刚对你亦不留情面，我本以为你对我也会如同以往，心生怨恨，口出怨言。"易平平摇摇头，柔声道："刚刚老祖宗字里行间都在维护我，只是不流于表面，孙女感激涕零。"

这话一出，老夫人脸色终于微微变动，手也略有颤抖，显然情绪起伏。她站起身来，服侍的嬷嬷忙递上鸠杖，搀着她颤颤巍巍地走至易平平面前，她用一种复杂的眼神盯着她，盯了很久很久。

易平平看不透这位老人家的眼神，却清清楚楚地知道，这眼神中没有一丝恶意。她知道自己赌对了——老夫人从未放弃过三小姐，也是打心底里疼爱着她。可惜，三小姐是个涉世未深的小姑娘，又加上嫡母挑唆，如何能懂老夫人望她成才，以及表面冷漠，实际祖护的苦心？

半响，老夫人才点了点头，却没再说一个字，只扶着嬷嬷的手离开了。不知是否是易平平的错觉，老夫人的背影虽然脊背笔挺，仪态仍旧威严，可她却看出了一丝萧瑟和老怀安慰之感。

又跪了片刻，直到老夫人走出正厅，易平平方起了身，脑中反复着刚才老夫人的背影，她陡然心中一凛，猛地记起了——易老夫人，易老夫人！她是易老将军的遗孀！皇上亲封的二品诰命！只怪她被易之瑞和易谨读书人的身份给扰乱了方向，竟没想到易府原先乃是武将之家。十年前，易府一门曾有两名将军，一位是易老将军，另一位应是易之瑞的大哥，两人皆战死沙场，想必也是如此，易之瑞和易谨才没有再去参军吧……

说来可笑，当了易三小姐这么久，直到今天她才算摸清了易府的底细。幸好老夫人外出礼佛了半年之久，否则，她的蹊跷恐怕头一个就瞒不过老夫人。

易平平叹了口气，看来以后日子更要小心谨慎了……

连着几日，易平平都未再出门，如今，整个易府都知道她和易青青要随老夫人去宫里赴宴，易夫人这一阵又是给易青青请裁缝制新衣，又是做首饰做鞋子的。碍着名声，偶尔她也叫易平平过去看看，倒弄得易平平不好出门了，便也暂且歇了出去的心思，每日去老夫人院子里晨昏定省，再顺道思考一下，要送太后什么礼物。

易平平想了几日，方有了些眉目，这日请安回来，便忙唤了抱琴入画，准备材料，又亲自去将那坛子密封的粱米抱了出来。

待一切准备好，易平平才小心翼翼地将坛子上封口的水倒掉，慢慢揭开盖子，一股难闻的酸味直往外蹿，熏得她差点流泪。屏着呼吸，待把坛中发酵好的粱米倒出来，一时整个院中都充斥着令人抓狂的味道。

入画捏着鼻子皱着眉，嫌弃的神色里又带着不敢置信，"小，小姐，你真的要用这东西做，做敷粉？"一旁的抱琴也蹙着眉，眼中盛着疑问。

易平平也是头一遭做敷粉，以前只看美容院那位院长捣鼓过。那时她闻不到气味，感受不到温度，还以为院长戴口罩是为了卫生，现在才有些明白，原来她是为了屏蔽这酸爽的味道！易平平憋着气，没回话，只赶紧加快手上进程，将泡好的粱米连洗了几遍。

捞了一把米，易平平仔细闻了闻，确认没味道了，才松了一口气，朝入画招呼道："快来帮我把这些米磨细了。"说完，她站起身来，点了点桌上的物品：蜂巢、已提取的橄榄油、玫瑰花露、蜂蜜、桂花油、瓷瓶、瓷碗、杆称。又向抱琴道："咱们先把蜂蜡提炼出来。"

抱琴倒是没有多话，过来就开工了。

入画则是迟疑着接了手，还不忘嘟囔，"小姐你要用好的敷粉，咱们买一些便是了，何苦这样做？"她磨了两下，见越磨水越多，不由愈发疑惑，"这样真的能做出敷粉吗？"

"你呀……"易平平作势要敲她，她吐吐舌头避开了。见她这副鬼精灵样，易平平不禁失笑，"难道还不相信我吗？"

"我才没有不相信小姐，只是小小的疑虑一下嘛！"入画笑嘻嘻说着，磨了一会儿，她又止不住往抱琴那边望，好奇道："小姐小姐，你们这又是在做什么啊？是新口脂吗？"

易平平眼中闪过一缕狡黠，神秘一笑，故意卖了个关子，"过会儿你就知道了。"说完，她便走到抱琴那边一起提炼蜂蜡去了，留下入画挠心挠肺地不时往这边看。

待蜂蜡提取好了，易平平便称了一些放到瓷碗里隔水加热，待其全部融化了，又加入称好的橄榄油，及一点点蜂蜜，同时将玫瑰花露倒入瓷瓶里加热，等瓷瓶摸着烫手，她才让抱琴拿帕子抱住，将花露缓缓往瓷碗里倒，边倒边用银筷迅速搅动。水和油本不相融，但因有了蜂蜡催化，渐渐地便变成了略泛黄的乳霜状，易平平见时机已成熟，连忙加了一点点桂花油提香，再搅拌一会儿，一碗乳霜终于做成！

没错，她做的是乳霜！因为没有乳化剂的关系，古代人从未做出过油包水的乳霜制品，一直到近现代乳化剂才被提炼出来，后来有人从蜂蜡里提出乳化剂，才发现蜂蜡是

可以当乳化剂使用的，只是，最终成品比提纯乳化剂制成的乳霜使用感受要差一点。不过，易平平见过美容院一个怀孕的员工为了追求天然，所以做来用过，想必感受应该不会太差才是……

用筷子挑了一点，易平平将它在手上抹匀后，不禁有些激动起来。作为从未用过乳霜的人来说，她第一次感受到这种不油不腻的触感，而且抹开之后感觉，实在算得上惊艳！要知道，现在大宏朝的人护肤还只停留在花露、花油这种类型上，花露虽然补水，可保湿效果持续不了太久，而花油虽能达到保湿的效用，但使用感受堪忧不说，还易闷痘，似乳霜这样上手即化的触感，绝对是仅此一家！更遑论，它可以兼具补水保湿，且以后再改改成分的话，它还可以达到抗老美白之类的功效！

"小姐，咱们做成了吗？"抱琴见她面露喜色，不由开口问道。

易平平从喜悦中回过神来，忙挑了一点给抱琴，笑道："来，你也快试试！"入画早就关心着这边，此刻哪里肯依，三步并两步就跑了过来，叫道："小姐我也要试！"

"好好好。"易平平忙应了，又给她也挑了一点。两人在手上一抹开之后，抱琴眼中顿时露出惊艳之色，"小姐，这是……"她话还没说完，入画便惊喜地叫起来，"这个好香，抹开了滑滑的，好像手都白嫩了些呢！"入画说着，又动了动手指，肯定道："而且完全没有那些擦脸的花油那么油！"

抱琴也点点头，表示赞同。"小姐，这到底是什么？"

见两人都很满意，易平平也有些兴奋起来，笑道："这个东西我叫它'人面桃花乳霜'，它可以让皮肤持久保持水润状态。"

入画惊叹起来，"我的乖乖，小姐太厉害了！我还从没见过像这样的东西呢！"

抱琴本来脸上也有喜色，但听到入画这话，不由望了易平平一眼，有些若有所思。

易平平见她神色，心里登时咯噔一声，一下回味过来。是了，之前的口脂，她还可以说是从原先的口脂里突发奇想捣鼓出来的，这乳霜可是整个大宏朝都找不到的东西啊……她心中焦急，脑中却蓦地灵光一闪，连忙道："原也不是我厉害，是买我口脂那家掌柜的祖上厉害！他家祖上以前是给宫里做红妆的，后来没落了，却留下一本心得，那掌柜研究了半辈子也没研究透，见我在这方面有天分，便拿给我看了，所以我才能捣鼓出来这个'人面桃花'。"说完这话，易平平装作不经意地抬眼一扫，抱琴眼中疑色已消了大半，她暗自松了口气，便听入画拍手笑道："那也还是小姐聪明，所以才能做得出来呀！"

易平平笑了笑，没再接话，这要再给她们挑出些蹊跷来，她可没那么好运每次都能灵光一闪。三人又闲话几句，这便一起做起了酵好的梁米。比起乳霜，这个就不那么惊世骇俗了，但相对麻烦一些，需要不断磨细、筛粉、晒干，反复数次，才能得出一罐子上好的粉，用棉扑上到脸上，便是一层轻盈妆面。

虽然敷粉普通得多，但因用料天然，倒也称得上上乘。除了"美人唇"，现在易平平手头终于又多了两个产品了，只是这两样，她并不打算再同温碧弋合作，小小珑翠阁，连着出现太多惊喜，必会引来麻烦。木秀于林风必摧之，这个道理她自是懂的，一切还是等送了太后再说吧……

打定主意，易平平便有些挂念起温碧弋来。自遇见陆平那日后，她就没见过温碧弋了，也不知她现在到底如何了？她越想越担心，第二日请安回来，终是嘱咐了抱琴入画，自己冒险出了府。

到珑翠阁时，已是近午时的光景。往日这时辰珑翠阁已开门迎客了，今日却不知为何大门紧闭。易平平从后门绕了进去，阁中冷冷清清的，竟一人也无，描金绘彩的廊柱没了光影照映，浓墨色彩仿佛失了精神气儿般，显出几丝颓唐之意。

易平平有些不安，加快脚步往温碧弋的房间去了。房门虚掩着，她敲了两下有人应了，刚舒了口气欣喜地往里走，却撞见出来的春花。她的神色有些恍惚，看得易平平一颗心骤然提了起来，"春花，温姐呢？""平，平姑娘……"春花看着她，眼中不禁含了泪，"你总算来了，温姐等了几日也不见你，已经先走了……"

走？去了哪里？连……珑翠阁也不要了吗？易平平有些发蒙，那头，春花自然看出她的疑惑，抽噎道："温姐已将珑翠阁卖了，我的身契也还给我了，她让我在这里等你，让我……"她一边抹着泪，一边从胸口摸出一封信，"让我把这个交给你。"

易平平抬手接过，这才发觉自己的手竟有些颤抖。春花再说了什么，她已没有注意听，她只记得自己小心翼翼地打开那封信，信里是温姐留给她的话，还有……一千两银票——那是"美人唇"的所有收益。

易平平缓缓走进房间，房内光线有些暗，窗户紧闭着，她仿佛又看到了温姐挺直的背脊和清亮的眼神，单薄的肩膀总是充满坚韧。其实早该料到的，从遇到陆平的那一天，温姐的平静生活就已经结束了，但当温姐真的这样果断与决绝的时候，她还是为她心痛。

温姐在信中说，陆平此番来京是因官位已至正三品刑部尚书，不再是她积蓄财物、力量就可以击溃的。她去投奔了行事最乖张的秀王，为奴为妾也在所不惜，只求能借力

打力，叫陆平夫妇付出代价。

在这个女子如同草芥的世界里，温姐走得艰辛，却也做到了极致。是这世道太不公平，凭什么陆平那样品行不端之人能做官，而温碧弋却要毁掉自己的生活，靠依附其他男人来复仇？

易平平捏着手里的信，仿佛看见了曾经的自己。假若前世的她没有死，她会怎样？没了美貌，甚至没有一个健康的身体，被威远侯夫人的头衔锁在那座宅院里，她恐怕会被仇恨烧光理智，最终以一个疯子的状态死去。而倘若，女子的地位不那么低下，她没有被束缚，也许就会有另一条生路吧？她真的要感激上苍，让她在现代社会走了一遭，让她明白，女人可以不用做一个附庸品。

如果没有依靠，那就将自己变成依靠！

易平平望着手里的那封信，仿佛与温碧弋紧紧相握，她的心从来没有哪一刻像现在这样坚定。她知道温碧弋是个言出必行的人，她尊重她的抉择，她亦会努力让自己更快变得强大起来，那样，就算温碧弋失败了，她也可以有能力为她遮风挡雨！

"易平平，若我报完仇，还活着，我一定来找你。"

信的末尾温姐这样写道。易平平直到此时才发觉自己早已泪流满面。她轻轻抚上那一排秀丽小楷，温碧弋那双溢满温柔的眼睛仿佛就在眼前，她努力扬起一抹笑，轻声道："温姐，我等你。"

哪怕是没人听到，哪怕是她不在身侧，但易平平知道，这个诺言，她不会辜负，温姐亦然。原来离别也没有那么难受。也许，每一次离别都是人生的必修课，都是为了能遇见更好的彼此。

易平平从珑翠阁出来好一会儿，才敢回头再看。阳光火辣，白色的光晕好似水中涟漪，将小小的珑翠阁只留下一点剪影。这是最后一次从珑翠阁出去了吧？从今以后，也许还有珑翠阁，但，这里再没有温姐了……

终究已是深春了，日头竟照得她有些想要流泪。易平平眯着眼，眼中又一次蓄了泪，但她最终笑起来，轻声呢喃——温姐，我们一定会再见的。

三日后，宣南门外。

搭着抱琴的手，踩着脚凳，易平平自马车上款款走下。夜风中有丝弦之声影影绰绰，蕴含着几分欢庆之意。她抬眸朝皇宫方向望了一眼，但见夜幕笼垂，灯火高悬，巍峨宫阙绵延不尽，而厚重的琉璃瓦迎着月色泛出辉煌色彩，于奢丽之中透着一种冷冰冰的庄重。

匆匆望过一眼后，易平平便收回了目光，乖巧地站到老夫人身后，随着前来接引的小内侍往设宴的无极殿走。今日乃是太后寿辰，皇帝特旨内司监督办，诰命及四品以上京官今日皆从西侧宣南门入宫赴宴。这是难得的入宫机会，众人无不谨慎以待，而易平平因着前世也参加过几次盛宴，所以心态倒还算放松，只是碍于老夫人二品诰命的身份实在令人瞩目，叫她不得不打起十二分的精神来维持仪态。

一路敛眉垂目，待入了无极殿，走到老夫人的席位上，随老夫人轻轻落了座，易平平才略松了口气——她前世虽贵为侯夫人，却未能请封诰命。这次走在老夫人身后，反而觉得比当初更累。

二品诰命仪同二品官员，是以老夫人的席位靠前，而易之瑞只在殿末。这次老夫人选择带着易夫人母女和她一起，便是存了要两个孙女露露脸的心思，易平平心中未尝不知，只是她没得选择，她有不得不来的理由。脑子里正想着事，忽听老夫人淡淡开了口："易平平，你的规矩比以前进益了不少。"

这几日在府中，老夫人常着人唤她去东院，美其名曰考察仪态，其实是变相地给她开小灶训练礼仪。易平平心中明白，早对面冷心慈的老夫人多了几分亲近之意，便弯了弯唇道："多谢奶奶夸奖。"

"三丫头，这才夸你，便沉不住气了？"易夫人看了她一眼，微微嗔怪起来，"我们这样的人家，怎么可以唤自己的祖母为奶奶，太轻浮了些。"老夫人闻言，撩起眼皮掠了她一眼，不咸不淡地开了口："三丫头，你以后就叫我奶奶。"

易平平本来笃定老夫人不会排斥她偶尔撒娇，倒没想到能有这一出，赶紧脆生生地应了下来。这一来一往，便见得易夫人的笑意略有些僵硬，不过也只是瞬间的事。而早留心这边的易青青见母亲被落了脸，又哪里肯依，忙道："那孙女以后也叫老祖宗奶奶，光是听着也觉得亲切不少呢。"她说着身体略向前倾了几分，笑望着老夫人，言语行动中透着亲热。

"还是罢了。免得你母亲心里不舒服，觉得我这个老婆子将她的好闺女带得粗野了些。"老夫人神色未动，只扫了一眼易青青，便收回目光，"这里是皇宫，大丫头还是规矩些坐好。"

易青青到底没有她母亲那般城府，脸色顿时就有些不好看起来。

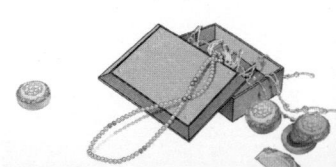

易平平暗自摇摇头，心中微哂，这所谓规矩，也是要因地制宜的，有时略微逾距，往往有些意想不到的作用。她用了一辈子才想明白这个理儿，而易青青只顾着争回脸面，又怎会注意到这些呢？

宴会时辰将近，大殿之中众人广坐。又一名内侍引着一对夫妇从殿外进来，那男的风度翩翩，女的绰约多姿，当真是一对璧人。比当初一个瘸了腿、毁了容的女子站在一旁赏心悦目多了。

易平平心里到底忍不住微微一颤，耳听得那内侍向两人道："侯爷，夫人，请往这边坐。"她的目光不由自主地随着他们移动，他们脸上的笑意明明那般熟悉，可她却再不能从中感受到一丝温暖。她的视线滑到两人的手上，尤墨的手紧紧将瑶光握住，好似只要一松开，她便会消失一般。

直到那两人在对面上首坐下，易平平才收回了目光。她心中没有怒意，没有醋意，甚至面不改色。不恼不怒，是因为早已决定了，这个仇她报定了！她默默攥紧了自己的手，因为他们的缘故，她腹中那个小生命甚至没能到世上看一眼；而那个死去的夜晚，她只要一想起来，仍觉得全身有种透入骨髓的寒。此仇怎可不报！

正当她胸腔激起一腔恨意滔天时，一个尖细悠长的声音响起——"皇上驾到！太后娘娘驾到！皇后娘娘驾到！"

殿内蓦然安静了下来。众人屏息凝神，恭恭敬敬地跪拜在地。待皇上、太后、皇后分别落了座，这才有一道透着威仪的男音笑道："都起吧，不必拘礼。""谢皇上。"随众人叩首拜了，易平平这才小心翼翼地起了身。

待众人都落了座，便听上首的太后缓缓开了口："你们能来给哀家祝寿，哀家很是高兴。"声音虽轻，却有着让人无法抗拒的分量。

话音一毕，在朝堂上得力的几个大臣连忙道："能为太后祝寿，是下臣之幸。"

皇后掩唇一笑，泄出银铃般悦耳的声音，"说是祝寿，母后看上去却好似年轻了几岁呢。"太后听了这话，十分受用，语气带起几分笑意，"皇后倒是越发的嘴甜了，不枉哀家这般疼你。"几人又寒暄了几句，皇帝方示意内侍宣布晚宴开始，一时管弦丝竹之声渐起，宫娥内侍有条不紊地斟酒送菜，席间觥筹交错，一派言笑晏晏的好气氛。

易平平的目光悄悄往上看了一眼，丹楹刻桷，灯火通明，太后坐在皇帝左上首处，虽离得略远瞧不清面容，但仍能看出她皮肤白净，保养得当。上一世，她曾对太后有一些了解，知道她面慈心狠，唯独对美貌有着异常的执着。只要能够维持面若桃腮的美貌，什么奇方怪法子，都能搜集过来，找宫女一一试验。这也是她这次一定要入宫赴宴的原因——唯有如此，她才能给太后备礼，兵行险招。

这次，她将刚做出来的乳霜用精致的瓷盒封好，当作了寿礼，接下来，能不能入得了太后的眼，就要看运气了。殿中歌舞正酣，但又始终透着一股无聊敷衍的劲儿，想来也是，宫里年年也这点彩头，大家早就腻了。而易平平却要装作一副很是享受的样子，倒不是旁的，只是眼前也就这歌舞能转移些她的注意力了。她为给太后献礼之事多少有些焦虑，而一抬眼，她又立刻能看见斜对面坐着的那对夫妇，一个是她曾经的夫婿，一个是她表妹，叫她再怎样冷静也做不到心中安宁。

端起桌上的酒盅，她一时不察，一连灌下了四五杯，双颊不多时就滚烫起来，犹似火烧。老夫人留意到她的状态，略侧身看了她一眼，开口道："你去殿门口寻个小宫女，给你打盆水净净脸。醒醒酒再回殿内，切莫殿前失了态。"

易平平先头有点发蒙，待反应过来要颔首道是时，老夫人又道："你快些回来，切记不要乱走。怎的就喝了这么多，待会儿异邦还要献礼……"她说着这话虽微蹙了眉，语气中却稍带了些怜爱。易平平心中感激，朝她真诚地扯出一个笑脸，应了是，便强撑着稳稳站了起来，悄悄出了殿。

比起殿内的花团锦簇，殿外要冷清疏落得多。许是所有内侍宫娥都忙着去操持太后寿宴了，易平平顺着长廊走了半炷香功夫，也没遇见一个人影儿，只得作罢，也幸好今夜风大，她便想着不如坐着吹吹冷风，倒也能散些酒意。正打算找个位置略坐一会儿，却忽然听见一个男声带着几分轻佻的笑意——"丝竹交错众人饮，月影花中美人来。这是谁家姑娘酒醉面红，虽然青涩稚嫩，但也别有一番风情。"

易平平吓了一跳，蓦然回身，只见长廊转角处不知何时出现了一个男子，他身形颀长，一袭火红色的华服在夜色中泄出些许倨傲却又带有几分玩世不恭，这本该是对立矛盾的气质，在他身上却显得浑然天成，十分和谐。月色朦胧，隐约间，她只看见一双挑达的眸子凝视过来，旁的却是影影绰绰，不甚清晰。而这时，转角处又走出来一人，当那靛蓝身影逐渐清晰，易平平不由打个激灵，酒意顿时去了大半。

那人显然也没想过会见到她，略微一顿，语气冷冽地开了口："喝得酩酊大醉，却不老老实实坐在大殿，莫非想来个'人约月下，一诉衷情'。"他嗤笑一声，嗓音又凉了些许，"好个大家闺秀，怕是醉翁之意不在酒。"

这熟悉的冷嘲热讽，不是苗子陶那尊煞神，又是谁？易平平忍不住按了按太阳穴，

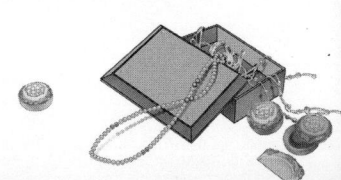

老天爷对她还真是厚爱啊！她想醒醒酒，马上就来了一个不仅能让她醒酒还能让她头疼的人物！她还没开口反驳，那边两人又走近了些许，那个华服男子听苗子陶这般说道，不禁抬手轻轻摩挲着下巴，挑起一丝浅笑："子陶，你认识这个小丫头？"

"小丫头？"苗子陶淡淡扫了她一眼，"你也太小看她了，说一句风月老手绝不为过。"华服男子一下眉尾上扬，目光朝易平平睃视一圈，"原来如此？看着青涩可口，没想到倒是熟透了的。"

因有几分酒意，又想着这是在宫中，他也不敢拿她如何，易平平听两人对话愈发不成样子，再忍不得心中怒意，一下柳眉竖起，"苗子陶，你和我到底有何宿仇？"不待他回话，她已目光凌厉地望向他，步步逼近，"我易平平和你着实没有任何交集，你从第一次见面就对我不依不饶，冷言冷语。我是抢了你的钱，还是劫了你的色，让你对我因爱生恨，抑或因恨生爱——从此就放不下我了？"

苗子陶的脸色一下变得很难看，他深吸了口气，几乎咬牙切齿地开了口："几时你还多了一个自作多情的毛病，真是令人作呕。"

易平平挑了挑眉，"彼此彼此，既然互看不顺眼，就别再来往。我往后看见了你，便当作没见，和你争辩，简直是对牛弹琴，自降身价！"说完这句话，她看也懒得看他，不顾脚步还有些跟跄，扭头就走。

自从上次他来过易府之后，易平平就旁敲侧击地调查过好几次，她确信三小姐和这苗子陶素未谋面，哪里就这么水火不容了？他分明就是故意找碴！既然磁场不合，那她惹不起还躲不起吗，以后见他就闪便是，何苦跟他再费口舌！

许是没料到她真的敢直接甩脸子走人，身后的二人竟也一时没再出声，就这么任由她走了。眼看那抹娇弱的身影消失在夜色里，华服男子这才眼角微眯，瞟了苗子陶一眼，若有所思，"我很少见到你情绪外露啊。"

苗子陶好似没听见他的话一般，只目光死死盯着那个离去的背影，半响，才有些恍惚似的呢喃，"为什么她变得……完全不一样了？"

四周很静，华服男子一下听清了，起了兴味，"变得不一样？她是你以前的恋人，真的如她所言，因爱生恨？"苗子陶的脸色蓦然沉了下来，收回目光，冷笑一声，"笑话。这种女人，配得到我的真心？"他说完，转身便走。

华服男子却被他这事勾起了好奇心，连忙疾走两步，"欸，咱们真不谈谈？"

夜色清冷，两个挺拔的身影渐渐远去。

易平平心中有气，也不想在外面吹冷风了，左右酒意也散得差不多了，便偷偷溜回了大殿。才将将坐好，易夫人就朝她浅浅一笑，语露关切地问道："怎的去了这般久，没遇上什么事吧？"

也不知这易夫人是真生了千里眼，还是心里巴不得她出点什么事儿，反正易平平听着就觉得刺耳。她眼波一转，笑起来，"夫人多虑了，今日是太后寿辰。太后洪福齐天，我出去就算碰见什么事，也是那月里仙子给祝寿呢。"

这话可就不好接了。易夫人难得怔了一下，少顷，讪笑一声，点头道了是，转身装作看歌舞去了。而老夫人若有似无的朝她看了一眼，易平平只做不知，端着茶水慢悠悠啜了一口。

宫宴进行到一半，忽然丝竹之声渐弱，而后殿外一个尖细声音唱道——"苍国二王子求见。"皇帝一摆衣袍，殿中的舞姬乐师便恭谨地退了下去。他这才淡淡开口："宣。"

"宣苍国二王子觐见——"

话音落下，门口走进几个异族之人。为首一人，身形伟岸，鹰视虎步，浓密的黑发编成了好几条辫子，戴一颗鸡蛋大小的宝石额饰。走得殿中，他做了个抱胸礼，张嘴是一口流利的汉话，"苍国耶律嬴祝大宏皇太后日月昌明，增福增寿。"

太后微微一笑，"承你吉言，快些入座吧。"耶律嬴还未回应，皇帝已出声笑道："二王子虽不常来大宏，但这吉祥话倒是说得讨巧。"

这话一出，随耶律嬴前来的几人先是微怔，随后面色一沉，纷纷用眼神请示耶律嬴。

易平平见他们这般反应，也回味过来。这耶律嬴大摇大摆地进了殿，说着汉话，却不行三跪九叩之礼，看来，皇上是对他们心中不满了，所以才话里有话——你耶律嬴虽是苍国二王子，却还是低大宏皇帝一等，依旧得上赶着说讨巧话，讨我们大宏欢心。

耶律嬴的脸色略有些发黑，但很快便恢复如初。他似没听到皇帝那句话般，只微微一笑："皇上，此次来大宏祝寿，本王特意备了两件宝物献给大宏。"他的目光在殿中肆无忌惮地掠过一圈，"只是，宝物虽然珍贵，但大宏却未必有识货之人，若是无法知其善用，宝物恐怕也只能变成废物了。"他将废物两字咬得稍重，轻蔑之意毫不遮掩，一时惹得众人怒目而视。

皇帝闻言，大笑一声，"好好好，你有什么宝物且拿上来瞧瞧。我们大宏地大物博、人才济济，这世上还没有我们大宏不知之物。不过……"皇帝意味深长地眯了眯眼，威严尽显，"真金不怕火炼，宝物在哪里都是宝物，至于废物，永远只能沦为废物。"

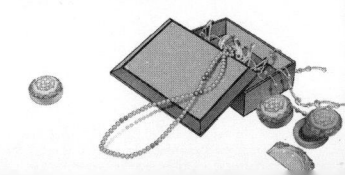

在座的均是大宏人，自然乐意看到大宏霸气威武。这话一出，大家一下精神振作起来，易平平心里也不禁洋溢起一种酥麻，觉得分外火热，似要喷薄而出。

耶律嬴脸上快速闪过一丝讽刺，"皇上很自信，这很好。大宏若有能人能辨出宝物，这两件宝物我便送与大宏了。"他嘴角仍留着笑，可那笑却有一种毫不掩饰的张狂，"若无人识得，那我也只好带回去了，免得宝物蒙尘，倒白白可惜了。"他说完，击掌三下，沉声吩咐道："东西呈上来。"

殿内众人不约而同都安静了下来，一个个带着不屑又忍不住好奇的心思，视线纷纷随着捧盒子的随从移动。很快，那两个盒子被放在了由内侍抬来的方桌上。

耶律嬴带着自信的笑将两个盒子分别打开，又有内侍捧着盒子先呈给皇帝观看，得了令，才在殿中绕了一圈，让众人看清。

甫一看清易平平便被吓了一跳。但见一物状似葫芦，又略有几分像琵琶，音弦却比琵琶更多两根；而另一物呈椭圆形，不过半个巴掌大，被放在宝蓝色的织锦之上，竟透明似无物。这，这东西不是那未来世界常见的乐器吉他和眼镜镜片吗？！她上一世可从不知道在这个朝代，居然有吉他和镜片？正在易平平震惊之时，耶律嬴语带轻蔑的催促起来，"可有人知道这两件宝贝，如何使用？"

殿中一时无人回应。皇后迟疑了一下，道："那琴倒和琵琶有些相似。"

皇帝喜怒不辨，随手指了个皇后身旁服侍的宫女，吩咐道："你去试试。"

那宫女乍然被点中，先是惊得一愣，少顷，才领了命，步履趔趄地走了下来，抖抖索索地抱起了吉他，却是一个标准的抱琵琶姿势。她按着琵琶的手法，锵锵两声拨了几声，却是完全曲不成调，那宫女越拨弄琴弦越是脸色发白，众人也俱都皱起了眉，只有易平平听了这声，心头了然——果然是吉他！

耶律嬴见到此局面，不由放声一笑，那笑声回荡在大殿之中，刺耳至极，"看样子这件宝物，大宏是无人能奏，那这件宝物呢，可有人识得？"他说着，指了指一旁的三块镜片。此时，宫女早被耶律嬴的笑声惊得停了手，瑟缩地跪在地上等待处罚，而那些文臣武将则面面相觑，一时偌大的殿中居然鸦雀无声。耶律嬴的脸色越发自得，他轻慢的目光似针刺一般扎在每个人心里，整个局面一下十分难堪。

易平平叹了口气，心内纠结再三，终于还是决定旁敲侧击一番。她站起身来，朝宝座之上的皇帝微微一福，朗声开了口："皇上，请找三名特征不同的人上前试一试这镜片。一个须得眼清目明，素日里看东西极清楚。一个须得眼睛昏花，看什么都模模糊糊。

最后一个便更特殊一些，时而目明，时而眼花，近处的看不清，看远处的倒十分清晰。"

易平平的声音犹如一颗掷入水中的石子，打乱一池春水的宁静，霎时间，所有目光全都投射过来。还是耶律赢率先反应过来，略有些讶异地问道："这位姑娘是？"

一向沉稳的老夫人脸上也满是惊愕，听到耶律赢的话才急忙起身，朝皇帝行了一礼道："望皇上见谅，她，她第一次进宫，所以——"她说着朝易平平皱眉打了个眼色，而一旁的易夫人慌忙拉着易青青伏跪在地，似晚了一步便会连累到她们一般。前面发生了这样大的事，末座的易之瑞再怎样也回转过来了，赶忙出列跪下请罪。

易平平低首敛眉地站在那儿等待示下，她知道皇帝的目光在她身上掠过了几次，却迟迟没有开口，也许是压根不信她罢……正准备再请示一次，却听得殿中突然响起一道难掩兴奋的声音，叫道："是你！居然是你！我居然认出了你！"

易平平一怔，眼角余光一扫，便见着殿中不知何时多出一角素白衣袍，这大喜之日，穿得这样素净，大殿之上还大呼小叫？易平平脑中蓦然蹦出一个名字时，皇帝也开了口："杜爱卿？"声音虽然疑惑，却并未有斥责之意。

易平平快速抬眸瞄了一眼，那殿中眉目疏朗，如月如霜之人不是杜若却又是谁？只见他抱拳鞠躬道："皇上，臣斗胆请皇上按照这位姑娘所言一试。她是臣的救命恩人，她的本事，臣信得过。"

这话一出，可谓是一石激起千层浪，一时殿中惊叹声、议论声，此起彼伏。

这个杜若！明明说好了扯平的！易平平真是想翻个白眼，但眼下情形着实不允。想来杜若在皇帝心中的分量不轻，经他力荐之后，皇帝立刻同意了她所请。这下可好了，本来她就不太确定那是眼镜镜片，只想着好歹可以因为认识吉他下得了场，现在这般，恐怕连皇帝都对她抱以厚望了……

这时，杜若旁若无人地走近了，开口便道："告诉我你的名字。"他的声音颇有些大声，易平平这里本已是焦点，这下，大家看来的目光中便更多了些暧昧之色。

杜若这不分场合、不分时间的性子实在令人头疼，但当众无礼却又丢了易府的脸面，尚有些犹豫，那厢易夫人不知何时起了身，凑过来略带讨好地笑道："杜神医，这是小女易平平。"杜若露出一个灿若春花的笑容，"易平平，我记住了。"他说完便收了笑意，又道："走吧，三个人已经找来了，看看你要怎么做。"

易平平略叹了口气，硬着头皮走到放镜片的桌案旁，另有三人得了令已候在此处。她先看了一会儿，才向耶律赢问道："可以拿起来看看吗？"

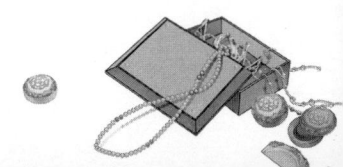

耶律嬴不甚在意，"自然。"

易平平点点头，便拿起镜片分别贴至三人眼前，细细询问，又自己贴近镜片，细细看了一番。这镜片中间薄，边缘厚，再结合那个看什么都模糊的臣子的反馈。她总算是确定了——这是一块近视镜片。心里有了底，易平平才上前徐徐福身道："禀皇上，这是一块颇为神奇的镜片。能让原本眼睛昏花之人立马变为眼清目明。而本来眼清神爽之人戴了，反而会变得模糊晕沉。"

皇帝听言，不由大喜，扫了眼耶律嬴，道："二王子对这个答案可还满意？"

耶律嬴听她询问那三人时，脸色就有些不好，此时听她说出答案，更是神情震惊，"你，你究竟是何人，这，这个宝贝，是我国国人远渡浩瀚海域，去了遥远的一个国度中，才发现的奇珍异宝。"他伸手指向她，眼风狠厉，逼问道，"你一个闺中女子，如何知道其作用！"

易平平回转身来，不卑不亢地行了一礼，"二王子可曾知道井底之蛙？井底的那只蛙何其可怜，透过那小得可怜的井口，看到一片蔚蓝的天空——便以为那就是整个天空。井蛙不可以语于海者，拘于虚也，就是这个道理了。"

"你在讽刺本王见识短浅，讽刺苍国是弹丸之地？"耶律嬴身上蓦然透出一股令人战栗的寒意，而他那些随从也个个怒眼圆睁地朝她瞪来。

"耶律嬴王子多心了。"易平平知他已动了怒，不过，这正是她要的效果，莞尔一笑，她继续道，"小女子只是个普通的闺阁女子，自幼跳脱一些，偏爱看那些志异怪谈，今日是巧合才破了王子的谜题。不过，我大宏钟灵毓秀，人才济济，能人辈出，正所谓人外有人，天外有天，换作是我，绝对不敢在此大放厥词。"

"好！说得好！"话音一落，皇帝拊掌大笑，"即使是我们大宏养在深闺的姑娘，也是见识不凡，不可小觑的。"他说着，目露赞赏的朝易之瑞扫了一眼，"易卿家，你养了个好姑娘啊。"

易平平从说完话起，就用余光注意着易之瑞，见他从刚才的提心吊胆变成与有荣焉，她刚要松口气，便听见耶律嬴不怀好意道："易姑娘是吧？"易平平抬起头，恰好看到他略眯起眼，眼中有闪烁着一种类似野兽狩猎的危险光芒，他将她上下打量了一番，这才指了指旁边，不怒反笑："易姑娘既然见多识广，那这小小的玩乐之物，自然难不倒易姑娘了。请问易姑娘，这又是何物？"

易平平望向那把吉他，摇头道："这东西，我倒是没见过……"

她话未说完，那头耶律嬴已忍不住放声大笑起来，"到底是谁大言不惭，大放厥词！"

易平平待他笑完，才略叹了口气，"二王子也忒心急了，我只说我没见过，并未说我不能凭它奏上一曲。所谓远来是客，王子这般热情，带上奇珍异宝前来祝寿，我们大宏又是最知礼仪之国，怎么也得为王子您奏上一曲弦乐才好。"

耶律嬴万没想到，她后面是这样一番话，额上猛然青筋暴起，"好！好！好！本王等着你自圆其说！"他怒意勃发，一双眼死死看住她，那眼神若有实质，恐怕当场就能将她戳出几个血洞来。

易平平淡淡一笑，没再说话，只是抱起吉他款款坐下。她用手指抚弄了几下，听了听音色，稍微熟悉了下。想了想，她还是决定弹一个曾经听得最多的曲子——《滚滚长江东逝水》。那时，美容院的小颖儿，也是后来怀孕用蜂蜡做乳霜的那位，有个迷了一年多吉他的老公，天天下班就来找小颖儿，因为小颖儿在美容院长期加班，所以他也常在美容院练吉他。易平平上辈子算是个琵琶高手，这乐理知识都是一通百通的，她看得久了，便也熟了。

这首曲子她不仅会弹，小颖儿那个老公天天不厌其烦地练啊唱啊，再加上小颖儿被她老公荼毒，没事也老是唱这个，她早就能一字不差地唱出来了。音符自她手指下泻出，渐渐流畅起来，缓缓汇聚成一首曲子，不同于那些情情爱爱、痴痴缠缠的小曲，这些音律组成的曲子蕴藏着一股大气磅礴、酣畅豪迈之意！

滚滚长江东逝水，浪花淘尽英雄。是非成败转头空，青山依旧在，几度夕阳红。白发渔樵江渚上，惯看秋月春风。一壶浊酒喜相逢，古今多少事，都付笑谈中。一壶浊酒喜相逢，古今多少事，都付笑谈中……

易平平这副稚嫩的嗓子，其实根本不适合这样的曲子，可是她却唱得认真，唱得痴迷。这是她第一次能将这首曲子唱出来让别人听见。回到这大宏朝的时间越久，她便越是惦念那未来世界，在那里女子能和男子一样谈笑风生，指点江山，豪情万丈，只有赞赏没有置喙，而在大宏这样的时代，几时有女子能够唱这般豪气冲天的曲子？若不是为了复仇，她又何尝想要回到这个给女子上了无数的枷锁的世界？

一曲奏完，也不知是沉浸于这曲子的豪迈抑或惊讶于她的大胆，殿内良久良久都没有人说话。直到易平平放好吉他，屈膝行礼道："献丑了。"皇帝才似回转过来一般，拍案而起，"好！弹得好！唱得更好！"

这话一出，底下众人才由上一瞬的窃窃私语变成了夸赞溢美。皇帝满意地笑了笑：

"这词可是你写的？"易平平犹豫了下，心念一转，摇头道："这词是我父亲在家随口诵出。我觉得很是豁达，便做成了曲。"

"原来易卿家还守着一份宁静与淡泊明志，当真是难得啊！"皇帝闻言，看向易之瑞的眼光不禁多了几分欣赏，"看来朕今日又偶然发现了一名贤臣啊，易爱卿，你这官位，朕是应该给你提一提了。"

易之瑞听了易平平的话后，本有些疑惑，但这厢听皇帝如此说道，疑惑就变成了狂喜，赶紧磕谢圣恩。而易平平得了皇帝这话，心中也终于放下了块石头——易之瑞必定要站在她这一边了。

待问完易平平，皇帝这才满面笑意地向耶律嬴问道："二王子，这答案你可满意？"

耶律嬴恨恨剜了易平平一眼，这才皮笑肉不笑地挤出句："大宏果然人才辈出，本王心服口服。"皇帝朗声一笑："王子谬赞。"一场没有硝烟的两国之战暂且落幕，无论哪家欢喜哪家愁，殿中都再次恢复了歌舞升平。

待回到座位上，易平平才发现自己的小衫早已被汗浸湿，十分不舒服，可她刚在这场寿宴上大出风头，只能继续端着笑，小意留心着仪态妆容，免得让嫉妒之人抓了把柄。

后半场寿宴，易平平真是觉得比刚才对付耶律嬴还累几分。好容易熬到宴会结束，她正庆幸可以离开了，未料却有内侍来宣，皇帝召见。

易平平不敢怠慢，只得叩首应了。待接了口谕，要同内侍前去，老夫人却突然叫住了她，"易平平。"

易平平回转身来，老夫人眉目沉稳，但站在她身后的易青青眼中似有阴霾一闪而过。易平平看她一眼便收回目光，耳听得老夫人沉声朝她道："切莫冒失！"

老夫人的语气虽然严厉，但易平平却知道她是当真关心于她，否则也不会巴巴地叫住她了。她心中一暖，不由微笑："我知道了，奶奶。"

老夫人面无表情地点点头，易平平这才随着内侍前去。

当今圣上并非贪图美色之人，况且易平平这副身板不过是个身量不足未及笄的小丫头，自然不会出现什么——皇上一眼看中了她的戏码。是以，多半是要问问那吉他和镜片的事了。易平平心中有了底，脚步便也从容了些。

一路随着内侍来了御书房，待内侍通禀后，她才低首敛眉地迈步进了。灯火通明，足下的琉璃金砖泛着沉稳威严的暗光。随着内侍指引，她走到皇帝跟前，视线内出现的除了一袭明亮的黄衫，却还有一角眼熟的素袍。易平平微不可察地蹙了下眉，双膝已跪了下去，叩首道："臣女易平平拜见皇上。"

"免礼。"皇帝的声音含着一丝淡淡的笑意，"来人，赐座。"

话音落下，便有宫女将一个核桃木机凳放置到她身旁，易平平又叩谢一次，才起了身，恭坐于凳上，微微收腿。

皇帝见她如此，话音中笑意便深了几分，"不必拘礼，你今日可是大宏朝的功臣。"

易平平正要说话，余光却瞥见那角素袍移了过来，"你和我学医吧。"

这声音悦耳熟悉，但易平平真是听得有些头大。她略略抬眸，话到了嘴边却陡然说不出口了——杜若翩翩然立在她面前，那双黑亮有神的眼睛熠熠生辉，缓缓流动着专注的情绪。易平平一时有些怔住了，皇帝歪头看了他二人一眼，饶有兴趣道："这倒是头一遭，朕的杜神医居然愿意收徒弟了。"

易平平这才回味过来——皇帝宣她过来，恐怕不是要问那吉他和镜片之事，而是打算要促成此事。她想了想，叹息一声，"杜太医，我以为我们早就达成协议了。"

杜若眼中满是执拗，坚持道："你有多少人求之不得的学医天赋，你竟要如此浪费？你可知，这是暴殄天物圣所哀？"

眼前这个杜若一下和树林里那个重叠了，那时他连受伤也不顾，一力要拉着她学医，后面还是她趁机逃走的。究竟是要怎样的境界，怎样的痴迷，才能够心无旁骛，一心只为医学好。这样的人，令她敬佩，又让她有些无力招架。也许是因为同他对比，所有的人都成了凡夫俗子罢？她的仇恨她想要变强的心理，统统变得一钱不值，叫她心下忍不住升起躁意。

见他二人一时俱不言语，皇帝笑起来，"易平平，你也是福缘深厚，大宏朝独一无二的圣手愿将医术倾囊相授，你还不快快应承了下来，过了这村儿可就没这店儿了。"

易平平心中那股烦躁却愈发明显了起来。她确实不愿同杜若这样的人打太多交道，但皇帝一直在促成此事，看来，她需得想个不生硬的办法才行。这般思虑着，她朝杜若看了一眼，这一看却突然计上心来，"杜太医，你长得这般好看，不去唱戏里的小生，着实暴殄天物。"说着，她马上瞪大眼，做出一副歉然又惋惜的神情，"啊，恕我失言，杜太医这等身份，如何去做伶人呢，只是……可惜了啊。"

杜若明显有些疑惑，"为何我要去做那唱戏的小生？"

易平平眸光一转，模仿着刚才他的语气，道："因为你生得貌美，声音也清脆悦耳，这等好的天分，旁人求也求不来……"话一说完，皇帝便了然地笑了起来，"好个冰雪

聪明的易平平。"皇帝并未动怒，易平平不禁松了口气。而杜若见状，脸上的神情却愈发疑惑起来，"我还是不懂，我一心学医，又岂会稀罕去做旁的什么。"

易平平等的就是他这句话，立刻抚掌称赞，"杜太医这话说得妙，我深有同感——杜太医心心念念都是学医造福众人，而小女子却志不在此，心亦不牵挂于此。为何仅仅因为我有几分天分，便要去学自己不喜的东西呢？"

杜若怔住，"可是，可是学医可以救死扶伤，那可是一条条人命……"

见终于将他引入正题，易平平的脸色也认真起来，"悬壶济世自然是顶重要的，但难道旁的便没有价值了吗？没有农夫耕田，我们会饿死，没有巧妇做衣，我们会冻死。这世上，所有差事都缺一不可，又怎可厚此薄彼？若我喜爱岐黄，自会投身此道，可若要我不喜而为之，怕是以后也难有建树。"

杜若似有几分恍然，"那……你喜欢什么？"皇帝也不禁挑了挑眉，嘴边挂起一丝若有若无的笑："易平平你一个女子，莫不是还有什么大志不成？"

易平平忙屈膝跪下，郑重道："臣女虽只是一介女流，却也希望能用自己的能力，让自己变强一些。不说能够保护家人这等遥不可及的话，至少也要让自己不成为家人的拖累。"也不知这话触动了杜若哪根神经，他突然又激动起来，"你的能力不就是学医，为何不学医？"

易平平霎时有种无力感，只朝皇帝俯身一拜，"臣女不才，今日在夜宴上献丑，皇上也亲眼见到。臣女擅长的还是那些小女子所喜之物，譬如红妆，譬如乐器，这也是臣女所喜。"她说完，这才抬起头来，朝杜若微微一笑："杜太医，我不求你明白我的意思。只是在树林偶遇时，我便和杜太医有言在先，还请杜太医不要忘记。"

对于杜若这样的人，也许提起承诺确实比讲道理更有用。待易平平再次提起这话时，他明亮的眸子便一寸寸地暗了下去，整个人也变得有些低沉起来。

皇帝面上带着一丝捉摸不透的笑，手肘撑着下巴，慵懒地歪在软榻上，目光在二人脸上来回一下，也没再说话。御书房一时安静至极。易平平摸不透皇帝意图，只好眼观鼻鼻观心地跪着。半晌，才听杜若声音暗沉地开了口："皇上，臣想回太医院了。"

杜若此言此行是僭越的。皇帝并未让臣子退下，臣下主动提走，却不用恳请二字，实是不合礼数。然而皇上脸色未变，只是点点头，便同意让杜若先行了。

杜若没再说话，简单行了一礼，便垂着眸，默默离开了。

易平平盯着他的侧脸，心里多少有些不忍，这般干净的脸庞，就该只有笑容或洁净，不该染上不好的情绪才对,可惜……她终究不是个学医的料,而杜若一开始对她报的期望太高,若真做了他的徒弟,他最终也会怀疑他当时的选择吧?她正这般想着,却听皇帝突然开了口,声音略有些缥缈,"杜若是个很好的太医,做了很多造福百姓的善举。他所有的心思都铺在医道上,朕少看见他对别人有什么情绪上的起伏。朕原以为他春心动矣,终于通了男女之情。"听他提到男女之情,易平平心里一下惴惴不安,叩首道:"臣女驽钝,不知皇上所言何意。"

"朕本来打算是将你赐给杜若做妾的。后来知道你有门娃娃亲,既是如此,你还是嫁与傅家好了。"皇帝略含笑意地摆了摆手,"你也不必忐忑,朕不过是乐得想要成全一段姻缘罢了。但现在看来,杜若对你的兴趣,也是因医道一故,和情爱无关。"

易平平这才知道自己差点就被乱点鸳鸯谱了,怪道皇帝刚才一直处于一种促成又旁观的游离状态。她心里忍不住升起一丝后怕,同时又因这不容抗拒的皇权多少有些无力感——这种生命被人操控在一念之间的感觉,实在不好受。

就着宴会之事皇帝又问了几句,因着夜色已深,宫门已落了匙,便留易平平去一处空闲的偏殿安置。待行礼告了退,皇帝却又想起什么,喊住她道:"对了。朕明日会宣圣旨,升你父亲为太府卿,再赏你黄金百两,便作为今日之事的赏赐罢。"

这本是题中应有之意,但,在听到易之瑞将由一个清闲四品一下升为掌管钱财的正三品时,易平平还是略有些吃惊,这封赏可算得上是厚重了!维持着面上从容,她谢了赏,这才随宫女退出御书房。待易平平的身影完全消失后,皇帝回转身,叩了叩桌案,淡淡道:"出来吧,人都走了。"

话音落下,一个身着红色华服的男子从屏风后转出来。他的容貌生得异常俊美,尤其一双凤眼似睨非睨,眼角弧度冷厉,偏生眼波流转多情,蕴出一种矛盾的美感。若是易平平在此,定会惊愕得瞪大双眼,因为此人正是今夜站在苗子陶身旁的那个轻佻的华服公子!但见,他吊儿郎当地歪到另一侧软榻上,这样的动作由他做来,便有说不出的妖冶与慵懒。"如此看来,此女也无甚特别。"

皇帝倒像是对他的行为见怪不怪了,只是对他的话略有些诧异,"无甚特别?就凭她能将耶律嬴的气势挫了,便足见她的能耐了。"

华服公子挑挑眉,漫不经心,"嗯,清秀有余,美艳不足,养上几年,兴许还能入得了眼。"

皇帝不禁有些哭笑不得,"齐光,你巴巴地让朕将人唤来御书房,就是为了这些?"

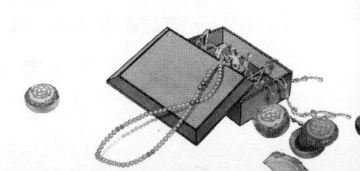

皇室之中唯有秀王讳齐光,这华服男子在皇帝面前这般不拘形态,又生得如此相貌,看来便是那秀王无疑。他随意耸了下肩,"我是来帮苗子陶把把关,依我看,那小子对这个易平平,颇有心思。"

这话一出,皇帝的神色凝重起来,"你是说,苗子陶喜欢这个易平平?"

赫连齐光从榻上坐起来,顺手端起案上的茶,"喜不喜欢我不知道,也许是讨厌?"他慢悠悠啜了口茶,"苗子陶这个人,从去年大病一场后,性格就变冷了许多。对所有的女人都是敬而远之,不冷漠,亦不热情。唯独对这个易平平,虽没个好脸色,倒是格外的话多和留心。"皇帝面上喜怒不变,沉吟片刻,才道:"我知道了,我会使暗卫去调查这个易平平的。"赫连齐光倒像是说起了兴致,"这个小丫头不简单。处事不惊,却偏生引了好些人的注意。"

皇帝点点头,"杜若,苗子陶。朕最重视的两个臣子,都或多或少注意到她了。"

赫连齐光附和地"嗯"了一声,也不知想到什么,眼中快速闪过一丝兴味,而后一口饮尽杯中茶水。

皇帝忍不住略撇了下嘴,"你喝的是朕的茶。"

赫连齐光随手将茶杯放回案上,朝他大大咧咧启齿一笑:"我不嫌弃。"他说着,毫无形象地从榻上撑起来,又顺手拍了拍弄乱的衣袍,"好了,话也偷听了,茶也喝了,皇兄,我先走了。"说完,他也不待皇帝回应,就这话音刚落的功夫,他已几步走出好一段距离。

摆得紧密的烛火时不时迸发出"霹雳"声的烛花,亮如白昼的御书房重新陷入安静。

赫连齐光离去的背影早已融在夜色里不见踪迹,皇帝的眸光渐渐沉下来,很久很久,他才回过身,视线却蓦然停留在案上那盏彩釉茶杯上。他伸手将它捏在手里,温热的茶水被人喝干,留下的只有令人不舒服的沁凉。皇帝皱了眉,突然便松了手,那茶杯失了依托一下掉在地上,"啪啦"一声……

终于,粉身碎骨。

第四章 心生宏愿

在宫中这一夜,易平平睡得并不安稳,这偌大寝殿满目奢华之下,总让她觉得有种惶惶不安的冷寂。迷迷糊糊挨到卯时,便有值夜的宫娥将她叫醒,被伺候着梳洗一阵后,正说要送她出宫,却有内侍来传话,说太后召见。

所幸已打扮妥帖,她便跟着那内侍往太后宫中去了。

沿着一条似无尽头的回廊前行,耳听得飞檐下惊鸟铃发出清灵之音,易平平随性抬头,但见朝阳初生,流光浅淡,一列红墙碧瓦也似浸着暖意,颜色格外鲜亮浓丽。她恍惚记起上一世她也曾走过这条回廊,不过那时的她只顾半垂着头,不敢多言多行,能看到的,不过是铺得方正规矩的青石砖。

同样的地方,入眼的景色却大相径庭。易平平突然有一阵迷茫——上一世,她究竟是被旁人辜负,还是被自己耽误了?在脸上还没伤痕,腿脚也没有不便时,她虽也是中规中矩,但到底还有几分傲气和自矜。而自受伤后,她内心深处,便隐约滋生了自卑。到后来,尤墨仍愿意娶她,她感激、感动,甚至有庆幸。那时那么多的情绪,在现在看来,却唯独少了一份真心。而因自卑作祟,嫁人后的她愈发卑贱到尘埃里,这样的白筱宁,恐怕早就不是当初那个令尤墨珍爱的白筱宁了吧?

重活一世,再看向当年的自己,她与尤墨之间谈何夫妻一体,谈何心心相印?不对等的夫妻之情,实在不堪一击。今时今日,她能心平气和地想明白他辜负的原因,却不能原谅他和瑶光暗约私期。在大宏朝,面对夫君三心四意,能做的,不过只有面对和接受。曾经的白筱宁是一个多么循规蹈矩的女子,如果尤墨一早告知他与瑶光的两情缱绻,白筱宁也许不会有怨恨,更可能会满心欣喜能够和自己最疼的表妹共事一夫,不再分离,这样岂不是皆大欢喜吗?

只可惜,这世上再没有白筱宁,可全天下有这样命运的,又岂止一个白筱宁?

一腔真心,满腹真情,为何换来的是血和泪的冤死?为何,不管愿意与否,女子都要附庸男子而生?这一世,她不愿再有那样的命运。易平平的一生,背负着仇恨,但更多的却不是这些。她的生活,她会牢牢攥在自己手心,荣辱喜乐,能决定的只有她自己!这条漫漫长路上,她会恣意绽放,过得绚丽璀璨!如果可以,她还是渴望拥抱爱情,即使在这个男女极度不平等的时代,她仍希望遇见那样一个人——爱他敬他,亦喜他宠他,她不要和他相敬如宾,她要和他欢欢喜喜度过每一日。

这个人,在这个时代,何其难得。倘若他是显赫之人,她须得不被他的光芒压制得黯淡无光。倘若他是狂妄之人,她不做温顺无怨言的女子,日日送去暖意,不求回报。她会是他平视的妻子,不是用来衬托他的威仪,不是享受躲在他背后的安逸。她会与他互相依偎,携手同进。阳光喜乐,哪怕风雨艰难,也不会彼此放弃。

这,才是爱情,亦是她易平平要的人生,可以借势,绝不附庸。

这一世,她为复仇而来,却绝不为复仇而生!

易平平走了一路也想了一路,待内侍示意她停下时,已到了太后居住的泰宁宫。

这位太后的宫殿并不一味的庄重富丽,反而透着些年轻灵动的点缀。那雪青色的鱼牙绸帐上不知用了什么手法,居然能随风翩然,富贵中又现出一丝婀娜惬意。殿内有花果香味,却又比真正的花果香更淡雅一些,似掺着些木香,清甜而悠远,真真儿连个香料也分出了前中后调。

易平平心中愈发谨慎,住宅的摆设最易见此人的喜好审美,且往往能折射出几分其人的性格。太后将宫中布置得如此精细,必然是个挑剔的主儿,这样的人若得了她的认可,一切好说;而但凡有不细致之处,恐怕是要遭厌弃的。这般想着,她已跟着内侍来到了大殿之中,她不敢大意,垂着头规矩地朝太后行了大礼,这便听得太后略带着笑意道:"李嬷嬷,你看看现在的小丫头,一个个真水灵,哀家当真是不服老也不成咯。"

易平平听言,抬起头来,榻上正坐一位容光焕然的妇人,肤色润白,眼神清亮却有威严,瞧着只似三十来岁,但易平平却知道,这位太后早已年过四十。做出一副倾慕之状,她忙道:"太后娘娘,你过誉了。"

话音一落,边上站着的李嬷嬷便怒斥起来,"大胆,什么你啊你的,目无尊卑大小!"

易平平受惊似的伏跪在地，肩头也微颤起来，"请太后娘娘恕罪，臣女，臣女实在是一时疏忽……太后娘娘一眼望去，实在是年轻雍容，臣女又是第一次拜见太后，心里一时紧张，故而……"

太后听了这话，语气倒缓和了些，"罢了，不过是个小丫头，哪里懂这些规矩。起身坐吧。"

易平平甜甜一笑，道了谢，规矩地坐到一旁的杌凳上。

太后将她打量一眼，略略含笑："你可知哀家为何喊你过来？"

易平平直觉太后召见不是为昨夜之事，只是，若说是那"人面桃花乳霜"入了太后的眼，她又觉得太快些，是以一时也拿不准，只好道："太后可是因昨日和苍国二王子之事？"

太后略摇摇头，"昨日之事，牵涉朝政，自有皇上处理。"她目光在易平平身上流转一圈，"哀家召你，是因你送的寿礼。"

倒还真是这个事情！易平平心中既惊讶又有点雀跃，忙道："太后娘娘可喜欢臣女送的寿礼，虽然简陋，但也承载着臣女对太后的仰慕和敬意。"她口中说着，又偷偷瞧了太后一眼，见她面上带着看不透的淡笑。

似感受到她的目光，太后颇有深意道："你觉得哀家喜欢与否？"

易平平转了转眼珠，带着一股灵动劲儿，"太后至少是不讨厌的。"

"哦？"太后起了兴味，"你说说，为何至少是不讨厌？"

"若太后讨厌臣女的寿礼，臣女这会儿早被逐出宫了，也不会有机会得见太后圣颜，且那寿礼是臣女费了很多心思和时间亲手做成的，自然知道那是好东西。"易平平俏皮一笑，"好东西谁会讨厌呀。"

太后笑起来，朝身后侍女道："瞧瞧，这丫头可真是个机灵的。"她说完，却又挑了下眉，正色道，"不过，你这小小的油膏，和哀家收到的奇珍异宝一比，也能称一句好东西？"

易平平自送上寿礼后，便预备着有这一天，所以自然不惧，回道："那些奇珍异宝固然是好的，臣女做的这盒油膏却也是天下独一份，专程献给太后的。不知太后可曾试用，那盒油膏是民女自己揣测太后的需要，精心制作的。"

太后眸色中多了份探究和好奇，"针对哀家制作？"

易平平点头道："臣女想，咱们京城气候偏燥，皮肤少不得缺水，而大宏朝哪怕最

好的油膏，也是天下各地一个样儿，没有什么因地制宜。臣女这盒油膏啊，就针对这京城干燥的气候，格外用心做的，擦上去既不会因油腻而闷痘，亦比寻常油膏更滋润。"

太后听言，不由伸手抚了抚脸，"昨儿让宫女试用之后，今儿早上哀家便用了。你说得不错，哀家不讨厌你的这份寿礼。非但不讨厌，还很满意。"她淡淡看了易平平一眼，"不过哀家不喜欢你这份心思，你送哀家这份礼，无非是别出心裁，万花丛中一点绿。想让哀家格外注意到你。"她嘴角微抑，声音也重了几分，"抑或你想告诉哀家，哀家老了，不用这些见不得人了？"

这一句可是诛心之言了。易平平急忙跪到地上，"太后娘娘容禀，臣女不过是一介庶女，身无多财。臣女不想用一些寻常的绣品去敷衍太后，又想着，女子皆是爱美的，这才想着利用自己所长，为太后献上一份礼轻情意重的寿礼。"

太后眯了眯眼，没有继续刚才的话题，只慢声道："你擅长红妆？"

易平平应了是，"臣女自小对脂粉红妆十分痴迷，亦有几分天赋。"

"天赋？"太后不以为意地笑了一声，"仅仅一盒还不错的油膏，你就敢说有几分天赋？"明明是一个问句，她的语气听起来却不似疑惑。这电光火石之间，易平平突然有些回味过来，遂小心道："太后可知'美人唇'？"

太后漫不经心"嗯"了一声，道："这两月在京城名声大噪。不过出身不好，从那烟花之地传出的。"易平平斟酌道："能在万花丛中做到口口相赞的，自然不是俗物能比肩的。虽出身不够高贵、干净，可这东西的好与坏，却是众所周知。"太后似这才注意到她话中玄机，盯着她，问道："你提起那'美人唇'，和你有什么渊源？"

易平平暗自咬了牙，面上却维持着泰然，"回太后，那'美人唇'便是臣女所做。"

太后笑了一声，随后声音变得凌厉起来，"你年纪不大，胆子倒不小……那'美人唇'你送进了秦楼楚馆。这一盒油膏，你却作为寿礼送与哀家，对哀家如此不敬，你可知罪？"

这话语之中透出的威仪却令人心头发紧。可是……易平平飞快地看了太后一眼，不仅是声音，连她脸上亦没有半点惊讶，反倒是凤眼上挑，似笑非笑，易平平愈发笃定心中猜想——太后早就知道"美人唇"出自她手，如今一遭，是试探，亦是施威。她想用乳霜来投其所好，但以太后这样的地位，又怎会轻易被某个"心术不正"之人讨好呢？她闭了闭眼，再睁开时，眼中只有决然坚毅，"太后娘娘，英雄不问出处。我知道那珑翠阁不算光明之处，可唯有那儿，我的'美人唇'才能**最快扬名**，**最快聚财**。说句大不敬的话，世人都道后宫佳丽争奇斗艳。可臣女以为，更加姹紫嫣红、妩媚多姿的怕便是那青楼的女人堆里。无论是清倌儿，还是普通莺花，她们每个人最大的前提，就是美！不比后宫，还有身家清白、世家权衡等要求限制，她们最强硬的筹码，便只一个字——美！所以能入了她们的眼，让她们争之夺之的红妆，必定是能让她们的美更上一层楼的东西。"易平平叩首一拜，"太后容禀，我在府中的日子不算难过，但也绝不好过，我不愿稀里糊涂过这一辈子，就需要为自己争取……而我的第一步，便是为自己赚到一些银子，有了银子，我在府中的耳目也会清明许多了。至于献给太后的这盒油膏，倘若太后觉得民女对太后有一丝不敬之意，任何处罚臣女都愿接受。臣女本就是'铤而走险，孤注一掷'，太后若心有不悦，臣女不敢为自己多加辩护。"

"不敢辩护？你的这些字句，哪一个却又不是在为自己辩护？"太后突然起了身，由着李嬷嬷搀扶着走到易平平面前，"你抬起头来。"

易平平依言抬头，用一双清澈诚恳的眼睛望着她。

太后面上是捉摸不透的淡然，"你当真不怕死？也不怕哀家迁怒于你的家族？"

"若是只能浑浑噩噩，任人摆布的活一世，臣女自然不会畏惧死。"易平平说着又是叩首一拜，"至于家族，臣女知太后睿智，后宅朝堂分得十分清楚。"

太后微不可察地点了点头，"你这丫头，今天说出去的每一句话，传出去都是冒天下之大不韪。不过哀家并不反感你说的这些……"她的声音仍是清冷的，却又透着一丝悠远缥缈，像是忆及往事，"心有不甘才会争，若是不争，便永远活不出心中所想，只是……"她回过头来，目光犀利竟似剑芒，"你也要记得，争要争得聪明，若叫人看出你的野心，那争就成了斗，既成了争斗，那便只剩你死我活，没有初心了。"

易平平有些怔住，不意太后会对她说出这样的话来，胸中一凛，连忙道："谢太后提点。"太后任由李嬷嬷扶着重新坐下，这才悠悠道："你这份寿礼，哀家不怪罪你的不合礼数和尊卑不分了，不过，这样的事，哀家不希望发生第二次。"

至此，太后的手段，易平平算是略有领教，不过短短几个回合，不仅将让她从心底生出敬畏，打压了她的"野心"，还提点她不要因一次瞩目，就得意忘形，忘记初心。她不禁俯身，重新郑重一拜，"多谢太后。"

太后不置可否地笑了笑，正要开口，外殿却飞也似的冲进一个人。眼前蓦然闪过一截紫色衣袍，易平平只听一个略有些耳熟的声音高兴道："皇祖母！我来看你了！"

便是这话音之间，太后身边已多了一个少年，挽住她的胳膊，十分亲密。易平平定

113

第四章 心生宏愿

睛一看，只觉这人很是眼熟，颇有几分像……不，不是像，这人就是唐无珏！他刚刚唤太后什么？皇祖母？！易平平头中"轰"的一声，只觉得有些晕头转向，一时愣在当场。太后以为她是被突然闯进来个人给惊住了，因孙儿前来她心情愉悦，便笑吟吟地握住唐无珏的手，道："易姑娘，这是哀家的三皇孙，皇帝赐封为'乐'。"

这有了封号便是王爷了，比普通皇子尊贵得多，由此可见唐无珏，不，赫连无珏备受喜爱。易平平在太后介绍他时，就已回过神来，收敛神态行礼道："臣女见过王爷。"

赫连无珏显然认出了她，却只睨了她一眼，似有些厌弃，"免了，退下吧。"

易平平微微一怔，也不知自己何时惹了他不快，不过没等她细想，便见太后挥了挥手，示意她退下。临走之时，她看见两人言笑晏晏，看来太后是十分宠爱这位三皇孙了。

她心中有百般不解，甚至想上前问赫连无珏，可有关于温姐的消息，却又只能按捺着情绪随宫娥出宫。走着走着，易平平忽然觉得有些不对，这四周仙山琼阁，如花似锦，不似出宫的路，倒似来了御花园。她心中起了疑，忙道："这位姐姐，敢问咱们是要去哪个宫门？"那宫娥停步，笑道："姑娘莫慌，是乐王爷吩咐要见你，让我寻个凉亭叫姑娘等一会儿。"

易平平放松了些，转念一想，她在这宫中又无仇家，有何可惧？思及此，便随着那宫娥坐到一处僻静的凉亭里，没过多久，果然看到赫连无珏迈步过来——一袭紫底绣三多九如缀银线的袍子，头上一根鎏金长簪，明明还是以前俊朗的眉眼，但如今这样打扮，一下将他周身威仪衬托了出来，整个人看上去清贵又陌生。

这唐无珏突然变成赫连无珏，叫易平平委实有些转换不过来，正想着要上前行礼，那厢赫连无珏已屏退众人，转身过来，一见她还安稳坐着，便皱了眉，"早就知道你胆子大，倒不清楚你连规矩也不利索。"

易平平心中愈发纳闷，不咸不淡地行了一礼，忍了半天，终是开了口："不知臣女如何得罪了王爷？"赫连无珏瞥她一眼，沉下脸，"之前是你先拉开距离的，怎么如今本王要论一论规矩，你便不肯了？"

易平平本来一头雾水，但瞧见他阴沉的脸色，反而莫名有种亲切感，叫她一下想起上次警告他不要去打扰温姐生活的事来，思及此，她神情不由有些怪异，"乐王爷，你不会……还惦记着那日，臣女劝你的事吧？"

许是被易平平那种一个大男人竟这般小气的眼神所刺激，赫连无珏脸色更不好了，顿了顿，才挤出一句，"旁的事倒也罢了，这件事幸好我没放手不管。"

易平平忙追问道:"王爷这样说,可是有温姐的消息了?"

赫连无珏回眸瞪了她一眼,一副你果然知道她的计划,却不告诉我的神情。

这赫连无珏怎么恢复身份以后小孩性情更甚了?易平平颇有些无奈,"王爷专程召见臣女,不会只为了执拗旧事罢?"

被她这么一提醒,赫连无珏似想起了什么,脸上神情如春风回暖般,一下舒缓了不少,口中却还要念叨:"念在你是碧弋的好友,这件事就不跟你计较了。"

听他如此称呼温姐,易平平不禁疑惑,"碧弋?"赫连无珏以手抵唇假咳了一声,"是碧弋让我来跟你交代一声的……"他说到这儿,竟突然有些不好意思起来,脸上泛起一点可疑的红云,"如今她已入了良籍,成了我的妾妃。"

这消息实在是又惊又喜又忧。惊的是,温碧弋投靠的不是秀王吗?怎么突然成了赫连无珏的妾妃?喜的是,看眼前这情形,她和赫连无珏一定相处不错,赫连无珏甚至这么快为她请下妾妃名分;而忧的,自然是赫连无珏这样的小孩心性能宠爱温姐多久,他没有秀王那样可以左右朝政的实力,又能不能帮温姐报仇?这一番情绪下来,易平平一时竟不知如何开口。而赫连无珏见她半晌不说话,脸色便黑下来,"本王以为你至少能道一句恭喜。"

他这话将易平平点醒过来,这番情绪曲折自然不能为他所知,忙道:"臣女只是被这消息惊住了,的确是忘了……"说罢,她含笑一福,"恭喜王爷得偿所愿。"

赫连无珏睨了她一眼,淡淡道:"别以为本王看不出来,你还是在为温碧弋担忧。"

易平平倒不意他能看出她的心思,不过转念一想,皇室之人又有哪个是笨蛋,赫连无珏不过是心直口快而已。她还未开口,又听他道:"你放心,我记得那日我们的争论,虽然我现在能给的只有妾妃这样的名分,但我会皆尽所能爱护于她的。"

他的语气虽然轻松随意,可易平平却听出其中蕴藏的真切。也许,赫连无珏就是这样一个人,往常她一直都因为他的小孩心性而错看了他,却忘了,小孩远比成人执着得多,也比成人更少了顾忌。年少时许下的愿景,往往会用一辈子去实现。她忽而就有些愿意相信他了,笑了笑,她目光柔和下来,"王爷,臣女会拭目以待的。"

感受到她的真诚,赫连无珏先是一愣,旋即略勾起嘴角,"好,就请你做个见证,我赫连无珏绝不食言!"

等一切事毕从宫里回到易府,已是午时时分。刚走到门前,却见府门大开,似在迎接谁一般。她脑子还没转过弯来,就见入画又惊又喜跑出来,"小姐,你可算回来了!"

"怎么回事？"易平平愈发疑惑。说话间，二人已进了府门，这一进来，她便看见易府的大管家和抱琴均候在门口。一见了她，大管家脸上便堆起谄媚，"三小姐回来啦，老夫人和夫人从昨儿回来一直记挂着您，今日早早儿的就安排了席面，都在正厅等着您呢！"这平日里压根不怎么理睬她的大管事，今日却如此殷勤，易平平有些明了，果然听他又道："今儿个一早宫里就来宣旨了，府里头如今都传遍了，三小姐昨日赢了那苍国二王子，给咱们大宏开了脸！三小姐您真厉害！"

易平平谦虚几句，见他还要再说，抢了先道："奶奶和夫人还等着我呢，既已回来了，先去给长辈们请安才是要紧。"

"是是是，还是三小姐想得周全，小人光顾着高兴了，怎么就忘了这事儿了！"大管事一拍脑门，接连笑了几声，"小人领您过去。"

易平平道了声谢，抱琴见二人说完话，这才朝易平平微微一福，脸上带着淡淡的笑意，轻声道："小姐辛苦了。"

旁人都惦记着她的荣耀，只抱琴和入画一句也没提那些事，可易平平看得出来，她们是真心实意为她高兴。心中暖意涌动，她朝二人展颜一笑。

此时不是说话的时候。一路上四人只间或聊了几句，无非是大管事想知道更多宫中夜宴的事。易平平思忖着自己毕竟要在府中生活，少不得会有事麻烦于他，便尽力周旋着，所幸易府的正厅离得并不远，否则易平平还真怕自己不耐烦应付了。

待得了通报，易平平提裾入了正厅。一进门，便瞧见除了易之瑞因新官上任不在，老夫人、易氏母女，连应该在书院读书的易谨也赫然在列。易平平本有些惊讶，正琢磨等会儿问问他，顺道拉近关系，便听老夫人略带慈爱道："三丫头回来了。"

易平平抬眸一看，正对上老夫人微浸了笑意的眼睛。她露出微笑，刚要说话，又听有人道："我们的女英雄来了，这次可当真是出了风头，立了大功。"

循声一望，便见易夫人笑吟吟望着她，只是那笑容未及眼底，瞧不出其中真意。原也没指望能从她脸上看到些什么，不过她这番作态倒让易平平心里提防起来，想了想，含笑嗔道："夫人怎么说这样见外的话？不知道的还以为夫人不盼着女儿好呢。"说着，易平平朝老夫人盈盈行了一礼，"奶奶，孙女一直谨记着自己是易家人，无论是出风头还是立功，终归是想为家里长脸。"她的目光在易夫人脸上滑过，又是福身一礼，"还请夫人以后莫说这样的见外话了，咱们都是一家人。"

这话说完，老夫人赞同地点了点头，而易夫人则是眼光闪了闪，"瞧瞧我这张嘴，怎么夸人的话儿说出来，却叫人听岔了去？"她笑意更深，"咱们三丫头昨儿夜宴的表现，那叫个精彩纷呈。果然是大难不死必有后福！"

这时，易青青柔声道："是啊，我们昨日回府后，怎么都想不明白，三妹怎么会认识那些子奇怪的东西。"

她声音含着笑意又带着恰到好处的好奇，让人忍不住顺着她的话想。再联系易夫人先前的话，虽没一个字提及她易平平像是变了个人，但每一字却都是在暗示！合着上次便也是在这正厅里，若不是易之瑞开口，不定会如何收场呢，今日倒挑的好时候！

易平平带着笑，视线快速扫过一圈，从老夫人到易青青一个不漏。老夫人脸色最平常，也最易看透，眉目有些威严，却仍能看到真切的欣慰和笑意，每一条皱纹都舒展开来，浸透着满意的情绪。易夫人仍是一派笑脸，只目光有意无意地略过她。易青青的表情同她母亲如出一辙，只是那眼底隐瞒的阴霾能骗过"易平平"，却骗不过"白筱宁"。至于易谨，他的脸色让人捉摸不来，有些质疑，有些不悦，亦有些担忧，有些叹息。倒成了让易平平最看不透的一个。

见她迟迟不语，易青青装作打趣，道："三妹今儿一定要同我们好好讲一讲，怎么会那些子奇怪东西的。昨儿我还同母亲玩笑说，三妹这开了窍却活脱脱似另外一人了。"

也不知为何，听了这话后，易平平倒是想起在宫里时太后同她说的那句——争要争得聪明，若叫人看出你的野心，那争就成了斗，既成了争斗，那便只剩你死我活，没有初心了。她暗暗失笑，你死我活？易青青这再三询问，不就是拐弯抹角地说她是妖物附体，要置她于死地吗？她端起桌上的茶啜了一口，她确实争得不够聪明，争得锋芒外露！只是，却也别忘了，置之死地，方能后生！易平平抬起眼，又看了看老夫人，老夫人没有说话，只淡淡瞥了眼易青青，这一眼，就足以表明她的态度了！

易平平一下有了底气，"长姐，你可曾听说过借尸还魂？"她这声音轻轻的，而嘴角的弧度又透着几分诡异，乍然一眼，易青青便皱起眉来，"倒不知三妹因何提起这些怪力乱神之谈？"

"长姐不是一直说我变了一个人吗？那长姐应该知道，站在你面前的三妹，确实是死过一次的人了。"

易青青一下警觉地看着她，而易平平不等她开口，便紧紧地盯着她一字一句道："长姐，我昏迷那时曾见过阎王爷，他说我不过是任性不懂事，心眼不坏。像我这样的人，地狱是不收的，否则地狱就要人满为患，无处下脚。但我又没什么大功德，去不了那

仙乐缭绕的极乐世界。所以就只能把我放了回来，我大梦初醒，决定洗心革面，重新做人。否则我再次死去，天不收地不留的，只能漂泊在这世间，多可怜啊。"她说着眉宇间带了些戚戚之色，盯着易青青的眼睛道："阎王老爷还说啊，这地狱啊，也忒没意思了。到处都是作奸犯科、罄竹难书的恶鬼，缺了些调味剂。比如那些当面笑，背面刀，有几张脸谱的戏子啊，再比如那些喜欢添油加醋，把人当枪使的啊——阎王老爷说最喜这些人的到来，为这千年不变的地狱添了些乐子，倒十分新鲜。"

"好了，三妹，你就别吓唬大家了。"易青青勉强笑道，脸色却明显泛起白来，知道她是听进去了，这聪明人往往自作聪明，含沙射影的话，她们最喜欢往自己头上扣。易平平又瞧了易夫人一眼，到底是道行高深，她这些小把戏，不过让她眉头皱起，脸上是不信可之态。可惜，她信也好，不信也罢，今日她要将这话头钉死，以后再不能提起！思及此，她直起身，笑盈盈地看了一圈，视线再次落到易青青脸上，"阎王爷说啊，像我这般拙嘴笨腮、心思太浅的人，他不要。但又怜惜我独身走了一遭黄泉路，便点化了我一番，让我聪明伶俐了些许。故而长姐才觉得我换了个人。"

这话一说完，易青青的脸上神情可谓精彩，有害怕，有疑虑，藏着不甘和妒意，只勉强维持镇定，却偏偏一句话也说不出。还是易夫人格外担忧似的开了口："三丫头……你，你莫不是太累？怎么说的竟是些疯魔之言？"

老夫人眉目间也现出几许愁意，"三丫头，你若是累了，便回房歇息吧。"

而易谨张了张嘴没说话，一双眼里却盛了忧心。

易平平心里一暖，至少老夫人和易谨待她都是真心的，正是这真心给了她勇气，让她不惧不怕！她缓缓走到厅中，向着老夫人认真一福，"老祖宗，孙女所言，句句属实。"她脸上挂着的笑不曾消退，心中却隐隐有些疼痛蔓延开来——她没有编瞎话，她曾经历的那些，可不就是十八层地狱。识人不清、遭人蒙蔽，若只是害了自己性命，且算是自作自受。偏生亦害了她那未出生就夭折的麟儿……

是她的错，均是她的错！这般想着，胸中的悔意和恨意益发不可收拾，她不禁泛了泪光，"正因是死过一次，在那哭叫呜咽的黄泉路走了一趟，孙女才恍然大悟，只恨活得浑浑噩噩，连眼都没睁开便走了。好在阎王爷不收我，放了我回来。我知老祖宗，夫人，你们都不信我说的，这些其实不重要。重要的是，以前那个浑不知事的'易平平'死了，站在你们面前的是一个焕然一新的'易平平'。我不敢说我会多么知礼孝悌，我只说，请你们拭目以待。"说到后来，易平平的声音已近哽咽。这不是迫于形势挤出的虚情假意。是她心底深处涌出的每一份情绪，这一次重生，请所有人，对她拭目以待！

"好！"老夫人利落豪气地喝了一声，"知错能改，善莫大焉！"她绷着脸，手中的鸠杖在地上重重一砸，慑慑之音似响在每个人心上，而她威厉的目光在每个人脸上扫过，"我不管三丫头说的那些神神鬼鬼是真是假，我只知道，易平平是我孙女，不是那些魑魅魍魉。再有人多嘴多舌，说什么邪魅上身，危言耸听，我看这易府也是时候请家法了。"

此言一出，易夫人的脸色变了又变，易青青眼中的不甘更甚也只能咬牙应诺。正厅中气氛一时凝重起来，沉甸甸地压得人有些透不过气。老夫人倒是不以为意，只吩咐了开席。一行人心思各异地用起了午膳。一直挨到撤了席面，她正准备请退，易夫人却似瞧出她的心思般，突然出声打破了这窒息般的安静，"老祖宗，昨日我们进宫，府里倒是有人来拜访。"

她掐准时机说了这样的话，必是有备而来，不料却被老夫人泼了冷水，淡淡道："我们这样的人家，哪日没人拜访倒是稀奇了。"

易夫人听了这话倒也不惧，只故作神秘地瞄了易平平一眼，笑意更胜，"这拜访的人可有些不一般。"她话音落下后，刻意顿了一顿，却见老夫人合眼养神，并不接话。易夫人脸色未变地吃了口茶，便自己接了自己的话，声音愉悦，"是那傅家夫人的贴身嬷嬷。"

此言一出，老夫人眸中含光地扫了过来，易夫人不自觉垂眸避开了她的视线，"那傅府嬷嬷留了帖子，说傅府下旬摆下茶花宴。京中谁人不知，傅家的茶花乃是皇城一绝，最是争奇斗艳。只是这茶花宴倒是甚少举行，更无甚规律可言，时而数年，时而十来年，让人翘首渴望，十分难得。今年却突然大摆筵席……"她说着抿唇一笑，"还给咱们府里两位姑娘下了帖子。"

"这倒像是醉翁之意不在酒了。"易青青适时接了话，一双美眸含着笑意朝易平平望了过来，又玩笑似的对她福了一福，"多谢三妹了，沾了你的光，能大开眼界了。"

瞧瞧易青青说这话，哪一句不是暗示她和傅家关系亲密？她不过是明面上与那傅家有桩娃娃亲，但瞧易青青这意思，恐怕易之瑞是压着傅家的书信没有回复了……易之瑞的摇摆不定令她恼意顿生，张口道："长姐这话倒把我弄糊涂了。妹妹愚钝，不知长姐说的可是傅家是为了相看我，才办了这场茶花宴？"

易青青脸上露出讶然，"三妹请慎言，这话说出来，不大庄重。"

易平平点点头，"我也觉素来大方得体的长姐不会有这般轻浮的意思——"她抬眸看向易青青，"还请长姐赐教，所谓沾了我的光，是何意？"

易青青未曾料到会被她反将一军，一时有些张口结舌，额头沁出些汗来。

先前她装作玩笑似的故意咬死她想回避的问题，如今易平平也不打算偃旗息鼓，笑唤道："长姐？"

易青青眸光一闪，突地就笑出声来，起身点了点她的额头，"你这个鬼精灵，有些事心知肚明即可。非要说出来，就没了那意境，反而不美。"她挽起易平平的胳膊，笑声中含些亲密、撒娇的意味，"怪我失策，我本以为和你心有灵犀，想逗逗你罢了，倒没想到你这个傻丫头，就这般脱口而出。"

她这么快想出对策，心机手段实在不可小觑。这样也好，反倒让易平平多出了一份斗志。她不甚在意地弯了弯唇，脸上没有一丝尴尬或恼怒。带着嗔笑着瞥了易青青一眼，两人一时相视而笑。在旁人看来，二人当真是感情极好，而这其中曲折就只有自己知道了。

等到商议好五日之后前往傅家赴宴的事后，老夫人的脸色已有些疲累了，易夫人殷勤道："往日午膳之后娘都是要小憩的，今儿是我的不是，拉着娘说了这半晌的话，娘若是没旁的事，我便带着孩子们下去了，也省得耽误了娘。"

老夫人合眼点了点头，从鼻间轻轻"嗯"了一声，算是应了。

易夫人忙带着几个小辈起身行礼。这行礼之时，易平平不意触到易谨的目光，她回了一个微笑，正想说等会儿同路，不料老夫人却突然张口道："易平平，你留一下。"

待那几人离了正厅。老夫人又屏退了周边服侍的几人，一时之间，整个正厅只剩下老夫人和易平平两人。易平平见状，不由郑重起来，"奶奶可是有什么话要交代孙女？"

老夫人食指在鸠杖上不紧不慢地抬落着，看了她一眼，严肃而威严，"三丫头，你可知你现在是一个什么处境？"易平平想了想，如实道："狂风四起，云翻风滚。"

老夫人手指略微一顿，嘴角有几分笑意，看上去神采奕奕，哪还有刚才的疲累之色。"能一口'破题'，已经算是有几分睿智，你再说说，面对这般处境，你如何'入题'？"

易平平并不隐瞒，"孙女驽钝，无他法，唯以力破巧！"

老夫人眼神微闪，笑了一声，"萤火之光，如何与日月争辉？"

易平平霍然抬眸，直视着老夫人考究的双眼，一字一句，诚恳而坚决，"立志欲坚不欲锐，成功在久不在速！"

老夫人看着她久久未言，那目光沉重、欣慰还有一丝不知何而来的怅然。半晌，她才笑了，起头只是一声轻笑，而后是一阵快意豪气的长笑，"好！我秦战的孙女果然目光如炬，能看清迷雾，不陷于眼前小局！"

老夫人脸上乍现的神采，令这个六旬老人一下充满生命力。易平平从未见过这样意气风发的老夫人，然而她是那么鲜活又自然。她不禁有些发怔，秦战，这明明适合儿郎的、威风凛凛的名字，却如此贴合于老夫人的性子。这样的女子，屈居于后院之中，其间无奈惆怅又岂是常人能理解的？

似是知道她心中所想，老夫人侧眸看了她一眼，眼中有赞许肯定，也隐含着担忧，"三丫头，祖母并非是以管窥天之辈，我这辈子啊，活到这年岁——见过多才多艺、端庄知礼的晚辈数不胜数。只可惜，大多数都陷在那一个个枷锁里，不得动弹。"她叹了口气，语气有些悲凉起来，许是惋惜她们，又或者终究有些惋惜自己，"自以为有几分才情，自以为有几分和常人不同，引以为傲。却终究只能迫于父母之言、舆论之威，在一方院中，数着日子一天天得过且过。"

易平平有些恍惚，这一言一句之间又何尝不是曾经的她？那样的日子，过到最后，连自己都快不认识自己了，倒不似老夫人还保留着一丝真性。她抬起眼来，老夫人的目光凝重又泛着些许期冀，"三丫头，虽说你如今豪言壮志，但更多的是源于初生牛犊不怕虎。祖母希望你能切记今日所言。韬光养晦沉住气，一举突破绝后患。所谓兵家的'杀伐果断'，在我们女人的后宅中，亦可适用。你若能记住自己的决心和祖母说的，就不再是狂风四起，云翻风滚。而是——乘长风，破万里浪。"她说到此处，声音缓了些许，却更显坚定，"三丫头，只要你保持初心，迟早有一日，你会一遇风云便化龙！"

一席话听下来，易平平不由浑身一震。她从没想过老夫人会对她有如此高的评价。若说是因夜宴之事便叫老夫人对她刮目相看，那她是一百个不信的，但这些夸赞的话又真真切切是从老夫人口中说出来的。她几乎蒙了，"奶奶，孙女，孙女何德何能……"话还没说完，老夫人便摇摇头，微微一笑打断了她，"三丫头，祖母无意窥视你。在这次回府之前，我本想如你亲娘所愿，将你嫁入傅府，保你一世平安富贵，也算圆了我和你娘的一段血缘之情。但你真的让我对你彻底改观，你的路，远不止如此。"

老夫人的眼睛透彻宛如一面镜子，将这一刻她的心绪照得纤毫毕现。她猛然明白了——不需要更多言语，易平平确信老夫人已经知道"美人唇"，知道她给太后献礼，甚至猜到了她想要主宰自己命运的心思。一时，震惊、恼怒、尴尬还有一种被人扒光似的羞愧感一股脑儿全部浮了上来。被太后窥破时，她是预想过那样场景的，而且前世她

也对太后有一定了解，所以尚能镇定，但此时突然被老夫人点而不破，却是她万没有想到过的事。易平平赫然望向老夫人，几乎快要找不回声音了，"奶奶，我，我……"

老夫人朝她做了个噤声的手势，杵着鸠杖缓缓站起身来，拍了拍她的肩膀，沉重却真诚道："三丫头，你不用慌。以后，你只要谨记，凡事不可伤害易家的利益。祖母会帮你的。你是我的亲孙女，这份亲情斩之不断。但同时，祖母是世家之女，会将家族利益置于首位——你可以觉得祖母无情，但我不想去隐瞒你，去骗你。"老夫人回望着她，眼底流动着慈爱、欣赏的情绪，"我认定你是一头雏凤，能够一鸣惊人，能够让我们易家独树一帜，屹立不倒。但愿，祖母这次没看错人。"

易平平的忐忑在老夫人的注视下渐渐平复，但脑中仍乱作一团。她有些茫然，张了几次口，却不知从何说起，老夫人见她这呆愣的模样，倒也没再说什么，只合了眼，脸上是精力迸发之后益发苍老的疲态，"好了，说了这么多我也乏了，你也下去歇息罢。"

易平平迷迷糊糊地行了礼，转身离去之际，老夫人却又突然略有迟疑地叫住她，"三丫头……"

她回转身来，老夫人已重新坐在正坐上，她又成了易府持重威严的老祖宗，那端庄漠然的姿态随着年岁早已刻入她的骨髓，好似她生来就该如此。"三丫头，你无师自通会了这些稀奇古怪的东西——我无意追问，也认为没必要去刨根问底。但，你要记住，秘密之所以为秘密，是因为旁人都不知道。"老夫人撩起眼皮看了她一眼，那一眼饱含着太多情绪，叫易平平一时无法理解。然而老夫人最终淡淡道："今日之后，我会告诉府里的人，以后你由我亲自教导。"

说完这句话，老夫人再没看她一眼，起身离开了正厅。易平平的视线追随着她的背影，直到再看不见。直到这一刻，心中悲伤和感动才不可抑制地蹿了出来，易平平几乎可以肯定，老夫人的点而不破不只是她做下的那些胆大妄为的事，更是在指她不是曾经的"易平平"。她方才未出口的那些话，她的惶恐，老夫人都明白。说来也是，她的那些小把戏可以瞒过旁人，又如何瞒得过睿智犀利如老夫人？然而，老夫人最终选择相信"易平平"只是变了，这其中固然有愧疚——只要不说破，"易平平"就永远是易平平；亦有老夫人对曾经"易平平"的期望，那亦是她对曾经自己的期望，所以她点而不破，却又用自己的方式保护于她。

易平平闭了闭眼，将快要夺眶而出的泪水逼了回去。她对着老夫人离去的方向深深一鞠，而后才缓步离去。老夫人，谢谢你。易平平一定会努力的，请你拭目以待！

从正厅回去的路上，易平平走得很慢，等自己的心绪状态调整好了，她才面带微笑地进了自己的院子。原以为一回来两个丫鬟就会高兴地迎出来，却不想这院子里倒稀奇地来了旁人。

　　只见个穿绛色衣裙的婆子，指挥着两个提食盒的小丫鬟往桌上摆些菜肴，那婆子笑吟吟道："夫人说今儿晌午三小姐没怎么动筷子，想是累了胃口不好，因怕小姐回了院子又觉着饿，赶紧吩咐做了些易克化的物什，这不，巴巴的就让我送过来了。要说咱们夫人对三小姐可是真真儿的上心哩！"

　　这婆子的嗓音略大，似故意嚷给谁听一般，且那声音还有些耳熟。易平平一时想不起是谁，按捺着心里的疑惑走了过去。这时，听抱琴回道："有劳吴妈妈走这一趟了。奴婢一定转达夫人对小姐的关怀之心。"

　　吴妈妈？这不就是她刚醒来那会儿掌掴过抱琴的那个吗？易平平皱了下眉，还未开口，那厢吴妈妈却先看到她，透着精明的细眼亮了一瞬，脸上立刻堆起笑，几步迎了过来，"呀，三小姐回来了！给三小姐请安了！"她行了个半礼，也不等叫起，就直了身子。抱琴入画和她带来的两个丫鬟自然也看见易平平了，俱都福身见了礼。

　　吴妈妈带来的两个丫鬟倒乖觉得多，等到叫了起，才起身规矩站好。想来，吴妈妈应是易夫人的心腹，架子倒是摆惯了的，所谓奴大欺主，易平平见得多了，可眼下不是发作的时机，只能客套道："在院外就听见吴妈妈的话了，夫人这样细心，真是令我分外感动，也有劳吴妈妈亲自走这一遭了。"见她领情，吴妈妈更是眉开眼笑，忙道："小姐别跟我一个婆子客气。如今小姐立了大功，多少人上赶着想来讨好小姐呢，我这也是沾了夫人的光，才能在小姐面前露脸哩。"

　　"吴妈妈说笑了。"易平平朝抱琴使了个眼色，抱琴知意，凑过来递了几钱碎银，她抓了吴妈妈的手塞过去，"该有的还是得有，也劳烦吴妈妈在夫人面前说我几句好。"

　　吴妈妈接了钱，笑得合不拢嘴连声道是，又见此间事毕，便称不打扰小姐休息，招呼过两个丫鬟下去了。她前脚刚跨出院门，入画就再也忍不得了，冲过去啐了一口，道："忒不要脸的老货！小姐落难时变着花儿的折腾小姐，眼瞅着小姐有好运了，又赶上门来讨赏！"她扭过身来，跺着脚嗔怪道，"小姐，你别这么大方，钱都是你辛苦赚回来的，凭甚赏那黑了心的东西！"

　　她的真性情让易平平觉得亲切又可爱，心里的不快也消散了些，"那吴妈妈怎么对我，怎么对你们的，我都记着的。"她有些歉意地看了眼抱琴，抱琴自然明白她的心意，

第四章　心生宏愿

眼中不由泛起些感动，截了她的话，道："吴妈妈是夫人身边的人，如今还不是动辄她的时候。小姐今日仍能不浮不躁做最正确的决定，已让抱琴既高兴又佩服了。"

易平平安慰地拍了拍她的手。抱琴说得对，因夜宴之事，她在家中的地位是有提高，但还远不到能和易夫人作对的地步。今日易氏母女联手打压她，一计不成，又立刻掉头对她示好，这样的城府手腕，易平平又怎敢叫她拿住把柄？不过想通是一回事，真的虚与委蛇应付一场，她难免也有些郁郁。

入画惯常是个直性，但眼下见二人这般说道，也只好撇撇嘴作罢，转而看向那一桌子菜肴来，这一看不由又来了气，"原以为真给小姐做了些什么好吃食，不过是寻常菜色。小姐，今儿来宣旨的时候你还没归府，我和抱琴可是真真儿的听见皇上赏了你百两黄金！因你还没回来，便拿给夫人了，当时我和抱琴就知道她不会再拿出来了，不归还也就罢了，巴巴的送一桌子菜来，却连碗燕窝也没有！"

她不说易平平倒还忘了黄金这事，约莫是之前没拿到手里，没期待感，也就忘了。这一提起来还真有点肉痛，但是……易平平叹了口气，"好了，也莫说那许多了。这黄金不在我手里也未必不是好事。"她如今已经够招人眼了，再让大家知道她手里有钱，恐怕是没法安宁了，还不如自己赚来得踏实。想明了这节，易平平也暂时不想再理会这些烦人事了，吩咐抱琴入画关了院门，招呼二人乐融融地吃了一顿。易夫人既然敢送菜，自然不会傻得在自己送的菜里下毒，再说她们之间的关系远没有敌对到这个份上，是以这顿吃得倒也舒心。

今日实在费心劳神。入夜不久，易平平便觉得乏，遂让两个丫鬟伺候着睡下。

她确实是累了，一沾枕头就睡熟了。不知过了多久，她忽然感到一阵莫名寒意，心脏邃然无意识地狂跳起来。易平平悄悄睁开眼，那种切入骨髓的恐惧感一下更加清晰。她没敢起身，屏住呼吸听着四周动静，手慢慢摸到枕下那把铜剪——那是当初她昏迷不醒时，入画放到枕下给她驱邪用的。

房内好半晌都没动静，易平平疑心自己想错，待犹豫着要不要起身查探时，一声叹息突然打破了沉寂，一个冷漠男音清楚响起，"醒了就起来吧。"

房里有人！还是一个男人！易平平心头大骇，霎时全身皮肉都绷紧了，她迅速将那把铜剪掩在袖中，翻身坐起。已是半夜时分，窗外有朦朦胧胧的月光照进，床前站着一个身影——肩臂宽厚，身形雄健，黑沉沉的眼睛泛着寒凉夜色，正一错不错地盯紧了她。

是他，苗子陶！易平平攥紧的双手几乎要掐出血来，才制住欲出口的尖叫。

苗子陶见她不质问也不惊惶，不禁冷笑，"处事不惊，还是习以为常？"他肆意探近了，说话间热气几乎喷到她脸上，"易平平，你这是第几次深夜香闺会外男？"

易平平下意识往里缩了缩，恼道："会？何曾是会？分明是你闯进来的！"

苗子陶不甚在意地挑了眉，眼光轻慢在她身上随意打量。易平平气得咬紧了后牙，正欲开口，突听他道："你怕吗？"

易平平恨不能给他一巴掌，哪愿意回答他这蠢问题。

苗子陶见她不应，声音立时又冷几分，"这么说，你不怕？"

易平平用力吸了口气忍下来，"我怕，你满意了吗？"

苗子陶忽略她的愤怒，盯住她，"你怕什么？"

易平平蓦然对上他的眼，那眼里的寒光，似盯着死尸盘旋而下的秃鹫，令她猛地后背发凉。她一下清醒过来，敌我悬殊，那份气恼无用不说，更是自找死路，她镇定了些，看着他诚实道："我怕，我怕你会杀我。"

苗子陶有些意外她的回答，眯了下眼，"为何不是担心劫财劫色，而是怕我杀你？"

易平平挑了眉，带着讥诮，有几分自嘲："将军聪颖不假，却也不该把旁人都当傻了。你对我不明缘由的恨意我自然能感受到，夜黑风高，不正是杀人放火的最佳时机吗？"话音未落，她陡然觉得眼前一花，待反应过来时，已被苗子陶锁住下颌，而他逼近了，低喝道："你凭什么露出这样轻蔑的表情？"

"放手！"易平平是真的被吓了一跳，急忙去扯他的手指，而他根本不把她的反抗放在眼里，肆意欺近，他额上青筋隐现，脸上浸染着癫狂之色，只重复着一句，"你有什么资格对我露出这样的表情！"

耳膜被震得刺痛，连带脑中也轰轰作响。苗子陶的话，易平平实在不明白，她曾使了好些银子，打听了好久，均未从旁人嘴里得知，苗子陶和三小姐有什么交集，既是素未谋面，这滔天恨意又从何而起？这实在太过诡异了！她惊疑难定，下颌却忽而疼痛更甚，她被迫对上苗子陶残冷森厉的眼，"你被最爱的人背叛过吗？你被最信任的人背叛过吗？"

易平平的思绪因这问话有一瞬间的停滞，她下意识点点头，却发现被他钳制着无法活动。而苗子陶感受到她的动作，脸色蓦然大变，"你要点头？"他似不能相信般问出这一句，而后突然一把扔开她，大笑出声，"你点头？"

他的笑声疯狂又隐含悲怆，全然没有收敛，声音回荡在寂寂深夜，十分瘆人。易平

平本被他摔得头晕,这不明所以的笑声又令她惊得一下爬起,甚至忘了谴责他,她慌忙看向门外。

苗子陶停了笑向她看来,"你还有廉耻可顾?害怕旁人看见你夜会外男?"他嘴角的笑意仍有残留,然而眼中狠厉之色更深。似知道她心中所想,他大发慈悲似的冷声道:"且可放心,你外间守夜的丫头被我点了睡穴,不到天明不醒。"

从看见苗子陶起,易平平就担心会被人发现,是以强制忍住惊惶与怒意。虽说是他硬闯进来,但在女子地位低下的大宏,没人会站在她的立场,她会名誉尽毁,会死无葬身之地!如今听他这样说,易平平居然觉得松了口气。将思绪快速理了一遍,她方尽量温和地开口:"玉面战神苗将军少年成名,得满城姑娘芳心暗许,又同秀王惺惺相惜,情谊深厚。确实从未听闻将军被爱人、朋友双双背叛。"

苗子陶看破她的试探,讥讽道:"易府三小姐任性刁蛮,不学无术,琴棋书画无一精通,在府中更是身处困境而不自知。这样的废物,也会有爱人和知己?"他眉眼仿佛瞬间凝起一层薄霜,浑身上下随着话音更散发出一种毛骨悚然的煞气,"未曾有过,又谈何背叛。未曾经历背叛,眼中又故作什么玄虚,露出什么沉痛?"

易平平瑟缩一下,蓦地汗毛倒立。这一刻她无比清楚地感受到,这人是真的想杀她!仿佛是为了印证她的预感,苗子陶话音一落便猛地抽出腰间匕首,"易平平,比起我受过的侮辱,死,算便宜你了!"那锋利的尖刃映射了月色,无情的冷光霎时扑面而来。

从意识到他要杀她起,易平平就绷紧了神经。在他挥刀的瞬间,已急忙往旁边一滚,幸好她身量尚小,反应迅速,竟叫苗子陶一刀落了空。她惊魂未定,终于口不择言,"苗子陶!我和你素不相识,你凭什么恨我入骨?你说被爱人、朋友背叛,可我自问,二者皆非。这恨不过是借口!你就是欺我手无缚鸡之力,欺弱凌强!你枉自被称为'玉面战神',以后该叫无耻小人!"

苗子陶的目光向她射来,那一眼凌厉如刀,锋利见血。他面色无波,浑身杀意反而越发炽烈!

他要她死,他那么强烈地想要她死!易平平胸中霍然一凛,电光火石之间,她突然想通了曾经想不通的细枝末节,惊得几欲跳起,"我在易府落水,是你背后设计操纵的!"

不意她这时说出这样的话,苗子陶脸上闪过一丝讶异,"你几时变……你倒聪明。"

易平平没心思纠缠他的前半截话,听他亲口承认,愤恨立刻占了上风,"我被人跟踪那次,也是你指使的!"

苗子陶听言，居然心情颇好地笑了一声，"是又如何？"说话间他再次举起匕首，"过了今夜谁也不会知道。"

"住手！"易平平蓦地将铜剪的尖端抵上咽喉，发狠道，"苗子陶！你若让我不清不白走那黄泉路，我便是自尽也不会让你得逞！"

苗子陶看清她手中物什，不由挑了下眉，"笑话，你自尽，倒省了我麻烦，岂不更好？"

"死于我手，和死于你手，哪个解恨，你心中明白。"易平平双眼微眯，紧紧盯着他，不敢错过他任何一个表情，而手心层出不穷的冷汗几乎快要让她握不住那把铜剪。

"你以为自杀能要挟我？"

易平平听他阴沉至极地说了这句话，话毕，她甚至没能看清他的动作，只觉手腕骤然剧痛，那只抓着铜剪的手被他示威般轻易攥住。她的拼尽全力无异于蚍蜉撼树，阻碍不了他分毫，只能眼睁睁看着他将她的手往前一带，冰冷的尖端顷刻抵上脖颈。下意识地一阵冷战从脊柱直蹿到头顶。

"想活吗？求我吧。"低沉的男音因她终于流露惧意而含了几分不合时宜的愉悦。易平平其实全身都在颤抖，却强迫自己抬眸。他高高在上，神色冷戾，像是在看一只不乖巧的必死的猎物。易平平突然觉得这一切都荒诞怪异得可笑，于是一声嗤笑从她嘴里泄出，她开了口，却不是哀求，"求你？你会不杀我？"

苗子陶怔了下，而后眼神中流露出浓烈的厌弃，"我会让你死得痛快点。"

许是死亡就在眼前，她的恐惧居然渐渐被不甘、怒气、怨气这些情绪克制，她咬牙切齿地冷笑："苗子陶，你没资格随意决定我的生死！恨只恨我不是个男儿身，没有一身好武艺，否则今日定要和你一战高下，哪怕是同归于尽！"

"口气不小。"苗子陶嘴里讽刺着，怒意却因她脸上那抹笑意，再也克制不住，"易平平，我是这世间最有资格杀你之人！"他用充血的眼盯着她，向来冷漠的脸几近扭曲，他一字一句，声音竟有些微发颤，"我若说上一世你害我死无全尸，连家都没了，你可信？我若说上一世我待你如珍似宝，你却红杏出墙，和我最好的兄弟朝云暮雨，你可信？我若说上一世你怀着孽种，却凭着这孽种成了我平津伯府的当家夫人，你可信！"

他的怒吼到最后几乎失声，而易平平只觉得脑中轰然一声，她呆滞地看着苗子陶，他的嘴仍在一张一合，而她却什么都听不进了。他？苗子陶？他的仇人真是易平平？他也是借尸还魂？不！不对！他说的这些事分明都尚未发生，谈何报仇？可他将那些事说

得如此清晰，绝不似编造。上一世？易平平猛地想起他刚才那前半截话，完整的句子恐怕是——你几时变得如此聪明……

几次的相遇在她脑子里快速闪过，从一开始他就对她恨意极深，从一开始他就好像和她相识多年！他，他莫非是……重活一世？！

这样诡谲之事，从前的"白筱宁"是决然不信的。可如今……她却是最没资格不信的！叹息、震悚、恐惧，种种情绪令她神情益发复杂，缓了片刻，她才找回自己的声音，开口时语气无奈又有些苍凉，"苗子陶，我信，我信你说的上一世。"

她奇怪的语气令苗子陶略回了神智，旋即眼底的愤恨却更深了些，"信就好，现在你可以清楚明白地去阴曹地府了！"话毕，他抓着她的手往前推进。

"不，你不该杀我！"易平平用尽全身力气阻止，但那铜剪却还是顺着苗子陶的心意轻易刺破她的皮肉，他犹不解恨，目眦尽裂咆哮出声，"人尽可夫，心胸毒辣，你害我连完整的尸骨都无法善存，只留下一座衣冠冢，你现在告诉我，你不该死？"颈间席卷而来的疼痛，无法阻止的绝望，令易平平升起强烈的不甘，她毫不示弱地回敬他，"做这些事之人该死。而我不该死！"

苗子陶额上青筋几欲爆裂，"这些事是你做的，你不死谁死！"

颈间早有温热渗出，鼻尖全是血腥气息，易平平心中害怕但更多的却是愤怒，"苗子陶，我没有做这些事，你说的是上一世的易平平。你又怎知这一世的易平平，就是上一世的易平平！"苗子陶动作骤然一滞，但仅有一瞬，他眯起眼，怒火又现，"巧言如簧，颜之厚矣。你纵然说破天去，今日也难逃一死！"

易平平又急又气，恨得咬牙，"上一世易平平可曾精通琴弦之乐，可曾认识那稀奇古怪的透明片儿？差之毫厘，谬以千里。这世道轮回奥妙无比，你怎就知道面前的我，就一定是你该杀之人。退一万步讲，纵然我还是那个易平平，你苗子陶不好端端地站在这里，我有害你分毫？因为尚未发生之事，你便要夺人性命，这理不通！"

苗子陶眼底情绪不住翻涌。少顷，他自持识破了她伎俩，轻蔑冷笑起来，"说一千道一万，你就是怕死。"

"我一直没有否认，我怕死。"额上的冷汗涔涔而下，但易平平没空理会，"被莫名其妙杀害，我不但怕，而且不甘不忿！"

她望着他，眉眼冷厉却诚挚，脸上是他从不曾在这张脸上见过的坚毅决绝。苗子陶有片刻怔忡，突然毫无预兆地松了手。

易平平的手早就痛极无力,他一松开,她就不受控制地瘫软,铜剪蓦地从床上跌到地上,发出"叮"的一声脆响。苗子陶自怒火中略清明了些,她颈间带血微微颤抖,如墨一般的长发铺散下来,露出半个柔美的下颌,宽大的素绸亵衣包裹住她娇小的身躯,愈发显出纤弱来。苗子陶皱着眉,鬼使神差地开了口:"你嫁我为妾,或嫁傅显荣,我便留你一命。"

易平平正咬唇忍住手上疼痛,闻言,她惊诧地看了他一眼,旋即眉眼一敛,"不嫁。我想嫁谁,须得我心悦于谁。"

苗子陶片刻的清明立刻被怒火淹没,"果然还是上一世的易平平,不知廉耻,不守妇道!"易平平冷笑起来,"夫妻要共同搀扶,走过数十载,不找个心悦的,难不成要找个两看生厌的!"苗子陶的眼眸瞬间燃起炙火,爆发出嗜血杀意,"既然你这么想死,那我就成全你!"言语之间,他又一次举起匕首!

"你现在杀我只会后患无穷!"几乎是寒光欺近的同时,苗子陶那嗜血杀意叫易平平一直飞速运转的大脑突地白光一闪,她厉声道,"若你杀了我,那些埋伏在大宏的他国间者就会将事态扩大,到时就变成了苍国与大宏之间的战争!"

颈间的锋利寒意彻骨,只消轻轻一划,她就会鲜血喷洒,然而她不躲不避,强迫自己挺直背脊,一瞬不瞬地盯住他。苗子陶怒极大笑:"想不到这一世你竟还多了个自大的毛病,凭你也妄图干系两国和平?"

易平平不理他的嘲讽,"我能不能干系两国和平,将军自然心中有数!"

她的语气是他从不曾听到过的冷冽,带着看透的笃定。苗子陶猛地敛住眉,夜宴之上她大挫苍国锐气,如今风头正盛,若此时遭厄,所有人都会怀疑是苍国二王子下手,而二王子遭人诬陷,必不甘心,这其间可做的文章可就太多了!

她可以死,但绝不该是今夜。

苗子陶没有说话,咬牙切齿地看了她半响,却是将匕首缓缓后移了些。不待易平平松一口气,他钢铁般的大手又突然袭来,掐住她的脖颈。易平平心中一沉,只听他恨声道:"能侥幸一时,不能侥幸一世,我总会有机会杀你的!"

易平平明知自己此时不应逞强,但面对他,她总是无法收敛。她冷冷一笑:"我会尽力走到高处,让将军永远杀不了我!"

四目相对,两人眼中的愤恨宛如火花碰撞,恨不得将对方灼出一个洞来。少顷,易平平听到苗子陶从喉咙深处发出一声饱含怒意的笑:"你莫要以为我真奈何不了你,莫

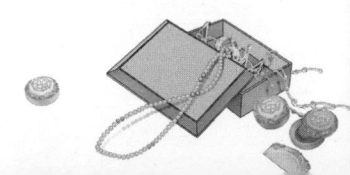

要忘了你是一个女人……"

"你……"他阴佞的语气令易平平面色遽然一白，不待挣扎，她忽觉后颈一痛，旋即眼前一黑，意识控制不住地坠入虚无。

上一刻还不肯屈服同他较劲的女人，此时终于顺心地软倒，苗子陶眯起那双冷冽的桃花眼，这才在她耳边徐徐吐出未完的话，"是我苗子陶不屑于此。"

可惜，后半句怀里的人听不见了。

苗子陶嘴角讽刺地翘了翘，毫不怜惜地将她扔下，转身推窗而去。

易平平全身猛地一颤，从昏睡里惊惶醒来。入眼仍是一片沉沉夜色。摸了摸身上衣物，确认完好，她下意识地松了口气。伸手又碰了下脖颈，颈上被刺破的伤口已经凝了，原来刺得并不深。

下床点了蜡烛，她先捡起地上的剪刀揣到怀中，在确信苗子陶已走之后，才拿着烛台到外间看了看。今日守夜的是抱琴，她睡在外间简易铺就的榻上。寂静之中，听着她熟睡发出的均匀呼吸声，易平平终于觉得心中安稳了些。站了一会儿，她深吸一口气回到内间，翻出药膏抹上，换了一身立领袤衣，草草洗了先前衣物上沾染的血痕，这才重新躺下。

重归黑暗宁静，冷静克制也随着被吹灭的光影袅袅散去。易平平在被子里将自己缩成一团，她其实不敢再睡，但狭小的空间能令她踏实一些。颈间的刺痛一直提醒着她之前所发生的一切。直到现在她仍震惊苗子陶是重生之人。他上一世的经历和她有几分相似，可她对他生不出一点同情，只剩警惕和恐惧。姑且不论她不是上一世的易平平，纵然是，那些也是这一世还没发生的事，她何其无辜？人的一个念头，转瞬即逝，而念头与念头之间，千差万别。谁又能知这一世的人，是否会重新走上一世一模一样的路。

苗子陶今日来向她下手，敢挑明先前的谋害，是欺她无权无势，又看不惯她大放异彩。宫中那场夜宴救了她，其实也害了她。就像送太后寿礼一样，那场夜宴她也的确是存了争取之心。她一心要借势，却忘了自己本身弱小，这才让易氏母女质疑，苗子陶夜闯……这些危机接踵而来，这都是她太早暴露锋芒所致！

可笑，面见太后时，老祖宗夸她时，她心中其实还有暗喜。现在再看，易平平终于彻底清醒过来，太后早就看出她的境况了。她争得不够聪明，让争变成了争斗，而往后这样的事只会出现更多……黑暗中，易平平默默攥紧了怀里的剪刀，欲要乘风破浪，唯有砥砺前行！这样的危险，她不容许有下次，她必须走得更快，抓住一切变强的机会，更要创造机会！

　　脑中的思量一直不停，易平平模模糊糊想了半夜，待第二日被抱琴叫醒时，却已是巳时。原以为发生了这么大的事她会睡不着，不曾想还是陷入了梦乡。她心中失笑，也不知是面对苗子陶实在太耗精力，还是她内心强大。

　　揉了揉太阳穴，易平平正接过抱琴递来的热巾子擦脸，却听院子外边隐约传来入画的说话声，不多时，她疾步走了进来，"小姐，二少爷来了。"

　　易平平吃了一惊，"可是有什么急事？"

　　"二少爷没说。"入画摇摇头，又道："不过二少爷面色如常，不像是有什么事的样子，许就是来看看小姐吧。"

　　易谨若真有急事早就来了，的确不会等到这个时间。易平平心下略安，赶紧吩咐抱琴伺候梳洗，又打发入画去厨房端些吃食。待迅速打扮妥帖后，忙提裾出去。

　　入画做事向来机灵，已为易谨奉了热茶，又取来杂卷供他解闷。易平平施施然迎上去，"二哥。"

　　易谨抬起头，俊秀的眉眼间有惯常的冷淡，唇角却在不经意间透出几分柔和，"昨日原就想来看看你，顾及你累了一天便没过来。"

　　和易谨一贯的相处中，易平平与他还从未有过如此平和的状态，这叫易平平忍不住想要将它维持下去，想了想，朝他微笑着说出了昨日就想说的关心，"二哥不是前几日才回了书院，怎的又回来了？"话刚出口，她已察觉不对，她真是昏了头了，这话怎么听着倒有些她不想易谨回来的意味？暗骂自己一声，正要重新开口，那厢易谨已说道："每隔两月，书院便休沐七日，妹妹忘了？"

　　易平平微怔。本以为他听了这话，又会冷眼冷言，却不想他神色未变，并无责怪之意。她不禁心中一动——易谨态度间的转变，是否意味着他对她这个妹妹已有改观了？思及此，她朝他轻轻一福，"二哥莫怪，以前是我任性不懂事，对二哥也缺了关心。我不想再说一些无用的话，只希望亡羊补牢，为时未晚。"

　　易谨闻言，眼眸不由亮了，"你真这样想？"易平平点点头，郑重道："二哥是我最亲的哥哥，往后的日子，二哥且看妹妹的变化。"

　　感受到她的真诚，易谨终于露出一抹笑意："你能越来越好，我也为你高兴。"

　　见他笑了，易平平忍不住也绽出一个愉悦的笑容。只是她心里明白，光凭这些话，

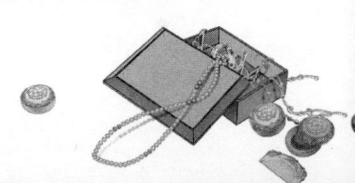

她自然还无法挑战易青青这个长姐在易谨心中的分量。未来世界那句话怎么说来着——革命尚未成功，同志仍需努力。唉，她这个嫡亲妹妹当得可谓憋屈。正暗自无奈，易谨又略带欣慰地开了口："你现在真的是懂事了。我看长姐也不必再担忧了。"

这真是想什么来什么。乍然听到长姐二字，易平平不由愣了，"二哥在说什么？"

"昨日你同长姐说了那许多话，事后长姐思量你许是有了恼意，担忧你同她置气，姐妹生分。"易谨望了她一眼，眉眼柔和，唇角含着满意的浅笑，"眼下可好了，三妹现在懂事明理，定不会因小事同长姐置气。说到底易家仅我们姊妹兄弟三人，都是一家人，也该和和美美才是。"

这番话下来，易平平只觉被人兜头泼来一盆凉水。她原以为是她在夜宴之上为易家争了脸，所以易谨对她的态度才有转变，可现在看来竟并非如此？易平平吸了口气，在心里无数次告诫自己，她应该从好处看，从这事里她至少可以看出，易谨不是那种趋炎附势的小人，不会因她为易府争了光，就立刻改变对她的态度。可，目光触及易谨那张好不容易出现的笑脸，易平平实在藏不住情绪，"二哥到底是来看我的，还是来替长姐当说客的？"

易谨迟疑了下，目光起了探究之色，"你这话什么意思？莫不是还在生长姐的气？"

易平平迎上他的目光，"二哥。我视你为最亲的哥哥。我不知道长姐同你说了什么，左不过是她是无心之失类似的话。可仔细想一想，她这样的'无心之失'，是否每一次都恰到好处？又是否过于巧合？"

"你想说什么？"易谨倏然皱眉，"难道长姐还能存心害你不成？"

这下，他又成了那个熟悉的易谨，生冷，不耐，带着讽刺的质疑。易平平失望又无奈，却不肯就此放过，"你如此信她，又为何不肯信一回我？二哥，我同你才是嫡亲。"

易谨噌地站了起来，"你也记得同我是嫡亲，又为何不肯信我这个哥哥的判断？"他的脸迅速被怒意熏红，精致的眉眼透着寒凉，"好，是我错了。我想要一家人和乐美满，却不料你不仅仍是以前的你，还多了个心胸狭隘的毛病。"他冷笑一声，"长姐昨日劝我要同你多亲近些，知道我曾阻止你去宫中夜宴，还埋怨我不该那样同你说话。到头来你竟这样想她？易平平，你真是太让我失望了！"说完这句，他再不看她，绷着脸拂袖而去，甚至撞到刚从厨房端东西回来的入画也没停留。反而是被撞蒙了的入画反应过来，急追了几步，"二少爷，您用了早膳再走呀……"

"小姐……"一旁服侍的抱琴走到易平平身后，低唤了一声。

抬手制止抱琴欲出口的话，易平平并没回头。她知道抱琴眼中一定有惋惜，她又何尝不惋惜？易青青让易谨前来说和，无论是要学易夫人打压不成重新拉拢，还是要膈应她，争回昨日输掉的面子，易青青笃定她只能二择其一。她做不到对易谨虚与委蛇，既是如此，只能同他把话说明，至于他会不会接受……

望着易谨消失的方向，易平平缓缓叹出口气，"总有一天，他会知道，谁才是真正站在他这一边的。"说完这话她果决转身，径直往内间的置衣柜走去，但刚走了几步，她却又倒回来，敛眉同跟上来的抱琴道，"去找府里的管事安排车马，我要出去一趟。"

见她来回这番，抱琴已有些明了，"小姐可是要去贩卖'美人唇'的铺子？"

易平平点头，目光交汇时朝她笑了笑。这片刻之间，抱琴显然是懂了她的心思，回以一个会心的微笑："小姐思虑周全。"

得了抱琴的肯定，易平平益发庆幸自己刚才没有被失望冲昏头，堪堪回转了过来——前两日她出了那样大的风头，不知有多少人在暗中盯着她，等她出丑呢！仍扮成丫鬟出去，遮遮掩掩反惹人遐想，她的目标是京中那些脂粉铺子，大张旗鼓地出现才不容置喙！

府里的管事很快做好了安排。听说三小姐要用车，甚至带着车夫亲自来迎。从入画暗中鄙夷的神色里，易平平能看出，三小姐是第一次享受到这样的待遇。可不是吗，庶女虽说也是正经主子，但在府中无甚地位，又有谁会看得起？装作受宠若惊地出了府，车夫殷勤地要问去哪里，易平平犹豫了下，张口将昨日思索一夜的结果说出——嫣紫阁。

便如抱琴所说，易平平的确是要去贩卖"美人唇"的铺子，但却是要让一家新的铺子来卖她的"美人唇"！仗着上一世对京中脂粉铺的了解，她想了又想才挑了排名第三的嫣紫阁。这嫣紫阁以顾客为重，店规是满足顾客的一切需要。在还不具备服务意识的大宏朝，能制出这样规定的东家不仅眼光狠辣，背景也必然深厚。至于这嫣紫阁在京中脂粉铺里仅为第三的排名……易平平看了眼腰间那个装好三样红妆样品的荷包，翘了翘唇——能进步，才能彰显她的重要，不是吗？

自"美人唇"声势打造出来后，就因限量的缘故一度令诸人哄抢，且现如今珑翠阁易主，市面上更是出钱都找不到货源。自然，这其间也有铺面为了生意仿造，但他们终归是"东施效颦"，因为谁也想不到，"美人唇"的主料竟是拿来做蜡烛的蜂蜡！所以，易平平并不操心自己的东西卖不出去，只是，为了谈出好价格，她还是想了些策略，可令她万没想到的是……她不过刚进嫣紫阁转了一圈，还未开口，嫣紫阁的伙计已先向她发出邀请。

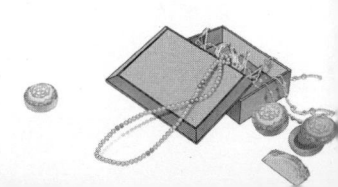

异常顺利的，易平平在嫣紫阁的三楼见到了掌柜，这是个长相和气、身材略瘦的中年男人，但只一眼，易平平就确定这嫣紫阁真正的主人不是他。他啜了口茶，目光在四周滑了一圈，以前从不知道，原来嫣紫阁这第三层被人整层占用，当作……书房？不，说是书房并不准确，没有哪家书房能将譬如《昭明文选》残本这样的书随意摆放，也没有哪家书房这样浓墨重彩，似网罗了世间所有艳丽之色，但又因考究的陈设而显得那么和谐。伴随着一种清冷迥异，另有回甘的特别熏香，华贵雍容的气势扑面而来，瞬间已叫人心折。

"鄙人祁贵，是这间嫣紫阁的掌柜，方才若有冒犯之处，还请易小姐海涵。"祁贵拢手一礼。

易平平淡淡回了一礼，"明人不说暗话。祁掌柜同我似乎并不相识，既不相识，又因何请我相谈？"

祁贵微微一笑："敢问易小姐可是有一笔生意想与鄙店合作？"

易平平有些惊讶，却不意外。在被楼下伙计突然请到楼上时，她就已起了猜测。珑翠阁易主，"美人唇"销声匿迹，这些消息都是明面上的，而"美人唇"出自她手之事，若有心打探，也并非没有痕迹。唯一令她想不通的是嫣紫阁如何知道她会来？又凭什么断定她就是易小姐？

祁贵倒也不隐瞒，"前两日我家公子命人送来一幅画像……"他说着从一旁的柜中取出一幅画，徐徐展开，"公子让我留意下这位女子，说她会来谈生意。"

淡墨挥洒，不过寥寥数笔，却将她的容貌勾勒了七八分，还……看起来比她本人更美上几分。易平平这一回是当真有些蒙了，搜肠刮肚也想不出有谁会为她做出这样一幅画像，又猜到她一定会来嫣紫阁。"你，你家公子是谁？"

祁贵早料到她会有此问，神色不变，"易小姐今日是来谈生意，而不是查探我家公子身份的，不是吗？"

易平平挑了挑眉，笑了，"我的确是为谈生意而来，可是合作伙伴过于神秘怎么看都不是一件好事。""易小姐，和您合作的是嫣紫阁，而并非我家公子。请您相信，嫣紫阁既然在等待您的前来，就一定带着万分诚心。"

"是吗？"易平平早知道嫣紫阁有强大的后台，不肯透露也在情理之中，不过祁贵言语那种不卑不亢的态度，倒是让她更加好奇了，自然也说不出拒绝的话，"那么，嫣紫阁是打算同我长期合作还是短期合作？"

祁贵将画像收起来，含笑看她，"长期，还是短期……这取决于易小姐能为嫣紫阁带来什么。"

易平平点点头，摘下腰间装了样品的荷包，"想必你也知道，我是靠'美人唇'起家的，这毋庸再说。加上这荷包里的另外两样东西，我每月分别供应一百件，要销售银两的五成。"祁贵双手接过荷包，一一打开验看，在抹了"玉面桃花乳霜"后他脸上神情猛地一变，只是那抹惊讶来得快去得也快，待易平平细看之时，他已面色平静，"据闻太后近来尤其偏爱一盒油膏，想来便是这个？""你连这也知道？"这嫣紫阁可真是给她带来了诸多"惊喜"啊。易平平眉峰微挑，"所以你是同意我的条件咯？"

祁贵的神情叫人一点也看不出他的思量，只道："易小姐也许不知，红妆脂粉这一行合作的行规是三七分。"这言下之意是她要价太高咯？易平平听得出来，却不打算自己亲口说出，只神色淡淡地看他一眼。

祁贵正要开口，却忽听楼下传来一阵嘈杂，几个伙计极力阻拦着什么，又被人不断推开。"滚开！"伴随着一道冷清呵斥，一袭红裙蓦然闯入了易平平的视线，几个嫣紫阁的伙计被女子带来的仆奴拦在身后，而女子径直走向祁贵，"你就是嫣紫阁的掌柜？"

易平平万没想到会在这里看到瑶光。自见到她的那一眼，易平平就无法将视线挪开。那次在竹林的相遇，前几日在夜宴上一瞥，她的身上，已有太多太多让易平平陌生的地方。这次亦然，若日夜相处般熟悉，又若隔世般陌生。她望着她，心中震撼恍惚，就连祁贵的回答都没听见，还是瑶光冰冷的声音让她拉回神智——"我让你们做一批可以烧燃殆尽的胭脂水粉。为何交予我的那些货色，还是不能在火中烧净？"

祁贵拢手行了一礼道："夫人，您要最上好的脂粉，我们便用的一等原料。脂粉之类自有一些是不能燃于火中，多少会有灰烬。"

瑶光身上的怒意陡然一盛，"这些不必说与我听，你们毁了我的事，就必须付出代价！"祁贵点点头，不再辩驳，"我们的确达不到您对脂粉的这个要求，但嫣紫阁的宗旨是满足顾客的一切需要。夫人要嫣紫阁付出什么代价，请吩咐便是。"

祁贵诚恳的态度并未让瑶光脸色好看一些，相反，她柳眉立起，神色益发阴冷下来，"谁给我做的这批脂粉？"

"夫人出的价，应是我们阁里上等师傅中资历最老之人做的。"

"那就把他的手砍下来，"瑶光眯了下眼，这个动作她做起来有种危险的美感，叫人一下汗毛倒立，"烧了祭奠我姐姐。"

第四章 心生宏愿

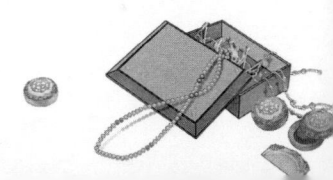

易平平眉眼一跳，目光不自觉向她射去。她素喜粉衣，可这一世，易平平再未见她穿粉衣的样子，明明容颜未变，也会带着笑，衣衫更换成最艳丽的红，只是，她好像从内到外都没了温度。强烈的陌生感叫易平平止不住一遍又一遍地质问自己，她，真的是那个同她一起长大、喜欢撒娇、喜欢耍小脾气的瑶光吗？

似感受到易平平的视线，瑶光突然横目过来，易平平下意识往后退了两步，她浑身气势逼人，倒叫她一时忘了开口。

瑶光冷哼一声，也没理会她，只将目光重新望向祁贵，"将那给我制脂粉之人的双手取来吧。"她歪了下头，语气突然变得柔和，但配上那张生冷的脸孔，却益发显得诡谲，"我要将他的手烧给我姐，让他好好做些胭脂水粉，免得他不尽心尽力。"

这无理的要求令易平平震惊不已，回眸却见祁贵点了点头，朝一个伙计招了招手，"去确认下，是谁给尤夫人做的脂粉，砍下他的双手，送过来。"

那轻描淡写的语气仿佛只是要请人来喝一杯茶。而那伙计听了这话，也顿了一下，神色惊惧，却终归低头答应了。

"站住！"易平平下意识往前一步，顶着瑶光阴狠的视线，她咬咬牙，怒瞪向祁贵，"祁掌柜平日就是这么管理嫣紫阁的吗？在你嫣紫阁凭手艺，勤勤恳恳养家糊口，因一句荒谬之至的话，就要落得双手离肢的下场？你这个东家，也不怕伙计们心寒齿冷？"

祁贵对她突然插手有些诧异，想了想，面露难色："嫣紫阁意在满足客人的一切需要。客人不满意时，做出令客人满意的赔偿，这是嫣紫阁分内之事。"

好一个分内之事！易平平倒吸了一口凉气，其实这转念之间，她也想明白了，在人有三六九等之分的大宏朝，权贵一句话就可以要了平民的性命，何况现在这位权贵要的仅是一双手？可是，这事她万做不到坐视不理！易平平暗暗握拳，深吸口气，蓦然直视瑶光，"你要的这批脂粉，是为了祭奠白筱宁？"

瑶光眉心一皱，声音温度骤降，"不要直呼我姐的名字！"

易平平抿了唇点点头，"我虽和原威远侯夫人并不亲近，却也知道她是个温良淑德的大家闺秀——"她一错不错地盯紧了瑶光，"却不知道你做了这等残暴之事，她知道了，会不会引以为耻。"

"引以为耻？"瑶光眯了下眼，忽而一笑，那含笑的神态犹如冰融春暖。她踏出一步，易平平下意识地后退，而她似感受到易平平的惧意，步步逼近，不容退让，"便是引我为耻又如何？"她脸上的笑意加深，眸中闪烁的疯狂光芒让易平平看得心颤，"只要她记得我，心里放着我，是引以为傲，还是引以为耻，有甚区别？"

易平平盯着她，眼中只余迷惘和陌生。究竟要怎样，才会让一个人性情大变，抑或是，从前的瑶光只是伪装得过于完美？她不敢再想。

瑶光却不再看她，只冷道："我要的双手呢？我要在一刻钟之内见到它。"

易平平猛地回神，不待祁贵做出回复，便高声道："吴瑶光，你非要做这样没人性的事吗？"她不自觉红了双眼，用手指着嫣紫阁的几个伙计，"你看看他们，他们都有属于自己的生活，到这里不过是为生计，而你仅仅凭一句话就要毁掉他们的一生，你凭什么……"

"够了！"瑶光喝断，"我欲如何与你何干？你再聒噪，我就把你的舌头拔出来！"

易平平猛地打了个寒战，她咬咬牙，又再度开了口："瑶光，你表姐为了护你周全，失去一条健全的腿。你表姐曾最真切地体会过那样的艰难。而你如今偏又以此为乐，活生生要了人一双手……"抬眸时，易平平已克制不住地双眼含泪，"瑶光，你可以不在乎在你表姐心中的形象，可是，你应该看在她待你不薄的分上……"

话未说完，瑶光已骤然回转过来，一把攥紧了易平平的手，"你怎么知道我姐的腿是因为……我……"易平平回过神来，避重就轻，"这世上没有不透风的墙，我如何知道并不重要，你一定要让你表姐死都不安稳吗？"

瑶光眼中的情绪不断翻涌，易平平的手被她益发攥紧。忍着痛，易平平对上她的目光，在准备好迎接她的怒火时，她却突然平静地开了口："你叫什么？"易平平犹豫了一下，回应了，"易平平。"瑶光垂了眼似在想什么，转瞬又抬起眸子，"夜宴上那个？太府卿易家的女儿？"

那夜瑶光也在宴上，被她记住名字并不奇怪。易平平点点头，正要开口，那头却见瑶光忽然松了她的手，语气又重新恢复冷淡，"那双手，我不要了，让他留着吧。"

闻言，那领命的伙计显然松了口气，连忙跟着祁贵一起向瑶光道了谢。

易平平站在原地尚有些回转不来，她准备了一腔说辞，却一句也没用上，视线不由移向瑶光，她也刚巧看过来，似知道她的疑惑，瑶光勾了下唇角，竟依稀是一个笑，"你可知我为何放过那人的一双手？"

易平平着实想不明白，也诧异于她此刻的好语气，小心地摇了摇头。

瑶光脸上露出片刻真切的笑意，"你可记得你约莫六岁时，在郊外差点被牙侩拐走？后来是一架青布马车停了下来，将你救回城中。"

137

第四章 心生宏愿

外间日头正好，暖融融的光映射而来，让瑶光那份笑意又干净如梦幻般。易平平有片刻怔忪，层层回忆猝不及防袭来，透过那过往的尘埃她好似突然看到一张小女孩的脸庞——她眼眶绯红，晶莹粉白的脸上挂满泪珠。易平平没有三小姐的回忆，只是经瑶光这么一提，她自己倒是记起了一点，"那个女孩……"

她不太确信地望向瑶光，而对方肯定地点头，"想起来了？"

宛如滴水入湖面，轻易惊动所有宁静，模糊的记忆在脑中飞快盘桓，易平平的耳边恍惚还能听到当日她和那个小女孩的对话——

"小姑娘，你叫什么名字？你认识他吗？""我叫易平平，我，我和长姐走散了……我不认识他，他是坏人！"易，平平。是了，当时那个小女孩抽抽泣泣，说自己叫易平平！

易平平猛地双眼圆睁，身上的每个毛孔都似乎在一瞬间张开了，不知是凉意还是暖意铺天盖地袭来，在胸中汹涌激荡——

悖天之事终不可为，有人命数已尽，你便代她再活一遭罢。

易平平脑中忽然闪过，她来到这具躯体前在无边黑暗里听到的最后一句话。她相信这世上没有无因的果，亦也没有无果的因……这一世，她能成为易平平，难道是因为当初种下的善因？"你是我姐救下的。"瑶光的声音令易平平拉回些思绪，她企图张口说些什么，却又听瑶光淡然道："这次我依了你，但，断没有下次。"说完这话，她便不再看她，也未和祁掌柜多言，带着她的那些仆从径直离开了。

直到瑶光下楼的声音传来，易平平才如梦初醒。空气里仿佛还残留着她熏香的味道，易平平几步走到楼梯，却又猛地顿住脚步——她追上去又能作甚？她无法询问瑶光关于她的疑惑。

记忆中的瑶光，明明是个总爱丢三落四，让白筱宁絮叨的迷糊丫头。可是，现在她却连那些猴年马月的细枝末叶，都能一清二楚地说出。易平平的状态浑浑噩噩。这几次的相遇，颠覆了过去十几年里，她对瑶光所有的判断。"易小姐，你没事吧？"祁贵看了她半响，终于忍不住问道。易平平摇摇头，吸了口气，想打起精神把生意的事再和祁贵谈几句，却只觉得脑中一片空白。

看出她面色不好，祁贵也没再强留，"也罢，易小姐的要求我也正要问过我家公子，才能做出决定。"易平平点了点头，没再说话，连礼数也忘了，恍惚离开了。

回来后的这几日，易平平几乎夜夜不能成眠。一闭上眼，她脑中就闪过曾经与瑶光相处的画面。她如何也不能理解瑶光的所作所为。她害死了白筱宁，如今又凭什么思念？

今日一大早，抱琴和入画捧着衣服从外间进来，"这件粉底宝仙纹的衣裙刚浆洗好，小姐今日赴宴便穿这套如何？"乍然望见那抹粉色，易平平有片刻怔忡。她狠狠吸了口气，她把脑中关于瑶光的思绪全部赶走，应了声好，由着抱琴入画为她梳妆起来。

今日要赴的宴会，是之前接了帖子的傅府花宴。傅府打上几辈就是商人，至上一辈其主营的丝绸被钦点为御贡，才成了皇商。傅府的生意远涉海外，他府上的山茶便是先祖在海外做生意时带回来的。经过几十年的培育，这舶来的山茶早在傅府落地生根，因其颜色浓烈，又与寻常山茶花期不同，渐渐地便成了傅府值得称道的景观。

上一世易平平就听过傅府山茶，可惜白府与傅府无甚交际，世家大族又不屑自折身价去同商贾交好，是以她从未见过。今日好容易要去见这久负盛名的景观了，她却委实提不起兴致。可惜易夫人带她和易青青去赴宴，是祖母和易之瑞都点头同意的事，更因为这场花宴暗含着要相看她的意思，所以易平平不容缺席。

待打扮妥帖，易夫人就派了吴妈来接。一行人乘着备好的车马，到傅府时，傅老爷正陪着夫人亲自在门口迎接宾客。傅老爷是个浓眉山羊胡的中年人，有种儒商气质；而傅夫人生得一张圆脸，眉眼柔和。两人的容貌都算不得出众，倒不知怎的生出了傅显荣那样英气俊朗的外表。若非他心智不全，想来傅府也不至巴望着易三小姐这门亲吧？

易平平正出神地想着，那头忽听傅夫人亲切道："这便是平平吧？都出落成大姑娘了。"

易平平笑了笑，朝她行了礼。傅夫人是易平平母亲的闺中密友，且她虽然热络却十分自然，并不惹人生厌。

"是个知礼数的孩子。"傅夫人拉起易平平的手赞了句，朝易夫人笑道，"今日宾客有些多，我带你们进去安置吧。"

易平平不好拂了长辈的面子，只能任她拉着。幸好傅夫人极会做人，这一路上只同她们介绍花宴的流程以及哪处景致最好，并不多问易平平的生活，倒也不觉得尴尬。

待将一行人安顿好，傅夫人便道了抱歉脚步略急地回门口迎客了。易平平刚坐下来，便听易青青道："听说今日花宴有位重要人物要来，难为傅夫人还亲力亲为地送我们进来。"她掩唇一笑，"看来，三妹是得傅夫人青眼了。"

易平平回眸看她，她今日穿着鹅黄色嵌银纹白边的窄袖上袄，下搭浅紫绣杏花的八福裙，不同于平日端庄的做派，透出些少女的明媚。易平平不咸不淡道："倒不知长姐

何时有这读心的本事。父亲近日方成了三品要职大员,焉知傅家不是看在父亲的面子上才殷勤相待?"

易青青眼光闪了闪,这时,易夫人嗔道:"好了好了,你们俩姐妹有什么私房话不能回府再说?"

易青青闻言,上前挽了易夫人的胳膊,"母亲说得极对。难得能来赏山茶,莫负了这大好春光才是正理,母亲咱们去逛逛园子可好?"易夫人带着宠溺瞪了她一眼,"好好好,咱们这就去逛园子。"易青青笑着应了,似才想起还有个易平平,侧睇时,目光已冷了几分,"三妹要同我们一起逛园子吗?"

几句话间已亲疏立见,将易平平划做了外人,易平平本就不想同她们待在一起,此时更乐得清静,遂摇头道:"我昨夜没歇息好,便还是坐在这里吧。免得败了夫人和长姐的兴致。"

易夫人自不会强求,嘱咐了几句,便带着易青青往园中去了。

宴客的地方布置在茶花园中,触目所及皆是繁盛山茶,花影重叠,似无穷无尽。席面被四盏寓意相连的春景屏风自然分开,那头用来宴请男客。易夫人母女定是早打着要撇下易平平去赏花的算盘,所以特意来得略早,加上好些人同易夫人母女一样赏花去了,这边宴席的位置更没几个人落座,易平平独自坐了会儿,正有些无聊,突然听到花丛中传来一丝呜咽。

她皱了皱眉,凝神细听,便影影绰绰地听到动物的哀鸣。易平平起了疑,起身循声而去。那声音时有时无,并不十分清楚,一直到她走到园中那个六角凉亭前,她才确信那是一只小狗在叫。伴随着一声凄楚的哀鸣,她听到一个男子压低着嗓子气急败坏——"打死你,打死你!看你还敢咬坏本少爷的衣服!"话音落下,紧接着就是一连串的击打声,和小狗躲避的声响。

易平平本不想管闲事,但那小狗叫得可怜,想了想厉声喝道:"什么人在那里!"

话音一落,那人哎哟一声似摔倒在地,声音顿止,旋即一道小巧的白影蓦地从凉亭后蹿出来。易平平初时吓了一跳,待发现那小狗在要靠近时就缓了势头后,便站定了。

那是一只雪白的银狐犬,毛发杂乱,脚上下腹都蹭了不少泥,含露般晶莹的眸子透出一股可怜无辜劲儿。它跑到易平平脚边,似全然忘了刚被打过的痛楚,朝她讨好地摇起了尾巴。

这时,凉亭后绕过来个略显狼狈的男子,袍子下摆破了一个洞,发丝也有些凌乱,他生得一副老实相，可眼睛在看到小狗时，却闪过凶光。易平平觉得这人眼熟，那人显然也认出了她，"是，是你？珑翠阁……"

"住嘴！"易平平立时喝断他，"你该知道，这次花宴傅府邀请的人都是非富即贵，什么话该说，什么话不该说，我想你很清楚。"

见那人被她吓住，易平平心中也松了口气，缓了声音，"我记得你叫……东生？"

这人正是那次在珑翠阁和另几个书生一起骗傅显荣付账的东生。几句话被易平平唬住，他的神色在数次变换后化作了讨好，"在下确是东生，请问小姐芳名？"

易平平挑了挑眉，"我叫什么你不必知道，倒不知这小狗如何招惹了你？"

东生先是偷瞄了易平平几眼，见她周身气派确是个大家闺秀，这才垂下眼赔笑道："小姐别看这只狗长得温顺，实则是只恶犬，刚才它扑过来撕咬在下，幸好在下躲得快，只被它咬坏了衣裳。"

易平平睃了眼他破开的衣摆，上面并无齿痕，以破开程度而论更像摔倒时不慎损坏。再者他一个男人鬼鬼祟祟跑到离女宾席这么近的地方做甚？易平平心知他在撒谎，却并不想多生事，"既然公子衣物破损，理应速速更衣，若是冲撞了宾客，莫非还要傅老爷和傅夫人为其赔罪不成？"

东生脸色唰地一白，"是在下失礼，冒犯小姐了，在下这就去更衣。"他一面作揖一面四下扫视，见无人注意便要离去，临走时又瞪了小狗一眼，才带着不甘匆匆走了。

打发了不怀好意的东生，易平平这才有空来看那只小狗。它正蹲坐着巴巴地望着她，毛茸茸似团棉花。见她垂眸，便高兴地摇动尾巴，那股子乖巧劲儿叫人怜爱动容。"你受伤了没？"易平平伸手想去摸它，小狗却突然蹿了起来，朝她叫了两声，迅速地跑开了。

易平平以为自己将它吓着了，愣了下，失笑摇头。正打算往回走，却突然又听到几声狗叫。她回身，那只小狗遥遥朝她跑来，似移动的云团，在她身边转个不停。初时易平平还以为小狗是想和她玩，但小狗时不时地就朝她叫几声，然后往前折返跑，她脑子里一下出现谬想，自言道："你是想带我去哪里吗？"本也没期待小狗回应，不想它听了这话尾巴竟十分欢快地摇动起来。

易平平又惊又喜，尝试着朝小狗之前奔跑的方向走了几步，小狗两下蹿到她身前，真似要为她带路一般。易平平这下真是被勾起了好奇心，便迈步跟上。

穿过假山曲桥，来到一处池塘。池中莲叶正生新碧，池边一株木兰健壮高大，迎春而发，拳头大小的花朵或间或密，或远或聚，紫红色从花瓣底端层叠渐染，至顶端时已

第四章 心生宏愿

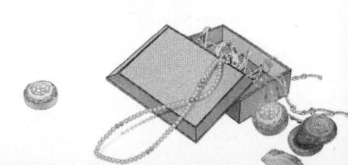

洁净如玉，像是骤雨初晴欲散未散的云霭。

　　眼前的景致比园子里那些精心培育的山茶来得更加纯粹。花开不同，碧叶相辉，似要将芬芳一一写进春光之中。易平平不觉驻了足，这多看两眼的工夫，那只小狗却没了踪迹。难不成是带她来赏景的？易平平心里刚冒出这个想法，眼前突然绿影闪动，一根挤满绿叶的粗壮树枝凭空垂下，不待她多想，那树枝便犹如活物般以极其怪异的姿势将她绕在了中间，她脑子一蒙，反应过来时已被那树枝托得缓缓升起！

　　易平平一颗心差点没从嗓子眼里蹦出来，连惊叫都忘了，这，这……

　　"奇怪姐姐！"恍惚中忽然听到一个高兴的叫喊，易平平下意识扭头望去，只见大树靠近顶端的一处分枝上傅显荣正朝她使劲挥动双手，坐在那么高的地方，他倒是一点不惧，笑得一脸灿烂。易平平不知为何，见到他那一瞬，心跳突然就缓下来些。也就在这时，那树枝通人情般带她靠近傅显荣，将她轻柔安置在他身旁的空位处。一坐到实处，易平平下意识就抓紧了身下的树枝，这才发现自己浑身都在哆嗦。

　　"奇怪姐姐，你好像很冷。"傅显荣不解地看着她。易平平张了几次嘴，才找回自己的声音，"我，我……你……这树枝怎么回事？"傅显荣扬起脸，好看的眼睛透出含着稚气的笑，"是我要桂花姐姐把奇怪姐姐送上来的呀，我想和奇怪姐姐说话呢。"

　　易平平双眼蓦地瞪大，"桂，桂花姐姐……"她动作小心地往四周看了看，先前没注意，从这树的枝叶看来，它确是棵未到花期的桂花树，只是……她下意识咽了口唾沫，重新把目光移向傅显荣。

　　傅显荣困惑地歪了歪头，随后又再度露出笑颜，"对呀，桂花姐姐是府里第一高的姐姐，我最喜欢坐在桂花姐姐这儿，可以看到特别远的地方呢！"他用手在空中舞过好大一圈，似要将所有美景都圈给她看。

　　易平平视线回望，但见晴光方好，远处山云一色，春鸟北归，半个京都犹如一副色彩得益的画卷。她从未在这样高的地方看过大宏京都，竟一时挪不开眼。还是傅显荣半晌听不到她说话，才噘嘴委屈道："上次喊奇怪姐姐来我这儿玩，你都没来。"

　　易平平这才回过神，只是脑子里却想着另一码事儿，这桂花！居然会如同活物一般，树枝更是能弯成一个圈，将她收拢了带上树干。纵是她活了两辈子，也是闻所未闻，见所未见的怪事儿！她面色凝重望向傅显荣，"你，能不能先告诉我，为什么这棵桂花树会自己动？"

　　傅显荣蹙着眉头想了想，"因为桂花姐姐没有睡觉，所以她能自己动。"他说着咧嘴一笑，天真烂漫，"奇怪姐姐好笨，人不睡觉不生病，当然可以自己动啦。"

易平平尽量让自己的情绪平静些，"可是桂花是植物，并不是人，怎么能自己动呢？"

"可是桂花姐姐就是人啊！"傅显荣脸上显出迷茫的神情，紧接着他又掰起手指，"木兰姐姐、荷花姐姐、小溪姐姐、小黑小白——"他嘴里叽里咕噜说了一堆名字，重重点下头，"他们都是人呀，都可以说话可以走来走去的！"

易平平完全听不懂他在说什么。而傅显荣提到这些的时候，兴致明显高涨起来，"奇怪姐姐不是还见过小黑吗？你不记得了吗？"

小黑？易平平愣了下，猛地反应过来。那一日，和傅显荣初次见面的那日，他蹲在地上看蚂蚁，他说接下来要下七日大雨的那日……是了，当时他喊那群蚂蚁为小黑！易平平的眼睛愈发瞪大，她的脑中一下浮现出一个十分疯狂且匪夷所思的想法，脱口而出道："你的意思是，你能和这些动物植物说话交流？"难道那些动物植物真的有自己的思维情绪和精魂？！

傅显荣纯净的黑眸里显出不解，"奇怪姐姐好笨呐，不说话怎么让桂花姐姐把你送上来呢？"他想了想，又歪头露出个笑容，"他们都是我的好朋友呢！"易平平面色有些怪异，随手一指池边的木兰，"这个是木兰姐姐？"傅显荣使劲点点头，"对呀！"

易平平拧着眉望向那株木兰，"那你能让你的木兰姐姐送朵木兰花给我吗？"话一出口，她心中不由升起一股荒唐感，她在说什么？是受傅显荣影响，所以她也忍不住陷入幻想了吗？易平平自嘲一笑，待要开口，却听傅显荣高兴回了声，"好呀！"

下一刻，易平平眼睁睁看着那颗木兰树花枝摇晃两下，将最近的花枝伸展过来，直送到了她眼前，端凝秀雅的花儿欢快地散发着淡淡的清香，似和她打招呼一般。

"奇怪姐姐，你快摘下来啊，这是木兰姐姐送你的小木兰花。你看多漂亮呀！"

易平平心中已说不出是惊是怕，还是大开眼界的羡叹，她已无法去回应什么了，只听傅显荣这般说，就下意识摘了那朵花。花枝颤动两下似在跟她挥手，然后一切回归原位，只留下易平平呆呆看着手里的花，宛如身陷梦中。

"奇怪姐姐，你怎么了？为什么不跟我说话呀？"傅显荣眼里盛满了关心，委屈又轻柔地拉了拉她的衣角。易平平的脑子已乱作一团，在这样高的地方坐久了，更让她头晕目眩。她木木地望向傅显荣，"显荣，你先让你的桂花姐姐送我下去。"傅显荣的脸皱成一团，"你、你不想和我们玩了吗？"易平平心软了，语气更不觉柔和下来，"不是不想和你们玩，只是快晌午了，我有些饿了。"傅显荣闻言，重展笑颜，"奇怪姐姐

143

第四章 心生宏愿

没有用午膳呢，那你快回去多吃点呀！"

说话间，桂花树子已伸展到易平平身旁，又用老法子，将她轻轻放到了地面。重新实打实地接触到地面，易平平心头才踏实了些，连思绪也回归不少。这时，她听到两声欢快的狗叫，低头一看，那只带她来这儿的小狗不知从哪儿又蹿了出来，正在她脚边摇尾撒欢。易平平猛地回转过来，朝着刚从树上下来的傅显荣问道："这只狗也是你的朋友吗？"

"是呀！"小狗蹿到傅显荣脚边，他蹲下身子用手轻轻梳理它的毛，小狗一副十分受用的样子，"我去街上玩，看见那些人要把红烧肉打死了，就把它带回来了。"他说到这儿似在跟小狗交流般，"没事，他们没打到我几拳，我已经不疼了，红烧肉。"

清风摇曳，光影婆娑。傅显荣俊朗的脸专注而充满英气，他眼中泛着柔光，倒映着这烂漫春色，有一瞬间，易平平觉得他整个人都散发着光芒，融入了这灼灼春日。不知是不是盯着傅显荣看了太久，易平平觉得自己眼睛有些发酸。她转过身，正准备回花宴去消化下今日傅显荣给她带来的这个巨大冲击，脑中却突然想起一件事，她猛地回身，"傅显荣！你，你有没有对其他人做过这样的事，说过这样的话？"

傅显荣有些被吓住了，顿了一会儿，才一脸迷茫，"什么话？什么事呀？奇怪姐姐你在说什么？""就是让你的桂花姐姐、木兰姐姐和他们认识……"见他这样，易平平愈发着急起来，她四下指了指那些植物，又指着小狗红烧肉，凝重道："又有没有告诉别人你认识这些好朋友？"

傅显荣仰着头想了想，"没有，东生我也没说。木兰姐姐她们不让我和别人说。"

易平平蓦地松了口气，旋即却又皱起眉头，不让他和其他人说，又为何告诉了她？她的目光在木兰和桂花树上游弋一圈，"傅显荣，这件事，千万不能告诉别人。"易平平严肃地看着傅显荣，"你也不可以当着任何人的面，让你的木兰姐姐她们做任何事！"

傅显荣歪头看着她，眼中似有不解，易平平见他这样，语气不由又重了几分，"我说的话，你听是没听见？"傅显荣委屈地瘪了瘪嘴，却乖巧道："我，我听见了。记住了。"

易平平这才松懈下来，郑重地朝四周的植物轻身一福，"谢谢你们对我的信任。"她想了想，又道，"傅显荣是个极好的人，我不会伤害他的，这事我会烂在肚子里，谁也不说。"一阵风拂过，桂花树的枝叶发出沙沙的声音。

同傅显荣道过别，易平平也不敢多停留。今日花宴人多嘴杂，虽然傅显荣这处暂时无人前来，但若叫人看见他们两个走在一起，她有嘴也说不清。

傅府的路，易平平实在不熟，绕了好一会儿回到宴席时，却已错过了开宴时间。易平平敏锐地感觉到气氛有些微妙。今日花宴傅家邀请了京都众多豪富之家及达官贵人，可惜因着傅家的商贾身份，有官身的贵人来得不多，似易府这般门楣，已是宾客里的尊贵人物。之前她离席时，赴宴的人还不多，如今再看，她心头已起疑惑——这宴席之间人影攒动，珠翠环绕。她眼尖，发现好几名她上一世就见过的新贵。她们不过分热络却又错落有致地围着主桌谈笑，刚好将主桌那人的身影挡住了。

"听说今日花宴有位重要人物要来，难为傅夫人还亲力亲为地送我们进来。"易平平脑中冒出先前易青青说的那句话，今日傅府真来了什么大人物不成？不对，这与自己有何关系？想到这儿，易平平摇头一笑，自顾自坐回了座位。

早有婢女为她奉来茶水，易平平便将就桌上的点心垫了肚子。这时，一个梳双鬟的女子突然笑着迎了上来，"三小姐万福，奴婢的主子想请您前去说话。"

易平平见她周身气度堪比闺秀，张嘴却自称奴婢，不由道："你家主子是谁？"

"主子说同您是旧识呢。"那婢女莞尔一笑，目光往主桌一睇，做出了请的手势。

易平平心中蓦然一颤，莫不是……她起身跟上，待靠近主桌当真看见那张熟悉容颜时，她差点欢喜地叫出来。正座上仪态端庄的，可不正是阔别许久的温碧弋吗？！

她穿一身交领祥云八宝纹襦裙，外罩一件水红色仙鹤腾云披风，贵气逼人；梳牡丹髻，带一套红宝石头面，一颗拇指大小的红宝石莲枝分心，令她端庄之余又不失明艳，眸光流转间潋滟动人。较之最后分别那日，温碧弋的气色不知好了多少，由内而外透露出一种红润容光。易平平心中激动，若非周围有这么多人，她早就不顾礼节冲上去了。

众人之间的交谈因易平平的到来而暂时停了，纷纷朝她投来疑问的目光。不待温碧弋开口，先听易夫人急斥道："平平，你怎么过来了？见到温夫人怎么还不行礼？忒没规矩了！"

王府的妾妃按制仪同三品，自然能被称一声夫人。易平平这才发现易夫人母女正坐在温碧弋下首最近的位置，她又看见了易青青今日那身衣裙。在一众华贵打扮的女人之间，易青青可谓是清丽脱俗，又因做少女打扮，叫人对她无法产生敌意。易平平霍然明了，看来易夫人母女早就知道花宴的重要人物是乐王妾妃，先前用逛园子为借口把她支走，也是故意不让她露脸吧？好一番辗转心思……易平平还未答话，那厢温碧弋已笑着向她招了招手，她顾不得回话，笑着走了过去，待要向温碧弋行礼，却被她一把拉住，"怎么？连你也要同我生分了？"

话儿故意说得四周人都听见，"我倒不知你是易府的三小姐呢。若不是傅家送了帖子去王府，我又恰好看到宾客名单，倒不知你是正儿八经的大家闺秀呢。"她说着朝易平平眨了眨眼，用手在易平平额头一点，"你这丫头，平日和我出门小气得紧。你一个大家闺秀怎么素日连点称手的碎银子也拿不出？我看易夫人和你长姐倒都是大方之人，偏到你这，束手束脚，寒碜起来。赶紧把你平日里框我的那些银子吐出来。"

刚见了面，还未叙旧，她已操心着她的处境，想着方儿替她杀嫡母的威风。易平平心中止不住涌出暖意。面上带起无辜，她道："我的好姐姐，你道谁都似你一般命好。温大人只你一个闺女，自然是掌上明珠，含在嘴里怕化了。偏生我家长姐出类拔萃，越发显得我笨嘴拙舌的。也多亏夫人宽厚，还能一视同仁地对我，这已经算是顶好的了。"她说到这儿笑起来，"姐姐这么一说，倒好似夫人有意苛待我，让我小家子气一般。"

这番对话一下来，在座众人哪儿还有不明白两人交好的。易夫人脸色微变，旋即挂起笑意，"温夫人……"

温碧弋却不待她多言，似嗔似笑："易夫人，你瞅瞅平平这张巧嘴。我这还没说什么呢，她倒委屈上了，真是叫人恨得牙痒痒。"

易青青起身亲热地挽住易平平的胳膊，"温夫人说得极是，我三妹妹能言善辩，我也时常说她不过呢。"

易平平微不可察地蹙了下眉，回眸见温碧弋朝她睇了一眼，眼中透着了然的笑意，"平心而论，我挺喜欢平平这种性格。比那些表面笑得亲切，内里藏着坏的人要好相处得多。"温碧弋视线在易夫人母女身上状若无意地滑过，"易夫人莫笑话我，我可是被那些子笑里藏刀的人挤兑害怕了。平平率真，我刚刚不过也是揶揄她几句罢了。各家的家务事我不便多言，但平平作为我朋友，也不能太寒酸损了我的面子……"她说着，朝易平平招了手，褪下腕间一只玉镯塞过来，"这是殿下昨儿个赏我的，送你了。"

那只玉镯碧绿通透，一看就是极其珍贵的冰种老料，易平平第一反应是不能接，待见温碧弋悄悄朝她狡黠地眨眼，她才领会到她的意图，偏生温碧弋还怕她没明白，故意道："怎么？平平是瞧不上我这个妾妃的镯子吗？"

易平平暗自好笑，嗔了她一眼，她倒趁着众人不注意朝易夫人方向撇了下嘴。易平平无法，只得陪她做戏，急道："夫人不要误会，我，我……"她半天说不出个所以然，眼光却不住往易夫人那方瞟，这下，明眼人都看得出易三小姐平日里定是常受嫡母拿捏。

易夫人装作没事儿人般柔声道："平平，温夫人一片好意，你还不快谢过？"

易平平装作惊喜，"我，我可以收下这镯子？"

她这副模样，哪儿还有在家时的半分伶俐！易青青和易夫人眼神一触既分，心中都明白易平平是故意如此，恨得咬牙，却仍要笑："三妹，这可是温夫人赠予你的，你便不要推却了。"

易平平暗自扬了下眉，垂下头，"长姐是易府最尊贵的嫡长女，我收了，岂不是不符合规矩。平平纵然再不知礼数，也是不敢越过长姐的。"她说着面上泛起为难之色，"温夫人，我知道你待我真心，只是这东西我收了，怕是不太合适，还请温夫人收回吧。"

温碧弋顺势收回镯子，睨了欲开口的易青青一眼，笑吟吟先道："谁说易三姑娘刁蛮任性，不学无术来着？这话我可不信，这般知进退、守规矩的姑娘我是打心眼喜欢。"她说着，又从袖中取出一块手牌，拉过易平平道，"这是我昨天问皇子殿下讨的手牌。玉镯你不收，这个还不收我当真要生气了。"

这一连串的动作，堵得易夫人母女连话都插不进一句。手牌虽小，却意义重大，众人无不惊羡嫉妒。而易平平也怔了，温碧弋无异于扔出一个重磅消息——她易平平虽是庶女，却是乐王府关照的人！福身郑重地接下了手牌，易平平心中感动却没有开口，眼神在与温碧弋交汇之时，两人同时露出笑意。

无须多言。因为，真心相交。

又客套寒暄了几句，易平平才知道原来这次花宴，赫连无珏给足了温碧弋排场，特意陪她前来，怪不得一众宾客如此慎重以待。不多时，温碧弋就借口要更衣，指了易平平同她前去，谁也不敢得罪这位王爷新宠，只得纷纷起身相送。

瞧着易平平那身粉衣远去，易青青不由得捏紧了锦帕。宫中夜宴，太后召见，这次，她竟又抢在她前头同乐王府交了好！易平平，你一介庶女而已，既不安分，就别怪我这个做长姐的好好教导你了！易青青眼光沉了一瞬，待转身时，她已重新带起笑颜。

云淡风轻近午天，傍花随柳过前川。

上一次的离别仿佛还历历在目，易平平和温碧弋两人都没想到，这么快竟又能再见。站在成片盛放的山茶间，两人都很感触，有意关心对方，却又几乎同时开口，"你近来可好？"话音一落，两人均是一愣，望着彼此又同时笑出声来。待笑过了，温碧弋方拉过易平平的手，道："听无珏说，你近来可是大放异彩呐。"

"我不过是顺势而为罢了。倒是温姐你……"易平平的视线在温碧弋身上转了两圈，

第四章 心生宏愿

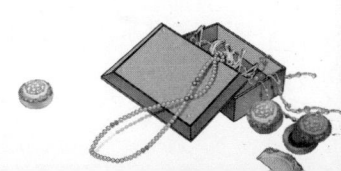

朝她挤眉弄眼道，"无珏？看来温姐过得极惬意了。"

"你一个未出阁的姑娘家也来调笑我？"温碧弋假意啐了她一口，脸上两抹浅浅的红云，竟有些不好意思的意味，不过，她很快收敛起神态，恢复往常的睿智冷清，"说真的，平平，你已近及笄之年，我方才故意借机给了你王府手牌，再加上你近来的大放异彩，我想，你的嫡母无论如何都会忌惮几分，不会轻易为你许亲吧？"

原来她方才那般作态，竟还有这样心思。易平平始料未及，不禁动容，"温姐，我何德何能，得你如此看照……"

"跟我还这么见外？"温碧弋似佯怒又似真恼，"我还以为我们已经是'生死之交'了。"她这一句，倒叫易平平一下想起她信中所写——易平平，若我报完仇，还活着，我一定去找你。她曾抱着必死的心态，如今虽然大仇未报，但一切终归是在向好的方向发展。易平平嘴角忍不住扬起，为温碧弋没有被仇恨完全蒙蔽双眼，为她今日还能神采飞扬地站在这里和她开玩笑。易平平捏了她的手，眸中俱是真诚，"是，我们早就是'生死之交'了。"

两人视线相触，胸中均有一股说不出的畅快之意。温碧弋先起了头，两人不甚雅观地对天长笑了一番。

等笑够了，温碧弋才语气严肃起来，"平平，我不知你心中如何打算，亦不打算过问。你只记住，在我温碧弋的世界里，我朋友做的一切，都是对的。"

易平平郑重地点点头，轻声道："温姐，我所求之事简单至极。我要活得清楚明白，不受蒙蔽，敬该敬之人，爱该爱之人。那些伤害过我的人和事，不管是不得已为之抑或刻意为之——"她闭了闭眼，再睁开时，眼神无比清明，"我要他们付出应付的代价，每个人做事都不能不顾后果，这是他们欠我的。"

"仇，自是要报。"温碧弋目光柔和又带着点怜惜，她轻轻叹了口气，"不过，你也需花些心思，莫要叫你的嫡母拿捏你的姻缘。"

易平平闻言，不禁顿了片刻，少顷，她笑起来，"放心吧，温姐，谁也无法轻易拿捏我。我所求之姻缘，只要一份真情，与我同看这三千世界。"

温碧弋眸色微暗，眼中泛起点点担忧，"平平，这男子的真心真意，谈何容易。"她嘴角弯了下，露出个稍显无奈却又矜贵自傲的笑，"你莫要看乐王殿下如今事事顺我，左不过是我多哄着他罢了。"

历经风月的温姐，自然不会轻易交心。易平平下意识望向她，她站在山茶丛中，娇美容颜与红花相映，流转的眼波较之在珑翠阁时，已少了一分拒人的冷清，更添媚色。易平平不由想到，那日赫连无珏让她做见证时的那份肯定。也许，温姐虽不交心，却已不自觉地动心了吧？她这样想，却没有说破，她只是笑了，声音轻柔却异常坚定，"温姐，一心一意，终归要配上独一无二的感情，我信会有这么一人。"

温碧弋闻言，似有些触动，少顷，她拊掌大笑："好，易平平，那我就祝你得偿所愿。"

易平平扬起唇，朝她眨眨眼，"我亦祝温姐姐心想事成，大仇得报后，开始新的生活。"

没想到这么快又绕回自己身上，温碧弋微怔，旋即握紧易平平的手，点头一笑。

直到感受到温碧弋掌心温度的这一刻，易平平才真正明白她这辈子所求之物——仇恨不敢忘，亦不敢被蒙蔽；真心不敢丢，善良亦不能舍弃，擦亮了眼睛再付出自己的感情，收获的就不会失望。

就像，温姐和她的这份友谊……多年以后，当她们再回想起今日，也一定会记得脸上的笑意，还有这一日的，清风正好，日光微斜。

人生似梦，弹指须臾间花开花败，只盼能早一日窥得本心，才不枉来这人世走一遭。

这一世，她，易平平，无比清明。

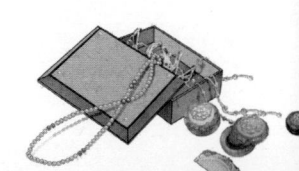

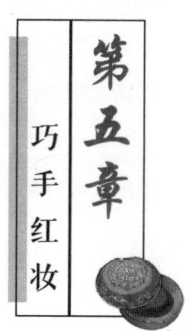
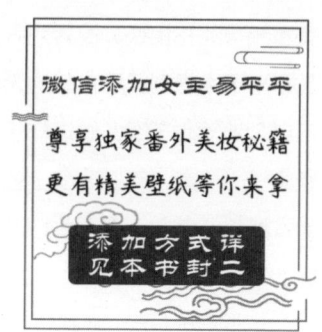

第五章 巧手红妆

从傅府花宴回来后，易老夫人好似突然想起要亲自教导易平平这事儿，连着几天让人来请她去院里学规矩。之前易夫人一直以三小姐身子弱为由，不让易平平立规矩。后来易老夫人回来了，又偏偏忙着宫宴之事，是以易平平的生活里一直没有晨昏定省这事儿，以前懒散惯了，现在她觉得自己每日都睡不醒，不过……易平平心中知道，老祖宗是真心实意疼爱她这个孙女，虽然是打着她快要及笄，很快要许人家，不能辱没易府门楣的念头……

说起许人家……怎么一夕之间，所有人都开始留意她的年岁了？易平平有点头疼，她现在太清楚自己要什么，绝无可能再像初来时，三言两语就把自己的姻缘赔上去。她需要更多筹码，拥有更大的选择权！有了这个想法，易平平终于逮着易老夫人午休的空档，直奔向了嫣紫阁。

也不知是不是她的运气都用光了。本以为这次来到嫣紫阁可以确定下合作的事，但祁贵客气地招待过易平平后，却告知他家主子事务繁忙，还未回复此事。

一腔计划都落了空。易平平止不住开始回想，嫣紫阁似乎一直对这桩合作是上心的，但现在又透露出几分摇摆不定。祁贵背后那个神秘的主子到底是谁？为何画了她的画像等她上门？为何抛出橄榄枝又迟迟没有回应？

这一连串的问题令易平平对和嫣紫阁合作这件事，持有保留态度，也许，她眼下不该只在一棵树上吊死！

真是白白浪费了时间。易平平呼出胸中浊气，回头又看了嫣紫阁一眼，金丝楠木的招牌在阳光下泛着高贵的暗芒，几根朱藤缠绕在招牌四周，藤上花朵星星点点，正开到好处，令嫣紫阁的招牌看起来格外别出心裁。

以前倒没注意过，这招牌上的朱藤原是真的。招牌上种花？真是奇怪又讨巧的心思，只是……易平平挑了下眉，自言道："朱藤啊朱藤被人限制着生长，也是一件很痛苦的事吧？"

"你并非朱藤，如何知道它痛苦与否？"突然有个男声低笑一声，语调慵懒地开口道。

易平平吓了一跳，蓦然转身，就见背后停着辆玄色马车，此刻，门口的帷裳被拉开一半，一个紫色身影显露，一双挑达的眸子凝睇而来，悠悠然透着几许玩世不恭。

他不是夜宴那日和苗子陶在一起的人吗？易平平愣住了。

男子扬起眉，这番冷厉的动作由他做来，无故多了一丝缱绻多情，"见了本王，为何一句话也不说？"

本王？易平平的眼光快速扫过马车帷裳上交错的金银麒麟纹，拉车的三匹圆蹄枣骝马毛色纯正，神清骨俊。那日只觉这人张扬恣意，如今他一袭石青，又变得清贵非凡。他凤眸狭长，斜眉若刀，偏天生一双含情眸，将这份冷厉与风情纠缠到了极致。易平平突然福至心灵，上前行礼道："民女见过秀王殿下。"

"虽谈不得伶俐，倒也不算愚笨。"见她猜到自己身份，赫连齐光也不意外，只微扬了嘴角，"你还没告诉本王，你刚刚为何看着本王不说话。"

什么看着你！若不是耳朵太长，怎么能听到她的自言？她明明是吓着了好吧！易平平腹诽，眼珠一转道："殿下风姿盛然，民女一时看呆了，还请殿下见谅。"

赫连齐光嘴角笑意不由加深，"本王着石青可好看？"

哪有人上赶着让别人夸的！不过，这话由他说来为何让人生不出抗拒之心？易平平微愣了下，旋即从善如流，"丰神俊朗，卓然不凡。"

"本王还以为你能夸得与众不同些。"赫连齐光放声笑起来，那双含情眸波光流转，"本王和易小姐算是有缘了，不到一月，竟见了两面，既是有缘千里来相会，易小姐何不近前说话？"他说着，竟伸出手来，带着些调笑的意味，邀她共乘。

易平平额头青筋止不住跳了下，这人肆意张扬得让人心生无力，简直和苗子陶异曲同工！怪不得这二人老是凑到一起！她蹙了眉，又是一礼，"秀王殿下，京都并未有千里之大。殿下出身高贵，与我们这些碌碌无为的平民有缘，岂不是自降身份？还是莫要取笑民女了。"

151

第五章 巧手红妆

落了个空，赫连齐光却也不恼，只颇有些意味深长道："碌碌无为？易小姐会不会太过自谦了？"

他落落大方地收回手，宽大的衣袖在风中恣意舞动，霎时，易平平闻到一种清冷迥异，却有回甘的特别熏香。她蓦地抬眼望他，脑中闪出嫣紫阁那浓墨重彩、陈设又极其考究的三楼。张扬肆意与雍容大气，易平平笃定没有第二个可以把这种气势结合到极致的人，她话锋一转，语带探究，"殿下迟迟不肯回复合作之事，症结恐怕不是因民女的报价吧？"

闻言，赫连齐光眼中快速闪过一丝诧异，旋即饶有兴味地看着她，"本王不懂易小姐在说什么。"

易平平知道自己猜对了。嫣紫阁的后台是秀王，怪不得敢喊出"满足客人一切要求"的口号。下意识的，易平平不太想促成这桩合作了——秀王绝对是个极大的变数，她掌控不了这样的人。她摇了摇头，"王爷既无意合作，何苦浪费彼此时间？"说罢，她欲福身请辞，却听赫连齐光扬声一笑："你虽长得差了点，倒是个有意思的人。"

易平平停了动作，忍不住颦眉，"每个人都挺有意思的，端看殿下有没有这个意思去领悟他们的意思罢了。"

许是没料到她会反驳，赫连齐光神情一顿，旋即眼睛一亮，"这话，本身就挺有意思的。"他抚掌一笑，又惋惜般摇了摇头，"易平平啊易平平，你可知，名高妒起，宠极谤生。"

毫无联系的两句话，易平平却听懂了。她蓦然理解到赫连齐光的打算，他在观望。她易平平一夜成名，他要看她能否守得住这份荣光。他这份心思，算是题中应有之意，易平平没理由厌恶，却也不想再多了解，"殿下不必说得那么含蓄，不就是……人怕出名猪怕壮嘛。"

这话一出，赫连齐光一直带着淡淡笑意的脸僵了片刻，"我还是第一次见有人把自己比喻成……"他脸上难得现出点艰难纠结，假咳了声，没再说下去。

"虽会被宰杀，但活着的时候却过得惬意无比。在我眼里人可没有猪过得幸福。"易平平不在意地耸耸肩，行了一礼，"殿下若无旁的事，民女就告退了。"

赫连齐光的双眸因她的神情微微眯起，似要看穿她淡然坦诚的外表。他没有应允，却突然兴起，"易平平，我们打个赌吧。"易平平不解地抬头，他唇边重新浮起若有似无的淡笑："若你能在半年之内提升嫣紫阁两成利润，你要的条件本王就满足你，而且……"

你只需提供方子，无须亲自动手，若有不合作的一天，嫣紫阁也绝不会泄露你的方子。"

他终于肯承认他是嫣紫阁的后台了？不过……易平平不认同地摇摇头，"民女不和殿下赌。"

"嗯？"赫连齐光脸上出现毫不掩饰的讶然，嘴角虽还有些微的笑意，漆黑如墨的眸中却已泛出点点的冷光，"你不敢？"

易平平知道，她还没底气得罪一位翻手为云的王爷。从他说出赌约的那刻起，就不容她拒绝，她能做的，唯有争取更大的利益！思及此，易平平不由微微一笑："并非不敢，而是……民女太亏。"

赫连齐光瞳眸微缩，旋即忍不住笑出声来。他眸色沉沉，看不清情绪，"你是在跟本王讲条件吗？"

易平平悄悄攥紧了手，面上神色未改，"殿下也说了是合作。民女作为合作的一方，自然有资格同嫣紫阁讲条件。"

她聪明地提出她是在与嫣紫阁讲条件。赫连齐光扬了下颌，喜怒不辨，"说来听听。"

易平平想了想，道："半年之内民女可以帮助嫣紫阁提升两成利润，但嫣紫阁首先要紧跟民女的计划。另外，既然是提升嫣紫阁总体的利润，那么，民女要的报酬也是嫣紫阁的总体利润，一成。"

话音一落，赫连齐光闷声笑起来，这回笑声十分愉悦，"在你眼里本王是个很大方的人吗？"他挑起眉，神色轻浮地看过来，"易平平，本王最是小肚鸡肠了，借二两银子不还的人，都被本王打断腿送去喂狗了。你还敢跟本王讨一成利润？"

大宏京都经济繁荣，多少脂粉店铺是传承老店，要想让嫣紫阁的生意更上一层楼，就连掌控朝局的秀王也无法轻易为之。易平平两世为人，自然不会被赫连齐光就此吓退，她没有反驳，只是站在哪儿，目光清明而坚毅。

赫连齐光的神色慢慢冷峻下来，半响，他眼角微弯，却冒出一句毫无关联的话，"易府没有教导过你？这样直视一位王爷，是以下犯上。"

易平平怔了下，心中不知从哪儿冒出的恶趣味，眨眨眼朝他俏皮一笑："殿下秀骨风姿，民女情不自禁看呆了。"

赫连齐光这下朗声大笑起来，待笑够了，他才毫无形象地探身，用双手撑在膝上，以手托腮，"本王得承认被你取悦了，所以……"他歪着头，眼光温柔宠溺，似看向初恋情人的少年郎，"千金难买心头好。希望你可以值这个价。"

好好的交易，硬被他说成了人口买卖。易平平忍不住默默翻个白眼，"民女可值不上这个价，不过……"她扬起脸，眼中闪过一丝狡黠，挑眉，用手点了点自己的头，"这里，恐怕不会一直只要这个价，还请王爷届时不要痛心才好。"

赫连齐光眯了眯眼，不置可否。

易平平笑了笑，也不再多话，立刻行礼请退，待得了准许后，她转身就走，甚至看都没再朝这边看一眼。

赫连齐光饶有兴味地看着她避之不及似的背影，忽然轻飘飘懒洋洋出声，"你还要躲多久？"

一直垂坠的另一半帷裳猛地被一只修长有力的大手掀开，冷漠的俊脸显露出来，一双多情的桃花眼带着深不见底的幽凉，直直望着易平平消失的方向。

这人，可不正是苗子陶么？

"倘若她真的做了让你无法原谅的事，我得小心让你不要一刀杀了她。"赫连齐光眼波顺着苗子陶的视线一漾，凤目腾光，眉宇凝霜，"让你痛苦的人，死，太便宜她了，需得活生生折磨致死，才将将算作解恨。"

若是易平平听到这番言辞，一定会忍不住在给赫连齐光竖中指，她答应得太轻易，猜测得太寻常，哪里"配"得上秀王这样不寻常的人。

听了赫连齐光所言，苗子陶眉头微皱，"齐光，我和易平平的事，你不要插手。"他收回视线，半垂的眼眸掩住沉沉情绪，"她何时死，怎么死，只有我能决定。"

"苗子陶啊苗子陶，你和易平平根本不曾有过任何来往。"他看他一眼，嘴角几分笑意似玩笑却又带着几分探究，"可你这话里的恨意，我一听便知，因爱生恨。便是她死了，你也轻易不能放下吧。"

苗子陶放于膝上的手攥紧了一瞬，他蓦地抬起眼，似要反驳什么，却在接触到赫连齐光打量的目光后，生生转了话锋，"边境异动，我明日便要重回战场了，你我不必再浪费时间在她身上。"

这激将法每次只要遇到易平平的事就会失效呐。赫连齐光撇了下嘴角，虽然心中好奇，却也不想战前影响一位将军的情绪，只好略显无奈地耸耸肩，"好吧。你是驰骋沙场的玉面战神，我不敢不从。"他说着，似想起什么，情绪高了几分，"去我府里吧，昨儿新得了两坛西域美酒，恰好为你送行。"

苗子陶沉沉地应了声，无须赫连齐光再吩咐，已有仆从恭谨地为他们放下帷裳。在视线被阻挡的那刻，苗子陶下意识地往车外望了一眼——

春阳明丽，艳光似她先前眼中闪过的狡黠。他不得不又一次想起，那晚，她铺散长发中露出的半个柔美下颌，以及她怒极冷笑，说要走到高处，让他再杀不了她。

易平平，你的走到高处，就是攀附秀王吗？

苗子陶眸光一冷，手上蓦然青筋凸起。你最好能够安分守己，若要不自量力，待我回来，一定立刻了结了你！

从二门溜回内院，还没踏进自己的院子，就见着抱琴入画两个丫头面有急色地守在院门。

易平平心头一凛，以为老祖宗发现她偷跑出去了，那头入画瞧见了她，赶忙迎过来，压着嗓子道："姑娘可算回来了，房里有个怪……"

话未说完，就被跟上来的抱琴打断，"小姐不如先去偏厅房中坐坐吧。"她走得近了，这才低声禀道："小姐，有一位公子不知怎的，自己闯到院子来了，怎么撵都撵不走。"

易平平被话中的内容吓了一跳，压着嗓子道："什么？光天化日擅闯私宅，还不快去请几个护院将他丢出去？"她瞪向两个丫头，有些恼意，"你们两个也是个傻的，就这么任由他在我房中坐着？不怕传出什么不好听的？"

入画闻言，委屈地瘪了嘴，"小姐，我也说让护院把他撵走，可是抱琴不让……"她说着朝抱琴瞪了一眼。

抱琴眉间透出几分虑色，但脸上仍维持着沉静，"小姐不能掉以轻心，这位公子来历不明，穿着材质上好的蜀锦，独身一人出现在府中。我与入画在此守了约两刻钟时候，却未见府中有一人过来，万一这是有心之人布下的局，我们去请护院，岂不是上赶着落套？"

在她说这话的时候，易平平也冷静下来，眼下好像确实只有她不进屋，才可能撇清关系。可既是外男，如何进的易府？又如何不被人发现到了她的院子？他是谁，所为何事？她瞬息联想到无数后院争斗，却每一种都解释不通，只得颦眉道："我先去老祖宗那里走一遭，这事怕只能惊动她老人家了。"

正说着，房门处猝不及防显出一个月白身影，易平平不及细看，只听得一个耳熟的男音扬声淡淡道："易平平，我是杜若，你进来吧。"

杜若？！等等，什么叫作——你进来吧？这分明是她的院子她的闺房，趁她不在突

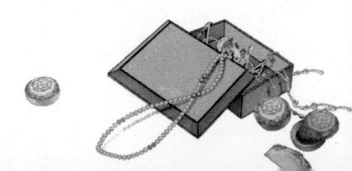

然造访也就算了，现在反客为主，叫她进去？易平平惊诧之余，又觉得十分怪异，刚想说点什么，却发现房门口那道人影已云淡风轻地进去了。她总算没被气昏头，咬着牙朝抱琴吩咐了声，"不管威压还是利诱，我要知道杜若上门的人，全给我闭紧嘴巴！"她说完，又头痛无奈地揉揉眉心，道："入画，你便守在院门口，有任何人进来，都给我拦住！"

两个丫鬟应了是，易平平这才压着一肚子气走了进去。一进屋，就见杜若坐在榻边，听到脚步声，他也并未抬头，只拿着本她放在几上的传记，眉头皱起，"明日我让人给你送些书来。"

许是没听见回答，杜若抬起头，眉宇间浮出几分严厉，"你看的书，都不好。你可知'子不语怪力乱神'，你看的都是些志怪传奇，不利于你的心智。不好。"他说着又扫了眼榻上那些随意扔放的话本子，"这些也……"

他还要再说，易平平已忍无可忍，横步到榻前，"杜太医，你来找我，就是为了告诉我这些？"

杜若闻言，目光变得肃然，他站起身，拱手一礼，"我是来请你和我一起看诊治病的。"一种无力感深深袭来，易平平只觉头皮阵阵跳痛，"杜太医，我已经说过无数次了，我对行医没兴趣。"

杜若了然地点点头，语气无比认真，"所以我说你不该看这些传奇志怪、话本子之流。这些书只会将你的斗志寸寸消磨，直至殆尽。"他脸上显出严肃之色，"你看现在的你……和只知道在闺中描眉绣花的女子有何区别？虚度光阴，等你白了少年头，垂垂老矣时，你便会悔不当初。"

眼前侃侃而谈的杜若，简直像极了未来时代那些隔三岔五就要上门来推销的保险员！易平平不禁恍惚，斟酌了片刻，面色纠结，"杜太医，我不会白了少年头的……"

杜若一下看过来，易平平终是绷不住，咬唇笑道："我要白也是白了少女头呀。我本就是闺阁女子，却为何不能描眉绣花？还有……"她想起第一次遇见杜若时，他迂腐的模样，挑挑眉故意落他面子，"杜太医，你忘了你的男女授受不亲了？"

杜若神色清明，又是一礼，"医者面前无男女，若深有体悟。"

易平平噎住，哈？倒成她的不是了？欲出口的那些调侃一下被生咽了回去。她扶额认输，"杜太医，我不是医者。我只是一个普通的未及笄的姑娘。不管你因何事，这青天白日来闯我的闺阁，对我来说都是一件难以处理的事。你可明白？"

杜若略皱了眉，似在思考其中道理，少顷，他拱手道："若明白，若告辞。"他说完，转身就走。

这番告辞干净利落，简直让易平平猝不及防，继而心里慌得慌，犹豫了片刻，她还是开口喊住了要出院子的杜若，"你就这么走了？确定不会再来了吧？"

杜若脚步一顿，回道："我晚上再来。"

易平平几乎不敢相信自己的耳朵，"你，你说什么？！"

杜若回身，神情无一丝旖旎，"你不许我白天来，我就等晚上再来寻你。"

先前苗子陶已经夜闯过一次，这回杜若再来，哪天两人是不是还要组个队，凑桌斗地主？易平平真是被气得没脾气了，在这人脑袋里，除了医学就完全装不下其他事的吗？她揉揉太阳穴，认命地叹了口气，"不用等到晚上了，你刚说要请我一起诊治病人，那人是个什么情况？先说清楚，我的确不通医理，只能尽力，若是我帮不到你，你也不能再来找我！"

杜若也不知有没有将最后一句放在心上，黑眸骤亮，步子略急地走回来，"我是来请教你的，我想不出办法解决。"

"请教我？"易平平正要辩驳他这个用词，杜若已点点头，"是，病人脸颊上有一块胎记，她的长兄希望将她这块胎记去掉。"

胎记？"是女子？"

"年纪和你相仿的姑娘。"杜若回应道。

易平平叹出口气。在如今时代，可没有足够技术能够去除胎记。且有胎记者多被视为不祥，为世人不喜，更何况这姑娘胎记长在脸上，影响容貌，也不知这姑娘，从小到大承受了多少不该承受的压力和冷言。

杜若见她叹气，也皱了眉，"你也没办法吗？"他语气不由自主地轻了些，"你曾说过你喜做红妆，我原以为你会有些法子，将那胎记遮挡的。"

原来他不是强迫她学医来的，是抱着这个打算。易平平怔了下，语气柔和不少，"那姑娘胎记有多大？若面积较小，颜色较浅倒是能遮盖一二。"

杜若道："面积倒不算大，约指甲盖大小，但却红艳若血，甚是醒目。"

如此，便是桩麻烦事了。可是，不管是杜若的费神尽心，还是那姑娘本身的不幸，易平平都不忍心再拒绝，只好道："你希望我做些什么？"

杜若猛地抬头，表情一下鲜活起来，"你愿意和我一起去诊治了？"

第五章 巧手红妆

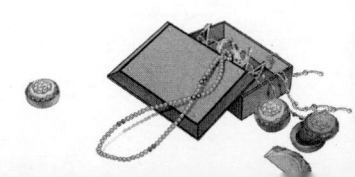

易平平撇了下嘴角，"我只是不愿意看见一个好好的姑娘，因为脸上的胎记，影响了正常生活。"

杜若却好似没听懂她的话，"胎记不痛不痒，并不会影响到她的日常起居。"

那种无力感又一次袭来，她叹了口气，"杜太医不觉得胎记会有损容貌？对女子来说，兴许打击更大。"

"有碍容貌？"

眼前一脸不解的杜若，让易平平对方才的心软又有些后悔起来，揉着太阳穴想了片刻，她才耐着性子道："世人皆爱以貌取人。就好比，一对双胞胎姐妹，同样姿色可人，一个肌肤赛雪，一个脸上却有胎记，杜太医会娶谁？"

本以为这下杜若可以理解了，却不想，他沉思片刻，给出个意料之外的回答，"我能记住谁，就娶谁。"

他神色认真，并无半点敷衍或狡辩之意，可这回答却让易平平有些费解了。算了，牛头不对马嘴，再同他纠结下去，这个话题怕是到天黑都扯不完，还是今日事今日毕吧……这般想着，易平平叹息一声，"你不是说要去看那个姑娘吗？抓紧时间吧，现在就去。"

听得此言，杜若果然不再纠结，眸子勾出晃人笑意，点头道："好！"

所谓一回生二回熟，对易平平来说，溜出府门这事已算不得复杂，可如今要多带一个杜若……便叫她有些为难了。幸好，抱琴及时从门房那里带回一个消息——杜太医乘着马车前来，门房以为是老祖宗有甚病痛，请他来诊脉的。抱琴机警，借着老祖宗的名头让门房封了口。

没想到杜若这番"光明正大"的前来，倒是歪打正着。易平平松了口气，便仍作丫鬟打扮，大大方方走了出去。

原以为杜若一心向医，生活上应当是个清心寡欲、不求享受之人，却没料到一出府，便见两匹毛色雪白的高头大马拉着辆木纹细腻、色泽通盈的马车，车上垂坠着枣红色帷帐，那料子隐泛金纹，触手生滑，竟是易平平未曾见过之物。压制着心内讶然，她掀帘上车，入眼却意外见到一袭蓝袍，待定睛一看，她不由惊叫出声，"傅显荣？"

眉眼灵秀，目光纯真，不是傅显荣是谁？相比易平平的惊讶，他倒是一副等待许久的模样，揉揉眼，笑起来，刹那间仿佛阳光破云而出，"奇怪姐姐，你来啦！"

易平平有些发蒙，杜若这时也上得车来，却未做解释，只朝她道："坐下，我们要出发了。"

易平平傻愣愣坐下，车夫便牵动缰绳，马车平稳且安静地行驶起来。淡雅怡人的香味，自几上那盏双耳莲纹熏香炉袅袅而出，车内的气氛一度可以用死寂来形容。显然，要指望杜若和傅显荣就眼下情景说多两句，那无异于天方夜谭，易平平扶额瞅着对面那两人，决定自力更生，朝傅显荣挤出个笑来，"显荣，你怎么会在这儿？"

傅显荣扬起脸大声道："我来找奇怪姐姐玩呀！"他有些委屈地望了易平平一眼，又低下头，"奇怪姐姐已经好几天没来找我玩了……"

易平平被他看得莫名有点心虚，安慰的话刚到嘴边，她又意识到——"你不是跟着杜太医来的？"她迟疑地左右看了一眼,总算找到那股怪异的源头了——杜若和傅显荣？这样的两个人，到底是怎么认识的？

傅显荣听言，露出疑惑的表情，"杜太医？"这时，杜若朝他点点头，淡淡应了声，"是我。"

傅显荣眼睛笑成月牙状，"原来杜太医是药材哥哥的名字呀！"他歪着头朝易平平看过来，神态语气都透着乖巧，像个给长辈做汇报的小孩，"奇怪姐姐，我不是跟杜太医来的，我是来找你玩的！"

易平平的脑子有些不够用了，她把目光移向杜若，这位大宏最年轻的国手其实极为聪颖，她下意识地忘却了他于为人处世一道上……有时比傅显荣更令人费解。不过这次杜若接收到她的目光，居然读懂了，解释了一句，"他，很有天赋。"想了想，他微微一笑又加了句，"他没有学过医，却能一个不错地拿对药材。"

杜若这句话似启发了傅显荣，他手舞足蹈十分兴奋地叫起来，"奇怪姐姐，杜太医会救人呢！他好厉害呢！"

易平平听得既明白又糊涂，幸而一旦与医字沾边，杜若居然也变得善解人意，简单几句讲了事情经过——原来，前几日他在药材铺门口遇到急症病人，缺少药材无法医治，身上又没带着银钱，他向药材铺老板求助，老板却见死不救，说这个病人无法付出药款。僵持之际，幸得傅显荣从药铺里拿出了药材。

杜若在意傅显荣无师自通可辨药材的能力，而易平平却听得有些担心，"拿？"她斟酌了一下，问道，"傅显荣，你是怎么拿出药材来的？我是说可有付钱，或者那些人有没有为难你？"

傅显荣有些懵懂，但仍然笑着，"大哥说不要钱，要银姨娘住我的院子。"

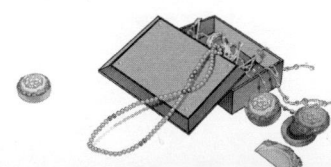

"银姨娘？"

傅显荣憨憨地点头，却没有回答的意思，易平平只好追问："银姨娘是谁？"

傅显荣想了想，道："她说她是大哥的媳妇。"

因着可能要嫁去傅家，易平平对傅家也大致了解，略一沉思，也猜出几分。傅家虽是做丝绸起家，但这些年来各行业也均有涉及，听闻有几个药材铺便在傅家庶长子傅显华手里。傅显荣作为傅家嫡次子，虽有些痴傻，但有傅老爷和傅夫人在，府中的人多少有几分忌惮，按例他一定住了较好的院子，而现在，他那个庶长的哥哥竟用这样的小事，来让一个姨娘鸠占鹊巢，可想而知平日里也没少欺负傅显荣。易平平心中为他不平，却无可奈何，只能叹了口气，"傅显荣，以后你哥哥要你做什么，你就先问过你爹娘再答应好不好？"

傅显荣脸上现出不解，他停顿了片刻，似在思考，待再抬起头时，便露出一个十分灿烂的笑容，"好啊，我听奇怪姐姐的！"

他颊边两个梨涡，带出几分俏皮，几缕散落的鬓发曲卷着，垂坠在耳畔，一颗线条漂亮的脑袋，略歪着，透出十足的乖巧。易平平忍了又忍才没伸手出去揉两把，假咳了两声，往后一靠，做出一副假寐的模样，"好了，我有些困，让我休息一会儿。"

被两个大男人看着休息，这可不是闺阁小姐能做出来的事，不过易平平向来脸厚，且这车上两个男人都……唔，也不似常人。果然，那两人听她这样说，也并未觉得有什么不妥，杜若"哦"了一声，而傅显荣则用两只手捂住嘴，还用力地点点头，有些含糊不清道："奇怪姐姐，我不会吵你的！"

易平平没再说话，连她自己也没留意到她嘴角已不自觉浮出点点笑意。休息，原本只是因不知道再和他们说什么而抛出的借口，但闭起眼却真有了睡意，在睡着之前，易平平突然意识到一个问题——杜若在易府门口碰见来寻她的傅显荣便让他上了马车，可是，他们此行是要去看一个有胎记的姑娘呀，虽说杜若欣赏傅显荣的天赋，但他毕竟是个外男，杜若这样做……那位姑娘真的不会生气吗？

马蹄急踏，马儿从鼻中打出一个响啼，发出一声长长的嘶鸣，伴随着车夫一声长吁，马车稳稳地停了下来。易平平被车身的晃动摇醒，一睁眼，就见杜若和傅显荣正襟危坐一瞬不瞬地望着她，她吓了一跳，立刻清醒过来，"怎么了？出什么事了？"

"奇怪姐姐，你醒啦！"傅显荣朝她绽出一个大大的笑容，"我和杜太医在等你睡醒呀！"他歪了下头，"杜太医说，午睡最好是三刻钟，我们在给你计时呢！"

易平平呼出口浊气，所以，就算到了目的地，他们也一定要等她睡够时间才来叫醒她吗？她觉得有些头疼，傅显荣和杜若这两人真是诡异的合拍，她扶了下额，努力把表情恢复至正常，"好了，我们是不是到了？下车吧。"说着，她率先走了下去。

出乎意料，车外是一片幽谧竹林，一阵风过，卷起漫天尘土，层层竹叶翻起暗浪，一浪推动着一浪，涌至深处。

易平平望着眼前在尘土中欢乐摇曳的竹叶，呆愣地眨了两下眼，随后侧头望向杜若，"不是去看那个姑娘吗？"

杜若一脸的见惯不怪，"她每天这个时辰都会在这里练武。"

练舞？练武！居然是个女中豪杰！易平平手心蓦地微微发凉，有种兴奋和期待导致的紧张感，"可是武林中人？这是我第一次见到姑娘家习武！"

傅显荣也不知是不是听懂了，眼睛亮起来，叫道："奇怪姐姐，那个姐姐好厉害的！"

易平平使劲点点头，那边，杜若淡淡地瞥过来一眼，说道："她并非武林中人。"

易平平顿了下，"那就是为了强身健体去习武了？也是个敢作敢为的女子，我很钦佩！""她不过是……"杜若话说到一半却没有继续，似略叹了口气，他把目光转向竹林深处，"走吧，她就在林子里。"

脚步落在竹叶上，偶尔传出咯吱声响。易平平跟着杜若，心中对这个姑娘，实在很期待。不怪她如此兴奋，只因她是真的对这位还未见面的姑娘，心生敬意。上一世她心高气傲，可容貌有损之后，心中终究还是滋生了自卑，总觉得面对大家少了几分坦荡。而这个姑娘，自生下来有胎记，容貌有损，却过得如此潇洒恣意，便如同这一根根青翠苍竹般，入云破霄。

没走多久，便听林中就传出阵阵规律的破空声，只见，林中的空地上，一个梳着辫子穿着红色劲装的姑娘身姿流畅，正挥舞一根长鞭。

这时，杜若停住脚步，淡声叫道："莫愁……"

红衣姑娘猛地转身过来，易平平的眼神落到她身上，她脸颊泛红，额上冒着微汗，一双漂亮的眼睛，形似桃花，却绝没有桃花眼那种天生魅惑，而是灵动至极，时刻都带着朝气蓬勃的笑意。她收了长鞭，嚷道："杜太医，你又来啦！"她一路撒欢似的跑过来，待看到易平平和傅显荣，眼睛一亮，"呀，杜太医，你还带了漂亮的姑娘和公子！"她脸上的笑意又扬开几分，连蹦带跳地跑到易平平身边，张开双臂就要来个拥抱。

易平平这才注意到她左脸颧骨有块拇指大小的深红色胎记，心想，这位莫愁姑娘当

161

第五章 巧手红妆

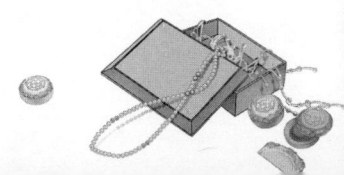

真好性情，自小容貌有损，却仍出落得如此热情率真。正想着，却听一旁的杜若急切开口，声音难得染上一丝担忧，"莫愁，不要……"

话音未落，易平平又听见一句，"奇怪姐姐！"旋即手臂被人拉了一下，却已经迟了，莫愁扑上来抱住了她半边身子，下一刻，易平平听见自己"哎哟"声脱口而出，全身的骨头在那一瞬间，好似被糅合到一块，浑身血液直往头顶蹿，被抱住的那半边身子竟痛得失去知觉。

还不待易平平反应过来，那头莫愁认识到错误，急忙松了手，后退两步，一脸歉意，"对……对不起，我弄痛你了。"

杜若看了莫愁一眼，似乎微微叹息了一声，而傅显荣则嘟着嘴，拧紧了两条眉毛，一副将哭未哭的模样，两人同时开口——

"你还好吧？""奇怪姐姐……"易平平缓了两口气，觉得身体重新找回了知觉，这才意识到自己正目瞪口呆地望着莫愁，而莫愁则低着头，时不时悄悄看她一眼，一副亏心做错事的模样。这，这姑娘力气怎么会这么大？！这还只是正常拥抱，若是她稍一用力，岂不是真的能做到——捏死人像捏死蚂蚁一样简单？！易平平暗暗心惊，从嘴里艰难地挤出一丝正常的音调，"我还……还好。"

见她回应了，傅显荣方止住哭容，而杜若则点点头，转身看向莫愁。易平平以为他是要说莫愁两句，却不想他已换了个话题，"莫愁，苗将军今天送你来竹林后便出战去了吧。"

苗将军？易平平忘了身上的痛，脑中那根弦猛地绷紧了，哪个……苗将军？她迟疑地望向莫愁，见她缩起脑袋，有些委屈地点点头，而杜若肯定地接着道："所以你是早就听见我们的脚步声，才做成练武的样子吧。"

莫愁噘着嘴，脑袋缩得更低了，有气无力地点点头。

杜若瞄了她一眼，"比上几次聪明了，知道用水囊里的水抹到脸上当汗水了。"

莫愁眼神有些躲闪，嘴角的笑有些讨饶的意味，"杜太医，你千万不要告诉我哥哥，不然他又要每天盯着我扎几个时辰的马步了。"

这番对话真是听得易平平一头雾水，这姑娘……原来不愿意习武？那苗将军是不是说的苗子陶？还是就那么凑巧，同姓罢了。不对，这大宏朝廷里，哪儿来的第二个苗将军！易平平看着莫愁，真是越看越觉得她那双眼睛形状眼熟，忍不住拧眉打断道："我想知道，现在是什么情况？"

听到易平平说话，莫愁喜笑颜开地望过来，"我叫莫愁，你呢？"她说着，又偏了头望向傅显荣，"还有你，你叫什么？"

她那热情的眼神叫易平平腿软，总觉得她一个忍不住就要再扑过来。易平平心里打鼓，硬着头皮站在原地，努力挤出一个笑："我叫易平平。"她说完，又看了看一旁只呆呆望着她却没回应的傅显荣，只好又道，"他叫傅显荣。"

"傅显荣，易平平？"莫愁想了想，一脸疑惑地喃喃道，"易平平，这名字好耳熟啊，我是不是认识你？"

这时，杜若才冷不丁说了句，"易姑娘，这是苗子陶的嫡妹，苗莫愁。"

果然！易平平脑中现出苗子陶那张冷寒雪冷的脸，再看看苗莫愁这副娇憨热情的模样，亲兄妹的性格竟然可以南辕北辙差这么多的？！易平平只觉额上青筋忍不住跳了两下。

"你不要把我没有练武的事告诉我哥哥。"杜若和莫愁自然没法看出易平平的情绪，又回到了刚才的话题，莫愁看了杜若一眼，咬咬牙一副豁出去的模样，"我前些日子得了一坛绝好的花雕，送你了！"

杜若一脸冷漠，"酒易上瘾，麻木伤身，使人躁狂，我不需要。"

莫愁更用力地咬紧了下唇，攥紧了拳头，"那……我把今天午膳的米饭分你一半！"

杜若略皱了下眉，"食过量，肠胃郁结，不良消化，我不需要。"

莫愁愁得眉毛凝结，"那……那……"

她"那"了半天，也没那出个更好的条件。这样率真可爱的苗莫愁，叫易平平怎么也无法把她和苗子陶联系到一起，而且，她那是什么眼神？杜若像是那种会背后告状的人吗？易平平轻轻叹了口气，忍不住道："杜太医不会说的，你放心好了。"

莫愁听言脸上瞬间透出高兴来，"杜太医，平平说的是真的吗！"

杜若面无表情地朝易平平看了眼，又看了眼莫愁，终是轻轻点了下头。莫愁蓦然扔了手中长鞭，易平平听到鞭子砸到地上发出沉闷的"咚"声，她雀跃地跳起来，"今天真是个好日子！哥哥不在，杜太医来了，还认识了平平和显荣！"她拍手叫道，"我要庆祝这大快人心的好日子，我今天要多吃三碗饭！"

"好呀好呀，我也要多吃三碗饭！"傅显荣也学着她拍手嚷起来。

多吃……三碗饭？易平平嘴角忍不住抽了下，只得向三人中唯一偶尔会正常的杜若投去询问的目光，他似乎见惯不怪，一脸的古井无波。没等易平平开口，那头，莫愁脸

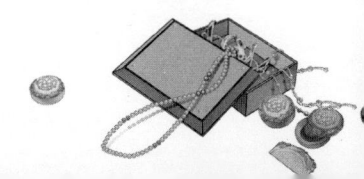

又突然垮了下来，朝傅显荣说："可是哥哥走之前只让厨房留了一点米，还不够我一个人垫底的……"她撇嘴想了下，眼睛又亮起来，"杜太医，平平，显荣，你们先回。"不管三人的反应，也不管地上的水囊和长鞭，她转身就跑，一边跑还一边嚷道："我去市集扛十袋米，等会回厨房再来找你们！"

这一溜烟功夫，莫愁的身影就变成了一个朦胧黑点，傅显荣也受了她的影响，学着她就往前跑，"我也要去扛米了，我也要去扛米！"说话间就蹿了出去。他的跑步功底易平平可是见识过的，根本来不及拉，只得眼睁睁看着他也逐渐变成一个小黑点。

原本只一个傅显荣或一个杜若就够头疼的了，现在……易平平觉得她好像遇到了女版的傅显荣或者杜若了。她叹出口气，扶额看向也停在原地的杜若，二人你看看我，我看看你，大眼瞪小眼。半晌，杜若低头看了看地上的东西，先捡起水囊，随后才有些吃力地拖着那条长鞭，"走吧，去平津伯府。"

莫愁那条鞭子由全铁打造，一看就知分量不轻，不过眼见杜若一副熟练的模样，易平平也就忍住了要帮忙的念头，跟在他后面亦步亦趋，"杜太医，我觉得你有必要和我介绍下莫愁。"

杜若淡淡道："苗子陶的妹妹。"

易平平有些无语，"我知道，你已经说过了。"

杜若沉吟片刻，"和你年纪相仿，是个姑娘家。"

易平平吸了口气按捺住自己的怒火，"这我能看出来！"

杜若顿步，不解地回过头来，"那你还想知道什么？"

易平平正要说话，他又恍然大悟地"哦"了一声，眼神突然变得热切起来，"你方才也看见她的胎记了，你可是有法子根治了？"

罢了，她就不该指望他能主动讲清楚莫愁。杜若这人也只有涉及医道一事，他的情绪可以说是写在脸上，所谓以医喜，以医悲，的确是个心思澄澈坦荡之人。所以唯有在这事上，她不愿同杜若玩笑，认真思索了一会儿，她道："面积虽小，颜色却太深，若全部遮盖，怕是面色会很不自然，只能略施小计，让它看上去美观一些。"

杜若有些失落，"还是不能根治，只能遮盖吗？"叹出口气，他显出愁容，喃喃道，"还是怪我学艺不精，否则……"

易平平还是第一次在他脸上看到这样的神情，可这事没办法安慰，她只得转了话题，"那个……杜太医，莫愁，她似乎力气很大？"

"力能扛鼎。"杜若顿了下，一本正经地回道。

啊？易平平愣了下，忍不住扑哧笑出声，"原来杜太医也有风趣的一面。"

杜若脸上全无玩笑之色，"风趣？何意？"

易平平眨了眨眼，"我只是觉得这样夸张的词汇，不像是杜太医说出来的。"

杜若默了片刻，徐徐道："两年前，苗将军驻守边关，军营突然爆发来势汹汹的瘟疫，莫愁一路护送我，前去边关诊治。当病情得到控制时，我却被敌军主帅掳去。当时苗将军正上阵杀敌，我以为我活不过那日了。"

易平平有些期待，又不太确定，"所以，是莫愁救了你？"

杜若郑重地点点头，"当时莫愁只身闯进敌营，双手抱着一个三足两耳的黄铜大鼎，一路冲进主帅营帐，手松，鼎落，主帅当场亡命，血肉模糊，无一块整体……"

这，这……竟是这样的力能扛鼎！易平平脑中不由自主地浮现出，莫愁轻松抱着大鼎，单枪匹马闯入敌营，无人敢拦的场面，不，敌军不是敢，而是……都被吓傻了吧！她不由自主地咽了口唾沫，"那，那后来呢？"

"回营后，苗将军让六个将士合力抬鼎，也仅是让大鼎三足离地三四寸，而将士都是面红耳赤，气力用尽。"杜若顿了下，继续道，"苗将军原是以为他的妹妹粗手粗脚，心思不细，才会毁坏了房中很多器皿木器。经过这次，才发现莫愁是天生神力。便逼迫她每天习武二到三个时辰，让一身气力挥泄部分，总比一身气力闷在体内，于自己健康不利，也易不慎中伤及他人。"

真是世界之大无奇不有。易平平心中纳罕，怪不得莫愁不愿练武，原来她竟是被逼着练的。比起她这一身神力，脸上的胎记实在算不得什么大事。这样的女子，在易平平眼中看来是充满传奇色彩，可在世人眼中却无异于怪胎，更遑论她还是平津伯府的嫡女，只是时至今日，易平平也未曾听过关于这位莫愁小姐的流言，可见苗子陶对她保护甚密，也正因为如此，莫愁的性格才如此单纯吧？

不知为何，易平平有种直觉，她和莫愁，怕是会有段时间往来了。且不说她娇憨的性子让人心里生不出半丝恼意，单说她能只身闯敌营，便叫易平平打心底里敬佩，更遑论，这其中还掺了一个意外——倘若真的帮助莫愁容貌恢复几分，"易平平"和苗子陶，他们说不清道不明的恩怨也会消殆几分吧？

思及此，易平平不由抬头看了走在前面的杜若一眼——他原来如此信任她，将这样隐晦之事也毫不遮掩。咳，就是……不知道苗子陶会不会气得吐血？若是他知晓杜若把

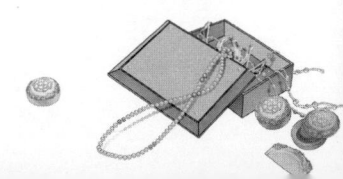

他苦心遮掩的秘密告诉了她，不会一刀砍了杜若吧？

易平平抬头默默望天，白云悠然，晴空如洗，她还是替杜若祈祷苗子陶一辈子忙于战事没空回京吧……

苗子陶少年成名，虽受封护卫将军，却未曾婚配，所以仍住在平津伯府。易平平从来没想过，她有朝一日会踏足苗子陶的地盘，虽然，他今日出战走了，和莫愁也是分院而居，但易平平就是觉得有些不自在。不过这份不自在，在杜若轻车熟路地将她带到府里的厨房时，就化为了惊疑。

伯府那些毕恭毕敬的奴仆们，在见到杜若过来之后，并不多问，匆匆行过礼便一一退了下去。而杜若，连打量也不曾有，只将衣袖一卷，净过手就拿过案上的面粉便开始——和面。

易平平揉揉眼，再一次确认杜若是在和面，她已经蒙了，"你，你要做什么？"

杜若双手不停，简洁道："和面。"

易平平忍不住嘴角抽了两下，"我知道你在和面，我是问你，和面做什么？"

杜若头也不抬，"做饭。"

那种熟悉的无力感又一次袭来，易平平吸了口气才捺住脾气，"我知道你要做饭！我是问你为什么跑到人家府上做饭？"

原也没指望杜若能说清楚了，未曾想，他这次竟十分认真地回答了一遍，"莫愁爱吃，我做道点心给她垫肚子，免得那几碗饭还没熟，她就嚷饿了。"

易平平听得错愕，猛地把目光移到杜若脸上，却见他仍是一副淡然的模样，全然未曾察觉自己说出的那句话有多亲密。易平平斟酌了下，试探道："你对莫愁挺好的，倒不似你平日的做派。"

杜若点点头，"她救了我的命。"

那点八卦的心思被他这简单的几个字瞬间摁灭了。易平平恨不得打自己两拳，她怎么会认为杜若这种一心向医的人，能对莫愁起什么心思？等等，易平平吸了口气，"所以……杜太医，救过你命的人，你都一直想着回报？"

杜若手中动作停了一瞬，回头望来，"是，我一直记着，所以我才想收你为徒。"

易平平此番见识到他对莫愁的好，不禁有些隐隐担忧，"所以，你现在还没放弃这个打算？"

杜若似微微叹息了一声，"放弃了。"

这回答真是出乎意料，易平平整个人都松了口气，"杜太医终于想透了这个理，当真是让我开心。"

杜若点点头，语调平静却透出无比诚恳，"等你嫁给我了，你愿意学了，我再教你，不勉强你了。"

易平平猛地瞪大双眼——等你嫁给我了，你愿意学了，我再教你，不勉强你了……这平地惊雷，震得她半晌说不出话，她疑心自己听错，艰难挤出笑意，"杜太医，你刚刚说什么？"

杜若轻车熟路地从橱柜中取出一根擀面杖，有些疑惑地看了她一眼，那一眼像是在说——怎么这么简单的话，你都听不懂？"我说，等我娶了你，你想学我再教你也不迟。"他想了想，怕她还听不懂似的，又细化了些，"世人说，夫唱妇随。兴许你嫁给我了，也就愿意学医救人了。"

夫唱妇随！这话真是从杜若嘴里说出来的？所以，为了让她学医，他已经打算娶她了？！他到底明不明白什么叫夫妻？易平平缓了好一会儿，才找回自己的声音，尽力镇定道："杜太医，你和我到底什么时候谈及婚嫁了？"

杜若对于易平平这番情绪是全无关注，不过，倒是有问必答，"你救了我一命，我自然要娶你。"

原来不是因为要她学医才要娶她，而是报恩？易平平连忙道："凡事总有先来后到，莫愁先救了你一命……"

这一回，她话还未说完，杜若已叹了口气，"我几年前，便提过亲。莫愁说和我能掰腕子，若我能胜过她的一根手指，她便嫁给我。"

事情的结果毫无疑问，杜若一定是惨败了。易平平脑中不由又一次浮现出莫愁举鼎闯敌营的壮举，她摇摇头停止荒谬的走神，"她拒绝了你，我也拒绝你。"

杜若停下了擀面，"你有什么要求？"他回首过来，眉眼之间尽是疑惑，"莫愁要我掰腕子，我赢不了。你呢，你需要我做什么，才能嫁给我？"

那种熟悉的无力感又一次涌上心头，易平平扶额，"杜太医，你我并无情愫，你为何执意娶我？"

杜若神色一凝，语气变得无比郑重起来，"我祖父说过，救命之恩，无以回报，唯以身相许也。"

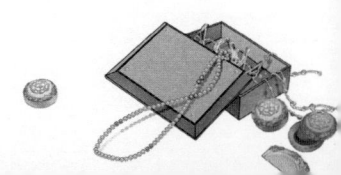

杜……杜老太医！易平平脑中蓦然出现一张不苟言笑、高深莫测的脸，这位昔日的大宏圣手，到底给自家孙儿教的什么乱七八糟的！易平平真想对天长啸一番，然而还不待她出言反驳，那头杜若已一脸肯定地点点头，又抛出一句，"你挑个时间，我请官媒上门提亲。"

易平平大惊，"不！我不需要你的以身相许！"

杜若眉宇微凝，"祖父说，必须以身相许。"

易平平真是被气得一口气差点上不来，"杜若，你还是别再胡言乱语了！"她再三告诫自己要冷静，企图将他引入正途，"你不该属于我，你应该全身心去救治世上的患者，才不会辜负你的医术。"

杜若若有所思地看了易平平一眼，手上却一刻不停地开始捏起饼来。他沉默了片刻，再开口时，语气充满坚定，"我会继续学医的，但是也一定要对你以身相许。"

易平平觉得自己的脑仁儿一抽一抽的疼得厉害，她预备了一肚子话要把杜若劝回去，那头杜若却全不按常理出牌，他突然开口，声音多了些不明显的愉悦——"易平平，我记得住你。"

"啊？"易平平怔了下。

"易平平，我记得住你。"杜若抬起头，认真地又解释了一次。

下意识地，易平平突然想起夜宴时杜若在大殿上语气激动——是你！居然是你！我居然认出了你！旋即，脑中又接连浮现出几次与杜若相处的场景，他说，他要娶能记住的人！易平平先是茫然，而后渐渐起疑，"杜太医，你平时……到底怎么辨认别人的？我是说，你怎么知道谁是谁？不对……"易平平说了几次也组织不好语言，而那头杜若却意外地听懂了，淡声道："每个人的声音都不一样，听过就会记住了。"

易平平心中一颤，"杜太医，在你眼里每个人都长得一样？"

"不。"杜若抬起头，清亮的眼神直直向她看来，"你和他们长得不一样！我认得你！"

他的目光炽热、坚定，隐藏着些许兴奋，但唯独没有爱恋。原来事情的真相是这样，杜若竟是个……脸盲症患者。上天给了他绝好的学医天赋，却让他从此再看不清世人的容貌，可以想象，他从小就因为脸盲而没有朋友，一心向医的代价，是失去拥有同龄人快乐的资格。易平平心中微微泛起酸涩，而那头杜若许久没有得到她的回复，低头又闷声开了口："你救我一命，这份恩情，不还我此世心难安。"

易平平摇摇头，"杜太医，那日树林相遇，我的确是救了你，可是那之后，你也将我从瑶……威远侯夫人手中救下，我们已经两清了。"

杜若拧了眉，严厉道："为医者，救死扶伤乃是本分，这怎么一样？"

易平平噎住了，竟一时无法反驳，而杜若则以为她默许了，神情又恢复淡然，自顾自点点头，"救命之恩，无以为报，唯有以身相许。"

易平平无力扶额，厨房的木门突然"砰"的一声被大力弹开，她眼尖，看到那门被推开后，还止不住颤了几颤，一副险险没有破碎的模样，与此同时，一阵红色的"风"卷入厨房，还不待易平平看清，莫愁已经将比她还高的米袋轻轻放到角落，飞奔到灶台处惊喜地嚷道："饼！饼饼饼！杜太医你在给我做饼！"

易平平循声望去，只见灶台上半圆状金黄色撒着葱花的面饼正整齐地码在盘中，她愣了下，杜若这手速也太快了吧？明明他还有一搭没一搭地和她聊天，甚至谈及婚嫁大事，却还是有条不紊地做出一大盘吃的！方才震惊于杜若的想法，所以没有留意，此刻她才闻到空气里弥漫着一股诱人的食物香气。她的食欲被勾了起来，正要走近，却忽觉衣袖一紧，她下意识回头，只见傅显荣不知何时也回来了。他额头鼻尖都冒着细汗，泛红的脸颊衬得他那双清透的眼睛剪水般盈盈，"奇怪姐姐，我回来啦！"

易平平被他这样的眼神一看，霎时有些亏心，她方才没拦住他跟着莫愁去扛米，现在她看着莫愁回来，却也忘了要去关心傅显荣有没有跟着回来。她一面谴责自己，一面赶紧朝他笑："你回来啦！累不累？可曾饿了？"

"不饿！不累！"傅显荣朝她露出一个开心的笑容后，一脸好奇地望着她，"奇怪姐姐，什么是以身相许啊？"

易平平一下被呛住，他，他刚才听见了？她正有些犹豫，那头杜若已经肯定地回道："我祖父说，以身相许就是嫁给对自己有恩之人。"

傅显荣想了想，拍手笑起来，"好啊好啊，杜太医要嫁给奇怪姐姐，以后我们三个是不是可以天天在一起玩了？"

易平平再次被呛住，那头莫愁艰难地把目光从那盘饼上扒下来，皱着眉头，"可是我哥哥说，男方是娶，女方是嫁，杜太医只能娶平平，不能嫁给平平的。"

傅显荣挠了挠头，好看的脸蛋儿为难地皱成了一团，"不行不行，我娘说只有我能娶奇怪姐姐的，我们有，有……约婚！"

莫愁露出困惑的神情，少顷，方回味过来，拍手叫道："我知道了，我知道了，你

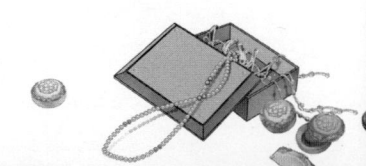

说的是婚约吧！"

傅显荣高兴地跳起来，"是呢是呢，我娘说我和奇怪姐姐有婚约，以后要天天在一起的！"说完这话，他朝杜若噘起嘴，叉腰做出一副凶狠模样，"杜太医不能娶奇怪姐姐！"

杜若若有所思地看了他一眼，又看了看易平平，似在等她表态。易平平赶紧眼观鼻鼻观心就当没看见，虽然莫名提起与傅显荣的婚约让她有些不自在，但总好过杜若真的上门去提亲。杜若等了片刻，见她并未反驳，略有些失望地"哦"了一声，不过很快又恢复了神色，并从善如流地做出让步，"那我还是收你为徒吧。"

这话自然是对易平平说的。好嘛，说来说去这事儿不仅回到了原点，且还显得他受了多大委屈似的！易平平目瞪口呆，而傅显荣则模仿着杜若，摆出一脸淡定，"那我还是娶你吧。"

易平平顿时头大如斗，咬牙道："你们俩问过我的意愿了吗？"

莫愁仰着脸看了看她，也不知是不是没听懂，想了想，自顾自笑嘻嘻道："一个是师父，一个是相公，你们以后可以天天在一起玩了！"她说完，掰起手指数了数，这才反应过来，瘪起嘴，"可是这里面没有我，你们不跟我一起玩啦？"

她这么一说，傅显荣便做出一副沉思的模样，点头道："杜太医可以嫁给莫愁，我也可以收你为徒。这样我们四个就可以天天在一起玩了！"

"好啊好啊！"也不知莫愁答应的是哪个安排，重新高兴起来，"为了庆祝以后我们都可以在一起玩，我今天还要再多吃一碗饭！"

杜若听了立刻板起脸，"食不可过量。"

易平平无力地揉了揉额角，所以她说的话是没人理会了是吧？眼见这几人一副大事定矣的模样，她实在忍不住要跳出来说两句，可还没等她开口，那头莫愁便委屈地鼓起腮帮子，从橱柜里拿出三只木碗并一个大小像脸盆、造型却又和那三只碗类似的容器，易平平看她熟练地掀开蒸饭的笼子往那容器里勺饭，有些奇怪又不太确定，"你在干什么？"

"盛饭吃啊！"莫愁自然地回道。

易平平嘴角抽了两下，蓦然有种和杜若对话的既视感，"我知道你是在盛饭吃，我是问，这里一共四个人，你为何只拿三只碗？"

莫愁把蒸笼舀了个底朝天，也没能填满她手里的容器，她皱着鼻子看了身边站的三人，伸手将米饭从容器里往三个碗里分别舀了一点，那心痛的表情溢于言表，就跟割肉似的,"杜太医,再蒸点米吧,我买了好多呢……"她偷偷瞄了杜若几眼,又抓了抓头,这才似想起来般回转身来,"平平,你刚才是在问我的碗吗?"

"你,你的碗?"见莫愁一副护鸡仔的表情守着她那只容器,易平平的不确定立刻成了确定,瞪大眼望着她,"莫,莫愁,那么大一碗,你……"这话易平平没有问完,因为她猛地想起方才在竹林时,莫愁拍手叫道——"我要庆祝这大快人心的好日子,我今天要多吃三碗饭!"

"奇怪姐姐,莫愁吃好多,你看,它比我的脸还大!"趁着莫愁眼巴巴望着杜若的空当儿,傅显荣抱起那只"碗"好奇地把脸往里凑。

哪有直接说人家女孩子饭量大的!易平平吓了一跳,赶紧过去把他抓过来,假咳了一声,正要宽慰莫愁两句,她已经毫不在意地笑嘻嘻道:"是呀,我就是很能吃的。杜太医说,这是因为我力气大消耗大,所以能吃是正常的。"说话间,杜若解开米袋,净过手。看他准备舀米,莫愁忙跟过去嚷道:"杜太医,多舀点多舀点!"

杜若瞥了她一眼,"今日你未曾练武,只得吃一碗。"

莫愁的神色瞬间凝住,期期艾艾低声道:"两,两碗……"

杜若不为所动,"一碗。"

莫愁耷拉着脑袋一副想反驳又不敢的模样,少顷,她眼珠一转,两步蹦到那盘饼前,伸出手却又迟疑了下,看了看易平平等三人,瘪着嘴给每个小的木碗里夹了块饼,便立刻把那盘饼护到身前,宣布道:"现在这些都是我的了!"

为了多一口吃食她也是想尽了方法,易平平失笑:"莫愁,你若是吃不饱,等会儿让家里的仆人多做些菜吃也能填填肚子的。"

莫愁皱了皱鼻子,连连摇头,"有杜太医在,我才不吃他们做的菜呢!"

咦?莫愁这么一说,易平平才注意到,杜若不知何时已蒸好米,正站在灶前,拿着把菜刀切肉。而傅显荣蹲在旁边,一脸专注又好奇地看着他切肉。

"杜太医,杜太医,我要吃红烧肉!"莫愁的叫嚷在身旁响起。

杜若头也未抬,只淡淡道:"知道了。"

莫愁这才又重新地笑起来,拉着易平平兴奋道:"平平,你不知道,杜太医做的菜可好吃了,比宫中的宴食还要好吃!吃了杜太医做的那些吃的,我每次都会有好几天茶饭不思……"

很难相信名震大宏的国手杜若,竟是个会亲自下厨的人。都说医食同源,但一个男

人肯为医学背弃"君子远庖厨",恐怕这世间也很难再找出第二个了。

原想着等杜若做好菜,碗里的米饭就该凉透了,未曾想他早已练就速度,很快就做出好几碟搭配合理的小菜。待红烧肉出锅时,莫愁已兴高采烈地支起一张小桌,迫不及待宣布,"杜太医,平平,显荣,咱们开饭吧!"

松仁玉米、清炒菌菇、野菜豆腐,还有一大盆红烧肉,满桌吃食,荤素得当,连颜色都是格外的和谐,让人看了只觉食指大动。易平平正待入座,这时,杜若拿了双干净的筷子来,分别往三个小碗里夹了一块红烧肉,莫愁见他分完,便迅速将那盆剩的端到了身前。

易平平刚被勾起食欲,眼见自己碗里那孤零零的一块肉,便皱了眉,"为什么我只有这一块红烧肉,我不能再吃了吗?"

杜若指了指自己面前的碗,又指了下傅显荣的碗,"我们都和你一样,只有一块。"

莫愁自是坚决拥护,"杜太医说只能吃一块,就只能吃一块!"

易平平撇了撇嘴,只得默默夹起这块肥瘦相间、浓油赤酱的红烧肉,刚一入口,她脑中便止不住绽出惊艳的烟火——这肉微甜,入口酥烂即化,鲜嫩香软,却又肥而不腻。莫愁刚才的形容竟完全没有夸张!直到这一刻,易平平才知道为何这世上有贪图口腹之欲之人,原来食物做到极致,也是能让人瞬间忘却烦恼,得到极大的欢愉。可惜,这块肉才刚刚点燃了味蕾,便消失殆尽,她忍不住要求,"我还要吃一块!"

杜若细嚼慢咽地吃着,并不答话,连看也不看她一眼。易平平吃了瘪,眼见对面的傅显荣眼巴巴盯着莫愁吃肉,也有心拉拢盟友,连忙道:"傅显荣,你要不要也再吃一块?"

傅显荣艰难地把目光挪到她身上,神情纠结,张了几次嘴也不曾说话,易平平朝他做了好几个表情,他才为难地做出一副说悄悄话的模样,道:"奇怪姐姐,我阿爹说吃饭不能说话。"

易平平霎时失语,她还是第一次为了一块肉颇费心力,却一连碰了两次壁,心中不平,她不停地拿眼刀刮罪魁祸首的杜若。许是她怨气过重,一向淡定的杜若也终于有些承受不住,叹了口气,放下筷子,"红烧肉补肾、滋阴、养气,但若过量,会导致宿食不化、痰湿气虚,肥人。"

易平平正想反驳,杜若似读懂了她的情绪,问道:"你能扛起一个鼎吗?"

易平平蠢蠢欲动的食欲,一下冷静了大半,反正一旦涉及医理,杜若就是最明事理,又最不可理喻之人！叹了口气，幽幽盯了莫愁一眼，她夹起一片菌菇，默默吃了起来。

时光静谧，斜阳似画。两辈子以来，易平平是第一次在厨房的角落用膳，空气中掺杂着尚未散去的各色菜饭香味，四周的陈设算不得洁净，盛放饭菜的小桌甚至有些不平整。可就是在这样的环境里，她却走入一种从未有过的放松状态，她抬眼一一看过去，莫愁、杜若、傅显荣各自吃着饭，相约沉默，却弥漫着一种奇异的温馨。

家……是的，就像一个家。易平平脑中猛地闪过这样的思绪，旋即她又自嘲一笑——怕是两辈子都未体会过真情，所以她才会有这样的念头吧？她否定着自己，心底却不由自主愈发柔软。

和杜若商量好五天之后来为莫愁修饰胎记，待回转易府时，已是酉时末刻。易平平盘算着坐马车回府目标太大，便请杜若将马车在易府附近停下，好说歹说才劝服这个死脑筋将她在街口放下，结果没想到一转身却看见了傅显荣——这孩子不知何时跟着她下了车，她竟没有察觉。

易平平有些头疼了，杜若没管傅显荣就走了？他该不会以为在易府门口遇见傅显荣，就该送他回到易府门口吧？易平平越想越觉得这就是杜若的思维，只得叹口气，向傅显荣柔和道："傅显荣，天已经晚了，你该回家去了。"

傅显荣露出一个孩子气的笑容，"奇怪姐姐没有回家，我是不会回家的。"他似在肯定自己的说法，又怕她不信，连忙道，"天已经晚了，会有坏蛋！"

易平平心中微动，"你是特意跟来要送我回家的？"

"嗯！"傅显荣小鸡啄米似的连连点点头，明亮的眼睛里俱是真诚。

易平平不由又想起傅显荣带着她逃跑那次，直到现在她才不得不承认，自从知道他是与她有婚约的傅二公子后，她心底就对他有排斥，全然不记得她是应该要感激他的。易平平有些自责，语气便愈发温柔，"你送我回家后，自己怎么办，可记得路吗？"

"我记得呀。"傅显荣扬起脸，像是在求表扬，指着前方叫道，"我还记得奇怪姐姐家的路呢，就在前面！"

见他果真知道方向，易平平也放心了些。如今天色已晚，打着老祖宗的名头从正门进去比较好，因而她不再拒绝，朝傅显荣笑了笑，便一起往易府走。

本也离得不远，没多久就到了易府旁边。易平平适时停了步，叫住了还要往前的傅显荣，"就送到这儿吧，傅显荣，你也该回去了。"

傅显荣指着易府大门的方向，神情出现困惑，"可是奇怪姐姐住这儿呀。"

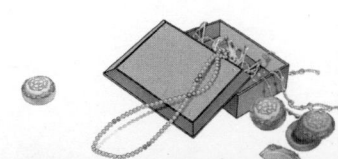

这孩子说是送回家，还真的要死心眼地送到门口？易平平摇头失笑："显荣，你送我到门口叫旁人看见，会惹来麻烦的。"

傅显荣先是有些懵懂，随后委屈地垂下头，"我给奇怪姐姐惹麻烦了。"

"不，不是……"见他误会，易平平连忙摆手，努力解释道："只有已经结亲的男女才可以在一起玩，像我们这样，被旁人瞧见，会被指责的。"

傅显荣抬起头，"可是奇怪姐姐就是要和我结亲啊。"

他为什么唯独对这件事记得如此清楚？易平平有点头大，张了几次嘴，才咬牙道："可我们现在还没结亲呢！"

傅显荣神情似在思考，片刻后，他歪了头，眼睛一眨不眨地看着她，"那奇怪姐姐不能和我一起看星星下雨了？"

易平平正要摇头，旋即又反应过来，"你说什么？是流星……雨？"

傅显荣朝她露出个灿然的笑容，"风儿姐姐说五天后会有星星下雨，所以我想叫奇怪姐姐一起看呀！"

他的笑容一时晃花了她的眼，未曾见过流星雨那样百年难遇的奇景，易平平却先从傅显荣的笑容里感受到类似的炫目，她的心绪莫名缓和下来——他心思单纯，她为何要以世俗常理去约束他呢？更何况，他的那些"异能"是她嘱咐他不许告诉别人的，所以，他才巴巴儿地要来告诉她吧？易平平心底的不忍终究占了上风，轻轻点头，说："好。"

傅显荣是想什么说什么的性子，当下高兴得手舞足蹈，"奇怪姐姐要和我去看星星下雨了！"

易平平吓了一跳，赶紧拉住他，连连做起噤声手势，"小声点！"

傅显荣虽有些不明白为何如此，但也学着她做起噤声手势，声音低下来，"奇怪姐姐要和我去看星星下雨了！"

他竟又重复了一遍，还真的……小声了点。易平平半是无奈半是好笑道："好了好了，我知道要和你去看星星下雨了，天真的晚了，你快回家去吧。"

"奇怪姐姐，我走了……"他说完这话，也不待易平平再同他道别，一溜烟就跑得不见了踪影。

易平平摇头失笑，转身，收敛好神色，昂首挺胸地步入府门，如她所料，门房见她是下午同杜若出去的丫鬟，并未多问。

可惜易平平不知道的是，她刚刚入了府门，府外巷子的转角处便驶出一辆青碧色的马车，悠悠然行至易府门前停住。车上跳下来个如先前易平平那样打扮的丫鬟，紧接着是个穿戴如富妇的婆子，那婆子瞪了欲上前接迎的丫鬟一眼，自个儿堆着笑，躬身递了半截胳膊过去，迎上从车厢内不紧不慢出来的那位，口中殷勤道："大小姐，小心。"

门房眼尖，这时已认出排场，连忙迎了过来，"大小姐回来了。"

被称作"大小姐"之人自是易青青，她未曾理会迎上来的门房，未被薄纱遮挡的盈盈美目往府门口轻轻一睇，眸光微沉，"吴妈，打听一下，方才那人在府门口同旁人说了什么。"跟在易青青身边的，原是易夫人身边最得力的那位吴妈。吴妈堆笑着应承下来，方才也正是她远远瞧见易平平的身影，才有了如今这事儿。吴妈眯起眼，心想，三小姐，谁让你不自量力要越过大小姐去？这次，要怪就怪你自己品行不端吧！

圆形的粉扑采选最上等的棉和丝绒制成，轻软绵密，宛如天上云。蘸取过白玉盒中的粉饼，易平平用粉扑轻柔地扑到莫愁脸上。

身为亲生兄妹，莫愁很遗憾没有遗传到如苗子陶那样晒不黑练不糙的肤质，她的皮肤因常年被迫练武，健康红润接近蜜色，且有些粗糙，如今，随着粉扑移动，她的脸逐渐泛出哑光莹白。易平平停了手，又拿起另一盒特制的粉饼，对着她胎记的位置压了两下，一个造型别致的红色爱心赫然在眼尾与脸颊交界处显现，平添几分俏皮，偶然的眼波流转间，更睇出几丝娇媚。

看着眼前与之前大不相同的莫愁，易平平满意地放下手上特制的粉扑。事实上从平津伯府回去那日，她就已经有了初步的想法，而这五日以来，她借助嫣紫阁提供材料，方能在今日将散粉变为粉饼，又制作出专门用于莫愁胎记处的粉饼和粉扑。说起来，在这几日与嫣紫阁的相处中，易平平当真有些佩服赫连齐光的手段与眼光，他选的这位嫣紫阁掌柜祁贵，实在是能干话不多。她本来准备了说辞与计划，想说服嫣紫阁提供材料并帮忙制作粉扑，结果祁贵压根没问她拿去做什么，甚至在易平平做出粉饼之后，他也没要求立刻售卖，不过易平平从他眼中闪过的惊艳能看出，他不是不想问，而是他知道——易平平才是决策人，东西售卖与否，自有计划。有这样知事的掌柜，易平平心中对与嫣紫阁的合作又多了几分把握。

收回思绪，重归眼下。这次为莫愁修饰胎记，选在客房。杜若和傅显荣俱都到场，原本莫愁径直就要拉他们去闺房，被易平平连声拦住。开玩笑，若是被苗子陶知晓他妹妹带了两个男子入闺房，易平平觉得第一个遭殃的不是这两个男子，而是她！唉，这莫

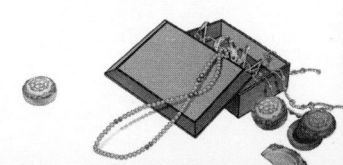

名其妙的恨呀！想到苗子陶，易平平又有些头疼，赶紧侧眸问道："杜太医，你觉得这样可好？"

杜若凝视着莫愁，目光因专注而显得温柔，若非易平平知道他此刻真的是在认真辨别，她一定又会以为他对莫愁有意。杜若看了半晌，眉头逐渐拧起，终于开了口，却是笃定道："我觉得和先前没区别。"

易平平一口气差点没提上来，欲要反驳，又突然想起——他一个脸盲患者，哪分得出美丑！真是问错人了！她扶额，朝傅显荣看去，重新扬起笑容，"傅显荣，你觉得莫愁这样好看吗？"

傅显荣挠了下头，"好看啊，莫愁本来就很好看呀！"他说着视线在她和莫愁之间转换一回，朝她露出一个毫无遮掩的笑容，"不过还是奇怪姐姐最好看！"

谁问他这个了！连续在两个人面前得不到肯定，易平平无奈至极，却绝不气馁，抓起桌上的铜镜举到莫愁面前，又一次扬起期望的笑容，"莫愁，你觉得这般妆点后，可有精神几分？"

莫愁早就好奇自己变成了何样，忙凑过来，可只看了一眼，却先蹙起了眉。她偷瞄了易平平几眼，才略低着头，声音也不如往常洪亮，"平平，我觉得这样怪不好看的。"

手上一滑，镜子差点摔下去，易平平始料未及，"你是说，现在这样不如你先前好看？"莫愁对着铜镜努力鼓动着腮帮子，那认真又带有几分苦恼的神情绝不似玩笑，"平平你看，以前我若是饿了，实在没东西吃时，我便自己照镜子，看着脸就能想到寿桃包！可如今这模样，什么都不像了……"

寿！桃！包！合着她是在不满把她的脸变小了？这，这到底是什么审美？易平平咬咬牙，问道："莫愁，你……你看到脸上坑坑洼洼的人，会作何想？"

莫愁眼睛一亮，咧嘴笑起来，"那必然是刚出炉的芝麻大饼，酥酥脆脆，好吃！"

易平平嘴角抽搐了下，"若是看到脸上有疙瘩，或肿得老高的人，你也不会觉得不美观吗？"莫愁歪头想了想，"我以前见过，以为那人把馒头藏在了脸皮下。我当时一路跟了过去，想学这招绝学，就不怕我哥发现我偷吃东西了。后来，府里丫鬟说那是人家天赋异禀，不是人人能做到的，我才歇了这条心。"

看着眼前这个一脸神往的少女，淡漠无感的杜若以及一脸懵懂的傅显荣，易平平真是觉得这五天所有的辛苦都白瞎了！脸上的笑意实在快要挂不住，她犹不死心，垂死挣扎，"杜若，傅显荣，你们若看见有人脸上……"

话没说完,已被杜若皱皱眉打断道:"若不是头皮全无,血流满面,他们的脸与我何关。"

画面感这么强烈的吗?易平平止不住打了个寒战。那头,傅显荣听杜若这么说,也学着他皱起眉,模仿着语气道:"若不是我认得的,又认得我的,他们的脸与我何关。"

吃货、医痴、呆子。真是对牛弹琴与鸡同鸭讲啊……易平平无力地望着他们三个,终于放弃同他们讲解美丑。呼出口气,她开了房门,把伺候莫愁的那几个丫鬟招了过来。所幸那些丫鬟都审美正常,看见莫愁的新扮相,均是双眼圆瞪,异口同声夸赞起来。

易平平总算扳回点自信,"莫愁,你可听见了她们的评价?"

莫愁本要摸摸鼻子,但看见镜中的自己,又不自在地放下了手,"那就留着吧,哥哥或许会喜欢这样子的我。我哥每次看见我的脸,都长吁短叹,我想他也许不爱吃寿桃包吧。"她说着瞥了眼两盒粉饼,拿起其中镂空桃心的粉扑,眉毛纠结,"可是每日都要用它往这地方敷几下,好麻烦……"

易平平艰难挤出丝笑容,"为了让苗将军开心,莫愁就委屈些自己吧。"

莫愁听言,愁容顿消,"你说得对,我哥开心了,兴许就让我多吃一碗饭了!"她猛地直起身,眼巴巴地望向杜若,"杜太医,我饿了。"

杜若面无表情地看她一眼,"我去做饭,你去练功。"顿了下,又道,"半个时辰即可。"

莫愁眼珠一转,"杜太医,我给你打下手!我剁筒骨可利落了,十个人都赢不了我。"

杜若睨她一眼,"一个时辰。"

莫愁持续反抗,"那……那我帮你打水,我把厨房的水缸都装满,只要一会子工夫。"

杜若这次头也不抬,"一个半时辰。"

"我……"莫愁气得鼓起了腮帮子,却又无可奈何。

易平平叹了口气,"莫愁,我陪你去练功吧,也好有个伴儿。"

傅显荣跟过来,"我也要去!"

莫愁瘪着嘴,可怜巴巴地又望了眼杜若,企图做最后挣扎,可惜她那点小心思,怎能糊弄过杜若,只听他淡淡道:"一个半时辰。从现在开始,浪费一刻,便少一道菜。"

话音刚落,易平平只觉平地刮起了一股凶猛的风,下一刻,莫愁已跑得只剩下一个小红点。望着那已完全跟不上的身影,易平平心中一阵无力,这真是——

世间有万物,一物降一物!

修饰莫愁胎记这事，从一开始就不是个寻常路数，而经过刚才的审美对答，易平平已决心忽略杜若的遗憾和莫愁的不满，带着一个化妆师的尊严自告奋勇地留下来用晚膳。

既出自杜若之手，当然荤素搭配，赏心悦目。于吃食一事，莫愁的时间也算得精准，饭菜刚好，她便满头大汗地回来了，吃得十分尽兴，言语更是开怀。受她的感染，易平平挫败的心情也终于好了起来。

回府的时候，不用易平平再交代，杜若便提前将她放到了街口，而这一次，傅显荣又跟着她下了车。

易平平有些无奈，却不忍负他的好意，便不远不近地让他跟着，等走到易府附近，她才朝他挥手含笑："傅显荣，我到了，你快回家去吧。"

两人自方才就一路沉默，此刻易平平开了口，傅显荣便用那双澄净的眼睛巴巴地望着她，少顷，默然垂下头，两道浓眉却使劲往上拱起，不住地偷偷看她。

他这副可爱又委屈的模样，让易平平迷惑又好笑，"傅显荣，你怎么了？"

傅显荣来回揪着手指，又偷偷望了她好几眼，才鼓着腮帮子低声说："奇怪姐姐答应看星星下雨的……"

易平平愣了下，想起那天的事来，"是啊，我们说好等星星下雨那天一起去看呀。"

傅显荣抬起头，脸上倏尔显出惊喜的光彩，"奇怪姐姐和我看星星下雨！"说话间，他忽然上前一步拉起易平平的手，扯着她就往前跑。

这突如其来的举动着实把易平平给吓蒙了，被拉着跑出一截，才惊叫起来，"傅显荣，你要干什么！你带我去哪儿？"

傅显荣的脚步缓了缓，回头朝她粲然一笑，洁白的牙齿似也徜徉着喜悦，"我带奇怪姐姐去看星星下雨啊！"

易平平猛地回忆起来，"该，该不会是今天吧？"

傅显荣似在努力理解她说的话，少顷，乖巧地使劲点头，"风儿姐姐说就是今天呢！"

易平平一时不知如何接话，而那头傅显荣见她脚步有些跟不上，便放缓了速度。直到被拉着又走出一截，易平平才从手心柔暖的触感回味过来，傅显荣竟然……牵着她的手！她下意识地把手往回缩了缩，可傅显荣握得略用力，她这一缩不仅没有摆脱，反让他投来关切的目光，"奇怪姐姐怎么了？我是不是捏疼你了？"

易平平实在回答不上他这个问题，上辈子她虽为人妇，可因身有残疾，从未与尤墨相携而行，细细想来，无论是这次，还是上次得出险境，傅显荣都是第一个牵她手的男人。若是从前那个拘于内宅的白筱宁,恐怕早就羞怒呵斥了,如今她虽也有心提醒傅显荣不该逾矩,可接触到他的目光,她便连一句拒绝也说不出——她知道,他并非有意轻薄,而是胸中赤诚。

傅显荣见她不说话,脸上露出沉思之色,片刻后,便刻意又放缓了脚步。许是因为有特殊的能力,又常出来玩耍,傅显荣对京都的路线显得极为熟悉。也不知他是如何挑的路线,明明还未入夜,这一路走来却从未遇见旁人。说起来,易平平其实并不知晓傅显荣要带她去哪里,可她没有问,她说不上来心中是怎样的情绪,也许从第一眼望见他那双纯净的眼眸时,她便已无法对他设防。

夏季的傍晚是一个层次分明的过程,易平平头一次在日暮交替时走在外面,清风徐徐,白日空气里的那股子燥意慢慢散去,光线点点沉淀,总让人有种与时光擦肩而过的恍然。渐渐地,四周的景物不再明朗,唯有手中温度,以及身旁散出轻微呼吸声的他。又走了一会儿,视线突然开阔起来,原来不知何时天上繁星已现,星光濯濯,易平平这才看清,傅显荣带她到了一处城楼上。几年前京都扩宽面积之后,这里便成了荒废之所,说来也巧,因地势不错,又位置僻静,上一世她和瑶光也总是在上元节来这里看天灯。

眺目而望,远处的住户早已燃了烛火,一片星芒映照着绵延辉光,辉光的深处望不尽,看不明,只剩下孤寂的浓黑。夜风吹拂,将易平平鬓上几缕青丝带动飘扬,她忽然觉得在这夏夜里有了丝丝寒意。

傅显荣将一件外衣披到了易平平肩头,他眼中笑意灿烂,光华宛然,竟比这漫天闪动的繁星更好看几分。易平平一时有些痴了,他不说话的时候,侧颜线条流畅,鼻梁高挺,眼尾轻扬,浓浓的眉毛略略上挑,呈现出十分英气。这样的人,若非天生有疾,注定是人中龙凤吧?易平平止不住叹了口气,她朝他露出一个轻柔的笑:"傅显荣,我以后喊你显荣好不好?"

傅显荣望了望她,有些小心翼翼地问道:"奇怪姐姐,你喜欢显荣吗?"

易平平顿了下,旋即肯定地点点头,"喜欢。显荣是个好孩子,大家都很喜欢你的。"

傅显荣眼中的光华重新亮起,"那奇怪姐姐叫显荣枕头吧!"

"枕头?""东生他们给我取的,说喜欢我,才会给我取小名叫枕头的⋯⋯"傅显荣神情欢欣,"枕头软乎乎的,睡着很舒服,我也喜欢枕头!"

易平平心中浮起疑虑,"你可还记得给你取小名时,东生他们说了什么?"

傅显荣想了想,"他们说我是绣花枕头!"他更开心地笑起来,"府里的姐姐们绣

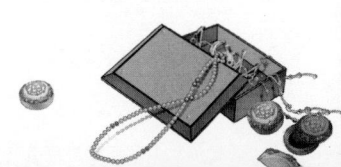

花可好看了，奇怪姐姐，他们也是在夸我好看吧！"

这个东生！就知道他没安好心！易平平压下怒火，才朝傅显荣轻声道："显荣，以后东生他们跟你说的话，你都告诉我，好不好？"

傅显荣懵懂地点了下头，旋即又闷闷不乐地垂下头，"奇怪姐姐不喜欢显荣吗？不叫我枕头吗？"易平平听得心中一阵酸涩，吸了口气，朝他扬起一个最温暖的笑容，"显荣，你以后叫我平平吧，不要叫我奇怪姐姐了。"

傅显荣嘟了嘟嘴，有些委屈，"可是显荣想要一个不一样的名字，大家都喊姐姐做平平，我，我不想……"易平平无奈，"可是你看，你一直喊我姐姐，显得我已经人老花黄、年老色衰一般。"傅显荣眨眼想了想，"奇怪姐姐和木兰姐姐一样漂亮，就算变成黄花姐姐也是最好看的呀。"

易平平张嘴欲言，最终却只叹出口气，"显荣，我以后就喊你小呆，好不好？"这话刚出口，她却又后悔了，她怎么能给他取这样的小名呢？可是那头傅显荣已高兴地叫起来，"好啊好啊，奇怪姐姐喊我小呆。只有奇怪姐姐可以喊小呆，其他人都不能喊！"

他努着嘴，扬着下巴，一副自豪的模样，令易平平愈发心中有愧，却不好再改口，罢了罢了，只要是真心相待，昵称不过代号，又何必计较呢？她的心更加柔软，朝他回应一个笑："好。""下雨了！"傅显荣突然一脸惊喜地仰起头伸手指天，大叫，"奇怪姐姐，你快看啊，星星下雨了！"

易平平蓦然抬头，只见无垠夜空被一颗流星划破，蓝磷光在空中留下一条长弧线，尚未被看清，便转瞬即逝。正有些遗憾，突然地，只见夜空尽头又有光华洒落，一开始只是几颗，短短几瞬，已数不清数量。而天宇之中夜星如旧，与那纷纷坠落的流星呼应着，满天星芒竟如唾手可得，总怀疑着那极速下坠的流星是否便是刚刚观赏过的某颗夜星。

只有当切身体验到流星雨这样的奇景时，才忽然知道天地玄妙，而人类渺小。易平平呆呆地望着，沉浸在这样的奇景里，直到流星渐渐变少，她才想起在现代时曾听过的传说，连忙双手合十做祈祷状。一旁的傅显荣当起了好奇宝宝，"奇怪姐姐你在做什么？"

"我在许愿。"易平平笑了笑，心中却升起怅然，"有人说一颗星坠落就会有一份灵魂补上，逝去的人，灵魂就升天，升天时便会把愿望带给上帝。"

"灵魂？上帝？"傅显荣困惑起来。

易平平点点头，"那些逝去的故人们化作新的星星，把我们的愿望带给一个长白胡子的天神爷爷，我们的愿望就能被他听到了。"

傅显荣露出似懂非懂的神情，学着她的动作，叫道："那我也要许愿！"他说着，反催促起她，"奇怪姐姐，我们快许愿！"

易平平失笑，闭起眼来，思绪也沉了下来，对着残余星光，她在心中认真地默念——愿有朝一日，大宏朝亦能男女平等。不再有诸多顾忌，每个女子都能华光璀璨地过完自己的一生。刚刚许完，她忽然听到身旁傅显荣闭着眼念念有词——"白胡子天神爷爷，我希望奇怪姐姐愿望可以实现，能天天和我在一起，希望奇怪姐姐永远开心！"

易平平睁眼望向他，夜色茫茫中，傅显荣白色的中衣被忽来的晚风吹得翻涌，他于风中转过脸来，眉梢眼角笑意如春风化雨。

"奇怪姐姐，你许了什么小呆没有听到。"

易平平没有回答，她只是伸手主动握住他，柔软的温暖从掌心一路蜿蜒至心底，她抬起头朝他展露出最真挚的笑："谢谢你，小呆。"

这一次，傅显荣便应了她喊的这个名字，话也不说了，只呆呆地望着她，似看痴了一般。天上的流星雨便宛如午夜的昙花，刹那芳华，余下满眼绚烂，而后消散无踪。天幕上的星子仍交替闪烁，仿佛一切从未发生。又站了一会儿，易平平正要同傅显荣商量回去。傅显荣却突然拧了眉，"奇怪姐姐，有人……"

嗯？易平平疑惑地看向他，欲要开口询问，便忽然望见城楼下有一溜火光，夜色里拾阶而来，有人在大喊——"三小姐，三小姐……"

这声音……易平平心头一突，把这个声音对上了号，那是府中吴妈的声音！这么说，府里发现她不在的事情了？易平平猛地抬起头，"小呆，你还知道其他能下去的通道吗？"

"我知道呀！"傅显荣点了点头，不解地看着她，"可是他们好像是来接奇怪姐姐的，奇怪姐姐不跟他们走吗？"

"你先带我走！"这个呆子！易平平急得跺脚，"还记得我跟你说过的吗？没有结亲的男女在一起玩，被旁人瞧见，会被指责。像我们这样，是要受处罚的！"

傅显荣跟着急起来，拉着她就往外跑，"我不要奇怪姐姐受处罚！"他说着，却又停下脚步，神情张皇又迷惑，"可是有个穿黄衣服的姐姐说，我喜欢奇怪姐姐就要一直找奇怪姐姐玩，不然奇怪姐姐就不会记得我了……奇怪姐姐，你会记得我吗？"

事出突然，方才易平平也没细想，如今不由一怔。是了，她院中向来清净，抱琴入画又十分机敏，便是担心着她出事，也绝不应该是吴妈出来寻她！更重要的是，府里的人怎么会知道她在这里？！易平平下意识握紧了傅显荣，"你说有个黄衣服的姐姐？你

在哪儿见到她的？她为什么跟你说这些？"

傅显荣明明被她捏疼了，却忍住没有吭气，小心翼翼地看着她，"是你来府里找我玩的那天呀，我在院子里碰见她的。她，她说……"他仔细回想，突然叫道："啊，她说她是奇怪姐姐的姐姐！"他这一下声音放大，立刻将那队寻来的人吸引过来，吴妈大声喊道："是你吗三小姐！老爷可担心你了，快跟我们回去吧！"

"走！"易平平来不及再同傅显荣费口舌，拉着他就往前跑，幸而傅显荣见她如此，也知事态紧急，很快掌握了主动权，拉着她从另一条隐蔽的路线跑下城楼。

易平平岂能还想不透这其中曲折，这分明是一个局，而布局者除了易青青，不做他想！傅府花宴那日，她可不就穿着鹅黄上袄么！易青青教唆傅显荣来找她玩，就是等着败坏她的名声，易府的人能找来这里，必是早有人在暗中盯梢，可以想象府中如今鸡飞狗跳的场景，无论她是被"找"回去，还是自己回去，都已难免一场血雨腥风。

可笑她重活一世虽觉得名声不过是以己度人的愚昧之言，却仍要被世俗所约束。易平平吸了口气，看向傅显荣，一切已到了如今地步，却不该再牵扯他。她停了脚步，"小呆，就到这里吧，你快回家去。"

城楼上易府的下人在吴妈的带领下，四处叫唤着，火光炽盛，夜深如晦，傅显荣在这样的环境下显得有些不安，但听了易平平的话，他瞪起眼来连连摇头，"不要，我要送奇怪姐姐回家！"

虽然猜测到他不会轻易离去，但他真的这样做时，易平平还是忍不住心头一暖，她闭眼，复又睁开，声音恢复坚决，"小呆，你听我说，你不想我有事，我亦如此。可是现在你在这里反而会妨碍到我，会让境况变得更加复杂，你的离开，现在对我才是一种帮助，我也能放下心来，你可明白？"

她话中的好意，傅显荣自然能感受到，蹙着眉瘪着嘴，虽是一副不情愿又委屈的模样，却仍然遵从了易平平的意思，垂下头松开了手。

到了这时，易平平也没空来追究他到底有没有听懂了，她取下身上的衣服放到他手上，"小呆，我走了，你也快些回家去。"

傅显荣抬头望她，眼中有些许晶莹，夜色、晚风，再加上他这样的表情，一瞬间倒让易平平觉得像是要诀别了一般。刚刚塑起的"硬心肠"又被瓦解，她失笑："好了，我改日会来找你的，快回去吧。"

得了她的承诺，傅显荣赶紧拿手背抹了下脸，朝她立保证似的使劲点头，"小呆会等着奇怪姐姐的！"易平平回应地朝他笑了笑，立刻转身往前，她决意去一趟乐王府，眼下光景只有温姐可以救她，但今日出来她并未将温姐给的令牌带在身上，也不知能否进去王府。带着满腔思绪，她疾步奔走着，没走一会儿却忽听一个女声急声呵斥，"什么人！"说着一只手便挡住了她的去路。"速速离去！"

易平平吓了一跳，抬头便对上双冷厉警惕的眼。她怔了下，见前方停着辆毫不起眼的马车，便压着怒火道："此地唯有此路，你凭什么拦道？"

那人一下柳眉倒立，正要开口，那头马车的帘子微微一动，有个声音淡漠道："果真是你。"易平平浑身一震，蓦地望过去，便见着帘子下露出张熟悉的脸，美眸清莹，细眉如黛。她尚有些回转不过来，方才拦她的那人却已不见了踪影，而马车里那位发出一声嗤笑："夜半三更独游街头，这便是易家教你的规矩？"

"规矩？"易平平吸了口气，扬眉反问，"威远侯夫人子夜出府，又讲的是什么规矩？"马车上的那位正是瑶光，闻言，她撩开帘子看了过来，"你倒是半点亏也吃不得。"易平平对上她的眼，"人活一世不过自在二字，我为何要让自己吃亏？"

瑶光唇边挂起一抹冷意，"你这份自在，怕是要让易府声名受累了。"她居高临下打量着易平平，"你不在意名声，却也累及他人。我姐竟然救了你这样自私的人。"

黧夜相逢，从意外到现在的针锋相对，易平平早就发现只要面对瑶光，她就无法做到心平气和，她怒极反笑："如威远侯先夫人那般心地纯善，也不过落得薄命下场。人不为己天诛地灭，做人不管是自在也好自私也罢，总好过用自己的良善换来无妄之灾。"

瑶光的脸色立时沉了，"喊我姐白姑娘！"

易平平怔了下，才回味过来，冷笑一声："是了，当着现威远候夫人的面，说故去的旧人，您自然不爱听了。"瑶光听言，眼中幽光蓦然暴涨，似利剑般欲将她戳穿，"我说了，喊我姐白姑娘！不许再玷污她对她不敬！"

玷污？称白筱宁为威远侯先夫人，便是玷污？易平平心中的复杂情绪还未化作言语，那头瑶光突然朝远处横了一眼，旋即神情起了几分讥诮，"人活一世不过自在二字？鱼游沸鼎、燕巢危幕，我倒想看看你如何寻得自在……"言罢，她蓦地松了手，容颜隐入绣帘之后。这时，先前那个女子又现了身，恭谨站到马车前，不动如山。

易平平有些回转不过来，直到这犹豫的片刻间，她听见身后传来了此起彼伏的叫喊声——那是吴妈那群人的声音！易平平神色一凛，没等她往前迈步，那女子已横出一臂，"没有主子吩咐，你不能走。"

瑶光要害她！在意识到瑶光的意图之后，易平平胸中那股怒气在身体里炸锅似的横冲直撞，令她手脚冰凉不住发颤。这一次，她竟要再因瑶光而身陷囹圄！

这时，吴妈一群人已赶了过来。吴妈眼尖率先看见了她的背影，当下做出一副喜极之态，"三小姐，三小姐！奴婢可算找着您了！"她大叫着疾步过来，还未靠近已毫无迟疑地攥紧了易平平的手，倒也不怕认错了人。

易平平多次调整气息，才冷静下来，回身时，脸上显出惊讶之色，"吴……妈？你怎么来了？"说话间，她目光扫过跟着吴妈的那群人，这些人里无一例外都是易府家丁，此刻皆举着火把，大有要走近包抄她的架势。虽是家中仆人，却也是男性，三更半夜让这么一群人出来寻她，其心可诛！易平平皱了眉，立刻喝道："不懂规矩的下人？见了本小姐为何不行礼，本小姐何曾让你们靠近了？"

自夜宴后易平平在府中的地位见天儿高涨，早不是当初无势的三小姐了，此刻她突然发难，那起子家丁哪儿预料过这等威严，当下生了惧意，也不知是谁起的头，紧接着那群家丁就挨个跪了下来，"三小姐恕罪……"

这一跪气势就输了一大截，连寻人的初衷都差点找不回了。吴妈恨不得挨个扇他们几巴掌，赶紧抹泪掐嗓，"三小姐，您这是要上哪儿啊？快些儿跟老奴家去吧，老爷听说你自个儿夜半出府都快急死了！"她不断睃着易平平，巴不得从她的穿着神态上看出点什么不妥，也不等易平平开口，她眼中忽然暗芒一闪，一扭头，装作刚看见旁边的马车，做出惊慌神态，"三，三小姐，您这是要做甚？先前您因不满老爷给您定的亲事已做过一回傻事了，这回万不可再做下那起子见不得人的事啊！"

托她的福，在列众人可都听懂了——原来三小姐因为不满亲事，决议私奔，马车里的这位一定是她的姘头了！否则还有谁值得三小姐半夜冒险出府来见？

易平平实在被激怒了，蓦地甩开吴妈的手，一双柳眉下意识挑出冷意，"吴妈，到底是谁给你的胆子这么编排我！"

上一世她生来嫡女，从小就被安排着学做主母，白家的权势岂是易府这样半落魄家族可比，所以当易平平拿出这样气势时，吴妈有瞬间被她锐利的眼神吓住了，揩了手心湿汗，才梗着脖子道："三小姐，老奴一片赤诚都是为着易府的名声着想啊！"她目光不住在易平平和马车之间打转，瞥过那个呆站着的丫鬟，更是觉得心中明镜一般——也不知哪儿来的穷小子，被吓得连话不敢说也不敢出来。这马车又小又旧，车夫更是没有，怕是勒紧了过活也就养得起这么一个丫鬟。思及此，吴妈更觉鄙夷，"三小姐若觉着委屈，便让车上这位公子跟着我们这一行人回去，咱们回府由老爷问个明白！"

所谓奴大欺主，便是眼下情景了。家丁们不听易平平这个正经主子的使唤，却在吴妈的指示下又要围上来。易平平后退一步，挡在马车前——以瑶光的性子，便是中途跳出来说些莫须有的事，也无甚稀奇。易平平心沉了沉，"今日之事我自会向父亲禀明，由不得你来指使，难不成我记差了，如今易府已是你吴妈主事！"

吴妈被吓了一跳，变得有些畏缩，不过当看到易平平挡到马车前，她眼珠一转，又立刻肥了胆，"哎哟，三小姐这些诛心之言可真是冤枉老奴了！三小姐的心思老奴都明白，可若是这位公子不跟着咱们回去，那才是由人编排说不清了！三小姐，老奴可都是为你好，你想想老爷那么疼你，只要把事情说清楚，他又岂会同你置气？"她说着几步挤了过来，一副"忠义护主"的姿态，"今日无论三小姐是否同意，老奴都一定要带你和马车里这位公子回去给老爷问话！这可关乎整个易府的清誉！"

阎王好见，小鬼难缠！易平平攥紧了手，没继续这无用的争论，将目光转向马车，她着实头疼该不该拆穿瑶光的身份——明知道留她在此后患无穷，明明那样恨她，可遇到危机，她却该死的仍会为她考虑。易平平优柔寡断，瑶光却毫不领情，也不知她和女仆如何互通的消息，女子忽然上前一步，垂首道："我家主子愿跟随回府。"话毕，她向易平平看来又说了句，"三小姐不必害怕。"

女子言语间透出的暧昧令吴妈眼睛一亮，心说这马车里头的人果然是小门小户，任自己说几句就能轻信！思及此，她更是不肯放过，认定了易平平的"罪名"，更少了恭敬，连拖带拉逼着这一行人回易府。

事关门楣，断不会善了。不过，当易平平看到易府府门大开、灯火通明的光景时，还是禁不住挑了下眉——只怕过了今夜满京城都会知道易三小姐深夜不归。她又望了望门口，所有通道均有人把守，而这么大的事，却不见老夫人踪影，看来，是有人刻意不让老夫人知道此事啊……只是，门楣名声向来一损俱损，易夫人就不怕易青青的闺誉也被牵连？

容不得多想，已听一声厉喝："孽障你竟还有脸回来！还不快给我跪下！"

只见易之瑞怒目戟指，他身后站着神色不明的易夫人和戴着面纱的易青青，门前阶下一众家仆严阵以待，正接受问询的抱琴、入画伏跪在地，听闻此言，身形皆不受控地晃了下，悄悄向易平平投来目光，在见到她毫发无损后略松了口气，却又更担忧起来。

易平平默默攥了拳，这次她最对不住的是抱琴和入画。上前敛衽一礼，她沉静道：

"父亲，今夜之事乃女儿单独所为，还请不要累及他人。"

"你，你……"她坦荡淡然的模样，令易之瑞怒火更盛，却一时气结半晌都说不出一句完整的话。

这时易青青上前一步，"三妹此番被找回，这头一件事便是替自己的婢女求情，父亲的吩咐只作未闻……"她对着易之瑞盈盈下拜，又回首望了易平平一眼，状似垂泪，"父亲，三妹成了这样一个目无尊长之人，亦有我这个长姐平日里对她太过纵容的责任，还请父亲一并责罚于我。"

四周烛火照亮易青青眼底讥讽，但一对上易之瑞她又变得诚恳又自责，偏偏易之瑞最吃两面三刀这一套，此时更是暴跳如雷，"孽障，给我跪下！本官要亲自打断你的腿！"

易平平知道她应该服软，但那与她心意相悖，是以她扬起脸，目光无惧，"恕女儿不知所犯何罪，女儿不跪！"

"好！好得很！"易之瑞气得浑身发颤，若非四周下人众多，他兴许早撑不住明辨事理的官老爷形象，瞋目切齿地一瞥眼，这才发现吴妈这群声势颇大的队伍，厉喝道，"吴妈，三小姐到底所犯何罪，你来说说！"

吴妈就等着这句话，装模作样扭捏几下，直到易之瑞大声斥责，她才畏畏缩缩道："回禀老爷，老奴不敢妄言，找到三小姐时，她正与这辆马车里的公子说话，当时不止老奴一人看见。"

话音一落，易之瑞几欲跳起，"好你个不知廉耻的易平平，私会外男，你还有何可辩！"

易夫人望了那辆至停下就未再有动作的马车一眼，却多留了个心眼，一边痛心疾首，一边惋惜道："三丫头，为娘素日念你已颇有仪态，早已不会再犯之前的傻事，怎的今日，今日……"她又气又羞似的说不出口，"老爷，三丫头好歹也是咱们易家的女儿，如今做下错事，还须先请那位公子下来一谈才是。"

易夫人这出戏唱得极好，既彰显了宽容大度的慈母之心，又再次提及易平平并非初犯，这话合起来就只有一个意思——这个不省心的庶女，在男女情事上胆大妄为，此事若不重罚，往后只会牵连易府！易之瑞自然听懂了话中含义，双眼冒火地喝道："去把人给我带下来！"

"谁敢！"

"住手！"

瑶光女侍挡在车前，而易平平下意识地后退一步，两人几乎同一时间开口。事实上易平平做出这个举动后就后悔了，但事已至此，她只能咬牙硬挺。众人将易平平的反应看到眼里，心思各异。而易之瑞更是要被这个恬不知耻的女儿给气死了！"来人呐！把人给我揪下来！"

易平平还要阻拦，却突然被人拉住了衣袖，易青青不知何时疾步下来，在旁人眼里她忧心忡忡，而只有离得近的易平平才看清她眼中的怨妒，"三妹不可啊！便你担心于他，也切莫再惹父亲生气了！"

易平平突然有些明白过来，反手捏住易青青，压低声音道："够了易青青！你毁我声名到底有何好处！"

易青青惯常作态的脸上倏尔透出轻蔑，她附到她耳边，犹如毒蛇般轻巧又阴冷，"易平平，你永远不要妄想能嫁入平津伯府，我得不到的，你也别想得到！"

易平平愕然，而她已重新换上一副担忧神色。

是了，只能是易青青！易平平猛然想起那日苗子陶提出要娶她做妾后，易青青眼中的妒忌。她，喜欢苗子陶？所有的一切因这个念头而忽然串联上了！易青青恐怕早就监视着她的动向，知晓她近日频繁出入平津伯府怒火中烧，所以，才做下宁可自伤也要致她易平平于死地的局！说一千道一万，都是苗子陶这个害人精惹的祸事！易平平实在觉得头疼，这时，她听到入画和抱琴的声音——"走开！小姐说不许碰，就不许碰！"

易平平一回头，就看见易府的家仆几乎包围瑶光的马车，而女侍果然有些功夫挡住了众人，但她双拳难敌四手，总有遗漏之处，入画和抱琴不知何时加入了战局，也勉力阻挡着。

易平平眼睛酸涩起来，什么平津伯府，什么瑶光，什么易青青！她此时要做的，只应该是保护好忠心待她的抱琴和入画！她闭了闭眼，从怀中摸出那把自苗子陶夜闯后就随身携带的剪刀，怒喝道："都给我住手！"

所有人都因她的举动暂停了下来，易平平直直望向易之瑞，"父亲，您可以责怪女儿不告而出，但女儿所为皆凭本心，无愧天地，请恕女儿不知所犯何罪，更不可认罪！"

易之瑞颊边肌肉止不住跳动，"好一个无愧天地！你竟还要狡辩！"

"男子夜出不过寻常，女子夜出如何就成了大错？是您从不曾相信女儿。"易平平抬手拔下头上发簪，乌亮的长发随风飘荡，而她目光决然坚定。"您觉得女儿有辱门楣，女儿愿给您给易府一个交代，只请父亲莫要为难他人，女儿自愿从此削发为尼！"她说

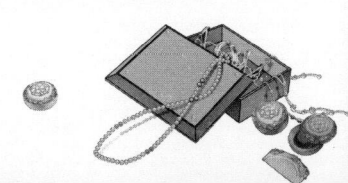

着不管不顾便抓起头发。

就在此时，一把优雅的娇美女音突然从马车里响起——"且慢！"

场中众人先是一呆，继而大惊——穷酸落魄的公子怎么变作了一个女人？

吴妈一副见了鬼的模样望向马车，门帘此时略略掀起一条缝，露出半个线条完美的下颌，"三小姐，劳你辛苦护我的身份。炽火，把这个给易大人看。"说着，车内递出一块精致的玉牌，吴妈眼尖又靠得近，隐约瞧见两个铜色字体，虽不认识，却被那通富贵气派吓得跟跄后退几步。

易平平停手蹙眉，望向瑶光，一时不知她到底是何用意。而那头易之瑞接过玉牌面色数变。易夫人母女也从震惊清醒，待看到易之瑞手上威远侯府的令牌后，均黑了脸。

"此令可证我身份。今日三小姐与我夜谈，因我不想旁人知晓，所以才叫人误会。"瑶光淡淡出声，侯府主母仪态尽显，再加上那块内府令牌，易之瑞自无置喙。威远侯府乃是世家，他是官场中人，自然权衡利害，咬咬牙，他躬身作揖，"原是误会一场，还请夫人勿怪。"

瑶光似笑非笑，"府上刁奴得罪于我，易大人一句勿怪便要打发？"

易之瑞没料到她竟打算插手易府家事，不禁一怔。易夫人自然也听出她不肯善了，待要上前，易青青却先她一步，朝马车不卑不亢行了一礼，"家奴有罪着实该罚，只是今日天色已晚，不敢劳动夫人在此听审，明日定当带一个满意的结果，上门与夫人赔罪。"

身份高如威远侯夫人又如何？女子终归要忌惮名声。表面恭敬实则威胁，瑶光自然听出其中含义，目光移了过来，"你是谁？"易青青带着得体微笑："小女子易青青。"

"易青青？"瑶光默了片刻，再不留情面，"易府虽比不得世家，却也是功臣之后，府上事务便由着未出嫁的嫡女掌管？怪道调教出如此奴才。我可不想要这份上门赔罪的礼数。"

"你……"易府的家务自是不会让易青青掌管。瑶光这话分明是讽刺她越俎代庖，不知礼数。易青青饶是再有城府，也只是个刚及笄的少女，还是匆匆走来的易夫人拉了她一把，她才忍下怒意。易夫人上前道："夫人见笑，青青的性情是急躁一些，但她也只是热心肠罢了，夫人何苦与她计较？倒是此间之事……方才我听夫人也说此事乃是误会，我现在便让这些冲撞夫人的奴才给夫人磕头请罪吧。"她说着朝易平平招了手，神色慈爱地笑了笑："平平，快来，和你姐姐领着他们向夫人赔罪。"

易夫人老于此道，眼见瑶光与易平平交好，便故意叫上易平平，让瑶光不便拒绝。

而易之瑞一见易平平迟疑未前，便又生怒意，却仍要绷着脸做慈父状，"平平你母亲叫你，如何不应？"

易平平怎会不明白他意，左不过是要她配合息事宁人。她抬眸望向那三人，父亲？母亲？姐姐？本应是同气连枝的家人，可他们却从未顾及她的心意，原来无论是易平平，还是白筱宁，从始至终都只是家里的外人，拥有的只是被视为棋子的人生。她，从未如今日这般看得清明。易平平平静地收起手里的剪刀，可，在放开之前她几乎将它攥出血来。她一步步走过去，仪态盈盈，"父亲，既是误会本也无须赔罪。"

易之瑞三人皆是一怔，接着易夫人脸上已荡开笑意，"平平既是此般作想，不如劝一劝夫人，若因一场误会便结下梁子，叫旁人听去，左不得要作践夫人名声了。"

易平平的视线落到马车遮掩的绣帘上，她能感受到，瑶光亦在看她，虽不知瑶光到底有何图谋，但她清楚，瑶光绝不是愿意和解的性子。这一次，她倒是难得与瑶光有了同样的想法。

易平平嘴角噙笑，回眸过来，"夫人何意？旁人又怎会知道今日之事？"她细眉微挑，"难不成这些奴才敢自作主张？"

易夫人眉头蹙起，仍要装傻，"平平这话何意？一损俱损，你是易家的女儿，母亲就算不顾及其他，也要顾及你的名声。"

易平平不置可否地眯了下眼，"同是易家人，消息自然不会同夫人、长姐嘴里传出去，只是……偌大的一座府邸，难免有些管不住自己嘴的人，难免真的有人自作主张……"她侧眸，朝着坐立难安的吴妈，微微一笑。

易夫人面色一沉，那头却听瑶光适时嗤笑一声，"今日我本与三小姐夜谈。诸位也看到了，我身边只得一个贴身侍婢，我如何也想不明白，贵府是如何得知消息，兴师动众寻觅前来？"

她刻意咬重兴师动众四字，易之瑞迟疑地看了一眼易夫人和易青青，随后蓦地扫向吴妈。吴妈面色一白，却强撑着稳住了形态。

易夫人眸光微沉，"夫人这话我着实是听不懂了。今日我与长女前去探望平平，却不想她未在院中，因为担忧，这才叫我周边妥帖之人前去寻平平。吴妈领人去寻了许久才碰上你们，实在不知哪里让夫人误会。"

易平平还未张口，瑶光淡漠的声音已泛起一丝笑意，"你我虽同是主母，却仍有高低之分，是故意还是碰巧，我看得出来，易夫人也心里清楚。"她冷哼一声，"刚才夫

人也说要给我赔罪，这很好，拿你那个妥帖之人的性命赔我即可，似这等刁奴，在我府中就算乱棍打死亦不足平愤。"

此言一出，吴妈终于受不住，扑通一声跌坐在地，怔了片刻，方手脚并用地跪爬向前，惊惶道："夫人饶命，夫人饶命！"不怪吴妈胆小，高官世家从未有人行事如此乖张，就连易夫人几人也是微愣，少顷，才强笑道："国有国法，家有家规，家奴若是有罪，自该受罚，只是却该依着府中的规矩……"

她未说完，便被瑶光打断，"夫人就是不打算赔这条命给我了？那还谈什么赔罪？"

她这番言语实在是一点面子也不给。这让易夫人神色一僵，易之瑞和易青青脸上也泛出薄怒。僵持之际，易平平开了口："父亲，女儿有事不明。"

易之瑞以为她有意圆场，面色稍霁，"什么事？"易平平微微一福，"父亲在朝做官，可曾见过忤逆上峰之人，那些人又是什么下场？"易之瑞面有露疑惑，但仍是回答了，"自然是被贬官。""那若是诽谤上峰呢？"易之瑞面色一变，"怕是要被贬永不录用了。"易平平点点头，正色跪倒，"父亲，女儿以为当官之人，更应家法严明，家主才能作风严谨，被旁人称道。今日，吴妈之举是否故意，女儿亦有错在先，无立场追查。只是，吴妈以下犯上，诽谤主子，以官场纪明为例，理应将她逐出易家，请父亲秉公，为女儿做主！"

有理有据，掷地有声！是的，易平平知道单凭此事，绝无法撼动易夫人母女，所以从一开始，她的目标就是吴妈，而非易夫人母女！有瑶光要吴妈性命在前，她相信，不管是易之瑞还是易夫人母女，都只能妥协于她的条件！她不要吴妈的性命，她不过是易夫人的爪牙，她只记得吴妈折辱了抱琴，而她，要吴妈付出代价！她易平平承诺过的，就一定会做到！

吴妈瞪大了眼，膝行向前，"夫人救我，夫人救我！"

易平平几步挡到易夫人面前，径直扇了吴妈一耳光，吴妈惊愕莫名地看着她，求饶声戛然而止，易平平蹙了眉，"居心不良！今夜之事分明因你一人而起！如今有何颜面求夫人救你，莫非你还想将夫人也牵扯进来！"回眸之际，她并未错过易氏母女眼中的怒意，她露出柔顺之态，"夫人，女儿知您明辨是非，事急从权，所以斗胆替您掌掴了她。"

易夫人面色数变，方才易平平飞快出手，已将先机占去，如今更是剥夺了她对此事应有的掌管权利。易夫人看向吴妈，眼神慢慢变得狠绝，一旁的易青青忽而拉了下她的衣袖，似有不甘地低声唤了句，"母亲……"

易夫人拂去易青青的手，已是面有泣色，"老爷，是我素日娇惯吴妈才由着她养成如此性子，而今她犯下大错，我亦有管教不力之罪，请老爷罚我禁闭一月。"她顿了顿，望向瑶光方向，"不知如此惩戒，可合了夫人的心意。"

易平平早知她终会舍弃吴妈，可没料到她竟全不顾脸面！这遭以退为进的苦肉计，明显将局势变成庶女联合外人施压易府，而她易夫人则为了易府，委曲求全！易平平明显感觉到易之瑞再看向易夫人时，目光多了怜惜。

好手段！易平平无奈地闭了闭眼，那头瑶光淡声道："夫人既如此说，那就如此做吧。"此话一出，易平平立刻感到一道视线投来，侧眸一望，正看见绣帘略略掀起。易平平一下明了——瑶光是故意将恨意都引来她身上的！恐怕易夫人也没想过，瑶光真会要她禁闭吧！主母禁闭，易府颜面受损，但从今往后，易家的人们不会记着瑶光这个外人，只会把所有恨都堆积到她身上！

从今天起，易之瑞不会再摇摆不定，他只会向着易氏母女！

易平平默默攥紧了手，她一定要更加努力！总有一天，没有人可以轻易决定她要过什么样的生活！总有一天，她会身在最高处，不再畏惧浮云的遮蔽！

吴妈被按住堵了口，在被拖下去时，她还不住挣扎，用一双泛血的眼死盯着易平平，其间怨毒让人不寒而栗。

不怨易夫人凉薄，不悔及自身过错，却只将一腔恨意记到她头上？易平平真是要被气笑了。

"小姐，似那等不知好歹、不明是非之人，咱们不必在意！"入画过来挡住了吴妈的视线，义愤填膺道。"小姐，不管如何，我和入画都会站在你这边的。"抱琴也走了过来，目光坚定。

易平平心间怒意渐渐散了。此情此景，不知为何突然叫她想起白日杜若和傅显荣对容貌的看法来——

"若不是头皮全无，血流满面，他们的脸与我何关。"

"若不是我认得的，又认得我的，他们的脸与我何关。"

呵，世间之事本该如此，若非亲厚之人，若非在意之人，他们作何想法，又与她何干！

思及此，易平平朝两个丫鬟露出真切笑容。经历这遭，易之瑞三人对瑶光这位"贵人"也再热络不起来，只道了声抱歉，留了易平平送客，便心思各异地回府了。

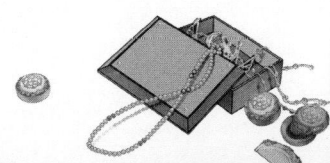

打发过那些家奴，又让抱琴入画在附近守住，易平平这才面向瑶光。马车的绣帘不知何时已被挂起，一双清泠美目一瞬不瞬地望着这边。易平平走过去微微一福，忽听上头飘来一句呢喃，裹了夜色，轻如微风，透着几缕迷惘与伤感——

"易平平，来看我姐吧……"

易平平猛地一震，缓了缓才收敛情绪，"夫人刚刚说什么？"

瑶光的目光如隔烟雾，缥缈得近乎虚幻，不过仅是一息，她又重归冷淡，"后日酉时，我派人来接你。"说完，她也不容易平平反驳，径直放下绣帘，而那头炽火十分有眼色地跳上马车，挥鞭欲走。

易平平忽略心头的怪异感，下意识拦步上前，"夫人这话到底什么意思？"

炽火及时稳住马车，车内沉默了很久，却是答非所问——"易平平，你记住，你的命是我姐救下的。无论何时，我都不许你任意妄为，更不许你背负污名。"

所以，她，要护她？

易府门前高悬的灯笼被风肆意吹动，夜沉如水，惶惶光影似易平平脑中霍然汹涌的思绪，她定定地望着瑶光，可那层绣帘将视线隔断，叫她什么也看不见。

直到马蹄声响，易平平方回过神来，而那辆破旧的马车早已融进夜色，只余下一个看不真切的黑点，一如看不真切的意图。

事关瑶光，她是愈发看不透了。又在原地站了许久，易平平方锁眉揉了揉太阳穴，正要招呼抱琴入画回府，却听入画突然警惕嚷道："什么人在那里！"话音一落，便听到什么东西哗啦啦被碰倒了。

易平平惊了下，疾步跟了过去，"怎么了？"

入画已小心翼翼地走到巷口，只见易府侧门的小巷里，一堆木材七零八落地散在地上，"小姐，我刚刚好像看到那里有个人。"她说着，指了指巷子深处，"似乎穿着身蓝衣，跑到那边去了！"

离得最远的抱琴此时也快步过来了，显出几分担忧，"指不定是什么宵小之徒，我这就去叫人来。"

蓝衣？易平平心中一动，一下抓住要去叫人的抱琴，"好了好了，哪儿来那么多坏人，也许只是觅食的野猫。"

"可是小姐……"入画还要再辩，被易平平挽住手，笑着打断道："我知道我知道，如果真的是坏人，那我们现在就应该抓紧彼此的手赶紧跑，这样才最安全！"说话间，易平平便拖着两人往回走。

见此情形，抱琴哪还有不明，入画也回转过来，并没多问，却也不再纠结了。

易平平走了一会儿，终是忍不住回头再望，茫茫夜色，她毫不意外地看到一角熟悉的蓝袍在巷口受惊般的一闪而过。果然是他……

哪有什么宵小之徒会隔着那么远来偷听？被人呵斥一句，就露了馅，还这么怕被她看到？当门房一点点关上府门时，易平平平静地收回目光，嘴角却无意识地微微翘起。心里无奈又有些宽慰地叹了口气——

傅显荣，多谢你一路守护。我已归家，亦盼你平安。

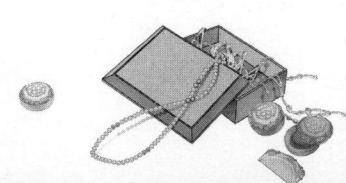

第六章 今生前世

缕缕凉意从鎏金镂兽的冰盆里四下散开,薄如流云的蝉翼纱静谧而轻柔地挂起。

御书房内,皇帝与赫连齐光各执黑白,正专心对弈。

皇帝将手上捻着的棋子举起又放下,少顷,摇摇头,叹气出声,"我又输了。"

墨玉棋子重新落入棋盒,玉石相撞,发出清越的声响。赫连齐光动作略顿了下,旋即将手中的白子随意丢回棋盒,"皇兄承让了。"

棋盘上的棋子罗列紧密,不难看出双方战势胶着,虽眼下旗鼓相当,但白子已隐有上风,三步之内便能看清结果。皇帝嘴角噙了丝笑,"你自小就比我聪明,也比我会讨人欢心。"他摆了摆手,便有内侍垂首过来预备着伺候他起身。

赫连齐光瞥了一眼,慵懒地歪回榻上,"难得听到皇兄夸我一回,光这两句可不过瘾,皇兄若真是心情不错,不妨多夸两句如何?"

皇帝怔了下,旋即略有无奈地笑起来,"你呀你……"他摆摆手,那内侍又退了下去。皇帝执了茶壶,将两人的茶杯亲手注满,"齐光,你有没有后悔过……"潺潺水声中,皇帝缓缓抬起头,"我知道,父皇心中更属意于你。"

赫连齐光手指微微一滞,抬眸时面上神色不变,语气已多了份调侃,"皇兄,子非鱼,焉知鱼之乐。你并非父皇,又怎知父皇心中所想?"

皇帝嘴角弯了弯,目光却不曾离开过半分,"我只问你,你有没有后悔过。"

赫连齐光眉目收敛了几分,"没有。"

"一次都没有?"

"没有。"

皇帝闭眸点点头，再睁眼时，深吸了口气，"那朕问你，朕的几个儿子里，你为何独独喜爱乐王，又偏偏与苗子陶交好？"

皇帝不再自称我，而是威严逼人的"朕"，整个御书房的气氛一下变得严肃压抑。

赫连齐光面色微微一凝，而后嘴角浮出一贯轻佻的笑意，"皇兄在怀疑我什么？"

皇帝没有搭腔，只是盯着他。

赫连齐光倒是感受不到压力般，悠悠然，坦荡荡，还朝他扬了下眉。

静了半响，皇帝才回转目光，叹了口气："罢了罢了，当我没问。"这语气倒是副不甚在意的模样。

赫连齐光没有接话，嘴角却敛下来。

皇帝见了，不由眯了眯眼，语气虽是笑着，放在棋盘旁的手却点点攥紧了。"莫非，你还要生朕的气不成？"

赫连齐光静了一息，旋即坐正身形，垂首道："臣弟不敢。"

这句放低姿态的"臣弟不敢"，让皇帝的怒意散了大半。"你啊，就是被母后宠坏了，一点委屈也受不得。"

赫连齐光抬起头，面无表情道："皇上也知'委屈'二字？"

他这番计较作态，倒真像是个未长成的娃娃了。皇帝展眉笑起来，"好好好，是为兄错了，还请弟弟你不要与为兄计较。"

"皇兄知道就好。"

两人相视而笑，气氛立刻舒缓了许多。

又坐了约一炷香时间，赫连齐光便起身告辞了。

皇帝侧眸望去，但见青衣飘然，他的背影如晨间沐光而立的翠竹。他惯爱奢华，原来亦不负清秀隽永，便连这光影也似偏他几分。皇帝眯了下眼，默了片刻，从身侧暗格里摸出本折子，那是司天监的连夜密奏。

他垂眸，那行已看熟了的字眼再一次迫不及待地冲入了眼帘——

孛星流雨，大异重仍。主天灾，主君臣乱象矣！

皇帝的手渐渐捏紧了，良久，他才缓缓呼出一口气，"齐光，你我是兄弟，更是君臣，但愿你我不会走到……"

细细软风忽而吹来，挂起的蝉翼纱微微晃动，余下的几不可闻的几个字随势飞散而

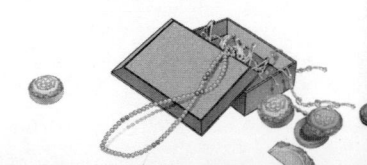

去。

绿树茵茵，枝叶随风轻颤。临近傍晚，灼人的日光开始渐渐变得昏沉。
这里是威远候府。
候府的丫鬟将易平平领来此地后，便急急退了下去。熟悉的景色映入眼中，那些美好的，充满希望的，还有……痛苦的记忆，在脑中反复。四下无人，易平平袖下的双手攥紧又松开，周而复始，情绪几要克制不住。
"算你还有些良心，未曾来迟。"身后突然响起的声音，让易平平吓了一跳，回眸一看，是瑶光缓步走来，穿着身十分眼熟的粉裙，手上却抱了火盆和一堆冥纸。
没错，就是冥纸。那堆冥纸叠得高，险些挡住她的视线。
易平平心中升起一阵怪异，皱了皱眉，还是上前一步，岂料她的手还未曾碰到那些冥纸，瑶光已神色大变，"滚开！别碰它们！"
易平平错愕僵在原地，"我不过看你拿不下……"瑶光怒瞪了她一眼，只顾着脚步踉跄地将冥纸放到院中那棵最为茁壮的树下，又将火盆拖到大树正中。
"易平平，你来看看我姐吧。"
昨夜，易平平曾为瑶光这话辗转反侧，临入睡之际，她才突然记起，明日……是白筱宁的生辰。心头的疑惑一下拨云见日，但易平平其实不确定瑶光是请她来祭拜白筱宁的，毕竟瑶光又有什么立场来祭拜白筱宁呢？只是而今眼前的一切……
易平平呼出口气，敛了裙摆，也蹲到木盆前。瑶光一直望着树下某个位置的眼睛这时移了过来，眉头一皱，声音透寒，"走远一些，别靠近这棵树，还有这些东西！"
可一不可二。她这平白的怒意终将易平平激怒，"是你叫我来看她的。"
瑶光无视她的怒火，只拿起一张张冥纸，脸上的神情又陡然变得柔情，"你看着我烧便好。"
易平平还想开口说话，却见她犹自擦亮打火石，捻起冥纸的神情益发缱绻，似在爱抚情人的脸颊。浓烟渐渐升起，薰眼又呛人，而她纹丝不动，任由火光与浓烟模糊她的容颜，影影绰绰间，易平平似看到她五官扭曲，不知是火光还是如何，她的双眼红彤彤的，专注的眼神透出疯狂，一如这汹汹火势。
那是，可以燃烧一切，毁灭一切的疯狂。
一种强烈的陌生感让易平平脑子有些发蒙，她站在原地，感受到燃烧的火，感受到瑶光的疯狂。这一刻，她突然发现——上辈子，她从未了解过瑶光。

白筱宁一直将瑶光当作妹妹，所做的一切都是要保护她，照顾她，可是，白筱宁从未想过，瑶光她到底想要什么？

易平平想不明白，她抢走了威远侯夫人的名分，逼死了白筱宁与腹中的孩子，她没有资格来祭奠白筱宁，可她……易平平突然想起昨晚的相遇，也许并非是错觉，与瑶光相遇的地点正是去废城楼的必经之地，而今日，是白筱宁的生辰。呵，真是可笑，她竟在惺惺作态地怀念白筱宁！

易平平觉得自己应该愤慨的，可心底又有个声音告诉她——瑶光并非作假，时至今日，她不需要做戏给旁人看，更何况，是个与她毫无关系的庶女。

木盆中的火光逐渐熄灭，只余下满满的灰烬与空气中的余味。瑶光不顾木盆仍处于高温状态，皱着眉将盆拖了出来，又急忙用手将飘散的灰烬拢了起来，最后，她将那些灰烬全部拢至盆中，那棵树周围又成了干干净净的一片。而她的双手显然被烫到了，四处泛红，甚至有些控制不住地微颤。

易平平下意识地上前一步，还未开口，瑶光忽而望着那棵树露出一个纯真的笑，"易平平，我姐，就在树下睡觉呢。"易平平目光不由自主向那棵树望去，声音没来由地有些颤抖，"树下……睡觉？"

"我请高人算过，这棵树是府里风水最好的地方。"瑶光的神色重新变得缱绻又温情，她轻轻上前，牵起衣袖擦了擦挂在树侧物件，"我姐睡在这里，我能日夜陪着她，我不在的时候，还有她最喜欢的铜镜陪着她，她应该是不孤单的。"随着她的动作，易平平这才看清树侧的阴影处原来挂着一个小巧的铜镜，只一眼，她便认出那是白筱宁生前最喜爱的雀绕花枝镜，亦是在那未来世界店长手中的"三生镜"！

白筱宁被毁掉容貌后，瑶光就扔掉了她所有的镜子，却原来，瑶光从未丢弃，一直保存着白筱宁那些旧物……

——我请高人算过，这棵树是府里风水最好的地方。白筱宁的重生，可是……与瑶光所为有关？

易平平觉得喉咙有些发干，手脚也不听使唤地僵硬起来。她望向瑶光，她面上的笑容是她再熟悉不过的，纯真无邪，那是从心底透出的笑意，只是带着这种笑意，说出这些话，再加上"三生镜"的出现，令易平平实在有些背脊发凉。

"易平平……"瑶光将那块镜子擦拭得透亮，这才抬起头来，"你来和我姐说声谢

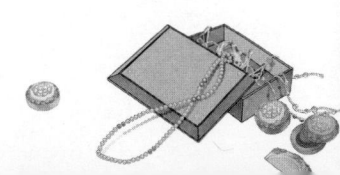

谢，若非她救了你，现在恐怕都没你这人了。"

易平平闭了闭眼，抬起有些发沉的腿，向前走去，走到一半，瑶光又突然喝道："站住！不许往前了，就站在那儿！"

易平平呼出口气，也没心思再计较她反复多变的情绪了，停在原地将目光移到树上。它枝干粗壮，绿叶葱茂，显然得到了很好的照料与打理，本被瑶光的话引得心中发毛，但现而今，却不由自主地升起些微酸楚来。

这，便是因果轮回？

白筱宁，就躺在这棵树下啊……那具承载了她数十年喜怒哀乐的躯体，就这般无爱无恨地躺在了这片土地之中。

现世的自己，悼念前生的自己。

悲伤、不甘、委屈，又掺杂了些兴奋、激动、感激……诸多复杂、矛盾的情绪，在易平平心中翻腾不已。站了好一会儿，她才敛衽跪了下来。

谢谢你，白筱宁。

对不起，白筱宁。

一次，两次，易平平的额头第三次磕到地上，她闭了眼，对曾经的自己轻道，我不会让你失望的，白筱宁。

"易平平。"瑶光的声音在近处响起。

易平平敛住情绪，睁开眼，"我在。"

瑶光的目光不知何时多了一丝柔和，"你……让我感觉有些熟悉。"易平平心中一紧，面色却不动，"熟悉？"瑶光的视线来回数次，片刻，方侧过头，语气有些埋怨和别扭，"你有些地方，像我姐。"

易平平着实因她这话惊了下，旋即装作不在意地起了身，"可是我和白姑娘长得有几分相似？"瑶光似有几分厌弃地摇摇头，"兴许是我的错觉……"她说完，又皱了皱眉，声音带着凉意，是不容拒绝的命令，"你可以走了。"

若是平时，易平平怕是又要因她的语气不满，而现在她实在不愿，也不敢再多说，只点了点头，福了身，便转身离去。她心底终有惦念，走了几步，还是忍不住回了头——

益发沉暗的天光里，那棵树却格外的生机勃发。树下，那个粉色的身影仰着头，痴痴地看着繁茂的枝叶，犹如注视着自己的爱人一般，痴缠不舍。

风过，树枝摇摆，仿佛在回应这份真切的目光。易平平心中的疑惑终究扩散，甚至在这一刻将心底的恨也压下一头——这样的瑶光,究竟为何要害死白筱宁?

一点点清水被倒入砚台,随着那只纤巧小手的仔细研磨,墨块逐渐蕴出浓黑。易平平取下狼毫,在上好的宣纸上书写"嫣紫阁"的产品销售计划。

自应下与赫连齐光合作,易平平却连续半月都未曾再去过"嫣紫阁",这其中真意,自是为了显得她游刃有余,胸有成竹。写好自己的想法,易平平放下笔,单手支颐又看了一遍,这才满意地将眼前的策划书叠好。这时,外头传来脚步声,抱琴轻轻走了进来,"小姐,大管家说奉了老爷之命请您去前厅。"

自"夜会"事后,易之瑞便如她所料,不太待见于她了,连着几日的晨昏定省都未曾见到他,甚至到了用膳时候,也只吩咐一句各院安置便罢了,今日晨起不久,却突然传唤实属有异。易平平蹙了下眉,"可有什么消息?"

抱琴摇摇头,"入画借着端早膳的当口打听去了,我已对大管事说要先伺候小姐梳妆,想来等上一刻便能知晓些。"

易平平点点头,如今府上众人倒是很卖她几分面子,若是以前,大管事说什么也不会让她如此磨叽。将策划书收好,易平平坐到梳妆台任由抱琴打点。不多时便听到院外入画同大管事招呼的声音,随后,入画端着几例早点走了进来,一进来她脸上的笑意便散了,急急走来,低声道:"小姐,据说老爷发了好大的脾气,现今大小姐和老祖宗俱都被请去正院了。"抱琴沉声道:"小姐,恐是来者不善。"

易平平亦做此想,无须她多言,这厢入画已加入了梳妆队伍,两个丫鬟麻利地为她梳妆完毕。易平平站起身来,"我去去就来。"

入画有些担忧,"小姐,我陪你一起去吧。"易平平略一思索,道:"不必了,如此兴师动众,怕是家丑,人多倒算不得好事。"抱琴的想法显是和她一致的,闻言,拉住了入画,"小姐心思剔透,正是这个理。你便不要去了。"

易平平朝她点点头,便从容出去见大管事了。易青青、易老夫人那里都只差下人去请,到了她这里,就成了大管事专门来请,这其中曲折自不必多说。果然,还没进屋就见外头伺候的丫鬟们一个个埋头缩背,一副大气不敢出的模样。待进得屋内,一眼便望见地毯上残留着好大一块浸湿斑驳,看样子是摔了茶盏。

易平平打起精神,敛了眉目向上座的易老夫人、易之瑞、易夫人行了礼,还未起身,冷不丁听易之瑞喝道:"跪下!"他语气带着些恨铁不成钢的味道,更有浓浓的怒意。

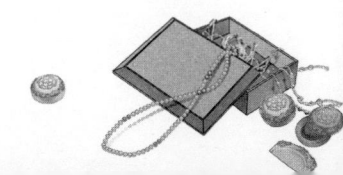

易平平本就猜想今日是冲她来的，倒也不意外，只是平静地抬起头来，"父亲，女儿做错了何事？"易之瑞一时更加气恼，勉力维持的温雅形象在顷刻间灰飞烟灭，"好一个做错了何事！"他指向易平平，气得连连点头，肌肉抽动，"你怂恿你兄长学那些鲁莽大汉，不尊孔师，不做学问，反去那险地舞刀弄枪——你说你做错了何事！"

与易谨有关？这倒是奇了，这又唱的是哪出？易平平想了想，最终温顺地跪了下来，"父亲震怒是女儿之过，只是女儿实在不知到底是为何事？还望父亲明示。"

往日她这般温顺，易之瑞少不得要消些火，但今日他却只冷哼一声，"现在倒乖觉了。你怎么没随你的好兄长一同去了！"

"父亲……"易平平将将开口，那头易老夫人终是听不下去了，"老二，你这话何意？"她不过轻轻皱眉，已显出十分威严，"堂堂男子汉大丈夫，居然对着自家闺女迁怒，当真要成笑柄了不是？"

易之瑞因怒气泛红的脸，一下褪成了白，语气弱了大半，"娘，我……"

易夫人见状，脸上显出带着歉意的柔和，亲自上前过来搀起易平平，"三丫头，别怨你爹，他也是气急了。"

易平平摇摇头，"自家父亲，哪里谈得上什么怨不怨的，只是这一大早，到底发生了何事，怎么大家都好像忧心忡忡的？"

这话一出，易之瑞脸上立刻又生新怒，只碍于易老夫人才没有顷刻发作，而易夫人和易青青对视一眼，亦是欲言又止。少顷，还是易老夫人开了口："今日一早，你二哥的书童回府了。"她微微叹息一声，"说你二哥去了路塞关。"

"路塞关？"易平平有些明白却又不解，"大宏和遥国的边界？"

易老夫人点点头，"你二哥修书一封，交予我们，只写了一句话——宁为百夫长，胜作一书生。"易平平心头大震，"二哥他，弃文就武，投笔从戎了？"

话音一落，易之瑞狠狠一拍桌面，怒道："无法无天！简直无法无天！"

易青青微微叹了口气，"二弟这次是失了分寸，全无从前的稳妥。"她顿了下，旋即带着些期盼朝易平平看来，"三妹，这几次二弟归家倒是同你亲近了许多。毕竟是血肉相连的嫡亲兄弟，最是亲密无比的了。不如你飞鸽传书，劝劝他，让他莫要任意妄为，赶紧回来吧。"

易平平心道不好，果然易之瑞随之瞪了过来，大有火气再压不住的趋势，"易谨素来进退有度，却偏偏做出这等荒唐事，原来是近朱者赤！我还道你都好了，原来只是更加会摆弄是非，非要搅得家无宁日！"

易平平可算是明白今日到底怎么回事了！这易之瑞耳根子是面粉揉的吗，简直软之又软！她心中无奈至极，那头易夫人摆出一副慈母之态，添油加醋，"三丫头啊，你就劝劝你二哥吧，那战场可不是什么人都能去的，一个不慎，便，便……"她未尽全言，只摇头长叹了口气，"三丫头啊，你也该懂事了，别怂恿着他胡来，还是劝他快些归家吧。"

易平平气极反笑："夫人说笑了，平平任性，常得二哥训诫。二哥素来是极稳妥之人，断不会对平平听之任之。相反，他一向敬重长姐，长姐饱读诗书，乃女中君子，平日里或有直抒胸臆，令二哥心生向往也未可知。"

这话说完，易之瑞怒意稍顿，旋即狐疑地瞥了易青青一眼。

易青青惊讶地站起身，"三妹这话何意，我不过一个养在深闺的女儿家，便是多读了些书，也只对那等血腥骇人的地方更加避之不及。倒是三妹，素来性情豪爽，便是苗将军也高看几分，莫不是曾与二弟谈及过战场之事？"

易平平眉心猛地一跳，易夫人适时"呀"了一声，"说起来，那路塞关可不正是由苗将军驻守的吗？"

这话一出，众人皆是一顿，神色各异。易之瑞双眼圆睁，霍然起身，"好好好！真是我易之瑞的好女儿！"易平平重新跪下，"女儿不懂父亲此话何意。"

易之瑞大怒，"易平平，你莫要再装无辜，那苗子陶曾亲自说过要娶你为妾，你二哥又与你一母同胞，兄妹连心，此间之事定与你脱不了干系！"

易平平闭了闭眼，咬牙道："父亲，苗府曾上门提亲确然不假，可您也知道女儿当时是如何作答的！至于二哥投军之事，诚然，女儿并无十全证据可证清白，但女儿的确不知内情，若有半句虚言，便叫女儿不得善终！"

"好了，住嘴！"易老夫人手中鸠杖在地上轻轻一杵，想说话的几人立时都收了口，易老夫人略有责怪地看了易平平一眼，"我易家的儿女个个都会欢喜圆满。三丫头，奶奶只问你一句，你二哥身赴边关之事，你确不知情？"

易平平摇摇头，"孙女确然不知。"

"偏见害人，聪明障道。"易老夫人微微叹息一声，眼光转向易之瑞，"老二，谨哥儿去了路塞关已成事实，不能改变。今日之事，就此作罢吧。"

"娘……"易之瑞显是还要再说，却碍于易老夫人的威压，不由自主地闭了嘴。这

时，易青青故作亲热地走到易之瑞跟前，细声道："父亲，二弟既是去了路塞关，莫不如让三妹出言，叫苗将军照拂一二？"

听得此言，易之瑞面色急转，眼前一亮，"所言甚是！所言甚是！平平你赶紧修书一封，速速传给苗将军！"

"父亲！"同样是进言，易之瑞对待易青青与她的态度截然不同，实在令人痛心又无奈。易平平朝着易老夫人郑重一拜，"奶奶，孙女实在不知做错何事，竟惹父亲如此厌弃，定要让孙女自毁清誉！"

易老夫人将鸠杖在地上重重一杵，"老二，青青年幼思虑不周尚可理解，你做官多年，如今竟连是非也不能断吗？叫未出阁的女儿去信通外男，你叫旁人如何看待平平？"

"娘，我……"易之瑞面色一白，还欲再言，却被易老夫人凌厉的眼风截断，"你今日所为我都看在眼里。三丫头一来，你便不分青红皂白，大发脾气。是我教的你，不分是非，不问情由，随着自己的性子，喜怒无常吗？"易老夫人语气沉重，不怒自威，"若是娘教的你这般为人，那便是娘的不是，莫非要向你磕头问罪！"

"娘！"易之瑞"扑通"一声跪倒在地，急声道，"娘息怒，您说这话，便是让儿子无地自容了。"

易老夫人瞥他一眼，"子不教，父之过，你爹去得早，是娘一手拉扯你长大。若是娘没教好你，我死了，也还是没脸去见你爹的。"

易之瑞慌得连连磕头，力道不轻，额头很快就青紫一片。"儿子不孝，娘，儿子知错了！"一家之主露出如此姿态，其他几人自也不敢多言，俱都跪到地上。易老夫人微微阖眸，脸上明明面无表情，易平平却不知为何感受到戚戚之意。半晌，易老夫人叹息道："老二，你起来吧。"

易之瑞又重重地再磕了一个头，"娘，儿子知错了。"易老夫人终是侧眸看了他一眼，"错在哪儿？"易之瑞微微一怔，其实仍是不明，"错在，错在……"

易老夫人双眉一压，神情骤变，"错在七尺男儿，缓心无成，好恶无决，无所定立，你这般性子，这个家迟早败在你手里！"

易之瑞面色骤白，不可置信，"娘……"易老夫人却不看他，目光幽幽越到易夫人身上，"家无贤妻少宁日啊。"易夫人如芒刺在背，不禁缩了缩肩膀，身形也矮了两分。

易老夫人将她动作收在眼底，终是忍不住叹气，脸上疲态尽显，"你今日这般怒火冲冲，可是易氏说了什么？"易之瑞顿了顿，还欲为易夫人说话，"娘，易氏从未说过三丫头的不是，反是告诉我，三丫头和谨哥儿毕竟是一母同胞，让三丫头劝谨哥儿回来，必定事半功倍，娘，你错怪易氏了。"

易老夫人冷冷看他，"所以，你如何做想呢？""儿子觉得，既是一母同胞，这事儿，三丫头铁定知情……"话到此处，易之瑞面色猛地一变，看向易氏，"你……"一时之间，他脸上神情可谓精彩。官场之人心思终是灵敏的。先前不过是一叶障目，关心则乱。

而那头，易夫人多年主持后院，乃是此中高手，神色一凝，眼已含泪，待要开口，易老夫人却颇有些不耐地打断了她，"行了，你们有什么话出去再说，一大早就这般鸡犬不宁，我乏了。"

易夫人分明被拆了局，面上却瞧不出一点不敬，带着易青青同易之瑞一起叩首拜退。

易平平亦行了礼，正收敛了心思要同几人一起出去，易老夫人又淡淡道："三丫头，你留下来陪我。"

偌大的正厅，又只剩下了两人。

易老夫人合目靠在圈椅上，并未说话。而易平平应付了一早上，也实在不忍打破此刻沉静。

过了好一会儿，易老夫人才睁开眼，轻声道："三丫头，别怨你爹。"易平平摇摇头，"奶奶，我不怨他。"

易老夫人嘴角露出一抹笑意，似看透又似淡淡感伤，"是啊，你不怨。你并不爱重于他，无爱哪里来的怨。"

易平平一震，"奶奶……"

易老夫人抬手止了她未出口的话，"我已经活了大半辈子了，怎会看不出……"她神色显出几分无奈，"我这一生只得两子，你祖父与你大伯都战死沙场，我与你爹亲手送走了他们，所以你爹，对于战场，有恐惧，有厌恶，有逃避。这才会更缺了些理智，别人三言两语就挑得失了清明。"

易家一门忠烈，易平平以前便是知晓的，可这忠烈之下的惨痛代价，她却是第一次触及。她望着沉浸在旧事里的易老夫人，一时不知如何开口。倒是易老夫人察觉到她的情绪，冲她了然地笑笑："过去的事已过去了。战死沙场，是易家的光荣，不算辱没这辈子。"她说到这里停顿了一下，脸上到底浮出点点担忧，"谨哥儿……罢了。"易老夫人的目光转过来，面色变得严肃，"我知道你也心系你二哥，但你莫要去听信你爹所言，传信于苗将军，落人口实。我看，你虽拒绝了苗将军，但他所行似对你的印象不差，

念在你的分上，谨哥儿的日子也不会太差的。"

易老夫人不说这话还好，一提起这些，易平平心中一下被绷紧了弦……先前她的思虑大部分都集中在与易氏母女交锋上，如今细一思量，她立刻被骇到手脚发凉——苗子陶对她恨之入骨，他会不会公报私仇？万一，他故意让易谨涉险，万一易谨……

易平平不敢再想，只浑噩地应付了易老夫人几句。易老夫人看出她状态不佳，以为她是为兄长挂怀，便也未再多言，摆摆手许她自去休息了。

氤氲的水汽缭缭缠缠，被窗外进来的风一股脑儿吹散了去。

易平平端起茶杯，复又放下。半个时辰前，她从府中匆匆赶来"嫣紫阁"，对迎上来的祁贵说的第一句话便是，要见秀王。出乎意料，祁贵甚至没问她要做什么，单单只见她神色凝重，就应她要求遣人去请了。

易平平的视线落到面前叠在一起的三个信封上，重新又想象了下可能出现的场景，她心头终于安稳了些。这时，外间传来一阵懒懒散散的脚步声，易平平回头过去，房门恰好被人推开，一身再招摇不过的红衣顷刻入目，不是赫连齐光还能是谁？

他长发未束，又衬着这身鲜艳的红，华贵至极处反偏出几分清丽来。

"啧，这不是消失大半个月的易小姐吗？"易平平起身过来，朝他微微一福，待要开口，赫连齐光却抬手阻了，"半年之内提升嫣紫阁两成利润，这事你没忘吧……"

易平平摇摇头，"民女如何能忘。"赫连齐光扬了下眉，"那就好……你可知本王平生最恨不守信之人，让本王来说说他们的下场可好？""王爷……"易平平抬头看他，"民女这半月之余做了些什么，王爷应该十分清楚，又怎么会认为民女做不到与王爷之约呢？"

赫连齐光眼角睐了下，"本王怎会知晓你这些日子做了什么，本王可没这个空闲派人监视你。""王爷的确没派人监视我，却给民女出了一个难题。"易平平不避不让，她泛起笑意，手指在颧骨的位置轻轻一点。赫连齐光神色微顿，旋即他笑起来，"你倒聪明，让本王猜猜……莫非，是本王调给杜若用的马车露了馅？"

易平平摇摇头，敛了笑意，"王爷，在此之前，民女只是斗胆猜测你与此事有关，如今方是真的确认了。"这下，赫连齐光皱起了眉，"易平平！"没错，杜若来找她医治莫愁之事，易平平先前就有疑虑——杜若与其身份不符的马车只是其一，最为关键的是……偌大的一个平津伯府，即便杜若是太医，也绝不可能带人随意出入！所以，此事从一开始就有预谋,而与此事可能有关的人里,只有秀王的性子最可能来插手了!

易平平朝他郑重一福,"王爷,民女自认没有治国之才,但确有一些稀奇古怪的心思和寻常女子没有的胆识,虽算不得等闲不可及之辈却也自认非池中之物。"她抬起头来,"王爷一向爱才,若觉得民女还算可用之人,民女便斗胆求王爷帮民女一个忙。"

"欲扬先抑,欲擒故纵?"赫连齐光斜斜瞥了易平平一眼,面色缓下来,在榻上随意坐下,又勾起茶壶斟出杯茶,待排场一一摆够了,他方缓缓道:"你这意思,倒像是要投诚于本王。说说你的条件?"

全天下恐怕也只有他秀王敢只凭喜恶,便决定帮与不帮。易平平朝小几上看了一眼,"我愿交出'美人唇'的方子归'嫣紫阁'所有,另外帮'嫣紫阁'提升两层利润的策划民女也已经写好了。"

赫连齐光顺着她的目光扫了眼,三个叠放的信封正安静地躺在他手旁,他漫不经心地打开了写着"策划书"的信封,本欲放下的手,又重新抬了上去。半晌,他若有所思地将手里的信丢到一旁,抬眸看向易平平,"你有何事相求?"

易平平还是头一次听他用严肃正经的语气,心知他已肯了,便微微一福道:"求王爷帮我传信至路塞关,还有……民女能提供最有效的冻疮膏方子,想用王爷曾答允的一成利润用于制作此膏,想让王爷将它们全部运往前线,以备军需。"

赫连齐光扬了下眉,"路塞关地处西北,环境恶劣,每年只要一入秋最令守将苗子陶操心的问题,就是如何让士兵手脚生的冻疮不至影响打仗。"他眼角眯起,意有所指,"好大的手笔,好贵重的一片真心呐……"

"并非为他!"易平平脱口而出,旋即便察觉失态,转而道:"民女这信人命关天,斗胆求问王爷,此去边关最快多久可以送达?"

"三天。"赫连齐光顺口答了,手指在小几上敲了两下,饶有兴味,却并非是为了易平平那句"人命关天",而是——"你此番真不是为他?"

易平平心中无力扶额,"王爷,民女与他并无干系。以前是,现在是,以后也是。"

赫连齐光微怔,少顷,他似突然想通了什么,一合手掌露出看透般意味深长的笑:"一个面冷心热,一个冷情无爱,你们二人真是有意思,有意思!这个忙本王帮了!"

易平平实在丧失了解释的兴趣,咬咬牙福身道:"如此,民女便多谢王爷了。"

赫连齐光随口"嗯"了一声,便举起那两封信翻来覆去,目光恨不能立刻穿透信封。看了会儿他突然回头,待视线落到易平平身上,意外地皱了皱眉,"事你说了,谢也谢

了，你怎么还在这儿？"

他分明是在嫌她妨碍他八卦！易平平被噎得说不出话来，索性如他所愿，临走之时，她还是偷瞄了眼赫连齐光，心想：堂堂秀王，不会偷看的吧？应该……不会吧？

一路腹诽着这事，易平平跨出"嫣紫阁"的大门，一滴水毫无征兆地落到头上，她下意识抬头，雨滴恰在此时落来，点点星星，在空中拖动着芊绵的尾巴，转瞬即逝。隔着街道开始有行人发出惊叫，很快的，方才的繁华喧杂土崩瓦解，只有秋风与几个萧索背影为伴。

入秋了啊……

易平平紧了紧身上衣物，眼光不由自主地向北眺望。微湿的雾气间细雨绵绵，几只大雁路过这方向南而行。京都的天气要转凉了，不知路关塞又是怎样光景？

她的思绪一瞬间飘得很远，她将冻疮膏作为一桩交易，望苗子陶善待易谨，家国大义之间，她相信苗子陶不会意气用事。至于易谨……

她给易谨的，只是寻常家书。她为他做的一切，并不期望他去知晓，他是"三小姐"的嫡亲哥哥，她只盼他能珍重自己，勿要冲动，这便是对"三小姐"最好的交代了。

临走之时，易平平又回头望了一眼"嫣紫阁"。泛着暗芒的招牌上几根朱藤迎风轻摆，仍是一派生机。寒风独立，坚忍不拔。是她多心了，竟会怀疑有这样心思的秀王。易平平摇头一笑，步入雨中。

两月后。

晴空静好，点点微风中，一片树叶突然从枝头脱离，自空中摇坠而下，片刻后，被一只净白纤素的手轻轻接住。落下来的是片枫叶，炫目的红色里带点透彻的橘调，浪漫又热情，是一种开到荼蘼的华盛。

"小姐，水沸了。"

易平平没有回头，捏了那片枫叶仰头对着阳光，深秋阳光特有一股浓丽，将那枫叶照得更迷幻几分。"你看，这个颜色是不是很像？"她笑起来，拿了枫叶回身往抱琴唇上一比，"红中带橘，特别适合秋冬，也特别衬你。"

抱琴还未开口，那头听到声音的入画先凑过来，"原来小姐之前做的颜色是枫叶红呀！"她大睁的双眼带着崇拜，"小姐总是那么厉害，现在这个枫叶红在外面花重金都买不到呢！"

没错，这两个月来，易平平一直忙于为"嫣紫阁"创造利润，这"美人唇"虽说已被她让给秀王了，但它也是总体利润的一部分不是？是以，将将入秋，她就配了新色以及一批适合秋季的水、乳、霜拿去当限量新品，果不其然，由于先前"美人唇"尚存的名气，加上"嫣紫阁"本身实力强劲，所以一经面世便一炮而红。如今"嫣紫阁"的生意按照她的计划稳步提升，而这一月来府里也终于消停些，虽然忙碌却也落得清净，要说唯一令她放心不下的，也只有易谨在路关塞的情况了——自那日离去，她再未见过赫连齐光，也曾和祁贵提起，他只摇头说王爷很忙。

也是，先前的确是她逾矩了，堂堂秀王岂是她说见就见的？她如今的重点应该是为"嫣紫阁"创造更多的利润，让秀王真正相信她的实力！

易平平笑了笑，指指入画道："就你嘴甜。"说完，她想起什么，又拿手敲了下她的头，"还总是抢话。"入画也不躲，笑眯了眼。抱琴摇摇头，"也就小姐能容得下你。"

入画嘴巴一努，"我家小姐就是漂亮厉害又善良！"她撒娇似的过来易平平，"好容易休息下，小姐也别老念着生意上的事了，咱们去泡茶好不好？"

易平平和抱琴对视一眼，均从彼此眼中读到无奈与宠溺。"好好好。"任入画拉着，三人说着话回到亭子里。难得天气好，今儿易平平也挪腾出来，到府中的花园里赏景喝茶。

亭中早已摆好茶具，瓷壶上水汽缭绕。易平平坐下来，抱琴悉心地将壶柄裹了湿毛巾，那头入画则端了水过来让她净手。待一切妥帖，易平平方开始沏茶。

今日沏的是君山银针，乃她前世钟爱。此茶产自岳阳洞庭湖的君山，因其形纤细似针，所以被称为君山银针，乃是茶中难得的珍品，就今日这一点还是花大价钱买下来的。

打开彩釉连枝瓷罐，用茶匙将茶叶拨入茶荷内，经过涤器、洗茶，再悬壶高冲，使茶叶在瓷盅内尽量翻腾。待冲茶完毕，再看盅内，正是芽尖朝上，蒂头下垂，时沉时浮，最后竖立于杯底，随水波晃动。芽光水色，浑然一体，碧波绿芽，相映成趣。

易平平满意地一笑，正朝两个丫鬟招手，却听一旁传来一个柔美带笑的声音，"我说哪里来的茶香，原来是三妹在此烹茶。"

易平平抬头一看，不是易青青又是哪个？她领着丫鬟徐步进来，"我正逛得口渴，不知能否同三妹讨口茶喝？"

易平平扫了她一眼，自发落吴妈的那晚起，她与易青青已算撕破脸了。果然，易青青并未等她开口，但也并未端茶来喝，只是看了一眼，"三妹真是闲情逸致……"她显是认出了君山银针，神色微变，"二弟往常最喜品茶，可惜他如今却在边关受苦。"

易平平挑了挑眉，"长姐这话，若叫父亲听了去，怕是真要以为平平对二哥毫不关

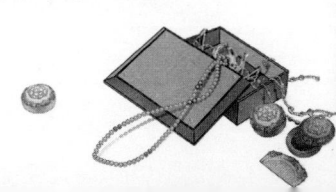

心了。""三妹慎言。"易青青面色一变,"父亲又岂是如此不辨是非之辈?"

易平平实在没耐心同她周旋,"长姐若有事还请直言,倘若没有……"她话未说完,便听易青青叹了气,"我与三妹好些时日不见,倒显得生分了,罢了……"她半是嗔怪半是无奈地看过来,"我这些时日替二弟做了双轻便的鞋,想拿到驿站送过去,因想到你与二弟兄妹情深,许也做了什么物件,可要与我一同送去?"

"劳长姐费心了。"易平平略有诧异地看了她一眼,她对易谨倒也算是有几分真心吧?易平平的语气不觉软了几分,"不过从驿站传过去也要好些时日了,何况而今天凉了,路关塞早已进入战时,恐怕等长姐的物什到了,二哥也该归家了。"

易平平这话一出口,易青青身旁的大丫头便笑了一声,这话扬了下眉故意大声道:"三小姐这话说得好似经历过一般。我们大小姐为了给二少爷做鞋,这些天来劳心劳力,却不知三小姐又为二少爷做了什么?"

易平平蹙了下眉,再看易青青言行并无阻拦之意,眼神之中反而有探究一闪即逝。易平平语气淡了下来,"长姐身边看来还有很多规矩要立呀。"

"绘月!"易青青训斥了一声,转而又向易青青笑道,"这丫头因着直率,受了平津伯夫人的夸赞,这些日子脾气真是愈发地渐长,三妹莫要同她置气。"

易平平这厢终于回味过来,易青青是故意把这些话说给她听的,目光在她身上绕了一圈,最终落到她唇上,"长姐这口脂颜色倒是不错。"

"三妹眼尖,这些时日因着休息不好,面色也差了许多,那日叫平津伯夫人见了,便送了这口脂与我。"她抬起头来,心底的得意难以抑制,使得她眼睛透光,"这口脂可是'嫣紫阁'新出的限量色,三妹可听说了……"

拐弯抹角这么久,原来这才是易青青的目的——她得到了平津伯夫人的青睐。易平平心念几转,给易谨做鞋也是她的表现手段之一吧?否则,两个月的时间那鞋早就应该穿在易谨脚上了,而不是……

挑了下眉,易平平唇边噙了抹冷笑,若是让易青青知道那限量色是出自她手,不知易青青会是什么表情?不过,易平平并不打算暴露自己,她只是将视线在抱琴和入画的唇上慢慢晃了一圈,朝易青青露出个意味深长的微笑。

可巧,抱琴、入画也很喜欢这颜色,今日正涂了它。

易青青先是一顿,随后目光顺着她的视线望去,在接触到抱琴、入画的唇色时,猛地一顿,脸色变幻,半晌,才道:"我原就说这颜色不太适合我,但平津伯夫人坚持要送我,今日擦了确实觉得太艳了些……"她咬咬牙,羞愤最终化为了嫉恨,没说几句便离去了。

茶水的热气一丝一缕升腾,已不复方才缭绕。易平平看着她远去的背影,忽然觉得有些悲凉起来。前世今生,她见过太多像易青青这样有心计的女人,不过豆蔻之年,却已开始为了一个所谓好的归宿去耍心计耍手段,曾经,她还以为瑶光会是不同的,可到头来,她终究还是成了那样的女子……

易平平自嘲一笑,也不知这辈子她能否遇到一个真心相对互不辜负之人。这般想着,她脑中几乎是下意识地荡入一片无垠夜空。

那晚,天上的流星雨宛如午夜的昙花,他站在夜风中,眉梢眼角笑如春风——"白胡子天神爷爷,我希望奇怪姐姐的愿望可以实现,能天天和我在一起,希望奇怪姐姐永远开心!"

易平平的心不由软了一块。她还真是很久没见过傅显荣了,这两月她忙于生意,他也未曾再来找她,也许……是找到新的玩伴了吧?易平平摇摇头,竟有种自己也说不清的落寞。

"小姐,茶凉了。"抱琴瞧出她情绪不高,待要温言劝说两句,却忽听入画在一旁惊叫一声,"小姐你看,那鸟嘴里竟叼了朵花!"

她这么一叫,易平平和抱琴纷纷朝那头看去。喜鹊叼着山茶飞来,竟不怕人,翅膀几个扑棱就落到了桌子上。歪头看了易平平一眼,通人性般把花放下来,又叫了几声,便张开翅膀飞走了。

如今已是深秋,仍开有山茶的地方唯有一处。易平平脑中不由闪过那日坐在桂花树上看见的京都盛景。

这可真真应了那句——我思君处君思我。

连易平平自己也未曾意识到她的嘴角已带起笑。伸手,她将那支山茶拿到手里,花叶鲜嫩,色泽可人,它是萧条万物里独一无二的烂漫色彩……

在易平平欣赏山茶的时候,傅府里也正有一个人蹲在大片山茶的面前,捧着脸露出笑颜。秋阳明艳,茶花秀丽,他脸上的笑显得十分灿烂。"显荣!"不远处忽然传来几声呼喊,随即一阵急切的脚步声靠近了。"原来你在这里!"

听到声音,傅显荣一下蹦起来,朝来人露出兴奋的笑:"东生,你来找我玩啦!"

来人正是东生,他走近了,朝傅显荣和善地笑了笑,递来一个画轴,"显荣,我画

了幅画送给你。"傅显荣眼睛一亮，高兴地将画轴抱入怀中，"东生你对我真好，我好开心呐！"对上傅显荣纯真的目光，东生脸上飞快地闪过一丝不自然，"你不打开看看，喜不喜欢吗？"傅显荣拨浪鼓般的摇头，"不看啦，东生画的就是最好的，东生可厉害了。"说着，他似想起什么，一把拽下腰间的玉佩，不由分说塞到东生手里，"那，是东生教我的，要什么……对，要礼尚往来。"

东生愣了下，看着手里的玉佩张了张嘴，却没说话。傅显荣歪着头看了看他，又看了看他手里清透如水的玉佩，嘟起了嘴，"东生，是不是我的礼物好小，你不高兴了？东生送我这么大的礼物，我只给了东生那么小的。"

"不，不，我没有生气……"东生似被激了一下，捏着手中的玉佩欲出口的话又生生转了弯，"我很高兴，显荣有这个心，我就很高兴了。"这话说到后来，他神情愈发局促，低垂着头，不敢直视傅显荣。

"我就知道东生最好了！"傅显荣哪能察觉到他的神态变化，开心地手舞足蹈，"东生东生，你去我院里吃桂花糕吧，是爹爹从南边买回来的！"

东生的手僵了下，眼中快速划过一缕嫉妒，他挤出一个笑："不，不用了，我不爱吃甜的。"傅显荣眨着水汪汪的眼睛想了想，"那，那还有爹爹带的月团，鲜肉馅的，是咸的，特别好吃！我去给你拿！"他说完，也不待东生回答，一脸天真地抱着画轴一阵风似的往回跑。

"显荣……"东生的话才出口半截，傅显荣的身影已融入秋色分不清辨不明了。他抬起手，掌心那枚玉佩温润细腻，紧紧贴着他的皮肤，好似从一开始那就是属于他的一样。他闭起眼，用力吸了口气，"傅显荣，你不过是个傻子，以后这偌大的傅家迟早要落入你大哥手里……"

东生猛地将玉佩握紧在手心。前一阵傅显华偷拿到了傅老爷的遗嘱，这才发现傅老爷怕百年后无人照料傅显荣，竟将傅家半数家产都留给了这个傻子，只有几件胭脂铺是留到了傅显华名下，可如今京中"嫣紫阁"势大，只怕等傅显华拿到这些铺子时已成了不赚钱的活计。

"傅显荣，别怪我……"东生看了看自己身上修修补补的衣裳，声音开始透出一股恨意，"你有着金山银山的生活，而我，纵使满腹诗华，却仍为贫苦所困不得已才——"

他是傅府表亲，十二岁父母双亡，入了傅府才知道什么叫富贵，只是那些从来都不属于他。吃穿用度每样皆要银钱，他攒不出继续读书的钱，为了求生只能在这里做一个账房。他认准了傅家的家产就算传到傅显荣手上，也会被傅显华抢走，所以从一开始就跟定了傅显华，如今因为遗嘱的事，傅显华再忍不得这个傻子弟弟了……

"若是我有这般好的家世，早就金殿传胪，成了状元……"东生的语气中是强烈的不甘，说到后段，他清秀的五官完全扭曲，咬牙切齿的样子十分狰狞。

又望了望傅显荣离开的方向，东生毅然转身，快步离开了傅府。

一阵风过，树摇花晃，水波粼粼，似有无声的叹息衍出。

时间在忙碌间总是流逝如水，一转眼便又过去几日。

这天，易平平好不容易逮着机会出来一趟，正教"嫣紫阁"现在做口脂的工人配山茶红，作为下月的口脂限量新色。祁贵却突然来告诉她，王爷有请。

自从认定了苗子陶不会拒绝她的交易，易平平对于有没有回音这事，早就看开了，是以见与不见秀王，她都很平静。一路跟着祁贵到了三楼，房门一打开，易平平便看见赫连齐光懒懒斜倚在榻上，室内温暖如春，一炉倒流香烟雾缭绕，宛若水云相交。

易平平福身请了安便静静垂首站着。

那头赫连齐光本想晾着她，结果许久未见她有下文，终于忍不住先开了口："你没有什么要问本王的？"

易平平摇摇头，"王爷若是想说，自然会告诉民女。"

赫连齐光闻言，也不知被触到了那根筋脉，猛地撑起身，"易平平，你可知你那两封信让本王跑得腿都断了……"易平平一愣，少顷反应过来，瞪大了双眼，"王爷不会是……"她话未说完，赫连齐光已强行打断她，"是！"

"可……三天赶到路关塞，需要骑好马日夜兼程途中全无休息。"

赫连齐光咬牙切齿，"别跟本王提骑马！"

易平平住了嘴。那头赫连齐光瞪了她一眼，一拳砸在案几上，"以后都不许再提骑马！"风华绝代的秀王几时有过这等模样？在他威胁的目光下易平平愈发觉得好笑，又不忍触怒他，只得憋着笑认真地点了点头。赫连齐光这才面色稍霁，"你与苗子陶传的信哪是什么情思？分明是桩交易，早知如此，本王才不要巴巴地跟去一探究竟！"

易平平抿了抿唇，无辜道："可是王爷……民女一开始就说过那信人命关天。"分明是你自己一厢情愿……她在心中默默加了后半句。

赫连齐光一扬下巴，冷哼一声，"就是人命关天才害得本王亲自跑了一趟，谁知道

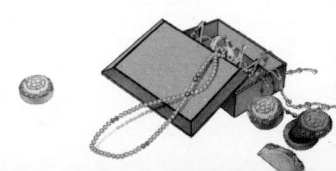

你这信会不会影响我军主将的心情,若是打了败仗,本王唯你是问!"

分明是你自己八卦之心跃跃欲试……易平平撇了下嘴,脑中不由自主地想到风光堂堂的秀王骑着马生无可恋,在夕阳下狂奔急赶。她赶紧憋住笑,"是是是,都是民女的不是,王爷今日召见可是有什么消息要告诉民女?"

赫连齐光怎会瞧不出她在憋笑,扬了扬眉毛深吸气好几次,"要不是看在'嫣紫阁'收益突增的分上,易平平,你早就被拖出去喂狗了。"他睐了睐眼,神色正经起来,"本王今日召你,是要告诉你,苗子陶打了胜仗就要回京了。"

易平平一怔,旋即有些惊喜,"那我二哥也要回来了?"

"本王原以为你至少会问一句苗子陶……"赫连齐光摇头惋惜,见易平平又露出无奈的表情,便打了个哈欠,望天道:"好了好了,你跟他没关系,不可能……不过……"他说着,又似想起什么,眼眸亮了一瞬,"不过,他说他有惊喜要给你。"

惊喜?易平平着实受到了惊吓,"他说了什么?"

赫连齐光摩挲着下巴想了想,"冻疮膏,莫愁胎记的事,他都记住了,他会带着你二哥平安归来的,至于惊喜,他倒是没有透露,只说建议你二哥与你分享。"

易平平完全没有留意到赫连齐光说这话时眼中闪过的狡黠,只是越听越觉得心惊肉跳——苗子陶会给她易平平惊喜?这恐怕是天底下最大的笑话了!蹙紧了眉,她不及细想便急急朝赫连齐光一福,"王爷,还请王爷帮民女转告,请将军收回'惊喜'。"

赫连齐光怔了下,挑了挑眉,不置可否。

话已说到了这份儿上,易平平也顾不得什么了,"民女所为,不求苗将军回报什么,只求一事。"

"何事?"认真地看向赫连齐光,"无论之前与将军有何仇怨,民女只求与他恩怨勾销,从此互不相欠,再见陌路。"

闻言,赫连齐光深深地看了她一眼,眼中有疑惑有探究,但那些情绪一闪而逝,很快他又成了那个高深莫测的秀王,仿佛从未对她与苗子陶之事感到好奇。静了半晌,他淡淡道:"本王会替你转达的。"

易平平手心捏了一把汗,方才她实在太草率了,竟忘了苗子陶与赫连齐光称兄道弟。赫连齐光如此撮合她与苗子陶,其实是认可她能力的一个表现,只是如今……易平平闭了闭眼,福身道:"多谢王爷。"

两人之间实在无话再谈,易平平福身请了退,转身要走之际,赫连齐光却又忽然叫住了她——"易平平。"易平平疑惑回身。

赫连齐光的目光在她身上打量着,易平平听到他的食指在案几上不规律地敲动,似在思考什么。半晌,他还是开了口:"你与苗子陶之间到底如何,本王无意追究。本王是商人,也是皇亲,从小看重的只有利益。"他顿了顿,沉声道,"从今日起,本王将'嫣紫阁'的经营权交到你手里,你给本王提起十二分小心,年底利润少了一个子儿,本王唯你是问!"

易平平万没想到他会如此说,方才的沉重一下烟消云散,但她终归是个本性克制之人,微微一笑,福身领命,"是,民女绝不辜负王爷信任。"

今日之行实在收获非常,不管是得了"嫣紫阁"的经营权还是易谨即将平安归来,都让易平平欢喜不已,这其中唯一的不美的,也只有苗子陶说的"惊喜"了。

他,到底又准备了什么手段?

带着这个疑问,易平平如常回了府,待抱琴入画伺候着换过常服,她回到内间,预备看看从"嫣紫阁"带回来的账本时,却发现书桌上留了一张纸条——

娟秀字体,并不陌生的字迹,那是……

有个名字呼之欲出,易平平怔了下,默默将那张纸条捏在掌心。

是夜,易平平打发了抱琴、入画去歇息后,便燃了盏灯靠在床边。没多久,紧闭的窗户忽然被人敲响,旋即窗户被人推开,一阵风过,烛影摇晃,易平平只觉眼前一花,一个身影已轻巧地落到她面前。

使劲揉揉眼,眼前人面似芙蕖,容色绝丽,不是瑶光又是谁?没错,下午易平平收到的纸条便是瑶光所写,说她今夜想同她见上一面。原以为这纸条是瑶光身边那个炽火传来的,可……如今看来却不尽然,"你会轻功?!"易平平震惊。

瑶光看了她一眼,波澜不惊,"我从七岁便开始习武,会轻功也是再寻常不过了。"

易平平有些反应不过来,"七,七岁习武?"

瑶光又点了点头。易平平原以为她不会解释了,她却忽而缓缓开口:"六岁那年,我来了京城,我贪玩,怂恿我表姐带我去深林处玩耍。后来遇见了一只大虫,我表姐推开我,让我快跑。后来,我姐就瘸了条腿,脸上也留了道疤……"她脸上显出痛苦还有对往事沉思的恍惚,"从那时起我便下定决心,要学武,要换我来保护我姐,不让她再受到伤害。我攒了一年的银子,找到城里最好的武馆,学了三年基础,后来有次在一个

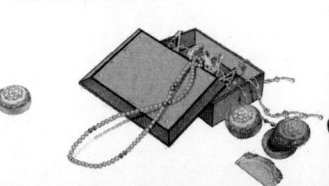

破庙旁，碰见个全身是血的女人，我恰好随身带着金创药，便给她上了药，又为她打了水，摘了些野果子。她为感谢我的救命之恩，便给了我一本手记，上面记着她的一门武功，很是适宜女子习之，我便习了这门武学，虽说不上武功高强，寻常的三五个草夫莽汉，却也不是我的对手。"

　　瑶光的这一席话，令易平平觉得自己脑子不够用，"原来你学了这么多年的武功，我都没发……"她说到一半，才惊觉自己差点说漏嘴，连忙住了口。所幸，那头瑶光也沉浸在回忆里，并未听清她的话。

　　两人静默了一会儿，瑶光突然转身朝墙角走去，少顷，她扔了一个罐子过来，"给，陪我喝一些。"那罐子触手冰凉，散着从外带来的寒气，却是一个不算大的酒坛。她竟在她的卧房里藏了酒？但比起这，更令易平平震惊的是——"你，你会喝酒？"

　　"嗯。"瑶光不甚在意，"自从练了那门武功后，便开始喝酒了，喝着喝着酒戒不掉了。"易平平皱起眉，"为何开始练那武功后，便开始喝酒了？"

　　瑶光睨了她一眼，不由分说从她手里将酒坛抢了回去，"你真的好啰唆，这么多问题——"她自顾自开了坛，咕噜噜喝了一口，"不过若是我姐在，大概也会这么问，你不知道，我姐也是一刻不停地念叨我。"

　　瑶光的动作熟练干脆，声音却软软柔柔的，全无以前见面时的犀利冷漠，"那门武功，每隔一天，便要去那瀑布之下，淬体半个时辰。那水敲打在脊背上，凉意似乎渗透进了骨髓，让人抖得整个人都陷入了冰窟一般。为了不让我姐担心，我便喝酒回温，每次喝完之后，便啃上一只油汪汪的鸡腿，掩饰嘴里弥漫的酒气。"她抱怨了几句，却终是解释了。

　　易平平怔了怔。她是世家嫡女，从小到大总被安排了许许多多的课程，而每日下学时瑶光总在她的院里等她，是以她觉得瑶光一直都是跟在她身边的，但如今想来并非如此。有一日，琴艺师傅忽然告了假，她早早回到院里，却发现瑶光嘴唇乌黑、手脚冰凉地躺在床上。那时，她急得直哭，以为瑶光是染了风寒，请了大夫，又不眠不休地照顾了她两天。

　　那两天，瑶光好吃好喝，倒是养了些肉，她却体力不支，真的累病了。仔细想来，自从那次她生过病之后，就再也没有如此过。原来，竟是这么回事……

　　"易平平，你知道吗……今日是一个十分让人开心的日子。"瑶光忽而笑起来，笑颜明媚，眼底却慢慢蹦出火花，"今日，是我爹的忌日。"

忌日，开心？易平平听得一头雾水。

瑶光朝她眨眨眼，"易平平，今天是我爹的忌日啊。"她又喝了一口酒，望着虚空，似在回想什么，"当时我看着他口吐白沫，扣着床沿，用绝望的眼神望着我。他已说不出话来，却仍在用眼神求饶。可惜……"她放声笑起来，声音在寂静的夜里十分瘆人，"那毒药是我在好多家药铺子，东凑一点，西凑一点，折腾了数月才凑齐的。所以我怎么会救他？在他酒菜里下毒的就是我啊……我就那样坐在那儿，眼睁睁地看着他抽搐，看着他眼里流下泪，看着他停止了所有动作，眼睛却还死死地睁着，死了都还不肯闭眼。"瑶光脸上的神情又笑又哀还带着浓浓的怨毒，"易平平，你看，我爹他死不瞑目……"

易平平心下大骇，一阵凉意侵袭，让她禁不住连打了几个寒战，张了几次口，才发出了声音，却只说出一句，"你下毒？"

瑶光眼波流转，散发着危险妩媚的光芒，她又咕噜咕噜灌下好几口酒，只道："易平平，你现在还是干净的吧？"

易平平有些发蒙，然而瑶光并不待她回应。朝她不甚在意地笑了笑："我五岁便不算完璧之身了。"瑶光垂眸，掩了眼中的神色，"我爹的上峰，一个六品小官，一个有着山羊胡的小老头儿，瘦巴巴的。他经常来我府里寻我爹一起喝酒，待我也是不错的，常常抱着我，喂我吃菜……"

瑶光似笑非笑："有一日他又来我府里吃酒，便将我哄到了柴房里，他脱掉裤子，不知道将什么东西塞到了我身体内。我看他半张着嘴，双眼瞪圆，嘴里呜呜直叫，还流出了几丝哈喇子。我不知道他在做什么，只知道身体很痛，他压得我也很不舒服。我拼命抓他，拼命踹他，他却还是我行我素。后来，门终于开了，我爹站在光处，显得无比高大。我以为我爹是来救我了。可是我爹只是板着脸，朝我说——闭嘴，不许叫……"

瑶光挑了挑眉，许是月色照映，叫她眼里的碎光终是起了涟漪。"从那以后，那个老头时常来找我，每来一次，我都要痛上三日。而我爹，因此扶摇直上。半年后，那个老头离任，力保我爹成了继任。要上任前，我爹兴奋异常，叫了好一桌酒菜，他永远也想不到，那是一桌断头饭。"她垂眸痴痴地看着自己的手，脸上触目的笑终于消失，留下的只有嘲讽，"我也是顾念父女一场，让他吃得饱饱的再上路。"她捏紧了手，似要将什么捏碎，半晌，才转头朝易平平又笑起来，"你说，这个日子，是不是很有意义？"

六岁那年，瑶光的娘带着她投靠了白府。易平平从一开始见到的，就是那个乖顺可爱的瑶光，她以为她同瑶光走过了彼此生命中所有重要的时刻，却不知，原来有太多经

历，是她未能相伴的。眼中不知何时已起了雾气，易平平努力将自己移到瑶光身边，迟疑了下，她最终还是伸出手，将她抱住，"你受苦了……"

瑶光身子一僵，没有推开，"我亲手杀了我爹，本也是存着同归于尽的心思，却被我娘拦下了。她推倒了灯台，烧光了整座吴府，从此再没人知道，是我杀了我爹……可是……"她声音再难掩哽咽，肩膀也不受控地颤动起来，"易平平，你知道吗？我并不感谢我娘救下我这一命。我恨她，她明知道我身上发生了什么，却懦弱不敢言。我才五岁啊，本该是无忧无虑的年纪，可我却如坠深渊，永远活在黑暗中。他们一个为了自己的仕途，一个为了自己在府里的安稳，便一个个将我当作牺牲品，他们真的把我当成自己的女儿吗？他们为什么要这么待我？为什么？这到底是为什么啊……"她说到后来终于忍不住放声大哭。

此时此刻，易平平已顾不得思考会不会惊动府里其他人了，她早已跟着瑶光泪流满面。就算是瑶光害了她，可那些她们一起长大的岁月，那些情意，根本就是斩不断的野草，只怕千疮百孔也拔除不尽。易平平下意识地搂紧了瑶光，轻轻拍着她的肩膀，"你什么也没做错，错的是他们。乖，不哭啊，我们不哭了……"

瑶光的哭声渐渐低弱，看得出她在极力克制，"我每次哭的时候，我姐也是这么安慰我的。"易平平手上一顿，瑶光抬起头来，脸上挂着泪水，她望着她，无助的神情令她愈发脆弱苍白，"如果我姐知道，我这么坏，这么脏，肯定会讨厌死我的，我从小就不干净了，我还心狠手辣，杀了我的生父，我不敢让我姐知道……我姐那么好，那么善良，她为了我，连命都可以不要，我怎么配得上当我姐的妹妹？易平平，我不敢啊，我不敢把这些事告诉我姐，她若知道了，一定会远离我，一定会讨厌我的。"她说到这里慌乱起来，握紧了易平平的手，泪水未歇的眼又重新变得通红。

这一刻易平平忘却仇恨，她回握住她的手，朝她挤出一个微笑："不会的，你姐只会心疼你，更加用心地照顾你，她不会远离你，更不会看不起你。"

瑶光神情有一瞬的恍惚，低微的声音却期望又害怕，"真的吗？"

易平平使劲点点头，"真的。当然是真的。"

瑶光望过来，脸上虽然泪痕斑驳，却朝她露出一个甜甜的笑："我姐是我在这个世上最亲的人。她开心，我便开心，她难受，我的心便跟着不舒服。我的世界里，只有她一人，我真想一辈子和她在一起，可是……"她眼中渐渐黯淡下来，"我姐她终究是要嫁人的，她离开了白府，去当别人的娘子。她不会再那么看着我了，她的眼里，有夫君，有宝宝，会挤不下我的。"她这么说着，突然发泄般猛地灌下好几口酒，喘息着，浑身剧烈颤抖起来，"易平平，我这辈子最后悔的事，就是走近了我姐夫。"

易平平猛地一震，继而手脚冰凉，她忽然明白了，"你，你是想继续和你姐生活在一起，所以才，才……"她没有说话，又皱起了眉——若真是如此，瑶光又为何要逼死白筱宁？她住了嘴。

"我的姐夫，他真贱。"她睁开眼，眼中闪过的唯有憎恨，"我跟着他去了那秦楼楚馆，我看着他抱着那些莺花颠龙倒凤。我还听见他在酒楼里，和他的同僚抱怨——说家中只有一房丑妻，只是丑也就罢了，吹了灯都一样，偏生在床笫之欢，也如木头一般。若不是图着白府的清贵之名，白筱宁的满城好名声，他定是忍不了这样的女子。""我生命中唯一的阳光，就这样被他挂在嘴边，和旁人谈笑。就这样被他在众人面前，践踏至尘埃中，让人取笑。这样的人，居然能娶到我姐！"

易平平的脑中在那片刻只想起那一天，新婚的那天——你终于嫁给我了。他穿着喜服，嘴角上翘，双眸微眯，他说，以后我便是你的夫君了，筱宁。

很奇异的，易平平并不觉得愤怒，甚至没有心痛。其实她怀孕时他不闻不问，她就已经知道了，她，并非尤墨所爱。而她对他的情感，也早在他对她不闻不问那一段时间里，就消耗殆尽。

耳边，瑶光仍在说，那些事情应是压在她心里很久了，虽然易平平并不知道她为何选择在今夜向她述说。"我制造了几场偶遇，我姐夫，我的好姐夫便迷了心窍，开始热烈地追求我了。"她眼中脸上只有冷漠，"我和他上床了，反正我早已不干净了。我看他在我身上如痴如醉的模样，恶心得几乎吐了出来。后来，他发现我和表姐的关系。先是惶恐，接着欣喜若狂。说要让我名正言顺地住入威远侯府，成为他真正的威远侯夫人。他想让我母凭子贵，想让我怀上他的孩子。我告诉他，我这辈子都不可能会有自己的孩子，因为我早就寒气入体，伤了根本。"她说到这儿扬了扬眉，露出几分不可思议，继而讥色更深，"他说他真的爱上我了，不管我能不能有孩子，他都要娶我，八抬大轿娶我。易平平，你看，这就是男人。"

是啊，这就是男人。原来……白筱宁和尤墨新婚不久，他就与她的好妹妹纠缠不清了。原来这背后，有那么多故事。

"后来，我姐怀孕了，他让我借这个机会住进了府里。有一天，我睡在他房里，偶然听到了我姐夫和他娘的密谈。我那时候才知道，我做了一个多么愚蠢的决定……"

瑶光的泪从眼角止不住地淌下来，她忽而急切地抓住易平平的手，"他们，他们要在我姐临盆那日，去母存子，宣称我姐临终前将麟儿交给了我。如此，我姐的嫁妆不用退还，白府的势力仍然可用，而我也能堂而皇之成为新的威远候夫人。一石三鸟，真是好厉害的算计，我姐，我姐她如何对付得了这些人？"

易平平听到这里，脑中终于轰然一声。她呆呆地看着瑶光，几乎忘了要做何反应。

瑶光深深吸了口气，颤抖着，"我打听了很久，配了一副不伤母体，却能将胎儿慢慢致死的慢性毒药。每日在我姐的药膳中加入一些，预计在怀胎九月时，我表姐便能产下一具死胎。可是，那婆子却见我姐一直没有滑胎，居然自作主张喂了堕胎药给她！"她的声音陡然变得尖利，"她害死了我姐，我要她不得好死！我要她不得好死！"

易平平的手被瑶光捏得几要断却，可她却浑然不觉疼痛，她只觉得这一切的一切都宛如梦中。那一夜的残忍经历不受控制般浮现，她记得她用力地生产，记得满地鲜血，记得最后是瑶光的哭泣，她说——对不起。

易平平艰难地望着瑶光，冷静了很久才说出话来，"你可知一个孩子对母亲来说多么重要。你可知，你表姐会恨死你，会将你永远视为仇人。"

瑶光脸上显出浓烈的哀色，"我知道，我知道……"她望着虚空，神情在夜色里益发缥缈模糊起来，"只要能让她活着，就算她恨透了我……可，终究人算不如天算。我早就备好毒药要去陪我姐的，哪怕她打我骂我，要杀了我，我也不会离开她的。可是当天夜里，我姐夫欣喜若狂地来找我了，听了他的叙述，我才知道，我姐吃了不止一种慢性毒药，他与威远候那老毒妇早就下了药，能促使胎儿拼命吸收母体营养，导致母体衰竭，最后气力耗尽，大出血，难产而死。"

瑶光闭起眼，声音剧烈颤抖着，"我姐是被我害死的，是被威远侯府害死的！我要为我姐报仇！我还不能死，我要想办法把尤墨，把威远侯府的老毒妇都杀了……不，不能让他们那么痛快地死去，我要把他们都折磨得不成人形，折磨得心力交瘁，再让他们在绝望中死去。"

切骨的恨意犹如阴冷的蛆，千条万条聚集在一起吞噬骨髓。易平平打了个寒噤，只觉整个人似被泡在水池中，小衣早被冷汗浸透着，凉飕飕地贴在脊背连呼吸都要用很大的力气，才能控制自己吸入，再吐出。

"易平平，等我杀光了威远侯府，我就去陪我姐。那时，我陪她一起躺在树下……她怨我也好，恨我也罢，我再也不会离开她了……"

她似真的醉了。又或许，只是借酒浇愁。那一晚，瑶光说了很多很多，而易平平时而如坠火海，烈焰灼心，时而如同身在寒冰中，刺骨之寒蔓延四肢百骸。直到瑶光彻底没了声音，她才侧过头，再去看她。

　　那张脸，就靠在她的肩膀，熟悉又陌生。她脸上还挂着泪痕，嘴角也残留着笑意，就这般睡着了。

　　易平平就那样在那里坐了许久，终究，她还是轻轻抽出了自己的肩膀，双手扶着她，让瑶光躺到床上。

　　一沾到床，她便下意识地缩成了一团。还是这样没安全感啊……

　　易平平盯着她那张不安稳的睡颜，心中慢慢泛起了酸涩。今夜的一切，她到现在仍不能消化。她不知道她如今对瑶光又是什么样的感情，千不该，万不该，瑶光都不该害了她的孩子！哪怕一开始她的目的是要保住她的性命。

　　她的孩子何其无辜，还未出世，便连遭毒手……

　　她怀胎十月，从一开始的胆战心惊，到后来能感受它的存在——

　　他，比她的命还要重要！可，他却这样不明不白，以那样惨烈的方式走了。

　　这么想着，易平平的眼泪就这么滑了下来，心中，如同被一千根针同时扎了进去。

　　"对不起……"床上，睡梦中的瑶光在梦中喃喃低语，她的眉头紧紧蹙起，眼角晶莹。

　　又做梦了吧……易平平下意识地伸手摸向瑶光脸颊，却又悬在了半空。

　　她，该拿她怎么办？最亲的妹妹害死了她的孩子，这份仇恨，深入骨髓，她放不下，也不会放下。也是这个最亲的妹妹，她身后有那么多让人震惊的真相。若是心能流泪，怕也是淌下滚红的鲜血。

　　这世间，怎么会有那样的父亲，为了自己前途，为了那一点点的仕途，便将自己的亲生女儿，才五岁的女儿，送到了那老头嘴边，由着他糟蹋。

　　这世间，又怎么会有这样的母亲，为了安稳的生活，眼睁睁看着自己的女儿遭罪。

　　这世间，为何总有这些良心丧尽，连畜生都不如的人。他们上一世是做了什么天大的好事，才成了这一世的人。

　　善有善报，恶有恶报，因果轮回，报应不爽。下一世的他们，定当为他们的罪孽付出代价！

　　愿这世上的恶人、心思歹毒之人，都不得善终，孤老一生。这才对得住那些心怀善意，却被恶意伤得遍体鳞伤的可怜人儿。也只盼行善之人，都多长几个心窍，变得聪慧

无比。让他们少受些伤害吧……

这一夜，易平平伴着烛影想了很多很多，朦胧直到天明……

风，虽然不烈，却似乎能生生地吹至人的骨子里去。远处灯火忽明忽暗，又添了一丝诡异和缥缈。

"易平平……"有人在轻声呼唤。

易平平转过身。她站在夜色里，亭亭而立，可惜温婉端庄的气质全被脸上那条疤销毁殆尽。

"你……"易平平有一瞬的恍惚，旋即瞪大了眼。"白筱宁？"

她微微一笑："嗯，我是白筱宁，却也不是。我是你的一缕执念。"

易平平有些蒙了。白筱宁摇摇头，"我只是想告诉你，莫要走偏，莫要让重生的一世活在纠结和痛苦中。错过了的，失去了的，无法弥补，无法追回，可是还有很多东西，你能够重新拥有。"

易平平有些明白过来，"你是想劝我放下？"

"你我本是一体，你不知，我亦不知。"白筱宁的神色也显出些迷茫，"我只是感觉到我存在不了多久了，我的意识在慢慢消散。所以，我想，兴许是你在动摇或者苦恼着什么。"执念……易平平望着白筱宁。她初时回到大宏的执念，便只是要为孩子报仇，可后来，她还背负了易平平的人生，到了今时今日，她竟连报仇也开始动摇了吗？

"我想，有一日你总会找到合适的角度，这些让你为难的局面，便会云开月明了。到了那日，我也便会完全散去了。"白筱宁轻声说道。

"不！你不会散！"易平平猛地攥紧了拳头，"我的仇还没有报，我还要找瑶光问清楚，要找尤墨问清楚，为什么要这么对待我！"

半晌，白筱宁才幽幽叹息了一声，"那你现在清楚了吗？"

易平平一顿，方才的狠劲一下泄了几分，"我知道了瑶光的想法，也知道了为何她会走到这一步。"

"那尤墨呢？你可弄清楚了？"

易平平身体僵住了，隔了许久都未有回答。

"你对他，已没什么执念了。"白筱宁的声音在虚空中带着几分看透似的空灵，"因为你根本没有爱过尤墨，所以，在你心中，瑶光要比尤墨重要得多。"

易平平迟疑了许久，"是，她……我这辈子，才意识到……"

白筱宁的笑有一丝欣慰，"若听了你这句话，我想瑶光便是死也安心了。"

死……易平平似被刺了一下，猛地抬起头来。

"不是一命偿一命，血债血还吗？"白筱宁轻声提醒。

不，她不需要那样！易平平闭起眼想到瑶光惨死的场景，只觉自己全身力气被抽空，可心里却又有个声音告诉她，就该那么做！两个意识在脑中剧烈碰撞，她只能拼命摇头，"不要问我，我真的不知道……"

虚空之中，有淡淡的叹息声，"无论你做什么决定，我都支持你。无论你继续从善，还是多了几分恶毒，只要你心中安稳，能坦坦荡荡过自己的日子。"

她的声音越来越轻，越来越淡，终于消逝不见……

易平平猛地睁开眼，屋内早已是满室暖阳。手臂强烈的酸麻感提醒着它已被压了许久。皱着眉扶着桌角慢慢坐起来，易平平下意识地朝床榻那头望去。

床上被褥已被叠好，方正整齐得没有一丝人气儿。若非昨夜那些事情太过有冲击力，令她记忆深刻，她几乎要以为连带昨夜的一切，也不过是一场梦境。

易平平心头忽地松了口气，却又莫名地升出说不清道不明的怅然。她……已经走了啊。走了也好，走了也好，不然她实在不知如何面对她。

恍惚的，她又想起昨夜的梦境——

"所以，在你心中，瑶光要比尤墨重要得多。"

"若听了你这句话，我想瑶光便是死也安心了。"

"不是一命偿一命，血债血还吗？"

原来，这世上真的有爱恨交加，原来，如此强烈的两种感情，是真的可以并存的。易平平失神地望着瑶光躺过的床铺，半晌，似有幽幽叹息响起，旋即又消融在静谧之中。

第七章 暗涌流波

点点雪花，自空中飘扬而下，宛若随风轻荡的柳絮，丝丝缕缕，竟比春雨还要缠绵几分。

今年大宏的天气着实有些反常，往年要深冬才落的雪，眼下才将将立了冬，便急急飘洒起来。

不过，点点冬雪并不能浇熄举朝上下洋溢的喜气——前线已回报消息，玉面战神"苗子陶"在石关塞重创来犯的荒国敌军，而今已受诏凯旋！一时之间，那些文人骚客纷纷被点燃了诗意情怀，以雪咏志。苗子陶人还未回京，他的事迹已被朝野上下传颂，人人盼望瞻仰他的风采。

自苗子陶即将胜利归来的消息公布后，易府的氛围也变得有些微妙起来。易平平偶尔晨间请安被留用膳时，也总能看见，易之瑞虽板着脸，眼光却常常扫过易谨常坐的空位。而老夫人便没那么别扭了，近日来总是神色和蔼，连带着对易夫人也不那么冰冷了。

待终于到了大军回京这天，据说街上被围得水泄不通。大军回京，能看到的只有备受瞩目的苗子陶。

易谨不过一个新兵，注定被隐在人群里，想找也找不到，是以易平平并没有去凑热闹，而等过凯旋仪式过了，大军还要去城郊安营扎寨，说起来，虽然同在京中，可谁也不知道易谨终究什么时候才能归家。

易平平倒也想与府中其他人一般，每日在家等着，奈何自接过"嫣紫阁"的经营权后，每日的事务一大堆，加上她又不能每日出府，所以避开大军回京后，手头的事确是一刻也耽误不得了。

又连着过了几日，这天易平平正在"嫣紫阁"忙，留在府里等消息的入画急急赶了来，说二少爷回府了。易平平赶紧丢下手里的事务，没来得及交代一声就匆匆回了府。

等到了府中，进了正厅，易平平一眼就望见易谨的身影，欣喜上前，又想起还未向主坐的三人请安，忙提了裙裾匆匆上前行礼。

那头，易青青走过来，"三妹，每次都是你最迟。"言语间已亲热地拉了她的胳膊。

易平平笑了笑，不动声色地抽出手来。这时，易之瑞颇有些高兴地开了口："三丫头，你和你二哥近来都很不错。"很不错？易平平一怔，脑中一下想起不久前易之瑞的怒斥——"你怎么没随你的好兄长一同去了！"

易平平蹙了下眉，快速地扫了一圈。因着易谨回府，眼下易家的人皆聚于此，但大堂的气氛有些微妙。说是剑拔弩张，却又显得喜气洋洋。每个人的脸上都带着些笑，易之瑞的胡须甚至微微翘起，眼神也颇有些自得。

无论是表还是里，至少面上都是乐呵呵的模样。看样子，是有好事发生？

易平平抬头朝易谨望去，他的面容已不如原先白净，成了小麦色，眼神透着亮，虽然神色中显出些疲惫，却比往日看着更精神一些。

易谨接触到她的目光，亦回过头来，似看懂了她眼中的欣慰与疑问，动了动嘴，还未开口，那头易夫人已笑道："三丫头来得晚还不知道吧？你二哥这次不单单是平安归来，还是带着军功回来的！"

军功？易平平有些诧异，但心中也清晰了几分，无怪乎连易之瑞眼底都一直存着笑。易谨给易府带来了好的名声，他在朝中又多了一个吹嘘的资本吧？易家少年郎，能文能武，更有一片拳拳报国之心，难能可贵啊。只是，不知为何，易平平隐隐觉得有些不安。

"二弟好厉害，用不了多久城中便知二弟的义勇了。"易青青捂嘴一笑，看得出来她这次是真的在为易谨自豪。

"我……"易谨身形略僵了下，易平平眼尖，瞧见他的手握拳又松开，少顷，却是抿了抿唇，一掀长袍笔直地跪了下来。这一跪有些突兀，连下跪的声音都是硬邦邦的，实打实地跪了下去。而易谨眉头丝毫未皱，神色凛然，望向老夫人和易之瑞。"回来得匆忙，还未来得及请罪。不孝孙、不孝子易谨，这厢向老祖宗、父亲请罪了！"

"好！好！平安回来就好，还有什么罪不罪的。"老夫人脸上露出心疼之色，有点生气又十分欣慰，"三丫头，快把你二哥扶起来。"

易平平也吓了一跳，易谨这下跪的声音，她听着都替他疼，"二哥，快起来吧。"她神色更温柔了些，上前扶他道，"一路快马加鞭，风尘仆仆，如今又是下跪请罪，老祖宗看了心疼。"

"妹妹……"易谨的目光向她看来，神色有些微妙，而后他抬手往怀中摸了摸，易平平眼见他将熟悉的信封扯露出来半个，心中一颤，连忙伸出另一只手，做出两手搀扶的状态，将他与主坐上的三人视线隔开了，又朝他轻轻摇头。

易谨初时有些迷惑，待见她摇头，虽然仍有疑惑，却终将那封信放了回去，顺着她搀扶的劲起了身。

易青青这时也走了过来，"老祖宗，你看二弟这么一路赶来，想来是又累又乏。不如我们早些用膳，也好叫二弟别饿着肚子了。"

易谨此番刚刚回府，自然是全府最着紧的人，听易青青这般说，老夫人也从终于见到孙儿的喜悦中回味过来，连带着对易青青也亲切了不少，"还是二丫头想得周全，谨哥儿在前线风餐露宿的，一定受了不少苦，今日可得多用一些。"

想必府中是得了消息，所以今日的菜肴很是丰盛。席间，素日不太吃酒的易之瑞，喝得脸上微微泛红，看来很是尽兴。

大家的神色也都洋溢着和乐，但易平平注意到易谨的额头一直渗着汗，原想着他只是赶路回来累着了，可他的神色也有些魂不守舍。

等仆从撤去桌席，大家端起茶盏，气氛更加融洽了。易平平原想悄声问下易谨，易青青却已抢先开了口："老祖宗，二弟这次去了趟边关，整个人都看起来沉稳了不少呢！"

老夫人又一次将目光投到易谨身上，欣慰地喟叹道："谨哥儿长大了，那石关塞天寒地冻的，你可吃了不少苦吧？"

易谨喉头耸动，抿了抿嘴却迟迟没有开口，看起来似有什么心事一般。易平平有意替他打下圆场，易青青已捂着嘴笑了笑，随后有些无奈惋惜道："原先就听说石关塞极其苦寒，所以我还曾替二弟做了双鞋，可惜……那些个驿站一听说是送往边塞，便不肯接了，说是入了战时，除了朝廷物资，不肯再送私人物品。"

易平平听了这话微微挑了下眉，没送出去的东西也不忘说出来卖个人情，果然是易青青的处事风格。易平平看得懂她的用意，老夫人又怎会看不出，口头上只道了句，"二丫头有心了。"

倒是易之瑞听进去了，点头笑道："二丫头是个手巧的。易谨，你长姐将你的事情时时放在心上，你可要记住她的这番心意。""是。"易谨眼中显出几分感激，"长姐费心了。"

一直未曾开口的易夫人听了这话抿唇一笑，突然道："谨儿这次是在苗将军帐下当差的，那苗将军虽来过易府，却也只是匆匆一眼，不知他性格为人究竟如何，可是个好相处的？"

她这话一出，易平平便觉得有些说出来的奇怪——这话的意思，倒像是要长期和苗子陶相处一般。不只是她，易谨也有些迷惑。

老夫人睨了易夫人一眼，淡声道："老二家的，可是有什么事要说？"易夫人垂首笑了笑，旋即又抬起头来，声音透着一股喜气，"今儿是个好日子。既然娘开口问了，那媳妇便做主喜上加喜，说件好事儿。"

这话音落下，在场的众人俱都将目光投了过来，易夫人倒也不卖关子，眉梢眼角皆带着温和的笑意，"青青定好婆家了。"易平平和易谨皆是诧异，而易青青羞怯地垂了眸，有些娇嗔地唤道："娘……"那边易之瑞和老夫人神色各异，易之瑞面色含笑，显然早就知晓了，只是问道："这么快就谈妥了？"而老夫人将目光在易夫人和易之瑞身上绕了一圈。"这么说起来，老二和你家媳妇是商量过的？"

易之瑞连忙回过身，"前些日子，夫人是和儿子提过几句。"易老夫人点点头，"哪家府上的？"易夫人快速扫了眼易平平，脸上喜意更清晰了些，"苗府。"

话音落下，房间突然变得安静了几分，窗外的阳光射了进来，连屋中的尘埃都看得一清二楚。

易平平脑中忽而想起，前阵子易青青在她面前炫耀过得到了平津伯夫人的青眼，真是情理之中意料之外。不过，若是可以，易平平实在不想同苗子陶有任何交集了，做姐夫也很膈应了。

"娘觉得这门亲事可还使得？"眼见过了半晌也未有人开口，易夫人笑吟吟朝老夫人小声问道。老夫人的目光在她脸上划过，又朝易平平看了眼，最后落在易青青身上，"倒是个好男儿，只是，我似乎记得苗将军中意的是三丫头？"

易青青泛红的脸色骤然白了下，易夫人倒是神色未变，"那苗将军是想让三丫头给他做妾，这哪能行。"她扬起下巴，颇有些自傲道，"我们易府的丫头是要明媒正娶，八抬大轿抬进府，做个正头娘子的。"

她这话简直是戳进了老夫人心窝子，老夫人淡淡一笑："这话说得对极，我们易府

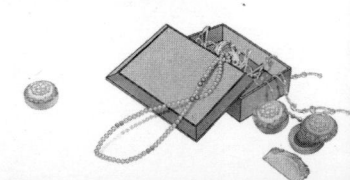

的丫头不为妾。"她目光带了几分探究，"只是要论亲也该是三丫头，怎么却好好地将大丫头和苗将军扯上了？"

易夫人早有准备，当即一笑："说来也是巧了，原本媳妇只是有这么个念头，自己琢磨着。有日偶遇平津伯夫人，她倒是对青青大加赞赏，很是入眼的模样。更是隐隐透出些愿结为亲家的话头，我便试探地提了提，当真是一拍即合了。"

这么说起来这事似乎是水到渠成，只是……苗府乃是世族伯爵，苗子陶少年成名，如今再立战功，是大宏朝野上下最受瞩目之人。平津伯夫人又怎会轻易看上一个三品官家的小姐？这其中门道却是旁人难知了。老夫人自然明白这个理，"一拍即合？"易夫人嗔道，"媳妇怎敢骗您，自家闺女的大事，自然是不敢有所隐瞒的。"

话听到这儿，易谨终于忍不住开口："苗将军另眼相看的是三妹，若是结亲，也该是论及三妹，为何是长姐？"他歉意地看了看易青青，没待她回应，他的目光又停到易平平身上。流露出些许担忧，易平平感受到了，朝他轻轻一笑。

那头，易夫人显得有些为难，"平津伯夫人的意思是，三丫头这身份还是有些……"

她话未说完，众人却都听得清楚明白。易平平不过一介庶女，哪里能配得上平津伯府的嫡子？易之瑞点点头，接受了这个解释，"言下之意，是这桩婚事谈成了？"

易夫人神色间颇有些自得，"平津伯夫人是点头了，就待平津伯的首肯了，想来也是八九不离十了。"

"那……"易谨忍不住追问，"那苗将军自己的想法呢？他对长姐并无一丝情意，也未必会同意。"易夫人皱起眉，"谨哥儿这话可说岔了，父母之命媒妁之言，哪里来的小辈自己决定。"

易平平也没料到易谨会直接向易夫人发问，赶紧扯了扯他的袖子。纵观几人，对于易青青和苗子陶的这门亲事，易之瑞看起来是乐见其成的，脸上也慢慢绽出笑意，连老夫人也最终点点头，未再多言。毕竟易府能和平津伯府联姻，那绝对是高攀了，联姻之后，更能给易府带来享不尽的荣华与富贵。

正想着，易夫人目光一转，朝这边看来，"三丫头，别怨母亲不把你说与苗将军。"她叹息道，"以你姐姐的身份，都已算是高嫁，莫说你了，纵你嫁过去，也不是正房夫人，颇受委屈。你还有傅家二郎，他家中殷实，性子也是纯善，想必也是桩好姻缘。"她似想起了什么，眉目一转，又笑起来，"说起来，前几日傅夫人还同我打听三丫头呢……"

她这话刚起了个头，易平平就预感不好，正待说话，没想到易谨抢先截断了，"多谢夫人关心，三妹还小，婚事缓几年再议也不迟。"

不同于易青青和易平平，易谨是这个家里子孙辈唯一的男丁，说话自有些分量。易夫人没料到会被他截了话，不由怔了下。而易平平也觉惊讶，这去了边关一趟，易谨真的成长了不少，竟会护着她了。

易夫人的意图易谨能听明白，老夫人又怎会不明，眼见易夫人眼巴巴地朝易之瑞望去，老夫人不由面色沉了沉，冷眼扫过易之瑞，易之瑞心虚地擦了擦汗，老夫人才挪开目光，"谨哥儿，你此次行军，不仅平安归来，还立了军功，具体是什么情况？"

易谨闻言笑意微敛，易平平眼尖又坐得近，明显看见他的肩线猛地绷紧了，"是，是何人说我立了军功？"易夫人眼见没法提起易平平的亲事了，神态倒也转得快，笑应道："苗平津伯府上的小厮，今儿一早便送了话来。"

提起这事，易之瑞满意地点点头，"本来你这般私自行军，尤为不妥。却没想到你能力压众人，反立下大功，就算你将功折罪了，不追究此事了。"

易平平听到是苗府小厮过来传的话，又看到易谨面色有些不好，不过是强笑着，顿时心中有些不妙，嘴上已打起了圆场，"老祖宗，你看二哥这么一路赶来，想来是又累又乏，不如我们让二哥先回房休息……"

"妹妹……"她话未说完，被易谨打断。她回过头，见他额上汗水更密，脸上透着虚弱，但目光相接时，他的眼神忽而就坚定了起来。易谨紧抿着唇，一撩袍径直跪到地上，"老祖宗、父亲、夫人、长姐、三妹……我，我没有立军功。"

他这话如一道惊雷轰然炸破，将在座众人一下震得静默无声。而易平平只觉脑中白光一跳，猛然地，她记起赫连齐光的话——

"他说，他有惊喜要给你。""冻疮膏以及莫愁胎记的事，他都记住了，他会带着你二哥平安归来的，至于惊喜，他倒是没有透露，只说建议你二哥与你分享。"惊喜！怪道一提起军功这事，易谨就神色紧张，且一直惴惴不安，想必是一直在挂怀此事——苗子陶竟给易谨安排了个假军功！

易平平几乎要将手攥出血来。那厢易之瑞略回过神，直直看向易谨，"你说什么？"易谨分明有些颤抖，却仍抬起头来，不避不让，"儿子，没有立军功。"

"你胡言乱语说些什么！"易之瑞一拍桌子猛地站起身来，震怒的眼神似要将易谨撕成碎片，"苗将军的贴身小厮来传的话，现在你告诉我们，你没有立军功？"

易谨唇色发白，"是，我没有立军功。"他顿了下，脸上显出些迷惑，"我也不知

为何苗将军会有此举。""二弟……""谨哥儿啊,你……"易青青和易夫人担忧的声音同时响起,话还未尽,那头易之瑞已暴喝道:"都给我闭嘴!"他这声极大,震得易平平耳间都有些发痛。"我再问你一次,到底立没立军功?"易谨咬紧了牙关,才生生挤出两个字,"没有。"易之瑞脸色阴沉,"那为何苗府如此传话?"易谨摇摇头,"儿子不知。""他不知……"易之瑞额上青筋暴起,猛地转身,"易平平你可知!"

易平平维持着面上镇定,"许是怕父亲责骂,便编了这么些话,来保二哥平安吧。"

"好好好……"易之瑞的双眼几乎要喷出火来,"我且问你,你二哥何德何能,入了苗将军青眼,贵为将军,为一个新兵考虑如此周全?"他眯起眼,怒极反笑:"还是说,那苗子陶早已与你有了首尾,看在你的面子上,待你二哥好上几分?"

"咚"的一声,老夫人狠狠将鸠杖在地上一跺,既惊且怒地看向易之瑞,"老二!"

易平平也蒙了,望着易之瑞说不出话来。

"娘,我们易府有什么本事,让苗将军如此费尽心思?"易之瑞正在气头上,哪怕是老夫人也没法浇熄他的怒火。眼看着他横眉立目,胸膛剧烈起伏,易平平忽而觉得十分可笑,"苗将军为何这样做很重要吗?"

她这话倒是点醒了易谨,他抬起头来,认真道:"父亲,三妹说得对。儿子以为,重要的不是苗将军为何如此,而是——我没有立军功,我不能平白得了份赞赏。"

"你分明是害怕我责骂你,才做出了这场戏。"易之瑞一下似被点燃一般,他越说越气,整个身体直哆嗦,"你三妹素爱搔首弄姿,引得苗将军注意,自然是有私交在前,不过是举手之劳,苗将军也愿意相助,一讨你三妹欢心,又助你安全归家。"说到这儿,易之瑞冷笑起来,指着易平平,"易平平你好手段。你水性杨花,歪了心肠也就算了,还非要拾掇你二哥,将他往歪路上带,安的什么心思?"

易平平真是不明白,一个父亲怎么能说出这样的话。原来,她在他眼里便是如此不堪?真是仰仗易氏母女了,只怕她们也没少给易之瑞上眼药吧。

"父亲,这事和三妹一点干系都没有!"易谨也急了,"你有怒有愤,便冲着我来,何必拿三妹撒气。"易之瑞火光更甚,"你以为你逃得掉?!"他说罢,怒吼着唤了两个强壮的护院来,指着易谨便道,"给我打!执家法,二十大板!"

易谨自知有错,没有挣扎,几下就被按在了地上。易平平急了,连忙寻到老夫人跟前,"老祖宗,求您救救二哥!"老夫人的眼中有些失望,有些叹息,还有些不忍,却终是没有开口。易平平迟疑了下,"老祖宗,你不信我和二哥?""信何事?"老夫人淡淡地向她看来。易平平对上她的目光，诚挚道："这假军功之事，我和二哥不知，不过是懵懵懂懂中，被冠上了这么个名头。"

老夫人叹了口气，"三丫头，这事太蹊跷，若说与你和谨哥儿无关系，连我自己也是不信的。"她望向易谨，"无论怎样，这军功之事为假，谨哥儿选择了坦白，该承受的也逃不了。"

"可是——老祖宗，二哥从头到尾都不知道此事！"易平平急声道，"不是二哥之过，为何要他承其果！"

老夫人垂眸看她，不知是不是易平平的错觉，那目光里竟有一丝探究。少顷，老夫人闭了闭眼，"只因他牵涉其中，无可避免。"言罢，她杵着鸠杖站起来，就要转身离去。

易平平又喊了声老祖宗，带着些恳求，她却也只是身形略滞，而后终究是离开了。老夫人的背影带着岁月的痕迹，却似乎被雾蒙起了一般，让易平平看不穿看不透。

在她求情的空当，厅里已很快摆好了长凳，易谨就被制在上面，半点也动弹不得。而一旁的两个护院分别手持着根一人来高的板子，望之便令人生畏。易平平疾步过去，径直跪到地上，"爹，你不是口口声声说是我带坏了二哥，为何不处置我，要处置二哥？"

易之瑞冷哼一声，"受罚也要抢着吗，罚完他就轮到你了。"

易平平扬起脸，"二哥是二十大板，我呢？"

易之瑞双眉一拧，易夫人适时做着一副慈母模样，嗔怪道："你这孩子……老爷，三丫头毕竟年轻，行为不妥当也是有的，要罚重了，我也心疼。不如送她去庄子上，面壁思过些日子，想来也有助她静心，往后为人处世也会熨帖多了。"

易之瑞略消了点火气，"夫人还是心太慈了，你既如此说了，我也只看你面子。"他一望到易平平，又沉下脸，"孽畜，还不多谢你母亲？"

与易夫人交手次数已不算少了，易平平又怎会听不懂她的意思？她不过是见她在府中益发得势，想借口将她打发到庄子上，至于庄子上能发生什么会发什么，那可就是她易夫人一手决定了。"多谢母亲？"易平平嘴角噙起一抹嘲讽，"爹是要我去焚香沐浴，给我娘上一炷香，谢谢她离开了，将我留给了爹悉心教养吗？"

易之瑞眉目闪动一下，紧接勃然大怒，"你这逆子，简直不可教化！"他指着易平平，若非他是个文人，只怕此刻已一脚踹了过来，"照我说，你还是去了家庙为好，也别去祸害旁人，丢了我们易府的脸面！"

"父亲，此事真的和三妹毫无关系！"若非被人按着，易谨只怕就要一跃而起，"父

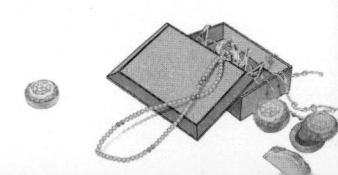

亲气急，儿子愿意挨三十大板。只是还请父亲别迁怒三妹，将她送往那庄子上！"

易平平有些动容，回头看向易谨，他眼中关切，神色焦急。

易之瑞气得嘴唇哆嗦，想说什么，那头易夫人又开口道："谨哥儿，你几时能晓得你父亲的一片用心。养不教，父之过，你父亲是不希望你成了那尽想着歪点子的小人。希望你做个坦荡荡的君子，这是对你的今后在负责。至于对你三妹，也是抱着同样的心情，不过是严加要求，希望她能成为真正的名门淑女。"她说着声音已带了些哭音，"打在你身上，痛在我们心里啊，罚三丫头去庄子，我心里也是舍不得的。只是一味地纵着你们，由着你们的性子，才是真正害了你们啊……"

好一番情真意切！好一番良苦用心！那头易之瑞听得易夫人这般说辞，当下再没了犹豫，一声令下，架在易谨身上的板子便噼里啪啦地落了下来。

起先易谨还咬着牙，仰着头，不肯发出一丝声响，但几棒下去，他手上额上已青筋暴起，细密的汗水不断从头上滚落，血迹从他背上衣衫点点透出。易平平再顾不得其他，几步扑过去，"别打了，别再打了！"

谁也没有料到易平平会有这番举动，执行的两个护院收不住手，其中一个板子落到了她背上，易平平痛苦地闷哼一声，却不曾躲避。

易谨吓了一跳，苍白的脸上生生被骇出了血色，"妹妹，你怎么样？有没有受伤？"

易平平朝他摇摇头，扬起脸，"二哥长途跋涉才回了家，还来不及休息，便被责打一番。你们是想要了他的命吗！"易夫人拿着绢帕拭了下未有泪痕的眼角，目露哀思，"三丫头啊，你怎么还看不清你爹的用心良苦啊。"

易平平气急，"我看不明白，我只看得见二哥被打伤了，我只看得见他并未做错什么，却受了如此重罚！"

"孽障！今日之事我还未曾责罚你，你莫要再三挑战我的耐性！"易之瑞暴跳如雷，指着那两个护院就吼道，"谁让你们停下来的！给我打！"

易平平猛地跪了下来，"爹！"抬起头时，她觉得自己浑身都在颤抖，"你要送我去庄子，我认了。你要打二哥，也打了。剩下的几板子不打了，可好？我们……我们错了……"

易之瑞面色稍霁，抬手，示意停住板子，声音冰冷，"错了？错哪了？"

"错在……"易平平咬紧下唇，无论如何也说不出口。不管是她，还是易谨，分明都没有做错！"爹，是我……是我请苗将军谎报军功。"易谨如何不明白易平平所想，更不想她牵扯进来，咬牙先开了口。

易之瑞的表情耐人寻味，看着易谨问道："为了免于责难？"

"是……"

"那又为何告诉我真相？"易谨硬着头皮道："因为……良心不安……""谨哥儿，你和苗将军并无私交，他为何愿意帮你？"易夫人的目光若有似无地往易平平方向绕了一圈，一下抓住了重点。这话一出，气氛立刻变得微妙了起来。"我，我……"易谨语塞起来。

易平平狠力攥紧双手，修剪整齐的指甲却几乎掐破掌心。从头至尾，他们早已认定她与这事有关，再多解释又有何用？她吸了口气，冲口而出，"是我！因为我给苗将军写了信，请他照顾二哥！"这话说完，易夫人面上稍纵即逝闪过一丝轻蔑的笑，而易之瑞脸上则现出一种奇异的表情，似大获全胜——你看，果然如此，不出我所料。

易平平闭起眼睛，不愿看到这副表情，她怕自己再多看一秒，她就忍不住要上去撕了这张脸！

"早些承认，你又何苦受这些罪。"易夫人装腔作势地抹了抹泪，"老爷，三丫头如今名满京都，若是突然送去了庄子上也少不得要惹人询问，只是……眼看着大丫头与苗家的婚事就要成了，切不能再让三丫头与苗将军再有什么牵连了。"她蹙着眉，脸上的怜爱与纠结恰到好处，"不若这样吧……三丫头，你今儿就当着我们的面发个毒誓，只要你再不与苗将军联系，今日之事，唉，今日之事……莫再为之也便罢了。"

原来，这才是易氏母女的真正目的！易平平忍了又忍，才克制住自己没有冷笑出声，抬起手，她没再多话，一字一句立了念道："我易平平今日在此起誓，从今往后绝不与苗子陶联系……"

"妹妹！"没等她说完，易谨已急切地打断了她。易平平回头朝他挤出丝笑，摇摇头，直视着易夫人继续道，"若违此誓，我易平平不得好死！"

易平平立了誓，服了软。难得见她如此的易氏母女满意了，易之瑞的怒火也降了不少。很快，护院走了，易之瑞三人也走了……剩下的就是脸色苍白、衣衫殷红的易谨，以及靠在长凳、瘫坐在地的她。

"三妹……"易谨努力挤出一个笑容，"别哭了。"他这样一说，易平平才发觉自己不知何时望着他一直在流泪，鼻头一阵发酸，她的眼泪稀里哗啦滚得更凶了。

"又哭做什么，不过是几板子，你哥我扛得住。你何苦要……"易谨不意她哭得更

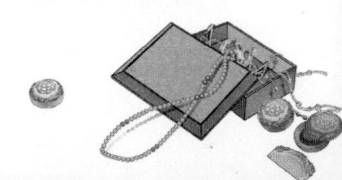

加厉害，不由有些慌乱，抬手想用袖子将她眼泪擦了，却发现连做这个动作也觉得吃力，瞧她哭得厉害，又怕再惹她伤心，只得住了嘴，调侃道，"你以为这一月的站哨操练是花架子吗，我现在的身体壮得能打死一头牛。"

这个人，明明自己痛得不行，却还努力地安慰着她。易平平望着他苍白的脸，说道："哥，你恨爹吗？"

易谨怔了下，对她的问题感到不可思议，"恨？为何要恨？"

易平平脸上有些嘲讽但更多的是哀伤，"他不信我们，也不听我们多说，不分青红皂白便罚了我们。"

"傻丫头，他是我们的父亲啊……"易谨蹙了眉，却仍和声细语，"他对我们做什么都是应该的，为什么要恨呢？"

"只因为他生了我们，便有了掌控我们一切的权利？"

他会那样说，易平平一点也不意外，她带着嗤笑，沉声道，"所以如果爹要我们去死，哥哥也会去死吗？"

易谨震惊至极，呆呆地望着她，半晌才道："你这是怎么了，莫不是被吓傻了？"

易平平没有回应他这话，只呼出一口气，认真地看着他，"哥哥，我问你一个问题，你要认认真真地回答我，不要说假话。"她脸上露出些哀伤，但很快便被决绝取代，"如果有一天，易家不要我了，或者说，用我去换取更高的权利和财富——哥哥，你会护着我吗？"

"不会有这么一天的，你是我们易府的……"易谨不假思索地说道，但接触到她的目光却忽而说不下去了。他望着她，脸上的神情也严肃了些，是在思考如何回答。

少顷，他轻声却郑重道："妹妹，我会一直护着你。哪怕这份守护微乎其微，哪怕我还不是一个称职的兄长——我都会守护你。"

过往那些与他争执的场景还历历在目，易平平真的没想过他会如此回答，怔愣一瞬，眼里不觉泛出感动，嘴唇也有些颤动，"我原以为，原以为……"

"原以为，我不会选你是吗……"易谨吃力地伸手为她抹去一滴泪，"你是我唯一的亲妹妹。在我心中，你才是最重要的。"他说着这话，破云的阳光恰好从树梢的缝隙洒落下来，他的脸上被打出一片片斑驳光影，"这一次我瞒着家人投军，你送信给我，我很欣喜，可我从未想过我任性妄为后你又该如何自处，直到回城时，苗将军突然召见了我。"

易平平一惊，有些紧张，"他没有为难你吧？"

易谨轻轻摇摇头，神色有些缥缈，似陷入回忆之中，甚至未曾留意到易平平的情绪，"我想明白了，每个人都应有属于自己的位置，我不应弃了自己的长处去自揭其短。还有……"

易谨的目光回转过来，朝她挤出一个笑，"苗将军将你给他的信拿给我看了。其实参军以来，我做得最多的一件事不过是站岗守城罢了。初时我很愤怒，认为这是你与他达成协议的结果，但苗将军点醒了我，他说，军中新兵千千万，若非你的那封信，他根本不可能知道我在他军中，而让我去站岗守城，不过是普通新兵第一年历练的过程罢了。"

易平平先是一愣，继而有些啼笑皆非，她下了这么大手笔换取易谨平安，未曾想，她提起此事，反而是将易谨推到了苗子陶眼前！

"我一直以为我们两个，你是莽撞时常惹麻烦的那个，但从不想，原来我才是自以为是的那个。苗将军说，我不是一个称职的哥哥，我初时是嗤之以鼻的，但回京的这一路走来，我想了很多，慢慢的，我接受了他的说法。一个人的生活环境决定了他的性格、为人处世。以前我从不察觉，可我如今细细想来，妹妹的每一步无不是步步为营。远的不说，在我没有关注过的地方，你不知何时挣下那么多家财，为了我，又一股脑儿散尽了。而刚才在厅里，我本想将你写给我的信拿出来，当着众人谢你一番，也是你及时阻止了我。现在我想一想，也觉得是我思虑不周，那样做不仅会暴露你的筹码，也会让长姐他们面上无光。"易谨说了这么多，易平平越听越是动容，如今的易谨是真的在为她思量，她既惊且喜，一时不知该说些什么，"哥，你……"

易谨朝她露出从未有过的温和笑容，轻声道："娘走了，你就是我这个世上最亲的人。我是看着你从那么一丁点大，长到这般袅袅婷婷。我却对你心生厌烦，多有不耐，甚至拿你与长姐比较。只觉得高低立判，一个粗野庸俗，一个高雅大方。我很抱歉，也很惭愧，曾经视你为累赘，甚至觉得自己无比伟大。觉得对你已经仁至义尽，在力所能及之处，都在为你打点一切。"

易谨一双眼睛诚恳无比，似要将整个人剖开来，将一切都展现给她看。"你死里逃生，里里外外都变了，只是看在我眼中，我却越看越心凉，越自责。只怨当时的我，还未有人点醒，对你没有关心，只有怒斥。我并非不在乎你，不重视你，只是陷入迷雾中，直至今时才走了出来。还请妹妹原谅我，再给我一次机会。我不会再拿你和任何人比较，你温良也好，奔放也好，都是我的妹妹，是在这个世上，我唯一的亲妹妹。"

易平平心底慢慢升起一片暖意，"哥哥……"

"嗯。"易谨朝她笑起来，他又重新成了那个眼眸明亮，散发着信心和光彩的少年。"我在，我一直都在。"

冬日午后的阳光别样慵懒，它落在地上落在两人身上，仿佛也照进了两人心里。

易平平扬起最真挚的笑容，"谢谢你，哥哥。"

易谨一回府便受了责罚，连带也拖累了易平平在府中的地位。那些往常恭顺的仆奴虽然明面上不敢不敬，但背地里却忍不住窃窃私语。风言风语被入画听见过好几次，气得她不停地骂那些人见风使舵。

其实踩低捧高不过人性如此，旁人如何与她何干？易平平只知道，从此以后她终于有了一个至亲可以倾诉，可以相互依靠，这份情谊只要一想起来，她便觉得心中安稳。也许，这便是亲情吧……

易谨挨了罚，原本易平平是托了抱琴去买上好的金创膏，但老夫人却先送了药来。她怔了怔，微笑收下了。其实之前她对老夫人未出手这事的确有过失望，但也只是片刻的事情，老夫人的苦心她又如何会不懂……易谨是老夫人唯一的孙子，她又如何不心痛？这个家里明面上的易之瑞是一家之主，可实际上老夫人才是。一个官宦之家的一家之主最重要不是绝对的公平，黑白分明，而是相对的深明大义，顾全大局。既是一家之主，这个家才是最重要的，分散到每个人，都抵不过整个家。所以，个人的一点小委屈只能牺牲掉，能让这个家安稳平静，才是最值得的。也正是因为想明了这一点，所以易平平没有去纠结什么公平与不公平、委屈不委屈，她要做的，只是保护好易谨，保护好自己！

一连几日，易平平都在府中照顾易谨。他在军中虽只是寻常训练，又或者站城墙，但终归也有些益处，这一趟回来身体强健了不少，没两天已能下地行走。闲来无事的时候，易平常与他下棋品茶，时间便好像突然慢了下来，一切显得那么惬意，只是，这辈子她大约是真的与某人犯冲，就是有人见不惯她过得好，偏偏要出来打搅……

这夜，易平平如往常一般睡下，睡到半夜却被寒意冷醒。眼下已入了冬，她素来怕冷，每夜抱琴、入画总是将她的房间烘得暖暖的，而后半夜的时候两个丫鬟还会轮流着往地暖里加一次炭。

今儿这是怎么了？易平平拥着被子坐起来，正想下床一探究竟，冷不丁地看到她床边正站着个人——他穿一袭玄色,整个人仿佛要融进夜里。若不是那一双冷冽的桃花眼泛着点点幽光,若不是他身上带着从外间进来的霜寒,她几乎要怀疑是她眼花。

"你,你……"易平平一下清醒了,下意识地往后缩了缩,又马上反应过来,制止了自己露怯,"苗将军深更半夜不请自来,又有何贵干?"

没错,来人正是苗子陶。想是他进来时未曾将门关好,清冷的月光便和着冷风一并钻了进来。他人在月光里,月光是冷的,他也浑身散发着冷意,再加上被风一吹,易平平禁不住打了个寒战。她气恼地望着他,就在她以为他打算一直沉默下去时,他忽然走近两步。月光衬得他脸上似蒙上了一层霜白,他比之前清瘦了些,轮廓更显得刚毅起来,没了之前面对她时勃发的怒意,他看起来沉稳笃定,真正有一种名将风范了。

"易平平,我不想和你道歉。"他开了口,声音不咸不淡,像是在吩咐什么事情一般。

易平平怔了怔,旋即意识到他在说什么,冷笑一下,"将军严重了,小女子也未曾想要过您的道歉。"

苗子陶点点头,"我不想道歉,是因为我觉得我没错。"他看着她,喜怒不辨,"我只是想帮你,想让易谨平安归家。"

易平平一扬眉毛,"所以,苗将军身为主帅便以权谋私,谎报军功?"

本以为这话会将他激怒,却不曾想,他只是沉默了一下,便从善如流,"我承认,我还想刁难你。"

"那可惜了,让苗将军失望了。"易平平笑意未达眼底,"没有刁难到我,却让我二哥几天几夜下不了地。"

苗子陶轻轻"嗯"了一声,"这事我会解决。明日你引我去见易谨,我和他道声不是。"

易平平一时疑心自己听错,"你说什么?"

"我的本意并不是牵累到他,却让他受了些罪,所以我该和他说声对不起。"苗子陶看着她,目光是从未有过的诚恳,"至于你,易平平,我并未觉得自己有做过什么对不起你的事。我不想看见你担心你兄长,你身为妹妹,该做的应该是由着兄长照顾你。可是我得知的是,你兄长和你关系不算融洽,甚至有些紧张。我看着不舒服,当妹妹的,不该是过这样的日子。上辈子,你和你兄长的关系,直到我死的时候,一直都是势同水火。这辈子,你变了很多,也帮了莫愁,我不想看见你俩本是同根生,却彼此嫌恶。"

他难得一口气说了这许多话,声音不大却如同鼓槌一般,重重地撞击在易平平胸腔

内,听得她眉头皱了又皱,最终总结出一个离奇的结论,"你……你是说……你想帮我?"

苗子陶没给她再质疑的机会,沉声道:"我问齐光,有什么法子,可以让易谨顺利回易府,不被责打,又能让你和他的关系融洽不少,更能让你左右为难,好好刁难你一番。齐光告诉了我这个法子,只是,我们没料到易谨没接受这份军功。"

易平平觉得有点头痛。居然是赫连齐光……这人,当真是无聊透顶,却又聪明绝顶!她咬咬牙,"既然给将军出谋划策的是秀王爷,那么秀王爷应该转达过我的话了。现在事情我清楚了。我二哥也未曾接受将军的军功,我以为我和将军之间没什么好谈的了。"易平平冷下脸,"将军,大门在您身后,出门左转可以翻墙到外院,以将军的身手必不会惊动守院婆子。将军,请吧!"

苗子陶脸色骤然一黑,"易平平,我不是为了来跟你划清界限的!"

易平平动作一滞,警惕又惊疑地望着他,"那么将军意欲何为?又要杀我?"

苗子陶脸上显出些挣扎之色,少顷,眯了眯眼,他探身凑近,她想往后缩,但他紧紧盯着她,那眼神十分有威慑力,告诫着她不许挪动。易平平有些发蒙,于是只能眼睁睁看着他凑到她眼前,"易平平,我对你的恨意并没有抵消,我也不想和你做陌生人!"

他靠得那样近,呼出的热气喷到她脸上,被风一吹又愈发地凉了。不知为何,易平平隐约闻到了淡淡的酒香味,不刺鼻,微凉,正宛如今夜月光。

怔了怔,她旋即又摆摆头,哪里来的酒香味,眼前的人,一双眼睛清明无比,根本就不似喝了酒的模样。

他目光如雾又如剑,恨意和迷茫在他眼里纠缠,"易平平,我以前是恨你的,现在也还是恨。只是我不想杀你了,我想绑住你,想看看这辈子,这辈子,你会怎么样……"

易平平愈发地蒙了,"你,你在说什么?"

她这么一问,苗子陶的神色竟有些躲闪,但很快地他稳住了情绪,用一种易平平从未见过的目光看着她,"我知道,你府上预备将你嫁入傅家。若我娶你为妻,你便可不必……"

傅显荣是不是良配有待商榷,但苗子陶……易平平真是要被气笑了,不待他说完便径直打断了他,"苗将军,你怎么知道我不愿嫁入傅家?"

苗子陶眉心一蹙,"傅家嫡子情志有损,整个京都都避之不及。"他这样说,易平平一下想到夜空下的那个少年,心中微微泛起酸楚,"傅显荣确实情志有损,可他纯真良善,从不会算计别人,倘若喜欢一人便会付之真心,在我眼里,他比这世间的大部分人都要好……平心而论，嫁到傅家并不是什么坏的选择。"

苗子陶的脸色铁青，几乎是从牙缝里挤出一句，"我不信你甘心嫁一个傻子，你到底在图谋什么？傅家的万贯家产？"

"傅显荣并不是傻子。"易平平也不知道为何她就是忍不了苗子陶这样说话，明知处境危险，也不肯嘴上饶人，"我要嫁谁与将军无关，总而言之，将军没资格管这事！"

苗子陶双瞳蓦地一缩，戾气暴起，半响，他狠狠吸了口气，却只是攥紧拳头，"你一次次地让我出乎意料。我告诉自己，你若真的选嫁给我，我一定毫不留情杀了你，但如今你拒绝了我，我也恨不能掐死你。"

说来说去还是想杀她，这人怎么总是这样矛盾？易平平忍不住冷笑提醒，"将军庇佑易谨平安归来，便是接受了我信中所言。我虽只是一介女流，却也懂得君子之诺重比泰山，我无意高攀将军，只求恩怨两断。"

"易平平！"苗子陶低吼一声，逼视着她，"你莫要得寸进尺，我苗子陶在你眼里便是如此一无是处？叫你如此急于同我撇清干系？你……"他突然想到什么，气得不住冷笑，"好，我明白了，你果真还是那个易平平的，水性杨花，不知廉耻，不过是与傅家定过婚约，你便连傅家嫡子是如何样人都知晓得一清二楚，你还要狡辩你未曾私会外男吗？"

"苗子陶！"易平平倒吸一口凉气，生生忍住气焰，挑衅似的看向他，"好……将军既已认定，我又何需解释？我看将军所言是恼羞成怒，所以才口不择言！"

"恼、羞、成、怒！"苗子陶的目光似恨不得将她灼出一个洞，等了许久，他才浑身轻颤着缓了口气，大力捏了捏额角的青筋，"是，没错，我是恼羞成怒。"他的语气忽而平和了些，"易平平，你总是能快速激起我的怒火。我不知道我现在对你是一种怎样的情绪。我曾经也是真心爱护过你，可你……你与他一起背叛了我，我原以为我对你只剩下满腔恨意，但现在，当听闻你的嫡母要将易青青嫁于我，要将你嫁入傅家时，我也不知怎么了……"他说着话，目光虽有些挣扎，却终于一点点柔软下来，"我想，如果再重来一次，我，我还是要娶你，想起你能再当我妻子，我就好奇……也很期待，很不平静。"

易平平以为他会暴跳如雷，却不意他会说出这样的话。上一世，他因爱生恨，这一世，他从恨开始，到如今却又生出了爱？这复杂的情感，易平平真是觉得头大，"苗子陶，平心而论，你想要娶我，无关爱恨，不过是一场执念。"

"执念……"苗子陶有些恍惚，少顷，他摇摇头，"不，不是执念，易平平，我很清楚，我放不下你，我不会让你嫁入傅家的！"他不容躲避地逼视着她，发狠道，"以前你是我的，以后你也只能是我的！"他的目光鬼使神差落到她唇上，两人本就靠得很近，他伸出手便捏住了她的下颌，下一刻，如松如柏的气息连带着淡淡酒意铺天盖地侵袭而来。

易平平只觉得唇上微凉，旋即如火烧般热了起来。"唔……"她脑子一下空白了，下意识地使劲挣扎起来，然而她的力度在他面前不过儿戏一般，几番挣扎下来，反被他搂得更紧。易平平只觉所有的呼吸都被苗子陶夺走，待他终于松开时，她一下瘫坐在床上，猛烈地咳嗽了起来，好容易喘过来，她又气又急，几乎说不上话来，"你，你……"

"易平平……"苗子陶又靠近来。易平平着实吓了一跳，仔细一看，他的眼神却开始变得有些迷蒙，连说话的节奏也变得断断续续，不甚连贯。

这时，有对话声在窗外响起，安静的夜里，显得尤为清晰——"慢，慢点……""属下遵命。""好了，你去屋顶等着，本王自己能从窗户进去。"

易平平还未从一连串的惊吓里走出来，便见苗子陶猛地力道一卸，软倒在她眼前，结结实实地倒在了她床上，而与此同时，一个熟悉的紫衣身影不甚利索地从窗外爬了进来。赫、赫连齐光？！

易平平一脸呆滞地望着他。那头，赫连齐光移过目光，一接触到二人，又立刻做了个捂眼的动作，"哎呀，非礼勿视非礼勿视！"

易平平回过神来，一股怒意直望头顶上蹿，"秀、王、爷！"赫连齐光透过指缝看了看她，"本王什么都没看见！"他放下手，又看了眼倒在床上的苗子陶，自满地一笑，"本王果然没算错时间，酒量还是一点没变。"

易平平咬咬牙，已忘却了礼仪，"秀王殿下夤夜前来，到底有何……"她话未说完，已被赫连齐光打断了，"本王想告诉你一个秘密。"他朝她努了努嘴，嘴角不住露出笑意，"苗子陶不能沾酒，沾酒就醉。""沾酒……就醉？"易平平下意识望了下苗子陶，又气得扶额。

"他在来易府之前，我在他的茶水里加了一口酒。"赫连齐光做了个噤声的手势，笑得如同得逞的狐狸，"你看，他醉了后，是不是比不醉的时候要可爱得多。思维清明，心思澄澈，嘴里说的，便是心里想的，毫无作伪。"

他果然是喝了酒！怪不得和往日有这般大的不同。

"半个时辰以内，苗子陶的一切行为如同日常，看不出一丝醉意。只是半个时辰以后，便会昏睡成一摊烂泥，没有个一天工夫，是醒不来的。"赫连齐光说着指了指那一大坨，"诚如你所见，便是如此。"易平平张口结舌，好几次想开口，都被赫连齐光堵了回去，这下终于等到机会，"秀王殿下为何要让苗子陶喝醉？"

赫连齐光脸上分明有笑意，却又在下一秒变作十分的正经严肃，"你在他心里一定有很重要的地位，本王实在不忍好端端一双佳偶天成变成如此模样。"他扬起下颌，一副傲慢的模样，"不过你放心，本王不屑于听人墙角，他和你的对话，本王一句也不知道。"他睨了眼苗子陶，又补充道："等他清醒了，本王再问一问他醉后到底说了些什么肺腑之言。反正木已成炊，他若要嘴硬，我再来问你一二即可。"

木已成炊是这么用的吗！怪不得那时在"嫣紫阁"，他在明知道她不愿意与苗子陶有任何关系的情况下，还那么轻易地将经营权交于她！还有……易平平咬咬牙低声道："醒后也能记得自己说什么……这酒醉实在是醉得太过罕见。"

赫连齐光也不知有没有听到她的话，只弯下腰，费力地想拉起苗子陶，一边拉一边正儿八经地道："易平平，苗子陶为大宏付出的，比你想象的要多得多。"

他养尊处优多年，本就没多大力气，加上苗子陶本人又很健硕，所以场面一度有些滑稽，而他就在如此滑稽的情况下谈着一件严肃的话题。"苗子陶对大宏很重要，对我而言，也是极重要的。所以，易平平，你可要记住了——若你伤了苗子陶，本王要送给你的回礼，怕是你是受不住的。本王一向不与女人较真，你可莫让本王破了戒。"

赫连齐光不给她说话的机会，眼见费尽了力气也没能拉起苗子陶，他果断地将他的手一扔，走至窗外，对外唤了一声。下一秒，宛如变戏法一般，一个劲装男子出现在房内，径直抱起了苗子陶，又一闪，消失了。

是那种很甜蜜的拥抱，双臂搂住苗子陶，即使苗子陶要比这个男子要长得多。易平平发誓，她看见了赫连齐光嘴角一抹笑，一抹如同狐狸偷吃了一百头鸡的笑。随后，他便十分笨拙地从窗子爬了出去。这前后对比，实在是……

不过半盏茶时间，房中又只剩下了易平平一人。唯有唇间极淡的酒意，时刻提醒着刚才所发生的一切。懊恼地将嘴唇大力擦拭，也不知是因为吹了冷风，还是被打断了睡眠，她觉得头皮在突突地跳动着，很疼。那些话……真的便是苗子陶藏在心里的话？

易平平闭起眼，轻声的叹息很快被冷风吹散。

第七章 暗涌流波

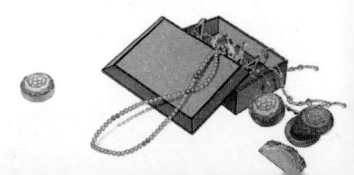

自那夜以后，易平平没有再见到赫连齐光，至于苗子陶……那自然更是毫无交集了。一切都仿佛只是一场梦。

这日，易平平从"嫣紫阁"回来，刚在府门口下了马车，却见一辆熟悉的华丽马车尾随而来，稳稳停在了易府门前。马车的里很快钻出一人——长身玉立，温润如茶。来人正是许久不见的杜若。

"杜……"易平平招呼还没打完，那头杜若已皱着眉望着她，开口便是一句，"如果一个人一直昏迷不醒，有没有什么更新鲜的法子，可以刺激他醒过来？"

昏迷不醒？易平平怔了怔，定睛一瞧，这才发现杜若脸上满是疲累之色，原本白净的脸上也长出了些胡碴，看起来沧桑了不少。她严肃起来，"那人……是因为什么昏迷不醒？"

"脑部有击打伤，身上也有多处瘀伤，是殴打所致。"

易平平仔细想了想，"脑部可有淤血？"杜若摇摇头，"我已经替他诊治过了，即便有淤血也只是少量，不会导致昏迷。"

"人在昏迷的情况下也是能感知外物的，心中也会有挂念。若是外部诊疗对这人没有作用，不妨试试让他心中最挂念的人多陪陪他，或者多与他说说他心中最挂念的事，兴许能对他有些帮助。"对于医学这块易平平实在是不太懂，奈何杜若认定了她，她也只能拿着以前跟美容院里的员工们赠看的电视来凑凑数了。

杜若听言若有所悟地转过身，就准备走了，走到一半，他又猛地回转过来，紧盯着她，"我记得你说过，你和傅显荣是定过亲的人。"

啊？易平平实在是没法这么思维跳跃，一时不知如何回答，不过他似乎并不需要她回答，又紧接着问："未婚妻也是被挂念的人吧？"

"未婚……"易平平说了两个字又住了口，她忽然神色一变，有些不确定地望向杜若，"你……你说的那个昏迷之人，是傅显荣？"

杜若点点头，"是的。"易平平只觉自己仿佛被人用木棒猛击了一下，脑中顿时空白一片，"你一开始怎么不说！"

杜若因她忽然激烈的情绪略怔了下，旋即皱了皱眉，"我一开始就问过你，如何治疗昏迷不醒。"

可你没说昏迷的人是傅显荣！易平平一口气差点没提上来……果然，对于杜若来说，疑难杂症比一切都重要！她狠力揉了揉额角，迫使自己冷静下来，也不跟杜若客气，提起裙裾就往他车里钻。眼见杜若还站在原地不动，她没好气地喊道："你还在等什么？走啊！"杜若神色露出些许疑惑，似乎是不太明白她为何要生气，但他居然读懂了她在生气，便也未再多话，点点头钻进了车里。

从易府到傅府的时候没用太多，易平平情绪很乱，但脑中却意外的没有任何想法，她未曾想到，再次与傅显荣相见竟是这样的场景——

因为跟着杜若，她很顺利就到了傅显荣的寝房。他就躺在那里，血色全无，双眸紧闭，若非胸膛还有起伏，她几乎要以为他不是昏迷，而是……

对于易平平来说，傅显荣一直都是她的朋友，无关男女之情，她很向往很喜欢他的单纯澄澈，只是，他现在却不会，也说话不会动了。

"汪汪汪！"门口突然传来一阵激烈犬吠声。旋即有个声音怒喝道："滚开！滚开！"伴随着呼喝声，门口进来一个书生，还有一条乱窜的狗。想是没预料到这里竟然有人，来人怔了下才朝杜若拱拱手，"杜大人。"朝易平平看来时，又是一愣，"是你……"

进来的正是东生，而那条乱窜的狗却是"红烧肉"，它似认得易平平，一看见她，便迅速地跑了过来，热切地朝她摇着尾巴。易平平蹲下身先安抚地摸了摸它，才看向东生，"你来得正好，我想知道，傅显荣为什么会变成现在这样？"

东生的目光在傅显荣身上打了个晃，又在她和杜若之间打量了一下，斟酌了片刻才开了口："听府里的下人说，前天夜里，显荣说要出门找什么熊兄弟，结果半夜也不见回来，派人去找的时候，他已经浑身是血地倒在地上了。若，若不是……他身边的小厮说他与杜太医有些交情，恐怕现在……"

易平平叹出一口气，不容躲闪地盯着东生，"你可知是谁干的？"到现在，她仍是不能接受那个活泼如孩童的傅显荣成了现在这样。

东生面色微微一变，并未正面回答，反问道："你，你到底是谁？我为什么要告诉你这些？"他带着疑问望向杜若，但在疑难杂症面前，杜若哪有空体会旁人的心思，自然也就接收不到，而易平平也压根没有解释的想法，她只是盯着东生。

眼见无人搭理，东生有些悻悻，又被易平平这么一盯，脸上显出些躲闪，少顷，他低下头低声道："显荣是个傻子，也许不知情的情况下就得罪了什么人也难说，招了别人的恨却不自知，可不就是被打了么……"他这么一说，脚边的红烧肉也好像听懂了似的，"汪汪"叫了两声。仇人……傅显荣也会有仇人？鬼使神差的，有两句话如雷如鼓般忽地响在她耳侧——

第七章 暗涌流波

"不，不是执念，易平平我很清楚，我放不下你，我不会让你嫁入傅家的！""以前你是我的，以后你也只能是我的！"易平平猛地站起身，脚边的红烧肉被她吓了一跳，夹着尾巴后退了好几步，又可怜巴巴地呜咽了两声。易平平也没空管它，也没空跟眼前这两人多说，连裙裾也顾不得提，径直就往外飞奔而去。

这么多年来，她从未跑得这样不顾礼数，从未跑得这样快，她甚至忘了还有马车这样东西。也幸好傅府是京都排得上数的富商，又担了个皇商的名头，这才与平津伯府距离不远，否则以易平平这么跑，怕是还没能质问，就已经先累得趴下了。

平津伯府，易平平也是来过好几次的人了，门房早已认得她，见了她还同她笑着招呼，"易小姐又来看我们二小姐啦！"

易平平喘了几口气，朝他摆摆手，"我，我要见你们将军……""将……"门房的表情变得古怪起来，迟疑了一下，见她面色凝重，才改口应道，"您稍等。"

苗子陶没让她等得太久，易平平不过将将平静下来，他便已大步流星地从府里走了出来。"你……找我？"待要靠近时，他又略收了步子，看了一眼易平平，又飞快地移开了视线，一双垂放的手抬起又放下，最后单手负在身后。

易平平无暇顾及自己心里的那点不自在，她吸了口气，抬起头，"苗将军，你……可认识傅家二公子？"

"傅二公子？傅显荣吗？"苗子陶一下侧过脸来，双眉一拧，"你此番前来就是问他？"易平平一瞬不瞬地盯着他，将他所有情绪都收入眼中，"苗将军，你可知道，傅显荣前夜被歹人打伤，现在昏迷不醒。"

苗子陶眉峰一跳，话到嘴边又咽了下去，双眼眯了眯，他认真打量了易平平一圈，面色愈发地沉郁，"你现在是在怀疑我？所以才来问我？"

他说的是疑问句却用着陈述的语气。不等易平平承认，他已上前一步，抓住她的双肩，不容避让地逼视她，"易平平，你急于要同我恩怨两断，如今傅显荣遇害，你又立刻想到我。易平平，你告诉我，我在你眼里到底是怎样的人？"

他的力道易平平是领教过的，而今恐怕是真的气急了，将她的肩膀捏得快碎了一般疼。易平平疼得冷汗直冒，却咬紧牙关忍下来，只看着苗子陶露出冷笑："将军以为呢？"

"你可以凭一己心意便为我哥安排一个假军功，可以凭一己心意便两次夜闯我的闺房，更不顾我的意愿便，便……做出那等轻薄之事。我如此说，苗将军可明白？可知道，你在平平眼里是怎样的人？"

苗子陶的神色随着她的话不断变幻，半响，才挤出一句，"易平平，我不是故意夜访，只是……"他深吸了口气，半垂下头，声音有些发闷，"白日丫鬟婆子众多，我不好点穴，夜间人少耳目清净，我……我没有想那么多。至于那晚，那晚我是真的醉了……"

易平平原已做好了要同他继续争吵的准备，却未曾想他居然会开口解释，像是蓄力的拳头打中了一团棉花。面对着这样的苗子陶，易平平竟有些说不下去了，顿了片刻，她才又重新开了口："我知道将军做事直来直往，也习惯在战场直面厮杀，素来不会深思。我无意也无法去改变将军的想法和习惯。我今日前来唯有一问，傅显荣之事，到底与将军有无干系？"

苗子陶没说话，他额间的发梢随风飘动，他就这样看着她，眸间情绪涌动，最终化作受伤与不甘，半响，他忽而松了手，唇边一抹嘲讽若有似无，"易平平，你终究没法信任我。"这句话听不出情绪，他只是用陈述的语调和淡淡的口吻说道。

他没有否认，但他的神态并非作伪。不是他……易平平心中有了结论，点点头道："我知道了。"冷静后她的理智到底是归位了，也还记得要全礼数，便福了福身又道："多谢苗将军，那么我就此告辞了。"

迟迟没有等到苗子陶的回答，她也顾不上了，转身便要离去，才走远了几步，却又听背后传来声音——"易平平，你虽避我如蛇蝎，但有一件事，你一定要应我。"

易平平脚步一顿，回转身来，日光西斜，而他站在阴影处，神色不辨，"我马上要再次出战了。"他的声音低而轻，暮色下便显出几分与他不甚相符的感伤之意。

易平平望着他，略略皱眉，正踌躇着自己是否应该说点道别之言，苗子陶又再度开了口，"易平平，我会赶在圣上的寿圣节回来。那日……你切莫轻举妄动，记住，一切等我回来。"

他没有给易平平反应的时间，说完这话，他便后退一步，干净利落地转身离去，徒留寒风与薄暮。寿圣节？皇帝的生辰又会与她有何联系呢？易平平实在想不到答案，又在原地站了一会儿，才转身离去了。

没能在苗子陶那里得到一些傅显荣遇害的线索，反又添了疑团。傅显荣向来独来独往，想要查证他遇害的经过实属不易，思来想去，易平平觉得唯有依靠"嫣紫阁"的力量调查此事。

傅显荣仍是没有醒转。杜若毕竟担着御医的位子，每日也很是繁忙，不能常去为傅

显荣诊疗，而易平平只要一想到上次前去探望，他周围连个服侍的人都没有，便忍不住担心，只能自己常常抽空前去傅府多照看着。也幸好，那日她是同杜若一起去，沾了他的光，门房只以为她是杜若派来查看病情的，问了几句，便不再阻拦。

这日，易平平照常去看傅显荣。他仍闭着眼躺在床上，情况没有一丝好转。虽借着杜若的口已向傅老爷和傅夫人叮嘱过要让人留意着傅显荣，每一个时辰便要替他翻身。傅家有没有真的安排或者安排了又有没有人认真来做，易平平是真的不清楚，她只知道她所见到的，只有那只叫"红烧肉"的小狗，它蜷伏在床脚，默默陪着傅显荣。

连条小狗也知道关心自己的主人。她实在不知傅家其他人是如何的铁石心肠。

叹了口气，易平平没有避嫌的在傅显荣床侧坐下，看着这张昏迷着的睡颜。他今日看起来很不安宁，睫毛微微翘起，眉头却是紧紧蹙起。

易平平伸出手，忍不住轻轻地抚过他眉间。"小呆，你快点醒过来好不好……"她轻声低喃，声音在安静里显得空旷，又因最终无人回应，便愈发令人伤感心疼。

又坐了会儿，易平平替他重新压了被角打算离去，一直趴着的红烧肉却突然直起了身子，警惕地朝门口叫了两声，旋即一溜风似的蹿了出去。

易平平怔了下，也跟着出去了。迈出房门，便见红烧肉对着院门口"汪汪汪"地叫个不停，易平平顺着望去，便看见一片衣角一闪而过。她起了疑，几步走过去，喝道："谁在那里！"

她这么一开口明显吓到了那人，伴随着踩滑的声响，有人"哎哟"一声，摔到了地上。听这个声音易平平便觉得耳熟，走过去一看，果然是一身书生打扮的东生摔在地上，此刻正龇牙咧嘴地揉着屁股。

这时，红烧肉跑了过来，一见东生就咬着他的衣角不放，他火光大起，对着红烧肉就是一脚。红烧肉被踢得呜咽后退，易平平心疼得赶紧抱起它，愤怒道："东生，你在这里做什么？"

东生有一瞬间的慌乱，随即眼神阴鸷地盯了红烧肉一眼，又扫了眼易平平，一面扶着墙站起来，一面冷笑着，"我也想知道易府的易三小姐在这里做什么……"

和他也算是打过几次照面了，他能知道她的身份不算意外，不过他刻意咬重了易三小姐这几字，易平平又怎会听不出他的嘲讽，还未开口，又听他道："我虽只是傅府远亲，却也算是半个傅家人，易三小姐你算什么？你和傅显荣只是定过娃娃亲，你便这般急着嫁进来？竟要操心未来夫家事！"

他的轻视放在眼里，只愈发觉得他形迹可疑，"我再问一次，你到底来这里做什么？"东生一下几欲跳起，"你我二人该受问询的不是我而是你！易三小姐你又到底是何居心！"他往傅显荣方向瞟了一眼，又滴溜溜打量了易平平几眼，"那么多人都对那个傻子避之不及，你这番所为不就是为了钱吗！我可告诉你，别打错了如意算盘，押错了宝！"

"押错了宝？"易平平皱眉低喃了句，目光慢慢变得锐利起来，莫非傅显荣遇害之事是与家产争夺有关？！

东生因她的目光下意识地后退了一步。少顷他强硬地挺着胸膛，"你喜欢守着那个傻子，就好生守着吧！我才没空跟你在这里闲聊！"说完，他根本不给易平平开口说话的机会，一拂衣袖，转身就走。怀里本来乖巧的红烧肉，一见他走了，突然挣脱了易平平的怀抱，从高处跌落也不在意，只飞快地往前奔去，见追不上才停下来，却仍是对着他的背影吠个不停。

不知是不是易平平的错觉，东生的步伐虽然极力克制，但仍泄露出些许慌张。人为财死鸟为食亡。易平平站在原地迟迟没有离去，她有种直觉，傅显荣遇害之事，一定与东生有关！

也许是为了印证她的猜想。没过几日，易平平便收到了"嫣紫阁"送来的傅家信息。傅家的情况有些复杂，傅夫人当年被诊断不育，便做主为傅老爷纳了妾室，未曾想有了庶长子之后，傅夫人却又忽然有了身孕，本来满心欢喜，不想出生之后这孩子又异于常人，竟是个呆傻的。如今傅家的产业有一些已在庶长子傅显华手里，傅显荣遇害，最大的受益者便是他了。而他近日明显与东生走得很近。

易平平不相信傅老爷不知道这些情况，只怕是身在其中，无能为力——倘若处理了傅显华，偌大的傅家恐怕真的就要垮了。

易平平的视线落到傅显荣紧紧闭着的双目，觉得很是心酸，又无可奈何。

小呆，我很担心你。

可……我终究只是个外人。

我到底应该怎样才能帮到你？

将小呆盖在身上的被角掖严实了些，又凝视了他片刻，易平平才默默起身离开了。

第八章 风雨欲来

对于地处北方的石关塞来说，冬季一向是战事吃紧的时候。边境小国条件恶劣，又多以游牧为生，所以一到秋冬季只能靠着抢劫大宏边境过活。原以为今年赶在入冬时大败了荒国，可以消停一些，却不曾想，这才将将过去月余，战败的荒国便找到了帮手，连同遥国一起向大宏发起了战役。如同苗子陶所言，他又接到了领军出战的任务，很快便要出发。

距上次他胜利归来的时日才过去不久，他的飒爽英姿仍让京都众人念念不忘，是以这道出战旨意下来后，到他率军出城那天，街上竟然被前来瞻仰的人围得水泄不通。

到了苗子陶要出征这日，易夫人老早便领着易青青出了府，还将府里所有的马车全都打发了出去。易平平对此心知肚明，却也乐得清静，索性将自己关在家里整理"嫣紫阁"的账务。

正理到一半，却忽然听到院子里传来一阵耳熟的呼喊——"平平，易平平！"伴随着抱琴、入画的阻拦声，易平平只觉得有团红色的风一下冲到了她面前。

"你怎么还在这里呀！"爽朗的语调，风风火火的形态，不是莫愁却是哪个？易平平怔了怔，一面朝抱琴、入画做着不用管的手势，一面站起来笑道："莫愁……"她顿了下，疑惑道，"这里是我家，我不在这里该在哪里？"

莫愁的一张小脸皱成了包子，"我哥马上就要走了，你快跟我去送送他！"她说着就要过来拉她，易平平哪敢让她拉着，下意识地后退了一步。莫愁扑了个空，旋即反应过来，猛地把手藏到了背后，一副想抓又不敢抓的样子，最后憋屈地一跺脚，"我还没说你呢，易平平，你和我哥认识为什么不跟我说？我不管，易平平，你赶紧跟我走！"

易平平有些诧异，"你……也从未问过此事。我与你哥非亲非故，我为何要去送他？"

莫愁小脸一扬，"窈窕淑女，君子好逑，呸，将军好逑……"她停了半天似在想什么形容词，最后干脆叉着腰，噘嘴道，"总之，我听到我哥跟我娘说，他不想娶你姐，他要娶你！"

易平平吓了一跳，"你这话可有当着其他人说过？""没，没……"莫愁似懂非懂地摇摇头，又想起什么似的捂住嘴，神情变得心虚起来，"那个……杜、杜太医听到了。"

易平平顿觉额角一跳，只能安慰自己幸好杜太医不是多嘴之人，"你能过来找我，该不会也是杜太医送的吧？"莫愁露出惊讶，"平平你好聪明哦！"

易平平的手抚上额角，颇觉得无奈，刚要张口说话，还未起头就被忽然靠近的莫愁给堵住了。莫愁嘿嘿笑了两声，生怕易平平不肯跟她一块出去，"平平，杜太医还在外面等我们呢。"

易平平还真未见过莫愁讨好卖乖又小心翼翼的模样，明摆着是没给她留下拒绝的机会。眼见莫愁巴巴地看着她，易平平心里叹了声气，罢了，送军的人那么多，应该根本就瞧不见苗子陶才对！这么想着，易平平便点头应允了。

莫愁高兴得似小孩般跳起来，扭头就要走，一边走一边还不忘对抱琴和入画道："你们两个就不用跟着了，平平我照顾便妥！"

抱琴和入画无措地看着易平平，跟也不是不跟也不是。

易平平无奈地摇摇头，"你们两个留在院里，人多也不方便，我去去便回。"

莫愁迫不及待地将易平平带出了府，马车还在府外等着，杜若许是听到了莫愁的声音，挑了帘子，看到两人时，微微将头一点，算是招呼。

易平平气他带了莫愁来，将头一扭，自顾自上了马车。马车行驶了好一会儿也没人说话，也不知莫愁是不是看出不对来，突然"咦"了一声，问道："杜太医，你在看什么？"

易平平下意识回过头，一眼便见杜若拿着本有些残破的书册，封面隐约露出个"缘"字，还没等她细想，那头杜若已一本正经地回道："我在看《金石缘》。"

易平平愣了半响，才回味过来，"你，你……""我在看话本《金石缘》。"杜若没等她说完，已又补充道。莫愁"扑哧"一笑，又赶紧捂住嘴，只露出两只眼，眨巴眨巴，含糊不清道："原来杜太医也会看话本啊……"

易平平附和地点点头，还是觉得难以置信。而杜若看了一眼手中的书，不知是不是

247

第八章 风雨欲来

易平平的错觉，他的眼神似乎有些无奈又有些嫌弃，他合上书自然地放到一边，"我爷爷说我已到了年纪，应该看些与情愫相关的书籍，启蒙开窍。"

唔……易平平差点笑出声来，看着杜若一脸正经的模样，又实在不忍说什么，只好一路憋着笑，所幸，杜若说完这话以后，也对话本子没有交谈的性子，车里便再度陷入了沉默。一直到下车时，易平平突然回味过来——该不会……杜若今日带莫愁来找她，是跟话本子学的吧？否则与医学无关的事，杜若怎么会有兴趣？

"点完兵后便是从城门出去，这时候应该快到了城门处，咱们这时候过去刚刚好！"莫愁的声音一下将易平平的思绪拉了回来。抬头一看，不由惊了惊，她知道来送行的人或许会挺多，到这之后才发现比想象的还多了些，街道两边处挤满了。

"母亲！你看，那是不是易平平？"早就占据了好位置的易青青自易平平一行停车便注意到了，无他，不过是因为这辆属于秀王的马车实在太过显眼，当她看到易平平转过身，捏着丝帕的手都握紧了几分，"当真是她！我这个三妹可真是费尽了心机！"

易夫人顺着易青青的目光看去，看见易平平后，眼神也一冷，她拍了拍易青青的手，"你以后是要嫁入平津伯府当主母的人，她不过是个不得宠的庶女。"

易平平起初还没注意到在人群中被护卫护着的易家那两母女，还是身旁常年习武的莫愁敏锐地感觉到有人在看她们，易平平这才看了过去，一眼便望见易夫人和易青青正看着她。用脚指头想，也知道这母女俩在盘算什么。易平平心里叹了口气，有些庆幸杜若没有跟着下车，否则只怕又要唇枪舌剑一阵了。

不等易平平装作未见，那头易家母女已派人来请了。家丑不可外扬，易平平自然知道这样的道理，面色从容地朝易夫人行了礼。

这头易青青明明已是气极，却仍露出一个得体的笑容，扬了下眉，才道："当日将军求娶妹妹做妾室，妹妹斩钉截铁地回绝了，如今……"她的目光在易平平身上悠悠打量一圈，"三妹若当真意动，哪怕违背毒誓亦想要效仿娥皇女英，只需讨好我便是，等将来我嫁进平津伯府，或许便能将你心心念念的妾室之位还给你。"

"你……"在一旁的莫愁听得皱起了眉，没等她多言，便听到身旁的易平平开了口。

"长姐这话万不能这么说。一个未出阁的女儿家还没出嫁就已经在操心主母之事，万一被有心之人听去了，岂不是污了长姐贤名？"

这一席话说得易夫人母女两人脸色均是一变。而那头莫愁见易平平占了上风，也一扬下巴开心地笑起来。这一笑可招了易夫人母女的恨，可还未等二人说话，莫愁已眼尖看到了已经向这边而来的军队，嚷道："平平，你快看！我哥来了！"

莫愁叫嚷着，毫不犹豫地就往前挤，她那力气常人哪受得住，伴随着惊叫痛呼此起彼伏，很快地，她便"杀"出了一条路。莫愁招着手，提高了声量，"哥！我在这！哥！"

这边这么大动静，子陶早就看见了，因见莫愁上蹿下跳的，他脸色便有些不好，待分出一条路后，他一眼瞧见了莫愁身边的易平平，这才跳下马将缰绳扔给了亲卫。

见他大步流星地过来，易平平禁不住就想往后退，心中竟然开始担心发下的毒誓，但一想到若是在这大庭广众下她落了他的脸，又或者他口不择言说出什么话，指不定要被人编排成什么样，只好硬着头皮站定。

等子陶走到两人面前时，脾气已消了大半，望向易平平眼底有着一丝高兴，"我原本还以为你不会来送我了。"

他今日穿了铠甲，带起银盔，愈发显得英气逼人，那双冷冽的桃花眼只消轻轻一扫便令人心头发紧。易平平一直提醒自己，他今日是要出征，如今事已至此，她自不肯失了仪态，微微一福，"愿将军一路平安顺利，早日凯旋。"

她垂着头，眼神瞟向别处，分明不愿见他，嘴上却又不得不说着吉祥话儿，别扭的模样像极了宫里想让人顺毛又自有一股高傲性子的御猫。苗子陶哪儿见过她这样，拿手抵在唇间，假咳了一声，方忍住笑意，"放心吧，我会早些回来的。"他说完这话，面色又是一凝，往前走了两步。

易平平只觉眼前光线突然暗了些，下意识抬头，便见苗子陶挡在她身前。她瞪大了眼，却听他压低了些声音，先开了口："易平平，你记住，无论发生什么，切莫慌乱，一定，一定要等我回来。"

他说完这话，深深地看了她一眼，随即后退一步，像无事发生般往旁边一扫，脸色又骤然黑了黑，"莫愁，你私自出府的账，等我回来再跟你算！"

莫愁吓得把头一缩，眼见苗子陶自顾自转身离去，没有再搭理她的意思，这才敢嘟着嘴小声辩驳，"反正哥哥你不许克扣我的吃食！"

嘿！这小妮子整天净想着吃！

人群自苗子陶从军中过来时便被分成了两列，如今见将军欲回军中，众人居然自发维持住了队列，似夹道欢迎般，将苗子陶迎回了主帅位。他干净利落地翻身上马，接了亲卫递过的马鞭便重新整军出发。很快，他英姿傲然的背影便被淹没在大军之中，唯有那面黑色绣金的"苗"字军旗在寒风中飘扬，直至也渐渐辨认不清。

"易平平，你记住，无论发生什么，切莫慌乱，一定要等我回来。"

莫名地苗子陶临离去时的眼神，又浮现了出来。易平平不由想起上次质问苗子陶时，他也说了一句很是奇怪的话——"易平平，我会赶在圣上的寿圣节回来。那日……你切莫轻举妄动，记住，一切等我回来。"

一直到军队全部出了城，莫愁喊了她几声，易平平才回过神，却也只是心不在焉地朝莫愁点点头。不远处的易青青暗暗咬紧了牙，易夫人顾及颜面，在她耳边不知说了什么，易青青将手帕一绞，狠狠瞪了易平平一眼，方和易夫人转身离去。

自从那日听苗子陶说的话后，易平平的警觉心便又提高了些，十分留意朝政之事，很快便从易之瑞的闲谈中得知了苍国皇子要来祝寿一事。本来，这事也并无异处，但一直到千秋节宫宴的前几天，宫里突然来人宣旨传召她随易老夫人一同赴宴。易平平心里这才有了朦胧猜测——她不过一介庶女，何德何能可以让皇帝特意传旨让她一同赴宴，这恐怕是一场鸿门宴了。

易平平寻思了良久，在去"嫣紫阁"的途中硬生生转了弯，直奔秀王府。

等通报之后，见了赫连齐光她也不废话，行完礼数，便径直道："王爷消息灵通，想必已经知道了宫宴当日民女会一同赴宴了吧？若是届时有难，民女可否请王爷帮衬一二？"她开门见山，赫连齐光拿起茶盏的手微微一顿，"有难？"他抬起头，似笑非笑，"本王欣赏你的聪明，但你也莫要忘了'杨修之死'。"

杨修之死，是窥得君心而扰乱军心，他在提点她莫要聪明反被聪明误。但易平平却听出了另一层意思，"所以……王爷已经知道那天会发生些什么了？"

赫连齐光眼角眯了下，"易平平，同样的手段使过一次，便不顶用了。"他将茶盏放回案上，"若你今日是为了在本王这里探听消息，便不要白费力气了。"

他这话分明已在逐客了。看着自顾自拨弄着棋盘，连看都懒得看她一眼的赫连齐光，易平平张了张嘴，却最终只是自嘲一笑——她突然明白了。从始至终，她都高估了自己，高估了秀王。

她怎么会奢求有人会在这里，在这个时代，去与皇权角逐？没有人会违逆皇权。哪怕是尊贵如秀王，亦不可能。

若无法借势，那便放手一搏。易平平一点点捏紧了自己的手。静行礼，镇定离去。

心中越是忌惮，时间就越不容人逃避。待到了宫宴这日，一大早易平平便被抱琴、入画叫起来梳妆。这次不同于上次，因是圣旨特别传召，所以家中早为她置了新衣。等一应物件儿都穿戴好。入画便忍不住夸赞起来，"小姐可真好看！"

易平平低头瞧了眼身上这匹云锦制成的袄裙若有所思。当初她贵为白府嫡女，统共也才两件由软烟罗制成的衣物，如今……易平平微不可察地皱了下眉，她无心多话，只敷衍地朝入画点点头，便往门外走去。

到了府门，又等了一会儿，易府一行人才准时出现。易平平出声行了个礼，"平平见过祖母、父亲、母亲。"

老夫人脸上端着笑，笑着打量了易平平全身上下，满意地点了点头，"不错，这身很衬平平，看起来更温婉了些。"她招了招手，易平平自然明白这是何意，小步走过去挽住老夫人的手。

不用抬头，易平平也能感受到易青青嫉恨的目光，无须多虑，易平平也能知道，她定是在想身为易府嫡女，连她也未曾穿上云锦这样名贵的料子，却被身为庶女的易平平穿了，还与老祖宗如此亲密。

易平平自嘲地笑了笑，倘若可以，她倒真是对这身衣裳没有半点欲求。

眼看已经人到齐了。易之瑞便吩咐了两句，众人皆上了马车准备入宫赴宴。这次，易家准备了两辆马车，易平平和易青青两人同在一辆马车里，跟在前面老夫人和易之瑞、易夫人的那辆入宫。

易平平坐在马车里抿着刚泡好的茶，并没有主动开口跟易青青说话，脑子里全然都是皇上究竟是何用意，她这段时间以来一直未想明白，而易青青瞧着易平平自顾自地喝茶便气不打一处来。没了长辈在旁，易青青自然也懒得与易平平装亲热。这一路上，一个生气一个不愿搭理，两人竟全无交流。

一干人等在宫门前下了马车，走在宫道上时，易之瑞也不知想起了什么，忽而侧头嘱咐两个女儿，"今日盛宴，你二人定要懂分寸，知进退，万不能给易家丢了脸！"

易之瑞声音里还有着些厉色，易平平听出那话里含着警告的意味，只藏着心思，乖声顺从与易青青一同应了。

到了殿内后，皇上和皇后还未到，臣子亲王都不能入座，易平平安静地走到一旁的角落里观察。易之瑞与同僚交谈了一些话，看见易平平乖顺的模样，也安心了几分。这次易平平得了皇上亲自传召，他视作荣耀，和同僚谈起来也是面上有光。

易平平心里一直有些不安，越到这时候，心里的那种不安感就越强烈，她脸上镇定，实则手心里已有些发汗。

不知又过了多久，但听得太监一声传唱，殿内便齐齐安静了下来。皇上来时，趁着众人行礼，易平平悄悄抬起头看了一眼。入席之后，易平平视线一抬，便瞧见人群里十分夺目的一袭紫衣。赫连齐光身为秀王，自然位置醒目，此刻他不知在想些什么，修长的手执着酒杯，隔着距离有些长，她看不清他眼中的神色，但依然能感觉得出来他兴致不高。宫宴无甚特别，与上次太后寿宴也流程相仿，不过到了皇帝这头就多了些歌功颂德的节目。"皇上，苍国二王子拜见，已经在殿外候着。"

太监从殿门外一路小跑进来禀报，打断了宴席上新编排的歌舞。

皇帝继饮了一口酒后，撤下了歌舞，"宣。"坐在宴席中的易平平听到二王子三个字后，手里抖了一下，原本端着的酒杯中的酒洒出来了一些，微凉的湿意惊醒了她。

易平平擦拭了一下手，心底渐渐升起一丝不安。她抬起头，便见殿外前头走来两个人，当先一个就是她方才所想的……耶律赢，而另一个则是他的侍从。

耶律赢走上前来行了礼，"苍国耶律赢祝大宏皇上与日月同寿，亦祝大宏永世太平，国富民安！"

"皇子客气了，远道而来不必如此客气，快快请起。"皇帝朝耶律赢做了个请起的手势，脸上的笑意加深了些，显然是对他的礼仪感到满意。他指了指下首不远处，道："二王子请入座。"耶律赢听言，却并未起身，而是接着道："大宏人杰地灵，疆土辽阔，苍国自知凭什么寿礼，于大宏都不过是平凡之物，所以备上了黄金万两、牲畜百匹献于皇上，还望皇上莫要嫌弃。"

大宏一向资源丰盛自然是不缺这种东西，皇帝只点了点头，"二王子有心了，苍国与我大宏交好，朕也很是欣慰。"

耶律赢这才起身，却又抱着拳微低头道："此次祝寿，小王不仅带着真心更带着诚心。""哦？诚心？"皇帝沉吟一下。耶律赢再次掀袍跪地，"本小王愿求与大宏结秦晋之好，从此苍国与大宏共进退！苍国也愿敬大宏为尊，尽半子之力！"

耶律赢一气呵成，满座哗然，然皇上的神情丝毫未变，显然早知如此。

易平平心里咯噔一声，有种不好的预感，长公主已然出嫁而小公主又年龄尚小，显然都不适合和亲这条路。不待她细想，那头，皇帝已笑道："那不知二王子是想与朕的哪位公主结下良缘？"

耶律赢声音洪亮，"小王也是为了向大宏表明诚意，至于是哪位公主，是不是公主，这些都不重要，重要的是苍国想与大宏结为同盟！"

耶律嬴话一落，其他一些国家的使臣脸色有些不大好，当着他们的面，苍国便来想法子讨好大宏！皇帝眼中笑意散开，"二王子此话当真？"耶律嬴声音坚定，"本小王此话当真，苍国也愿以三座城池为聘礼，只为抱得佳人和为大宏同进退！"皇帝哈哈大笑，拍案而起，"那朕便为二王子牵条线！"皇帝举目一望，似随手一指，"二王子觉得这位姑娘如何？"

易平平只觉心头一突，脑中轰然一声。因为皇帝这一指正是准确地指向了她的位置。果然，果然如此！易平平一时不知该如何作答，而那头耶律嬴朝她看了一眼，先是一愣而后笑意扩大，"这位姑娘像是当日太后寿辰时，惊艳四座的姑娘？"他似回想起了当日，朝皇帝抱拳道，"这么好的姑娘，皇上可当真愿将她嫁于本小王吗？"

"君无戏言，二王子若真是喜欢，朕现在便可封她为公主，嫁于二王子。"

耶律嬴朗声一笑："那本小王先谢过皇上。"皇帝一扬手重新坐下，"易平平……"

"皇上！"易平平当即跪了下来，两手攥紧，"皇上，臣女身份卑微怕是配不上二王子！"皇帝眯了眯眼，有些不悦："易平平，你是要抗旨？"

一旁的易之瑞原本还有些欣喜，一听到易平平的话冷汗唰地一下冒了出来，赶紧上前跪下，"皇上恕罪！小女她……她并非是这个意思，还请皇上宽恕！"

皇帝看了眼易之瑞并没有理他，只重新看向易平平，"朕方才说过封你为大宏公主，若是觉得朕还是薄待了，那等你嫁于二王子时，你父亲官位便再提升至二品。"

易平平心里的情绪再也克制不住，猛地抬起头直视着皇帝，"敢问皇上，为何选择臣女？"皇帝眼中已隐有火光，待了片刻，才道："你算是个有才气的，官宦中的闺阁女子没几个能与你一样，只有你这样的人出嫁到苍国，才不算是丢了大宏的名声。"

"皇上，臣女有婚约在身，怕是要辜负皇上的美意了，若是今日臣女应允，以后世人又该如何看待大宏和苍国，所以还望皇上重新择人选，臣女实在难以从命！"

易平平声音清澈，字字都敲打在众人的心上，皇帝看着跪在那的易平平，显得有些恼怒："未经媒妁之言的婚约做不得数，父母之命，媒妁之言，今日的事，那朕便来问问你祖母和父亲的意见，若是不许，那这事便罢了。"

易之瑞和易老夫人有些惶恐，这哪是看他们的意思，这不就是明晃晃地告诫他们吗？

皇帝捻着手里的那一串珠子，低沉道："易卿家，易老夫人，你们觉得如何？"

易之瑞擦了擦汗，立马磕头谢恩，"皇上仁爱，将此荣耀赐予小女和易府一门，臣自是感恩戴德，平平许是顾虑家中才不愿嫁于二王子，臣回去后会好好教导小女，直到

253

第八章 风雨欲来

她出嫁于苍国。"

易之瑞的态度很明显了，易平平心下有些寒意升了上来，只要她有价值，她那个父亲确实是会将她推出去，以后恐怕她出嫁之前都没有自由了。

皇帝看向易老夫人，"那老夫人的意思呢？"

易老夫人看了眼易平平有些苍白的脸色，皇命不可违，易老夫人犹豫了片刻，"谢皇上隆恩，只是……老妇有些不舍得这孙女，不知皇上……"

易老夫人一句话还没说完便被坐在那的太后打断，皇太后出了声，"易老夫人这话便不对了，儿孙自有儿孙福，女大也不中留。更何况，这是嫁去苍国，为的是两国的大计，这可是好事。"

皇太后扬起笑，"再者，封为公主出嫁，对于易家来说，也是天大的喜事，易大人连升几级，易府的日子以后可就是蒸蒸日上了。"

说到这份上，易老夫人也无法再拒绝，随即也只得同意了这门亲事。

易平平看了眼低头品酒的赫连齐光，脑海里闪过苗子陶的那些话，她心里愈发冷静与嘲讽，这门亲事，于易府是好的，于大宏是好的，唯独于她是不好的。

易平平朝皇帝磕了个头，"皇上，臣女自知皇命难违，但臣女宁愿削发为尼也不会嫁给一个自己不了解的男人，恳请皇上成全。"

宴席上哗然，为了不出嫁竟然自请出家，易府的这女儿倒是真真刚烈，也不乏人群的目光多了一些欣赏和同情。连齐光和耶律赢也看向那即使跪在地上也依然挺着直直的背的易平平。

易老夫人看着易平平那张不卑不亢的脸，像是回到了她年轻那时，她也想让全天下的女子活得自由自在一些，而不是像现在这般，连婚事都做不得主，像是案板上的肉只能任人宰割，易老夫人心下叹了气，她也不想这样，可是为了易家的平安，她不得不将易平平推出去。

皇帝终于大怒，"大胆！易平平，你可知道自己在说什么吗！为大宏嫁到苍国，是你的福气！简直不知好歹！"

大殿里气氛沉重，所有人大气都不敢喘一声，生怕自己撞在枪口上。

"皇上！皇上！大喜大喜啊！"外头跑来了个小太监，脸上满是喜色，与这殿内的气氛截然不同。皇帝收敛住自己的戾气，"是何喜事？"

小太监稳了稳气息，"是苗将军，苗将军回来了!!胜了！大宏胜了！苗将军已经入宫朝殿内这边来了。"

易平平心头一凛，还没转过头就听到了苗子陶的声音，"臣幸不辱命，带来西南番邦首领的头颅，向圣上祝寿！"

易平平转过头，看到了全身还未卸下盔甲的苗子陶，他脸上还有着未结痂的伤痕，易平平不知是为何，鼻头一酸。

苗子陶后头的小兵手里拿着个盒子，听他方才所言，应该是敌军首领的头颅。

皇帝原本还阴沉的脸立即浮上了喜色，"我大宏的战神果然是战无不胜！这份大礼，送得好！苗子陶，你想让朕赏赐你些什么？"

苗子陶单膝跪地，双手抱拳，"臣为大宏效力是本职，臣不求封侯加爵也不求金银珠宝，臣只想求皇上一事，希望皇上能够应允臣。"

皇帝若有若无地瞥向易平平，笑意淡了些，看向苗子陶，"你但说无妨。"

"臣愿驻守边关，臣愿驰骋沙场，为大宏生，为大宏死，只求大宏城墙牢不可破，百姓安居乐业，大宏士子能安心读圣贤书，为国家效力只求这天下，这山河，永世为大宏所有，这是臣在战场不畏生死、不为伤痛的原因。"

苗子陶话落，皇帝拍了拍手，很是赞赏："说得很好，不愧是朕最得力的战将！"

苗子陶抬起头，目光坚毅，"臣来时一路上已经得知了殿里发生的事，我大宏乃上邦大国，不是什么藩国都能求娶大宏女的，易姑娘不愿远嫁，也是因生于大宏，也只希望死后魂依然在大宏，我们大宏的姑娘，岂容小邦小国强娶？那岂不是让其他各国小看了大宏？"

皇帝笑意渐渐冷下来，"苗将军说了这么多只为了不让易姑娘嫁去苍国，不过朕已答应二王子将易平平嫁去苍国，君子一言，苗将军莫非是想让朕食言？"

苗子陶将身后的长枪掷了出来，"若苍国有什么不服，我苗子陶的长枪愿意与之理论一番！"

一旁站着的耶律嬴被震住，不等他开口，上首已有人站了起来——

"皇兄，耶律王子其实也并不是非易姑娘不可，苍国欲与大宏结为秦晋之好，是为两国和平，但若因为联姻一事，让大宏栋梁对苍国有所不喜，便是本末倒置了。易姑娘虽有才有德，却实不适合耶律王子。"赫齐连含了笑意，懒懒道，"是吧，耶律王子？"

耶律嬴看了他一眼，又看了看苗子陶，最终阴沉着脸，皮笑肉不笑，"秀王说得不无道理。"

话已至此，和亲之事也算是有台阶下了。皇帝面色稍霁，"别跪着了，全都起来吧。"

"谢皇上。"易平平站起身，许是跪得久了些，腿麻得厉害，苗子陶伸手扶住差点又跪下去的易平平。皇帝看着这一幕，颊边肌肉颤动了下。

"皇兄，既然他们都无这意思，便撤了这旨吧，另择一女子也好。"

赫连齐光适时开了口，皇帝扫了他一眼，在番邦来使面前，终归没有驳他的话，当即在宴席上选了一名门闺秀封了公主定了封号嫁于苍国，同时晋了她那正四品的父亲为正二品。易平平坐在那瞧着那女子脸上还有些喜色，便觉得那女子着实有些可怜，成为政治上的牺牲品也不自知，虽嫁过去后苍国会顾忌大宏，但是也着实讨不到什么好处，远嫁过去，是死是活又有谁知道？

和亲一事也就此掀了过去，苗子陶去了偏殿沐浴更了衣，换去了一身沾着血腥味几日未换的盔甲。苗子陶穿着衣袍入座后便引起了皇帝的注意，皇帝看了眼苗子陶，"我记得苗将军现如今还未娶妻，可是有中意的女子？若是有，朕今日可一同赐婚。"

苗子陶下意识地看了眼易平平，皇帝自然看得清楚，隐晦地提了句，"易姑娘不喜嫁去苍国，朕瞧着苗将军倒是不错。"

易平平心里头直翻白眼，皇上怎么老喜欢给别人结姻缘？可怜她刚刚才起来不久，又得跪下去，"苗将军战功赫赫，平津伯府又乃伯府世家，臣女不过庶出之身，委实不敢高攀。"听着她一字一句，苗子陶眼中的光亮渐渐淡下去。她虽是跪着，却仍仪态大方，背脊平直，一如那折不弯的翠竹——

"你可以凭一己心意便为我哥安排一个假军功，可以凭一己心意便两次夜闯我的闺房，更不顾我的意愿便，便……做出那等轻薄之事。我如此说，苗将军可明白？可知道，你在平平眼里是怎样的人？"

大战前，她前来质问的场景还历历在目，她的倔强他早有领教，苗子陶只觉自己心口闷得换不过气来，缓了片刻，他才沉着脸缓缓站起身来，"皇上，臣心里暂时还没有儿女私情，只想将那些乱臣贼子安定下来，为大宏效力！还望皇上成全。"

说的是忠君爱国，驳的仍是皇权威严。一连两次，皆因易平平而起，皇帝眯起了眼，没再说什么。闹了这么一出，在场众人心情都是七上八下的。没多久，皇帝借着身体不适散了宴席，赫连齐光从易平平身边走过，却没有看她，"看来还真是运气不错。"

易平平面色没什么表情，凉凉地说了句，"托王爷的福，王爷以后还能看得到我。"齐光哈哈大笑，前面走着的人不解，回头看了一眼，他并不搭理，大步走了过去。

易平平深吸了口气，往后的路怕是要凶险万分了，哦，不对，眼下已是要凶险万分了……

易家一行人刚回了易府，易之瑞就一个拂袖将桌面上的茶具摔到地上，比破碎声还要大的是他的怒吼声——"易平平，你这个孽障！你违逆皇命是要让整个易家都同你陪葬不成！"易之瑞的怒气达到了顶峰，他在官场上注定是要输给别人了，他的正二品位置就这么拱手让人，他日后还不得被那些朝堂上的老匹夫活活笑话死，这一切都是易平平造成的！

易平平仰起头对上他血红的双目，"那么，父亲是想卖女求荣吗？"在那双猩红的视线下，易平平猝不及防双腿一痛膝盖重重磕在了地上——她被易之瑞狠狠地踹了一脚。她咬牙忍痛，倔强地抬起头来，"左不过是二品官，父亲是害怕以后没机会了吗？"

易之瑞一愣，定定地看着她。

易夫人叹了口气，"平平，话不能这么说，老爷也是为了你好，那可是苍国的二皇子，嫁过去与有荣焉！至于官位……官大一级压死人这个道理你不会不懂吧？"

"三妹，今日幸好是苗将军看在咱们府里与他有情面上才出手相救，如若不然，你的项上人头恐怕早就不保了！"易青青柔和的面皮下满是嫉恨，夜宴上明眼人都看得出苗子陶对易平平的维护，这叫她如何不妒火中烧！

"家法伺候！"易之瑞接过下人递来的鞭子，看着易平平的眼睛带着阴鸷，易夫人和易青青的话在他耳边挥之不去。

大手挥舞，手起鞭落，第一鞭抽在了肩膀上。那里一瞬间火辣辣的疼，那鞭子像是定制的，粗细刚好，打人的痛感更是发挥到了极致！

接着第二鞭第三鞭如雨般落下，衣裳渗出了血迹，易平平不敢去看那里，也许皮开肉绽，也许是血肉模糊。几鞭下来，易平平单薄的身影摇摇欲坠，而易之瑞没有丝毫的怜惜之情，擦了擦额角的汗，继而鞭挞。易平平全然没了之前那般精致，头发散落，软罗烟上血迹斑斑。鞭子披上了一层血色。"咚"的一声，她晕倒在地。

看着晕倒的人儿，易青青诡异一笑，眼角瞥了一眼角落的下人。她一切都做好了准备，绝对不让易平平好过——

那下人端来一盆水，哗啦倒在易平平脸上。她呛了好几口才缓过来，接着鞭子又落下来，不给她喘息的机会。伤口剧烈的痛，平日里觉得刚好的凉水变得那么的冰凉刺骨，凉水淌过伤口带走了血水，一时间血腥的气味充斥着整个房间。

第八章 风雨欲来

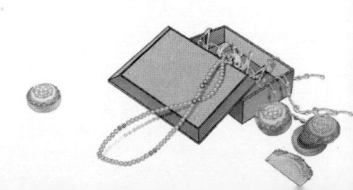

"啊！"易平平最终还是忍不住痛呼出声，这水不仅仅是凉水，还是掺了盐的凉水！

她虚弱地看向背光站着的易青青，似乎看到了她挂在脸上模模糊糊的笑容。而她现在除了忍只能忍。

盐水带来的痛苦让易平平整张脸变得惨白，易青青闻着空气中传来的血腥气味，眉头微皱了皱，将手里的那方丝帕放在了鼻前，似是疼惜易平平，"三妹，还是快些认错吧，求父亲快饶了你。"

易平平身体疼得发颤，却极力忍着背上的痛楚，"父亲执行家法，女儿不敢抵抗，不过女儿想知道，女儿究竟错在何处？是阻碍了父亲卖女求荣吗！""孽障！我叫你再说，我叫你再说！"易之瑞更大力地扬起手里的鞭子。"啪，啪……"鞭子抽打的声音让人胆战心惊，而一旁的易夫人和易青青却是着实感觉舒畅痛快。

易平平痛得叫出声，易之瑞又打了五鞭才堪堪住手，消了些火气，看着易平平着实狼狈，鞭子脱手扔在了易平平背上。

"二品大员，就这么没了，现在还要贴万两黄金，也就是五万两白银！易平平，你告诉我，这五万两白银从哪里来？你告诉我！抗旨，你真是胆子不小，居然敢抗旨，万一皇上龙颜大怒，我们易府上上下下就要被你这个祸害害死了！"

易之瑞指着易平平，一番怒吼几乎要冲破喉咙。如今那待嫁去苍国的女子是替易平平接了这赐婚，为了弥补，皇帝在宫宴结束前又让易府多拿五万两去给他人添做嫁妆。

"现在，升迁的机会没了，还背上五万两白银，你告诉我，这就是你想要的？"易之瑞说得有些累，喝了口茶。

易谨从门外走进来，看见全身上下没有一块好肉的易平平惊讶得瞪大了眼，连忙要去扶易平平起身。易之瑞瞪了一眼，怒斥着易谨，"你若是敢去扶她，我连你一块打！"

易谨扶住易平平，抬着头看着易之瑞，"爹，你怎么能这样说三妹，您上次升官不也是因为三妹的功劳吗？"

易之瑞瞪了一眼易谨，"你给我闭嘴！你们……你们都是来讨债的！你们这些孽障！真是辱没门风！让祖上无光啊！黄珊啊黄珊！你竟然给我生了这么一对不孝的儿女！"他深吸了一口气，"如今都不用说了，现如今那五万两白银怎么应对？便是把你娘的嫁妆全部卖了，也充其量不过一万两白银，远远不够！"

易平平回了些神，听见易之瑞的话，踉跄着站起身，"那嫁妆是娘留给我和哥哥的，不能折卖。"

"谁允许你站起身的！给我跪下！"听着易之瑞的话，易平平也不再客气，强忍着疼痛冷笑了一声，"再跪，我的膝盖便要废了。""你……"易之瑞火冒三丈，伸脚便要朝易平平踢去。易老夫人从门外由丫鬟搀扶着进来，厉声喝住，"老二！给我住手！"

易之瑞生气地猛挥了一下袖子，"娘！事到如今，你还护着这个不孝子作甚！"

易老夫人坐在主位上，"一码归一码，再跪下去也无济于事。"

易老夫人看向易平平，"三丫头，那五万两白银……"易老夫人顿了顿，然后接着道，"现如今府里能凑到的现银，也就两万两不到，就算加上你娘的嫁妆，也不过三万两白银，这还不够，你说你不想变卖你娘的嫁妆。这话没错，可这事是因你而起，却要整个易府去承担？你却还在说，不能变卖你娘的嫁妆，你说说，这事儿还在理吗？"

易平平知道祖母说的这些话都没错，可是她不想将嫁妆变卖，黄珊死了，真正的易平平也移魂换主了，这世上，唯有易谨还和她有着关联，她想将这嫁妆留住，留给易谨，留给他成家立业，也算是最后的念想。

易平平看着易老夫人，"现如今离和亲还有半年，能不能给我些日子，我一定会将这些银两凑齐！"一旁一直未说话的易夫人叹了声气，"这一下就要将易府掏空了，这两年大丫头也该谈婚论嫁了，到时候这嫁妆，怕是寒碜死人了。"易夫人轻摇了摇头，"三丫头，你这次可是犯了大错了，哎……"

易之瑞猛地一拍桌子，看向易夫人，"那傅家二郎现在如何？明日夫人你去傅府走一趟，说让傅家赶紧来提亲，聘礼五万两白银。"

易谨神色紧了紧，"爹，您这是卖女儿！此举为人所耻，您会让三妹在傅府抬不起头的，这法万万不行！"易青青叹气道，"咱们也不想如此啊，如果不这样，整个易府岂不是都要抬不起头了？爹爹一年俸禄才多少，一下为了三妹要全部散尽，这还远远不够，三弟，你可有其他办法解决此事？"

易平平带着凉意的眼睛扫了一圈这大堂里的每一个人，除了她身旁的易谨，都是赞同的神色，皆认为此举甚好。

"到时候易平平也成了傅家妇，便是皇上再有迁怒，想必也会少了几分怒气，易平平，你可当真是害惨我了，我这仕途指不定就因你而断了！若不是怕世人多言，我当真想将你驱除易府，踢出族谱，和你断绝关系！我看你就是个扫把星，自你出世后，这易府就没了太平！"易之瑞恼怒了起来，连说话也不顾忌了几分。

驱除易府？踢出族谱？断绝关系？易平平心里念了念这几个字，脸上浮出一抹轻笑，

"不用易老爷苦恼了，平平自请族谱抹去我的名字！"易老夫人终于沉了脸，"胡闹！你在胡说些什么？这种话也敢说出口?!"

易之瑞气得扶住一旁的桌角，"你这逆女，又在满口胡言了！来人，将另一家法请出来！"除了那鞭子之外，易家还有一棍棒作为家法。

下人领了意思，立马去取棍棒，易老夫人看着眼里也未阻止，除了易谨，其他人更不必说了，个个脸上都写着幸灾乐祸。

易谨气得浑身发颤，将易平平轻轻拥入怀里，轻声安慰着，"别怕，我在。"

不过一会儿的工夫，板凳，棍棒，武师，全备好了。

易平平被强行拉到了板凳上，易谨整个人挡在易平平面前，"要打打我，便是打一百大板都行，不要打三妹，她身子不好，又是女儿家，不要打她。"

没有人搭理易谨，易之瑞使了眼色，又叫来了一个武师，三个彪形大汉轻而易举地将易谨捆住了手脚，架势上看，不像是教训儿女，倒像极了教训仇人一般。

易谨整个人挣扎着，"打我吧，打我吧，都是我不好，我带坏了妹妹！打我一个人就好，不要打我妹妹，求求你，不要打她了。"易谨声音哽咽，平日里的公子形象全无，易平平看着易谨，眼泪不自觉地模糊了双眼，现在的她，也是很狼狈的吧……

易平平虽咬着牙不求饶，但是也疼得厉害，疼得易平平眼泪鼻涕直流。

易平平似乎是听见了易老夫人的叹气声，易平平也听见了易之瑞的怒斥，"给我狠狠打，狠狠地打！"易平平疼得眼睛开始花了，浑浑噩噩的似乎还听见了易夫人和易青青两人谈话的轻笑声。只是，每落下的一棍都让她痛苦至极，她实在听不清二人说什么了。不知道过了多久，落在身上的棍子停止了。

易平平想着，终于打完了吗……她仅存着一丝意识，耳边像是有匆忙的脚步声，她不知道是谁的，但她听着，像是很着急的模样。

莫愁抱住还在凳上全背都是伤的易平平，差点落下泪来，"平平，平平，你还好吗？你快看看我。"易平平抬起了沉重的眼皮，眼前的人像是莫愁，她不知道是不是错觉，"你怎么在这？"莫愁轻轻地放平了易平平，生怕碰到了易平平的伤口，怒声道，"敢打平平，真是吃了熊心豹子胆了！"

莫愁站起身，易平平又听见脚步声走了出去，大厅内似乎还有很多呼吸声，她却无法转身。她不知道到底发生了什么？像是来了很多人，易平平神智有些不清楚了。

温碧弋轻轻地蹲下身摸了摸易平平的脸，声音有些歉意，"是我们来晚了，让你受苦了。"温姐！是有好几个月没见的温姐！易平平惊讶地看着温碧弋。易平平张了张嘴，"这是怎么回事，温姐你怎么也来了？"温碧弋看向易之瑞，沉了脸，"来的，可不止我一个呢。"她说着朝门口挥了挥手，"平平被打成这样，转不了身，你们过来打招呼吧。"赫连无珏走了过来，看着易平平，"还记得我吗？""乐……乐王！"易平平有些喘不上气来，"你们怎么来了？"

赫连无珏看向易平平的身后，"你们都过来吧。"怎么回事！怎么来了这么多人？他们来易府做什么？易平平看着来的这些人，心里浮上了惊讶。

赫连无珏笑着看向易之瑞，"易大人好礼数啊，看见本皇子，看见我皇叔……"他声音刻意一顿，"既不行礼，亦不问好，这礼数当真是一等一的好。"

接连"扑通"几声，是此起彼伏的下跪声。"王，王爷……"不待易之瑞说完，赫连无珏已笑了笑："易大人平日里看起来倒是挺随和，没想到在府里教训起子女来，却是如此不留情面啊。若是自家儿郎也就罢了，女儿家，你竟然也能下此毒手。果然是我朝中的栋梁啊，易大人！"

苗子陶站在一侧凝了凝眉，"莫愁，你把门口的石狮子搬来做什么？"

轰隆一声，感觉整个屋子都被震了三震。

易平平虽不能转身看不到，却也猜到了，莫愁应该是把易府门口的石狮子搬了进来。又是一阵撞击声，不知道莫愁在捣鼓些什么。

金属和石头的撞击声！不过几个呼吸之间，易平平便瞧见了地上散满一地碎石块，石狮子……好像已经碎了……

"刚刚是你们两个打了平平是吧，站好了，站直了，我只打你们每人一拳即可！"莫愁的声音张扬，她想必是被易平平背后那斑斑血迹给刺激到了，莫愁气冲冲地朝着那些刚才棍打易平平的武师喊了一声。

"莫愁，不要和他们计较了，他们也是奉命而为罢了。"易平平深吸了一口气，然后撑着手要站起来。莫愁朝那些武师冷哼一声，苗子陶瞪了她几眼，才勉强算是压制住了莫愁。易平平站稳后全身疼得厉害，只能咬着牙关稍稍靠着些过来搀扶的温碧弋。

那几个武师连滚带爬地离开了大堂，易谨被人松了绑后连忙跑来看易平平，看着她身上的伤，心疼得几乎要落泪，"我对不住妹妹，没能护住你……"

苗子陶打断了易谨的话，"这易府怕是容不下她了，我们要将她带走，你身为她哥哥她的亲人，你有何意见吗？出了你们易府的大门，从此以后她跟易府便没有任何关系，

你是选择留下还是与她一同离开这易府？"

今日之事，易谨也算是心灰意冷了，这冰凉的易府不待也罢，他没有犹豫，"这世上，我妹妹便是我最亲的人，她在哪，我便在哪。"

苗子陶很满意易谨的话，"好！那今日你便与我们一同出府。"

一旁一直没有开口的杜若想起了自己带的药，将药瓶递给莫愁和温碧弋，温声道，"将这药粉撒到她的后背上，先止痛，出府后我再仔细处理她的伤。"

温碧弋接过药瓶将药粉细细地撒在易平平背上，莫愁冷着脸看着那些易家人，"易大人，你若有意见的话，我便再去把你家门口还剩的一只石狮子搬来送你！"

易之瑞跪在地上擦着汗，"臣并非故意，只是气急了才请家法罢了，还望各位恕罪。"在场的这些人物个个都是他惹不起的。他后面的声音愈发弱了，像是底气不足，"只是……她毕竟是易家人，而且那五万两，臣实在是无能为力啊。"跪着的易青青忽然歇斯底里地喊叫了起来，"易府养了她十几年！凭什么她说走就走！留下这烂摊子给我们易家！"

赫连齐光挥了挥手，后头的侍从将箱子抬了上来，"我可没有傅家二郎财大气粗，但五万两还是拿得出手的，这些便留给你们了。"

赫连齐光撇了撇嘴，声音里有些可惜，"我虽是王爷但也算是商人，最是重利，这银子啊，本王可是不会白白从口袋里掏出来送人的，实话告诉你们——这银子啊，就是曾经的易三小姐，易平平，赚的红利。"他刻意将曾经易三小姐几个字咬得重了些，然后接着道，"她和我们嫣紫阁有合作关系，一手红妆之术和巧思为本王赚了不少银两。你们还真是蠢到家了，家里一棵现成的摇钱树不要，既然你们也希望她自请出府，那还望易大人将族谱上的易平平这三个字勾去。"

易之瑞心里惊讶，随即浮上了悔意，"臣只是一时气话，平平是臣的女儿，怎么能让她出了族谱啊，若是王爷紧逼，这事到了皇上面前，臣也是有理的！"

易平平闭了闭眼，是啊，只要易之瑞不同意，她根本无法出族。

两边气氛都僵持着，易老夫人站起身，叹了声气，"既然平平也不愿在易府待了，那便去吧，我们易家就当没你这个人罢了，也省得你再让易家陷入这绝境当中，日后你若是真的一步登天出息了，也莫要对付易家，这是祖母唯一的要求。"

易平平闭了闭眼，轻声道："谨记祖母教诲，倘若日后需要平平的帮助，平平也不会忘了祖母的恩情。""那便好。"最终在易老夫人的坚持下，易之瑞也抗不住这些人施的压力，最终亲自划去了族谱上易平平和易谨的名字。易老夫人盯着易夫人那平平的看不出来什么的肚子，"你若不能为易家添下男孙，可别怪这后院里来日多些新的娇花面孔。"

易平平心里情绪复杂，原来是府里很快又有孩子了呢……易平平看着老夫人，她对眼前的这个老人，有过敬佩有过埋怨也同样有过感激。

易青青紧盯着易平平有些兴奋，有嫉恨，更多的是一种畅快，终于将她赶走了啊！从此以后，易府只会有一个优秀的嫡女。

几人出府后，易平平回头看了看那牌匾，易府……从此往后，便与她真的再无关系了，易平平吸了口气，她真的自由了。

几人坐在宽敞的马车里，易平平咳了几声，声音很虚弱，"我还没问，你们今日是如何来了？""还不是知道你有难，便都赶来了。"温碧弋点了点易平平的脑袋，"你呀你，才有些日子没见，竟然这么狼狈了，可一点都不像你了！"

易平平鼻尖微酸，"今日大恩，平平没齿难忘！""我是被莫愁拉了过来的。"苗子陶刚说出声，莫愁就撇了撇嘴，刚要张嘴说什么便被他拉住，含了警告的眼神看着她，示意她不准乱说话。

一旁的易谨抱着拳，"多谢各位今日救了我和妹妹，来日若是有需要吩咐的事，尽管吩咐便是。"几人商议过后，为了赶快处理好易平平的伤势，去了最近的秀王爷府。

易平平睁开眼时，看到身上的伤已经被处理好了。房间里并没有人，她动了动想起身倒杯水，便有一双手递了杯水过来。

易平平接过，侧眸一望，"王爷似乎有话要说？"

齐光不自在地偏过头不去看易平平，然后咳了两声，"宫宴上本王没对你施以援手，但总归又救了你一命，你觉得可是抵了恩怨？"

易平平有些哑然，道理其实她早已想通，"人各有利，王爷不帮我，我也并不会怪罪王爷。"齐光点点头，从袖口里拿出一些银票，"这些是给你的，现如今你已不是易家人，也算是自由之身，这些银票你想干什么都可以。"

易平平有些愣住，"王爷？"

齐光站起身，"你不用顾虑，这些是当初你为嫣紫阁赚下的钱里面的一点罢了，等你养好身子，我便让人将嫣紫阁的账目交于你过目，你可还愿继续打理嫣紫阁？"

易平平望着赫连齐光，点了点头，"民女……多谢王爷。"

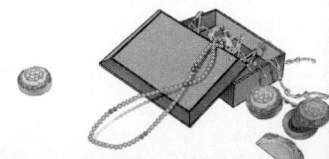

两月后。

"小姐,杜太医和苗姑娘来了。"

易平平撑着手坐在树底下翻着嫣紫阁的账目,听见声音抬起头便瞧见了抱琴身后跟来的杜若。

自从她出了易府身体养好了些,找了处环境幽静的住处便住下了,又让人去了易府将抱琴和入画接了出来。

易平平轻咳了两声,杜若提着药箱子走近,"你身子的伤才好,这几日天气寒冷,怎穿得这样单薄?先回屋里去,我给你新带了些药膏来。"

易平平站起身,一边往屋里走一边回着杜若的话,"两个月了,身上的伤都已好得差不多了,我身上的伤应该不用再上药了,不是说莫愁也来了吗?人呢?"屋里烧着炭,一进屋便隔绝了外面的冷风,但依然有一丝凉意。

杜若跟在她身后接了话,"莫愁还在马车上拿些东西下来,易谨在帮着拿,我算着日子伤口应该已经落痂了,所以今日和莫愁带了去疤痕的药来。"

易平平顿了顿,感谢地点了点头,"那便多谢你了。"

杜若将药箱里的一些药瓶子递给了抱琴,杜若瞧了眼这屋里,"你这住处我还是第一次到,我瞧着也不及那平津伯府,为何上次你不应下苗子陶?也方便他照顾你。"

"你们在说什么呢?杜太医。"

易谨从门外进来,瞧见杜若,扬起笑打了招呼。

杜若颔了颔首，"今日送些药来，除了一些外涂的药，再配上几剂药，过些日子应当也便好全了。"

易谨点了点头，然后想起方才在门外听到的话，"刚才你们是在说苗将军吗？"

易平平咳了咳，"没什么，就是恰好提到了他罢了。"

莫愁从门外走了进来，手上提着一堆用品，"平平，我也不知你这缺了什么，不过毕竟是新搬来的住处，肯定还有很多东西缺着，今日我带了许多，你就放心着用！"

莫愁把东西放在地上，气也没喘一声，易平平有些无奈又想笑，"这些东西我过几日去置办便好了，你搬来这么多也不嫌累。"

莫愁叉着腰，后知后觉了起来，"不累！对了，你们刚才在说什么呀？说我哥吗！他啊，今天有事便没来了！"

莫愁坐下来喝了一口刚刚满上的茶水润了润喉，声音有些幽怨，"说到我哥，平平，上次在客栈里你跟我哥说什么啦？我哥回去后好像那几日都不太高兴！"

易平平出府后在秀王处休养了两日便决定住在客栈，苗子陶去找她时话里话外的意思都是想让她住进平津伯府好照顾她，易平平虽然心里感恩他当日在易府和宫宴上救她的事，但人言可畏，她怎么可能住进平津伯府，在客栈里住了段时间后便让易谨找了间合适的住处搬了进来。

易平平抿了抿唇，那日莫愁不在客栈，想来事情她也是不知的，易平平还是如实将上次在客栈里子陶的意思说与莫愁听了。

莫愁听完后眨了眨眼，解了疑虑后啊了一声，"难怪我哥他最近都不高兴！平平，你干吗不来我府上住呀，你来府上住我还可以跟你一块玩。"

易平平还未开口，便听得易谨接了莫愁的话，"我妹妹还是闺阁女子，如何能去平津伯府住？"

莫愁撇了撇嘴，想了想易谨的话，心中也明白了易平平的做法，可她就是不知道，她那哥哥明不明白。

"平平，再过些天便是春节了，我们到时候出去放花灯坐船好不好？到时候街上人肯定可热闹了！"

易平平其实不喜太过热闹的地方，想了想，"到时看看吧，这几日我在看嫣紫阁的账目，还没看完呢。"

莫愁应下了，跟杜若在易平平的新宅里聊了好些时辰的话才依依不舍地坐着马车离

去。易平平和易谨送走两人后回了院里，易谨低头看着自己脚印踩过的地方，然后似是无意地问着，"妹妹似是有心事？方才看起来也不太高兴？"

易平平摇着头，"没有，只是想着到了春节那日应该做些什么，许是想着想着入了神，看起来便不大高兴。"

易平平心里其实不是想着春节当日要做什么，而是想去傅府看看傅显荣，她也好些时日没去瞧过他了。

到了春节那日，易平平瞧着天色和时辰，觉得莫愁这时候也应当不会过来，便去了傅府瞧傅显荣。

易平平悄悄进去的，很顺利，坐在傅显荣床前瞧着他，她叹了声气，不知傅显荣何时能醒来。她在傅显荣床前说了一些近来发生的事，虽算是自言自语，但她也觉得舒坦了些。易平平离开了傅府回到住处时，刚解开了斗篷进了屋里，便瞧见坐着的易谨、莫愁、杜若和苗子陶。

"平平，你去哪了？我们可来了有些时候了，还以为你走丢了呢！"莫愁一瞧见易平平回来了，立马高兴了起来，易平平将斗篷递给了一旁的入画，然后回着莫愁的话，"刚才出去走了走，看见时辰差不多了就回来了。"

易平平也没提起去瞧傅显荣的事，莫愁心眼又大也没放在心上，立即扯了话题来讲与易平平听。

易平平一进来时，苗子陶的眼睛便只看着她，让易平平都有些不自在了。

"平平，今日我们还是不要出去了，我想好了，你可能也不太喜欢人多的地方，那咱们便只在屋里吃些暖人的暖锅吧！在喝上些我前些日子拿到的佳酿，想想就滋味不错，你刚才没回来时，我已经让抱琴和入画去准备了！"

莫愁一提到这些好吃的东西便两眼发亮，易平平倒是也觉得这主意不错，点了点头便应允了下来。

坐着的都是自己人，大家都不太客气，易平平闻着那空气里蔓延着的酒香味和暖锅味，即使是闻着她也觉得有些醉人。

"平平！你也快喝一口嘛！怎么都是我们在喝！今天可是过节，这么高兴的日子你也不喝点吗？"莫愁特别想看易平平喝醉酒的样子，努力地想让易平平喝口她特意从平津伯府里带出来的珍藏美酒。

易平平实在招架不住莫愁，勉为其难地喝了一两口。

夜晚时候，有人放了烟火，今日是大节日，即使是夜晚，街道上也都是灯火通明的。

莫愁听见声音就拉着杜若出去看了，连带着易谨也出去瞧了。

屋里气氛一时有些凝固，易平平不自觉地咳了咳，轻声道："那天的事……我还未曾向你道谢。"

从刚才起苗子陶就一直垂眸盯着桌上未动过的酒杯。易平平等了很久，也不见他有动静，只得悻悻起身，那头苗子陶似乎听到动静，终于隐忍不住般发了声，"这几日我想了许多……"他垂着眼，眼皮仿佛千斤重似的，颤颤巍巍始终没法抬起。"曾经我以为老天让我重活一世，是让我了结你的性命，可是……我不知道如今你为何变了这么多。时至今日，我甚至看不清自己，我究竟是想要杀你，还是……"

他话未说完，但易平平已隐约猜到，眼见他握紧了酒杯，那发狠的力道似要把它捏碎一般。鬼使神差的，她突然问道："苗子陶，你说你是重生之人？"

苗子陶蓦地抬头，目光锋利得骇人，待触及到她神色又变得晦涩不明。他两次夜闯深闺，易平平实在是"刻骨铭心"，想了想她又道："你曾同我透露你是重生之人，这些话你可与旁人说过？"

苗子陶皱了皱眉，"这般荒谬之事谁会信？"他有些嘲讽，"纵是信了，怕也避之不及，当我是个怪物吧。"

易平平点点头，"可你对我说了，还一再说起。"

苗子陶神情一滞，咬咬唇发狠道："在我眼中你不过是将死之人……"

"可你最终也没有杀了我。"易平平平静地看着他，"苗将军，你恨我，但你却对我从不设防。你与我，在上一世究竟是怎样的一段故事？"

话音落下，苗子陶整个人的神情都变了，他攥着桌角，骨节发白，一点点地伸直了脊背，强行让自己站起来，且站得笔直。他直勾勾地望过来，可眼里却毫无情绪，只乌压压的，但那一瞬间，易平平却觉得他看的人并非是她，而是透过她，看到了上一世的岁月。很久很久，他才开了口，声音沙哑，透着令人心疼的沧桑，"去年，我中了刀伤，大病不起。浑浑噩噩间，我不知道我所看到的是否只是一场梦。我只知道，在那场'梦'里，我如同现在这般在边疆驻守，穿的是你亲手缝制的内衫——再冷的风都吹不进来，我不觉得冷，只觉得热血沸腾，杀尽侵我大宏者。下了战场，可以归乡，我第一个想到的便是你和莫愁。我想快些见到你们，哪怕只是早了一天，一分，一秒，我也愿意马不停蹄，日夜兼程。站在府门的那一刻，满身疲惫也烟消云散，只剩下胸口的滚烫。"

"我总想着上天如此厚待我,我便不能薄待于你。但……"他说到这儿突然停住了,嘴角紧紧合在一起,整个身体忍不住颤抖起来,"不过一夜间,我的妻子,我的兄弟便都没了……"苗子陶几次张嘴,还想继续说下去,脸上却布满了汗水,不是泪水,是满满的汗水。他牙关紧咬,鼻子往上皱着,大口大口呼吸着空气,却仍似呼吸不到空气,要窒息了一般。

易平平从来没见过他难受成这样,不由也担心起来,"苗子陶,你闭上眼睛,深呼吸。"她靠近了些,但苗子陶看向她的眼睛却空洞无神,只是掠过她。他的拳头松了又紧,紧了又松,终于将眼睛闭上了。他的睫毛很长,脸上的皮肤也很光滑,不像个在战场厮杀的人。长长的睫毛投影在脸上,在灯火中,显得格外不真实。

易平平莫名觉得有些心疼,不由得更放缓了语气,"深吸气,慢慢吐出……"

苗子陶的呼吸停滞了瞬间,似乎在迟疑,最终却还是听了她的话,顺着节奏开始呼吸。

余下的话不必多说,联系他曾那样对她,易平平也能知道,在那个"梦"里恐怕苗子陶遭遇的是双重背叛。

"最后,我死在了沙场,眼睁睁看着自己的尸体腐烂,眼睁睁看着自己被秃鹫啄食……那样的感触太真实,而这一切的一切都是因为她……"苗子陶闭起的眼慢慢睁开,"我重新清醒,一度以为自己仍活在'梦'中,过很久才缓过来,而很快地我发现,接下来发生事的都曾在'梦'里发生过,每一件都是……除了……我如何也想不通,为何你变得完全不一样了?一样的身份、一样的脸、一样的名字,都在告诉我你是易平平,是我恨的那个女人!可你……"

他定定地望着她,神色复杂。易平平张了张嘴,最终没有开口。

苗子陶看了她一会儿,忽然笑了,笑容有些嘲讽,"是不是觉得我很癫狂?"

易平平默默摇了摇头。

苗子陶一怔,"你当真信我?"

信。怎会不信?她,不也是如此吗?白筱宁的那些过往,现代美容院的那几年,易平平有时候也会恍惚,那,到底是真实,还是不过大梦一场?她笑了笑:"你说了,我便信了。你杀我,易如反掌,也犯不着编个故事哄我。"

"易如反掌……"苗子陶哂笑了一声,垂眸看了看自己的手,"你高看了我,也低看了你自己。"他嘴角笑着,眼中却有些光亮在闪烁。

是……哭了吗?易平平怔住了。但不待她说什么,苗子陶已吸了一口气,转过了身,将桌上那杯未动的酒，一饮而尽，随手将酒杯往身后一扔，那落地声在夜里，异常清脆。

"你……"易平平话才刚起了个头，苗子陶已经转过身来，"这一世你我之间发生了那么多事，我知道你并不喜欢我，可……我还是想守着你。平平，你以后会接受我吗？我……不求现在，只愿你能记得……"

易平平怔在原地，半晌，才缓缓叹了口气，"其实……不必的，你以后会遇见很好的女子。"

沉默，仿佛窗外的夜色，沉沉的挥不散，也望不穿。又过了不知多久，苗子陶才低低开了口，声音喃喃着，似带了笑又似嘲讽，"很好的女子……可我眼里再看不见旁人了……"

苗子陶声音跟醉了一般，眼神都有些不聚焦，易平平伸手在他眼前晃了晃，有些诧异，"醉了？"

没过一会儿他便趴在了桌面上，易平平愣了片刻，才反应过来。这……苗子陶是一杯倒？是了，上次赫连齐光就说过，苗子陶沾酒就醉啊！易平平扫了眼被他扔到墙角的酒杯，突然意识到……他，苗子陶，刚才是在跟她表白？

站在原地消化了好一会儿，易平平才勉强接受了这样的设定。

杜若他们几个人也不知道是不是爬上了屋顶去看外头的烟火，易平平走出去找人，没看见人，连带着抱琴和入画也瞧不到了。

易平平回到屋里，看着已经醉过去的苗子陶，无声地叹了声气，她坐在那，撑着下颚看着着苗子陶。

她还是无法喜欢苗子陶，即使他如今喜欢她，想对她好，可是她不想要，她想要两个人是朋友或许就已经很好了。

易平平垂着眼，屋内一瞬间寂静得只听到她自己的呼吸声。

莫愁几个人回到屋里后发现苗子陶醉了，莫愁笑话了好久，后悔刚才怎么不在场，没看见她哥醉酒是怎么样的，还好奇地追问易平平刚才她哥是如何醉的。

莫愁与杜若将醉了的苗子陶带走后，易平平也简单梳洗了下便睡下了，梦里一直重复着一些梦。

大年初一的第一天，易平平还在打算着吃完午饭后要不要去嫣紫阁瞧瞧看看时，这院子里便来了一位易平平也没想到会找来的人。

易平平咽了咽口水，看着一言不发一直沉默着的瑶光，而瑶光也一直紧盯着易平平，

第九章 皇命难抗

两个人就这样看着，看得易平平倒有些发慌。

易平平走近瑶光，试探地问着，"要不要在我这用些饭？午饭快准备好了。"

一直沉默着的瑶光眼睛动了动，点了点头，出了声，"好。"

两个人将饭菜摆上了饭桌，今日这些都是易平平亲手做的。瑶光嘴里吃着饭菜也不说话，易平平也不好多说些什么。

原本一直一言不发的瑶光忽然哽咽着抽泣了起来，易平平抬起头看着瑶光，犹豫着，最后还是轻声问着，"怎么了？怎么哭了？"

瑶光眼泪涌了出来，抽泣着声音跟易平平说话，"我姐做的饭菜跟你做的一样，连脾气性子也跟你一样倔。"

还不等易平平开口说话，瑶光便掩面哭着走开了，易平平坐在位置上没有动，她并没有去阻拦瑶光不让她离开，她心里现在跟缠成丝一样情绪复杂。

易平平看着那碗被瑶光已经吃过大半的饭，眼里都是沉沉浮浮的神色，她不知道该如何正确面对瑶光，也不知道现在到底该不该告诉瑶光。

春节的这段时日让大宏人民都洋溢在幸福安康的生活里面，而这样的日子在春节没多久后的某一天被打乱了。

荒遥两军趁着大宏举国欢庆，兵力松懈，再度进攻大宏，皇上接到了八百里加急的文件，立刻召集了大臣商讨。

最终，依然是下旨让苗子陶领军出战，苗子陶接到急召，年还没有过完，便立马奉旨离京。

原本恢复平静的大宏又立马提心了起来。莫愁叹了声气，"如此经常出征，我倒是有些担心我哥了，平平，你担不担心呀？"易平平挑着帘看着外面，听着莫愁的话，嗯了一声，也不回答。

从苗子陶出征后，而易平平也慢慢地开始自己的新生活——管理嫣紫阁以及创新。

上元节过后的第三天，易平平刚从嫣紫阁回到住处，便瞧见门外停了辆马车，易平平停住脚步，细细地看了看马车，才判断这是皇宫里出来的马车。

易平平心里一沉，皇宫里来人了？她现在每日进进出出嫣紫阁，若是真的有人留心，然后跟着她，想必也会知道她的住处所在。

易平平吸了口气，然后从容地走了进去，易平平才进到院落里的大堂，便看到了穿着一身公公服的太监。

易平平走近后，那公公也笑了笑，"想必是易姑娘吧？杂家是太后身边的人，太后听闻易姑娘在此，便让杂家过来宣个旨。"

易平平跪下后那太监便开始宣旨，宣完旨后太监将旨意递给了易平平，易平平才缓缓地站起身，若有所思地看着手里的这份太后旨意。

太后宣她入宫？易平平不明白太后找她能有何事，但是她如今接了旨意，却也不能抗旨。

这时候宣她入宫完全没有缓和的余地，易平平不知为何心里有几分慌乱。

易平平跟着那宣旨的公公入了宫，她掀起了帘子发现这条路不像是去太后的宫中，易平平凝着眉，声音疑虑地问刚才宣旨的公公，"这条路不像是要去太后娘娘的宫里，太后在何处见我？"

那公公也不理会，易平平才发觉事情不对，回想了下，那太监不像是太后身边的人。

易平平心里暗叫了声不好，那马车很快便停在了一座宫殿门前。

易平平下了马车才发觉这是皇上的宫殿，易平平进了那西边的偏殿，便看到了坐在阴暗处的皇上。

易平平弯腰行了礼后便询问皇上，"不知太后传召的那道旨意可是皇上的意思？"

皇上抬起眼没有说话，易平平身旁走过来一个人，是个太监，太监将手上端着的东西放在易平平面前。

然后尖着嗓子朝她道，"皇上赐姑娘酒水一杯，还请姑娘饮用谢恩。"

易平平被那酒盘上的酒水夺去了目光？是酒水？还是可以夺人性命的毒酒？皇上要赐死她？！

易平平立马跪了下来，"皇上，民女前些日子受了伤，大夫嘱咐过是万不能饮酒的，民女要见太后！"

皇上不耐烦地皱起了眉，"见太后？太后岂是你想见就见的！朕赐予你这酒水，你便不能不喝，你若是喝了朕就立马放你离开，若是不喝，便是忤逆朕！不可饶恕！你若不喝这酒，朕便赐死易家！让易府整族为你陪葬，你觉得如何？"

易平平面目也冷了下来，听着皇上的话，讥讽的一笑，"皇上消息灵通，不可能不知道民女已经出族，不是易家人了吧？民女如今可跟易家扯不上什么关系了。"

皇上挥了挥手，那太监得到示意后便也往后退了一些，皇上看着易平平，"今日，你觉得你还能无事的离开这里吗？那些能来救你的人，今日可还能救你吗？"

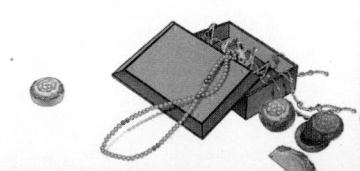

易平平紧握着手,"皇上要民女的命,民女想问问,民女何处做错引得皇上起了杀意?!"

外头的阳光泄了一丝下来刚好投射在皇上的脸上,皇上看着易平平,"何错?即使你无错,朕想杀你又有谁阻拦得了?快把这御酒喝了,朕还有很多政务要处理。"

易平平盯着那酒,知道自己躲不过去了,难道今日她真的要将这命断送在这里吗?她端起了那酒,盯了一会儿,才闭上了眼一饮而下,毒酒腥辣入喉,易平平忽然被呛得落了泪,她不知那是被呛的还是绝望的。

皇上满意地看着易平平,"很好,这就对了,抵抗才是最没用最愚蠢的方法,这酒三日后才会真正发挥作用使你命丧黄泉,你也无须脏了朕的皇宫,朕会让人带你出宫。"

易平平跌坐在地上,"皇上得偿所愿,满意了?"易平平也不再客气,缓过来后便站起身往殿外走去,有人得了皇上的吩咐,一出来便将易平平送出宫。

易平平倚在马车里的角落边,她忽然觉得全身冷得可怕,冷得她现在就想昏睡过去。昏昏沉沉了一会儿,她在马车里忽然睁开眼,掀开帘子朝马夫报了杜若的宅子的地址,马夫只得了送易平平出宫的旨意,易平平开口了,他也没多说什么,出了宫调了个头便去了杜若处。

易平平看着杜若宅子处紧闭着的大门,她拼命拍打着大门,杜若是最后一根救她的稻草了。

"我们公子不在,这几日公子都不会回府。"听着开门的家丁说了这句话,易平平的心里逐渐冷却了下来,她换了个方向跑去了秀王府。满以为还有一线希望,可到了秀王府,却也被告知秀王今日出了京去西山射箭捕猎了。

西山离京城有百余里而且有无数山头,光是往返已要耗费两三日了。易平平失望地走在路上,像个不知所措不知道方向不知道哪里才是正确道路的猫儿,她抬头看看天上,阳光静好,但天下之大,她不知何处才能救得了她的性命。

易平平又去了平津伯府,也印证了莫愁不在的想法,易平平知道,这并不是巧合,而是皇上,为了不让他们接触她救她,便将他们全部支开了。

几滴泪珠顺着脸滑落了下来,易平平有些头疼,她不知该去哪了,连死之前都不能找个人与她说说话吗?

这几日易谨也忙得很,常常很晚才回家中,易平平知道,即使她这时候回去,她也找不到人说话。

易平平脑子里闪过一个人的脸和名字，脚步不自觉地便迈开了去傅府的脚步，即使她找不到人救她，能在死之前见见傅显荣也不错，或许还可以死后跟昏迷不醒的傅显荣说说话。

傅显荣房里很少有人，易平平见到昏迷当中的傅显荣后，鼻尖一酸，低低地哭出了声。她在死之前也救不了傅显荣，也没能让他醒来，易平平心里很愧疚，愧疚于自己的无能为力，没能为傅显荣做些什么。

易平平在傅显荣的床前说了许多事，她擦了擦脸上还没干的一丝泪痕，拉着傅显荣手上的衣袖，似是自言自语又似是与傅显荣说话，"以后怕是没机会再见面了，如果你能醒来该有多好，我便也心安再无遗憾了。"

易平平停留了很久，最后还是在太阳快下山时才离开了傅府。

易平平不知道的是，她前脚刚站起身离开，躺在床上的那一直昏迷不醒的男人眼角处忽然有晶莹滑出，顺着脸那泪珠直滴落进枕头里，方消失不见。

易谨回来的时候，便看到易平平一个人坐在屋里，开着窗瞧着外头廊上挂着的那盏红灯笼。

他走过去将披风披在易平平身上，有些心疼，"妹妹，你身体还未好全，先将窗合上吧，省得着了风寒。"

易平平回了神，拢了拢身上的披风，看见易谨后原本已经克制住的情绪一瞬间又要崩塌，她努力克制住自己，不敢再抬头，只道："我没事的。"

"听说今日太后召你入宫了，可有为难你？"易谨的心思向来算不得细密，但也察觉到易平平情绪不高。

易平平藏在衣袖下的手紧了紧，少顷，只是摇了摇头，"没什么事，是太后听说了我出族的事，所以召我入宫问问，留了一会儿就出宫了。"

易谨以为她是想起了出族之事，所以有些不快，便放宽了心，"没事便好，那哥哥先出去了，你也早些休息。"

面对易谨的关心，易平平鼻尖都是酸的，极力忍住想哭的冲动，等易谨出去后她才低低哭了出来。

第三天的时候，易平平身上的毒终于如皇帝所言发作了，易谨在外面叫了她好几次也不见回应，推门进来才看见易平平躺在床上一动不动，脸色灰败。易谨大骇，伸手摸住她的额头，只觉满手滚烫，他心中焦急，却没多想，还以为易平平只是病了。

"妹妹，我这就去请大夫过来。"他唤了她好几声，她才似醒非醒。

她声音暗哑虚弱得很，像是下一秒就要断气般，"哥哥，先不用找大夫，你去……你去请威远侯夫人，我想……我想见见她。"

易平平说话断断续续，浑身的疼痛让她精力耗了不少，她已经命不久矣了，这一世，她终归没能完成那些心愿，这两日，她想了许久，或许她应该告诉瑶光她是谁了。

易平平时而昏迷时而痛得清醒，她不知过了多久，也不知易谨是如何说服威远侯府，继而请来瑶光的，她只是在一片浑噩之中，好似忽然听到了那个熟悉的声音——"你怎么会这样？你……病了？"

易平平强撑着睁开眼。"你可还记得我帮你通发那次？我站了一个时辰。"

"我最喜欢的缠枝菱形镜，原来你一直收着……"

瑶光身子一僵，"你，你说什么？"

易平平看着她，眼中的泪不知是痛，抑或想起了往事，"瑶光，你相信重生吗？"

瑶光不可思议地看着易平平，嘴唇动了动，好半晌才发出声音，"你，你……"她的脸上早已泪水肆意，抽噎的声音几难辨清，"表姐……表姐！我知道，我知道一定是你……"

"瑶光，我本来很恨你……可是，原来你也有你的故事。"易平平断续着，勉强组织着飘散的意识，"我能再活这些日子，已经很好了，瑶光，我已经命不久矣了。"

"表姐，你是怎么了？"瑶光愣住了，她这才注意到易平平脸上越来越难看的脸色，似是……中毒了！

易平平抬起手还想触碰一下瑶光的脸，但还未来得及说话整个人便彻底晕了过去。

而就在她昏过去的同时，傅府一直无人问津的小屋里，昏迷已久的傅显荣像是做了一场噩梦一样惊恐地大叫一声，随后猛地坐起身来！

心里的恐惧感还深深地缠着他，傅显荣的气息渐渐平缓下来，眼里神色慢慢恢复清明，他修长的手抚上了狂跳的心脏。

恍惚里，他觉得似乎是听到易平平与他说了很多话，那感觉很真实，真实得让他不能忽视。他试图回忆着，却在某个瞬间瞳孔骤然一缩，旋即跳下床不管不顾地往门外跑了出去。

正在浇花修剪的下人见到他时，被吓了一跳，连带着水里的浇花的水壶都掉在了地上。他使劲揉了好几次眼睛，才匆忙又惊惶地跑去禀报。

而傅显荣已经跑出了府。

易平平像是陷入了梦境里，画面一直在转变，她先是梦见了还是白筱宁时与瑶光在一块玩耍的每一刻快乐时光。然后，她看到了傅显荣在哭，便伸手想去抱抱他，但场景却一下子转变，她又看到了布置得一丝不苟的营帐，几盏不太亮的灯烛下，苗子陶正紧锁着眉头处理军务。

易平平觉得自己好似成了游魂，视线飘啊飘，场景转啊转，那巍峨的宫殿里，容颜绝美的男人正怒气冲冲的与那袭明黄袍的人争执着，她刚开始还看不太清那是谁，后来仔细看清后，才发现是赫连齐光正跟皇上争执，她没听见声音，却看到了他们似乎有说易平平这三个字。

她想走近看看他们到底在说什么，忽然一切都没了，再然后，易平平只觉有一股重力骤然将她往下一拽，她浑身一颤，猛然睁开眼。躺了好久，她仍没有缓过神，眼睛定定的睁着，不知道过了多久，她魂魄归位，有些清醒起来。

正趴在床头边的傅显荣感觉到动静，抬起头便瞧见了醒来的易平平，他眼睛一亮，立马来了精神，"平平，你醒了？可还有什么不适吗？"

易平平还有些分不清梦境现实，看着眼前的傅显荣，喃喃着，"这，这是梦？"

傅显荣拉过易平平的手放在自己的脸上，声音里满满的都是激动，"这怎么会是做梦？这不是梦，平平，这不是梦。"

易平平也感觉到了他脸上的温度和那一滴滴到她手上的眼泪带来的凉意，易平平恍然发觉，她好似……还活着。

她撑着坐起身，连她自己也没反应过来，便一下抱住傅显荣，"显荣，你真的醒了？这真的不是错觉吗？！"笑着笑着她却哭了出来，她感觉到了掌心下的温度，这是真的。

"当然不是了，平平。"

刚才是她还没回味过来，现在易平平察觉了，她松开傅显荣，这才发觉他好像不似从前说话那般痴傻，目光也清澈澄明，她愣了愣，"你……恢复正常了？"

傅显荣嘴角边扬起笑，"是啊，平平，我醒后便已经恢复了，算是因祸得福吧！"

易平平捂住嘴，泪水一连串地滴落下来，她几乎失语，激动又惊喜，等她好容易平复下来，杜若才从外头煎完药端了进来，见她醒了，脸上竟没有一点意外的神情，倒是他舒展的眉梢眼角，透露出他终于心中安稳。

为易平平把了脉，确认一切都正常后，他朝易平平点点头，将药递了过来，"喝了

吧，你昏迷了两日，如今刚醒，喝些药可以将体内的一些毒素清理出来。"杜若的声音柔和里透出些疲惫，这几日，为了救易平平，他也是没睡过一个好觉。

易平平点了点头，傅显荣原本还想伸手将药拿过来喂她，但易平平摇摇头，直接将那碗黑色到底看起来就苦巴巴的药喝下了。

易平平擦了擦嘴边，然后抬起头，疑惑地想起一事，"对了，我是如何得救的？"

皇上赐的毒药，难道这天底下还真的有解药吗？易平平很疑虑，杜若凝了凝眉，似是想起什么事，杜若没有开口说话。

易平平更加疑惑了，转过头看向傅显荣，"你说，我是如何得救的？"

傅显荣从来不会欺瞒着易平平，在杜若的注视下硬着头皮说了实话，"是……瑶光，我醒来后感觉会出事便去找了杜若，杜若当时正好回府，我拉着他来后便看到瑶光和易谨在你床前哭，后来我们才知道你中毒快死了，杜若为你诊脉说是无药可解，那瑶光……便跪下求着杜若用换血的法子，她说……她说她幼时吃过一颗药，可以让人百毒不侵……后来因为她苦苦求着，杜若也只能答应了下来，为你们两个换血。"

傅显荣一口气直接说了，易平平整个人都惊住了，几次张口都说不出完整的话，"那……她岂不是……她在哪？瑶光现在在哪？"恍惚中她的视线对上了傅显荣，她一把抓住他，宛如抓住救命的稻草，"你，你告诉我，她在哪里！"

傅显荣担心地望着她，他想安抚她，却知道自己什么都做不了，只能顺从她的意愿。他指了指隔壁厢房，轻声道："她在隔壁。杜若为她施了针，替她多挽了一些时间，你要去看看她吗？"

易平平掀开被子挣扎着起身，瑶光怎么那么傻，怎么可以跟她换血！瑶光若是死了，她要怎么办！

易平平无声地落着泪，在傅显荣的搀扶下到了隔壁厢房里，瑶光面色苍白地躺在那，瑶光听见声音睁开了眼，看到易平平的时候，脸上扬起了笑，"你没事了吧？"

易平平抑制不住地哭出声，整个人接近崩溃，"你这是干什么？你为什么要这样救我！你若是死了可知我会有多难受吗？"

瑶光伸手擦去了易平平脸上的泪，"表姐，别哭了，你听我说，我本来就欠你一条命，如今……如今我不欠你的了，你不用觉得愧疚，这是我自愿的，你不用难过，这条命我如今也算是还你了……"

易平平握着瑶光的手哭得上气不接下气，傅显荣站在身后也不敢去扶她起来，杜若叹了口气看了眼傅显荣,两人都知道瑶光已经活不了多久了,或许下一刻就会撒手人寰,只得后退几步,为二人留出空间。

"瑶光,你不能死!你不欠我的,你怎么这么傻,你怎么这么傻啊……"

视线早已模糊,易平平满脸都是泪水,而瑶光亦是含着泪,"表姐,瑶光不欠你了……但瑶光好怕你会忘了我。"

"不,不,我不会忘了你。你是我妹妹,你永远都是我妹妹。"

瑶光虚弱地笑着,"你这样哭……真的很丑……看到你安好,我也……放心了。"她费力地回握着易平平,似想要再挤出一个灿烂的笑,却总归犹如烟波,刹那即逝,"你答应我的,以后,以后……都不要忘记我。"

毫无预兆的,说完这句话瑶光便永远闭上了眼,易平平整颗心都揪在了一起,"瑶光!"

杜若和傅显荣听见易平平号啕的哭声便从门外赶了进来,她已哭得几欲失声。本就是刚醒,身体还弱得很,加上大喜大悲,她终于支撑不住,摇摇欲坠倒了下去。

威远侯夫人离世并非小事,也直到这一刻,易平平也才知道瑶光心思缜密——她就给他们留好了退路。她早就知道自己必死,所以留书一封,制造了自杀的假象,因为只有这样,威远侯夫人暴毙才不会对易平平一行人有所牵连。傅显荣操持了瑶光的丧事,最后立碑没有立尤氏,仍写了吴氏。而易平平一直处于神思恍惚的状态——她没有从瑶光突然去世的悲伤里走出来。

就在瑶光下葬当日,京都又出了一件大事——威远侯尤墨握着其夫人的绝命信件,在家中跟随殉情而去了。

初时听到这事,易平平有些意外,又有些唏嘘,她没想到尤墨对瑶光这样痴情,想必瑶光若泉下知道尤墨的这份情意,也会感动了吧。

易平平给两个人都烧了些纸钱,寄托了她对瑶光的思念,她会好好活下去的,即使如今不是为了她,也为了她骨子里有着瑶光的血。

又一连过了好些时日,易平平的身体好了些,一切都恢复到正常的生活轨道。易平平和傅显荣坐在庭中那颗银杏树下,易平平正喝着药,"显荣,这段时间太谢谢你了,如果没有你,我如今怕是也不在这了……对了,你是如何知道我出事了?"

傅显荣脸色一红,他支支吾吾了半天,最后有些不好意思起来,"那日,你在我床前说的话,其实我都听到了……"

易平平咳了咳,她下意识地呼吸一窒,立马回想了下当日有没有说些什么不得体不

能见人的话，"那你还记得我说了些什么吗？"她试探道。

傅显荣看了看天空，只赞许地点点头，"今天天气不错啊平平！"这恢复清醒后的傅显荣不仅没了从前的半分痴傻，整个人都快变得跟狐狸一样机智了。

罢了罢了。易平平看着他灵动的神情，还是由衷为他高兴，"说实话，我真的很高兴你能醒来……"她低头又有些内疚起来，"可我曾经发誓为你报仇，如今却还没做到，反倒是我先欠下你恩情。"

傅显荣伸手摸了摸她的头，安慰道："其实……能为你做这些事我很高兴，我……"

"看来你是真的变清醒了！"他话还未说完，易平平已抬眼笑起来。

傅显荣朝她努了下嘴，"看来是我清醒得还不够彻底，不然怎么能被你这假客气诳出了真感情。"

原来恢复清明的傅显荣竟会说俏皮话。易平平听得乐不可支，而傅显荣说完这话也忍不住陪她一起笑了。

眼前这个少年笑颜俊朗，眼里的柔光甚至比阳光还要炫目几分，这样的少年竟有人舍得加害于他，令他昏迷在床，无人照料。易平平叹了口气，轻轻握了下他的手臂，"显荣，你可知当日你遇袭是何人所为？我……"

"我知道。"傅显荣反手将她的手的握在掌心，"平平，你不用为我担心，我的事我都已经解决了。"

易平平怔了下，见他收了笑意，脸上神情十分从容，仿佛万事在握。傅显荣对易平平从来不曾隐瞒，当下将他身上发生的事如数说了出来。

原来，事情的起因傅家庶长子傅显华知道了傅老爷将最能赚钱的几间铺子都在遗嘱中留在了傅显荣名下，傅显华心中生恨，拉拢了东生，企图害死傅显荣，傅老爷事后虽然查明了真相，却也顾忌再无承继之人，只得忍气吞声。而如今傅显荣醒来，东生和傅显华也都有了各自的下场。

"我让人将东生扔到了去海外的船上，他永远不会再回来了。至于大哥……"傅显荣提到这个词难免有些痛心，他冷笑了一声，"他已经被逐出宗谱，永远不再是傅家子孙了。"

易平平听着他的讲述实在是同仇敌忾，这两人差点就将他杀死了！傅显荣的惩罚实在已经非常善良了。

"从前都是你护着我，你看，如今我也有本事了，以后也该换我护着你了。"仿佛是看出她在想什么,傅显荣朝她轻声笑了笑,又补充道:"这话我终于有机会说出口了。"

他的话把易平平从思绪中拉出来,她忍不住一笑,却突然察觉手上一直存在的温热,她猛地反应过来,将手从傅显荣掌中抽了出来,脸却不自觉地有些烧红起来。

傅显荣似也刚刚察觉,连忙一下站起身来,假作镇定地咳了两下。两人都平复了一会,却又同时开口——

"我……"

"你……"

易平平的目光对上傅显荣,有些无奈,"你先说吧。"

傅显荣点点头,他顿了片刻,最终道:"这几日我可能会和杜若去趟银城。"

嗯?易平平有些惊讶,"好端端的为何要去银城?可是出了什么事?"

傅显荣抿了抿有些干的唇,"我的异能感知道了银城这些日子会有疫病,我和杜若得带着药材过去瞧瞧,不过应该很快便能回来,你在这等我回来便好。"

易平平看了他半晌,才蹙着眉迟疑地点了点头,"既然会出现疫病,那你和杜若都要小心些,我不想你们再出些什么事,你们要去多长时间?"

傅显荣算了算日子,"如果快的话也得一个月了,到时若有变化我会传书信给你,你安心。"

易平平还是有些不放心他们二人去银城,如今疫病还没有爆发,若是他们不小心沾染上疫病又该如何?

易平平叹了声气,"这么长时间吗?我还是有些不放心,要不然……我陪着你们去吧?"

傅显荣摇摇头,显然不同意易平平跟着去,"你身体都还没好全如何能去,你好好在京城等着我们回来,到时候开了春我便带你去玩好玩的。"

易平平拗不过傅显荣,只得同意他们两个去,所幸,也不单单是只有他们两个去,还带了一些武功好的护卫护送重要的药材,路途也能保护一些他们的安全。

两人谁也没发现,刚刚的场景宛如妻子嘱咐即将出门的丈夫,偏偏身在局中的两人还都觉得无比自然。

第二日的时候,莫愁带着一些新鲜玩意来找易平平,便从易平平嘴里探听到了杜若和傅显荣要去银城。

莫愁眼睛一转,有些小兴奋了起来,连忙追问易平平,"那平平,他们何时出发啊?"

279

第九章 皇命难抗

易平平想了想，"大概是明天吧，这几天都在筹备着药材，我也将一些本打算制作成药妆的药材给他们，想来应该到时候也能用上。"

莫愁嘿嘿地笑了两声，"那银城应该挺好玩的吧？我也想去。"

易平平敲了敲莫愁的头，"好玩什么？过些日子要是没控制好病情就会迅速传染开，京城离银城也不算太远，若是出事了，京城也会出事的，杜若和显荣这时候备好药材去往银城，但愿能控制住疫病。"

易平平还不知莫愁心里想的是什么，第二日的时候，易平平在城外目送傅显荣和杜若离开，易平平目送车队离开后刚要上马车，还没上马车便看到了车队上的其中一个药箱转了出来一个人在向她挥手再见。

易平平哑然失笑，那向她挥手再见的人可不就是莫愁？难怪今日左等右等都等不到莫愁跟她一块前来送行，若是平日里，估计会比她更积极。

此刻，她真是想阻拦也有心无力了，好在莫愁力气大得很，又有武功在身，若是她在显荣和杜若身边，反倒是让人安心一些，总比自己手无缚鸡之力要好得多。

车队慢慢远去，直到再看不见了，易平平才上了马车折返。发生了那些事后，她还一直没有空去打理嫣紫阁，账目后来实在堆积得太多，易谨便帮她处理了一些。易平平这才发现，自己这个哥哥，竟然是个管账的奇才。

发生了这许多事，易平平虽没在易谨面前透露太多，但是易谨联系上下事件也隐约猜到几分。他对朝廷失望至极，加上对处理嫣紫阁的事得心应手，易平平又有意将这些事交给他，他便也不跟自家妹妹客气，成了嫣紫阁第二管事，几月下来，倒是井井有条，账目清明。

一日，易平平在嫣紫阁处理事务的时候，正好赫连齐光也来了，他随手将一封信扔到易平平面前，"这是某人让本王拿给你的，你看看吧。"

易平平皱了皱眉，能让秀王大驾送信的，只能是……她开了信封，目光一扫，落款果然是，苗子陶。

信中除了一些问候，大致的意思便是苗子陶已经知晓了她中毒一事，嘱咐她安心休养，一切的事情都等他回来处理。

易平平面无表情地将书信收起来，然后抬头看向齐光，"多谢王爷专程送信。"

齐光哼了一声，手里摇扇坐了下来，"我倒是不想淌这趟浑水，就怕苗子陶要干出冲冠一怒为红颜的事儿，为了我大宏的栋梁之才，少不得得折腾我咯……"

易平平斟了杯茶，递过去，"我中毒之事，来龙去脉王爷想必早已清楚。"

齐光顿了下，抬眼看来，眼里神色因水雾而模糊不清，他的声音沉了几分，"清楚又怎么样？莫非你还想报复不成？"

易平平心中嘲讽，慢声道："他是皇上，我又怎么报复得了呢？不过我倒是很想知道，在王爷心里，对皇上此举有何感想？"她的眼睛毫不回避地直盯着齐光，试图从他的表情里找到答案，不，她并非是要知道他的感想，而是她想知道——他的立场。

"哗啦"一声，齐光猛地将茶杯往地上一掷，他剑眉微皱，"易平平，我不想也不会去非议我的兄长，如今你安好无事，以后也不准再提。"

"不准再提？"易平平似笑非笑着，声音像夹上了冰霜一样，"若不是瑶光以身救我，如今我还能安好无事吗？皇上多疑，疑心平民臣子，恐怕不会不疑心王爷吧？"

齐光脸上怒意浮了出来，"易平平，皇室之事岂容你置喙，念在你刚捡回一条命本王不同你计较，但你这张嘴还是闭紧点好！若再提及，你便是有十条命也活不到明日！"

易平平倒是第一次见齐光有这般愤怒的时候，但她并不惊讶，"平平早就是死过一回的人，定不会再如王爷这般……活得战战兢兢。"

"你！"齐光唰地站了起来，迎上易平平讽刺的目光却再说不出话来。

两人对峙般互瞪了半晌，却是谁也不肯败下阵去，过了好久，赫连齐光才猛地一甩衣袖，拂身离去。

易平平慢慢站起身盯着他离开的那个方向，她还是有些控制不住情绪，一提到瑶光的死她心里就揪心一般的疼痛。

银城鼠疫还是发生了，消息传到了京都，皇帝便下令这段时间只能出城不能进城，一时间大家都人心惶惶，连带着出门的人都少了大半。

皇上派了人去银城打探消息，几天后回来的人说傅显荣和杜若及时控制好了病情，疫病已被控制住，消息传开之后，大家安心了下来。

又过了些时日，消息传来，说是疫病已全部治好，原先得了疫病的人也只有二三十个，发现的早，又加上傅显荣和杜若早有准备，便早早地治好了。

傅显荣和杜若治疗疫病立下大功，皇上知道后容颜大悦，在御书房里亲自写下了旨意，让他们回来领赏。

"傅家二郎和杜太医倒是真真有本事，提前备好了药材治好了鼠疫立下大功，皇上

这回也可安心了，不过说起来，傅家二郎也是前些日子才从痴傻恢复正常，这一好了便立了大功，看来也是有福之人啊。"

贴身太监在一旁笑着，皇帝刚写好旨意，听到太监的话，心里恍然想起一事，傅显荣和杜若他们二人提前备好药材，那他们又是如何得知鼠疫一事？

皇帝放下了手中的印玺，挥了挥手，召了密探过来，皇帝坐在座上听着密探禀报傅显荣和杜若二人以前的事。

皇家密探手里收集着不少人种种的事情，皇帝听完密探的禀报，揉了揉眉心，心里升起了一个念头，那傅显荣怕是有跟旁人不一样的异能，否则那种种过往之事会听起来如此蹊跷。

傅显荣、杜若和莫愁是在皇上下召的第三日回京，易平平得知消息立马找了马车一大早便去城外等着傅显荣。

易平平坐在马车里，掀开帘子看着外面，然后问抱琴和入画："怎么还没出城？"

抱琴笑了一声，"小姐，你这都问了三回了，快了，前面就是城门了。"

入画看着易平平，脸上有些八卦，"小姐可是想傅公子了？"

易平平想到了傅显荣对她笑的脸，耳根红了红，佯装恼怒地回着抱琴和入画的话，"胡说些什么，我是想见莫愁，也不知她跟着去了那么久过得如何了。"

放下帘子易平平不理会入画的话，说起来她心里还是有些紧张的，她有好些日子没有看到显荣了，也不知他如何了。

傅显荣和杜若莫愁回来时，便在城外见到了等着的易平平，莫愁跳下马就跑去易平平身边，"平平！"

易平平站得笔直，瞧了莫愁一圈，才一个半月，她便瘦了一整圈，"这一趟一定很辛苦吧……"

莫愁笑嘻嘻的，声音还是那般张扬明朗，"无事！我去了银城一趟长了好些见识！"

易平平责怪地看了莫愁一眼，"我还没说你呢，竟然无声无息地跟着去了银城。"

傅显荣和杜若下了马朝二人走来，易平平看向傅显荣，他也瘦了，人也好似沧桑了些。易平平下意识地上前两步，"你们此去银城一切可还顺利吗？你虽在信上都说了一切事，但我总担心你是报喜不报忧。"

傅显荣摇了摇头，"一切都还算顺利，让你担心了，这次去银城，莫愁倒也帮了不少忙，上次到时我们才发现她人藏在箱子里，她怕弄坏药材，差点被上面的药箱压着出不来。"

想到了当日莫愁的窘境，易平平忍不住笑了笑。傅显荣抬了抬下巴，声音低了些，"皇上下召让我们回京后赴宴，明日还得进宫，咱们先回城内去吧。"

杜若站在后头接住了傅显荣的话，"的确，咱们先回城吧，这里说话也不方便。"

傅显荣、杜若和莫愁第二日的时候便入了宫赴宴。

皇上高兴得很，在宴席上让人宣旨封傅显荣为国师，封杜若为太医院院判，连莫愁也被封为了县主。

易平平在晚上的时候便得知了傅显荣被封为国师这件事，她心里疑惑，事出蹊跷，显荣就算真的治疗疫病有功，也不至于被封为国师这么大的位置。

她以为皇上会赏个不重要的官位和一些常见的金钱财宝，她心里想不明白，立刻去了傅府找傅显荣。很快，她在傅府见到了傅显荣。易平平捏着帕子整个人都有些焦急，"显荣，皇上为何会突然下旨封你为国师？"

"宫宴之前，皇上先找了人宣我去殿里，他应当是知道了我有与旁人不一样的能与万物交流的能力，皇上也知道你没死，用整个傅家和你要挟我，让我答应做国师，为他为皇室效力。"

傅显荣整个人有些兴致不高，看起来是在为国师一事发愁，易平平冷了神色，皇上果然打的好算盘啊，利用显荣的能力为他办事。

皇权至上，他们只能听命，易平平心里更加确定了要推翻这个扭曲的朝代，但是她也明白，凭她自己根本做不到这些，需要慢慢改变百姓被固定的思想，且必须有个贤明君主，才能实现她的抱负。

易平平皱着眉，"皇上是想利用你，如果你真的以后为他办事了，以后整个天下都会大乱的，这绝对不可以。"

傅显荣沉默着，"国师的旨意已下，是绝对挽回不了的，只能以后走一步看一步了，皇上的意思，看起来是要我护他安全，这些便也罢了，不过以后怕是会忙一些了。"

苗子陶在边境三军对峙了三个月，始终难分胜负，只得一直僵持着，不过原先失守的城池也挽回了两座。

"皇上，前线苗将军领军三个月，已收复了两座城池，却迟迟不归朝，一直称是与敌军对峙，臣觉得，分明那是苗子陶想拥兵自立为王！臣觉得，应该尽早宣苗将军回京。"

这段时间的早朝，皇帝时常听到这样的谏言。作为皇帝，最担心的就是权利丢失，苗子陶领着大量兵马去边界打仗他已经十分担心了，如果苗子陶真的拥兵自立为王，那他也万不能留得苗子陶。

皇上多疑，听着那底下臣子的话，思虑了一会儿，"那各位爱卿觉得如何？"

其他几位臣子互看了一眼，也没说什么，苗子陶作为将军，平日里与他们也有来往，现在背后戳人，实在不合适。

皇上看着底下臣子的反应，倒是更加疑心了，皇上闭了闭眼考虑着，"那便即刻下旨传召苗子陶回朝，不得耽误！"

有个臣子开始站出来反对皇上的做法，"皇上，三军对垒，此时传召苗将军回来，怕是不妥！若城池再度失手可如何是好？大宏百姓如何安居乐业？"

"没有苗子陶，朝中还有的是武将，便多派几个去前线便是了。"

"皇上，朝中武将唯有苗将军多次立下大功，朝中武将多大是初出茅庐之人，如何能主持大军对战？此事万不能儿戏啊皇上！"

臣子不断有反对的意思，皇帝面色愈发冰寒，"此事朕已决定，你们无需再议，朕会立刻下旨传召苗子陶回来。"

皇帝在早朝时便定了另一个武将去前线顶替苗子陶，苗子陶在边界收到旨意让他即刻回京的时候，整个人气得在帐中扔了那明黄黄的旨意。

苗子陶本就气恼皇上对易平平下毒一事，如今又开始疑心他，让他回京，这是何意？卸磨杀驴吗？！

边界如今动荡不安，他如何能安心回去？苗子陶当即写了一封信让人送去京都，信里的大致内容大概就是如今边界未定，他恕难从命。

皇上看完苗子陶的信后便大怒，便想派人去将苗子陶亲自押送回京。

一直在秀王府的齐光知道后立马去皇宫求见皇上。

"皇兄，让苗子陶回京一事不妥！如果你让苗子陶回来，你让军中的将士做何感想，此举定是扰乱军心啊皇兄！况且苗子陶本就没有对皇兄不敬，他一直勤勤恳恳护着大宏，如此一来，谁还敢为大宏办事，皇兄这样，岂不是动摇了大宏的根基？"

齐光跪在地上，字字句句都在为苗子陶说话，皇上坐在那闭目养神，齐光说完才睁开了眼，如鹰一般锐利的眼光直直看向齐光，皇上的声音让齐光分辨不出他是喜是怒。

"你这是在为苗子陶说话？你也想袒护他？朕宣他回京，他抗旨不遵，凭这一条朕便可治他的罪！"

齐光皱着眉，为苗子陶辩解着，"皇兄！大宏里唯有苗子陶可抵抗那些小国，你派了毫无经验的将领，这难道不是在拿大宏赌吗？皇兄慎重！"

皇上揉了揉额角，"朕自有打算，你无须操心，做好你的王爷便是，如果你再为苗子陶说话，朕便要认为你与他是同党。"

"皇兄！"

"既然知道朕是你皇兄，就好好闭上嘴，这些事无须你来过问做主。"

皇上的一番话堵住了齐光，齐光失望而归，如今皇上对苗子陶十分忌惮，再加上苗子陶迟迟不肯顺从旨意回朝，更加激怒皇上。

易平平知道了这事，一时也不知道怎么办才好，莫愁来时哭了好几次，说是苗子陶已经被押解回京，如今在路上了。

三军对垒，连带着皇上连续被刺杀了好几回，次次都是傅显荣挡下，傅显荣当了国师后也颇得皇上器重，赏赐的东西也堆满了傅府的库房，傅府本就显贵，如今傅显荣又深受皇上器重，连带着傅家也更加水涨船高。

皇上召了杜若来见他，杜若见到皇上行礼后，皇上就表明了意思。

"朕知道你能力不错，熟读医术，你作为院判倒是也还妥当，朕今日传召你来，是为了一事。"

皇上停顿了一下，杜若鞠了鞠躬，"皇上但说无妨。"

皇上满意地一笑，"如今三军对战，百姓苦难，若是尽早结束战事对边界百姓也是好事，朕要你配无解的毒药，传到周边小国，如此一来，从今以后，大宏便是最强的国家。"

杜若一惊，连忙跪了下来，"皇上，若制毒去对付周边小国，那受累的也是百姓，国家对战百姓无辜，而且……如此也不是君子所为。"

皇上阴沉着一张脸，不怒自威，"朕已决意如此，朕知道你与苗子陶他们几个关系甚好，如果你不想他们出事，便按朕的意思去办。"

"皇上……臣只会治病救人，制毒一事，臣真的做不到。"

杜若内心里震惊万分，他绝没有想到皇上为了赢了周边小国，竟然会想到下毒一事，实在太过卑劣！

"苗子陶明日便会被押入牢狱，你若想他死，自然可以不从命，你有没有这本事，

朕自然知道，否则也不会找你，救人与害人，本就在一念之间罢了。"

杜若跪在地上深吸了一口气，"请皇上给微臣一些时间。"

皇上的声音不轻不重，"朕给你七日，若七日后朕见不到所制的奇毒，不管是苗子陶还是莫愁，都将在世间消失。"

杜若离开后，皇上便传召了傅显荣入宫，皇上语气好了一些，"朕知道你的异能，你身为国师也应该以国事为重，你的异能也该发挥发挥作用，等杜若制出无解的奇毒，你便将这奇毒撒遍周边的那些小国，如果他们没有了作战能力，朕倒是想看看他们如何跟大宏作战。"

傅显荣跪在那，"皇上，此事不行，人命不分贵贱，若是如此，岂不是害了那些人的性命。"

"你只需要为朕办事就好，其他的你不用多管，好好地做好国师，其他的朕都会处理，你这几日先准备好，真需要你做些什么时，自会让人传召你。"

苗子陶被皇上的暗卫高手押着回京，一带回京便被押入天牢里面，易平平在街头看见时，发现苗子陶整个人都憔悴了不少。

回到住处后，莫愁便从平津伯府赶来商量如何才能救苗子陶。

易平平想过之后让人去请了齐光，却意外得知齐光被皇上软禁在秀王府里不得外出半步，连秀王府都被护卫守得固若金汤。

在易平平的住处里，莫愁被气得直跺脚，"皇上真是可气！既然怕王爷救我哥就将他软禁了！这下怎么办？我哥会不会出事啊，万一皇上看他讨厌，将他秘密处死怎么办？"

莫愁烦躁地走来走去，易平平坐在那看着眼睛都有些花了，易平平叹了声气，"你先坐下，急也解决不了问题，我也让入画去傅府请了显荣过来，显荣如今也有了地位权势，等他来了看看有没有办法。"

莫愁抓着头发十分急躁，回着易平平的话，"那要是他也没办法该怎么办？这是皇上下旨将我哥押回京的，我哥明明什么都没做错，皇上凭什么将他押回来，罪名竟然还是那什么不遵旨意，气死我了！我现在恨不得进宫打皇上一顿给我哥出出气！气死我了气死我了！"

莫愁气得直接将面前的椅子给踢了开，易平平站起身宽声安慰，"你先别急，皇上暂时也不能将苗子陶如何。"

知道易平平那边来了人请他过去，傅显荣才赶忙从傅府去了易平平那。

"平平。"傅显荣瞧见了易平平和莫愁，大步地朝两人走了过去。

莫愁正被易平平刚安抚下，看到傅显荣来了之后，易平平站起身，"苗子陶被押入大牢了。"

傅显荣点点头，解开了身上的披风，一边脱下来一边回着易平平的话，"我知道，这件事单单我们也处理不了，需要从长计议一下，我们先想个办法去见见苗子陶。"

"秀王现在被皇上关在王爷府里，我今日去见他的时候都没看到人，皇上看来是早有准备了，那我们要怎么去见我哥？"莫愁脸色十分发愁。

傅显荣想了想，"天牢里有一位大人，多年前跟我家有些交集，我等会儿回去后让人去打听打听，到时若可以咱们应该能进天牢去瞧苗子陶。"

"那你现在便去吧！"莫愁站起身有些急躁地走来走去，然后继续着碎碎念，"也不知道我哥会不会被用刑，他人也不知道怎么样了……"

傅显荣顿了顿，"我还有一些事要说。"傅显荣看向易平平，声音有些累，"今日我入宫，皇上和我说了一些话，他让杜若制毒，准备让我传散到周边小国。"

易平平和莫愁都惊住了，易平平脑子迅速闪过很多，她看着傅显荣，"你是如何应的？如果将毒传散出去，那丢失的便是许多人的性命，其中可能更不缺乏无辜之人。"

傅显荣喝了口热气腾腾的茶润了润喉，"我如今身为国师，皇上要吩咐我做事，我又怎能不应，我得先联系杜若，问问他是如何想的。"

莫愁惊得倒吸了一口凉气，"皇上……皇上居然会如此卑劣？给敌国下毒，这不是小人的行为吗！"

易平平朝着莫愁轻摇了摇头，"不许胡说，若是其他人听见，岂不是引来杀身之祸？"

莫愁撇了撇嘴，"本来就是，皇上多疑，如今又将我哥关入大牢，我看啊，如果继续让他当皇帝，大宏迟早完蛋！"

"不许胡说！"易平平低声呵斥了一声莫愁，莫愁闭上嘴不再说话。

"好了，我先回去部署一下，等我处理好了有了消息，便过来接你们二人，你们安心等着消息。"傅显荣说完后看了一眼易平平，然后声音又放轻了一些，"那我先走了。"

晚上的时候，傅显荣便来了，傅显荣坐在马车里头，掀开帘子便拉了易平平和莫愁上来。三个人坐在马车里，易平平和莫愁都穿了身黑色的斗篷，易平平看了眼外头已经暗下来的天色，然后收回视线，"你办事效率倒是挺快的。"

傅显荣脸上有丝笑意，"能为你们办些事，自然是要卖力些的。"

苗子陶被关押的地方是天牢，三个人到了之后易平平和莫愁跟在傅显荣后头，傅显荣拿了一些银子给了狱头。

狱头得了上面的吩咐又有了银子，自然是高高兴兴地将傅显荣、易平平和莫愁放了进去。

天牢里常年不见阳光，易平平一进天牢便闻到了一种恶臭味和腐臭味。

苗子陶被关在了比较后头的牢房里，狱头开了门后莫愁便冲了进去，莫愁一看到苗子陶便急得哭了，她可从未见到她哥如此狼狈，苗子陶全身脏兮兮的，脸上几日未刮的胡茬和一些未结痂的伤让他看起来更狼狈了一些。

易平平跟傅显荣站在那互看了一眼，没想到皇上居然还真的如此狠，竟然将人弄成了这样。

傅显荣指了指外头，示意易平平他出去看着些，有事便喊他。

傅显荣出去后，苗子陶咳嗽了几声，声音有些虚弱，不复上次易平平见到的那模样，"你们……怎么来了？"

莫愁声音哽咽，"哥，你怎么伤得这么重？你是不是还病了？"

苗子陶头靠在墙上，"无碍，伤是皇上派人来押我回京的时候，打斗时伤的，过几日也应该便会好了。"

易平平准备得充分一些，她将袖子里带的几瓶药拿了出来，然后蹲下身，"上次我被打伤的时候，这些药后来都没有用完，我今日带了一些过来，先用上，好得快一些。"

苗子陶咳声停止后点了点头，"好，多谢。你们是如何进来的？这是天牢。"

"显荣托了人我们才得以进来的，苗子陶，皇上如今不仅想要控制你，还要制毒并将那些毒传播到周边的那些小国让他们无力抵抗，今日我们原本打算找齐光，却发现他也被皇上控制住了。"

易平平将外头发生的事情也简略地说了一遍，苗子陶听完后深吸了一口气，"我知道，以皇上的个性也肯定会将齐光软禁不让他掺和进这些事，莫愁，你先出去，我有话跟平平说。"

莫愁愣了愣，擦了擦脸上的眼泪，然后起了身，"好，那我先出去。"

莫愁出去后，苗子陶将怀里的一封信拿了出来递给易平平，"这封信里有边关失守却被拦下来的信件，你将它交给齐光，齐光太过注重他和皇上之间的兄弟情分，我知道，他现在应该还在纠结要不要出手当中，他虽被困在秀王府，但是也并非是出不去。"

易平平接过信件，看着手里的信件点了点头，"那我一定尽快将这信交给齐光。"易平平将信收到了袖子里，担忧地道，"天牢里环境如此艰苦，我们必然会尽快将你救出，你一定要撑住。"

苗子陶原本有些黯淡的眼神一瞬间有了些光泽，他笑着点了点头，"即使撑不下去，为了你，我也会撑下去的。"

易平平抿了抿唇移开了话题，"莫愁很担心你，我去将她喊进来给你上些药，过会儿我们也该走了，留的时间越长越不安全。"

三个人出了天牢后，傅显荣和易平平便先送了莫愁回平津伯府，车厢里只剩下傅显荣和易平平。

傅显荣拢了拢外袍，目光露出一丝担忧，"平平，任何时候，你都要记住，我不会让你置身危险的。"

易平平不由愣了一下，她望着他，聪颖如他，想必已猜到几分了吧？只是……易平平捏着袖子里的那封信，垂下了眼，"你放心，苗子陶没同我说什么。"

这样危险的事，她不愿让傅显荣知晓。知晓，本身就是一种危险。而且……她手里掌握着的这件事，是改变政权的关键。

傅显荣看着她，没有说话，过了许久，才微微叹息一声，"无论何时，我都支持你的决定。"

易平平心中动容，回以一笑："我知道。"

第二日一早，易平平便去了嫣紫阁，嫣紫阁是齐光的产业，如果想见到他，她相信祁贵定会有办法。

"祁掌柜，如今京中暗流涌动，而王爷却被软禁于府中。我实是有要事必要见到王爷，你若是有办法，便帮我一把。"

祁贵沉思片刻，终是叹了口气，"罢了，姑娘平日里也熟识于王爷，若姑娘真有急事找王爷，便请随我来。"

易平平早就猜到祁贵有办法联系赫连齐光，却未曾料到，嫣紫阁竟有密道直通秀王府！不过……这事出现在秀王身上，真是一点也不稀奇。

走了好长一段路，易平平才跟着祁贵走到了密道的尽头，密道的尽头是秀王府的书房，平日书房里，除了齐光本人也不会有人进来。

密道处有动静，齐光自然是知道的，站在出口处他瞧着祁贵后头跟来的易平平，皱

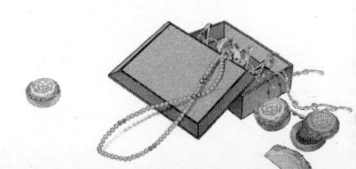

了皱眉,"你怎么来了?"

易平平还没说话,祁贵已跪倒在地,"王爷,属下自作主张带了易姑娘前来,还请王爷责罚。"

齐光朝祁贵挥了挥手,"你先下去吧,我跟她有话要说。"

祁贵很快退下。齐光径直往椅子上一坐,然后歪着头看过来,"找本王何事?"

"王爷躲在王府里偷闲,我自然是要来看看王爷是否还缺消息听?"易平平扬了下眉,拿出了一直放在袖子里的信扔到了桌面上,"昨日我去天牢里看了苗子陶,这是他让我给你的。"

齐光拿过密信便打开看,易平平站在那又补了一句,"手足之情是不能断,但是平平还是希望王爷能多念念天下苍生,多顾念一下大宏的子民。"

齐光看了信后,脸上神情几度变化,似是还有些不信,"皇上……当真做了如此之事?"

"现实就摆在王爷面前,王爷也要觉得这是假的吗?皇上是你的皇兄不假,但是王爷不也该多顾念一下大宏吗?皇上如此做,大宏早晚会出事,王爷是觉得躲在这里,便可以充耳不闻吗?"

易平平一番话多多少少都带着指责的意思,齐光神色益发阴沉,少顷,他闭了闭眼,"苗子陶让你将这信给我,我知道他是何意了,容我再想想。"

易平平也不想再多言,弯腰行了礼,"那我便先回去了,但愿王爷能帮大宏择一条安稳之路。"

易平平从刚才来时的那条密道重新回去后,齐光便重新躺在了躺椅上,半晌,他声音懒散道:"进来吧。"

门外没多会儿便有人推门而入,来的人便是傅显荣,齐光看着傅显荣,似笑非笑着,"在门外偷听了多久了?"

傅显荣想了想,然后回着齐光的话,"从平平说王爷该多顾念大宏的时候开始,平平在,我也不好进来。"

齐光挑了挑眉,"她没告诉你她要来?"

傅显荣无奈地笑了笑:"没有。"

齐光漫不经心地挥了挥扇子,"那你来又有何目的?"

"昨日皇上先后召杜若和我进殿谈话,让杜若制毒让我散毒出去,不仅如此,皇上还控制了朝中一些为苗子陶说话的大臣,边境百姓无辜,那些周边小国的百姓也无辜。"傅显荣看向齐光,"王爷觉得呢?"

傅显荣声音沉了些,他今日原本打算去找杜若,却没在他府邸处瞧见人,他便转了个头过来找齐光,门外有人把守着,他找了一处没什么人看守的地方便跳墙进来,一路找到齐光,又碰巧在门外听到了平平的声音,他想拼尽全力护住平平,哪怕丢失了性命也在所不惜。

齐光沉默着没说话,傅显荣又说了一句,"如刚才平平所言,王爷虽是皇上的弟弟,却更应该重视大宏。"

齐光深呼吸了一口气,"那你们又希望我如何做?"

"朝中必然有忤恕皇上的人,而且,我还怀疑其中一些人很可能是敌军的奸细,我希望王爷能悄悄将人找出来,为大宏除了这蛀虫之害。"

傅显荣说完后,齐光若有所思地看着地上没说话。

过了两日后,便有消息传来,说荒遥两国使者来了京都,准备与大宏谈判。

接见荒遥两国的使者后,使者行了礼,声音张扬,"大宏皇上,我们王上的意思很明白,只要你们将苗子陶和他的全家人交于我们,我们便回马上撤兵,与大宏结秦晋之好,百年休战,从此再不起干戈!"

同在宫宴上的大臣议论纷纷,一旁的傅显荣神色一紧,连拳头都不自觉握紧了。

"皇上!荒遥两国此举必是要祸我大宏!苗子陶乃是大宏将军,即使抗旨不遵也依然是大宏的将军,如果真把他交了出去,以苗子陶这些年来的威信,如何让那些兵将服众。"

"是啊皇上,苗子陶多年来出征,在将士们心里已有威望,如果皇上同意了,那岂不是真的动摇了军心啊!"

几位大臣连忙劝阻皇上,皇上神色微变,他本就对苗子陶的抗旨心里十分不解气,如今如果将苗子陶送了过去,何愁不能解气。

皇上摆了摆手,心中有了主意,皇上正了正坐姿,然后道,"苗子陶以下犯上,如何还能配当将军?况且,只要他去了,三国之间便能太平,如此为大宏之事,苗子陶也该会同意应允。"

傅显荣站起身,"皇上三思,此事应该从长计议才是。"

"朕意已决,既然你们都说苗子陶还是将军会动摇了军心,那朕便免了他的将军之

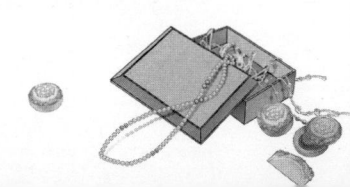

位，你们看，如何啊？"

底下的使臣听着皇上的话哈哈大笑，"大宏皇上果然好智慧，我们王上想必也是会十分高兴，三国同安，那就先谢过大宏皇上了。"

"那明日设宴再与使者好好聊聊，今日朕也乏了，想必使者一路舟车劳顿也该累了，今日先好好休息，明日朕再与使者好好谈谈。"皇上朝使臣说道。

散的时候傅显荣走在后头看着前面那使臣与别人说话时却眼光总是瞥向杜若时，心里便有了些疑惑。

第二日宫中设宴为荒遥两国使臣接风，皇上也没有请了许多大臣，只叫了一些重要的大臣，其中，身为国师的傅显荣也在内。

歌舞升平，皇上也因为好好地处置了苗子陶又让三个国家不再起战乱而高兴。

傅显荣也不常开口，只在旁边看着些，他眼力极好，再加上有着与世界万物沟通的异能，很快便发现了那荒遥两国使者的异常。

傅显荣看着那使者袖口里露出来的那一丝小竹管微微皱起了眉，心中的念头一瞬间如一根紧绷的弦绷了起来。

那使臣看起来很有礼数和热情，不断走过去给皇上敬酒，皇上却始终未动那杯酒，傅显荣默默观察着，喝了几杯后也主动走过去向皇上敬酒。

傅显荣向皇上多敬了几杯酒，他拿着那酒瓶晃了晃，"似乎没酒了，皇上。"

皇帝朝太监招了招手，"再去取些酒来。"

太监去取酒后，傅显荣看向那坐在一旁的荒遥两国的使臣，那使臣往皇上酒杯里倒了杯酒，"皇上请喝，愿我们荒遥两国从此与大宏化干戈为玉帛！从此井水不犯河水！"

皇上哈哈大笑一饮而尽杯里的酒，傅显荣默默地退了下去回到自己原来的位置上。

傅显荣呼了一口气，看着自己桌面上那已经空了的酒杯没有作声，身后的太监要来为傅显荣添酒，傅显荣挥了挥手，"不用了。"

宴会结束后，傅显荣在夜里的时候便被喊醒，穿好衣物后便有人来禀报说皇上在皇宫里失踪了。

傅显荣不慌不忙地询问，"皇上是如何失踪的？身边没有太监看着吗？"

"听说皇上回了宫里后便觉得不适，将太监便全部轰了出去，等有个宫女进去想送些醒酒汤时才发现皇上不见了，而且地上有大片血迹，似……似是皇上遇害了！且窗口开着，像是被贼人掳走。"

来禀报的人一五一十的将发生的事情全部说与傅显荣听了，傅显荣心里也大约的猜测到了，方才在宴席上他就已经有猜测那两国的使臣必然会动手做些什么，只是没想到，皇上会失踪了。

傅显荣来回走了几步心里沉算着，傅显荣沉着声音，"那宫里现在如何了？"

"皇后娘娘知道后已经让人去搜查皇上的下落了，也已经请各位大人王爷入宫，也请国师大人您入宫一趟。"

傅显荣收拾好后便不慌不忙进了宫，宫里乱作一团，到处都在搜查皇上的下落。

有一位大人询问傅显荣："国师大人，此事蹊跷，咱们作为臣子的必须得好好查查，皇上如今下落不明，宫里人多嘴杂，也封不住那许多的悠悠之口，怕是天亮之后便会有皇上失踪消息走漏。"

傅显荣沉默了一会儿，一抬头便看见齐光的目光，傅显荣将视线移开了些，"皇上失踪之事是很蹊跷，需将皇上尽快找到，国不可一日无君。"

傅显荣一句话点醒了在场的众人，是啊，国不可一日无君，皇上如今下落不明，殿里又有血迹，看样子怕是已经惨遭遇害，在场的一些人因为傅显荣的话心里已经开始打起了念头看哪位合适做新君。

第二日，果然皇上失踪疑似遇害一事便在京都传开，其中自然也不缺乏人为的推动。

议事早朝的殿里充斥着一些有资历的老臣的辩论，有大臣认为还没确定皇上是否安然无恙怎能立新君。

自然一些人认为皇上下落不明，如果不早立新君，让那些番邦知道了恐怕又是一场大乱。

"那你们说说！何人立为新君合适？皇上膝下子嗣不多，如今也无一人可继承皇位能让人信服！你们倒是说说！立何人为新君能让这天下众人信服？依我看，何不立个摄政王更为妥当些！"也不知是谁在人群里说了一声，不过很快便被大臣反驳。

"立为摄政王像什么样子！我大宏从未立过摄政王，怎可破此先例?!"

"秀王爷，你如何看？"

傅显荣将话引到了齐光身上，齐光朝着傅显荣轻笑了一声，像是轻笑但又不像笑，齐光声音高了一些，"皇兄现在下落不明，本王看各位大人一直争论不下，何不如再等一日，若依然没找到皇兄在商议也不迟，这期间各位大人可慢慢争论。"

"秀王爷言之有理，既然这样，那咱们就按秀王爷的意思办吧。"

第九章 皇命难抗

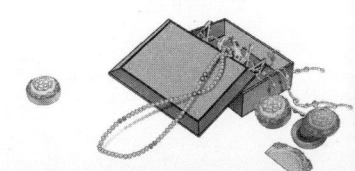

人群中有一位大人附和了齐光的话，紧接着就有更多的人同意齐光的话，他们现在只想散了，宫中杂事繁多，指不定等会儿就不小心沾染上许多麻烦。

人都散了之后，齐光走在后头喊住了傅显荣，傅显荣回过头两看向齐光，齐光话里有些质问，"皇兄失踪一事可跟你们有关？"

傅显荣手里提着一边的衣角，似是听到了什么好笑的话，他拂了拂衣角，然后叹了声气，"王爷，你在说笑了，皇上住在皇宫里，说句大不敬之话，即使我想做些什么，我也并没有这个能力。"

齐光脸上写满了狐疑，"当真与你们无关？皇兄是皇上，乃万金之体，若真是你们所为，以后若是被查出来了，那便会是被株连九族！"

傅显荣脸上的笑意淡了些，"王爷若是不信那显荣也没有办法，王爷若是有心思在这猜疑，倒不如好好排查排查看看宫中可是少了些谁，好好摸排线索早日找到皇上。"

齐光看着傅显荣，过了好一会儿，才点了点头，"既然不是你们做的我也不会再说什么，但愿最好不是。"

齐光抬脚要离开的时候，傅显荣出了声，"王爷觉得若是皇上真的遭贼人所害，皇位该何人所坐才更为妥当些？"

齐光是没有想过坐上皇位的，他志不在此。"只要不是我，是谁都行，与我又有何关系？"齐光走后便开始派人搜查皇宫，傅显荣没有回傅府，去了易平平那里。

"皇上失踪还未找到，你可知道些什么？我总觉得有些不太对，皇宫那么多人把守，皇上却没了，这岂不是奇怪？"皇上失踪疑似遇害的消息传遍了京都，易平平自然早已知晓。

傅显荣在易平平面前向来是实话实说的，"算算时间，皇上出事的时辰便是宫宴结束后的晚上，在宴会上，我瞧着那荒遥两国使臣的袖口里像是有一节藏着药的小竹管，后来他又向皇上敬酒，我便助了一些力，其余的我便不知了。"

易平平正在泡茶，抬起头看了一眼还站在那烘手的傅显荣，蹙着眉想了想，"莫不是……那使臣跟此事有关？"

傅显荣耸了耸肩，"不知，我们瞧着便是，我今日也暗示了秀王，我出宫时已经听闻他在召集人查了。"想到齐光今日跟他说的那些话，轻笑了一声又补了一句，"不过，我倒是不知他为何会怀疑我……"

易平平倒是并不意外，"我们对皇上不喜，他是看在眼里的，他虽一直未表态，但即使他心中会对皇上有怨，皇上也是他皇兄。"她压低了声线，声音有些飘忽，"我们也该多找找皇上的下落，若是他没死……"

后面半句她没说下去，但傅显荣已经明白了她的意思。

皇上间接害死了瑶光，她心中要是不出了这口气，她又岂能甘心？杀人偿命，本就是应该之事，即使他贵为皇上掌天下之权，也得偿命，若是皇上没死，易平平并不介意在背后补上一刀。

国不可一日无君，第二日时便有人举荐秀王和乐王二选其一登上皇位主持大局。

秀王爷齐光并不同意，在众人面前一口谢绝了，秀王不同意，且支持乐王赫连无珏的人也过了朝中大半，这皇位的重担自然落在了乐王身上。

皇上下落不明，乐王也不便立刻登基，众臣商议过后，便也只能推迟了了，不过朝中事宜，都已由乐王做主。

使臣和皇上差不多同时失踪，换作任何人都会疑心，赫连无珏立刻派了人去荒遥两国质问。过了几天后大宏的人回来禀报，说荒遥两国皆没有派使臣前来。

顿时大家皆是震惊，若说是荒遥两国推辞不肯承认也不是没有可能，但是更是证明了皇上的失踪与那自称是荒遥两国的使臣有关系。

线索顺着查了下去，查到那使臣是从何处来又是何人接见，一路查下去竟然查到一个言官身上，而那言官便是当日在早朝的时候挑拨皇上和苗子陶的那个臣子。

赫连无珏又让人去调查那言官，但言官的府邸已经是人去楼空了。

赫连无珏和赫连齐光派人封锁了京都城门，却也一直未搜查到。

"外面一直是乱糟糟的，你这倒是清净。"傅显荣风尘仆仆地掀开帘子进了屋里，易平平和易谨都坐在椅子上翻看着书页，屋里烧着炭火，倒是一点都不冷。

"外头乱又与我们有什么关系，总不会烧到我们这里来。"易平平翻了一页书页，声音轻淡。

傅显荣坐了下来，给自己倒了一杯茶，易平平想了想，然后问道，"皇上如果还找不到，皇宫里面准备何时行大行之仪？"

"最迟一个月后，现在听说已经查出来一些线索了，朝里有个言官也失踪了，之前就是他挑拨皇上和苗子陶，应该就是为了让大宏彻底乱掉，趁机得力。"

傅显荣说完后，易谨在一旁问着，"说到苗子陶，他可从天牢里放出来了？"

"昨日秀王做主，已经将苗子陶放出来了，苗子陶受的伤也不轻，现在应该是在平

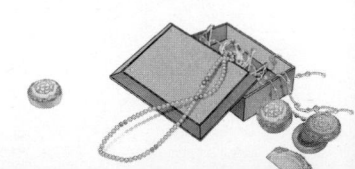

津伯府养着伤了。"

易平平顿了顿，"那改日我们便去瞧瞧他吧。"

傅显荣是知道苗子陶喜欢易平平的，他……就是不知道她是如何想的。一想到有可能易平平也喜欢苗子陶，他这心里便有些不舒服起来了，但仍是应下了。

"上次在皇上宫殿发现的那些血，太医院的太医有去查验，据说里头有剧毒，如果真的是皇上的，怕是人已经没了。"傅显荣又将话题偏开了些，看了看易平平顿住在思虑的神色，"你猜猜我发现什么了？"易平平摇了摇头，一脸期待，"发现什么了？"

"那毒药是皇上让杜若制的，那时候太医检测地上的血迹，我在场杜若也在场，我看他脸色不对劲，他后来告诉我，好像是那晚在太医院的时候那个使臣偷了他刚制的毒。"

傅显荣的话刚说完，易谨便很惊讶地瞪大了眼，压低了些声音朝傅显荣和易平平道，"那皇上岂不是自己害死了自己？他让杜若制毒，却到头来这毒药害死了他？"

屋里燃着的淡淡幽香的熏香，如今闻着更是心静，易平平长叹了一声气，道："若真是如此，那便是害人终害己。"

第二日时易平平和傅显荣易谨一同去了平津伯府，平津伯府外这几日来守卫森严，易平平去时还差点遭了盘查。莫愁斥责了那些人后便将易平平他们带了进去。

"这两天我哥回来后，秀王便派了人来看守着，说是担心万一有人刺杀我哥，到时候再起了事端就不好了。"莫愁走在前面引路，一边走一边踢着路边的小石子。

易平平抬头看了眼走在旁边却有些出神的傅显荣，拉了拉他的衣角。

苗子陶正在屋里走动，莫愁一见到苗子陶便大了声音，"哥！你快看谁来了！"

苗子陶回过头来便瞧到莫愁身后的几个人，苗子陶眼睛微亮，脸上的愁容尽散，"平平。"几个人走过去后，莫愁拍了一下苗子陶的肩膀，"哥！你没看到显荣和易谨吗？你眼里难道只有平平啊？"

苗子陶愣了下，朝傅显荣和易谨点了点头算是打招呼。咳了一声，他回了莫愁的话，"胡说些什么？我只是没想到今日平平他们能来。"

一旁的傅显荣别开了头，心里有些吃味，早知道这样就不来了。

几个人在平津伯府里待了些时间便走了，出了府门，易谨不跟二人一路，调头回了嫣紫阁。

坐在马车里的易平平撑着额角，然后斜眼看着傅显荣，"你今日在平津伯府好像没怎么说话啊。"

傅显荣坐在角落里，声音带着些察觉不到的醋意，"你不是跟他说话吗？那我开口岂不是不合适。"

易平平翻了个白眼，然后瞧着傅显荣，"你现在还挺小孩子脾气。你这几日都没去皇宫里，秀王和乐王都没让人去请你吗？"

"我不过就是先皇封的一个国师，平日里也没什么事要做，叫我入宫做什么？也没人会在意我这么一个可有可无的国师，自然是随我去了，我两三日露一次面便可。"

傅显荣的话像是意有所指，易平平跟听不懂一样的吃着车厢里摆放的一些果子，傅显荣低低地哼了一声，然后便闭上眼养神。

冬日已过，春日便也来了，易平平住处的围墙边上的几棵白玉兰树也渐渐开花了。

离皇上失踪也已过去了差不多一个月，易平平站在树底下剪了几枝白玉兰正准备放在花瓶里摆放着。

傅显荣推门而入来了易平平的院子里，他急着来见她，走得声音都有些微喘。

"平平，今日朝中的人已经提议了皇上的国丧之事，国丧之后便可迎新皇即位！"

易平平一手摆弄着花瓶里的花，听着傅显荣的话倒也不是很意外，"定了是什么时候吗？"

傅显荣看着易平平从容的样子，忍不住道："听说也就是这几天的事吧，等这段时间忙完了我就……"他说到一半感觉有点不太妥，连忙止住了。

"你就什么？"易平平侧过头，也不知是自己听岔了还是没听清。

"没什么。"傅显荣无辜地看着易平平，手摸了摸鼻子。

过了几天后，大宏发告示昭告了说皇上驾崩，但是并没有说是下落不明未找回，而是用了急病为名。新皇登基，除了大赦天下，追谥先皇，还封了赫连齐光为辅政大臣，苗子陶为天下兵马大元帅。

赫连无珏登基的几日后，许多大臣才发现国师已经许多人未来上朝了，国师是先皇所封，如今先皇已经仙逝，自然无人再去管国师如何，反正国师在时除了说说话也无其他事可做，先帝跟前的红人现如今又会有谁去在意呢？

关于朝堂上的事情易平平可不知道，她还以为傅显荣这几日都去上朝了，所以没空过来。坐在树下她调着最近新想到的一味香，若是真的调出来了可能又会在京中盛行开来。

"小姐，隔壁好像有人搬来了，今早上的时候，我有听到许多人在搬东西呢。"

入画站在一旁给易平平添茶，易平平心思哪会放在别处去，顺嘴回了一句，"隔壁一直没人住的那户吗？"

"是啊，那处宅院就是前些日子咱家公子还想买下来跟这处一块打通连在一处的那户。"入画有些不大高兴，之前一直没人去住来着，如今一来便开始敲敲打打地搬东西，原本还挺静的，如今怕是又要吵了。

易平平抬起头看向那墙对面的另一户，"搬进去就搬进去了，应该也碍不到咱们，若是真的到时太吵便搬走就是了，不过咱们院子有时候也太安静了些，如今有了其他人住在旁边，其实也还不错。"易平平还是很喜欢现在的住处，很安静又很适合她制一些需要的东西。

"那要不要过去打听打听那户人家住的是谁？"入画眼里瞧着那边，仔仔细细地听着那边偶尔传来的动静。

易平平摇了摇头，"为何要过去打听？又不认识，咱们住咱们的即可，把门一关就没有什么干系了。"

易平平也没太在意隔壁的那户人家，基本也没放在心上。哪想，这新邻居搬过来第二日，她便遇到了怪事——一只狗朝她哼哧哼哧地跑来，嘴里还咬着个篮子。

易平平吓了一跳，定睛一看，像是显荣的红烧肉。原本还不太确定，等红烧肉跑到她跟前来后，易平平才真的确定了。

红烧肉咬着篮子的提手放到了地上，然后坐着等易平平夸它。

易平平把篮子打开，是几份很精致的小菜。她伸手摸了摸红烧肉的脑袋，然后往门外望去，红烧肉在这，显荣应该也来了吧？

易平平朝门外小跑去，门外空无一人，她左看右看都不见人，不由疑虑——红烧肉难不成还是自己跑过来的？

回头看了眼在院子里坐着伸着舌头的红烧肉，易平平蹙着眉又走了回去，奇了怪了，红烧肉难道还真的自己跑来的吗？她还没走回去，那红烧肉就往门外撒开腿跑去，一溜烟就没了狗影。

易平平一头雾水的提着篮子回到屋里，将篮子里的那些小菜拿了出来，正巧抱琴和入画端着早饭出来。

"咦，这是哪来的小菜？看起来好像不错。"抱琴和入画看着易平平刚拿出来的几叠小菜，两个人都是满脸的疑惑。

易平平眨了眨眼，"红烧肉送来的，应该是……显荣送的吧，不过我没瞧见他人，倒是奇怪得很。"

"红烧肉？"

易平平自己盛了碗白粥，"显荣养的一只狗。"

"说到傅公子，傅公子好像确实好几日没来了，难怪这几天小姐都有点心不在焉的。"

易平平瞧着二人，皱了皱眉，"有吗？我怎么没觉得，你们两个还是快些吃早饭吧，院子里的那棵梨花树如今还未开花，也不知道是不是土的缘故，等会儿得去松松土。"

易平平这些日子很清闲，嫣紫阁如今齐光也不过问了，只说每月交给他五千两即可，嫣紫阁现如今可谓是日进斗金，但管事的易平平却益发闲下来了，嫣紫阁有易谨又有祁贵，易平平只乐得平日里做一些喜欢的事，然后再制一些香料和胭脂水粉即可。

等吃完饭易平平便开始去松土，梨花的树靠在墙壁，已经有些部分伸到了隔壁那户人家去了，易平平在墙下给梨花树松着土，浑然不知隔壁那户人家的主人正坐在房顶上撑着下巴看着她。

易平平累得流了汗，腿蹲得麻了，她干脆将铲子往地上一扔，然后便坐了下来，毫无顾忌，反正左右没人，只是……她不知道，左右无人，上头有人——那人正坐在上面看着她笑。

松了一半易平平便有些松不动了，抱琴和入画端着水过来，"小姐还是等会儿让我们来弄吧，先喝口水吧。"

易平平接过水喝了一口，喝得有些急，呛了好几口，"你们先忙别的，我自己来弄这棵树便好。"

"这些不是小姐做的活，小姐怎么能亲自动手做，让人看到岂不是要笑话你吗？"

易平平有些不大高兴，"人人都是一样的，我想做便做了，有什么好笑话的，更何况这是在我自己的住处，有谁能看得到？哎呀，你们先去忙其他的吧，不过是松松土而已又不是什么其他的大事，一会儿就完了。"

抱琴和入画被易平平催着离开，两个人走后，易平平又继续松土，看了一圈梨花树，也不知道为何，如今时节都到了还不开花。

易平平正瞧得专注却忽然听到了一声笑声，易平平一惊，左看右看，看了一圈都没发现人。是她幻听了吗？怎么感觉这声音有点像……显荣？不过，找不到人，她也便没

第九章 皇命难抗

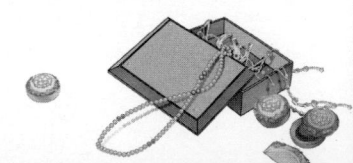

放在心上。

第二日起来时，她正准备给昨日新松土的梨花树浇浇水，刚走到树下却发现那昨日还是只有满目叶子的梨花树今日全部开了。

易平平惊得瞪大了眼，她昨日才松的土今日就开花了，未免也太快了吧？她咽了咽口水，抬头看着树上那些洁白如雪的梨花，好半晌，才高兴地喊了抱琴和入画出来看，二人看到的时候都惊呆住了，都以为是易平平昨日松的土有了效果。

"天啊太神奇了吧，小姐昨日才给这树松土，今日便开花了！"

抱琴和入画在一边惊叹着，易平平伸手接住了一朵刚掉下来的似雪白的梨花，易平平念着，"我现在大概明白了什么叫做忽如一夜春风来，千树万树梨花开，才过了一夜，既然真的全开了。"

另外一头墙边的人，脸上带着笑意的听着隔壁在称赞这一夜全开了的梨花树，也不枉他大半夜的和那颗梨花树交流那么久。在隔壁笑得一脸开心的自然不是别人，而是在易平平眼中已经消失了好几日的傅显荣。

傅显荣悄悄搬来了隔壁，昨日听到动静便出来瞧瞧，没想到竟然看到了平平如此有趣的画面。

接下来的两天傅显荣还是没来易平平这边，易平平才发觉了有些不对劲，吃着抱琴刚刚做好的蛋羹，易平平停顿了一下动作，然后抬头看向抱琴，"蛋羹还有吗？要不然你们送碗去傅府给显荣尝尝？"

抱琴和入画互看了一眼。"小姐哪里是想让傅公子尝尝鸡蛋羹，分明是想让我们去看看傅公子在做什么吧？"

易平平的脸有些不自然地别了过去，"没有，罢了罢了，还是不用送了，感觉跟刻意的一样……"

易平平心里又别扭又矛盾，想了又想还是放弃了想法，这几日没见到显荣，她又总不可能跑去问他呗。她手里做着小动作，帕子都快被扯烂了，或许是真的有事情忙着吧。

抱琴和入画笑出了声，"小姐还说不在意傅公子，那就不送过去啦？"

易平平撑着下颚挥了挥手，"不用了，你们先下去吧，我制了些新东西，等下拿到嫣紫阁试试。"易平平也不再去想这些事，主要还是要让她自己忙起来，才不会每次去想这些让人心烦意乱的事情。

过了几日，易平平到了晚上的时候刚沐浴完出来却没瞧见抱琴和入画，连易谨也没瞧见。她心里存着疑问，迈了脚步便朝外面走去，出了屋子便瞧见大门开着，外面一路有红灯烛燃着，易平平拢了拢衣服，朝着那灯烛指引的方向走过去。

那方向有个小河流，灯烛到了小河流处旁边的小亭子那便停了，易平平借着微亮的灯光，隐隐约约看到那亭子里似乎站着个人，身影倒是看起来很熟悉。她顿住了脚步，眯了眯眼仔细看清前面亭子里的人，警惕地问道："阁下是何人？引我来此有何目的？"

远处躲在暗处的几个人小声地笑着，易谨小心谨慎地"嘘"了一声。

易平平朝着亭子走去，心里一顿，对着背影喊了一声，"显荣？"

傅显荣转过身，双眼含笑。

易平平眨了眨眼，"你怎么在这？"她指了指那些灯烛，声音有些迟疑，"那些……该不会是你弄的吧？"

傅显荣道，"平平，我来喊你看样东西！"他将易平平拉了过来，然后指了指天上，易平平抬头看向那天空，天空中有一个星星，不算特别多，但是有几颗很亮。

易平平刚想说这是让她看什么，忽然就有一声烟花的声音划破了这夜晚的宁静，紧接着就是好几声，随后有灿烂的烟花在空中现出来。易平平眼睛一亮，看着漫天烟火整个人扬起了笑容，"好漂亮，显荣，该不会是你让人放的吧？太漂亮了！"

傅显荣没有说话而是拿出了一直放在袖口里的小盒子。他深吸了一口气，说道："平平，我母亲以前给了我这个，说是日后遇到了自己最心爱的女子便要把这个给她带上，我母亲说，这个是要给我最爱的那个人。"

傅显荣强调了后面的那句话，易平平心跳得厉害，脸上却佯装着镇定，易平平看向傅显荣手里的那个小盒子，里面是一枚通透且成色极好的羊脂玉手镯，样式并不老气，反而衬得人肤如白玉。易平平没说话，傅显荣有些急了起来，生怕易平平没听懂他的意思，又加了一句，"你就是我最爱的那个人，平平，你愿意嫁给我吗？"

易平平呼吸微窒，她有些没想到这个场面的发生，却不知为何，心里除了惊讶后还有一丝甜蜜开心的感觉。她心里细细品味着心里的那种感觉，抬起头对上傅显荣的眼睛，"我……那我若是不愿意呢？"

傅显荣心里跟堵了棉花一样，一时间有点难受，"那你就是……不喜欢我了，那我日后便再努力努力吧。"

空中的烟花还在燃着，傅显荣抬头看着那烟花，像是自言自语又像是在跟易平平说话，"我几日未休息好，都在准备这些，看来还是我不够好……"

301

第九章

皇命难抗

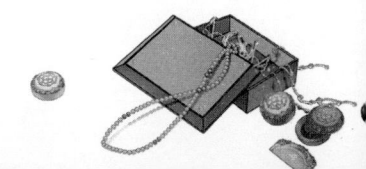

易平平笑着眼里染上笑意，伸手推了推傅显荣，声音里都是她自己察觉不到的开心，"我也还没说不同意啊。"

"那平平你的意思是同意了吗？！"傅显荣眼睛又亮了亮，似是一瞬间恢复精气神。

易平平抬头看了看空中的烟花然后用余光看着傅显荣，傅显荣拉过易平平的手将镯子套进易平平纤细的手腕里。"平平，反正我是算你答应了，你日后要是反悔了，我可是不会答应的！"

易平平笑着，眼里却佛染上了星星一样好看，她转过身便抱住了傅显荣，易平平声音很轻，"我怎么会反悔呢？"

天上的烟花燃放着声音很大，傅显荣有些听不太清，他抱住易平平，"平平，你说什么？"

易平平嗓音放大了些，"喜欢你！"

傅显荣脸一下子涨红了，眼睛都不敢直视易平平了，易平平却又很清楚地看到傅显荣嘴角的上扬。

易平平其实心里面很清楚地感觉到自己对显荣的那份心，以前她不想去正视，可是到了如今，她忽然觉得，眼前的这个男人，她或许一直都很在意很喜欢，即使表面上她不想承认，内心深处也否认不了，它的每一个表情每一个动作，她都能清清楚楚的记在心里。

烟花结束后时辰已经很晚了，傅显荣蹲下身将易平平背了起来往回走，到了住处后，易平平站在那看着傅显荣，"那你先走吧。"

易平平看了看周围没有一辆马车时皱了皱眉，"没有马车你如何回傅府？"

傅显荣将头撇到一边去，抿着唇憋笑，"我就住这。"

易平平没明白傅显荣话里的意思，细想了想，然后看向傅显荣，"该不会……前几日刚搬来的人真是你吧？"

易平平完全没想到真的会是傅显荣，起初还以为是逗她玩的，结果傅显荣把她带到了他的那户院子里，易平平才发现好像是真的。

易平平看了一圈这院落，满脸都是疑惑，"你不是应该在傅府待着吗？怎么会搬来这里？莫不是被赶出来了吧？"

"我已成年自然可以搬出来独居，日后多回傅家看看即可，我父亲他们不会多说什么的，我搬来的这几日没去见你，却也不见你担心我，我这心……"

傅显荣最后的几句话里话外都在控诉易平平，易平平心里一跳，她确实没注意到，那日抱琴和入画说有人搬进了隔壁，恰巧又有红烧肉去给她送东西，若是她再好好想想，也该想到这其中的关联。

苗子陶休养了一些日子，身上的伤也恢复得七七八八了，很快他又领了皇上的旨意准备回边境，此去应该得有个一两年。

莫愁拉着易平平，可怜巴巴地瞧着易平平，"平平，你就去嘛！我哥明日就走了，你也知道，他心里最记挂的就是你，你若是去送送他，我哥肯定高兴。"

易平平看了一眼坐在那里的傅显荣，她喝了口茶，"我如今与……显荣已经在一起了，若是去送他也不合适，更何况，也是早些了却这些事情，苗子陶也能找个更好的女子。"

莫愁心里发愁着，嘟喃了一声，"那平平你与显荣不也还没成亲吗？去送送我哥也不妨事，就这一次。""莫愁你这是强人所难。"杜若的声音传了进来，话落时杜若才走进了屋里，莫愁看见是杜若后，哼了一声，"你站哪边的？你若是这样，我明日也随我哥去边境好了！"

杜若朝易平平和傅显荣打了招呼后才回着莫愁的话，他靠近了莫愁几分，"边境如此危险，你一介女子不能去。"

莫愁开始与杜若拌嘴，易平平拉了拉傅显荣，然后将脸凑过去小声地说着，"莫愁和杜若倒好像还真是天生一对，性格不同却也互补。"

等四个人都安安静静坐下来后，易平平才想到一事要问杜若，她也不绕弯子，在场的人只有他们四个，也不需要避讳些什么。"上次听显荣说起一事，说是那使臣贼人毒害先皇的毒药是偷盗了杜太医的，平平还有一事不明，杜太医何等聪明，心又细巧，那贼人又是如何刚好盗了你制好的那些毒？"

杜若也没想到易平平会突然问这个，想了想才道："宫宴的前一天，有一次那个使臣路过我身边，我便闻见他身上有种花的香气，此花可以使人迷乱心志却不能致死，我心中便有些猜想，便让人从他身边路过提起了先皇让我制毒准备传散在周边小国的消息，那使臣知道后自然会找到太医院，第二日的时候我便发现那放在抽屉里的毒已全部被取走。"

易平平和傅显荣都没有想到杜若的心思竟然有这么缜密，不过是那使臣身上有一点

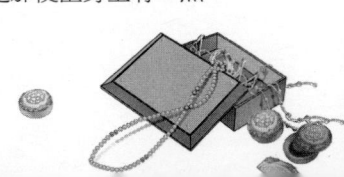

气味，杜若便能推断出那使臣的心思。

傅显荣眼里全是对杜若的欣赏，他就知道杜若怎么可能会变成先皇手上杀人的利刃。

莫愁也是震惊，这些事杜若可从来不曾告诉过她。

"当时你差点被毒所害，最终也导致瑶光姑娘死去，先皇控制苗将军，又逼迫我制毒并让傅公子散播那些毒，先皇人性已经没了，如何还配做人？"

杜若这话让易平平的心里十分感激，易平平站起身行了礼，"多谢，当日若不是你救我，今日也不会有平平坐在此处，先皇的事，我更应该感谢你，若无这一出，我也不知何时才能为瑶光报仇雪恨！"

杜若随手将易平平扶了起来，"你又何必如此客气，不过你若真是想答谢我，就拜我为师，从此以救人为任，我会将我所会的全部传授给你，造福世人，你觉得如何？"

杜若觉得易平平天赋异禀，绝对不仅仅只是在嫣紫阁那种小地方过活一辈子，她的天赋，远不止管理一个嫣紫阁，若是他将所学所会的都交于易平平，那这天下便多了一位医者。

易平平抿着唇随后朝杜若一笑，"还请恕平平不能同意，救一人只为一人谋福，而我志在为万民谋福。"

傅显荣和杜若听了易平平的话后愣住了，细细解读着易平平的话，他们似乎一瞬间对易平平的认识又不一样了。杜若点了点头，对易平平的话若有所思。

苗子陶出发去边境的那日，傅显荣和易平平也来了，杜若担心莫愁便也跟着前来送行，终究都是朋友一场。

苗子陶坐在马上看着易平平和傅显荣站在一起的模样，确实很像一对佳偶天成的璧人。

莫愁那日同他说了平平与傅显荣的事，刚开始的时候，他很不解，明明他对平平也并不比傅显荣差，可是他后来又想明白了，当日他为了将信送出去差点将平平置于险地，完全忘了顾虑她的安危，可是傅显荣却可以将她护得很好，苗子陶想，或许从那一刻开始他就已经比不上了。

下了马，苗子陶走到四个人面前。

莫愁一脸舍不得，"哥，你去了之后一定要小心，你伤还没有好全，可不要自己再逞能了！"

苗子陶点了点头，一向没什么表情的脸上依然没什么表情，莫愁撇了撇嘴，她这样关心他,居然都不说话应她一声!

苗子陶看向易平平,易平平脸上带着些许笑意,她挥了挥手,后面跟着的入画便将带着的糕点盒子递给了苗子陶。

"这是我让抱琴和入画做的一些糕点,一路上辛苦,还是多注意身体。"

"不用了,多谢。"苗子陶看了眼那盒糕点,终究没有伸出手来,他说话的声音有些哑,许是近日实在过于操劳,又或许眼前的场景到底还是让人有些神伤。他看了看准备出发的军队,只是淡淡地朝四人点了点头,"时辰正好,那我便出发了,后会有期!"

翻身,上马,他毫不停留地驾马走了好长一截,才终于忍不住一拉缰绳,停住了。迟疑了片刻,他又回头看了一眼。远处的那四个人仍然站在那里,他的目力向来很好,一眼便望见了站着一起的易平平和傅显荣。

又停了一会儿,直到军队已经走得只剩下个尾巴,他终于没有理由再停留了。苗子陶忽而觉得有些想笑,然后他真的大笑了起来,只是那笑中却含着不少苦涩的意味。一拉缰绳,他策马径直往前奔驰而去。

有时候,放手也未尝不是一种爱。

苗子陶离开后,傅显荣和易平平单独坐了一辆马车,马车里,傅显荣低头看着躺在他身上的易平平,轻哼了一声,"刚才你怎么不告诉苗子陶那是你做的糕点?他要是知道了肯定开开心心地提着走了。"

易平平瞄了傅显荣一眼,"为何要告诉他?糕点这事也不过是我想侧面告诉他的一个道理而已。""什么道理?"傅显荣不太明白易平平的意思。

易平平翻了个白眼,"你是不是傻了?我今日大可不送什么糕点给他,我送就送了却还提了一句是抱琴和入画做的,苗子陶不傻,他心中自然明白,我这是在告诉他要断了这些念想了。"

易平平的本意就是要让苗子陶放弃,日后他总能遇见命中的那个人的。

傅显荣恍然大悟,不过……为什么他突然觉得有些小兴奋呢?他一把抓住易平平的手,含笑道:"那说到这个,平平,你可愿成亲?"

易平平明知故问地开始逗傅显荣,"和谁成亲?"傅显荣脸拉了下来,"自然是我,你还想和谁?"

易平平靠在傅显荣怀里,声音正经了下来,"说到这个,如今我不是易家人,也只算是平民一个,你是傅家的嫡次子,傅家又不是一般人家,若我嫁过去,必有人说些我

不爱听的话,所以,我想等我日后证明自己了,我再嫁给你,好不好?绝对不会太久的!"

易平平说到最后的时候声音已经快是那种撒娇的程度了,傅显荣脸红了红,"那……那便按你说的办吧,不过我有个条件。"

"什么条件?"易平平看着傅显荣。

傅显荣咳了咳,"嗯……打通我与你的院落,这样我好方便找你。"他想起每次去找平平的时候为了方便和快,都是翻墙过去,弄得跟做贼一样。

"那也行,看在你今日如此纵我的情况。"

两人在车厢里相处得很融洽愉快,感情也慢慢地升温和牢固。

苗子陶回到边境的半年之内便依据作战,成功打退了荒遥两国,结束了这场一直没结束的战争。荒遥两国纷纷求和,都派了使臣送来求和书。

边境逐渐安稳下来,莫愁本来还以为苗子陶会回来,却传回了消息说苗子陶自请上书,求皇上让他镇守边境,防周边小国又重新来犯。

半年后。

"平平!平平!你今日有没有看到城内的那告示?!"

莫愁一路小跑过来找易平平,直接打破了院落里的安静。

易平平正坐在书房里看书,听到莫愁的声音还没站起来,那莫愁就已经闯了进来。

莫愁冲到易平平面前,上气不接下气地喘着气,易平平倒了杯水给她,莫愁接过水咕嘟咕嘟地喝了几大口。

"你喝得太急了,慢点。"

莫愁豪爽地用衣袖擦了一把嘴,等整个人缓过来了一点,就急急忙忙跟易平平道,"平平,你猜我今日在城内的几处告示那瞧见什么了?"

"我才不猜,你快说吧,瞧你这么着急来见我,应该是大事吧?"

莫愁点着头:"平平你好聪明啊,我跟你说,今日我在那告示里看到,皇上要大改大宏的规章旧政,选取有才的女子为官!"

莫愁一看到后起初还不相信,不过看到了那告示上的印章后,她怎么可能不信,连忙跑到平平这里来。

莫愁还以为易平平会跟她一样惊讶,她看着易平平微翘起来的嘴角,疑惑地咦了一声,"平平……你该不会已经知道了吧?"

易平平脸上带着些笑意,"前些日子显荣进了宫,他虽然现在已经不是国师了,但是也跟皇上有些交情,谈了一些话后,听说皇上也有选有才德的女子为官的意思,没想到今日就颁布了旨意。"莫愁听着有些愣住,"女子为官前所未有,平平,若不是今日我真的瞧见了,我真的都不敢信,以前别说女子为官,就连女子抛头露面都会被人诟病,你说……这是不是要变天了?"

"不说其他朝代,就算是在本朝,女子满腹诗书的也不少,若是只因是女子就荒废了才能,只能将这些用在后院里头,岂不是大宏的损失?"

易平平的一番话却像点醒了莫愁,莫愁恍然大悟地点了点头,"我一直都觉得女子为官即使是有,也是很遥远的事,没想到……今日大宏却真的实现了。"

易平平抬头看向纸窗外的那一抹太阳,"从前女子有才却不能发挥,从今往后,便不是了。"易平平轻描淡写着,选拔有才女子,实际上是她让显荣到皇上面前说的,她想,或许她改变不了这个朝代里那些人从骨子里出来的那一些对女子的看法,但是只要她一点一点来,这天下终归会变。

莫愁叹了声气,有些崇拜地看着平平。

"平平,那你这还有没有奶茶?我想喝了。"莫愁瞅着那桌面上摆放的茶具中的奶茶。易平平在现代受益匪浅,就连一些吃食都被她琢磨出了一二,虽不能全部还原,但也还是有些像的。莫愁咽了咽口水,易平平愣了一下,话题忽然就被莫愁给弄偏了。

"我让人去拿些,你等等。"易平平走出门去让抱琴和入画准备着,莫愁坐在那等,她越来越喜欢往平平这跑,其一是因为跟着平平相处她可以学到许多;其二是因为平平这里的东西都是最别致的,就算嫣紫阁开了家新分店做这些京都里面都没有的吃食,她也还是觉得平平自己做的最好吃了。

易平平端着东西回来的时候还带了些她做的和果子,莫愁一边吃着一边赞不绝口,"平平,我吃过了外头的,还是觉得你做的最好吃。"

易平平温柔地浅笑着,她制出来的东西别说在京都,在大宏都是新奇的东西,易平平又开了个店面,雇人专门做这些,日子久了,生意都十分好,就连大户人家办喜事也会来预定店铺里的东西,但易平平一直没有露过面,很多人都不知道店铺里头真正的老板是谁。

莫愁在易平平处待了些时辰,吃饱喝足后便告辞离开了,莫愁离开后,易平平坐在椅子上,看着那桌面,伸手用手指沾了些水,然后缓缓地在桌面上写下几个字。

易平平眼里有些坚定的神色，她会成为有用的人的。

风微微一吹，那桌面上水的痕迹便消失了，易平平叹了声气收回了视线，继续看着那本她还未看完的书。

又是一年新年，天气四季变化，又回到了冬日里，易平平冷得躲在温暖的屋里不常出门。傅显荣来时，天色还未晚，没瞧见人后，才去书房找了易平平。他掀开帘子推门而入，瞧见易平平端坐着的模样，笑了一声，"如今又入了冬，知道你素来怕冷，我带了暖和的老鸭汤回来，过来尝尝，一点也不腻，入口清甜得很。"

傅显荣打开了盒子，一瞬间鸭汤的清香甜便充斥了整个屋里。

"你不是今日跟秀王去赛马了吗？这么早回来了？"易平平奇怪地看着傅显荣，他哼了一声，"不喝算了，这可是我让人炖的，要不是看在这些日子你处理事情认真又辛苦了些，我才不费这些时间。"

如今他和易平平真是反过来的，他才像那个可怜巴巴等着丈夫的小妻子……

易平平感觉自己全身都战栗了。好嘛，喝汤，喝就喝，又不吃亏。

喝着汤的时候，傅显荣问了一句，"今年的宫宴，你可要过去？这是皇上登基后的第一个新年宫宴，若是不去，怕是不妥，我听说温淑妃也几番派人来请，你可表态了？"

易平平顿了顿，"我也不好不去，大概是去的吧。"

傅显荣点了点头，"那到时你与我一同进宫。"

傅显荣虽如今也不再担任国师，但……毕竟与皇上也是打过照面的人，自然是被传召赴宴的。易平平喝了一碗汤，才后知后觉地反应过来，想了想，道："行吧，那到时我与你一同过去，不过我应该会先去找温姐。"

"她如今贵为一品，你可不能在人前这样叫她了，那么多眼睛看着呢。"傅显荣接过易平平手里的小碗又盛了一些进去，易平平两眼盯着那冒着热气的老鸭汤，无奈道："我知道，不用提醒我。"

傅显荣意志清醒后到如今越发老沉，总能给她讲一些大道理，易平平好几次在傅显荣面前感叹了一番当初的时候。傅显荣伸手弹了弹易平平的额头，"你是不是又嫌我啰唆了？"易平平故意在傅显荣面前砸吧嘴，"好喝，不错！"

宫宴的那日，易平平一大早便被抱琴入和画拖起来梳洗打扮，"小姐，外面已经准备好了，你还是快些吧，你睡得晚了，吃食都在马车上，你等会儿在路上先垫垫肚子吧。"

易平平迷迷糊糊出去后看到傅显荣笔挺地站在那就往他身上倒，傅显荣摸了摸易平平的头发，"还困吗？那等下在马车上再睡一会儿。"

易平平点点头，被傅显荣抱上马车，一上车，她便缩在他怀里睡着，昨晚一不留神就晚睡了些，早上又这么早就起来，她快困死了。

快到了宫外时，傅显荣才叫起了易平平，马车里只有他们两个人，傅显荣亲昵地亲了亲易平平，小孩心性地在她脸上呼气，易平平皱起眉，"到了？"

傅显荣还没说话，易平平就已猛地坐起来了，少顷，她把脸蹭进傅显荣脖子里，声音有些撒娇的模样，"我好困，现在不去还来得及吗？"

傅显荣有些无奈，眉梢眼角却忍不住满是宠溺，"宫宴晚些时候才开始，你若是还困便到淑妃处休息一会儿，养养神？"

好说歹说才把困倦的易平平送到了温淑妃宫里，一见了面，温碧弋连礼数都不曾让易平平行完，便上前挽住她的手，"怎么看着又瘦了？上次我让人送过去的燕窝你吃了吗？"易平平点了点头，"吃了，淑妃娘娘赏赐的那些太多了，一部分已放进库房里去了。"

温碧弋有些嗔怪，"叫什么娘娘，私下里还是叫我温姐，不准叫我娘娘，知不知道？"

新皇登基，后宫大封。温碧弋作为御前第一得宠的人，虽因为身份未能称后，但皇上也是尽了最大努力，给了她淑妃之位。

"温姐近来如何？"温碧弋拉着易平平坐下，"还能如何？虽说他待我好，但毕竟做了皇上，比不得王爷时候清闲。我一个人的时候，总想到外面去看看，却没合适的机会。宫里的眼睛各个都在盯着我，生怕我不出差错。"温碧弋的脸上不自觉地浮出一抹笑容，然后伸手摸了摸肚子，"如今有了孩子，我终于不会觉得无趣了。"

易平平一愣，惊讶地看向温碧弋的肚子，旋即喜不自胜，"这么说……"

温碧弋柔笑着点了点头，"是，你要当干娘了！"

易平平真心替温碧弋高兴，心里盘算着回头将她以前在现代瞧到过的那些婴儿玩具给做一份下来。

两个人在温碧弋的宫殿谈了好一会儿，正要去宫宴的时候，有宫人前来禀报说皇上突然有政事要处理，宫宴推迟一个时辰。"这都是很经常的事了，最近听说边境有一些流民去军营附近走动，瞧着样貌不像是我大宏之人，所以皇上这几日的折子又有些看不完了。"温碧弋显然已经有点习惯了这样的节奏，易平平心里还是很庆幸自己不用生活在宫里头。

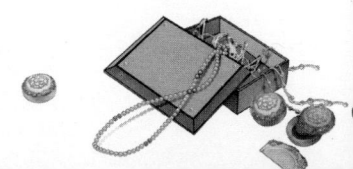

温碧弋轻拍了拍易平平的手,"那我再去沐浴更衣一次,自从我怀孕后便经常流汗。"

"好,那温姐你去沐浴,我去外头走动走动,我来宫里还未仔细好好瞧上一瞧。"

温碧弋去沐浴更衣后,易平平便一个人走出了宫殿。皇宫的千里池内养了许多锦鲤和乌龟,寓意都是极好的,易平平走在千里池的一侧看着里头正在吃鱼食的鱼。

"哟,这不是我那被驱逐出族的妹妹吗?"

易平平听见声音便回过头看了一眼,不远处走来了打扮得极为华贵的易夫人和易青青。易平平嘴角上扬,"易姑娘这话可是说错了,我如今可没有什么姐姐妹妹的,而且你是不是记性不大好了,我记得我是自请出族的。"

易青青被易平平的话一噎,一时间有点语塞,易青青阴阳怪气地呵了一声,"你现如今不过是平民一个,我倒是好奇你是如何进宫的?莫不是攀龙附凤,攀附了哪家年过半百的侯爷爵爷进来的吧?若真是如此,倒是在这里先恭喜了,恭喜妹妹终于攀上高枝!"

易夫人拉了拉易平平的袖子,她今日专门带易青青过来见忠勇伯府家的公子,若是两个人真的成了,那她们易家真的就是扶摇直上了,而她们还不知道眼前的易平平如今是做了谁的人,岂能去招惹。

易夫人假模假样地叹了气,"平平啊,许久不见,也不知你过得如何了?你怎么能如此堕落走了弯路?这要是你祖母和爹爹知道了,岂不是要打断你的腿?"

易平平倒是觉得有些好笑,她还一句话都没说呢,这两个人就开始给她演上了?她皮笑肉不笑的,眼里还带了丝冷漠,"易夫人说笑了,如今我可不是易家人,不管过得好还是不好,那都是与易家无关的,即使丢人,也丢不了易家的脸。"

易夫人作势拿着帕子擦了擦眼泪,"平平这就是你不对了,事情已经过了那么久了,你父亲早已原谅你了,虽然你和谨儿已经另立门户了,但你到底还是有着易家的骨血,你如今也算是飞黄腾达了,也该回易家瞧瞧了,今日你祖母也来了,你难道不想她吗?"

易平平冷眼瞧着,还未出声就被易青青打断,易青青声音气愤中又带着一丝嫉妒,"母亲,妹妹眼光一向高得很,哪里会把我们这些人放眼里,母亲瞧瞧她身上的那些衣物,没有个千两黄金的又怎么可能穿得到?"

易平平瞧着易青青说的这些话也不恼怒,心中反而为眼前的两位可悲,见着些好东西就要觉得这是倚靠男人得来的。

易平平轻笑了一声,"女子并不是只有依靠男子才会有出路有富贵,没有男子,女人一样可以活得肆意洒脱,只要有才学,何愁比不过男子?"她扫了易青青一眼,淡淡道,

"女子亦可为官，女子地位低下是当今朝政之过错，而眼界浅薄便是自己的无能了。"

易老夫人在不远处听着易平平说的话，心里已经被她震惊到了，这样有见解见地的话，她真是没有看错她这位孙女。

"平平。"易老夫人拄着拐杖走过来，易平平这才察觉到易老夫人，易平平依然喊了一声，"祖母。"

"好孩子，难为你还肯喊我祖母，刚才那些话我也听到了，祖母很欣慰，祖母没有看错你，你心里的志气祖母看到了。"易老夫人这番话说得诚恳，易夫人和易青青两个人面色都不太好，去年的时候易夫人生下了一个儿子没多久后那孩子便夭折了，从那以后，易老夫人更加没什么好脸色。她将母家旁支的一些年轻之辈挑了两三个出来塞给了易之瑞当小妾，看着如娇花一般的新面孔，易之瑞自然也是高兴的，半年之内几个小妾便都怀上了孩子，从那之后易夫人更加不受宠了，易夫人这才急着将易青青嫁个好的，日后也好为她撑腰。

易老夫人看着易平平，"你长大了，祖母也不好说什么，你可愿再回到易家来？你的院子一直都有人打扫着，一直给你留着。"易平平心里动了动，她抿了抿唇，"我如今住得很好，何况我如今也习惯了，祖母的好意平平心领了。"易老夫人点了点头心里叹了声气，"那便罢了，祖母也不好为难你，你若真的高兴便好。"

"那时辰也不早了，平平还有事要去温淑妃那一趟。"易老夫人挥了挥手，"那你便去吧。"易平平走后，易老夫人看着易平平挺直的背影，从这背影当中她就可以看出这孩子的秉性，不屈服、有魄力，还有决心和毅力，日后必可成大器。

易老夫人心尖微酸，多年前，她也是这样，可是后来为了家族只能甘心在那后宅里斗来斗去，斗了这些年，得到的也不过这些，白白浪费了那时的才学。她恍恍惚惚地想到了年轻时候的自己，在平平的身上她总能看到她年轻时候的影子，不，平平这孩子将会走到更高处，而不是像自己一样。

易老夫人看着易平平渐渐走远的身影，她有一种强烈的预感，易平平，她绝对会是前无古人，后无来者，更也许，她会被载入史册，留名青史！

一年后，易平平成了大宏朝第一女官，易老夫人预感得没错，很多年后，易平平凭着自己的才智被载入了史册。

图书在版编目(CIP)数据

妙手红妆 / 大梦 guitar 原著；九锡少女改编.

—武汉：长江出版社，2020.5

ISBN 978-7-5492-6767-5

Ⅰ.①妙… Ⅱ.①大… ②九… Ⅲ.①长篇小说－中国－当代 Ⅳ.①I247.5

中国版本图书馆 CIP 数据核字(2019)第 252078 号

妙手红妆　/　大梦 guitar 原著　九锡少女 改编

出　　版	长江出版社
	（武汉市解放大道 1863 号）
选题策划	李诗琦　栾宇昂　杨　圆
市场发行	长江出版社发行部
网　　址	http://www.cjpress.com.cn
责任编辑	李　恒
封面绘画	公羊子
装帧设计	汪　雪
印　　刷	中印南方印刷有限公司
版　　次	2020 年 5 月第 1 版
印　　次	2020 年 5 月第 1 次印刷
开　　本	787mm×1092mm　1/16
印　　张	19.75
字　　数	350 千字
书　　号	ISBN 978-7-5492-6767-5
定　　价	39.80 元

版权所有　盗版必究（举报电话：027-82926804）

（如发现印装质量问题，请寄本社调换，电话 027-82926804）